페르세포네×하데스

3

악의의 손길

A Touch of Malice

페르세포네×하데스

3

악의의 손길

A Touch of Malice

스칼릿 세인트클레어 장편소설 | 최현지 옮김

해냄

◈ 차례 ◈

일러두기

옮긴이 주는 괄호 안에 '옮긴이'를 함께 넣어 표기하였습니다.

1부

"형태의 변화, 변신한 형체들을 나는 지금 노래하고자 하노라.

오, 신들이시여, 나에게 영감을 내려주소서.

그리하여 이 세상의 시작부터 오늘날 내 시대까지

이어지는 실을 엮어주소서⋯⋯."

_ 오비디우스, 『변신 이야기』

1장
고문의 손길

거친 손이 그녀의 다리를 벌린 뒤 허벅지를 훑어 올라갔다. 그 뒤를 입술이 뒤따랐고, 살결을 따라 가벼운 압력이 가해졌다. 페르세포네는 반쯤 잠든 채 그 손길에 몸을 비틀었고, 그러자 손목과 발목을 묶은 노끈이 조여들었다. 혼란스러워진 그녀는 손발을 풀어내려 잡아당겨보았지만 노끈은 꿈쩍도 하지 않았다. 움직이거나 저항할 수 없고, 맞설 수 없는 이 상태에는 뭔가가 있었다. 심장을 빨리 뛰게 만들고 온몸 구석구석 맥박이 쿵쿵 뛰게 만드는 뭔가.

"정말 예쁘군." 귓가를 스치며 속삭이듯 들려오는 목소리에 페르세포네는 얼어붙었다.

저 목소리, 아는 목소리다.

한때 친구로 여겼으나 지금은 적이 된 자의 목소리.

"페이리토스."

악문 입술 사이로 그의 이름이 새어나왔다. 분노와 두려움, 역겨움이 뒤섞인 목소리로. 그녀를 스토킹한 것도 모자라 납치까지 한 반신.

"쉿." 그가 축축하고 차가운 혀로 그녀의 살결을 쓸었다.

목구멍에서부터 울음이 터져 나왔다. 그녀는 허벅지를 꽉 조이곤 소리 없이 살결을 타고 오르는 낯선 손길에 맞서 몸을 비틀었다.

"그놈이 어떻게 하는 게 좋은지 말해봐." 그가 귓가에 끈적끈적한 숨을 불어넣으며 속삭였다. 손은 음부에 점점 가까워지고 있었다. "내가 더 잘할 수 있으니까."

놀라며 잠에서 깬 페르세포네는 숨을 몰아쉬며 일어나 앉았다. 뒤쫓아오는 망령을 피해 지하 세계를 내달린 직후처럼 가슴께가 뻐근했고 숨소리는 거칠었다. 이곳은 하데스의 침대라는 것, 식은땀이 흐르는 피부 위로 실크 시트가 덮여 있으며 맞은편 난로에는 주홍빛 불이 타오르고 있고, 바로 옆에는 죽은 자들의 신이 누워 있다는 것, 그가 품은 어둡고도 짜릿한 힘이 공기 중을 맴돌며 곧장 만져질 것만 같다는 사실을 깨닫기까지는 잠시 시간이 걸렸다.

"괜찮습니까?" 하데스가 물었다.

분명하고도 나직한 목소리, 마음을 진정시키는 목소리였다. 그녀는 그를 바라보았다. 옆으로 돌아누워 있는 그의 벗은 몸이 불빛을 받아 광이 나는 듯했다. 검은 눈동자는 밝게 빛났고, 역시 검은 머리칼은 별 하나 없는 캄캄한 바다의 파도처럼 시트 위에 펼쳐져 있었다. 몇 시간 전 그의 몸 위에서 느리게, 오래, 그리고 숨이 차도록 움직일 때 움켜쥐었던 머리칼.

그녀는 침을 꿀꺽 삼켰다. 혀가 부어오른 것만 같았다.

이 악몽을 꾼 건 오늘이 처음이 아니었다. 깨어났을 때 하데스가 바라보고 있는 것 역시 처음이 아니었다.

"안 자고 있었군요." 그녀가 말했다.

"그렇습니다." 그가 몸을 일으켜 세우며 그녀의 뺨을 쓰다듬었다. 그 손길에 전율이 등줄기를 타고 흘러내려 영혼까지 닿는 듯했다. "말해주십시오."

매번 그의 목소리는 마치 마법처럼, 목구멍에 걸려 있던 말까지도 입 밖으로 꺼내게 만들었다.

"또 페이리토스 꿈을 꿨어요."

뺨을 쓰다듬던 손이 저만치 멀어졌고, 페르세포네는 그의 얼굴에 떠오른 표정이 무엇인지 깨달았다. 깊이를 모르는 눈동자 속에 담긴 폭력성. 그가 그토록 억누르려 애써온 면면을 드러나게 만든 것 같아 죄책감이 들었다. 페이리토스는 그녀만큼 하데스도 괴롭히고 있었던 것이다.

"그놈이 꿈에서조차 당신을 해치고 있군요." 하데스가 인상을 찌푸렸다. "그날 나는 당신을 구하지 못했습니다."

"그가 날 데려갈 줄 당신이 어떻게 알았겠어요?"

"그래도 내가 알았어야 합니다."

당연히 불가능한 일이었다. 물론 바로 그 이유로 조피를 경호원으로 임명한 거였지만, 납치 사건이 벌어지는 동안 여전사는 아크로폴리스 바깥을 순찰하고 있었을 뿐이었다. 게다가 페이리토스는 지하 터널로 그녀를 끌고 갔기에 조피로서는 이상한 점을 당연히 눈치챌 수 없었다.

페이리토스가 납치를 계획하고 있었음에도 아무 생각 없이 아크로폴리스 탈출을 도와주겠다는 제안에 응했던 날들이 떠올라 그녀는 몸을 떨었다. 다시는 그 누구도 무턱대고 믿지 않으리라.

"당신이라고 뭐든 다 볼 수 있는 건 아니에요, 하데스." 페르세포네는 마음을 풀어주려 말했다.

페이리토스의 집에서 구출된 이후로 하데스는 내내 울적해했고, 심지어는 여전사 임무를 정지시켜 조피를 벌주려고까지 하는 바람에 페르세포네가 말려야 했다. 하지만 여전사는 그 사건이 자신의 책임이라며 자책했다.

그 일은 저의 수치입니다.

여전사의 말은 페르세포네를 마음 아프게 했다.

수치 같은 건 없어요. 당신의 일을 하고 있었잖아요. 나의 아이기스로서 수행하는 역할이 시험대에 올랐다고 생각하나 본데, 그렇지 않아요.

조피는 눈이 휘둥그레져서는 하데스에게 시선을 돌리며 불안한 표정을 지었고, 이내 말을 받들듯 허리를 깊이 숙였다.

원하시는 대로 하소서, 여신님.

페르세포네는 하데스 쪽으로 고개를 돌렸다. 내 수하에 있는 누구든 해고하고자 하면 사전에 알려주세요.

하데스가 눈썹을 치켜떴고, 입술을 씰룩였다. 전사를 고용한 건 납니다.

그 얘길 꺼내주니 오히려 좋네요. 다음부터는 날 위해 일할 사람이 필요하다고 여겨지면 그 의사 결정에 나도 참여하겠어요.

물론입니다, 달링. 내가 어떻게 사과하면 되겠습니까?

둘은 남은 저녁 시간을 침대 위에서 보냈다. 하지만 그날 사랑을 나누면서도 그는 마음이 무거워 보였고, 지금도 역시 그래 보였다.

"당신 말이 맞습니다." 하데스가 답했다. "그럼 헬리오스를 벌해야겠습니다."

그녀는 떨떠름하게 그를 바라보았다. 이전에도 하데스는 태양의 신에 관해 이야기했었다. 확실한 건 둘 다 서로를 존중하지 않는다는 사실이었다.

"그렇게 하면 기분이 나아질 것 같아요?"

"아뇨, 하지만 재미는 있을 겁니다." 하데스가 답했다.

하지만 말에 담긴 내용과 목소리는 상극이었다. 즐겁기는커녕 위협적인 어조.

페르세포네는 하데스의 폭력적인 성향을 잘 알고 있었던 데다 처벌에 관해 일전에 그가 했던 말을 듣고 보니 구출된 직후 자신이 했던 요청도 떠올랐다. 그놈 고문할 때, 나도 함께하겠어요. 그날 밤 하데스가 타르타로스로 가서 그 반신을 고문하고 왔다는 걸 그녀는 알고 있었다. 그날 이후로도 계속 그래왔다는 것도. 하지만 한 번도 함께 가도 되느냐고 묻지 못했다.

그런데 지금, 페이리토스가 악몽에 계속 등장하는 이유가 그것 때문일 수도 있겠다는 생각이 퍼뜩 들었다. 타르타로스에 내던져져 피투성이가 되고 해를 입고 고문당하는 그의 모습을 보면 악몽도 끝날지 모른다.

그녀는 하데스에게 명령하듯 말했다. "그놈을 보러 가야겠어요."

하데스의 표정은 흔들림이 없었지만, 그 순간 내면에서 요동치는 감정들은 느낄 수 있었다. 분노, 죄책감, 그리고 불안. 가해자를 대면하겠다는 요청을 수락한 데서 오는 불안이 아니라, 타르타로스에 그녀를 데려가는 것 자체에 관한 불안이었다. 그가 마음 한구석에서 그녀에게 자신의 어두운 면모를 보이는 것을 두려워하고 있음을 그녀 또한 알고 있었다. 그럼에도 그는 거절하지 않을 것이다.

"원하는 대로 하십시오, 달링."

페르세포네와 하데스는 타르타로스에 모습을 드러냈다. 창문 하나 없는 새하얀 방이었는데, 너무 밝아서 눈이 시릴 지경이었다. 흰색에 적응하자마자 휘둥그레졌다. 방 한가운데 놓인 의자에 묶여 있는 페이리토스에게 시선이 곧바로 꽂혔다. 저 반신을 마지막으로 본 게 벌써 몇 주 전이었다. 그는 잠들어 있는 듯했다. 턱을 가슴으로 툭 떨군 채 눈은 감고 있었다. 한때 그가 잘생겼다고 생각했으나, 지금은 뾰족한 광대뼈가 움푹 파인 데다 얼굴은 파리하고 잿빛이었다.

그리고 그 냄새. 썩은 내라기보다는 코를 찌르는 시큼한 냄새였다. 그가 시야에 들어오자마자 배 속이 사납게 요동쳤다.

"죽은 건가요?" 그녀는 만일의 경우를 대비해 속삭이며 물었다.

아직은 저 눈동자를 들여다볼 준비가 되지 않았다. 말하자마자 이상한 질문이었구나 싶었다. 여기는 지하 세계의 지옥, 타르타로스니까. 하지만 하데스가 선호하는 고문 방식을 알고 있었다. 살려냈다가 여러 참혹한 형벌을 가하며 다시 죽이는 방식.

"살아나라고 하면 다시 살아날 겁니다." 하데스가 말했다.

페르세포네는 바로 대답하는 대신 그에게 다가가 몇 발자국 떨어진 데서 멈췄다. 가까이에서 들여다보니 그는 밀랍 인형 같아 보였다. 열이 가해져 과도하게 뭉개진 채, 몸은 수그리고 얼굴을 구긴 모습이었던 것이다. 그럼에도 그는 생생한 실체, 너무도 현실적인 존재였다.

지하 세계에 와보기 전에 페르세포네는 영혼이 그림자인 줄 알았다. 살아 있다가 그림자가 된 모습이라고. 그런데 그들에겐 몸이 있었다. 죽은 그날만큼이나 견고한 몸. 물론 다 그런 건 아니었지만. 하데스의 영토에 존재하던 영혼들은 한때는 단조롭고도 소란한 존재감을 드러내며 살았다.

마음을 바꾼 계기에 대해 그는 한 번도 말해주지 않았다. 지하 세계에, 그리고 여기 사는 영혼들에게 색을 입혀주고 마치 지상 세계에서처럼 살아갈 수 있도록 변화시킨 계기를. 지하 세계 역시 지상 세계와 마찬가지로 진화해간다는 말은 종종 들었지만, 페르세포네는 하데스를 알았다. 그에겐 양심이 있고, 지하 세계의 왕으로 군림하던 최초의 시절을 후회하는 것이다. 한 시절을 속죄하고자 친절을 베풀게 된 것이리라.

하지만 그렇게 했음에도 그는 과거의 자신을 결코 용서하지 않았고, 그 사실을 아는 그녀는 번번이 가슴이 아팠다.

"마음이 좀 나아지나요?" 답을 원하는 게 맞는지 확신하지 못한 채 그녀는 물었다. "고문 말이에요."

그녀는 순간 이동한 그 자리에 여전히 서 있는 신을 바라보았다. 머리는 묶지 않은 상태였고 검은 뿔들이 아름다우면서도 무시무시한 자태를 뽐냈다. 여기에 있다는 사실이 그에게 어떻게 다가올지 그녀로서는 상상할 수 없었지만, 페이리토스의 은신처에 납치된 그녀를 찾아낸 순간 그의 얼굴에 떠올랐던 표정만큼은 기억하고 있었다. 그렇게까지 드러나리라고는 한 번도 생각해보지 못했던 분노가 넘실거리는, 몹시도 겁에 질리고 상처받은 모습이었다.

"그건 말할 수 없습니다."

"그럼 왜 하는 거예요?" 그녀는 페이리토스 주변을 걷다가 의자 뒤에 멈춰서 하데스와 시선을 마주했다.

"통제하기 위해서입니다." 하데스가 답했다.

하데스의 통제 욕구를 항상 이해할 수 있었던 건 아니지만, 만난 지 몇 달이 채 지나지 않았을 때부터 그녀는 바로 그것을 욕망하기 시작했다. 죄수처럼 살아가는 삶, 무력한 삶, 두 개의 끔찍한 선택지 사이에 놓이는 일이 어떤 건지, 그리고 그 와중에도 잘못된 선택지를 고르는 일이 무엇인지 그녀도 알고 있었다.

"나도 통제를 원해요." 그녀가 속삭였다.

하데스는 잠시 바라보다가 손을 내밀었다. "그럴 수 있도록 돕겠습니다."

그의 목소리가 둘 사이에 놓인 허공을 울렸고, 가슴속이 따뜻해졌다. 다시 그에게 걸어가자 그는 그녀를 가까이 끌어당겨 품 안에 꼭 안았다.

그때 페이리토스가 갑자기 숨을 들이마셨다. 몸을 부르르 떠는 그의 모습에 페르세포네의 심장이 빠르게 뛰었다. 고개는 푹 꺾인 채 두 눈동자만 졸린 듯, 혼란스러운 듯 깜박였다. 또다시 그와 눈을 마주하는 두려움이 몸을 관통하고 지나가며 내면을 온통 뒤흔들었다. 하데스는 안전하다는 걸 알려주려는 듯 허리에 올린 손에 힘을 꽉 준 다음 그녀를 향해 고개를 숙였다. 그의 숨결이 귓가를 간지럽혔다.

"마법을 다루는 법을 알려주었던 순간을 기억합니까?"

숲에서 함께 보낸 시간을 가리키는 거였다. 페르세포네가 더 이상 관련 기사를 쓰지 않겠다는 약속을 했던 곳, 그리고 아폴론이 하데스의 호의를 끌어내고 떠난 뒤에 갔던 그 공터 말이다. 나무와 꽃들 사이에서 위안을 얻으려 해봤지만 메마른 땅 위의 어떤 것에도 생명을 불어넣을 수 없자 스스로가 실망스러웠다. 그때 하데스가 자유자재로 모습을 바꾸는 그림자처럼 다가와 마법을 이끌어내는 법과 땅을 치유하는 법을 알려주었다. 너무도 관능적인 가르침이라 그의 손길이 닿는 곳마다 짜릿한 전율이 일었다.

그때를 떠올리자 온몸에 소름이 돋는 듯했고, 목소리는 입술 사이로 희미하게 새어나왔다. "네."

"눈을 감으십시오." 그는 입술로 그녀의 목덜미를 훑으며 말했다.

"페르세포네?" 페이리토스의 목소리는 잔뜩 쉬어 있었다.

그녀는 눈을 더욱 질끈 감고 하데스의 손길에만 집중했다.

"무엇이 느껴집니까?" 그의 손이 어깨를 부드럽게 타고 내려갔고 다른 한 손은 한껏 소유하겠다는 듯 그녀의 허리를 단단히 두르고 있었다.

결코 쉬운 질문이 아니었다. 너무 많은 것이 느껴졌다. 하데스를 향해서는 열정과 흥분, 페이리토스를 향해서는 분노와 두려움, 슬픔과 배신감이 들었다. 그 모든 것이 한데 뒤섞여 소용돌이를 일으키며 끝이 보이지 않는 어두운 심연을 드러내 보였다.

그 순간, 반신이 다시 그녀의 이름을 불렀다. "페르세포네, 제발요. 제가, 제가 잘못했습니다."

그 말이 가슴을 푹 찔렀다. 그녀는 눈을 뜨면서 동시에 입을 열었다. "폭력성이 느껴져요."

"그것에 집중하십시오." 그러곤 한 손으로는 그녀의 배를 지그시 누르고 다른 손으론 그녀와 깍지를 꼈다.

페이리토스는 여전히 금속 의자에 구부정하게 묶인 채 축 늘어져 있었고, 한때 그녀가 두려워한 눈동자는 이제 눈물로 축축해진 채 두려움만을 비추어냈다.

일순간 그녀는 멈칫했다. 저 남자를 해할 수 있을지 망설여졌다.

그때 하데스가 말했다. "그 감정을 키우십시오."

여전히 깍지를 낀 채, 그녀는 손바닥 안에 모여드는 힘을 느꼈다. 피부를 불태울 듯 작열하는 에너지를.

"어디에 고통을 주고 싶습니까?" 하데스가 물었다.

"이건 당신답지 않아요." 페이리토스가 말했다. "내가 당신을 알잖아요. 난 당신을 지켜봤다고요!"

그녀의 귓가에 굉음이 울렸고 눈동자는 활활 타오르는 듯했다. 몸 안에서 도무지 감당할 수 없는 열기가 끓어오르고 있었다.

저놈은 기괴한 선물을 남기고, 그녀를 스토킹하고, 안전했어야 마땅한 공간에서 그녀의 사진을 찍었다. 안심과 안정의 감각을 빼앗아 간 것도 저놈이다. 심지어는 꿈속에서조차도.

"저놈은 자신의 성기를 무기로 삼으려 했어요. 그걸 태워버리고 싶네요."

"안 돼! 제발, 페르세포네. 페르세포네!"

"그럼 불태워보십시오."

손안에 고인 힘은 전기 에너지처럼 느껴졌다. 하데스의 손에서 스르르 빠져나온 손가락으로 그녀는 마법을 그러모았다. 페이리토스를 향해 뻗은 손에서 용암처럼 뜨거운 물줄기가 끝도 없이 분출되는 상상을 하면서.

"이건⋯⋯."

페이리토스가 말을 채 끝마치기도 전에 마법이 퍼져나갔다. 겉으로 보면 아무런 타격도 입지 않은 듯했다. 가랑이 사이에서 불꽃이 튀지도 않았으니까. 하지만 그가 마법을 감지했다는 건 확실했다.

두 발은 땅으로 파고들 것처럼 바닥을 짓뭉갰고 몸은 친친 감긴 벨트에 부딪히며 마구 날뛰었다. 이는 악문 채였고, 머리와 목의 혈관들이 울룩불룩 튀어나왔다.

그럼에도 가까스로 말을 뱉었다. "이건 당신답지 않잖아요."

"나다운 게 뭐지?" 그녀가 말했다. "하나는 확실히 해두도록 하지. 나는 페르세포네, 미래의 지하 세계 여왕이자, 네 운명을 좌지우지하는 여신이다. 네놈은 내 존재를 두려워하게 될 것이다."

페이리토스의 코와 입에서 선홍색 핏물이 뚝뚝 떨어졌다. 가슴은 빠르게 오르락내리락했으나 더는 입을 열지 않았다.

"언제까지 저 상태로 있게 될까요?" 고통에 몸부림치면서 비틀고 꺾이는 페이리토스의 몸을 바라보며 페르세포네가 물었다.

눈두덩이는 안쪽부터 부풀어 올랐고 피부를 따라 땀이 잔뜩 나기 시작해 온몸이 녹색으로 보였다.

"죽을 때까지." 하데스는 덤덤한 표정으로 간단하게 답했다.

아무 소리도 들리지 않고, 페이리토스의 몸이 다시금 축 늘어진 모습을 볼 때까지 그녀는 몸을 움찔하지도, 무언가를 느끼지도, 떠나도 되느냐고 묻지도 않았다.

좀 전에 하데스에게 건넸던 질문을 곰곰이 떠올려보았다. 이러면 마음이 좀 나아지는 걸까? 행동을 취하고 난 뒤엔 답할 수가 없었다. 이 여파로 가슴속 일부가 시들었고, 이 짓을 여러 번 하고 나면 남은 마음들도 죄다 시들어버릴 거라는 사실을 깨닫게 되었을 뿐.

2장
슬픔의 손길

"결혼식 계획은 어떻게 되어가고 있어요?" 렉사가 물었다.

그녀는 푸른색 물망초가 수놓인 흰 담요를 덮은 채 페르세포네의 맞은편에 앉아 있었다. 영혼들 중 한 명인 알마에게서 받은 선물이었다. 매일 아스포델을 방문하는 그녀에게 어느 날 알마가 뭔가를 한 아름 안고서 다가왔다.

"드릴 게 있어요, 여신님."

"알마, 안 줘도 되는…….."

"아니요." 그녀가 재빨리 끼어들었다. 은빛 머리칼 몇 올이 알마의 둥근 얼굴, 장밋빛 뺨 위로 흩날리고 있었다. "친구분을 위해 슬퍼하신다는 걸 알고 있어서요. 이걸 그분께 선물하세요."

페르세포네는 그 꾸러미를 받아들었다. 그 안에 들어 있는 자그마한 푸른 꽃무늬로 사랑스럽게 수놓인 담요를 발견하곤 눈가에 왈칵 눈물이 차올랐다.

"물망초의 꽃말이 무엇인지는 말씀드리지 않아도 아시겠지요. 진정한 사랑, 신실함, 그리고 기억이에요. 시간이 흐르면 친구분께서도 여신님을 다시 알아볼 거예요."

그날 저녁, 성으로 돌아온 페르세포네는 담요를 끌어안고 흐느껴
울었다. 그리고 다음 날 렉사에게 건네주었다.

"와, 너무 아름다워요, 여신님." 그녀는 꾸러미를 받아들곤 아이처
럼 들떠서 말했다.

페르세포네는 그 호칭에 흠칫 놀랐다. 눈썹을 찌푸린 채 되묻는
스스로의 목소리엔 혼란스러운 마음이 역력했다. "여신님이라고?"

렉사는 페르세포네를 한 번도 그렇게 부르지 않았다. 눈이 마주
치자 렉사는 얼굴을 붉히며 머뭇거렸다. 렉사는 얼굴을 붉히는 일
도 없었다.

"타나토스가 그게 호칭이라고 했어요." 그녀가 설명했다.

페르세포네는 호칭이라는 게 쓸모가 있다는 걸 알고 있었지만 친
구 사이에선 아니었다.

"그냥 페르세포네라고 불러줘."

렉사의 눈이 휘둥그레졌다. "죄송해요. 속상하게 해드릴 생각은
없었어요."

"그런 게…… 아니야."

설득력 있는 어조를 띠려고 노력했지만 충분히 담기지 않았다. 사
실, 렉사가 그녀를 여신님이라고 부르는 것은 렉사가 예전과 같은
사람이 아니라는 사실을 또 한 번 상기시켰고, 렉사와의 관계에서
인내심을 갖자고 다짐해왔어도 힘겨운 일이었다. 렉사는 살아 있을
때와 똑같은 외모에 똑같은 목소리를 지녔다. 심지어는 웃음소리도
똑같았다. 하지만 성격은 달라져버렸다.

"게다가 호칭을 사용하려면 타나토스 님이라고 불러야지."

이번에도 렉사는 부끄러운지 눈길을 피했고, 뺨은 좀 전보다 더 발그레해졌다. "그가…… 그러지 않아도 된다고 했어요."

그 말이 생경하게 들려서 어쩐지 이전보다 렉사가 더욱 멀게 느껴졌다.

"페르세포네 님?" 렉사가 물었다.

"음?" 페르세포네는 어지러운 생각에 빠져 있었다. 고개를 돌려 렉사의 밝고 아름다운 푸른색의 두 눈을 마주했다. 엘리시움의 불빛 아래, 숱 많은 검은색 머리칼 사이로 보이는 얼굴은 더욱 창백해 보였다. 게다가 허리춤에서 묶이는 흰색 가운을 입고 있기도 했다. 지상 세계에서 그녀와 함께 보낸 시절에는 결코 입지 않았을 법한 옷이었다.

"결혼 계획 말이에요, 어떻게 되어가고 있나요?" 렉사가 다시 물었다.

"아." 페르세포네는 잠시 우울해하다가 인정하듯 말했다. "사실 아직 딱히 시작도 안 했어."

절반은 사실이었다. 그녀는 계획을 시작도 하지 않았지만, 헤카테와 유리는 이미 착수했다. 마음속 깊은 곳에선 렉사 없이 결혼을 준비한다는 게 아프게 다가왔다. 만약 살아 있었다면, 그녀의 가장 친한 친구는 온라인에서 색상 견본이며 드레스며 식장을 열심히 물색했을 것이다. 계획을 세우고 목록을 만들고 페르세포네가 어머니로부터 한 번도 배워본 적 없는 관습들을 일러주었을 것이다. 하지만 지금 그녀는 함께 보낸 시간들을 모두 잊은 채 페르세포네의 맞은편에 조용하고 차분하게 앉아 있을 따름이다. 유리와 헤카테를 도와 함께 준비해주길 바랐다 한들 그럴 수 없을 것이다. 아스포델로

갈 수 있을 만큼 충분히 회복되었다고 타나토스가 판단을 내리지 않는 한, 영혼들은 엘리시움을 떠날 수 없었다.

"렉사에게 준비를 맡겨도 되지 않을까요?" 페르세포네는 이렇게 물은 적이 있었다.

타나토스는 고개를 절레절레 저었다. "여신님께서 방문하시는 것만으로도 렉사는 기진맥진할 겁니다. 지금으로선 그 이상의 무엇도 받아들일 수 없는 상태입니다."

그는 마법을 통해 거절의 반응을 누그러뜨리려 하기도 했다. 죽음의 신에게는 누구든 진정시킬 수 있는 힘이 있었는데, 주로 슬픔에 잠긴 이들에게 위안을 주고 불안을 완화시켜주는 마법이었다. 그런데 페르세포네에게만큼은 그 힘이 반대의 효과를 불러일으키곤 했다. 의도가 선하다고 해도 감정에 영향을 미치려는 시도는 그녀에게 침입과도 같았다. 렉사가 죽고 난 뒤 얼마간 타나토스는 고통을 덜어주기 위해 그 마법을 사용했지만 그녀는 그만하라고 요구했다. 좋은 뜻에서 한 행동임을 알고 있었지만 감정을 오롯이 느끼고 싶었다, 아프더라도.

렉사에게 그토록 큰 고통을 안겨주었으니 그러지 않는 게 오히려 잘못된 것 같았다.

"별로 안 기뻐 보이시네요." 렉사가 지적했다.

"하데스의 아내가 된다는 건 기뻐." 그녀가 해명했다. "그냥…… 내가 결혼할 거라곤 한 번도 생각을 안 해봤거든. 어디서부터 시작해야 할지도 모르겠어."

데메테르는 이런 일에 대해선, 아니 모든 것에 대해서 하나도 일러주지 않았다. 수확의 여신이 한 거라곤 딸을 세상으로부터, 또 하데스로부터 격리시킴으로써 신으로서의 운명을 거스르는 일이었다. 온실을 제발 벗어나게 해달라고, 인간으로 변신해 평범하게 세상에 살게 해달라고 빌었을 때 페르세포네가 간절히 원했던 건 학업을 무사히 마치고 괜찮은 일자리를 얻어 최대한 오랫동안 자유를 만끽하는 일이었다.

사랑은 결코 그 꿈의 일부가 아니었고, 결혼은 더욱이 아니었다.

"흐음." 렉사가 콧소리를 내곤 마치 일광욕을 하려는 듯 하늘을 바라보며 누웠다. "제일 설레게 하는 일부터 시작해보세요."

예전의 렉사가 건넸을 법한 조언이었다.

하지만 페르세포네를 가장 설레게 하는 건 하데스의 아내가 되는 일이었다. 함께할 미래를 그리면 가슴이 벅차올랐고 온몸에 짜릿한 전율이 흐르며 영혼이 생생히 살아 있는 것처럼 느껴졌다.

"생각해볼게." 페르세포네는 자리에서 일어서며 말했다. 결혼 이야기가 나와서 말인데, 그녀는 계획을 짜기 위해 궁전으로 가봐야 했다. "그래도 헤카테와 유리에게 생각이 있을 거라고 믿어."

"그럴지도 모르죠." 렉사의 말에 페르세포네는 잠시 동안 시선을 돌릴 수 없었다. 렉사가 이렇게 덧붙였을 때 예전의 친구, 사려 깊고 진실한 렉사가 돌아온 것 같은 느낌이 들어서였다. "하지만 이건 당신의 결혼식이잖아요."

페르세포네는 엘리시움을 떠났다.

아스포델로 순간 이동해야 했다. 이미 약속 시간에 늦었는데도 렉사를 두고 돌아서는 길에는 눈물로 시야가 흐려졌다. 그녀는 멈춰 서서 손으로 얼굴을 가렸다. 가슴속은 텅 비었고 폐는 타오를 듯 아팠다. 익숙한 느낌이었다. 렉사가 죽고 나서 얼마간 그녀를 완전히 무너뜨렸던 감정이니까. 아픔은 잠을 괴롭히는 악몽처럼 초대 없이 들이닥쳤다. 예상했을 때도, 그리고 전혀 예상치 못했을 때도 밀려들어 웃음소리와 냄새와 노래들, 말들과 공간들과 사진들에 들러붙었다. 그러곤 조금씩 내면을 갉아먹었다.

마음을 무겁게 하는 건 슬픔만이 아니었다. 화가 나기도 했다. 렉사가 다쳤다는 것 자체에, 신들이 버젓이 존재함에도, 또 그녀 역시 신이었음에도 운명에 맞설 수 없었다는 사실에 화가 났다. 맞서려 노력했고, 또 실패했으므로.

죄책감이 퍼져나가며 속이 뒤틀리는 것 같았다.

이후에 일어날 일을 알았더라면 결코 아폴론과 거래하지 않았을 것이다. 렉사가 중환자실에서 의식 없이 누워 있을 때, 페르세포네는 처음으로 누군가를 잃는 게 얼마나 두려운 일인지 이해하게 되었다. 사실 두려움이 너무도 컸기에 자신의 힘으로 할 수 있는 건 뭐든 다 해서라도 궁극적으로는 피할 수 없었을 일을 막고 싶었다. 하지만 그녀가 내린 결정들로 인해 렉사는 다치고 말았다. 오직 시간이 흘러야만, 그리고 레테 강물을 마셔야만 회복할 수 있었다.

렉사는 모든 기억을 잃었지만, 페르세포네는 여전히 예전 렉사가 돌아올 거라는 소망을 품고 있었다. 그러나 이제는 진실을 깨달았다. 슬픔이란 결코 되돌아갈 수 없다는 뜻이고, 결코 추억의 조각들을 그러모을 수 없다는 뜻임을. 렉사의 죽음 이후의 저 영혼은 다음 번 죽음이 일어날 때까지 그대로일 것이다.

우울감이 목구멍 끝까지 차올랐다.

슬픔은 정녕 잔인한 신이다.

궁전에 도착하자, 케르베로스와 티폰, 오르트로스가 뛰어와 그녀를 맞이했다. 세 마리 도베르만은 에너지가 넘치는, 그러나 순종적인 태도로 발치에 와 앉았다. 그녀는 무릎을 꿇고 개들의 귀 뒤를 긁어주곤 그들 옆으로 자리를 옮겨 앉았다. 이젠 개들의 성격도 어느 정도 알게 되었다. 세 마리 중 케르베로스는 가장 진지했고 우두머리 역할을 했다. 티폰은 유순했지만 항상 긴장하고 있었고, 오르트로스는 지하 세계를 순찰하지 않을 때면 바보 같은 모습을 보이기도 했다. 그런 일은 거의 없었지만.

"우리 멋진 친구들, 잘 지냈어?" 그녀가 물었다.

개들은 헥헥댔다. 오르트로스가 당장이라도 그녀의 얼굴을 핥고 싶은 마음을 간신히 참는 듯 발을 굴렀다.

"헤카테랑 유리 봤어? 그들에게 데려가주렴."

세 마리는 그 말에 따라, 지하 세계 어디에서도 보일 만큼 우뚝 솟은 궁전 쪽으로 내달렸다.

밝은 회색빛 하늘 너머 끝도 없이 솟은 자태의 빛나는 흑요석 탑들은 하데스의 위엄, 그의 영향력, 그의 영토를 드러내주었다. 성 근처에는 녹색 담쟁이덩굴, 붉은 장미, 수선화, 그리고 치자나무가 가득한 정원이 자리했다. 버드나무 가지와 꽃이 만발한 나무들과 식물들 사이를 가로지르는 길이 놓여 있는 그곳은 하데스의 다정함, 변화하고 수용하는 그의 능력을 상징하는 공간이자 속죄의 공간이기도 했다.

처음 이곳에 왔을 때 그녀는 지하 세계의 무성한 생명력을 보곤 화가 치밀었다. 죽은 자들의 신과 계약을 맺게 되었다는 사실도 속상했지만, 생명을 움 틔우는 건 그녀의 능력이어야 했기에 화가 났다. 물론 하데스는 그 자리에서 바로 저 모든 아름다운 생명이 모두 허상이라는 사실을 고백했다. 그럼에도 그가 저토록 수월하게 마법을 사용할 수 있다는 사실에 질투가 났다. 그녀 역시 헤카테나 하데스와의 훈련을 통해 마법을 통제하는 힘을 길러가고 있었지만, 그래도 그들의 통제력이 부러운 게 사실이었다.

우린 고대의 신들이잖아요, 소중한 이여. 헤카테는 말했다. 당신과 우리를 비교해선 안 돼요.

익숙한 질투가 날카롭게 돋아날 때마다 그녀는 그 말을 계속해서 떠올리곤 했다. 익숙한 실패의 좌절감을 맛볼 때에도. 분명 나아지고 있었고, 언젠가는 마법에 통달하게 될 것이며, 어쩌면 하데스가 수년 동안 부려놓은 환상은 실제가 될지도 모른다.

개들은 그녀를 연회장으로 이끌었는데, 그곳에서 헤카테와 유리가 꽃대, 색상 견본, 웨딩드레스 스케치들을 늘어놓은 테이블 앞에 서 있었다.

"오셨군요." 도베르만의 발톱이 대리석 바닥에 부딪는 소리에 고개를 든 헤카테가 말했다. 마법의 여신은 개들의 머리를 쓰다듬었고, 개들은 테이블 밑 바닥에 드러누워 헥헥거렸다.

"늦어서 죄송해요." 페르세포네가 말했다. "렉사를 만나고 오는 길이에요."

"괜찮아요." 헤카테가 말했다. "유리와 저는 지금 막 약혼식 얘기를 나누고 있었답니다."

"……약혼식이라고요?" 약혼식은 처음 듣는 얘기였다. "결혼식 준비를 위한 이야기를 나누러 모인 건 줄 알았는데요."

"오, 그렇죠." 유리가 말했다. "하지만 약혼식은 반드시 해야 해요. 아, 페르세포네 님! 얼른 여왕님이라고 부르고 싶어요!"

"지금도 여왕님이라고 불러도 된다." 헤카테가 말했다. "하데스도 그러는걸."

"정말이지 너무 신나요!" 유리가 두 손을 모아 쥐었다. "신들의 결혼식이라니! 수년 동안이나 없었던 자리잖아요."

"누가 마지막이었나요?" 페르세포네가 물었다.

"아마 아프로디테와 헤파이스토스의 결혼식일 거예요." 헤카테가 말했다.

페르세포네는 인상을 찌푸렸다. 아프로디테와 헤파이스토스의 관계에 대해선 언제나 소문이 무성했다. 그중 제일 흔한 루머는 불의 신이 사랑의 여신을 원하지 않는다는 내용이었다. 아프로디테와 대화를 몇 번 나누었을 때 결혼 생활이 행복하지 않다는 건 어렴풋이 짐작할 수 있었지만 이유는 알 수 없었다. 둘의 관계를 더 자세히 알아보려 할 때마다 아프로디테는 입을 닫곤 했다. 한편으론 페르세포네는 그녀를 탓하지 않았다. 그녀의 애정 생활과 그로 인한 어려움은 다른 이들이 왈가왈부할 게 아니었다. 그럼에도 아프로디테가 무척 외로워하고 있다는 느낌을 받은 건 사실이었다.

"결혼식에도 갔었나요?" 페르세포네가 헤카테에게 물었다.

"그럼요." 그녀가 말했다. "아름다웠어요. 상황은 좀 그랬지만."

"상황?"

"정략결혼이었잖아요." 유리가 설명했다. "아프로디테는 헤파이스토스에게 선물이었어요."

"선물……이라."

페르세포네는 움찔했다. 어떻게 여신이, 아니 그 어떤 여성이라도, 선물 따위로 보내진다는 거지?

"그건 제우스 생각이지." 헤카테가 말했다. "하지만 그녀는 탄생했을 때부터 아름다움과 유혹을 상징하는 사이렌과도 같은 존재였어요. 그녀와 결혼하고 싶다며 여러 신이 제우스를 찾아왔어요. 아레스, 포세이돈, 그리고 심지어 헤르메스조차도 그녀에게 깊이 매혹되었으니까요. 아마 그는 부인하겠지만요. 제우스는 오라클과 상의 없이 결정을 내리는 경우가 거의 없는데, 그들과의 결혼이 어떻겠느냐고 물어보니 오라클은 전쟁이 일어날 거라고 예언했어요. 그래서 그녀를 헤파이스토스와 결혼시키게 된 거예요."

페르세포네는 얼굴을 구기며 말했다. "하지만 아프로디테는 고분고분해 보이지 않던데. 자신의 결혼을 제우스가 결정하도록 놔둔 이유가 뭐예요?"

"아프로디테는 헤파이스토스와의 결혼을 원했어요." 헤카테가 말했다. "그리고 설령 결혼하지 못했더라도 선택의 여지가 없었을 거예요. 모든 신들의 결혼은 제우스의 허락을 받아야 하니까."

"뭐라고요? 대체 왜요? 결혼의 여신은 헤라 아니에요?"

"맞아요, 제우스 역시 헤라를 어느 정도 의사 결정 과정에 동참시키죠. 하지만 그녀를 믿지는 않아요. 헤라는 제우스가 신들의 왕 자리에서 물러나게 하는 결혼만을 승인할 테니까."

"아직도 이해가 안 돼요. 왜 결혼에 승인이 필요한 거죠?"

"신들의 결혼은 인간들과는 다르답니다. 신들은 힘을 공유하고,

자녀를 얻게 되지요. 축복을 내리기 전 제우스가 고려해야 할 요인들이 여럿이에요."

"힘을…… 공유한다고요?"

"네. 하데스에겐 그다지 해당되지 않는 얘기겠지만요. 이미 온 지구상에 지배력을 가지고 있으니까. 하지만 당신은 그림자를, 죽음을 지배하게 될 거예요."

페르세포네는 몸을 떨었다. 통제력을 얻고, 더 많은 마법을 통달해야 한다는 생각에 조금은 부담스러웠다. 이제 막 스스로의 마법을 깨우쳐가는 중이 아니던가. 물론 제우스가 결혼을 승낙하지 않는다 해도 그건 문제가 되지 않을 것이다. 하데스는 왜 이 사실을 말해주지 않은 거지?

"제우스가 승인하지 않을 가능성도 있나요?" 그녀는 아랫입술을 깨물며 물었다. 만약 그렇게 되면 하데스는 어떻게 할까?

달링, 나는 당신을 위해서라면 온 세상을 다 불태울 수도 있습니다.

그 말이 피부를 훑고 지나가자 등골이 서늘해졌다. 하데스가 한 말이니 충분히 현실이 될 수도 있었다.

"확실히 말할 순 없어요."

헤카테의 얼버무리는 듯한 말에 페르세포네의 마음속에는 불안이 점점 똬리를 틀었다. 심장에, 그리고 혈관에 규칙적으로 잡음이 울리는 듯했다. 헤카테는 언제나 직설적으로 말하는 편이었으므로.

"제우스 님께선 당연히 승인해주실 거예요." 유리가 헤카테의 옆구리를 쿡 찔렀다. "여신님의 행복을 부정할 이유가 뭐 있겠어요?"

아니, 이미 하나의 이유가 떠올랐다. 그녀의 힘. 절망의 숲에서 통제력을 잃었던 날 하데스의 마법을 그에게 되쏘았을 때, 헤카테는 처음 만난 날부터 품어왔던 두려움을 고백했다. 그녀가 그 어떤 신보다 강력해질 거라는 두려움. 그 힘은 그녀를 올림포스 신들 사이에 앉히거나, 아니면 그들을 적으로 만들게 될 테고, 어느 쪽일지는 그녀도 알지 못했다.

이 대화에 지친 듯 유리가 재빨리 화제를 바꿨다. "색상 견본부터 시작해볼까요!"

그녀는 테이블 위에 놓인 커다란 책을 펼쳤다. 페이지 사이사이에는 천 조각이 꽂혀 있었다.

"이게 뭐야?" 페르세포네가 물었다.

"이건…… 음, 결혼 관련 아이디어들이 담긴 책이에요."

"어디서 났어?"

"저랑 소녀들이 함께 만들었어요." 유리가 말했다.

페르세포네가 눈썹을 치켜떴다. "언제 시작한 거야?"

영혼의 뺨이 발갛게 물들었다. 유리는 말을 더듬으며 대답했다. "며, 몇 달 전에요."

"흐음."

스틱스 강에서 익사할 뻔했던 날 밤부터 영혼들이 결혼을 위한 물건들을 수집하고 있다는 느낌은 받았지만, 유리가 다채로운 색상 조합을 보여주자 말문이 턱 막히고 말았다.

"라일락색과 녹색을 생각 중이에요." 그녀가 말했다. "그 두 가지 색이라면 하데스 님께서 유일하게 입으시는 검은색을 보완해줄 수 있을 거예요."

페르세포네는 킥킥 웃음을 터뜨렸다. "검은색밖에 안 입어서 좀 아쉬운 거야?"

"알록달록한 옷 안 입으시는 거요? 휴, 한 번만이라도 하얀색 옷을 입으신 모습을 보고 싶네요."

헤카테는 콧방귀를 뀌었지만 부인하지 않았다.

유리는 다른 선택지들을 보여주었지만 페르세포네는 제우스에 대한 생각을 떨칠 수가 없었다. 그리고 하데스와 그녀의 결혼이 승낙받을지 여부조차 알지 못하는 상태에서 왜 결혼을 준비하고 있는 건지 의아했다. 어쩌면 이 결혼은 축복받을 게 뻔해서인지도 몰라, 아니면 프러포즈하기 전에 하데스가 이미 물어봤을지도 모르지. 만약 그런 거라면 그녀에게 이런 구닥다리 관습을 말해주지 않은 이유가 이해가 되었다. 그래도 꼭 물어봐야겠다는 결심이 섰다……. 그때까지는 내내 불안할 것이다.

페르세포네가 색상 견본을 고르자, 유리는 웨딩드레스 이야기로 넘어갔다. "알마에게 몇 가지 디자인을 그려보라고 했어요."

페르세포네는 페이지를 넘겨보았다. 각각의 드레스는 보석이나 진주, 혹은 몇 겹의 얇은 튈로 주렁주렁 장식되어 있었다. 결혼식을 꿈꿔본 적은 없지만, 저 드레스들이 그녀를 위한 게 아니라는 건 확실히 알 수 있었다.

"어떠세요?"

"스케치들이 정말 아름답네." 그녀가 말했다.

"마음에 안 드시는군요." 유리가 울상을 지으며 말했다.

"그런 게 아니라……." 페르세포네가 말했다. "그냥…… 내 생각엔 조금만 더…… 심플했으면 좋겠어."

"하지만…… 이제 여왕이 되시는 거잖아요." 유리가 따졌다.

"그렇다고 해도 난 여전히 페르세포네인걸. 그리고 페르세포네이고 싶어…… 가능한 한 오래오래."

유리는 항의하려고 다시 입을 열었지만 헤카테가 막아섰다. "이해해요, 왜 내가 드레스에 신경을 쓰지 않고 있겠어요? 게다가 야회복을 입을 기회는 이번 한 번이 아닐 텐데."

마법의 여신이 유리를 빤히 쳐다보았다.

페르세포네가 눈썹을 찡그렸다. "그게 무슨 뜻이죠?"

"소중한 이여, 이건 첫 번째 결혼식일 뿐이에요. 두 번째, 어쩌면 세 번째도 있겠지요."

페르세포네는 얼굴에 핏기가 싹 가시는 것 같았다. "세 번째요?"

전혀 몰랐던 또 하나의 사실이었다.

헤카테가 설명했다. "한 번은 지하 세계에서, 다른 한 번은 지상 세계에서, 그리고 마지막으로는 올림포스에서."

"왜 올림포스에서 식을 올려야 하죠?"

"그게 전통이랍니다."

"전통." 페르세포네가 반복해 말했다.

제우스가 결혼을 승인하는 게 전통인 것처럼 그 역시 전통이었다. 이제는 이런 생각이 들었다. 만약 제우스가 결혼을 승인하지 않는다면, 둘의 관계를 아예 인정하지 않는다는 뜻인 걸까? 어머니처럼 제우스도 둘을 강제로 떼어놓으려 할까?

그녀는 인상을 찌푸렸다. "저는 전통을 따르려는 마음이 별로 없는데요."

헤카테는 미소를 지었다. "다행이네요. 하데스도 그렇거든요."

그들은 좀 더 오래 머물며 꽃 장식과 식장에 관해 이야기를 나누었다. 유리는 치자나무와 수국으로 꾸미고 싶어 했고, 페르세포네는 아네모네와 수선화가 더 좋았다. 예식 장소의 경우 유리는 연회장을, 페르세포네는 정원을 선호했다. 하데스의 정원에 놓인 보랏빛 등나무 아래여도 좋을 것 같았다. 한참 대화를 듣던 헤카테는 미소를 머금고 있었다.

"왜요?" 마법의 여신이 즐거워하는 이유가 궁금했던 페르세포네가 물었다.

"아, 아무것도 아니에요." 그녀가 말했다. "그냥…… 말씀하신 거랑은 좀 다르게, 결혼식에 대해 원하시는 바가 뚜렷한 것 같아서요."

페르세포네는 부드럽게 미소 지었다. "그냥…… 우리를 떠올리게 하는 것들만 골라본 거예요."

논의를 마친 뒤, 페르세포네는 욕탕으로 가서 한 시간 남짓 라벤더 향이 나는 뜨거운 물에 몸을 담갔다. 뼛속 깊이 파고드는 피로감에 몹시 지친 상태였다. 끝없이 찾아오는 불안과 마음을 짓누르는 죄책감에 온몸으로 맞서 싸운 결과였다. 페이리토스에 관한 악몽을 꾸다가 잠을 설쳐서 피로감이 더욱 악화되었다. 하데스와 함께 타르타로스에 갔다가 돌아온 뒤로도 잠을 이룰 수 없었다. 죽은 자들의 신 옆에 누운 채, 반신에게 가했던 고문을 되새김질하며 그 행동의 의미를 곱씹곤 했다. 문득, 어머니의 말이 떠올랐다.

딸아, 심지어는 너조차 우리의 부패를 벗어날 수 없다. 힘을 가지게 되면 따라오는 게 있으니.

그녀도 괴물이 된 걸까? 아니면 그저 그런 또 하나의 신일 뿐인 걸까?

페르세포네는 욕탕을 나와 하데스의, 아니 우리의 침실로 갔다. 하데스를 만나 제우스에 대해 물어보기 전에 옷을 갈아입고 영혼들과 식사를 하려고 했지만, 침대를 보자마자 몸이 무겁게 느껴져 쉬고 싶다는 생각만 간절해졌다. 그녀는 실크 시트 위로 털썩 쓰러졌다. 편안하고 무게감 없는 안전한 상태.

눈을 떴을 때는 밤이었다. 벽난로 불빛이 방을 환하게 밝혔고 그림자 같은 연기가 벽에서 너울거렸다. 몸을 일으키자 벽난로 옆에 하데스가 서 있는 게 보였다. 그가 고개를 돌려 그녀를 바라보았다. 알몸이었는데, 불빛 때문에 울긋불긋한 근육에 후광이 생겼다. 드넓은 어깨, 납작한 복근, 탄탄한 허벅지. 그녀는 모든 부위를 눈으로 훑었다. 반짝이는 눈동자부터 잔뜩 부푼 성기까지. 그는 하나의 예술 작품이자 존재 자체로 무기였다.

그가 잔에 든 위스키를 홀짝였다.

"깨어났군요." 그는 부드럽게 말하곤 잔에 남은 술을 모두 들이켠 다음 벽난로 옆 테이블 위에 잔을 놓아두고 침대로 걸어왔다. 두 손으로 그녀의 얼굴을 그러쥔 다음 키스하고는 입술을 뗀 뒤에는 엄지손가락으로 그녀의 입술을 부드럽게 쓸었다. "오늘 하루는 어땠습니까?"

그녀는 입술을 깨물고 간신히 답했다. "힘들었어요."

그가 이맛살을 찌푸렸다.

"당신은요?" 그녀가 물었다.

"마찬가지입니다." 이 말과 함께 그의 손이 그녀의 뺨 위를 떠났다. "나와 함께 누워주십시오."

"그런 건 부탁하지 않아도 돼요." 그녀가 속삭였다.

그러자 그가 이미 벌어진 로브를 더욱 젖혀 그녀의 가슴 한쪽을 드러나게 하곤 굶주린 눈길로 바라보았다. 실크 재질의 옷감이 팔 아래로 스륵 벗겨져 허리께에서 멈췄다. 하데스는 몸을 기울여 그녀의 젖꼭지를 입으로 가져갔다. 혀로 장난스럽게 원을 그리다 불현듯 열성적으로 빨았다. 페르세포네의 손가락은 그의 머리카락 안쪽을 깊이 파고들어 그가 계속 맛볼 수 있도록 하면서 동시에 고개는 뒤로 젖혔다. 그의 입술이 온몸에 가하는 감촉이 황홀했다. 애무를 받을수록 몸은 점점 더 달아올랐고, 어느새 자신도 모르게 하데스의 손을 허벅지 사이로 가져가고 있었다. 녹아버릴 듯 젖어 있는 음부, 그 어디보다 더욱 가득 채워지길 바라는 그곳으로.

그는 순순히 따랐다. 매끈한 살을 찢듯 그가 손가락을 쑥 밀고 들어왔고, 그녀는 숨을 들이쉬며 신음을 흘렸다. 하데스는 벌어진 입술 위로 키스를 퍼부었다. 하데스의 손가락이 친숙한 몸 여기저기를 매만지며 깊이 파고드는 동안, 페르세포네는 하데스의 손목을 계속 붙잡고 있었다. 그러다 그의 성기 쪽으로 손을 내려 부드럽게 그러쥐자 그는 신음을 뱉으며 입술과 몸을 뗐다.

다시 그의 손을 잡으려 했지만 그는 그저 웃기만 했다.

"내가 쾌감을 선사할 수 있다는 걸 믿지 못하는 겁니까?"

"결국에는 줄 수 있겠죠."

하데스가 눈을 가늘게 떴다. "오, 달링. 이렇게 도발하다니요."

그는 옆으로 나란히 누운 자세가 되도록 그녀를 돌아 눕혔다. 한쪽 팔로는 그녀의 목을 감싸고, 다른 팔로는 가슴을 거머쥐었다가 배로, 허벅지로 점점 내려갔다. 그런 다음 그녀의 다리를 활짝 벌려 한쪽을 자신의 다리 위로 걸쳤다. 그의 손가락이 클리토리스 위에서 원을 그리고, 보송한 털 위를 오가다가 따뜻한 안쪽으로 쑥 들어갔다. 그녀가 숨을 몰아쉬며 그를 향해 등을 구부리자 그의 단단한 성기가 그녀의 엉덩이에 밀착했다. 그녀는 그의 어깨 위로 고개를 비스

듬히 올렸고, 다리는 점점 더 넓게 벌어져 그를 더욱 깊이 유혹했다. 맹렬한 욕망을 품은 하데스의 입술이 그녀에게 가 닿았다.

숨이 점점 가빠졌고, 발뒤꿈치가 침대 밑으로 자꾸 미끄러지려고 해서 균형을 잡을 수가 없었다. 혼몽하게 취하는 듯하면서도 생생히 살아 있는 것 같았다. 첫 오르가슴이 온몸을 뒤흔들어놓았지만 그녀는 더 많은 걸 원했다.

"이제 쾌감이 느껴집니까?" 그가 물었다.

답할 시간은 없었다. 그가 시간을 주었더라도 그녀는 가쁘게 내쉬는 숨결 속에서 아무 말도 붙잡을 수 없었을 것이다. 하데스의 단단한 성기가 그녀의 열린 입구 앞에 바싹 닿았다. 편안하게 쑥 밀고 들어오는 힘에 그녀는 숨을 들이쉬었고, 등이 절로 굽어지며 상체가 그의 가슴팍을 파고들었다. 완전히 밀어 넣은 뒤 그의 입은 그녀의 어깨에 닿았고, 치아가 피부를 스치는 동안 손으로는 클리토리스를 계속 자극했다. 그녀의 입에선 신음이 흘러나왔다. 깊은 안쪽에서부터 그가 이끌어낸 소리였다.

"이제 쾌감이 느껴집니까?" 그는 안에서 움직이며 다시 물었다.

천천히 앞뒤로 움직일 때마다 그 리듬에 그녀는 모든 것이 하나하나 다 느껴졌다. 깊숙이 밀어 넣는 그의 성기가 얼마나 부푸는지, 그녀의 엉덩이에 그의 몸이 어떻게 부딪히는지, 매번 들어올 때마다 얼마나 숨이 멎을 것 같은지.

"이제 쾌감이 느껴집니까?" 그가 다시 물었다.

그녀는 고개를 돌리곤 그의 목덜미를 붙잡았다. "황홀해요."

두 입술이 사납게 부딪쳤다. 더는 아무 말도 오가지 않은 채 그저 헐떡이는 숨소리, 필사적인 신음 소리, 몸끼리 부딪치는 소리만 존재했다. 둘 사이의 열기가 점점 더 고조되었고, 마침내 페르세포네는 뒤얽힌 몸에 땀이 섞이는 것을 느낄 수 있었다. 하데스의 몸짓은 점점 빨라졌다. 한 손은 그녀의 다리를 자신의 다리와 얽힌 채로 두고 다른 손은 그녀의 목을 가볍게 그러쥔 채였다. 둘이 함께 절정에 다다를 때까지 그는 그렇게 그녀를 붙잡고 있었다.

키스를 퍼붓던 그녀의 목덜미 쪽으로 하데스가 고개를 파묻었다. "괜찮습니까?" 그가 물었다.

"네." 그녀가 속삭였다.

괜찮음 그 이상이었다. 하데스와의 섹스는 언제나 기대를 한참 뛰어넘었고, 절정에 이르렀다는 생각이 들 때마다 이보다 더 좋을 순 없다는 예상은 빗나갔다. 이번에도 다르지 않았다. 죽은 자들의 신은 대체 어떤 경험을 얼마나 해온 건지 자연히 궁금해졌다. 그리고 왜 끝까지 버티는지도.

하데스가 몸을 뗐고, 페르세포네는 몸을 돌려 마주 보곤 섹스 직후의 반짝이는 얼굴을 찬찬히 들여다보았다. 그는 나른하고 만족스러운 듯 보였다.

"제우스가 우리 결혼을 승인했나요?"

그 질문에 하데스의 몸이 굳었다. 마치 심장이 정지하고 호흡이 멈춘 것처럼. 무엇이 그런 반응을 불러일으켰는지는 알 수 없었다. 어쩌면 이 얘기를 그녀에게 하지 않았다는 사실을 깨달았을 수도 있고, 뭔가를 들켰다고 생각했을지도 모른다. 잠시 후 그는 긴장을 풀었지만 둘 사이엔 기묘한 긴장감이 감돌았다. 화가 난 건 아니었지만, 분명 섹스 후의 나른한 쾌감은 아니었다.

"우리의 약혼 소식을 알고 있습니다." 그가 말했다.

"내가 물은 건 그게 아니잖아요."

그녀는 이제 그를 알 만큼 알았다. 하데스는 무엇이든 필요 이상으로 말하거나 제안하는 법이 없었다.

그는 잠시 그녀를 바라보더니 답했다. "제우스가 나를 부정할 순 없을 겁니다."

"하지만 축복을 빌어주진 않았던 거죠?"

그가 아니라고 해주길 바랐다. 이미 답을 알고 있긴 했어도.

"그렇습니다."

이제 그녀가 그를 빤히 바라볼 차례였다. 그럼에도 하데스는 말이 없었다.

"언제 얘기해줄 작정이었어요?" 페르세포네가 물었다.

"모르겠습니다." 그는 잠시 말을 멈추더니 놀랍게도 이렇게 덧붙였다. "다른 선택의 여지가 없을 때."

"그 점은 정말 명백하네요." 그녀가 노려보았다.

"다 피하고 싶었습니다." 그가 말했다.

"나한테 말해주는 걸요?"

"아뇨, 제우스의 승인 말입니다." 하데스가 말했다. "그는 그걸 구경거리로 만드니까."

"그게 무슨 뜻이에요?"

"그는 약혼식과 축제를 위해 모두를 올림포스로 불러들일 테고, 며칠이나 결정을 미룰 겁니다. 나는 그런 짓거리에 동참하고 싶지 않고, 당신 역시 그런 일을 겪게 만들고 싶지 않습니다."

"그럼 그 승인이란 걸 대체 언제 한다는 거예요?" 숨이 턱 막힌 채 그녀가 읊조렸다.

"몇 주 걸릴 겁니다, 내 예상으로는." 그가 말했다.

그녀는 천장 위를 멍하니 올려다보았다. 눈물이 차올라 시야가 흐려지면서 모든 빛깔이 눈앞에서 소용돌이쳤다. 이 사실에 왜 이렇게까지 감정이 복받치는 건지 알 수 없었다. 두려워서, 혹은 지쳐서인지도 모른다.

"왜 나한테 말하지 않은 거예요? 우리가 함께하지 못할 가능성이 있는 거라면 나도 알 권리가 있잖아요."

"페르세포네." 하데스가 몸을 숙여 눈물을 닦아주며 속삭였다. "누구도 우리를 떼어놓지 못할 겁니다. 운명의 여신들도, 당신 어머니도, 제우스조차도."

"당신은 늘 그렇게 확신하지만 당신 역시 운명의 여신들을 거역할 순 없잖아요."

"오, 달링. 내가 전에도 말했다시피, 나는 당신을 위해서라면 온 세상을 다 불태울 수도 있습니다."

그녀는 침을 꿀꺽 삼키며 그를 바라보았다. "어쩌면 내가 가장 두려운 건 바로 그건지도 몰라요."

그는 잠시 그녀를 바라보았고, 엄지손가락으로 뺨을 쓸어주다 입술을 맞대어왔다. 그런 다음 온몸을 훑어 내려가며 키스하더니 허벅지 사이에 오래 머물며 그녀를 깊이 빨아들였고, 마침내 그녀의 입술 위엔 하데스의 이름 외엔 아무 말도 오르지 않았다.

✖

시간이 얼마나 흘렀을까, 잠에서 깼을 때 하데스는 옷을 모두 챙겨 입은 상태였다. 눈꺼풀이 여전히 무겁고 비몽사몽했지만 그녀는 몸을 일으켜 앉으며 인상을 찌푸렸다.

"무슨 일 있어요?"

신의 눈길은 단호했고, 답하는 목소리는 약간 매정하게 들렸다. "아도니스가 죽었습니다. 살해된 겁니다."

충격이 파도처럼 몸을 뒤흔들고 지나갔다. 그녀는 눈을 깜박였다.

페르세포네는 아도니스를 결코 좋아하지 않았다. 그녀의 기사를 훔쳐가 허락도 없이 발행했고, 싫다고 말했음에도 그녀에게 손을 댔으며, 뉴 아테네 뉴스에 복직시켜주지 않으면 하데스와의 관계를 폭로하겠다고 협박하기도 했다. 그러니 벌을 받아 마땅했지만, 그렇다고 살해되어야 하는 건 결코 아니었다.

하데스는 방을 가로질러 바 쪽으로 걸어가 술을 한 잔 따랐다.

"아도니스가 살해되다니, 어떻게요?"

"끔찍하게." 하데스가 답했다. "라 로즈 근처 골목에서 발견됐다고 합니다."

페르세포네는 어안이 벙벙했다. 소식을 받아들이기가 어려웠다. 그녀가 아도니스를 마지막으로 본 것은 신들의 정원에서였다. 거기서 그녀는 그의 팔을 말 그대로 나뭇가지로 바꿔버렸고, 그는 발치에서 굽신거리며 몸을 원래대로 되돌려놓아달라고 애원했었다. 그렇게 해주는 대신 한 번만 더 다른 여성에게 동의 없이 손대면 남은 평생 캐리언 플라워로 보내게 만들 거라고 그녀는 조건을 걸었다. 그날 이후로 지금껏 그를 보지 못했다.

"그가 여기…… 지하 세계로 왔어요?"

"그렇습니다." 하데스는 위스키 한 잔을 다 마신 다음 또 한 잔을 따르며 답했다.

"무슨 일이 일어난 건지 물어봐줄 수 있나요?"

"아뇨. 그는…… 엘리시움으로 보내졌습니다."

죽음이 그에게 트라우마가 되었기에 치유의 공간에서 시간을 보내야 한다는 뜻이다.

페르세포네는 하데스가 다음 잔도 단숨에 들이켜는 모습을 지켜보았다. 이렇게 마시는 건 그가 불안해할 때뿐이었는데, 지금 그녀에게 가장 염려되는 건 자신이 한때 범죄자 새끼라고 불렀던 남자가 목숨을 잃었다는 사실에 대해 그가 느낄 참담함이었다.

그가 아도니스의 영혼에서 꿰뚫어 본 무언가가 이 죽음과 관련이 있을 것이다.

"아프로디테의 호의를 받았다는 점 때문에 살해된 걸까요?" 페르세포네가 물었다.

그런 일은 드물지 않았다. 수년 동안 많은 인간들이 바로 그 이유로 죽임을 당했는데, 아도니스는 늘 사랑의 여신과 긴밀한 관계라는 점을 떠벌리던 인간 아니던가.

"그럴 수도 있습니다. 신들을 향한 질투 때문인지, 증오 때문인지는 알 수 없습니다만."

공포감에 속이 뒤틀리는 것 같았다.

"아프로디테에게 복수하려는 누군가가 그를 살해했을 수도 있다는 거예요?"

"누군가가 아니라 여럿인 듯합니다. 모든 신을 증오하는 이들."

3장
공격

다음 날 아침, 일을 하기 위해 커피하우스로 향하면서도 페르세포네의 머릿속에는 하데스의 말이 둥둥 떠다녔다. 아도니스의 죽음에 관해 더는 캐물을 수가 없었다. 그는 그저 살인이 의도적으로 계획되고 실행되었다는 생각이 든다고만 덧붙였을 뿐이다. 그 말을 들으니 앞으로 더 많은 폭력이 벌어질 거라는 두려움이 일었다.

잔혹한 죽음이었지만 어떤 신문에도 그에 관한 언급이 없었다. 하데스가 진상 조사에 참여했기 때문이라고 추측했지만, 어쩌면 대중이, 혹은 그녀가 알게 되길 바라지 않는 무언가가 있을지도 모른다.

그녀는 인상을 찌푸렸다. 하데스가 그녀를 보호하려 한다는 걸 알고는 있었지만, 사람들이 호의를 받은 인간들을, 혹은 신들과 연관된 누구든 해하려는 거라면 그녀도 알아야 했다. 세상은 그녀가 여신이라는 사실을 몰랐지만, 하데스와의 관계로 인해 자신을 포함하여 친구들까지 잠재적인 표적이 될 수 있었다.

페르세포네는 카페의 어둑한 구석에 자리를 잡고 헬렌과 레우케를 기다렸다. 몇 주 전 자신만의 온라인 커뮤니티이자 블로그인 '옹호자'를 연 이후로 셋은 매주 만났고, 마땅한 사무실이 없었기에 뉴 아테네의 여러 장소에서 회의를 하곤 했다. 그중에서도 커피하우스는 그들이 선호하는 공간이었다. 둘은 좀 늦는 모양이었다. 아무래도 뉴 아테네에 불어닥친 한파 때문이리라.

단순히 한파라기엔 심각하긴 했다. 끔찍하게 추웠고, 황량한 하늘에선 거의 일주일 동안이나 눈이 계속 내리고 있었다. 처음에는 땅에 닿자마자 녹았는데, 오늘은 도로와 보도에 들러붙어 얼기 시작했다. 기상학자들은 세기의 폭풍이라고 불렀다. 페르세포네와 하데스의 약혼 소식 발표와 맞먹을 만큼 회자되는 유일한 뉴스였다. 오늘은 《뉴 아테네 뉴스》부터 《델피 디바인》에 이르기까지 모든 뉴스 매체의 첫 페이지에 두 소식이 함께 자리한 것을 발견할 수 있었다. 헤드라인은 다음과 같았다.

죽은 자들의 신, 인간 기자와 결혼하다
그리고 겨울의 폭풍이 여름의 태양을 집어삼키다

세 번째 헤드라인을 읽자마자 속이 온통 꼬여드는 것 같았다. 《뉴 아테네 뉴스》의 라이벌이자 전국 규모 언론사인 《그리스 타임스》의 사설 칼럼이었다.

겨울 날씨는 신이 내린 벌이다

이 칼럼의 저자는 신들을 따르는 사람이 아닌 게 분명했고, 어쩌면 불경한 자일 수도 있었다. 칼럼은 이런 문단으로 시작되었다.

신들이 다스리는 세상에 우연이란 없다. 그렇다면 이런 질문이 남는다. 어떤 신이 노여움을 표하고 있는가? 그리고 무엇이 그 원인가? 또 한 명의 인간이 신들보다 잘났다고 주장한 것인가? 아니면 누군가 감히 신들의 우월함을 비난하려 한 것인가?

이도 저도 아니었다. 이건 하데스와 페르세포네, 그리고 그녀의 어머니인 데메테르, 수확의 여신 간에 벌어지는 실제 전쟁이었다.

페르세포네로서는 이렇게까지 상황이 악화된 게 놀라운 일은 아니었다. 데메테르는 그녀와 하데스를 떨어뜨려놓기 위해서라면 무슨 짓이든 다 해왔으며 그 시작은 출생 직후부터였다. 유리 온실에 딸을 가둬놓고선 신들과 그들 행동의 이유에 대해 끊임없이 거짓을 주입했으니까. 하데스에 관해선 더욱 그러했다. 운명의 여신들이 둘의 실을 엮어두었다는 사실을 끔찍이도 싫어했으므로. 어머니의 엄격한 규칙들 속에 살아야 했던 나날을 떠올리면 통증이 느껴졌다. 그건 진실에 눈감는, 독선적이며 잘못된 방식 그 자체였다. 그녀는 딸이 아닌 죄수였으며, 결국 하데스를 만나게 되었기에 모든 확신은 물거품이 되었다. 유일하게 중요한 거래가 있다면 그건 그녀가 마음속으로 품고 있는 결심이었다.

"라테 나왔습니다, 페르세포네." 바리스타 중 한 명인 아리아나가 다가오며 말했다.

페르세포네는 유명세를 타기도 했지만 워낙 자주 들르는 손님이었으므로 이 가게의 거의 대부분을 알게 되었다.

"고마워요, 아리아나."

아리아나는 보건대학교에서 전염병학을 공부하는 학생이었다. 몇

44

몇 역병은 신들이 만들어냈으며 오직 신들이 마음을 먹어야만 치유할 수 있다는 점에서 공부하기 까다로운 학문이었다.

"하데스 님과의 약혼을 축하한다는 말을 하고 싶었어요. 정말 기대가 크시겠어요."

페르세포네는 미소를 지었다. 바깥에서 나날이 거세지는 데메테르의 폭풍을 마주하는 와중에 축하를 받자 마음이 버거웠다. 만약 인간들이 날씨의 급작스러운 변화가 무엇 때문에 발생한 건지 알게 된다면 둘의 결혼을 마냥 축하해줄 순 없을 것이다.

그럼에도 그녀는 간신히 답했다. "맞아요. 고마워요."

"날짜는 정하셨어요?"

"아뇨, 아직요."

"여기서도 식을 올리실 건가요? 그러니까, 지상 세계에서요."

페르세포네는 깊이 심호흡을 했다. 아리아나의 질문이 이렇게까지 속상하게 들릴 줄은 몰랐다. 그 소식에 들떠 있으니 저렇게 질문한 것임을 모르지 않았다. 그럼에도 그녀로서는 더욱 불안해지기만 했다.

"그게 말이죠, 아직 얘기를 안 해봤어요. 너무 바빴거든요."

"물론 그러셨겠죠. 그럼 더 이상 방해 안 할게요."

몸을 돌리는 그녀를 향해 페르세포네는 뜨뜻미지근한 미소를 지어 보였다. 라테 한 모금을 마신 뒤 태블릿으로 주의를 돌려보기로 했다. 어젯밤 헬렌이 검토해달라고 보낸 기사를 열어보았다. 제목을 읽었을 때 끼쳐온 기분을 말로 표현하기는 어려웠지만, 공포에 가까운 감정이었다.

인간 활동가 그룹 트라이어드에 관한 진실

대강림 이후 지금까지, 인간들은 지구상의 신들을 대면할 때마다 불안에 떨었다. 그때부터 신들의 영향력에 맞서는 다양한 단체가 결성되어왔다. 그들 중 몇몇은 불경한 자의 이데올로기를 수용하기 시작했다. 불경한 자는 신들을 숭배하지도, 기도하지도 않을 뿐 아니라 형의 집행을 유예해달라고 빌지도 않으며, 오히려 신들을 전적으로 피하고자 한다. 일부 불경한 자는 신들과의 전쟁에서 수동적인 자세를 취한다.

다른 이들은 더욱 적극적인 태세를 보이며 트라이어드를 결성하기에 이르렀다.

"신들은 요식업에서부터 의류, 심지어 광업에 이르기까지 모든 것을 독점하고 있습니다. 인간들이 그들과 경쟁하는 건 불가능하죠." 익명을 요청한 이 단체의 한 회원은 이렇게 말한다. "신들에게 대체 돈이 무슨 소용입니까? 그들이 우리 세계에서 살아남아야 하는 것도 아닌데."

페르세포네가 익히 알고 있는 주장이었다. 다른 신들을 대변할 순 없을지 몰라도 하데스, 죽은 자들의 신만큼은 변호할 수 있었다. 그는 올림포스 신들 가운데서도 가장 부유했지만, 그의 자선사업과 기부는 인간세계에 굉장히 큰 영향을 미쳤다.

헬렌의 기사는 이렇게 이어졌다.

트라이어드는 세 가지 인간적 권리인 공정성, 자유의지, 그리고 자유를 상징한다. 이들의 목적은 단순하다. 일상생활에서 신들의 영향력을 제거하는 것. 이들은 숱한 공공장소들과 신들이 소유한 사업장을 폭파하던 과거의 저항보다 더욱 평화적인 접근 방식을 취하는 새로운 리더를 선출했다고 주장한다.

최근 벌어진 사건들의 배후에 트라이어드가 있다는 증거는 없었다. 사실, 지난 5년간 그들이 연루된 사건이라곤 범그리스 대회에 반대하는 뉴 아테네 도심 길거리 시위뿐이었다. 다른 그리스인들은 중요하게 여기는 문화 행사였지만 트라이어드는 신들이 영웅을 택하고 그들끼리 서로 겨루게 만드는 행위를 혐오했다. 필연적으로 죽음에 이르는 관습이었고, 페르세포네 역시 죽음을 불사하고 싸우는 행위가 구습이라는 데에는 동의했지만 이 역시 인간의 선택이기도 했다.

세상에, 나 지금 하데스처럼 말하고 있잖아.

그녀는 계속 읽었다.

이들은 평화를 주장하고 있지만, 작년 한 해 동안 신들과 공적인 관계를 보인 인간들을 향한 상해 사건은 593건으로 보고되었다. 가해자들은 트라이어드의 최신 사명을 지지해 환생을 요청한다고 밝혔다. 이렇듯 사망자 수는 증가하고 있지만 하데스의 결혼 소식, 겨울 폭풍, 아프로디테의 최신 패션 라인업 등에 가려져 신과 인간들 모두 이를 알아차리지 못하고 있다.

신들은 트라이어드를 위협으로 간주하진 않을 테지만, 이들의 역사를 보건대 정말 신뢰할 수 있는 집단인가? 이미 드러났

듯, 자칭 활동가 단체가 행동에 나서면 피해를 입는 건 이들이 아니라 순진한 행인들이다. 인간들이 신들보다 수적으로 훨씬 우세한 지금의 세계에서, 무엇을 해야 하는지 신들에게 물어야 하는 것인가?

페르세포네에게 쓸쓸함을 남긴 건 마지막 문장이었다. 특히나 아도니스의 살해 사건이 있고 난 직후여서 더욱 그랬다. 그럼에도 페르세포네에게는 헬렌이 기사에서 강조한 것보다 더 많은 진실이 필요했다. 트라이어드 지도부의 말을 직접 듣고 싶었다. 593건의 상해 사건에 정말 그들의 책임이 있는 것인가? 만약 아니라면, 이들은 범죄와 거리를 두며 비난하려고 했던 걸까? 이들은 어떤 모의를 도모하고 있는 걸까?

이것저것 메모하는 데 너무 집중한 나머지, 그녀는 누군가 다가와서 말을 거는 걸 미처 알아차리지 못했다.

"당신이 페르세포네 로지인가요?"

그녀는 화들짝 놀라 자리에서 튀어오를 뻔했다. 고개를 홱 들었을 때는 커다란 갈색 눈에 아치형 눈썹을 지닌 여자와 시선이 마주쳤다. 달걀형 얼굴에 풍성한 검은색 머리카락의 여자는 모피로 장식된 검은 코트를 입은 채 두 손으로 김이 모락모락 나는 커피 잔을 움켜쥐고 있었다.

페르세포네는 미소를 지으며 답했다. "맞아요."

사진을 찍자고 하거나 사인해달라고 하겠거니 했지만, 여자는 커피 뚜껑을 열곤 페르세포네의 무릎에 그대로 쏟아부었다. 피부 깊숙이 화상을 입은 페르세포네는 자리에서 벌떡 일어섰고 가게는 순식간에 조용해졌다.

잠시 동안은 그저 어안이 벙벙해 몸속을 파고드는 고통에 아무 말도 나오지 않았다. 마법은 전신을 뒤흔들며 절박하게 방어 태세를 갖추었다. 임무를 완수한 여자는 유유히 몸을 돌렸지만 그 순간 페르세포네의 경호원이자 여전사인 조피와 정면으로 맞닥뜨렸다.

조피는 아름다웠다. 장신에 올리브색 피부를 지녔으며 검은 머리카락이 등 뒤로 길게 땋아 늘어져 있었다. 처음 만났을 때 그녀는 황금 갑옷을 입고 있었지만, 아프로디테의 부티크에 들러서 한차례 쇼핑을 한 뒤에는 현대적인 복장에 맛을 들였다. 오늘은 검은색 점퍼 차림이었다. 유일하게 어울리지 않는 아이템은 가해자의 얼굴을 향해 휘두른 장검이었다.

여기저기서 비명이 터져 나왔다.

"조피!" 페르세포네가 외치자 여전사의 칼날이 여자의 목에 가 닿기 직전에 멈췄다. 눈을 마주한 조피는 왜 사형 집행을 해선 안 되는지 이해가 되지 않는다는 눈빛이었다.

"네, 여신님?"

"검 치워요." 페르세포네가 명령했다.

"하지만……." 여전사는 항의하려 했다.

"당장."

악문 이 사이로 명령의 말이 흘러나왔다. 페르세포네가 원하는 건 그것뿐이었다. 조피가 그녀를 대신해 피를 보게 놔둘 순 없었다. 이미 이 사건만으로도 헤드라인이 내걸릴 터였다. 사람들은 뻔뻔하게 영상과 사진을 찍어대고 있었다. 일리아스에게 이 사건을 알려야겠다고 속으로 생각했다. 어쩌면 그가 미리 언론사에 조치를 취해줄지도 모른다.

여전사는 투덜거리면서도 명령에 따랐고, 장검은 시야에서 사라졌다. 물리적 위협도 사라졌겠다, 여자는 다시 허리를 꼿꼿이 펴더니 페르세포네 쪽으로 고개를 돌렸다.

"레밍." 여자는 이렇게 한마디를 내뱉고는 민테나 어머니가 뿜어냈던 것보다 더한 혐오를 눈길에 가득 담은 채 커피하우스를 성큼성큼 걸어 나갔다. 그러자 문에 달린 종이 흔들리며 댕댕 울렸다.

여자가 사라지자마자 조피가 입을 열었다. "한마디만 하십시오, 여신님. 골목길에서라도 죽여버리겠습니다."

"아니에요, 조피. 그래선 안 돼요. 우리 손으로 살인을 해선 안 된다고요."

"살인이 아닙니다." 조피가 맞받아쳤다. "보복입니다."

"나 괜찮아요, 조피."

사람들의 시선을 여전히 인식한 채 그녀는 돌아서서 짐을 챙겼다. 제우스처럼 번개를 다룰 수 있는 능력이 있길 간절히 바랐다. 사람들에게 남의 일에 그만 좀 참견하라는 가르침을 주기 위해 가게 내의 모든 전자기기를 감전시켜버리고 싶었으니까.

"하지만…… 저 여자가 여신님을 다치게 하지 않았습니까!" 조피가 주장했다. "하데스 님께서 결코 기뻐하지 않으실 겁니다."

"당신은 할 일을 했어요, 조피."

"제가 할 일을 했다면 다치시지 않았을 겁니다."

"최대한 빨리 달려왔잖아요." 페르세포네가 말했다. "그리고 난 다치지 않았어요. 정말 괜찮아요."

물론 당연히 거짓말이었다. 조피를 지켜주기 위해서였다. 페르세포네가 얼마나 고통스러워하는지 알게 된다면 여전사는 다시 죄책감을 안고 직책에서 물러나겠다고 할지도 몰랐다.

대체 누가 커피를 무기로 삼을 줄 알았겠어?

"왜 여신님을 공격한 걸까요?"

페르세포네는 미간을 찡그렸다. 그녀도 알 수 없었다.

레밍. 맹목적인 추종자. 여자는 그녀를 이렇게 불렀다. 페르세포네도 그 단어를 알고 있었지만 한 번도 그렇게 불린 적은 없었다.

"모르겠어요." 그녀가 한숨을 내쉰 다음 조피와 눈을 마주했다. "일리아스에게 연락해서 무슨 일이 일어났는지 알려줘요. 그가 언론보다 먼저 움직일 수 있을 거예요."

"물론입니다, 여신님. 어디로 가시는지요?"

"하데스를 찾으러." 그러곤 다리에 입은 상처를 내려다보았다. 찌를 듯한 고통이 옷자락 밑에 자리했다. "누군가 날 해치려 하면 하데스는 그들을 고문했죠."

그녀는 코트를 걸쳐 입곤 레우케와 헬렌에게 짧은 문자 메시지를 보내 아침 회의가 취소되었다고 알리고 오늘 밤 늦게 만나자는 말을 덧붙였다.

"시빌네서 봐요." 그녀가 여전사에게 말했다.

"맞습니다, 집들이죠." 조피가 눈썹을 찡그리며 말했다. "장작을 좀 가져갈까요?"

페르세포네는 웃었다. "아니에요, 조피. 가져올 건…… 와인이나 음식 정도면 돼요."

조피의 성장 환경에 대해선 아는 게 별로 없었지만, 그녀가 태어난 섬이 현대 사회와는 딴판이었다는 사실만은 확실했다. 헤카테에게 이에 대해 물었을 때 이런 답을 들려주었다.

"아레스는 그걸 선호하죠."

"뭘…… 선호한다는 거예요?"

"여전사들은 이 세상이 아닌 전쟁을 위해 자라난 아레스의 자녀들이에요. 그는 테르메 섬에 아이들을 격리시켜 전투 외에는 아무것도 알지 못하게 만들죠."

이 사실을 알게 된 이후로 페르세포네는 조피가 어쩌다 하데스를 알게 되었고, 또 그녀의 경호원이 되었는지 궁금해졌다.

그녀는 다시 여전사에게 고개를 돌렸다. "뭘 가져가야 되는지 모르겠으면 시빌에게 문자해서 물어봐요. 잘 알려줄 거예요."

바깥으로 나서자 살을 에는 추위가 몸속 깊이 파고들었다. 옷이 젖은 부분 때문에 피부가 얼어붙을 지경이었다. 녹은 눈과 점점 쌓이는 눈으로 미끄러운 보도를 따라 걷다가, 건물 모퉁이를 돌아 행인들의 시야에서 벗어났을 때 지하 세계로 순간 이동했다.

그녀가 도착한 곳은 침실이었다. 하데스가 거기 있으리라고, 방금 벌어진 일에 속상한 채 그녀의 상처를 치료해줄 거라고 반쯤은 기대했지만 그는 아직 도착하지 않았다. 그녀는 가방을 옆으로 치워두곤 몸을 움츠려 재킷을 벗은 뒤 인조 가죽 레깅스도 벗었다. 뜨거운 커피가 쏟아진 곳이 여전히 따끔거렸다. 허벅지는 붉게 부어올랐고 물집이 생긴 두 다리는 울룩불룩했다. 다행히 상처가 심하지는 않았다. 흐르는 물에 대고 있으면 좀 나을지도 몰라.

화장실로 향하려 몸을 돌리자마자 그곳에 하데스가 서 있었다.

페르세포네는 화들짝 놀라 두 손으로 벌거벗은 가슴을 가렸다. 단정한 검은색 양복을 근사하게 차려입은 신은 반짝이는 눈길로 그녀를 바라보았다. 매끄러운 머리카락은 뒤통수에서 완벽하게 말아 올려 단 한 올도 빠져나오지 않았다. 턱은 말끔하게 면도하고 깨끗하게 손질되어 있었다. 티 하나 없이 깔끔하고도 섹슈얼한 자태에 숨이 멎을 듯했다.

"하데스! 놀랐잖아요."

그의 시선이 그녀의 가슴을 향했고, 그는 씩 웃으며 그녀의 손을 잡았다.

"옷을 벗으면 내가 찾아낼 줄 알았어야지요. 내 육감입니다."

그는 고개를 숙여 그녀의 손가락 마디마디를 훑으며 키스하기 시작했고, 눈길이 점점 아래로 내려가더니 일순간 인상을 찡그렸다. 그녀를 붙잡았던 손은 이제 허벅지 위에 올라와 있었다. 몸이 떨렸다. 열이 오른 물집에 서늘한 손이 닿은 까닭이다.

"이게 뭡니까?" 그의 질문은 읊조림에 가까웠다.

확실히 그는 아직 이 소식을 모르는 상태였다.

"어떤 여자가 내 무릎 위에 커피를 부었어요."

"부었다?"

"고의였냐고 묻는 거라면 네, 맞아요."

하데스의 눈에 어두운 무언가가 번득였다. 어젯밤 아도니스의 살해 소식을 들려주던 때와 같은 표정이었다. 잠시 후 그는 그녀 앞에 무릎을 꿇었다. 손에서 마법이 물결처럼 뻗쳐 나오더니 그녀의 피부에 닿았고, 이윽고 더 이상 화상의 통증이 느껴지지 않게 되었을 뿐 아니라 상처도 사라졌다. 치유를 마치고도 하데스는 무릎을 계속 꿇은 채 그녀의 다리 뒤쪽을 향해 손을 뻗었다.

"그 여자가 누구였는지 말해주겠습니까?" 하데스가 허벅지 안쪽을 입술로 훑으며 물었다.

"아뇨." 그녀가 숨을 헐떡이며 말했다. 버둥거리지 않으려 그의 어깨 위에 손을 얹어야 했다.

"내가 당신을…… 설득할 순 없겠습니까?"

"아마도요." 그녀의 목소리가 신음에 섞였다. "난 그 여자의 이름도 모르니까 당신의…… 설득은 다 헛수고일 거예요."

"내가 하는 일 중에 헛수고라는 건 없습니다."

하데스가 자신의 얼굴을 그녀의 다리 사이로 들이밀었다. 입술이 클리토리스에 덮이듯 닿았다. 페르세포네는 숨을 몰아쉬며 손가락으로 그의 매끄러운 머리카락을 거머쥐었다.

"하데스."

"날 멈추게 하지 마십시오." 그가 거친 목소리로 말했다.

"30분 줄게요." 그녀가 말했다.

하데스는 동작을 멈추곤 그녀를 올려다보았다.

신들이여, 그는 너무도 아름답고 미칠 듯이 에로틱했다. 배 아래쪽에서 뭉근하게 차오르는 열기가 몸속을 온통 녹였다. 그곳이 이미 젖었다. 그가 입술을 대자마자 그녀는 절정에 이를 것이다. 오르가슴을 위해 애쓸 필요가 없었다.

"30분만?"

"더 필요하신가요?" 그녀가 도발했다.

그는 사악한 미소를 지어 보였다. "달링, 내가 5분 만에 당신을 가게 만들 수 있다는 건 우리 둘 다 알지 않습니까. 그런데 내가 더 시간을 끌고 싶다면 어떡합니까?"

"나중에요. 파티에 가야 하잖아요. 컵케이크도 만들어야 한단 말이에요."

하데스는 인상을 찌푸렸다. "적당히 늦는 건 인간들의 관습 아닙니까?"

페르세포네는 눈썹을 치켜떴다. "헤르메스가 말해줬죠?"

"그가 틀렸습니까?"

"시빌의 파티에는 지각하지 않을 거예요, 하데스. 날 만족시키고 싶다면 시간 내에 날 가게 만들어줘야 해요."

하데스는 씩 웃었다. "원하는 대로 하지요, 나의 달링."

4장
진실게임

페르세포네는 하데스와 함께 시빌의 집 앞에 나타났다.

서늘한 전율이 등을 훑고 지나갔다.

추위, 그리고 죽은 자들의 신과 몸을 섞은 한 시간 전의 기억이 뒤엉키며 나타난 반응이었다. 하데스의 사악한 면모에 익숙해질 법도 했지만 그는 늘 그녀를 놀라게 했다. 그녀가 무릎을 꿇은 그의 어깨 위에 한 다리를 올리게 한 채로도 쾌감을 선사할 수 있다니. 그는 혀로 그녀를 한껏 맛보고 희롱했으며, 잔뜩 삼키고 또 머금었다. 그녀는 그 입놀림에 허물어지지 않으려 그에게 몸을 최대한 밀착했다. 하데스의 가슴 깊은 곳에서부터 터져 나오는 쾌락의 신음에 휘감긴 채 그녀는 절정에 이르렀다. 그러고도 시빌의 집에서 있을 파티에 가져갈 컵케이크를 완성하기까지 시간은 충분했다.

또 다른 전율이 몸을 뒤흔들었다. 피부에 바늘이 잔뜩 꽂히는 것처럼 살이 에일 듯 추웠다. 7월 날씨라기엔 분명히 비정상적이었고, 그 무엇도, 심지어는 하데스의 사랑이 불러일으키는 행복조차 눈이 끝없이 내리는 지금의 두려움을 가라앉힐 수는 없었다.

전쟁이 시작되었습니다.

하데스의 말이었다. 프러포즈하던 날, 무릎을 꿇고 반지를 건네던 그날 밤에 했던 말. 그날은 그녀 평생 최고의 순간이기도 했지만, 데메테르의 마법이 그림자처럼 드리운 순간이기도 했다. 갑자기 페르세포네의 손가락 끝이 마법의 힘으로 따끔거렸다. 등 뒤에서 불쑥 솟아난 갑작스러운 분노 때문이었다.

허리에 올린 하데스의 손에 힘이 들어갔다.

"괜찮습니까?" 그가 물었다. 그녀의 마법이 휘감는 힘을 느낀 게 분명했다.

페르세포네는 아직 자신의 마법이 감정에 반응하는 것을 완전히 통제하지 못한 상태였다.

"페르세포네?"

하데스의 목소리가 그녀를 다시 현실로 데려왔기에, 좀 전의 질문에 답하지 않았다는 걸 깨달았다. 그녀는 고개를 들어 새까만 눈동자를 마주했다. 시선이 그의 입술에, 그리고 매력적인 턱수염에 가닿자, 그 까끌까끌한 수염이 피부에 닿았을 때의 감각, 희롱하고 애무하던 순간의 감미로운 맛이 떠오르면서 배 속이 뭉근하게 따뜻해졌다.

"괜찮아요." 그녀가 답했다.

하데스는 의심스럽다는 듯 눈썹을 치켜떴다.

"정말이에요. 그냥 엄마 생각 좀 하고 있었어요."

"그녀를 떠올리느라 저녁나절을 망치지 마십시오, 나의 달링."

"날씨 때문에 생각을 떨치기가 어려워요, 하데스."

그는 고개를 들어 잠시 하늘을 올려다보았고, 순간적으로 몸을 단단히 굳혔다. 그 역시도 그녀만큼이나 걱정하고 있다는 걸 알고 있었지만, 이 문제에 대한 그의 생각을 물어본 적은 없었다. 오늘 밤만큼은 즐겁게 보내고 싶었다. 마음 한구석에선 오늘 밤이 지나면 즐거운 일은 아무것도 없으리라는 목소리가 들려오고 있었으니까.

시빌의 집에 도착해 문을 두드렸을 때 웬 금발 남자가 모습을 드러냈다. 머리카락은 어깨 바로 위에서 부드럽게 찰랑거리고 있었다. 반쯤 감긴 듯한 눈은 푸른색이었고, 턱에는 옅은 수염 자국이 있었다. 잘생긴 얼굴이었지만 완전히 처음 보는 인간이었다.

이상하네, 여기가 시빌의 집이 맞을 텐데.

"페르세포네, 맞죠?" 남자가 물었다.

그녀가 머뭇거리자, 어깨 위 하데스의 팔에 힘이 들어갔다.

"페르세포네!" 뒤에서 시빌이 나타나 남자의 팔 아래로 몸을 숙이고 빠져나오며 그녀를 꼭 끌어안았다. "와줘서 너무 기뻐!"

목소리에 안도감이 묻어났다. 시빌이 몸을 떼곤 하데스에게 고개를 돌렸다.

"와주셔서 기뻐요, 하데스." 시빌의 목소리는 나직하고 수줍었다.

페르세포네는 살짝 놀랐다. 시빌은 신들을 낯설어하는 위치에 있지 않았기 때문이다. 불과 몇 달 전까지만 해도 아폴론을 모시는 오라클이었는데…… 잠자리를 하지 않겠다고 했다는 이유로 아폴론이 그녀의 예언 능력을 앗아가버렸다. 그 행동으로 인해 페르세포네는 비판 기사를 쓰게 되었지만 태양의 신에 대해 글을 쓰겠다는 결정은 재앙을 불러왔다.

그는 대중의 사랑을 듬뿍 받는 신이었기에 페르세포네의 기사는 비방으로 간주됐다. 그뿐만 아니라 하데스도 불같이 화를 냈다. 너무 화가 난 나머지 페르세포네를 지하 세계에 가두고 아폴론과 스스로 거래를 시도함으로써 복수를 막으려 했을 정도였으니까.

그 경험으로 페르세포네는 많은 교훈을 얻었다. 특히 깨닫게 된 것은 이 세상이 고통받는 여성의 말을 들어줄 준비가 되어 있지 않다는 사실이다. 그녀가 자신만의 발화 창구인 '옹호자'를 만들게 된 이유 중 하나가 바로 그 때문이다.

"초대해줘서 고맙습니다." 하데스가 답했다.

"나는 소개 안 시켜줄 거야?" 금발의 낯선 자가 물었다.

페르세포네는 시빌의 몸이 얼어붙는 걸 눈치챘다. 마치 남자가 함께 있다는 걸 잊은 것처럼 찰나에 벌어진 일이었고, 즉시 시빌의 얼굴에는 멋쩍은 미소가 살짝 떠올랐다.

"페르세포네, 하데스, 이쪽은 벤이에요."

"안녕하세요." 그가 손을 내밀며 악수를 청했다. "나는 시빌의 남자친……."

"친구, 벤은 그냥 친구예요." 시빌이 재빨리 말했다.

"글쎄, 곧 남자친구가 될 사람?"

벤이 씩 웃으며 말했지만 그녀를 바라보는 시빌의 표정은 절박했다. 축축한 손을 마주 잡으며 페르세포네의 시선이 오라클에게서 인간 남자에게로 옮겨갔다.

"만나서…… 반가워요."

벤은 하데스에게 몸을 돌렸다. 죽은 자들의 신은 그 손을 내려다보았다. "나와는 악수하길 원하지 않을 것이다, 인간."

그러자 벤의 눈동자가 약간 커지며 어색한 침묵이 뒤따랐다. 하지만 벤은 바로 미소를 되찾았다.

"그럼 들어가볼까요?" 그가 말했다.

그는 모두가 안으로 들어설 수 있게 옆으로 자리를 비켰다. 따스한 집 안으로 들어서며 페르세포네는 하데스를 향해 의미심장하게 눈썹을 치켜떴다. 하데스에겐 영혼을 들여다보는 능력이 있었는데, 벤을 바라보았을 때 무엇이 보였는지 묻고 싶었다. 물론 스스로도 얼추 추측되는 바가 있었지만.

연쇄 살인범.

"왜 그럽니까?" 하데스가 물었다.

"예의 바르게 행동하기로 약속했잖아요."

"인간을 달래는 건 하고 싶지 않습니다만."

"하지만 나를 달래는 건 하고 싶잖아요." 페르세포네가 말했다.

"아." 그가 나직한 목소리로 말했다. "당신은 나의 가장 큰 약점이지요."

시빌의 집은 들어서자마자 좁은 복도가 자리했고, 그곳을 지나면 주방과 작은 거실이 나오는 구조였다. 2인용 안락의자와 TV를 제외하면 여기저기 비어 있었다. 아폴론과 함께 살 때의 화려한 집과는 전혀 거리가 멀었지만 예스럽고 아늑한 곳이었다. 렉사와 3년 동안 함께 살았던 집이 떠올랐다.

"와인 마실래?"

시빌의 질문에 페르세포네는 생각을 멈출 수 있어 내심 다행스러웠다. 세상을 떠난 가장 친한 친구를 떠올리자 가슴속에 고통이 고여들었던 것이다.

"물론이지."

"하데스, 당신도 드릴까요?"

"위스키…… 무엇이든 상관없습니다. 스트레이트로…… 부탁합니다." 마지막 말은 마치 갑자기 떠오른 것처럼 그가 덧붙였다.

페르세포네는 얼굴을 찡그렸지만, 그래도 이번에는 예의 바르게 행동한 편이었다.

"스트레이트?" 벤이 물었다. "진성 위스키 애호가들은 최소한 물은 추가하지요."

하데스와 벤이 눈을 마주치자 페르세포네의 심장이 벌렁거렸다.

"나는 인간들의 피를 추가해 마신다."

"물론이에요, 하데스." 시빌이 재빨리 말하곤 조리대 위에 놓인 술병들 중 하나를 건네주었다. "맛이 괜찮을 거예요."

"고맙습니다, 시빌." 그는 빠르게 뚜껑을 따고 술을 들이켰다.

그녀는 페르세포네를 위한 와인 한 잔을 따라서 카운터 너머로 슥 밀어주었다.

"그래서, 벤을 어떻게 만나게 된 거야?" 페르세포네가 와인 잔을 받아들며 물었다.

"내가 일하는 포 올리브에서 만났죠." 벤이 끼어들며 말했다. "첫눈에 완전히 반했어요."

페르세포네는 와인을 잘못 삼켜 캑캑거렸다. 목구멍이 타 들어갈 것 같아서 와인을 도로 잔에 뱉었다. 시빌과 눈이 마주쳤을 때, 그녀는 초조해 보였지만 둘 중에 누군가 입을 떼기도 전에 문 두드리는 소리가 들려왔다.

시빌은 입구로 달려갔고, 페르세포네와 하데스, 그리고 인간 남자만 남겨졌다.

"시빌이 아직 확신이 없다는 건 알아요." 벤이 말했다. "하지만 다

시간문제일 뿐이죠."

"그렇게까지 확신하는 이유가 있나요?" 페르세포네가 반박했다.

그가 허리를 꼿꼿이 세우더니 선포하듯 말했다. "나는 오라클이
거든요."

"빌어먹을." 하데스가 뇌까렸다.

페르세포네는 팔꿈치로 그를 쿡 찔렀다.

"잠시 실례하겠습니다." 그가 위스키 병을 들고 주방을 나서며 말
했다.

벤이 바 너머로 몸을 기울이며 말했다. "저분이 날 안 좋아하는
것 같네요."

"그런 생각이 든 이유라도?" 페르세포네가 물었다. 코가 여전히
시큰거렸다.

벤은 어깨를 으쓱했다. "그냥…… 직감이에요."

길고 어색한 침묵이 흘렀다. 하데스를 찾으러 가봐야겠다고 막 일
어서려는 찰나, 자칭 오라클이 입을 뗐다.

"넌 졌다." 그가 말했다.

"뭐라고요?"

"그렇다." 그가 초점이 흐려진 눈을 번득이며 속삭였다. "넌 졌고,
또다시 지게 될 것이다."

페르세포네는 이를 악물었다.

"한 명의 친구를 잃고 나선 더욱 많은 친구를 잃게 될 것이다. 그
리고 너, 너는 빛을 잃을 것이며 밤중에 깡그리 타버린 불씨가 될 것
이다."

어느새 분노는 천천히 사그라들고 역겨운 감정이 똬리를 틀었다.

"어째서 레오니다스를 인용하는 거죠?"

스파르타의 왕인 레오니다스가 페르시아 군대에 맞서 싸운 전쟁 이야기를 담은 그 유명한 쇼는 렉사가 가장 좋아하는 프로그램이기도 했다. 사랑과 욕망과 피가 뚝뚝 떨어지는 드라마였다.

벤은 눈을 끔벅거렸고, 서서히 초점이 돌아왔다. "방금 뭐라고 했어요?"

페르세포네는 거짓 예언자들이 끔찍이도 싫었다. 실제 예언의 전통을 무시하고 조롱하는 위험한 자들이었다. 그녀가 막 입을 떼려는 순간 헤르메스가 소리를 지르며 나타났다.

"세피!" 속임수의 신이 그녀의 목에 팔을 두르며 끌어안더니 숨을 깊이 들이쉬었다. "당신한테서 하데스 냄새가 나요…… 섹스 냄새도."

그녀는 신을 밀쳐냈다. "소름 끼쳐요, 헤르메스!"

신은 킬킬대며 그녀를 놓아주었고, 반짝이는 시선은 벤으로 옮겨갔다.

"어머, 이게 누구야?" 어조에서 관심이 묻어났다.

"이쪽은 벤이에요. 시빌의……."

문장을 어떻게 끝마쳐야 할지 고민이 되었지만 마무리할 필요가 없었다. 어차피 아무도 귀 기울이고 있지 않았으니까. 벤은 이미 속임수의 신을 바라보며 빙그레 웃고 있었다.

"헤르메스, 맞죠?" 그가 물었다.

"오, 나 알아?"

그는 페르세포네를 처음 만났을 때도 자신에 대해 들어본 적이 있느냐고 물었다. 대체 왜 그러느냐고 한 번도 물어본 적은 없지만, 칭찬을 이끌어내려는 의도가 있는 것 같다는 짐작은 들었다. 정말이지 모두가 헤르메스를 알고 있으니까.

엉뚱한 답이 튀어나왔지만 그녀는 놀라지 않았다.

"당연하죠." 벤이 답했다. "아직도 신들의 전달자 역할을 하시나요? 아니면 이제는 신들도 이메일을 쓰나요?"

페르세포네가 눈썹을 치켜떴다. 낄낄대지 않으려 입술을 앙다물어야 했다.

"헤르메스 님이라고 불러야지." 헤르메스가 눈을 가늘게 뜨고는 홱 몸을 틀어 시빌을 지나쳐가며 속삭였다. "쟤 그냥 네 거 해라."

속임수의 신은 뾰로통해 있기도 잠시, 시빌의 거실 구석에 서 있는 하데스를 발견했다.

"자, 자, 자, 저기 누가 방구석을 잔뜩 어둡게 만들고 있는지 볼까. 말 그대로 어둡게 말이지."

하데스는 시빌의 집과 무척 안 어울리는 모습이긴 했다. 렉사와 함께 살던 집에 초대받아 함께 쿠키를 만들던 날처럼. 적어도 그날은 검은 셔츠에 트레이닝 바지를 골라 입곤 어떻게든 어우러지려 노력했었다. 하지만 오늘 밤은 정장을 입겠다고 고집했다.

"우리 집에 입고 왔던 그 트레이닝 바지는 어떻게 됐어요?"

"그게…… 버렸습니다."

그녀가 눈을 동그랗게 떴다. "왜요?"

그는 어깨를 으쓱했다. "다시 입을 일이 없을 것 같아서."

그녀는 눈썹을 치켜떴다. "내 친구들과 다시는 어울릴 일 없을 거라고 생각했던 거예요?"

"아닙니다." 그는 정장을 내려다보았다. "혹시 내가 당신 기대에 못 미칩니까?"

그녀는 웃음이 터졌다. "아뇨, 지금까지는 훨씬 뛰어넘었어요."

그러자 그가 빙긋 웃었는데, 심장이 튀어나올 것 같았다. 저렇게 웃을 때면 하데스는 그 무엇보다 아름다웠다.

또다시 문 두드리는 소리가 났다. 이번에는 헬렌이었다. 팔 위쪽까지 내려와 접히는 모피 칼라가 달린 긴 베이지색 코트를 입고 있었다. 안쪽에는 긴팔 흰색 셔츠와 캐멀색 치마를 입고 레깅스를 신었다. 컬이 들어간 긴 꿀빛 머리카락은 어깨 너머로 드리웠다. 그녀는 시빌의 뺨에 키스를 하고 가져온 와인을 건넸다.

두 사람은 서로를 알게 된 지 얼마 되지 않았지만, 페르세포네의 친구들이라면 누구나 그러하듯 금세 친해졌다.

"날씨 말이에요." 헬렌이 말했다. "정말이지…… 비정상적이에요."

"맞아요." 페르세포네가 나직이 말했다. 순간 죄책감이 훅 덮쳐왔다. "끔찍해요."

또 한 번 노크 소리가 들려왔고, 시빌이 나갔다가 레우케와 조피를 데리고 돌아왔다. 둘은 이제 룸메이트가 되었는데, 페르세포네는 그게 좋은 생각이었던 건지 확신이 서지 않았다. 레우케는 수백 년 동안 나무로 지내다 인간 세상으로 돌아온 지 얼마 되지 않았고, 조피는 여전사들 사이에서 자랐기 때문에 인간에 대한 이해가 거의 없다고 봐도 무방했다. 그럼에도 둘은 하나씩 찬찬히 배워나가고 있었다. 횡단보도를 건너는 법이나 음식을 주문하는 간단한 것들부터 사교나 통제력 같은 좀 더 어려운 인간 삶의 면면들까지.

레우케는 나이아스, 즉 물의 님프였다. 새하얀 머리카락과 속눈썹, 그리고 창백한 피부 덕에 푸른색 눈동자가 태양처럼 밝게 빛나 보였다. 페르세포네와 처음 만났을 때는 공격적인 성향을 보였고 아름다운 이목구비는 심각하면서도 뾰족한 인상을 주었다. 하지만 시간이 지남에 따라 더 잘 알게 되면서 그녀를 대하는 태도도 누그러졌다. 님프가 하데스의 전 연인이었다는 사실에도 말이다. 그래도 민테와는 달리 페르세포네는 둘 사이에 애정이 남아 있지 않다는 걸 확신할 수 있었기에 더욱 편한 마음으로 그녀를 대할 수 있었다.

오늘 밤, 레우케는 심플한 하늘색 드레스를 입었는데 옷차림 때문인지 얼음 여왕처럼 보였다.

미소를 지으며 집 안에 들어서던 조피는 거실에 하데스가 서 있는 걸 보곤 주춤거렸다.

"왕이시여!" 그녀가 소리치며 재빨리 고개를 숙였다.

"여기선 그러지 않아도 돼요, 조피." 페르세포네가 말했다.

"하지만…… 이분은 지하 세계의 왕이시지 않습니까."

"우리도 다 알아." 헤르메스가 말했다. "저 신 좀 봐, 이 방의 유일한 고트족이야."

그 말에 하데스가 눈살을 찌푸렸다.

"다들 도착했으니 게임하자!" 헤르메스가 말했다.

"무슨 게임요?" 헬렌이 물었다. "포커?"

"안 돼!"

모두가 한목소리로 외치며 하데스에게 눈길을 돌렸다. 그러자 그는 모두를 태워버리려는 듯 매섭게 노려보았다. 그가 당하는 괴롭힘을 만회해주려면 얼마나 많은 노력이 필요할지 벌써 상상이 되었다.

"진실게임 하자!" 헤르메스가 주방 조리대로 손을 뻗어 다양한 술병들을 집고는 손가락 사이에 끼웠다. "벌칙은 술!"

"알았어요. 하지만 집에 작은 유리잔이 없는데." 시빌이 말했다.

"그럼 들이켤 뭐라도 준비해야지." 헤르메스가 말했다.

"신들이여." 페르세포네가 중얼거렸다.

"진실게임이 뭡니까?" 조피가 물었다.

"말 그대로야." 헤르메스가 커피 테이블 위에 병들을 늘어놓으며 말했다. "한 번도 해보지 않은 일을 돌아가면서 말하고, 그 일을 해본 사람은 술을 마시는 거지."

모두가 거실에 둘러앉았다. 헤르메스가 자리 잡은 소파 한 쪽에 앉으려던 벤은 시빌이 페르세포네 옆 바닥에 앉은 걸 알아차리고는 그대로 자리를 박차고 일어나 그녀 옆에 끼어 앉았다. 페르세포네는 시선을 피하며 하데스와 눈을 마주쳤는데, 그는 그녀의 맞은편, 다 같이 빙 둘러앉은 원에서 약간 벗어난 자리에 서 있었다. 이 게임에 동참하지 않을 이유라도 궁리 중인 건가. 하지만 게임에서 흘러나올 말들에 그가 어떻게 대응할지 궁금한 마음을 부정할 수는 없었다. 또 동시에 두려웠다.

"나부터 한다!" 헤르메스가 말했다. "난 한 번도…… 하데스와 섹스해본 적 없다."

페르세포네는 그를 죽일 듯이 노려보았다. 눈동자 색을 흐릿하게 만드는 데 사용한 글래머가 녹아내리는 게 느껴졌다.

"헤르메스." 그녀는 이를 악물고 그의 이름을 뇌까렸다.

"왜요?" 그가 투덜댔다. "이 게임은 나만큼 살아온 존재들에게 제일 불리하다고. 난 다 해봤으니까."

그러자 레우케가 헛기침을 했다. 헤르메스는 그제야 자신이 무슨 짓을 했는지 깨닫고 눈이 커졌다.

"앗." 그가 말했다. "아앗."

페르세포네는 레우케를 좋아했지만, 저 님프와 하데스 사이의 과거를 떠올리는 것까지 유쾌하다곤 할 수 없었다. 레우케가 파이어볼 위스키를 따라 마실 동안 그녀는 그쪽으로 눈길을 주지 않았다.

다음 차례는 벤이었다. "난 한 번도…… 전 여자친구를 스토킹해본 적 없다."

거짓 예언자가 말을 뱉자마자 어색한 침묵이 이어졌다. 수상한 놈이 아니라는 걸 스스로 증명이라도 해보이고 싶었던 걸까?

아무도 술을 마시지 않았다.

시빌이 다음 차례였다. "난 한 번도…… 첫눈에 반해본 적 없다."

벤을 겨냥한 말이었지만 그는 눈치채지 못한 듯했다. 어쩌면 오라클로서의 능력에 확신이 넘친 나머지 신경 쓰지 않는 건지도 몰랐다. 그가 샷 한 잔을 마셨다.

다음은 헬렌이었다. "난 한 번도…… 쓰리썸을 해본 적이 없다."

헤르메스가 술을 마셨고 아무도 놀라지 않았다. 하지만 하데스도 마시는 모습을 보곤 페르세포네의 얼굴에 핏기가 싹 가셨다. 술을 마시는 모양새가 마음에 걸리기도 했다. 속눈썹이 뺨까지 닿을 정도로 눈을 내리깔았는데 마치 그녀가 자신을 보고 있다는 걸 무시하기 위한 것 같았다. 그녀도 이 문제에 대해선 이미 대화를 나눈 적이 있다고 합리화하려 애썼다. 하데스는 그녀보다 훨씬 오래 살아왔다는 사실을 미안하게 여기지 않을 테고, 그녀 역시 이해했다. 당연히 죽은 자들의 신이라면 무수히 다채로운 성 경험이 있을 터였다. 그런데도 질투가 샘솟는 건 어쩔 수 없었다.

마침내 하데스가 눈을 들어 그녀를 마주 보았다. 눈동자는 검은색이었지만 홍채에는 마치 달빛처럼 타오르는 빛이 깃들어 있었다.

그녀가 잘 아는 눈빛이었다, 경고라기보다는 간청에 가까운. 나는 당신을 사랑합니다. 나는 당신과 함께하고 있습니다. 다른 모든 건 중요하지 않습니다.

그녀도 알고 있었다, 진심으로 그렇게 믿었다. 하지만 게임이 계속될수록 그녀가 술을 마시는 빈도는 줄었지만, 하데스의 경우는 정반대였다.

"난 한 번도…… 누군가의 알몸 위에 먹을 것을 얹어두고 핥아본 적이 없다." 벤이 시빌을 똑바로 쳐다보며 말했다. "하지만 그래보고 싶네."

하데스는 술을 마셨고, 페르세포네는 토가 나올 것 같았다.

"난 한 번도…… 주방에서 섹스해본 적 없다." 헬렌이 말했다.

하데스는 마셨다.

"난 한 번도…… 공공장소에서 섹스해본 적 없다." 시빌이 말했다.

하데스는 마셨다.

"난 한 번도…… 오르가슴을 가장해본 적 없다." 헬렌이 말했다.

페르세포네는 무슨 마음으로 그랬는지는 알 수 없지만, 그 말을 듣자마자 술병을 기울여 와인을 들이켰다. 유리잔을 내려놓으며 하데스를 흘긋 바라보자, 그는 눈썹을 치켜뜨고 검은 눈동자로 그녀를 바라보고 있었다. 그의 에너지가 무겁게 휘감는 게 느껴졌다. 그녀에게 말하기를 요구하는 듯했다. 그녀의 살결을 맛보면서, 거짓말했다는 걸 확인하고 싶다고.

그가 다른 이들 앞에서 그녀에게 도전장을 내밀 거라는 예상은 하지 못했다.

"그게 사실이라면, 기쁜 마음으로 상황을 수습하겠습니다."

"오오." 헤르메스가 놀렸다. "오늘 밤 어마어마한 섹스가 벌어지려나 본데."

"닥쳐요, 헤르메스."

"당신이 술잔을 들자마자 지하 세계로 데려가버리지 않았으니 운이 좋은 거예요."

하데스의 눈길을 보건대 헤르메스의 말은 여전히 현실에서 벌어질 법했다. 그는 질문을 품고 있고, 답을 바라고 있다.

"다른 게임하죠." 페르세포네가 제안했다.

"하지만 이거 재미있는데." 헤르메스가 징징댔다. "이제 막 흥미진진해지고 있었다고요."

그녀는 날카롭게 그를 쏘아보았다.

"게다가 하데스는 당신이랑 섹스하려고 수많은 방법을 나열하고 있는……."

"그만해요, 헤르메스!" 페르세포네는 자리에서 벌떡 일어나 복도를 지나 화장실로 들어갔다. 닫힌 문에 기대어 바닥으로 쭉 미끄러졌다. 파르르 떨리는 눈을 감고선 숨을 내쉬었다. 내면에 켜켜이 쌓인 기이한 감정들을 풀어보려 시도했지만 실패했다. 말로 표현하긴 어려웠지만 두텁고 무거운 감정이었다.

그 순간 공기가 요동치자 바짝 긴장이 되었다. 하데스의 몸이 그녀를 감싸 안는 게 느껴졌다. 그의 뺨이 그녀에게 닿았고, 숨결은 귓가를 간질였다.

"당신 행동이 날 자극하리라는 걸 알았어야지요." 그의 목소리는 야성적이고 거칠었다.

배 아래쪽이 다시 뭉근하게 조여왔다. 그의 단단한 몸은 폭발적인 힘을 겨우 억누르고 있었다.

"내가 언제 당신을 채워주지 못했습니까?"

그녀는 침을 꿀꺽 삼켰다. 그가 진실을 원한다는 걸 알고 있었다.

"대답 안 해줄 겁니까?"

그가 손을 들어 그녀의 목에 댔다. 시선을 마주 보게 하려는 손길이었다.

"당신이 얼마나 유구한 성생활을 해왔는지 저렇게 게임하면서 알게 되고 싶진 않았다고요."

"그래서 복수하려고 내가 당신을 만족시키지 못했다는 사실을 드러내고 싶었던 겁니까?"

페르세포네는 눈길을 피했다. 손을 여전히 목 위에 올린 채, 그는 고개를 숙여 그녀의 귓가에 혀를 살짝 댔다.

"그럼 내가 당신을 정신 못 차리게 할 수 있다는 걸 저들이 절대 의심할 수 없게 만들어드리면 되겠습니까?"

그는 그녀의 치마를 들어 올리곤 레이스 속옷을 찢었다.

"하데스! 우린 여기 손님으로 왔다고요!"

"무슨 말이 하고 싶은 겁니까?"

그는 그녀의 몸을 들어 올려 문 쪽으로 밀어붙였다. 절제된 움직임이었지만 거칠었다. 피부 밑에서 폭력성이 일깨워지는 걸 느낄 수 있었다.

"남의 집 화장실에서 섹스하는 건 실례예요."

천천히 그녀의 입술을 훑던 하데스는 입술을 벌려 혀를 안으로 들이밀었다. 그녀는 저항하려 했지만 격렬한 키스에 녹아내렸고, 숨을 쉴 수가 없었다.

어째서 그를 자극한 걸까? 이걸 원해서야. 난 이게 필요했어.

그녀는 그의 화를 돋우고 싶었다. 피부에 바싹 닿는 분노가 너무 격렬해져서 결국 그녀가 존재하지 않았던 머나먼 과거를 다 잊어버릴 때까지.

하데스의 성기 끝부분이 그녀의 벌어진 입구에 스치는 걸 느끼자 그녀는 움찔했다. 바로 다음 순간, 쑥 밀고 들어오는 걸 느끼며 페르세포네의 고개가 꺾였고, 입술에서 비명이 새어나왔다. 몸 안에 파도처럼 솟구치는 쾌감을 이기지 못한 날것의, 적나라한 소리.

바로 그때, 문을 두드리는 소리가 났다.

"안에서 무슨 일이 일어나고 있든 간에 방해하고 싶지는 않은데." 헤르메스가 말했다. "둘 다 나와서 이걸 좀 봐야 할 것 같아."

"지금은 불가하다." 고개를 페르세포네의 목덜미에 파묻은 채 하데스가 으르렁댔다.

그의 몸은 단단히 굳어 있었다. 그게 어떤 상태인지 그녀는 알고 있었다. 스스로를 통제하려는 노력, 그가 떨쳐냈으면 하는 속성이다.

그녀는 고개를 돌려 혀로 그의 귓가를 간질이다 살짝 깨물었다. 하데스가 숨을 몰아쉬며 손으로 그녀의 엉덩이를 꽉 쥐었다.

"알았어. 먼저, 다른 집 화장실에서 섹스하는 건 무례한 짓이야." 헤르메스가 말했다. "둘째, 이거 날씨 문제야."

하데스는 신음을 흘리며 으르렁댔다. "잠시만, 헤르메스."

"잠시만이 언제까진데?" 그가 물었다.

"헤르메스." 하데스가 경고했다.

"알았어. 알았어."

헤르메스가 사라지자 하데스는 몸을 뗐다. 그의 것이 있다가 사라진 자리가 즉시 허해졌다. 점점 더 애가 탔다.

"제길." 그는 나직하게 읊조리며 매무새를 정돈했다.

"미안해요." 페르세포네가 말했다.

하데스가 눈썹을 찡그렸다. "왜 사과하는 겁니까?"

그녀는 설명하려고 입을 열었다. 질투한 것 때문인지, 방금 전 좋다 만 일 때문인지, 아니면 폭풍우 때문인지, 정말이지 알 수 없었다. 그녀가 입을 다물자 하데스가 몸을 기울였다.

"당신에게 화난 게 아닙니다." 그가 키스하며 말했다. "하지만 당신 어머니는 이렇게 끼어든 걸 후회하게 될 겁니다."

페르세포네는 그게 무슨 뜻인지 궁금했지만 물어보진 않았다. 복도에서부터 TV 소리가 쩌렁쩌렁 울려 퍼지고 있었다.

"뉴 그리스 전역에 심각한 얼음폭풍 경보가 발효되었습니다."

"무슨 일이에요?"

"진눈깨비가 내리기 시작했어요." 헬렌이 커튼이 활짝 젖혀져 있는 창가에 선 채로 말했다.

페르세포네도 다가갔다. 우박이 창문에 부딪히며 둔탁한 소리를 냈다. 날씨가 더 나빠질 것임을 알고는 있었지만 이렇게까지 빠르게 악화될 줄이야.

"분명 신의 짓이야." 벤이 말했다. "신이 우리를 저주하고 있다고!"

페르세포네는 하데스와 눈을 맞췄다. 팽팽한 침묵이 방을 가득 채웠다.

인간은 하데스에게 고개를 돌리곤 물었다. "부정하시나요?"

"성급한 결론을 내리는 건 현명한 처사가 아니다, 인간이여." 하데스가 답했다.

"성급한 결론을 내리는 게 아니에요. 난 이걸 예견했다고! 신들이 공포로 우리를 다스릴 것이다. 절망과 파괴가 있을 것이다."

벤의 말이 페르세포네의 마음 깊은 곳에 돌처럼 무겁게, 그리고 차갑게 내려앉았다. 저 인간이 정신 나갔다는 생각과는 별개로, 그가 방금 한 말이 완전히 헛소리라고는 말할 수 없었다.

"말조심해라." 이번에 입을 뗀 건 헤르메스였다.

그가 너무도 무시무시하고 가혹해 보였기에 그녀는 불안해졌다. 어조에 등골이 다 서늘해질 지경이었다. 벤의 지나친 비난에 신들이 노할 이유는 충분했다.

"내가 말하려던 건 그저……."

"듣는 대로 말하는 거겠지." 시빌이 말을 끝마쳤다. "그게 신의 말일 수도 있긴 하지만, 너에게 후원자가 없는 것으로 보아 불경한 자로부터 예언을 주입받고 있는 것 같기도 하네. 훈련을 받았다면 그 정도는 알 수 있었을 텐데."

페르세포네는 벤에게 시선을 옮겼다. 불경한 자가 뭔지 알 수 없었지만 시빌만큼은 자신이 무슨 얘길 하고 있는지 명확히 알고 있었다. 그녀는 이런 상황에 훈련이 되어 있었으니까.

"불경한 자가 뭐가 그렇게 나쁜데? 때론 그들만이 진실을 말하기도 해."

"이만 떠나줘야겠어." 시빌이 말했다.

잠시 팽팽한 긴장감이 흘렀다.

"나보고…… 떠나라고?"

"말 똑바로 들었잖아." 헤르메스가 응수했다.

"하지만."

"현관문이 어디 달려 있는지 잊었나 본데." 헤르메스가 말했다. "내가 데려다주지."

"시빌." 벤이 항변하려 했지만 1초 후 그는 사라져 있었다. 모두의 눈길이 헤르메스를 향했다.

"내가 안 했어." 신이 말했다.

이제는 모두가 하데스를 바라보았다. 하지만 그는 아무 말이 없었다. 누구도 묻지 않았지만 페르세포네는 그가 저 인간을 어디로 보냈을지 궁금했다.

"우리도 이제 그만 가요." 페르세포네가 말했다. 그녀가 정말로 원하는 건 질문을 잔뜩 할 수 있도록 하데스와 단둘이 남는 거였다. "우리가 여기 머물수록 폭풍은 더 심각해지기만 할 거예요."

다들 동의했다.

"하데스, 헬렌과 레우케, 조피가 안전하게 집에 갈 수 있도록 해줘요."

그가 고개를 끄덕였다. "안토니를 부르겠습니다."

다들 겉옷을 주섬주섬 걸치기 시작하자 페르세포네는 시빌을 구석으로 데리고 갔다.

"너 괜찮아? 벤은……."

"미친놈이야." 그녀가 말했다. "너나 다른 사람들의 기분을 상하게 했다면 정말 미안해."

"그 걱정은 안 해도 돼……. 하지만 저런 행태를 보면 조만간 어떤 신에게서든 노여움을 사게 될 거야."

안토니는 금방 도착했다. 세련된 리무진이 길가에 멈춰 서자 차례로 차에 탔다. 하데스와 페르세포네가 한쪽에, 그리고 레우케와 조피, 헬렌이 다른 쪽에 자리를 잡았다.

"그 벤이라는 인간 진짜 싫지 않아요?" 레우케가 물었다.

"만약 그놈이 다시 올 경우를 대비해 시빌은 침대 밑에 칼을 숨겨 둬야 할 겁니다." 조피가 말했다.

"아니면 그냥 문을 잠그거나." 헬렌이 제안했다.

"자물쇠는 열릴 수도 있지 않습니까." 조피가 말했다. "칼이 더 좋습니다."

차내는 조용해졌다. 들리는 소리라곤 차창에 우박이 부딪히는 소리뿐이었다.

레우케와 조피가 먼저 내렸고, 혼자 남은 헬렌은 작은 체구가 코트에 파묻힌 바람에 어둠에 집어삼켜지는 것처럼 보였다. 밤거리를 내다보는 어여쁜 얼굴에 이따금 가로등 불빛이 어른거렸다.

잠시 후, 그녀가 입을 뗐다. "벤 말이 맞을까요? 이게 신들의 짓이라는 거."

페르세포네는 몸이 뻣뻣하게 굳었다. 헬렌의 커다랗고 순진한 눈동자는 하데스를 향하고 있었다. 질문에 악의가 담겨 있지 않아 오히려 이상했다.

"곧 알게 될 것이다." 하데스가 답했다.

리무진이 멈추고, 안토니가 문을 열어주자 차가운 공기가 훅 끼쳤다. 페르세포네가 덜덜 떨자 하데스는 더욱 꽉 감싸 안았다.

"태워주셔서 감사합니다." 헬렌이 차에서 내리며 말했다.

차가 다시 움직이기 시작하자 페르세포네는 입을 열었다.

"엄마는 폭풍을 일으키면 정말 우리를 갈라놓을 수 있다고 생각하는 걸까요?"

하데스의 턱이 단단하게 조이는 모습만으로도 충분한 답이 되었다. 그렇습니다.

"눈을 본 적 있습니까, 페르세포네?" 하데스가 물었다.

목소리 톤이 마음에 들지 않아 그녀는 주저했다. "……멀리서만요."

산꼭대기에 쌓인 눈을 본 적은 있지만 뉴 아테네로 이사 온 뒤로는 단 한 번도 본 적 없었다.

눈을 맞추는 하데스의 눈동자가 번득이고 있었다. 위협적이고도 화난 듯한 눈길.

"무슨 생각해요?" 그녀가 조용히 물었다.

그가 눈을 내리깔자 뺨 위로 속눈썹 그림자가 드리웠다. "다른 신들이 개입할 수밖에 없어질 때까지 데메테르는 계속할 겁니다."

"그럼 그때는 어떻게 되는 거예요?"

하데스는 답하지 않았다. 페르세포네는 더 이상 대화를 이어가지 않았다. 마음 깊은 곳에선 두려움이 너무나도 컸으므로, 그리고 답을 알 것 같았으므로.

전쟁.

5장
고대 마법의 손길

"안토니." 헬렌을 내려준 지 얼마 되지 않아 하데스가 말했다. "페르세포네 여신님을 네버나이트로 무사히 모셔다주게."

"뭐라고요?"

그 말이 끝나기가 무섭게 하데스가 그녀의 입술을 열고 혀를 안으로 쑥 밀어 넣으며 키스를 퍼붓자 설렘과 기대감으로 아랫배가 팽팽해졌다. 그러자 어머니의 노여움에 관한 생각은 멀어지고 화장실에서 하데스가 건넸던 약속이 다시금 떠올랐다. 미처 한 몸이 되지 못한 아까 전의 상황 때문에 아직 공허한 아릿함이 남아 있었고, 오늘 밤 그의 안에서 정신을 온통 놓아버리고 싶다는 마음만이 절실했다. 하지만 그는 그 쾌감을 선사해주긴커녕 몸을 뗐다. 그녀의 입술은 얼얼한 채로 덩그러니 남겨졌다.

더 해줘, 하데스. 지금 당장. 그렇게 소리를 지르고 싶었다. 몸이 너무나도 애타게 원하고 있었다. 그도 그걸 알고 있었다.

"조급해 마십시오, 나의 달링. 오늘 밤에 나와 함께 황홀경을 맛보게 될 테니."

안토니는 헛기침을 했다. 마치 터져 나오는 웃음을 참으려는 것처럼 들렸다. 바로 다음 순간, 하데스의 마법이 화르르 타오르며 향신료와 재의 냄새를 풍겼고, 그는 자취를 감추었다.

페르세포네는 길게 숨을 내쉬곤 룸미러로 안토니와 눈을 마주쳤다. "어디로 갔나요?"

"저도 모릅니다, 여신님." 그가 답했다.

하지만 그가 하지 않은 말을 들은 것 같았다. 알았다 하더라도 저는 여신님을 무사히 모셔다드리라는 명령을 받았습니다. 문득, 다음 훈련을 할 때 헤카테에게 물어볼 게 떠올랐다. 순간 이동한 자를 뒤따라가는 방법을 알려달라고.

안토니는 네버나이트 앞에 차를 세웠다. 끔찍한 추위와 하늘에서 떨어지는 속절없는 눈사태에도, 하데스의 악명 높은 클럽 내부를 꼭 들어가보겠다는 필사적인 일념으로 인간들은 여전히 줄지어 서 있었다. 차에서 내리자마자 하데스의 경비원 중 하나인 오거, 메코넌이 다가왔다. 그가 머리 위로 우산을 씌워주며 그녀를 문 앞까지 경호했다.

"좋은 저녁입니다, 페르세포네 님." 메코넌이 말했다.

그녀는 싱긋 웃었다. "안녕하세요, 메코넌. 어떻게 지냈어요?"

"잘 지냈답니다."

날씨에 대해선 아무 말도 하지 않아 다행스러웠다. 메코넌이 문을 열어젖혔고 그녀는 클럽 안으로 들어서 필멸자들과 불멸자들로 가득한 플로어를 지나 계단 쪽으로 향하기 시작했다. 플로어를 걸어 지나가는 대신 클럽에 발을 들이자마자 순간 이동을 하기도 했지만, 하데스와의 약혼으로부터 받는 힘에 점점 더 익숙해지려고 노력하는 중이었다. 그건 곧 이 클럽이 그녀의 것이기도 하다는 의미였다.

가끔은 하데스처럼 저 군중 사이를 투명한 상태로 걸으며 방해받지 않은 채 관찰하고 그들의 말을 듣고 싶었지만, 그녀가 가진 힘의 범위에선 그 능력이 발현될 거라는 생각이 들지 않았다.

페르세포네는 네버나이트의 플로어를 가로질러 걸었다. 사람들이 빽빽이 들어찬 라운지, 백라이트가 켜진 바, 붉은 레이저 불빛 아래 달아오른 몸들이 움직이는 낮은 댄스 플로어를 지나쳤다. 발걸음을 옮기는 내내 사람들의 시선이 느껴졌다. 그녀를 보고 있지 않았더라도 사람들은 뭔가를 수군거렸고, 무슨 말을 하는지 들리진 않았지만 짐작할 수는 있었다. 루머는 끊이지 않았다. 몸짓 언어의 귀재들도 수없이 많았다. 지하 세계에서 그녀가 어떻게 생활하는지, 그녀가 친구를 잃은 슬픔에서 벗어나려 얼마나 애쓰는지, 결혼 준비를 하느라 처리해야 할 과제들은 무엇인지를 소상히 폭로하는 '가까운 친구들'도 끝이 없었다. 그 기사들에는 진실이 단 한 움큼 정도만 들어 있었을 뿐이지만, 그게 바로 세상이 그녀를 바라보는 시선이었다. 페르세포네는 언어라는 게 아군이기도 하고 적이기도 하다는 걸 알고 있었음에도, 항상 스스로가 세상의 떠들썩한 뉴스에서 멀찍이 떨어져 있으리라 생각해왔었다. 그 반대는 결코 아니었다.

아무도 가까이 다가오지 않아서 정말 다행이었다. 대부분의 경우 크게 신경 쓰는 편은 아니었지만 오늘 밤은 약간 불안했다. 어쩌면 오늘 벌어진 커피 사건의 영향인지도 몰랐다. 그래도 사람들이 거리를 두는 이유 중 하나는 그녀가 보호받고 있기 때문이라는 걸 알고 있긴 했다. 하데스가 경비원이자 경호대원으로 고용한 아드리안과 에지오가 멀찍이서 뒤따라 걷고 있었다. 누군가 다가오면 그들은 거리를 좁혀올 것이다. 그럼에도 때로는 그들조차 필사적인 인간을 제지할 만큼의 보호막이 되어주진 못했다.

"페르세포네!" 소란스러운 군중 너머로 한 여자의 목소리가 들릴 듯 말 듯 울려 퍼졌다.

페르세포네는 자신의 이름을 소리쳐 부르는 사람들에 익숙했고, 그 소리에 발걸음을 멈추지 않는 데에도 조금씩 적응해가고 있었는데, 저 여자는 군중을 밀치고 걸어오고 있었다. 계단참에 막 발을 올렸을 때 여자가 그녀를 멈춰 세웠다.

"페르세포네!" 검은 머리의 여자가 클럽을 가로질러 쫓아오느라 숨을 헉헉대며, 다시 그녀의 이름을 불렀다.

분홍색 옷을 입은 여자가 숨을 몰아쉬며 손을 뻗어오자 페르세포네는 그 손을 홱 뿌리쳤고, 그 순간 아드리안과 에지오가 그녀와 인간 여자 사이를 막아섰다.

"페르세포네." 여자가 다시 그녀의 이름을 불렀다. "제발요. 부탁드릴게요, 내 말 좀 들어줘요!"

"이쪽으로 오십시오."

아드리안이 페르세포네를 끌어당겼고, 에지오는 그녀와 여자 사이를 더욱 단단히 막았다. 그녀가 잠시 기다리라 말하며 에지오의 팔뚝 위에 손을 얹었다.

"내 도움이 필요하신가요?" 페르세포네가 여자에게 물었다.

"네! 아, 페르세포네."

"이분은 하데스 님의 미래의 아내이시자 여왕님이시다." 아드리안이 말했다. "그렇게 불러라."

여자의 눈이 휘둥그레졌다. 얼마 전까지만 해도 페르세포네는 아드리안의 정정 발언에 몸을 움찔하곤 했지만, 이름으로 불러달라고 요청하는 일은 점점 더 줄어들고 있었다.

"죄송합니다, 정말 죄송합니다!"

페르세포네는 자신도 모르게 점점 더 초조해졌다. "문제가 무엇인지는 몰라도 본론을 말하기까지 너무 오래 걸리는 것으로 보아 그렇게까지 심각한 일은 아닌가 보군요."

신들이여, 그녀는 정말로 하데스처럼 말하고 있었다.

"제발요, 이렇게 간청드려요. 하데스 님과 거래를 꼭 하고 싶어요. 지금 당장 저를 만나달라고 그분께 물어봐주세요."

페르세포네는 이를 악물었다. 역시 여자는 그녀에게 도움을 요청하는 게 아니었다. 하데스에게 대신 애원해달라고 요구하는 거였다. 그녀는 고개를 모로 기울이고 눈을 가늘게 뜨며 어떻게든 마음속에 이는 분노를 달래려 했다.

"어쩌면 내가 당신을 도울 수도 있을 거예요."

그러자 여자가 웃음을 터뜨렸다. 그 제안이 우습다는 듯이.

정말로 솔직해지자면, 그 반응은 상처였다. 이 인간은 페르세포네가 여신이라는 걸 모르는 게 분명했지만, 신들이 얼마나 숭상을 받는지 다시금 상기되는 순간이기도 했다.

페르세포네의 입술이 가늘어졌다. "내 도움을 거부하는 건 하데스를 거부하는 거나 마찬가지예요."

페르세포네가 다시 계단을 오르기 시작하자 여자는 그녀를 향해 달려들려고 했지만 에지오가 팔을 뻗어 여자의 손길을 제지했다.

"잠시만요, 제발." 여자의 목소리가 절망적으로 변했다. "무례를

범하려던 건 아니었어요. 그런데…… 어떻게 날 도와줄 수 있다는 건가요? 당신은 인간이잖아요."

페르세포네는 걸음을 멈추곤 여자를 흘긋 쳐다보았다. "당신이 요청하는 게 신의 도움을 필요로 하는 거라면, 애초에 그런 요청은 하지 않는 편이 나을 텐데요."

"당신이니까 그런 말을 쉽게 하겠죠." 여자가 발끈하며 말했다. "연인이 신인데, 뭐든지 다 요청할 수도 있고."

이 여자도 온갖 기사를 읽고 수군대는 다른 이들과 다르지 않았다. 페르세포네의 삶에 대해 자의적인 서사를 만들어내고 있는 것이다. 그녀 역시 하데스에게 도와달라고 얼마나 애원했었는지, 그가 어떻게 거절했는지, 개입을 그만두었어야 하는 순간에 아폴론과 거래를 하면서 어떻게 모든 걸 망쳐버렸는지, 여자는 알 턱이 없다.

페르세포네는 에지오를 올려다보며 말했다. "여자를 내보내."

그러고는 등을 돌려 다시 계단을 오르기 시작했다.

"잠깐만요! 안 돼! 제발!"

여자의 울부짖는 소리가 불꽃놀이처럼 온 클럽에 울려 퍼졌고, 에지오가 여자를 밖으로 끌고 가는 동안 군중의 함성이 서서히 잦아들었다. 페르세포네는 시선들을 무시하고 계속 계단을 올라 하데스의 집무실에 다다랐다. 황금으로 도금된 문 앞에 서자 비로소 좌절감이 몸속을 휩쓸었다. 물리적으로 현현하는 마법의 힘 때문에 팔뚝에 찌르는 듯한 통증이 느껴졌다. 대개는 덩굴이나 잎사귀, 또는 꽃들이 피부에서 돋아나곤 했다.

그 인간이 이렇게 만들었다. 그녀는 고통이 사라질 때까지 숨을 들이켜며 분노를 가라앉혔다.

세상은 대체 어떻게 생각하고 있는 거지? 쓰라린 생각들이 훨씬 더 고통스러운 쪽으로 향했다. 왜 이렇게까지 화가 났는지 그제야 깨달았다. 그 여자는 결국 하데스와 관계를 맺고 있다는 사실 외엔 그녀에게 아무런 가치가 없다고 말한 것이다.

여태껏 이런 느낌을 받을 때마다 감정을 이겨내야 했다. 하데스가 소유한 물건처럼 취급되는 일, 둘의 관계를 조명하는 기사에서조차 이름이 언급되지 않는 일 따위를. 그녀는 하데스의 연인이거나 그 인간, 둘 중 하나로만 여겨졌다.

하데스와 대등하다고 여겨지는 지하 세계에서처럼, 지상 세계에서도 그렇게 대우받으려면 어떻게 해야 할까?

페르세포네는 한숨을 내쉰 뒤 헤카테의 오두막이 있는 초원으로 순간 이동했다. 여신은 자신의 진홍색 가운 자락을 물어뜯는 작고 복슬복슬한 검은 강아지와 씨름 중이었다.

"네펠리, 얼른 놔!" 헤카테가 소리쳤다.

강아지는 으르렁대며 가운을 더욱 세게 잡아당겼다.

페르세포네는 그 광경에 웃음이 났다. 좀 전의 좌절감은 이내 사라지고, 마법의 여신이 치마를 잡아당기며 저토록 작고 섬세한 생명체를 떨쳐내려는 모습에 기쁨이 피어올랐다.

"페르세포네, 그냥 서 있지 좀 말고요! 나를 이…… 괴물에게서 좀 구해줘요!"

"아, 헤카테." 페르세포네는 털북숭이를 안아 올리려 몸을 굽혔다. "애는 괴물이 아니에요."

그녀는 네펠리를 높이 들어 올렸다. 자그마한 귀, 뾰족한 코, 그리고 감정이 풍부한 인간과도 같은 눈을 가진 강아지였다.

"쟤는 악당이라고요!" 헤카테는 조그만 구멍이 숭숭 뚫린 드레스를 찬찬히 뜯어보았다. 그런 다음 허리춤에 손을 올리곤 눈을 가늘게 떴다. "내가 얼마나 많은 걸 해줬는데."

"어디서 발견하신 거예요?" 페르세포네가 물었다.

"그게……." 헤카테는 머뭇거리며 허리께를 짚은 손을 떨구었다. "내가, 그러니까…… 만들었어요."

페르세포네가 미간을 찡그리며 자세를 바꾸어 강아지를 팔로 감싸 안았다. "당신이…… 이 친구를 만들었다고요?"

"그렇게까지 나쁜 일은 아니랍니다." 헤카테가 말했다.

"헤카테, 제발 이 강아지가 인간이었다고 말하지 말아줘요."

이런 일이 처음은 아니었다. 헤카테는 게일이라는 마녀를 긴털족제비로 변화시켜 지금 지하 세계에서 키우는 중이니까.

"알았어요. 이젠 그러지 않을게요." 그녀가 답했다.

"헤카테, 어째서죠? 당신을 화나게 했나요?"

"아뇨, 아니에요." 그녀가 말했다. "사실…… 논쟁의 여지는 있지만, 그녀가 슬픔을 겪고 있어서 강아지로 만든 거예요."

"대체 왜요?"

"미쳐가고 있었거든요. 그래서 인간보다는 차라리 개로 존재하는 게 낫다고 생각했죠."

페르세포네는 입을 벌렸다가 다시 닫았다. "헤카테, 누구도 본인의 허락 없이 무턱대고 강아지로 만들어버려선 안 돼요. 이 친구가 치마를 물어뜯은 이유가 있네요."

마법의 여신은 팔짱을 꼈다. "그녀가 허락한 거예요. 땅에서 나를 올려다보며 제발 이 고통을 거두어달라고 애원했거든요."

"그렇다고 자신을 개로 만들어달라는 뜻은 아니었을 텐데요."

"모든 인간에게 이런 교훈을 주고 싶네요. 도움을 구하고 싶다면 구체적으로 말하라고." 헤카테는 어깨를 으쓱했다. "게다가, 내겐 새로운 저승사자가 필요했어요. 헤카베는 이제 지쳤거든요."

"저승사자요?"

"아, 네." 그녀는 사악한 미소를 지었다. "내가 수세기 전에 만든 오래된 전통이에요. 인간의 삶을 앗아가기 전, 저승사자를 보내서 적절한 순간에 죽을 수 있도록 몇 주 동안 고문하죠."

"하지만…… 어떻게 당신이 목숨을 앗아갈 수 있다는 거예요?"

"내가 그들의 운명의 여신으로 지정되어 있거든요."

페르세포네는 소름이 돋았다. 잔혹한 모습을 직접 본 적은 없지만 헤카테가 타르타로스의 여신으로 알려져 있다는 것, 또 대개는 독극물을 활용해 기이한 방식으로 고문한다는 사실은 알고 있었다. 목숨이 헤카테의 손아귀에 놓인 인간들이 대체 어떤 지옥을 맛볼지 상상조차 하기 어려웠다.

"이제 나와 이 개 얘기는 그만하도록 하죠. 왜 찾아오셨지요?"

헤카테가 미소를 짓자 페르세포네도 여기에 온 이유를 떠올려냈다. 좀 전에 속상한 일을 겪었음에도 분노보다는 실망감이 더 크게 느껴졌다.

"그냥…… 훈련 좀 할 수 있을까 해서요."

헤카테가 눈을 가늘게 떴다. "내가 하데스는 아니지만 당신이 지금 진실을 말하고 있지 않다는 건 알아요. 이리 와요, 털어놔보세요."

페르세포네는 한숨을 내쉬곤 클럽에서 웬 여자와 있었던 일을 이야기했다.

헤카테는 가만히 듣고 있다가 잠시 후 물었다. "그 여자에게 뭘 줄 수 있을 거라고 생각했던 건가요?"

페르세포네는 뭔가 말하려고 입을 열었지만 머뭇거렸다. "그, 그건…… 모르겠어요."

그녀는 여자가 뭘 원하는지조차 알지 못했다. 추측해볼 수는 있었지만. 거의 모든 인간은 시간을, 건강을, 부를, 그리고 사랑을 구한다는 사실을 깨닫기까지는 오래 걸리지 않았다. 그중 어떤 것도 페르세포네로서는 줄 수 없었다. 봄의 여신은커녕, 이제야 힘을 조금씩 배워가고 있는 입장이니까.

"마음이 어디로 향하고 있는지 보이네요." 헤카테가 말했다. "속상하게 하려고 꺼낸 말이 아니에요. 하지만 어쨌든 내 질문에 답을 해주셨군요."

페르세포네의 눈이 휘둥그레졌다. "어떻게요?"

"인간처럼 생각하고 있잖아요. 내가 대체 뭘 줄 수 있었을까, 하고."

"내가 대체 뭘 줄 수 있었을까요, 헤카테? 시든 장미라도, 추운 날의 태양이라도 줄 수 있기나 한가요?"

"스스로를 조롱하고 있네요. 당신 어머니가 지상 세계를 눈보라와 얼음으로 위협하고 있는데도 말이에요. 태양이야말로 인간 세상에 가장 필요한 존재죠."

페르세포네는 인상을 찌푸렸다. 어머니의 마법에 맞서려 시도한다는 생각만으로도 어깨가 짓눌리는 것 같았다.

다시금 헤카테가 막아 세웠다. "그 태양은 하데스의 마법을 그 자신에게 되쏜 여신에게서 나올 테고요."

페르세포네는 눈을 가늘게 떴다. "헤카테, 혹시 내 마음을 읽을 수 있다는 사실을 여태껏 숨겨온 건가요?"

"숨긴다는 건 내가 고의로 오해를 불러일으켰다는 함의를 품고 있는데요." 헤카테가 답했다.

페르세포네는 눈썹을 치켜떴다.

"하지만 맞아요, 물론 난 마음을 읽을 수 있지요." 그녀는 마치 모든 걸 설명해주기라도 하듯 덧붙였다. "나는 여신이자 마녀인 걸요."

"대단하네요."

"걱정 마세요." 헤카테가 말했다. "난 빠져나오는 데 익숙해요. 특히나 당신이 하데스 생각을 하고 있을 때."

여신이 코를 찡긋했고 페르세포네는 끙 소리를 냈다.

"내가 말하려는 건 페르세포네, 당신이 인간 행세를 더는 할 수 없는 때가 온다는 거예요."

페르세포네는 입술을 삐죽거렸지만, 스스로도 지상 세계에서 얼마나 더 뻔뻔하게 굴 수 있을지 의구심이 들었다. 특히나 어머니의 마법이 저렇게 휘몰아치고 있는 상황에서는 더더욱.

"스스로의 힘으로 세상에 알려지길 바라는 마음은 고귀하지요. 하지만 당신은 기자 페르세포네 그 이상이에요. 당신은 페르세포네, 봄의 여신이자 미래의 지하 세계를 다스릴 여왕이랍니다. 말보다 더 많은 걸 줄 수 있다고요."

문득 여신이 된다는 것에 대해 렉사가 했던 말이 떠올랐다. 넌 친절하고 동정심이 많고 또 네 신념을 위해 싸우잖아. 게다가 다른 사람들을 위해 싸워주기도 하고.

페르세포네는 깊이 심호흡을 했다. "그럼 내가 뭘 해야 하는 거죠? 온 세상에 내가 신이라고 알리기라도 해야 하나요?"

"오, 소중한 이여. 세상이 당신을 어떻게 알게 될지는 걱정하지 말아요."

몸이 덜덜 떨렸다. 헤카테의 말이 무슨 뜻인지 알고 싶은 마음 반, 알고 싶지 않은 마음 반이었다.

"이리 와요, 훈련하고 싶다고 하셨잖아요."

여신은 잔디밭에 앉더니 옆자리를 톡톡 두드리며 앉으라고 손짓했다. 헤카테가 명상을 시키려 한다는 걸 알고 페르세포네는 한숨을 내쉬었다. 명상하기는 싫었지만, 마법을 불러일으키는 힘을 키우는 훈련을 하는 중이기도 했고, 물론 나아지고 있긴 했지만 대개는 하데스가 가르쳐줄 때 가장 성공적이었다.

그녀는 헤카테 옆에 자리를 잡고 네펠리가 초원을 돌아다닐 수 있도록 놓아주었다. 헤카테는 페르세포네에게 눈을 감으라고 하곤 마법을 어떻게 여겨야 하는지 설명했다.

"우물이나 웅덩이를 상상해보세요. 반짝거리고, 시원하지요."

문제는 페르세포네 입장에선 마법이 전혀 그렇게 느껴지지 않는다는 점이다. 그건 어둠이자 그림자였다. 시원하지도 않았고, 오히려 불 같았다. 평온하긴커녕 사나웠다. 너무 오랫동안 억눌려 있었기에 억압에서 자유로워지자 야성을 뿜어냈다. 마법 가까이에 이르면 그 힘은 이를 갈며 마구 싹을 틔우고 피를 요구했다. 평화나 명상과는 정반대였다.

눈을 감고 앉아 있자니 헤카테의 마법이 몸을 휘감는 것이 느껴졌다. 고급 와인 냄새를 풍기는, 묵직하게 내려앉는 고대의 힘. 오래되고도 날카로운, 공포를 불러일으키는 힘. 불현듯 눈을 뜨자 좀 전의 작고 귀여운 복슬복슬한 강아지가 사납고 거대한 지옥의 개로 바뀌어 있었다. 눈동자는 붉게 빛났고, 길게 솟은 이빨은 날카로웠으며, 턱 아래 살이 축 늘어진 채로 굶주림에 침을 흘리고 있었다.

네펠리가 으르렁거렸다. 페르세포네의 시선은 새로운 저승사자 뒤에 서 있는 헤카테에게 향했다.

"헤카테." 그녀의 목소리에는 경계심이 가득했다.

"네, 여신님?"

"여신님이라고 부르지 마요." 그녀는 쏘아붙였다. "이게 뭐하는 거예요?"

"훈련하고 있잖아요."

"이건 훈련이 아니에요!"

"훈련 맞아요. 예상치 못한 상황에 대비해야죠. 모든 게 보이는 것과 같진 않아요, 페르세포네."

"잘 알겠어요. 하지만 이 개는 전혀 귀엽지 않네요."

네펠리의 목구멍 깊은 곳에서 생명에 위협을 느끼게 만드는 으르렁거림이 튀어나왔다. 먹잇감을 궁지에 몰아넣은 포식자처럼 개는 페르세포네를 향해 조금씩 다가왔고, 그러자 그 자리에 붙박인 듯 몸이 얼어붙었다.

"저분이 널 화나게 했니?"

페르세포네는 개를 부추기는 여신을 노려보았다.

"개를 굴복시키려면 마법을 쓰세요." 헤카테가 말했다.

페르세포네의 눈동자가 커졌다. 어떤 마법을 써야 하는 건지 도무지 알 수 없었다.

"헤카테."

그러자 여신은 한숨을 쉬며 개의 이름을 불렀다. "네펠리!"

개의 귀가 쫑긋했고, 순간적으로 그녀가 개의 주의를 딴 데로 돌려주겠지 싶었다.

하지만 그녀는 명령을 내렸다. "공격해라."

페르세포네의 눈이 휘둥그레졌다. 곧장 알레이오니아 바닷가 옆 잔디밭으로 순간 이동했다. 이곳에 와본 건 하데스의 궁전에서 헤매다 길을 잃었던 날 밤, 단 한 번뿐이었다. 손으로 땅을 짚고 일어섰을 때에야 절벽 끄트머리에서 5센티미터도 떨어져 있지 않다는 사실을 발견했다. 팔다리가 후들거려 잔디밭에 다시 풀썩 주저앉았다. 소금기 어린 바람에 뺨을 타고 내리던 눈물이 마를 때까지, 좀 전에 초원에서 있었던 일을 되새김질하면서 그렇게 한참을 앉아 있었다.

헤카테가 명령을 내렸을 때는 순간 이동만이 유일한 선택지처럼 여겨졌는데, 지금은 안전하지만 동시에 실패한 것처럼 느껴졌다. 여신이 가르쳐주려 한 게 무엇인지 알고 있었기에 그녀를 원망하는 건 아니었다. 헤카테의 마법이 주변을 휘감는 게 느껴지자마자 긴장했어야 했는데, 오히려 편안함을 느끼고 말았다. 너무도 편안했던 나머지 헤카테의 말을 진지하게 받아들이지 않았던 것이다.

같은 실수를 두 번 다시 하진 않을 것이다. 결국, 두 번째 기회라는 건 오지 않을 테니까.

6장
간식

페르세포네는 침실을 서성였다.

리무진에서 홀연히 떠나간 뒤로 하데스는 아직 돌아오지 않았고, 그의 부재가 걱정되지는 않았지만 그 없이 잠들어야 한다는 사실에는 확실히 초조해졌다. 둘의 침대를 바라볼 때마다 공포감이 일었다. 적어도 하데스가 여기 있다면 잠들 때까지 도닥여줄 테고 꿈에 페이리토스가 나타나면 깨워주기라도 할 텐데.

벽난로 앞에서 걸음을 멈춘 그녀의 눈길이 하데스의 위스키 디캔터 쪽을 향했다. 호기심이 발동한 그녀는 병을 집어 들어 호박색 액체를 뚫어져라 바라보았다. 크리스털 병 속의 술은 담황색 보석처럼 반짝거렸다. 언젠가 하데스에게 왜 하필 위스키를 선호하는지 물었는데 그는 몸에 좋다고 답했고, 그녀는 코웃음을 쳤다.

"사실입니다." 그가 주장했다. "긴장을 푸는 데 도움을 줍니다."

"하지만 끊임없이 마시잖아요."

그녀가 지적하자 하데스는 어깨를 으쓱했다. "끊임없이 긴장을 풀고자 해서입니다."

긴장을 푸는 데 도움이 된다면 그녀에게도 도움이 될 것이다.

그녀는 뚜껑을 열어 술을 마셨다. 놀랍게도…… 달콤했다. 몹시 익숙한 재료인 바닐라와 캐러멜 냄새가 났다. 또 한 모금을 마셨다. 하데스에게서 나는 향과 비슷한 향신료 내음을 맡을 수 있었다. 그게 좋았다. 병을 가슴에 꼭 품은 채 그녀는 침실을 나와 주방으로 걸어 들어갔다. 주방에 불을 켜니 어둑한 궁전 복도와는 달리 너무나 밝게 느껴졌다.

밀란이 관할하는 주방은 점점 더 익숙해지고 있었다. 그리고 놀랍게도, 요리사 역시 공간을 기꺼이 공유하고 싶어 했다. 아마 페르세포네가 좀 더 현대적인 레시피들을 가르쳐줄 수 있다고 판단해서이리라. 그중에서도 그는 케이크 만드는 법을 유난히 배우고 싶어 했다.

어느 날 오후 밀란에게 설탕 쿠키를 장식하는 방법을 가르쳐줄 때였다.

"아스포델에는 분명 유명한 셰프가 여러 명 있을 것 같은데, 그들을 주방으로 초청해볼 생각을 한 적은 없어요?"

"지금까지는 그럴 이유가 없었습니다." 밀란이 말했다. "주인님께선 습관을 중시하셔서요. 영원토록 같은 음식만 드셨지요. 다양한 메뉴나…… 맛을 원치 않으셨어요."

정말이지 하데스다웠다.

"몇 가지 새로운 요리를 시도해보는 건 반길 것 같은데요."

"여신님께서 제안해보신다면 그분은 바로 따르실 겁니다."

밀란의 말은 틀리지 않았다. 페르세포네는 스스로가 하데스에게 어떤 영향력을 미치는지 알고 있었다. 그녀를 위해서라면 그는 무엇이든 할 것이다.

온 세상을 다 불태울 수도 있습니다.

그 말을 떠올리자 몸서리가 쳐졌다. 진실이 몸속 깊이 울려 퍼지는 듯했다. 온 세상이 눈과 얼음으로 뒤덮이게 된다면 하데스의 말은 현실이 될지도 몰랐다.

그녀는 한숨을 내쉬곤 작업에 집중하기로 마음먹었다. 위스키 외에 지금 그녀에게 필요한 건 브라우니였다. 재료와 그릇 및 계량컵들을 찾아 늘어놓고는 우선 버터를 녹인 다음 설탕과 섞기 시작했다. 계란을 젓는 건 즐거운 일이었다. 마음속 좌절감을 실제 반죽에다 표출하고 싶진 않았기에 적절히 저어야 했다. 너무 많이 저으면 원하는 질감을 얻을 수 없었다. 계란을 저은 뒤에는 바닐라와 밀가루, 코코아 파우더를 넣었다. 잘 섞은 반죽을 팬에 붓고 스푼의 뭉툭한 끝부분으로 위쪽을 고르게 펴준 다음 살짝 맛보았다.

"흐음." 혀끝에서 느껴지는 맛에 탄식이 절로 흘러나왔다. 따스하고 달콤한 맛.

그때, 뒤에서 하데스의 목소리가 들려왔다. "맛이 어떻습니까?"

고개를 돌리자 그의 숨결이 뺨 바로 위에서 느껴졌다.

"신성한 맛이에요."

그녀는 그를 향해 몸을 완전히 돌리고는 스푼을 쓸어 손가락에 반죽을 묻혔다.

"맛보세요." 그녀가 손가락으로 그의 입술을 벌리며 속삭였다.

더 유혹할 필요가 없었다. 하데스는 혀를 내밀어 그녀의 손을 미끄러지듯 핥았고, 입술의 압박감이 점점 커졌다. 손가락을 놓아주는 그의 목구멍 깊은 곳에서 으르렁대는 탄식이 새어나왔다.

나직이 울리는 목소리로 그가 말했다. "엄청나군요. 하지만 난 이미 신성한 맛을 보았고, 그보다 더 달콤한 것은 없습니다."

그 말에 가슴이 뛰었고 둘 사이의 거리는 좀 전보다 더욱 좁아진 것처럼 느껴졌다. 잠시 동안 둘은 달아오르는 열기 속에 서로를 바라보았다. 그런 다음 페르세포네는 돌아서서 그릇 안에 스푼을 도로 넣었다.

"어디 있었어요?" 그녀가 브라우니 팬을 오븐에 밀어 넣으며 물었다. 오븐 입구를 열자마자 엄청난 열기가 훅 끼쳐왔다.

"일이 있었습니다." 하데스는 여느 때처럼 모호하게 답했다.

페르세포네는 오븐을 쾅 소리 나게 닫고 그를 향해 돌아섰다.

"일? 이 시간에?"

정확히 몇 시인지조차 알 수 없었지만 새벽인 건 확실했다.

"난 괴물들과 거래합니다, 페르세포네." 그는 위협적인 미소를 짓더니 고개를 기울였다. "그리고 당신은, 명백히 베이킹 중이었군요."

그녀는 얼굴을 찌푸렸다.

"잠을 못 잤습니까?" 그가 물었다.

"잘 생각도 안 했어요."

이제는 하데스가 얼굴을 찌푸릴 차례였다. 그의 눈길이 움직였다. "저건 내 위스키입니까?"

페르세포네는 그를 따라 고개를 돌렸다. 크리스털 병을 놓아둔 자리였다.

"당신 위스키였죠." 그녀가 답했다.

다음 순간, 하데스의 손이 턱 밑에 닿는 게 느껴졌다. 그녀의 얼굴을 돌려 마주 본 다음 그는 입술을 포갰다. 처음에는 가볍게, 점점 더 거세게 키스하며 몸을 밀착해왔다.

"당신이 못 견디게 그리웠습니다." 그가 그녀의 입술에 대고 말했다.

몸을 훑고 내려간 한 손은 그녀의 엉덩이를 움켜쥐었고, 다른 손은 실크 가운을 누르며 옷 밑에 자리한 음부, 촉촉하게 젖은 그곳을 쓰다듬었다. 페르세포네는 신음을 흘리며 손가락으로 그의 셔츠 안을 파고들었다. 배 아래쪽에서 뭉근하게 열이 피어올라 허벅지 안쪽까지 퍼지는 것이 느껴졌다. 몸의 모든 구석구석이 민감해지고 흥분이 일었다.

하데스가 몸을 더욱 밀착해오며 발기한 성기를 달아오른 몸에 갖다 대자 페르세포네는 숨을 몰아쉬었다.

"게임을 합시다." 그가 말했다.

"오늘은 충분히 한 것 같은데요." 그녀가 숨을 헐떡이며 말했다.

"딱 하나만."

그녀의 턱에 키스를 하고는 좀 전에 그녀가 반죽에 꽂아둔 스푼을 향해 손을 뻗었다. 그녀는 멍하니 바라보며 미간을 찡그렸다. 호기심이 일었다.

"진실게임." 그가 그녀의 가슴 사이를 숟가락 뒤쪽으로 쓸며 말했다. 차가운 반죽의 질감에 몸이 바르르 떨렸다.

"하데스."

"쉿." 그가 빙긋 웃더니 그녀의 입술 위에 숟가락을 얹었다. 그녀는 반죽을 핥아 먹었다. "그만."

그녀는 얼어붙었고, 그의 눈길은 이글이글 타올랐다.

"그건 내 거였는데."

그녀는 침을 꿀꺽 삼켰다.

"나는 당신이 아닌 다른 누군가를 원한 적이 한 번도 없다."

"한 번도? 내가 존재한다는 걸 알기 전에도?" 그녀가 도발했다.

"그렇습니다."

그가 그녀의 입술을 핥은 다음 입을 벌렸다. 퍼지와 위스키가 뒤섞인 맛이 났고, 향신료 냄새가 훅 끼쳐왔다. 정향과 제라늄, 나무가 섞인 향. 그의 입술이 턱 쪽으로 향했고, 입술이 포개졌던 자리는 얼얼했다. 그가 살결에 대고 속삭이자 배 아래쪽이 진동하듯 떨렸다.

"당신이 있기 전, 내가 알았던 건 외로움뿐이었습니다. 사람들이 가득 찬 방 안에서조차 아프고, 날카롭고, 차갑고 또 끈질긴 외로움. 텅 빈 곳을 필사적으로 채우고 싶었습니다."

"그럼 지금은?" 그녀가 속삭였다.

하데스가 웃으며 말했다. "지금은 당신을 꽉 채우고 싶어 못 견디겠습니다."

그의 혀는 이제 그녀의 가슴에 닿았다. 피부 위에 끼얹어진 반죽을 핥으며, 손으로는 가슴을 움켜쥐곤 나이트가운 밑에 자리한 젖꼭지를 애무했다. 페르세포네는 숨을 몰아쉬며 그의 셔츠 쪽으로 손을 뻗어 단추를 풀려 했지만, 하데스의 생각은 달랐다. 그는 그녀를 번쩍 들어 아일랜드 조리대 위에 올리곤 그녀의 다리 사이에 섰다. 너무 가까이 있어 그의 옷을 벗길 수가 없었다.

"오늘 밤에 있었던 일을 말해주십시오."

그가 손으로 허벅지를 쓸고는 은밀한 곳을 가볍게 쓰다듬었다. 얼른 꽉 채워지고 싶어 조바심이 났다.

"오늘 밤에 대해선 이야기하고 싶지 않아요." 그녀는 이 말과 함께 안쪽으로 밀어 넣어달라는 뜻으로 그의 손목을 잡아당겼다.

"나는 하고 싶습니다만." 그가 계속해서 음부 위에 원을 그리며 말했다. 벼락을 맞은 것처럼 척추를 따라 짜릿한 쾌감이 올라왔다.

"마음이 안 좋은 것 같군요."

"스스로가…… 멍청하게 느껴져요." 그녀가 말했다.

"절대로 그러지 마십시오." 그가 숨을 몰아쉬며 손가락을 그녀의 안쪽으로 밀어 넣었다. 한쪽 팔로 뒷덜미를 붙들어 그녀의 고개가 뒤로 넘어가는 걸 막아주며, 그는 눈을 맞췄다. "말해보십시오."

"질투가 났어요." 그녀는 이를 악물고 말했다. 그가 선사해주는 격렬한 기쁨만큼이나 강렬했던 못난 감정이 불쑥 튀어나왔다. "나 이전에 수많은 이와 엄청나게 많은 걸 나누었다는 사실 때문에. 어쩔 도리가 없다는 걸 알면서도, 그리고 당신이 너무나 오래 살아왔다는 걸 알면서도…… 나는……."

말을 끝마치기도 전에 그녀는 온몸을 압도하는 감각에 집어삼켜졌다. 머릿속을 온통 뒤흔들고 온갖 말을 앗아가는 쾌감이 파도처럼 몰아쳤다. 숨이 멎을 것 같았고, 하데스는 그 느낌을 쫓아 손가락을 더욱 깊이, 나선을 그리며 파고 들어가면서 엄지손가락으로는 클리토리스를 가볍게 쓸었다.

"그럴 수만 있다면 태초부터 당신을 가졌을 텐데." 하데스가 낮고 그르렁대는, 더없이 관능적인 목소리로 말했다. "운명의 여신들은 잔혹하기도 하지."

"난 당신에게 벌을 주러 왔나 봐요." 그녀가 말했다.

"아뇨, 당신은 기쁨입니다. 나의 기쁨." 손가락은 계속 움직였고 다시 입술이 포개어지며 호흡이 뒤섞였다. 둘의 숨소리가 점점 가빠지다 어느 순간 하데스가 그녀를 눕히고는 내려다보며 말했다. "지금, 그리고 영원히 당신만이 내 전부입니다."

그러곤 몸을 굽혀 그녀의 다리를 유혹하듯 활짝 벌리곤 잔뜩 부푼 음부를 혀로 핥았다. 그가 한껏 맛보는 동안, 화강암 조리대 위에 놓인 그녀의 몸은 아치를 그리며 구부러졌다. 그의 손가락과 혀가 점점 더 빠르게 움직였고, 그녀의 몸은 가쁜 숨소리와 더불어 점점 더 절정을 향해가고 있었다. 오르가슴에 이르기 직전, 그는 동작을 멈추고 몸을 세우더니 그녀를 조리대 위에서 끌어내렸다.

"뭐하는 거예요?" 발이 땅에 닿자마자 그녀가 물었다.

그의 눈동자 속에 어두운 빛이 번득였다. 에로틱하면서도 폭력을 머금은 눈길이었고, 페르세포네는 그것을 이끌어내 생동하게 만들고 싶었다.

"내가 다 끝내고 나면, 그 빌어먹을 게임을 우리가 다시 하게 되면, 당신은 벌주를 너무 많이 마셔서 잔뜩 취할 테고 내가 당신을 집까지 데려다줘야 할 겁니다."

"그래서요? 내가 여태껏 겪지 않은 모든 섹스를 오늘 밤 다 해주겠다는 거예요?"

그는 웃음을 터뜨렸다. "엄밀히 말하면 지금은 아침입니다."

"그럼 난 이만 일하러 가야겠어요."

"아쉽군요."

그는 그녀를 돌려세워 목을 붙잡곤 그녀의 얼굴이 화강암 조리대 위에 닿을 때까지 몸을 앞으로 밀었다. 그리고 그녀의 다리를 벌린 다음 뒤에서 깊이 밀어 넣었다. 목을 움켜쥔 손이 그녀의 입으로 옮겨가 입술을 벌렸다. 그녀는 그의 손가락을 빨며 자신의 비릿한 애액을 맛보았다.

하데스가 움직이는 동안 페르세포네는 조리대의 *끄트머리*를 붙잡으려 했지만, 그 순간 그는 그녀를 조리대 위에서 들어올렸다. 여전히 그의 것을 품은 채 자세가 바뀌자 입에서 신음이 터져 나왔다. 그녀의 등이 그의 가슴에 닿았고, 그의 성기는 이제 더욱 민감한 곳을 자극했다.

"아까 당신이 했던 말을 잊지 않았습니다." 귓가에 그의 목소리가 묵직하게 닿았다. 시빌의 집에서 게임을 할 때 오르가슴을 꾸며냈다던 그녀의 말을 두고 하는 말이었다.

"거짓말했어요." 그녀는 꿈틀거리며 신음하듯 말을 뱉었지만 하데스는 꿈쩍도 하지 않았다.

"알고 있습니다." 그가 치아로 그녀의 어깨를 쓸었다. "나는 그런 거짓말을 용인하고 싶지 않습니다. 쾌감이 터져 흐르길 절박하게 원할 때까지 당신에게 들어갈 겁니다. 마침내 당신이 절정에 이르렀을 때 내 이름조차 기억하지 못하도록 계속해서 몇 번이고."

약속을 머금은 목소리에 그녀는 더욱 흥분했다.

"멈출 수 있을 것 같아요?" 그녀가 물었다. "내 오르가슴을 위해 당신의 만족을 포기할 수 있겠어요?"

하데스는 픽 웃었다. "내게 애원하는 당신 목소리를 들을 수 있다면, 그렇습니다."

그는 그녀의 고개를 돌려 입술을 훔쳤다. 혀와 혀가 서로 뒤얽히고 쓸어내리며 미끄러졌고, 입을 너무 크게 벌린 나머지 턱에 통증이 일 정도였다. 키스를 되돌려줄 수도 없었다. 이 키스는 오롯이 그의 것이었고, 그녀는 그저 그에게 압도될 수밖에 없었다. 마침내 입술을 뗀 그는 그녀의 몸을 돌려세워 다리를 올리곤 다시 집어넣었다. 너무도 밀착한 채 퍼붓는 거센 키스에 숨을 쉴 수가 없었다. 그는 다시 입술을 떼서 그녀의 목덜미로 옮겨가 키스와 함께 깨물기 시작했다. 보드라운 피부에 멍이 들 때까지 그는 계속해서 빨았다. 더 이상 버틸 수 없어지자 그는 그녀를 벽에 밀어붙이곤 더욱더 세게, 더욱더 빠르게 앞뒤로 움직여댔다.

그녀는 그의 얼굴, 사납고 초점 없는 눈, 얼굴을 따라 흐르는 땀방울을 바라보았다. 그가 몰아붙이는 감각, 안쪽 깊은 곳에서 그가 끌어내는 쾌감 외에는 더 이상 아무것도 눈에 들어오지 않을 때까지.

"당신을 사랑합니다. 오직 당신만을 사랑해왔습니다."

"알아요." 그녀가 속삭였다.

"알고 있습니까?" 이를 악문 채 그가 물었다.

화나서가 아니었다. 쾌감을 잔뜩 참고 있는 거였다. 목에 핏대가 서고 얼굴은 붉어져 있었다.

"알아요." 그녀가 반복했다. "당신을 사랑해요. 모든 것을 원해요. 더 많은 것을, 당신의 전부를."

"이미 다 가졌습니다."

그는 그녀에게 다시 키스를 퍼부었다. 둘의 몸은 이제 매끈하고 끈적거렸다. 하데스는 그녀 뒤의 벽에 한 손을 기대고, 다른 한 손으로는 그녀의 엉덩이를 멍이 들 정도로 세게 거머쥐었다. 내보내지 못한 공기가 가득 들어차 가슴이 터질 것 같았다.

바로 그때, 그가 갑자기 그녀의 입술을 쓸던 치아 사이로 욕을 뇌까리며 몸을 뗐다. 허탈감에 신음이 흘렀다. 정말이지 고문이었다. 그는 아무렇지도 않게 그녀를 바닥에 내려놓곤 옷매무새를 정돈해주었다. 그러자마자 헤르메스가 주방 한가운데에 모습을 드러냈다.

그제야 페르세포네는 하데스가 왜 조급해했는지 알게 되었다.

속임수의 신이 둘을 방해한 두 번째 순간이 될 터였다. 하데스의 표정은 살인이라도 벌일 듯했지만 매서운 태도는 헤르메스를 바라보자마자 싹 사라졌다. 황금빛 신은 온통 창백했다. 괴로움이 가득한 얼굴이었다.

"하데스, 페르세포네. 아프로디테가 둘을 소환했어. 지금 당장."

머릿속에 떠오른 첫 번째 생각은 아도니스였다. 하지만 헤르메스의 표정이 왜 이렇게 걱정스러워 보이는 걸까? 뭔가 이해가 되지 않았다.

페르세포네를 붙잡은 하데스의 손에 힘이 들어갔다. "이 시간에?"

"하데스." 헤르메스가 잿빛 얼굴로 말했다. "상황이…… 나빠."

"어디로 가야 하나?" 그가 물었다.

"그녀의 집으로."

더 이상 질문은 없었다. 날 선 겨울 공기와 재 냄새와 함께, 셋은 순간 이동했다.

셋은 서재로 보이는 낯선 방에 도착했다. 어둑한 조명 탓에 벽은 어두운 청록색으로 보였다. 밤색 서가가 줄지어 늘어서 있었고, 그 옆에는 같은 색 책상 위에 두꺼운 책들이 쌓여 있었다. 벽에는 벌거 벗은 님프들, 날개 달린 천사들, 나무 밑 연인들이 그려진 그림들이 두꺼운 고대 황금 액자에 걸려 있었다. 반대쪽 벽은 전부 창문이었는데, 활짝 열려 있어 방 공기가 매서울 정도로 차가웠다.

플러시 천으로 만든 러그, 크리스털, 진주 같은 장식은 결코 아프로디테의 취향이 아니었기에 페르세포네는 잠시 엉뚱한 곳에 온 건가 싶었지만, 이내 방 한가운데에 놓인 긴 의자 가장자리에 앉아 있는 사랑의 여신이 눈에 들어왔다. 그녀는 하늘색 실크 잠옷에 얇은 가운 차림으로, 헝겊에 싸인 채 누워 있는 한 여자를 향해 몸을 돌려 앉아 있었다.

여자가 누구인지를 알아볼 순 없었지만 입술과 눈썹의 곡선, 콧날 등이 아프로디테와 비슷했다. 여자는 핏기가 없었다. 심하게 구타를 당한 모습이었다. 오르락내리락하는 배 위에 올린 두 손에는 피가 흥건했고, 손톱은 온통 부러지거나 뜯겨 있었다.

그러나 페르세포네의 가슴을 철렁 내려앉게 한 건 여신의 뿔이었다. 진흙투성이에 여기저기 엉킨 황금빛 머리카락 사이로 절단된 두 개의 뼈가 튀어나와 있었다. 털이 다 더러워진 흰색 강아지가 그 곁에 웅크려 떨고 있었다. 페르세포네가 예상한 것과는 너무도 다른 광경이었다. 저 여신은 목숨을 걸고 싸웠다. 그녀가 생명을 느낄 능력이 없었다면 저 여신이 죽었다고 여겼을 것이다. 숨결이 너무나도 가냘팠으므로.

"세상에." 페르세포네가 손으로 입을 가렸다.

목구멍 안쪽에 걸쭉하고 신 것이 울컥 올라왔다. 그녀는 두 여신에게 달려가 무릎을 꿇으며 아프로디테의 손을 잡았다. 사랑의 여신이 페르세포네를 바라보았다. 눈자위는 붉었고 얼굴은 눈물로 얼룩져 있었다. 이렇게 감정이 북받친 모습을 보니 마음이 아려왔다. 아프로디테는 평소에 감정을 거의 드러내지 않았는데, 그나마 가장 많이 표출하는 감정은 분노였다. 그 감정 때문에 냉담한 외면이 스러지기라도 할라치면 얼른 숨기곤 했다. 하지만 지금은 방어기제가 모두 허물어진 모습이었다. 이 여신이 누군지는 몰라도 아마 그녀에게 중요한 존재이리라.

"무슨 일인가?" 하데스가 질문을 던졌다.

그러자 어두운 긴장감이 방 안을 가득 채우며 폐 속까지 휘감아 숨이 턱 막혔다. 그의 어조에는 날카로운 구석이, 무시무시한 떨림이 있었고, 서늘한 전율이 몸을 타고 흘렀다.

"확실히는 모른다."

낯선 목소리가 들려와 페르세포네는 깜짝 놀랐다. 알고 보니 하데스는 아프로디테나 헤르메스가 아니라 다른 존재, 문 근처 구석에서 어렴풋이 모습을 드러낸 남자에게 말을 걸었던 것이다. 금방이라도 자리를 뜰 것처럼 보였지만 한편으로는 벽에 기대어 두툼한 팔로 가슴 위에 팔짱을 낀 자세는 어쩐지 무척 편안해 보였다. 하데스만큼이나 덩치가 컸지만 그녀가 여태껏 보아온 신들과는 전혀 다른 옷차림이었다. 올이 다 드러난 베이지색 튜닉(고대 그리스인들이 입던 옷으로, 소매가 없고 무릎까지 내려오는 헐렁한 웃옷을 일컫는다-옮긴이)에 종아리까지 오는 바지를 입고 있었다. 옷차림은 소박했지만 금발 수염과 머리카락은 잘 손질되어 있었는데, 겉보기에는 비단결처럼 부드러워 보였다. 바짓단 아래에서 금으로 만든 의족이 살짝 드러나자 저 남자가 누군지 알 수 있었다. 헤파이스토스, 불의 신이자 아프로디테의 없는 것이나 마찬가지인 남편. 적어도 들리는 소문에 따르면 그랬다.

하지만 소문이 사실이라면 그는 왜 여기 있는 거지?

헤파이스토스는 성냥이 그어지는 것 같은 목소리로 말을 이었다. "아마도 저 개, 오팔과 함께 산책하던 중에 당한 것 같네. 여기까지 순간 이동할 기력밖엔 남아 있지 않았던 모양이야. 도착했을 때 이미 의식이 없었는데, 우리가 깨울 수도 없었네."

"이 짓거리를 한 놈들은 반드시 고통받게 될 거야." 헤르메스가 말했다.

평소엔 늘 신이 나 있는 그의 심각한 모습을 보니 이상했다.

페르세포네는 헤르메스와 하데스, 헤파이스토스를 차례대로 바라보았다. 그들의 눈길에 담긴 건 맹렬함뿐이었다.

그녀는 누워 있는 여자를 바라보며 물었다. "이분은 누군가요?"

이번에는 아프로디테가 입을 열었다. 감정이 뒤얽혀 탁해진 목소리로. "내 여동생, 하르모니아."

하르모니아, 조화의 여신. 공격성이라곤 거의 없고, 심지어 올림포스 신도 아니었다. 페르세포네는 그녀를 한 번도 본 적이 없었던데다 아프로디테와 가족인 줄은 더더욱 몰랐다.

그녀는 하데스를 돌아보았다. "이분을 치유해줄 수 있어요?"

하데스는 이미 페르세포네를 여러 번 치료해주었다. 하지만 그녀의 상처는 지금 이 상황에 비하면 아무것도 아니었다. 그럼에도 그는 죽은 자들의 신, 생의 경계에 놓인 자들을 되살릴 수 있는 존재 아니던가. 치유할 수 없을 리 없었다.

그는 엄숙한 얼굴로 고개를 젓기만 했다. "치유하려면 아폴론을 불러야 할 겁니다."

"그 말이 자네 입에서 튀어나올 줄은 몰랐는데." 아폴론이 허공에 갑작스레 나타나며 말했다.

황금 흉갑에 가죽으로 만든 리넨퀴레스(고대 그리스 시대의 갑옷으로, 리넨과 청동의 조합으로 만들어져 육중한 무게를 자랑한다-옮긴이), 단단한 종아리를 끈으로 감싸는 샌들의 고대 옷차림을 하고 있었다. 한쪽 어깨에는 금색 망토가 둘려 있었고, 검은 곱슬머리 몇 가닥이 땀에 젖은 이마에 달라붙어 있었다. 페르세포네는 그가 아마도 범그리스 대회에서 벌어질 경기를 위해 연습하던 중이었을 거라고 추측했다.

그는 보조개가 깊이 팬 예의 웃음을 짓고 있다가, 하르모니아에게 시선이 꽂히자마자 웃음기 싹 가신 험악한 얼굴이 되었다. 형제인 헤르메스처럼 몇 초 만에 저토록 심각해지는 모습을 보자 공포감 같은 것이 일었다.

"무슨 일들이야?" 그가 따지듯 물으며 의자 옆에 무릎을 꿇고 앉았다.

저 신에게서 끼쳐오는 냄새가…… 어딘지 다르다는 것을 페르세포네는 느낄 수 있었다. 평소의 달콤하고 흙 내음의 월계수 향 대신 그보다 더 강한 정향 같은 냄새가 압도적으로 났다. 그는 그녀와 아프로디테 사이로 슬쩍 끼어들며 하르모니아에게 다가갔다.

"우리도 몰라." 헤르메스가 말했다.

"그래서 자네를 부른 거다." 하데스가 목소리에 경멸을 가득 담아 말했다.

"저기…… 이해가 안 돼요." 페르세포네가 말했다. "하르모니아에게 무슨 일이 일어났는지 아폴론은 어떻게 안다는 거예요?"

그러자 아폴론이 다시 빙긋 웃었다. 조금 전의 공포감은 싹 가신 채 자랑을 늘어놓기 시작했다. "치유해주면서 기억을 들여다볼 수 있거든. 상처에 다가가면서 어떻게 그 상처를 입게 되었나 알게 되는 거지…… 누가 다치게 했는지도."

아폴론이 치유를 시작하려 하자 페르세포네는 자리에서 일어나 한 걸음 물러났다. 여신을 대하는 그의 태도가 너무도 부드러워 깜짝 놀랐다.

"사랑스러운 하르모니아." 손바닥으로 그녀의 이마를 짚고 헝클어진 머리카락을 쓰다듬으며 그가 나직이 말했다. "누가 당신에게 이런 짓을 했지?"

그 순간 그의 몸에서 빛이 났고, 그 빛이 하르모니아에게 스며들기 시작했다. 아폴론은 눈꺼풀을 파르르 떨다가 눈을 감았고, 이내 그의 얼굴이 일그러졌다. 몸에선 경련이 일었는데 하르모니아가 고통을 겪고 있다는 걸 알 수 있었다. 치유가 지속될수록 아폴론의 숨소리가 거칠어졌다. 코에서 피가 흐르기 시작하자 더는 두고 볼 수 없었다.

"아폴론, 그만해!"

페르세포네가 그를 떨어뜨려놓았다. 이제는 선홍색 피가 입에서도 뚝뚝 떨어지고 있었다. 뒤로 넘어지며 자신의 얼굴을 만져보던 그는 스스로의 치유가 불러온 결과에 어리둥절한 것 같았다.

"괜찮아?" 그녀가 물었다.

페르세포네를 올려다보는 보랏빛 눈동자는 잔뜩 지쳐 보였지만 그는 미소를 지었다.

"아, 세프." 그가 말했다. "날 정말 걱정해주는구나."

그녀는 인상을 찌푸렸다.

"왜 깨어나지 않는 거지?" 아프로디테가 물었다.

그러자 모두의 시선이 꿈쩍도 않는 하르모니아에게 다시 쏠렸다.

"모르겠어." 아폴론이 인정했다. "내가 할 수 있는 최대한으로 치유했어. 나머지는…… 그녀의 몫이야."

페르세포네는 얼굴에 핏기가 가셨다. 림보에 갇혀 지상 세계로 돌아올지 지하 세계에 머물지 고뇌했을 렉사가 떠올라서였다.

"하데스?" 페르세포네가 물었다.

"명줄이 끊길 것 같지는 않습니다." 그가 왠지 그녀가 미처 입 밖으로 꺼내지 못한 질문에 답하고 있다는 느낌이 들었다. "더 시급한 것은 그녀를 치료하며 뭘 봤는가다, 아폴론."

"아무것도 못 봤어." 그는 머리가 아픈 듯 눈을 찡그렸다. "적어도 우리한테 도움이 될 만한 건."

"기억을 들여다보지 못했단 말이야?" 헤르메스가 물었다.

"거의 못 봤어. 온통 어둡고 흐릿해. 트라우마 반응인 듯해. 아마 기억을 억누르려고 하는 중일 거야. 이렇게 되면 그녀가 깨어나더라도 명확한 기억을 건져낼 순 없을 거야. 가해자들은 마스크를 쓰고 있었어. 입을 크게 벌린 모양의 흰색 마스크."

"하지만 대체 어떻게 폭력을 휘두를 수 있었던 거지?" 아프로디테가 물었다. "하르모니아는 조화의 여신이야. 이…… 빌어먹을 놈들을 제지하고 진정시킬 수 있었을 거라고."

그건 사실이었다. 만약 기습 공격을 감행했다 하더라도 하르모니아라면 방어할 수 있어야 했다.

"그녀의 힘을 제압하는 방법을 그들이 알아낸 게 분명해." 헤르메스가 말했다.

그러자 모든 신들이 시선을 교환했다. 심지어 헤파이스토스조차 걱정하는 것 같았다. 팔짱을 풀고 그림자가 드리운 곳에서 한 걸음 걸어 나왔으니까.

"그런데 어떻게?" 페르세포네가 물었다.

"뭐든 가능해." 아폴론이 말했다. "언제나 유물들이 문제지."

대학 시절 페르세포네는 유물에 대해 배운 적이 있었다. 신의 힘이 깃든 물건(검, 방패, 창, 의류, 보석 등)은 신이 잠시라도 소유했거나, 호의를 받은 누군가에게 선물로 준 것이면 무엇이든 다 유물이 될 수 있었다. 대개는 전쟁터나 무덤을 뒤지면 발견되곤 했다. 몇몇은 박물관에 놓였고 나머지는 파괴적인 이득을 꾀하려는 자들의 손에 넘어갔다.

"하데스?"

페르세포네가 부른 건 그의 머릿속이 팽팽 돌아가고 있다는 걸 느껴서였다. 대화가 오가는 지금 이 순간에도 그는 모든 가능성을 재보고 있었다.

잠시 후 그가 답했다. "유물 때문일 수도 있고, 힘을 갈망하는 신의 행각일 수도 있습니다."

그의 시선은 헤파이스토스에게 꽂혀 있었다. 대장장이의 신은 수 세기 동안 방패와 전차, 검과 왕좌들, 애니매트로닉스(사람이나 동물을 닮은 로봇, 혹은 그것을 만들고 조작하는 과정-옮긴이), 그리고 인간에 이르기까지 수많은 것을 만들어왔다.

"헤파이스토스, 자네 생각은 어떤가?"

그는 고개를 저었다. 아내와 처제를 바라보는 회색빛 눈동자에는 음울함이 감돌았다. "좀 더 알아봐야겠어."

페르세포네는 그 말이 진심 같지 않다는 직감이 들었다. 그럼에도 아폴론이 전해준 것보다 더 많은 정보가 필요하다는 건 이해할 수 있었다.

"일단은 쉬게 하고, 깨어나면 암브로시아와 꿀을 먹여." 아폴론이 몸을 일으키며 말했다.

그가 손을 머리에 대고 비틀거리자 페르세포네도 얼른 일어나 붙잡아주었다.

"정말 괜찮은 거 맞아?"

"응." 그가 숨을 몰아쉬며 말하더니 일순간 웃음을 터뜨렸다. "긴장하고 있어, 세프. 곧 부를게."

이 말을 남기고 아폴론은 사라졌다. 페르세포네는 하데스의 어두운 눈빛을 바라보았다. 잠시 그녀에게 머무는 듯하던 시선은 아프로디테에게 빠르게 옮겨갔다.

"왜 우리를 소환한 겁니까?"

페르세포네는 하데스의 어조에 움찔했다. 감정을 찾을 수 없었는데 그 이유를 알 것 같았다. 그는 이 상황에 불안해하고 있다. 그녀가 그러하듯이. 또 추측해보건대 그는 저렇게 두들겨 맞고 멍든 채 의자에 누워 있는 존재가 하르모니아가 아니라 그녀가 될지도 모른다고 상상하고 있을 것이다.

아프로디테는 허리를 꼿꼿이 세우며 하데스를 바라보았다.

"난 페르세포네를 소환했어요. 당신이 아니라." 그녀는 헤르메스를 노려보며 딱딱하게 답했다.

"왜 나한테 그래?" 헤르메스가 따졌다. "하데스가 페르세포네 혼자 오게 놔둘 리 없다는 거 알잖아!"

"저요?" 페르세포네가 놀라 휘둥그레진 눈으로 물었다. "왜요?"

"당신이 아도니스와 하르모니아 사건의 배후를 조사해줬으면 해요." 그녀가 말했다.

"안 됩니다." 하데스가 딱 잘라 말했다. "내 약혼자보고 당신 여동생을 다치게 한 인간들 앞에 나서라고 하는 꼴입니다. 내가 무엇 때문에 승낙해야 합니까?"

"나한테 물어본 거예요, 당신 말고." 페르세포네가 지적했다. 그래도 하데스의 말은 일리가 있었다. 신적인 속성이나 신과의 관계 때문에 아도니스와 하르모니아를 공격한 거라면, 죽은 자들의 신과 결혼을 앞둔 그녀 역시 주저 없이 공격할 것이다. "왜 하필 나예요? 왜 헬리오스에게는 도움을 요청하지 않는 거죠?"

"헬리오스는 개자식이에요." 아프로디테가 툭 내뱉었다. "티타노마키아(인간이 존재하기 훨씬 전에 있었던 두 신족, 티탄족과 올림포스 신족 사이에 일어난 10년에 걸친 전쟁-옮긴이) 때 우리와 함께 싸웠기에 우리에게 빚진 게 없다고 생각할 거예요. 그의 도움을 구하느니 그가 키우는 소를 치겠어(헬리오스의 자녀 중 소와 수간을 치른 파시파에를 두고 비꼰 표현-옮긴이). 그는 절대로, 내가 바라는 걸 들어주지 않을 거예요."

"그럼 당신이 원하는 건 뭔데요?" 페르세포네가 물었다.

"감히 내 여동생에게 손댄 모든 인간의 이름을 알아야겠어요."

아도니스에 대한 언급은 없다는 걸 눈치챘지만, 그럼에도 저 여신이 복수의 칼날을 갈고 있다는 생각이 들자 등골이 서늘해졌다.

"이름을 알아낼 수는 없어요."

"할 수 있잖아요. 다만 저이 때문에 안 하는 거겠지." 그녀는 하데스를 향해 비난의 눈초리를 쏘았다.

"당신이 징벌의 여신이라도 되는 것처럼 굴지 마십시오, 아프로디테." 하데스가 말했다.

"그럼 네메시스를 보내 나 대신 복수하게 할 거라고 약속해요."

"그런 약속은 할 수 없습니다." 하데스가 딱 잘라 말했다.

대화는 계속 맴돌고 있었다.

그때, 헤파이스토스가 입을 열었다. "그 인간과 하르모니아를 다치게 한 자들에겐 의도가 있을 것이다. 가해자들을 해친다면 더 큰 목표를 이룰 수 없을 거야. 실수로 그들이 바라던 바를 해주게 될지도 모르고."

아프로디테는 남편을 노려보았다. 눈에는 적개심이라기보다 상처로 보이는 감정이 번득였다.

"그렇다는 전제하에, 페르세포네가 하르모니아의 사건을 조사하는 건 의미가 있어 보인다. 인간이자 기자로 알려져 있으니 적절하지. 신들을 비방했던 전적이 있으니 그들로서는 믿을 수 있다고 여길지도 모르고, 적어도 그녀를 끌어들일 수 있다고는 생각할 거야. 어느 쪽이든 우리의 적을 알아내고, 계획을 세운 다음 행동하기에는 이쪽이 더 나은 방법이다."

이제는 하데스가 그를 노려볼 차례였다. 하지만 헤파이스토스의 말에 그녀는 희망에 부풀어 하데스를 향해 고개를 돌렸다.

"당신 모르게 하는 일은 아무것도 없을 거예요." 페르세포네는 하데스를 설득했다. "내겐 조피도 있고요."

하데스는 그녀를 한참 동안 바라보았다. 몸이 뻣뻣하게 굳어 있는 것으로 보아 온몸으로 이 상황을 싫어하고 있다는 게 느껴졌지만, 그는 결국 입을 뗐다. "조건을 의논해보도록 하지."

페르세포네는 우쭐해졌다. 거절은 아니었으니까.

"하지만 지금으로서는 휴식이 필요하다."

하데스는 페르세포네와 순간 이동하기 직전, 덧붙였다. "하르모니아가 깨어나면 우리를 소환하게."

�֎

지하 세계에 도착한 둘은 서로를 마주 보았다. 둘 다 아무 말 없이 오래도록 침묵을 지켰다. 할 말이 없어서가 아니라, 둘 다 너무 지쳤기 때문이라는 것을 페르세포네는 알고 있었다. 죽기 직전까지

구타당한 하르모니아를 보니 마음이 무거운 것도 사실이었다. 비명을 질러야 할지, 흐느끼며 울어야 할지, 쓰러져야 할지 알 수 없었다.

"이 사건에 대해 수집한 정보, 그리고 당신이 취할 행동을 내게 전부 소상히 알려줘야 합니다. 업무 장소에는 반드시 순간 이동해야 합니다. 조피는 어디든 데리고 다니십시오." 그러곤 가까이 다가왔다. "그리고 페르세포네, 내가 안 된다고 하면……."

그는 문장을 끝맺지 않았다. 그럴 필요가 없었기 때문이다. 그녀도 그 말뜻을 알고 있었다. 그가 안 된다고 하면 그건 진심이었고, 그녀가 그 말을 듣지 않으면 돌이킬 수 없는 일이 벌어질지도 몰랐다.

그녀는 고개를 끄덕였다. "알겠어요."

그는 숨을 길게 내쉬곤 그녀의 목덜미 뒤로 손을 뻗고는 이마와 이마를 맞대었다.

"만약 당신에게 무슨 일이라도 생기면……."

"하데스." 그녀가 그의 손목을 손으로 감싸며 속삭였다. 눈을 맞추고 싶었지만 그는 목을 그러쥔 손을 풀지 않았다. 그녀는 아랑곳하지 않고 말했다. "나 여기 있어요. 나 안전해요. 당신이 내게 아무 일도 일어나지 않게 해줄 거예요."

"하지만 그렇지가 않았습니다." 그가 답했다.

아무 설명 없이도 페이리토스 사건을 두고 하는 말이라는 걸 알 수 있었다.

"하데스."

"이에 대해선 대화하고 싶지 않습니다." 그는 이 말과 함께 손을 풀고 한 걸음 뒤로 물러섰다. 그녀를 만지고 싶지도 않은 게 분명했다. "좀 쉬십시오."

그녀는 잠시 멍하니 그를 바라보았다. 둘 사이에 기이한 침묵이 다시금 흘렀다. 그 침묵이 싫어서 툭 터놓고 얘기하고 싶었지만 그에게 강요하고 싶지 않았다. 이미 더는 이야기를 나누고 싶지 않다고 말한 데다 그녀도 몹시 지쳐 있었다.

그녀는 욕실로 들어가 샤워를 했다. 혼자 있을 시간이, 온기가, 그리고 하릴없이 타일 바닥에 떨어지는 물소리가 필요했다. 아도니스와 하르모니아, 아프로디테에 대한 생각 대신 그런 것들에만 집중하려 최대한 노력했다.

주방에 하데스와 함께 있던 게 불과 몇 시간 전이던가? 어디든 몸을 대고 사랑을 나누기 직전이었는데. 하데스가 몸 안쪽에 벌려둔 공허감이 아직도 느껴졌다. 오늘만 해도 벌써 두 번이나 유혹하곤 도중에 멈춰버리지 않았던가. 물론 자의는 아니었지만. 아래쪽 느낌에 애가 탔지만, 오늘 밤 벌어진 일을 떠올려보면 섹스하자고 하는 게 이기적인 것 같기도 했다.

그렇기는 하지만 방금 전 그는 그녀를 거부했다. 그녀와의 대화도, 그녀의 몸도. 오늘 밤만큼은 그녀를 전혀 원하지 않는 것 같았다.

사실이 아니라는 걸 알면서도 그 생각이 들자마자 가슴이 아려왔다. 그녀는 물이 차가워질 때까지 샤워실 바닥에 웅크린 채 앉아 있었다.

샤워를 끝내고 나온 그녀는 헐렁한 셔츠로 갈아입고 침실로 돌아왔다. 벽난로 앞에는 하데스가 여전히 아까의 옷차림 그대로 서 있었다.

그녀는 인상을 찌푸렸다. "침대로 올 건가요?"

그는 술잔을 옆에 내려두고 그녀에게 걸어왔다. 그러곤 두 손으로 그녀의 얼굴을 감싼 뒤 말했다. "곧 따라가겠습니다."

잠시 눈을 맞춘 뒤 그가 몸을 앞으로 기울이자 그녀는 키스를 기대하면서 입술을 벌렸다. 하지만 그는 그녀의 이마에 입술을 댔다. 실망과 당혹감이 뒤섞인 감정이 덮쳐왔다. 하데스의 머릿속에서 무슨 일이 일어나고 있는 거지? 그 생각이 무엇이든 간에, 마치 그녀를 벌주려는 것처럼 느껴졌다. 그녀는 그를 빤히 바라보며 하고 싶은 말들을 꾹 참고 잘 자라고 속삭인 뒤 서늘한 이불 속으로 기어들어갔다. 뭔가를 피하는 듯한 하데스의 키스를 오래 생각할 겨를도 없이 이내 깊은 잠에 빠져들었다.

✵

얼마 후 깨어난 그녀는 하데스가 그녀에게 등진 채 침대에 앉아 있는 것을 발견했다.

참나, 최소한 침대로 오긴 왔네.

페르세포네는 그를 향해 손을 뻗었다. 그녀의 손이 그의 단단한 등 근육을 쓸었다.

"괜찮아요?" 그녀가 속삭였다.

그는 고개를 슬쩍 돌려 잠시 그녀를 바라보고는 완전히 몸을 틀어 벌거벗은 몸을 쭉 뻗어 누운 다음 입술을 나란히 했다. 하지만 키스하는 대신, 그는 엄지손가락으로 그녀의 뺨을 부드럽게 쓰다듬었다.

"괜찮습니다." 그러곤 몸을 일으켰다. "주무십시오. 깨어나면 내가 여기 있을 겁니다."

하지만 그 말은 아무런 위안이 되지 못했다. 묵묵히 고개를 끄덕이는 대신 그녀는 일어나 앉았다.

"내가 자고 싶지 않다면요?" 그녀는 팔을 뻗어 그의 목에 얹으며 물었다. "뭐가 문제예요? 아까도 키스해주지 않더니 지금 나랑 자고 싶어 하지도 않잖아요."

그러자 그의 손이 그녀의 허리에 가 닿는 게 느껴졌다.

"잘 수가 없습니다. 생각이 멈추지를 않아서."

"내가 도와줄게요." 그녀가 속삭였다.

그는 희미하게 미소를 지었지만 서글퍼 보였다. 더는 아무 말이 없자 그녀는 입을 뗐다.

"그리고…… 왜 키스해주지 않는 거예요."

"내 몸속에 분노가 일렁이고 있어서, 당신을 탐하게 되면…… 내가 어떻게 뻗쳐나갈지 확신할 수 없습니다."

"나한테 화났어요?" 그녀는 손가락으로 그의 머리칼을 매만지며 물었다.

"아닙니다. 하지만 내가 당신을 다치게 할 수도 있는 일에 동의했다는 생각을 멈출 수가 없고, 그 때문에 나 스스로를 용서할 수 없습니다."

"하데스." 그녀는 이름을 속삭였다.

그가 두려워하고 있다는 사실에 가슴이 아팠다. 그의 결정이 아니라고 말해주고 싶었다. 그녀의 결정이기도 했으니까. 하지만 그렇게 말해도 그에겐 위로가 되지 않을 것이다. 그는 수세기 동안 살아온 신, 그녀와 달리 세상을 알고 있는 신이자, 뭔가를 믿을 때는 그럴 만한 이유가 있는 신이었고 그에 대해선 반박할 수가 없었다.

그녀는 더욱 가까이 몸을 기울였다. 그녀의 숨결이 그의 입술을 어루만졌다. 둘 사이에 짜릿한 긴장감이 감돌았다.

"나를 탐해줘요." 그녀가 속삭였다. "난 버틸 수 있어요."

그러자 그는 입술을 맞대어왔다. 혀를 입술 안으로 밀어 넣고 그녀가 숨 쉴 수 없을 때까지, 눈물이 고이고 가슴께가 아파올 때까지 키스를 퍼부었다. 더 이상 견딜 수 없다고 생각할 때쯤 그는 몸을 뗐다. 그녀가 거친 숨을 몰아쉬는 동안 그는 손을 그녀의 잠옷 안으로 넣어 옷을 벗겼다. 그의 손은 알몸이 된 그녀의 구석구석을 전부 건드렸다. 등부터 가슴, 엉덩이까지. 그러는 동안 입으로는 그녀의 입술과 목, 젖꼭지를 빨았다. 달콤한 흥분, 짜릿한 쾌감에 그녀는 손톱으로 그의 등을 짓눌렀고, 바로 다음 순간 안으로 손가락이 쑥 들어왔다. 처음에는 하나, 그다음엔 두 개. 너무 빨리, 그리고 강하게 움직이는 바람에 그녀는 입 밖으로 어떤 소리가 새어나가는 줄도 몰랐다.

"제발." 그녀가 외쳤다. "제발, 제발, 제발."

"제발, 무엇을?" 그가 물었다.

답 대신 튀어나온 건 절정에 이른 신음이었다. 그가 그녀를 침대에 눕혔을 때도 여전히 혼몽했고, 다리는 감각이 마비된 채 그를 맞이하며 활짝 벌어졌다. 하데스는 그녀 앞에 서서 그의 것을 쓰다듬었다.

"날 버틸 수 있겠습니까?" 그가 물었다.

"네." 그녀는 겨우 숨을 흘리며 대답했다.

바로 다음 순간, 그는 그녀의 엉덩이를 움켜쥐고 살짝 기울인 다음 거칠게 밀어 넣었다. 앞뒤로 움직이는 속도에는 당장 끝까지 가고 싶다는 절박감이 뚝뚝 묻어났다. 다시금 그의 손은 그녀의 몸 구석구석을 향했다. 허벅지를 움켜쥐고 가슴을 주무르며, 이따금씩 몸을 굽혀 혀를 맛보거나 그녀 피부 위에 흐르는 땀을 핥았다. 함께 황홀한 절정에 이른 순간, 페르세포네는 지하 세계의 모든 이가 둘의 외침을 들었을 거라고 확신했다.

하데스는 그녀 위로 쓰러지듯 누웠다. 너덜너덜하고 축축하게 젖은 무거운 몸이었다. 페르세포네는 그의 몸을 다리로 감쌌고, 손가락으로 얼굴 위에 쏟아진 머리칼을 쓸어주었다. 숨을 다 고른 뒤 입을 열었을 때는 하데스로 인해 비명을 질러댔던 터라 목이 아픈 상태였다.

"당신은 내 거예요. 당연히 당신을 버틸 수 있어요."

그 말을 더 일찍, 그가 처음 물어봤던 순간에 해주고 싶었다. 하지만 그 순간에는 숨이 턱 끝까지 차올라서 말을 뱉을 수 없었다. 하데스는 몸을 떼어 그녀를 바라보았다. 영혼까지 단숨에 관통하는 눈빛이었다.

지금 이 순간은, 우리가 함께한 뒤로 서로에게 가장 유약해진 순간이구나.

"숱한 세월 동안 운명의 여신들이 내게 건넨 것들 중에서 감사할 것은 없을 거라고 생각했는데, 당신은 그 모든 걸 다 뛰어넘습니다."

"어떤 모든 걸요?"

"모든 고통을."

8장

승낙

페르세포네는 화들짝 놀라며 깨어났다.

악몽 때문이 아니라 늦잠을 잔 것 같다는 느낌 때문이었다. 침대에서 벌떡 일어나자 벽난로 앞에 서 있는 하데스가 보였다. 어젯밤 격렬하게 사랑을 나누었기에 당연히 그가 옆에서 잠들어 있을 거라 예상했다. 그런데 이미 일어나 옷도 다 갖춰 입은 걸 보니 마음이 약간 허했다.

그럼에도 그는 더없이 아름다웠다. 다만 표정은 어딘가 달랐다. 어젯밤에 했던 말에서 드러났던 연약한 모습이었다.

그는 두려워하고 있다. 당연히 그럴 것이다. 낯선 누군가가 신을 해쳤으니까.

그의 두려움이 자신을 향한 게 아니라 그녀를 향한 걱정이라는 것도. 지금 그녀의 머릿속은 온통 조금이라도 더 강했더라면, 하데스처럼 힘을 불러일으킬 수 있다면 그가 걱정할 일도 없을 거라는 생각이었다.

"조금이라도 잤어요?" 그녀가 물었다.

"아닙니다."

그가 뒤척이는 소리도 듣지 못한 터였다. 그녀가 잠들자마자 침대를 나선 걸까?

"악몽을 꾸었습니까?" 그가 물었다.

"아뇨. 나…… 늦잠 잔 것 같아요."

그는 술잔을 마저 비운 뒤 그녀에게 걸어왔다. 그가 손가락으로 뺨을 쓰다듬는 동안 그녀는 그와 눈을 맞추었다.

"왜 안 잔 거예요?" 그녀가 물었다.

"잠을 잘 마음이 들지 않았습니다."

그녀는 미간을 찌푸렸다. "엄청 지쳤을 텐데."

그는 씩 웃으며 부드럽게 말했다. "피곤하지 않다고는 말 안 했습니다."

페르세포네는 그녀의 입술 위에 머문 그의 손가락을 세게 빨아들였다. 그러자 하데스가 숨을 들이쉬며 다른 손으로 그녀의 머리칼을 헝클었다. 그건 신호이자, 어떤 암시였다. 어젯밤 자신이 제어하려 한 어둠을 충분히 분출하지 못했다는 신호. 혹은 그녀가 잠든 동안 욕망의 우물이 다시금 차올랐을 수도 있다. 어느 쪽이든 그녀는 그 행동에서 폭력의 낌새를 느꼈다. 어젯밤과 마찬가지로 뻗쳐 나오는 열정을 향한 욕망을. 그의 눈길은 그녀의 입술 위에 머물렀다. 둘 사이의 긴장감이 점점 팽팽해져갔고, 그녀의 다리 사이는 촉촉하게 젖어 들었다.

"왜 머뭇거리는 거예요?" 그녀가 속삭였다.

"오, 달링. 당신이 알 수만 있다면."

"알고 싶어요." 그녀는 가슴을 가렸던 시트를 툭 떨구었다.

잠시 침묵이 흘렀고, 하데스는 돌처럼 얼어붙었지만 움직이진 않았다. 대신 침을 꿀꺽 삼키더니 말했다. "염두에 두겠습니다. 지금은 우선 옷을 입으시지요. 깜짝 선물이 있습니다."

"지금 당신 머릿속을 오가는 생각보다 더 깜짝 놀랄 만한 게 있겠어요?"

그는 소리를 내어 웃더니 그녀의 코에 키스했다. "옷 입으십시오. 기다리겠습니다."

그가 문가로 향하자 페르세포네는 눈으로 그 움직임을 따라가다가 소리쳐 불렀다.

"밖에서 기다리지 않아도 돼요."

"밖에서 기다리겠습니다."

그녀는 더 이상 묻지 않고 옷을 입기 시작했다. 평범한 7월의 어느 날이었다면 무늬 있는 밝은색 여름 드레스를 입고 출근했을 테지만, 어머니의 폭풍우가 거세게 불어닥치고 있었기에 따뜻한 옷을 골라야 했다. 그녀는 검은색 긴팔 셔츠에 회색 치마, 그리고 스타킹을 택했다. 그런 다음 힐을 신고 가진 것 중 가장 따뜻한 모직 재킷을 걸쳐 입었다. 복도로 나가자 하데스가 얼굴을 찌푸린 채 서 있었다.

"왜요?" 그녀가 옷차림을 내려다보며 물었다.

"당신 옷을 벗기는 데 얼마나 오래 걸릴지 가늠해보고 있습니다."

"그래서 나가 있었던 거 아니에요?" 그녀가 물었다.

그의 입꼬리가 올라갔다. "그저 미리 계획을 짜두는 겁니다."

마음속이 따뜻해졌다. 좀 전에 했던 생각을 행동에 옮기겠다고 약속하는 거겠지? 그가 손을 잡으며 그녀를 훅 끌어당기자 그의 마법이 둘을 휘감았다.

둘은 대기실처럼 보이는 곳에 모습을 드러냈다. 현대 미술품 두 점이 벽에 걸려 있었고 에메랄드색 소파와 유리로 된 황금색 커피 테이블이 놓여 있었다. 바닥은 흰색 대리석이었고, 유리벽 너머로는 친숙한 거리가 보였다. 그녀는 그곳이 콘스탄틴 거리라는 걸 깨달았다. 처음 알렉산드리아 타워를 방문했던 날 렉사와 함께 걸었던 바로 그 거리. 렉사 생각에 감정이 휘몰아쳐 갑자기 눈가가 뜨거워졌다.

그녀는 애써 목을 가다듬고 물었다. "왜 알렉산드리아 타워에 온 거예요?"

이곳은 하데스의 자선 사업체인 사이프러스 재단이 운영하는 하데스 소유의 또 다른 건물이었다. 하데스가 여러 자선 사업체를 가지고 있다는 건 렉사에게 전해 들은 바가 있었다. 동물과 여성들, 길을 잃은 이들을 지원해주는 곳 말이다. 그가 기울여온 여러 노력에 대해 아는 게 없다는 사실에 그녀는 부끄러웠다. 왜 얘기해주지 않았느냐고 따졌을 때, 그는 너무도 오랫동안 혼자 지내왔기에 지상 세계에서 어떤 일들을 해왔는지 말해줄 생각을 못 했다고 했었다.

그가 다스리는 세계가 지하 세계를 초월해 있다는 건 이후에야 알게 되었다. 뉴 그리스의 어두운 이면에까지 그의 손길이 뻗쳐 있었다. 하데스가 손아귀에 쥔 것들이 얼마나 중대한지 이해조차 하지 못했다는 사실을 그녀는 잘 알고 있었고, 그 생각에 몸이 떨렸다.

"여기서 업무를 봤으면 합니다." 하데스가 말했다.

페르세포네의 눈이 휘둥그레졌다. "어제 일 때문이에요?"

"그것도 하나의 이유가 될 테고, 이게 더 편하기도 할 겁니다. 할 시온 프로젝트에도 계속 함께해주었으면 하고, '옹호자'의 활동에도 분명 도움이 될 겁니다."

그녀는 눈썹을 치켜떴다. "카트리나랑 함께 일하라는 거예요?"

카트리나는 사이프러스 재단의 이사로, 시빌이 일원인 할시온 프로젝트를 관장했다. 할시온 프로젝트란 인간들에게 무료로 치료를 제공하는 재활 센터다. 얼마 전에는 렉사에게 헌정된 세러피 정원을 발표하기도 했는데, 렉사가 죽기 전에 참여했던 기획이었다.

"그렇습니다." 그가 말했다. "당신은 내 영토와 왕국의 여왕이 될 겁니다. 이 재단이 당신의 열정을 받들 수 있어 다행입니다."

페르세포네는 아무 말 없이 공간을 여기저기 살펴보았다. 대기실 양쪽에 각각 두 개씩 총 네 개의 문이 있었다. 하나는 회의실로 향했고, 나머지 세 개의 문은 작은 사무실로 이어졌다. 심플한 책상 외에는 텅 비어 있었지만 그녀는 머릿속으로 어떻게 공간을 운용할지 상상해보기 시작했다.

"마음에 들지 않습니까?" 그가 물었다.

"아뇨." 그녀가 말했다. 생각이 팽팽 돌아가고 있을 따름이었다.

하데스가 일전에 했던 말이 떠올랐다. 내게 앙심을 품은 누군가 당신을 해치려 하는 건 시간문제입니다. 당시에는 그 말을 믿지 않았다. 가장 큰 이유는 믿고 싶지 않아서였다. 하지만 이후로 여러 사건을 거치며 그 말이 진실임을 깨닫게 되었다. 칼부터 페이리토스, 무릎에 커피를 쏟은 그 여자까지.

이제는 잠재적인 위협이 하나 더 늘었다. 아도니스와 하르모니아를 해한 익명의 가해자들. 그녀가 제정신이라면 하데스의 제안을 거절할 이유가 없었다.

"고마워요. 헬렌과 레우케에게 얼른 전해주고 싶어요."

하데스의 입꼬리가 슬쩍 올라갔다. 그는 손을 내밀어 그녀의 뺨을 쓰다듬어주었다.

"이기적이게도 당신을 내 곁에 두고 싶습니다."

"여기서 업무 보는 일은 거의 없잖아요." 페르세포네가 지적했다.

"오늘부터 내가 제일 좋아하는 사무실은 바로 여기입니다."

그녀는 애써 담담한 척 신을 향해, 미래의 남편을 향해 애써 눈을 흘겼다. "하데스 님, 난 여기에 일하러 오는 거라는 사실을 명심해주세요."

"물론입니다. 하지만 휴식 시간도 필요할 거고 점심도 드셔야 하지요. 그 시간을 내가 기꺼이 채우고 싶습니다."

"아무것도 하지 않는 게 휴식의 의미 아닌가요?"

"당신을 일하게 둘 거라곤 하지 않았습니다."

그의 손이 그녀의 허리를 조여왔다. 주로 키스가 뒤따르는, 이미 친숙한 압박이었다. 하지만 그가 그녀를 확 끌어당기려던 찰나, 누군가의 헛기침 소리에 페르세포네는 고개를 돌렸다. 카트리나가 서 있었다.

"페르세포네 여신님!" 그녀는 활짝 웃으며 가볍게 목례를 해보였다. 노란색 실크 상의에 카키색 슬랙스 차림이었다. 탱탱하게 컬이 들어간 머리카락이 얼굴을 둘러싼 후광처럼 보였다.

"카트리나." 페르세포네가 미소 지었다. "다시 만나서 기뻐요."

"방해해서 죄송합니다. 하데스 님께서 오셨다는 말을 전해 들었는데 떠나시기 전에 꼭 뵈어야겠다 싶어서요."

페르세포네는 하데스를 올려다보았다. 그는 카트리나를 바라보고 있었다. 그의 얼굴에 떠오른 표정을 보자 호기심이 일었다. 겉으로는 꽤나 차분해 보였지만, 입술은 살짝 다물어져 있었다. 카트리나가 죽은 자들의 신에게 어떤 소식을 알려야 했는지 궁금해졌다.

"곧 가겠다, 카트리나."

"알겠습니다." 인간의 시선이 페르세포네 쪽으로 미끄러졌다. "여기 모실 수 있게 되어 영광입니다, 여신님."

카트리나가 자리를 뜨자 페르세포네는 하데스를 올려다보았다.

"무슨 얘길 나누려고 한 거예요?"

"차차 이야기하겠습니다." 그가 말했다.

그녀는 따지듯 눈썹을 치켜떴다. "어젯밤에 어디에 갔는지 말해주려고 했던 것처럼요?"

"괴물들과 거래하고 있었다고 말씀드리지 않았습니까."

"그건 말해주지 않은 것과 마찬가지죠." 그녀가 말했다.

하데스는 얼굴을 찌푸렸다. "나는 당신에게 아무것도 숨기고 싶지 않습니다. 그저 당신 마음을 무겁게 하는 게 싫을 뿐."

"당신에게 화난 게 아니에요. 반쯤은 농담이었는걸요."

하데스는 숨소리 섞인 웃음을 뱉었다. "반쯤은."

그는 다시 그녀의 뺨을 어루만졌다. 눈길은 한층 부드러워졌다.

"오늘 밤에 이야기 나눕시다."

그런 다음 키스해줄 거라고 예상했지만, 대신 그는 손을 거두곤 그곳을 떠났다. 페르세포네는 잠시 멍하니 서 있었다. 욕망의 안개가 부옇게 정신을 흐렸고 문득, 지금 당장 그를 쫓아가 유리 사무실 안에서 탐해달라고 요구하고 싶었다. 그가 창조한 모든 것 앞에서, 한때 그가 약속했던 대로. 그는 주저하지 않을 것이고, 그 역시 그녀만큼이나 만족을 몰랐으니. 그녀가 조금이라도 말과 행동을 자제하지 못한다면 오늘 밤 그가 약속한 대화 따위는 스러질지도 모르는 일이었다.

그녀는 한숨을 내쉰 뒤 휴대폰을 들어 레우케와 헬렌에게 평소에 만나는 장소가 아니라 알렉산드리아 타워로 오라고 짧은 문자메시지를 보냈다. 대중들에게 일거수일투족이 노출되지 않은 채 일할 수 있다는 점에 마음이 놓인 게 사실이었다.

사업을 위한 새로운 사무실이 생겼다는 사실을 천천히 받아들이며 그녀는 다시 방 안을 거닐었다. 이 공간을, 자신의 사무실을 어떻게 꾸밀지 마음속으로 계획을 세워보면서.

그녀는 창가에 섰다. 3층에 있으니 뉴 아테네의 근사한 전경이 내다보였다. 짙은 구름과 안개, 그리고 눈으로 뒤덮인 풍경이 눈에 들어왔다. 눈삽과 염화칼슘 트럭들이 도로를 정비하는 와중에도 더 많은 눈송이와 우박이 떨어져 내리고 있었다. 창문에도 살얼음이 끼어 있었다. 헤카테가 했던 말이 떠올랐다. 당신 어머니가 지상 세계를 눈보라와 얼음으로 위협하고 있는데도 말이에요. 태양이야말로 인간 세상에 가장 필요한 존재죠.

그녀는 유리창 위에 손을 얹어보았다.

마음 한구석에서는 어머니에게 맞설 수 있을 거라고 느끼고 있었다. 예전에도 그랬던 적이 있으니까. 하데스의 알현실에서 그녀는 데메테르를 무릎 꿇게 만들고, 본인의 힘으로도 일어설 수 없게 했었다. 그럼에도 다른 한편으로는 데메테르가 하데스의 세계에선 약해졌기 때문이라는 두려움을 지울 수 없었다.

넌 하데스의 힘도 그에게 되쏘았어, 그녀는 스스로에게 상기시켰다. 실로 엄청난 순간이었다. 그 일의 여파로 그녀는 몇 주 동안이나 속이 끔찍이 아팠고, 일하지 않는 시간에는 계속 잠만 잤다. 아직 그만큼의 힘을 휘두를 정도로 강하지 않다는 의미임을 알고 있었다. 지구력을 키워야 할 테고, 그러려면 필요한 것은 더 많이 훈련하는 일뿐이었다.

유리창을 타고 흘러내리는 물방울에 시선이 닿았다. 그녀가 손을 움직이자 그 밑에서 얼음이 녹기 시작했다. 유리를 데운 것이 그녀의 힘인지, 아니면 손 때문인지 확인해보려고 주먹을 꼭 쥐어보았다. 평소보다 체온이 높지 않았지만, 마법은 날카로운 감각으로 현현하고 있었다. 속상한 마음에 즉각 반응하는 매우 민감한 신경 다발처럼.

그런데 그게 문제였다. 의도적으로 힘을 사용할 줄 알아야 했다.

다시 한번 창문 위에 손을 댄 다음, 손바닥에 고이는 따뜻하고 짜릿한 에너지에 집중했다. 얼마 지나지 않아 얼음이 다시 녹기 시작했다. 유리창 아래로 똑똑 흘러내리는 물방울을 보았을 때, 머릿속에선 이게 속임수라는 생각밖에 들지 않았다. 데메테르가 흩뿌리는 영원한 추위를 무너뜨리기 위해선 턱없이 부족한 힘이었다.

그녀는 손을 떨구었다. 그러자마자 물방울이 얼어붙었다.

"페르세포네?"

고개를 돌리자 시빌이 사무실 문간에 서 있었다. 페르세포네는 미소를 지으며 시빌을 끌어안았다.

"이거 실화야? 정말 여기서 일하게 되는 거야?" 시빌이 물었다.

"하데스가 여기를 내 사무실로 쓰면 어떠냐고 하더라고. 솔직히 인정해야 했지 뭐야. 기꺼이 기쁘게 쓰고도 남을 거라고."

여기에서라면 그녀는 안전할 것이다. 하지만 더 중요한 건, 레우케와 헬렌도 안전하다는 사실이다.

"넌 어때?" 페르세포네가 물었다. "벤이 집적거리진 않아?"

시빌은 낯빛이 어두워지더니 울컥하듯 말했다. "벤 대신에 사과할 게, 페르세포네. 난 몰랐어. 그가 그렇게까지……."

"이상한지?"

"전화번호를 바꿔야 할 것 같아."

"그에게 위협을 주는 건 어떨까. 아니면 하데스가 대신 해줄 수도 있고. 그런데 신들을 두려워하지도 않는 것 같더라."

"신들을 두려워하기엔 너무 자기중심적인 것 같아."

"속상하다, 시빌."

"내가 저지른 행동의 대가가 이걸까." 그녀는 어깨를 으쓱하더니 농담하듯 말했다.

페르세포네는 인상을 찌푸렸다. 아로와의 짧았던 연애를 두고 한 말이었다. 인간인 아로는 연인이 되기 전부터 시빌의 오랜 친구였고, 둘은 꽤 잘 어울렸던 것 같은데 어떤 이유에서인지 그는 시빌에게 그저 친구로 남아 있자고 했다.

"다시는 포 올리브에 못 갈 것 같아서 그게 너무 속상해. 제일 좋아하던 점심 장소였는데."

"앞으로는 배달하면 되지 뭐." 페르세포네가 말했다.

"그렇긴 한데, 벤이 음식을 배달할 가능성이 높아. 내가 어디서 일하는지 알게 되는 건 정말로 원치 않아."

"그간의 행동들로 미루어보면 이미 네가 어디서 일하는지 알고 있을걸."

시빌은 따분하다는 듯 페르세포네를 쳐다보았다. "알려줘서 고맙다, 친구야."

그녀는 씩 웃었다. "걱정 마. 멋대로 아이비를 지나칠 순 없어."

아이비는 알렉산드리아 타워의 접수원으로 드라이어드, 숲의 님프였다. 아주 용의주도하고 엄격해서 누구도 허락 없이 접수대를 넘어갈 순 없었다.

"점심 같이 먹자." 시빌은 다시 한번 포옹한 뒤 일하러 돌아갔다.

잠시 후 레우케와 헬렌이 도착했다. 헬렌은 새로운 사무실이 생겼다는 소식에 환호성을 질렀고, 둘은 호들갑스럽게 층 전체를 뛰어다니며 어떤 책상을 누가 쓸 건지, 어떻게 꾸밀지 이야기를 늘어놓았다. 페르세포네는 왼쪽 첫 번째 사무실로 들어가 재킷을 벗고 노트북을 꺼냈다.

앉자마자 문 두드리는 소리가 났다. 고개를 들자 헬렌이 문간에서 있었다.

"저기, 혹시 내 기사 읽어봤어요?"

"네. 잠깐 앉아볼래요?" 페르세포네가 말했다.

"맘에 안 들었군요." 헬렌이 재빨리 말한 다음 사무실 안으로 들어섰다.

"그런 게 아니에요, 헬렌. 물론 일리가 있는 부분들이 있지만……위험할 수 있는 기사예요."

헬렌의 눈썹이 찡그려졌다. "왜 위험하다는 거죠?"

"신들에 대해 논평하고 있잖아요." 페르세포네는 기사를 인용했다. "인간들이 신들보다 수적으로 훨씬 우세한 지금의 세계에서, 무엇을 해야 하는지 신들에게 물어야 하는 것인가?"

"당신이 하데스에 대해 썼을 때랑 비슷한 얘기를 하고 있는 건데요." 헬렌이 주장했다.

"헬렌."

"알았어요. 그 문장은 삭제할게요." 마음 상한 것이 분명한 날 선 어조로 그녀는 말했다.

헬렌이 이런 행동을 보였던 적은 한 번도 없었는데. 뉴 아테네 뉴스에서 함께 일하던 시절과 옹호자를 창립한 이후로 지금까지 그녀는 줄곧 활기차고 열정적이었다. 그런데 또 한편으로는 지금까지 그녀의 기사를 지적한 적이 없기도 했다. 반응은 시원찮았지만 어쨌든 신들에 대한 평가 부분을 삭제하겠다고 동의했으니 마음이 놓였다.

"트라이어드의 지도부 중에서 인터뷰할 사람을 찾아봤으면 해요."

헬렌의 입술이 일그러졌다. "내가 시도 안 해봤을 것 같아요? 아무도 메일에 답장해주지 않았어요. 알려지길 바라지 않는 인간들이라고요."

"취재하는 데 메일이 유일한 수단은 아니잖아요, 헬렌. 정말 절실히 원하면 발품을 팔아야 해요."

헬렌의 파란 눈동자가 번득였다. "테러 조직의 비밀 지도부를 어떻게 취재하라는 거예요?"

페르세포네는 어깨를 으쓱하며 말했다. "나라면 그들의 일원인 척할 거예요."

"나더러 트라이어드의 일원으로 행세하라고요?"

"독점 기사를 원하지 않아요? 뉴 그리스에서 가장 위험한 테러 조직의 지도부를 제일 먼저 폭로하는 사람이 되고 싶지 않느냔 말이에요. 만약 그렇다면 그게 방법이죠. 결국 전적으로 당신에게 달려 있어요. 어떻게 하고 싶어요?"

헬렌은 페르세포네를 바라보며 아무 말도 하지 않았다. 시간이 얼마나 지났을까, 그녀가 입을 뗐다. "내 의도를 그들이 알아내면 어떡해요?"

페르세포네는 흠칫 놀랐지만 태연하게 대답했다. "내가 보호해줄게요."

"하데스가 보호한다는 거겠죠."

"아뇨." 그녀가 말했다. "내가 당신을 보호할 거라고요."

헬렌이 자리를 뜨자 페르세포네의 어깨는 축 처졌다. 왜 헬렌과의 대화가 냉담하게 느껴졌을까? 피드백을 적극적으로 수용하는 모습을 보여주길 기대했지만 그러지 않아서 일단 놀라기도 했다. 그간 알아왔던 헬렌과는 판이하게 다르게 느껴졌다. 하지만 어쩌면 그동안 헬렌에 대해 전혀 모르고 있던 건지도 모른다.

그때 갑자기 마법이 주변을 감싸며 몸을 꼿꼿이 세웠다. 친숙한 월계수 향이 공기 중에 가득 퍼졌다.

"젠장." 사라지기 직전, 페르세포네는 한마디를 내뱉었다.

9장
델포이의 팔레스트라

하데스를 제외한 다른 신들의 마법에 휘말리는 순간엔 결코 익숙해질 수가 없었다. 그 느낌이, 그녀를 안아 들고 피부를 쓰다듬으며 감각을 침범하는 게 싫었다. 하지만 적어도 마법의 향이 누구 것인지는 알고 있었다.

"아폴론." 그녀가 끙 소리를 내며 웅얼거렸다.

베란다로 둘러싸인 긴 직사각형 모양의 안뜰 한가운데에 도착하자마자 추위가 몸을 덮쳤다. 하늘에서는 성근 눈이 내리고 있었다. 약간의 눈보라가 공중에서 소용돌이쳤고, 발밑의 땅은 축축하게 젖은 진흙투성이였다. 주변을 찬찬히 둘러보며 자신이 어디에 있는 건지 알아내려던 그녀는 알몸의 근육질 남자가 무언가에 밀려난 듯 뒤쪽으로 비틀거리는 것을 보고 얼어붙었다.

눈이 휘둥그레지고 심장은 쿵쾅댔다. 움직여, 스스로에게 말해보았지만 무슨 이유에서인지 발이 움직이지 않았다. 바로 그때, 누군가 그녀의 팔을 홱 잡아당겼고 가죽이 덮인 단단한 가슴팍에 부딪혔다. 손으로 밀쳐내려 했지만 자신을 붙잡았던 자가 재빨리 놓아버렸다. 그 바람에 그녀는 비틀거리며 뒤로 밀려났고, 천천히 위쪽을 향한 그녀의 눈에 거대한 남자의 몸체가 들어왔다. 샌들 가죽 끈이 칭칭 감긴 종아리부터 가죽 리넨퀴레스, 둥근 눈에 흰 눈동자까지. 그 눈은 가장 인상적인 동시에 그녀를 가장 불안하게 만드는 부분이기도 했다. 잘생긴 얼굴에 턱은 단단했고 검은색 곱슬머리가 찰랑거렸다. 옷차림으로 짐작건대 이 남자는 전사, 보병이다. 도와줘서 고맙다고 말하려던 찰나, 뒤쪽에서 굉음이 들려왔다. 몸을 홱 돌리자 알몸의 남자가 엎드린 채 넘어져 있었고 그 위로 또 다른 나체의 남자가 손으로 그의 턱을 붙들고 머리를 뒤로 홱 젖히고 있었다.

"항복하나?" 남자가 소리 질렀다.

또 다른 남자는 으르렁댔는데, 가슴 깊은 곳에서부터 터져 나오는 분노의 소리였다. 좀 전에 그녀를 구해준 남자는 옆에서 껄껄 웃고 있었다.

"여기가 어디예요?" 남자가 말을 듣지 못한 듯했기에 그녀는 다시 물었다. "혹시 내가 지금 어디 있는 건지 아세요?"

여전히 그는 듣지 못한 것 같았다. 이번에는 그의 앞에 가서 섰다. 그의 눈길이 그녀를 마주했다.

"내가 어디 있는 건지 말씀해주시겠어요?"

눈썹을 찡그린 채 그는 주위를 둘러보았다. 어쩌면 그녀의 질문이 혼란스러웠던 건지도 몰랐다. 잠시 후, 그는 악수를 청하듯 손을 내밀었다. 그녀가 주저하며 손을 내밀자 그는 손바닥을 뒤집어 그 위에 글자를 써주었다.

델, 포, 이. 이렇게 적고선 이어 썼다. 팔, 레, 스, 트, 라.

팔레스트라는 주로 레슬링을 위한 훈련장이었다. 델포이의 팔레스트라. 그녀는 델포이에 있었다.

"아폴론." 그녀는 이를 악물고 뇌까렸다.

태양의 신이 아무런 예고도 없이 여기로 데려온 데 화가 났다. 아프로디테의 집에서 경고를 건네긴 했지만, 낯선 장소로 휙 데려가기 전에 적어도 미리 말해줄 거라고 생각했다.

그녀는 고개를 들어 남자의 기이한 흰 눈동자를 바라보며 물었다. "소리를 못 들으세요?"

그는 고개를 끄덕였다.

"하지만 입술은 읽으시네요."

그는 다시 끄덕였다.

"좀 전에 절 구해주셔서 감사해요."

그는 자신의 평평한 손바닥을 입술께에 가져다 대고는 앞으로 움직이는 자세를 취하며 입을 열었다. "천만에요."

그의 말은 약간 어색하게, 웅얼거림에 가깝게 들렸다.

그녀가 미소를 짓기 무섭게 울려 퍼지는 쩌렁쩌렁한 목소리에 그녀는 홱 움츠렸다.

"거기 있었구나, 우리 달콤한 만두!"

몸을 돌리자 그들을 향해 성큼성큼 걸어오는 태양의 신이 보였다. 날이 흐려서 더욱 광채가 나는 것 같았다. 그녀 뒤에 서 있는 거대한 남자와 비슷한 옷차림이었지만, 그의 흉갑은 황금으로 만들어졌고 검은 머리칼 위에는 월계수 관이 얹혀 있었다. 목소리는 활기찼지만 턱을 앙다문 모양새와 눈동자가 기묘한 보라색을 띤 것으로 보아 뭔가가 석연찮은 듯해 보였다.

그가 팔을 붙잡자 그녀는 톡 쏘아붙였다. "아폴론."

"이것도 싫어? 응?" 그가 물었다.

"별명 부르지 않기로 했잖아."

"그건 알지만 그래도 네가…… 긴장이 좀 풀릴까 싶어서." 그녀가 노려보자 아폴론은 한숨을 내쉬었다. "알았어. 자, 가자, 세프!"

"아폴론." 그녀는 그대로 서서 경고하듯 말했다. "내 팔 놔줘."

그는 몸을 홱 돌려 번득이는 눈으로 그녀를 바라보았다. 무슨 안 좋은 일이 있는 게 분명했다.

"거래." 그는 마치 그 단어를 뱉으면 요구를 관철시킬 수 있을 것처럼 말했다.

"부탁할게, 라고 말했어야지."

둘은 서로를 노려보았다. 바로 그때, 등 뒤에 다가온 누군가의 기척이 느껴졌다. 고개를 들자 아까 그녀를 구해준 그 덩치 큰 남자가 서 있었다. 두꺼운 팔을 팔짱 낀 채 아폴론을 내려다보는 그의 눈길은 사나웠다.

"나한테 도전하는 거냐, 인간이여?"

아폴론의 눈이 가늘어졌다. 페르세포네는 그의 마법이 뭉치는 힘을 느낄 수 있었다.

"이 남자와 싸우지 마." 페르세포네는 날카롭게 노려보며 말했다.

아폴론이 웃음을 터뜨렸다. "싸움? 싸움 따윈 없어. 나랑 붙을 깜냥이 안 돼."

"제가 대신 싸우겠습니다." 또 다른 목소리가 끼어들었다.

모두가 고개를 돌려 아까 레슬링하던 알몸의 두 남자를 쳐다보았다. 둘은 훈련을 멈추고 진흙투성이가 된 채 서 있었다. 뼛속을 파고드는 추위 따윈 완전히 잊어버린 듯했다, 혹은 너무 둔하거나. 방금 말을 꺼낸 그 남자는 좀 전에 우위를 점했던 쪽이었다. 잘생긴 얼굴에 커다란 갈색 눈과 짧은 곱슬머리, 그리고 수염을 기른 상태였다.

"그럴 필요 없어요." 페르세포네가 말했다.

"여자한테 말한 게 아니다."

그 순간, 아폴론의 눈이 분노로 번득였다. "이분은 하데스의 약혼자이자 지하 세계의 미래 여왕이시다. 이분 앞에 무릎을 꿇지 않으면 내 노여움을 맛보게 되리라."

남자의 눈이 휘둥그레지더니 즉시 무릎을 꿇었고, 그의 훈련 상대도, 그녀의 새로운 친구가 된 농인 남자도 그렇게 했다. 뒤를 돌아보자 태양의 신이 미소를 머금고 있었다.

"직함이 어떤 영향을 주는지 봤지, 페르세포네?"

그녀는 한숨을 쉬었다. "기회가 있었을 때 이 거래를 접어버렸어야 했는데."

그녀는 아폴론을 지나쳐 천이 드리워진 현관 쪽으로 향했다. 어디로 가야 하는지는 몰랐지만 너무 추웠고, 무엇보다 분노가 들끓었다.

"어디로 가야 하는지도 모르잖아, 셰프." 아폴론이 잰걸음으로 따라오며 말했다.

"성기 길이 측정 대회 따위에선 최대한 멀어지려고."

"이게 내 탓인 것처럼 행동하네. 내가 물어봤을 때 오지 않은 건 너잖아."

"물어보지 않았어. 명령했지. 이 얘긴 전에도 했던 것 같은데."

아폴론은 나란히 걸으며 침묵했다. 잠시 후, 그는 쉭쉭대는 소리 비슷한 것을 냈다. "미, 미……"

애쓰는 게 보여서 페르세포네는 걸음을 늦췄다.

"내가 미……." 그가 마침내 덜덜 떨며 간신히 말을 뱉었다. "내가 미안해."

"대체 무슨 일이야?" 페르세포네가 물었다.

"아는지 모르겠지만, 난 사과하는 게 힘들다고." 아폴론이 말했다. "정말 놀랐어. 상상도 못 했다고."

"이봐, 나한테 이게 얼마나 어려운 일인지는 헤아려볼 수 있잖아. 그게 친구 사이 아니야?"

"이제 우리 친구인 거야? 좀 전까지만 해도 친구를 대하는 태도로는 느껴지지 않았는데."

"널…… 화나게 할 생각은 없었어." 아폴론이 얼굴을 구기며 말했다. "좀 속상했다고."

"그런 것 같긴 했는데, 무슨 일이야?"

"널 여기로 데려오는 동안…… 좀 주의가 흐트러졌거든." 그가 인정했다. "너를…… 잃어버린 줄 알았어."

페르세포네는 미간을 찌푸렸다. "왜 주의가 흐트러졌어?"

"……눈이 다시 내리기 시작했어."

눈 얘기에 그녀는 아폴론이 바라보는 쪽을 향해 시선을 돌렸다. 눈보라가 점점 더 거세게 몰아치고 있었다. 가슴이 철렁 내려앉았다.

"나를 함부로 순간 이동시키지 않겠다고 약속해줄래?"

"하데스는 그런 허락을 받나?"

그녀는 또 한 번 노려보았다.

"안 그럼 널 어떻게 소환해야 하는데?"

"보통 사람들이 하는 것처럼."

"나는 사람이 아닌데."

"아폴론."

함께한 지 고작 몇 분 만에 그녀는 벌써 두 번이나 그에게 경고를 하고 있었다.

"알았어." 그는 한숨을 쉬며 팔짱을 끼곤 입술을 꾹 다물었다.

"왜 날 여기로 데려온 거야?" 페르세포네가 물었다.

"내 영웅을 소개해주려고. 그런데 이미 만났네."

"덩치 큰 사람?" 농인 남자를 떠올리며 그녀가 물었고, 뜻밖에도 아폴론의 얼굴이 군자 깜짝 놀랐다. "아니, 그는 내 영웅이랑 맞붙는 인간이야. 아이아스. 내 영웅은 헥토르지. 만물의 수호자."

그 사실을 얘기하면서 조금은 자랑스러워할 거라고 예상했지만 그가 말을 이었을 때 목소리엔 실망감이 역력했다.

"널 모욕한 인간 말이야."

"흐음, 어디서 그를 발견한 거야?"

"델로스." 그가 말했다. "추앙받는 영웅이지만 오만해. 그것 때문에 그는 죽게 될 거야."

"그런데도 그에게 호의를 베푸는 거야?"

"델로스는 우리 어머니가 나랑 아르테미스를 낳으러 피신했던 지역이야. 그곳 주민들은 내 사람들이고, 그가 그들을 지켜주었지. 내가 오히려 그에게 호의를 입은 셈이야."

둘은 여러 남자들이 벌거벗은 채 어슬렁대는 들판으로 시선을 돌렸다. 헥토르가 눈을 가늘게 뜨고 조롱하는 표정을 짓고 있는 게 눈에 띄었다. 그 눈길을 따라가니 아이아스가 막 옷을 벗고 있었다. 페르세포네는 고개를 돌렸다. 그리스인들에게는 전차 경주를 제외하면 대부분의 운동 경기를 알몸으로 진행하는 전통이 있다는 걸 알고는 있었지만, 굳이 훈련마저 알몸으로 진행할 필요가 있는지 의문이었다.

"내가 어떤 하루를 보냈는지 알게 되면 하데스가 참 좋아하겠군."

그녀의 말에 아폴론이 비아냥댈 거라고 생각했지만 그가 내뱉은 말이라곤 "흐음"이 전부였다.

그의 시선은 아이아스에 고정되어 있었고 눈동자가 타오를 듯 번득이고 있었다. 그녀는 그 눈길을 알아챘다. 대상은 달라도 하데스가 그녀를 바라보는 시선이 바로 그러하기에. 그녀는 팔꿈치로 아폴론의 옆구리를 쿡 찔렀다.

"헥토르가 네 영웅이라며." 페르세포네가 말했다.

"맞아."

"그럼 아이아스를 왜 그렇게 빤히 바라보는 거야?"

아폴론의 턱 근육이 움찔거렸다. "내 영웅의 상대를 살펴보지 않는 건 어리석은 일이지."

"옷을 벗을 때 말이야?" 그녀는 눈썹을 치켜뜨며 물었다.

아폴론이 씩 웃었다. "너 싫다."

그녀는 낄낄댔지만, 마음을 쿵 내려앉게 만드는 목소리가 들려오자 바로 웃음기가 사라졌다.

"저놈 좀 봐. 전사처럼 차려입고선 아무 소리도 못 듣고." 들판에 있는 남자 중 한 명이 팔짱을 긴 채 나란히 서 있는 동료에게 말하며 아이아스를 향해 고갯짓을 해보였다. "너무 우습군."

페르세포네는 주먹을 꽉 쥐었다. 아폴론을 바라보았지만 그는 무표정이었다.

"난 안 믿어." 다른 남자가 말했다. "우리가 긴장감을 늦추도록 우리 모두를 속이고 있는 거면 어떡해? 아니면 가볍게 여기도록 일부러 귀머거리인 척하고 있을 수도 있잖아?"

"호의를 받았는데도 저 따위네." 한 여자가 덧붙였다. "듣기론 포세이돈의 호의라던데."

모두가 웃음을 터뜨렸지만 페르세포네는 기가 찼다.

그녀는 아폴론을 향해 고개를 돌렸다. "저들이 계속 저 따위로 말하게 내버려둘 거야?"

"저들은 내 영웅이 아니야." 그가 말했다.

"네 영웅은 아닐지도 모르지만 네가 이 게임의 주관자잖아. 행동 기준을 마련해야 하지 않겠어?" 그녀는 잠시 말을 멈췄다. "아니면 혹시 이게 기준이니?"

그녀와 마주한 아폴론의 눈길은 살벌했지만, 헥토르가 나무 막대기를 집으려고 몸을 숙이자 둘의 시선이 다시 들판 쪽으로 향했다.

"아폴론." 페르세포네의 언성이 높아졌다.

어마어마한 힘을 가하느라 근육이 울룩불룩해진 헥토르가 묵직한 막대기를 휘두른 다음 아이아스를 향해 던졌다. 막대기가 공중을 가르며 아이아스의 머리를 향해 날아가는 모습을 페르세포네는 겁에 질려 바라보았다. 하지만 그때, 아이아스가 적절한 순간에 몸을 돌려 한 손으로 막대기를 탁 거머쥐었다. 잠시 막대기를 내려다본 뒤 차디찬 시선을 헥토르에게, 그리고 공격이 벌어지던 순간 곁에 서 있던 이들을 향했다. 얼굴에 걸려 있던 비웃음들이 싹 가셨다. 페르세포네의 얼굴에도 핏기가 사라졌다. 아이아스는 막대기를 허벅지에 내리쳐 부수곤 조각들을 치워버렸다.

헥토르는 씩 웃었다. "반사 신경은 나쁘지 않군. 하지만 명치를 맞으면 어떻게 되려나?"

그런 다음 바로 아이아스를 향해 내달렸다. 둘은 진흙탕에서 뒹굴며 싸우기 시작했다. 흙탕물이 여기저기 튀면서 가까이 서 있던 사람들의 얼굴에 묻었다. 두 사람이 씨름하는 동안 아폴론은 포르티코(대형 건물 입구에 기둥을 받쳐 만든 현관 지붕-옮긴이)에 조금 더 가까이 다가갔다. 다만, 그들은 씨름하는 게 아니라 정말로 싸우고 있었다. 헥토르가 아이아스의 몸 위에 올라타 얼굴을 가격하는 잠시 동안은 우세한 듯 보였지만 아이아스는 재빨리 헥토르를 제압하고는 마치 그가 깃털처럼 가볍다는 듯 휙 던져버렸다. 둘은 적개심에 가득 찬 표정으로 자리에서 일어나 빙빙 돌았다.

헥토르가 아이아스에게 돌진했지만 그는 재빨리 몸을 구부려 헥토르의 배를 가격한 뒤, 휙 때려눕혔다.

"서로가 너무 과격하군." 페르세포네가 말했다.

"대결 상대니까."

아폴론의 대답에도 페르세포네는 과연 그래서일까 싶었다. 헥토르는 다른 영웅들과 함께 웃으며 농을 쳤는데, 아이아스에게는 분명히 다른 태도로 굴었다. 그가 소리를 들을 수 없다는 점 때문인지, 아니면 질투가 나서인지 잠시 생각했다. 아이아스는 농인이지만 강인하고 능력이 뛰어났다. 왠지 페르세포네는 그의 분노를 알 것 같았다. 그녀가 일전에 절망의 숲에서 느꼈던 것도 비슷한 감정이었다.

그녀의 시선이 헥토르에게 향했다. 그는 얼어붙은 땅 위에 누워 끙끙대고 있었다.

그들의 싸움은 시작되자마자 끝나버렸다. 아이아스는 몸을 돌려 아폴론을 한 번 노려본 뒤, 옷을 챙겨 들판을 떠났다.

퇴장하는 인간에게서 태양의 신으로 시선을 돌리는 페르세포네의 미간이 좁아졌다. "가서 네 영웅 상태를 확인해봐야 하지 않아?"

"아니, 이건 헥토르의 오만에 대한 벌이야." 아폴론이 말했다. "범그리스 대회에서 아이아스를 상대하기 전에 이렇게나마 겸손을 깨우칠 수도 있겠지."

"이런 날씨에도 대회를 열 셈이야?"

"눈 좀 온다고 경기를 못 뛰면 애초에 참가할 자격도 없다고."

"참가자들만의 문제가 아니야, 아폴론. 관중들은 어떡해? 이런 날씨에 여행은 너무 위험해."

"그렇게 걱정된다면 어머니한테 가서 뭐라고 좀 해보던지."

페르세포네는 울적해하며 고개를 떨구었다. "알고 있었구나?"

"뭐, 데메테르가 이런 짓을 이번에 처음 한 것도 아니고. 제우스가 언제 개입하느냐에 달렸지." 아폴론이 말했다.

페르세포네는 속이 쓰라렸다. "만약 제우스가 그만하라고 하면 엄마가 들을까?"

"그럴 거야." 아폴론이 답했다. "아니면 전쟁이 일어날 테고."

둘은 훈련장을 떠났다. 아폴론은 페르세포네에게 델포이의 팔레스트라 구경을 시켜주었다. 실로 아름다운 실내 훈련 시설이었다. 목욕탕, 운동 시설, 그리고 장비를 위한 방들이 들판을 둘러싼 포르티코를 중심으로 뻗어 있었다. 몇몇 실내 훈련장, 그리고 전차 경주를 위한 드넓은 야외 경기장도 있었다. 지금 그녀는 칵테일 바와 대형 벽걸이 TV들, 창 쪽으로 놓인 가죽 시트가 있는 프라이빗 특별실에서 들판을 내다보고 있었다. 그저 따뜻한 실내에 있는 것만으로도 한층 마음이 놓였다.

"정말 멋진 곳이구나." 그녀가 말했다.

전차 경기장과 경주에는 뭔가 더 인상적인 것이 있었다. 페르세포네는 TV에서만 경기를 봤지만 지금 여기에서 두 눈으로 직접 보니 얼마나 웅장한지 실감이 되었다.

"좋아해주니 다행이다. 뭐랄까…… 뿌듯하네."

아폴론이 그런 말을 하는 걸 들어본 적이 없었다.

그녀의 눈길은 긴 트랙을 따라 스피나라는 낮은 벽이 놓인 경기장 한가운데를 향했고, 둘은 잠시 침묵했다. 그곳에는 황금으로 조각된 아폴론의 조각상뿐만 아니라 몇 개가 더 놓여 있었는데, 아르테미스도 있었고 누군지 모르는 여인의 것도 있었다.

"세 번째로 놓인 조각상은 누구야?" 그녀가 물었다.

"우리 어머니, 레토." 아폴론이 말했다. "목숨을 걸고 나와 내 동생을 낳으셨어. 그래서 저렇게 보호해드리고 있지."

제우스의 불륜을 질투한 헤라가 레토를 악착같이 쫓아다녔다는 것을 페르세포네도 알고 있었다. 아폴론이 보호라고 표현한 이유도 알았다. 아폴론과 아르테미스는 여태껏 인간과 생명들을 무수히 죽여왔으니까. 그녀는 이를 악물었다.

"1차전을 함께 참관해줬으면 해." 아폴론이 말했다. "전차 경주."

"물어보는 거야? 아니면 통보하는 거야?" 페르세포네가 말했다.

"물어보는 거. 네가 싫다고 하지 않는 한."

"이쯤에서 네가 변화하고 있다는 걸 인정해야겠네." 그녀가 부드럽게 답했다.

"아이고 우리 아가, 설탕 젖꼭지."

"하데스가 당장 나타나서 널 죽여도 난 신경 안 쓴다."

"뭐가? 내가 직접 맛봐서 맛을 아는 것도 아닌데!"

"이런 대화를 나누고 있다는 것만으로도 충분히 격노할걸."

"하데스한테 유해한 남성성은 매력 없다고 말 좀 해줘."

페르세포네는 따지듯 말했다. "그는 널 믿지 않아."

"하지만 너는 믿잖아."

"그렇지. 내가 너에게 애칭 따위로 부르지 말라고 얼마나 수없이 얘기했는지도 알고." 그녀는 항의하는 의미로 눈을 흘겼다.

아폴론은 가슴 앞으로 팔짱을 끼곤 코웃음을 쳤다. "그냥 즐거우려고 하는 건데."

"좀 전까진 즐거웠거든!"

그러자 태양의 신 얼굴에 화색이 돌았다. "너도 즐거웠다고?"

그녀는 소리 내어 한숨을 쉬었다. "슬슬 거래를 끝내지 않은 게 후회되려고 해."

그는 씩 웃었다. "명심할 것 두 번째는 말이야, 세피. 신이 당신을 거래에서 놓아주려고 하면 꼭 그렇게 하라."

"그럼 첫 번째로 명심할 건 뭐야?"

"절대로 신의 거래를 받아들이지 말라."

"그게 명심할 것들이라면 아무도 듣지 않고 있겠네."

"당연히 그렇지. 신들과 인간들 모두 각자가 가지지 못한 걸 원하게 마련이니까."

"너도?" 그녀가 흘긋 쳐다보며 물었다.

그러자 정신을 차린 듯 그의 완벽한 얼굴에 비장함이 드리웠다. "그 누구보다도."

10장
공원에서의 산책

아폴론은 예고도 없이 페르세포네를 알렉산드리아 타워로 돌려보냈다. 그 행동을 알아챌 유일한 신호는 그의 마법이 풍기는 냄새였다.

"아폴론!" 그녀는 으르렁거렸지만, 발밑 바닥이 갑자기 자취를 감추는 것처럼 느껴지자 속상함도 금세 사라졌다. 속이 울렁거렸고, 주변이 번쩍였다. 마침내 시야가 또렷해졌을 때, 사무실 책상 뒤에 앉아 있는 하데스가 눈에 들어왔다.

"여기 있었네요." 그녀가 말했다.

"왔습니까." 그의 목소리가 둥둥 울렸다.

나직하고 퉁명스러운 목소리였기에 그녀는 눈썹을 찌푸렸다.

그는 기분이 좋아 보이지 않았지만 편안해 보이긴 했다. 그녀의 의자에 등을 기댄 채 손가락을 입가에 대고 다리는 넓게 벌린 채였다. 저 허벅지 사이에 앉으면 꼭 맞겠네, 그녀는 생각했다.

"괜찮아요?" 그녀가 물었다.

"하르모니아가 깨어났습니다." 그가 말했다.

페르세포네는 숨이 턱 막혔다. "어, 어떻다고 하던가요?"

"이제 가서 알아봐야 합니다." 그가 일어서더니 책상을 빙 둘러 걸어왔다. "아폴론과 즐거운 시간 보내셨습니까?"

그녀가 어디에 다녀왔는지 하데스가 안다는 사실은 놀랍지 않았다. 아마도 아폴론의 마법 냄새를 맡을 수 있었던 거겠지. 그녀는 얼굴을 찌푸렸다. 하데스가 기분 나빠한다는 걸 알고 있었기 때문이다. 그럼에도 그가 할 수 있는 건 없었다. 아폴론은 그녀와 거래를 맺은 사이였고 그가 놓아주려 했지만 그녀는 끝까지 계약을 완수하겠노라고 주장했으니까. 그 사실을 알게 되었을 때 하데스는 전혀 즐거워 보이지 않았다. 그래도 페르세포네는 자신의 결단을 고수했다. 아폴론이 버려졌다는 기분을 느끼게 하는 건 좋지 않을 터였다.

"숫자로 말한다면…… 6 정도였어요."

하데스는 눈썹을 치켜떴다. 흥미로워하고 싶다는 투였지만, 짜증이 그 마음을 덮어버렸다.

"기분이 안 좋아 보여서 마음이 무겁네요."

"당신 때문에 안 좋은 게 아닙니다. 다만 당신 어머니가 저렇게 성질을 부리고 있는 데다가 아도니스와 하르모니아를 해한 자들이 어딘가에서 활개를 치고 있는데 아폴론이 당신을 무턱대고 델포이로 데려가는 짓은 안 했으면 싶습니다."

"나를…… 따라온 거예요?"

화가 나진 않았다. 사실, 하데스가 더 자주 따라다녀주기를 바랐다. 그가 그녀를 찾지 못한 순간들이 있었는데, 그 이유는 그녀로서도 확실히 알 수 없었다. 그녀가 스스로 마법을 감지하고 추적하지 못하게 차단한 일이 몇 번 있었다. 지하 세계에서 길을 잃었던 때,

아폴론이 터무니없는 연주 대회에 억지로 데려갔던 때, 마지막으론 페이리토스가 납치했을 때였다. 첫 번째보다 두 번째가, 두 번째보다 세 번째가 더 위험했다.

하데스의 눈길이 아래를 향했다. 그는 그녀의 손을 들어 반지가 완전히 보이도록 살폈다. 불빛 아래서 보석들이 반짝거렸고, 한가운데에는 꽃들이 섬세하게 조각되어 있었다.

"토르말린과 디옵테이스, 이 보석들은 독특한 에너지를, 당신의 에너지를 발산합니다. 이걸 지니고 있으면 어디서든 당신을 찾을 수 있습니다."

딱히 놀라운 사실은 아니었다. 하데스는 귀금속의 신이기도 했으니까.

"의도한 건…… 아니었습니다. 추적기를…… 당신에게 부착할 생각은 없었습니다."

"당신을 믿어요. 마음이…… 놓이네요."

하데스는 그녀를 잠시 바라보더니 손가락 위에 입술을 대고 쓸었다. 차가운 피부에 닿는 그의 숨결이 따스했다.

"이리 오십시오. 아프로디테가 기다리고 있습니다." 그가 말하자마자 둘은 즉시 사라졌다.

✳

둘이 모습을 드러낸 곳은 흰색 치장 벽토와 유리로 만들어진 저택 앞이었다. 목재 현관문에는 길고 우아한 손잡이가 달려 있었다. 그 옆에 달린 창문 안쪽으로는 계단이 보였다. 어젯밤 들렀던 서재가 이 집 안에 있었다는 건 결코 짐작할 수 없었다. 그 방은 전통적인 양식에 아늑했지만 이 건물은 현대적이고 세련되었으니까.

바람이 불어오자 뼛속까지 파고드는 소금기 어린 추위에 페르세포네는 덜덜 떨며 몸을 움츠렸다. 데메테르의 추위는 뉴 그리스 주변의 섬들까지도 장악한 모양이었다.

"저번처럼 실내로 순간 이동해도 되지 않았어요?" 페르세포네가 이를 부딪치며 물었다.

"그럴 수도 있었을 겁니다. 우리가 초대받은 거라면."

"그게 무슨 말이에요? 하르모니아가 깨어났다고 아프로디테가 연락한 거 아니었어요?"

하데스는 답이 없었다.

"하데스." 페르세포네가 경고하듯 말했다.

"그녀는 당신에게 헤르메스를 보냈습니다. 하지만 그 자리에 있던 건 나였지요."

둘은 서로를 마주 보았다. 무슨 말을 해야 할지 알 수 없었다. 아프로디테가 하데스 몰래 일을 진행하려 했다니. 하데스를 빼고 뭘 하고 싶은 건지 궁금해지는 한편, 이런 생각도 들었다. 그녀가 그 없이는 오지 않았으리라는 걸 하데스도 알까?

"나 없이 이 사건에 관여할 순 없습니다." 그가 말했다.

그 말은 타격이, 예상치 못한 상처가 되었다. 그는 그녀를 믿지 않는 것이다. 여태껏 그의 말을 고분고분 따랐던 건 아니지만, 이건 좀 달랐다. 달라진 건 그녀였다. 눈가가 따끔거렸고, 목구멍에 울컥 차오르는 것을 꾹 눌러 삼키며 애써 현관 쪽으로 고개를 돌렸다.

"페르세포네."

하지만 하데스가 다음 말을 꺼내기도 전에 문이 열리고 한 여자가 나타났다. 그런데 기이하게도 전혀 여자처럼 보이지 않았다. 장밋빛 뺨에 유리구슬 같은 눈동자에는 충분히 생기가 돌았지만 심장 박동이나 체온 같은 실제 생명력은 느껴지지 않았다. 헤파이스토스의 창조물 중 하나인 애니매트로닉스겠구나, 페르세포네는 생각했다.

"안녕하십니까." 날숨이 섞여 있는 부드러운 어조는 아프로디테의 목소리를 연상시켰다. 다만 약간 더 딱딱했다. "저희 주인 내외께선 손님을 받지 않으십니다. 이름을 말씀해주십시오."

페르세포네는 대답을 하려 했지만 하데스는 그저 그 여자(혹은 로봇, 무엇이 되었든 간에)를 지나쳐 집 안으로 성큼성큼 들어갔다.

"저기요!" 그녀가 하데스를 불러 세웠다. "지금 헤파이스토스 님 내외의 저택을 무단 침입하고 계십니다!"

"저는 페르세포네예요. 저이는 하데스고요."

죽은 자들의 신이 그녀를 불렀다. "이리 오십시오, 페르세포네."

그녀는 가슴 위로 팔짱을 끼고 노려보았다. "예의를 좀 보여봐요. 당신은 초대받지 않았잖아요. 기억하죠?"

하데스는 입을 꾹 다물었다.

애니매트로닉스가 아무 말이 없기에 페르세포네는 잠시 고장 난 걸까 싶었지만, 이내 여자의 얼굴이 바뀌었다.

"페르세포네 여신님, 진심으로 환영합니다. 자, 따라오시지요." 여자는 몸을 돌려 탁 트인 거실 쪽으로 향했다. 그러곤 하데스를 지나쳐가면서 말했다. "하데스 님, 당신은 환영받지 못하십니다."

그는 무시한 채 페르세포네와 손을 잡고 나란히 걸었다. 손을 맞잡는 순간 가슴속에는 즉시 뜨거운 열기가 퍼졌다. 그녀는 손을 떼려 했지만 그가 힘껏 붙잡았기에 관두었다. 화가 나 있긴 했지만 어쨌든 그가 그녀를 만지고 싶어 한다는 건 나쁘지 않았다.

아프로디테의 집은 예상한 그대로였다. 고급스럽고, 탁 트여 있고, 로맨틱한 느낌. 더불어 예상치 못한 요소들도 있었다. 현대적인 가구들이며 금속공예며 윤을 낸 목재품까지. 사랑의 여신과 불의 신의 차이는 극명했는데, 두 신의 취향을 섞어놓은 이 공간은 절묘하게 어우러졌다. 게다가 그녀가 알고 있는 바에 따르면 두 신은 확실히 별거 중이어야 했지만 전혀 그렇지 않았다.

둘은 복도를 지나 계속 걸었다. 한쪽에는 창문들이, 다른 쪽에는 분홍색과 금색 물감이 흩뿌려진 캔버스들이 놓여 있었다. 페르세포네는 그 그림들을 오래 바라보았다. 창밖 정원에 내다보이는, 아프로디테의 다채로운 열대 식물들이 무겁게 쌓인 눈에 짓눌려 있는 광경에 눈길을 주고 싶지 않아서였다.

애니매트로닉스는 잠시 멈춰 서서 문을 열고는 안으로 들어가며 그들을 소개했다. "아프로디테 여신님, 하르모니아 여신님, 페르세포네 여신님과 하데스 신께서 오셨습니다."

둘은 서재로 들어섰다. 맞은편 벽에는 바닥부터 천장까지 닿는 창문들이 있었지만 어쩐지 더 따뜻하게 느껴졌다. 어쩌면 가죽 제본 책들과 황금 양각된 책들이 줄지어 꽂힌 마호가니 책장 때문이었을지도 모르고, 벽에 걸린 호박색 조명들 때문이었을지도 모른다. 아프로디테와 하르모니아는 저 바깥의 넘실대는 바다를 닮은 색깔의 기다란 벨벳 안락의자에 나란히 앉아 있었다. 그들 앞에는 김이 모락모락 나는 차주전자와 머그잔들, 작은 샌드위치들이 든 쟁반이 놓여 있었다.

페르세포네는 하르모니아에게서 눈을 뗄 수 없었다. 금발의 여신은 언니처럼 엄청난 미녀였다. 좀 더 젊어 보였고, 얼굴은 덜 각졌으며, 표정은 더 부드러웠다. 어젯밤 아폴론이 불어넣은 치유의 마법 덕에 상한 피부와 상처들은 많이 나아졌지만, 트라우마를 겪은 것만은 분명해 보였다. 눈가에, 그리고 몸 주변을 맴도는 기운에 괴로움이 넘실대고 있었다. 스스로 무너져 내릴까 봐 두려운 듯, 혹은 안전한 장소에 있어도 아무도 믿지 않는다는 듯. 무릎 위에는 갓 목욕한 강아지 오팔이 눈처럼 새하얘진 털을 뽐내며 앉아 있었다.

페르세포네는 하르모니아의 뿔을, 혹은 이젠 딱히 뿔이라고 할 수 없는 조각들을 쳐다보지 않으려 애썼다. 비단결 같은 머리카락 사이로 툭 튀어나온 흰 뼈는 오히려 이상해 보였다.

다시 자라날까? 마법의 힘으로 회복될 수 있을까? 신이나 여신의 뿔을 뽑아버릴 만큼 가까이 다가간 인간에 대해선 들은 바가 없었기에 이 질문에 대한 답도 알 수 없었다. 나중에 하데스에게 물어봐야 할 것이다.

"고마워, 루시." 아프로디테의 말에 애니매트로닉스는 허리를 숙이곤 자리를 떴다. 여신의 눈동자가 페르세포네에서 하데스 쪽으로 옮아갔다. "헤르메스가 지시를 따르지 않은 것 같군요."

"그에 대해선 아폴론에게 감사해하세요." 페르세포네가 말했다.

"페르세포네와 나는 이 일을 함께합니다, 아프로디테."

하데스의 말에 침묵이 흘렀다.

"페르세포네. 자, 여기 앉으세요." 아프로디테가 가리킨 곳은 두 여신의 맞은편에 놓인 의자였다. 하데스가 어느새 다가와 페르세포네 뒤에 서 있었지만 그가 내뿜는 검은 존재감을 무시하듯 그녀는 말을 이어갔다. "차 드실래요?"

"네." 페르세포네의 목소리는 부드럽게 흘러나왔다. 뼛속까지 스미는 추위를 떨칠 만한 따스한 무언가가 간절했다.

아프로디테는 차를 따른 다음 컵과 받침을 그녀 쪽으로 밀었다. "설탕도 드릴까요?"

"아뇨, 괜찮아요." 그녀는 쓰디쓴 차를 한 모금 마시며 말했다.

"오이 샌드위치는 어떠신가요?"

집주인 역할을 하는 아프로디테를 보는 건 어쩐지 어색했는데, 아프로디테가 가해자들을 찾아내주길 바라기 때문에 그녀를 정중하게 대하고 있다는 인상을 받았다.

"아뇨, 괜찮아요." 페르세포네가 말했다.

침묵이 뒤따랐다. 잠시 후 조용히 목을 가다듬던 하르모니아가 침묵을 깼다.

"나랑 이야기하려고 여기 오셨지요." 나직하고 차분한 목소리로 그녀가 말했다. 말투는 사려 깊고도 서정적이었다.

페르세포네는 머뭇거리며 잠시 아프로디테에게 시선을 옮겼다. "마음이 내키신다면, 어젯밤 무슨 일이 있었던 건지 알고 싶어요."

폭력 사건은 트라우마가 되었을 것이기에 하르모니아가 그 얘길 꺼내고 싶어 하는 건지 분간이 서지 않았다. 그녀는 움찔하지도, 눈을 깜박이지도 않았다. 그들과 대화하기 위해 모든 감정을 꾹꾹 닫아두고 있는 것 같았다.

"뭐부터 말하면 좋을까요?" 그녀는 하데스를 바라보며 물었다.

"습격받았을 때 어디에 있었습니까?" 그가 물었다.

"콘코르디아 공원에 있었어요." 그녀가 말했다.

콘코리다 공원은 거대하고, 숲이 우거진 산책로가 여럿 나 있는 뉴 아테네의 공원이었다.

"눈이 오는데도요?" 페르세포네가 물었다.

"나는 오팔과 함께 매일 오후에 거기로 산책을 가요." 그녀는 희미한 미소를 지으며 말했다. 무릎에 앉은 보송보송한 흰 개가 낑낑댔다. "평소 가던 길을 산책했는데, 별다를 게 없었어요. 그들이 다가오기 전까지는 폭력이든 적개심이든 전혀 느끼지 못했으니까요."

하르모니아가 그 공원을 자주 산책하고 늘 같은 길을 걸으니 누군가 그 루틴을 알아내 공격을 모의할 수 있었을 것이다. 눈이 계속 내리고 있었으니 목격자도 거의 없었으리라.

"그 일이 어떻게 일어난 겁니까?" 하데스가 물었다. "제일 먼저 떠오르는 게 뭡니까?"

"아주 무거운 뭔가가 나를 덮쳤어요. 그게 뭐였는지는 모르지만 그대로 바닥에 넘어졌지요. 움직일 수도 없었고, 내 힘을 소환해낼 수도 없었어요." 긴 침묵이 흐른 후 하르모니아가 다시 입을 열었다. "그다음부턴 쉬웠죠. 그들이 얼굴에 가면을 쓴 채 숲에서 튀어나왔어요. 제일 기억나는 건 등에 내리꽂히던 통증이에요. 누군가 내 등 뒤에 무릎을 세우고 앉아 뿔을 잡아채고 톱으로 썰었어요."

"아무도 당신을 도우러 오지 않았나요?" 페르세포네가 물었다.

"아무도 없었어요." 하르모니아는 고개를 저었다. "알 수 없는 이유로 나를 미워하는 그 사람들만 있었을 뿐."

"뿔을 잘라낸 뒤 그들은 뭘 했습니까?" 하데스가 물었다.

신중한 질문이었지만 페르세포네는 등줄기가 서늘해졌다.

"침을 뱉으면서 나를 발로 차고 주먹을 휘둘렀어요." 그녀가 답했다.

154

"······그때 그들이 무슨 말을 했습니까?"

"온갖 말을 했지요. 대부분 욕설이었어요." 잠시 말을 멈춘 그녀의 속눈썹에 눈물방울이 차올랐다. "창녀, 미친년, 가증스러운 년 같은 말을 했어요. 그러다 그 단어들 사이사이에 질문도 던졌지요. 이를테면, 이제 네 힘 어디 갔느냐는 식으로요. 마치 내가 전쟁의 여신이라도 되는 양, 내가 그들에게 뭐라도 잘못한 양 여기는 것 같았어요. 난 그들에게 평화를 줄 수 있었을 텐데 오히려 그들은 내게 괴로움을 주었어요."

페르세포네는 무슨 말을 해야 좋을지 몰랐다. 어쩌면 아무 말도 할 수 없었기 때문일지도 모른다. 하르모니아를 해한 이들이 누구인지, 그들에게 어떤 꿍꿍이가 있는지 이해할 수 없었다. 아주 순수하고 단순한 증오였다. 그녀가 누구인지, 그 사실 하나만으로 발현되는 증오.

"또 기억나는 게 있습니까? 우리가 그들을 찾는 데 도움이 될 만한, 지금 떠오르는 것 아무거나." 하데스는 부드럽게 덧붙였다. "시간은 충분히 가지십시오."

하르모니아는 생각에 잠겼다가, 잠시 후 고개를 저었다. "그들은 레밍이라는 단어를 썼어요. 이렇게 말했죠. 너와 네 레밍들은 모두 파멸을 향해 가고 있다, 환생이 시작될 것이다."

"레밍." 페르세포네가 그 단어를 반복하며 하데스를 올려다보았다. "커피하우스에서 그 여자가 내게 뱉은 단어도 그거였어요."

환생이라는 개념도 읽은 적이 있었다. 헬렌이 트라이어드에 관해 쓴 기사에서 말이다. 혹시 그 마스크 쓴 자들도 일원일까? 아니면 그저 독자적으로 행동하는 지지자들?

하르모니아는 아무 말 없이 그저 가느다란 손을 떨면서 머리 앞쪽의 부러진 뿔을 매만졌다.

"그들이 왜 그랬다고 생각해요?" 그녀가 속삭였다.

"그들의 주장을 증명하기 위해서." 하데스가 답했다.

"주장이 뭔데요, 하데스?" 아프로디테가 화난 게 분명한 어조로 물었다.

"신들이 소모품이라는 것."

소모품.

일회용.

쓸모없는.

"그 증거가 필요했던 겁니다." 그가 덧붙였다. "우리가 원하든 원치 않든, 머지않아 당신이 겪은 사건에 대한 뉴스가 퍼질 겁니다."

"위협과 폭력의 신은 당신 아니던가요?" 아프로디테가 물었다. "당신이 거느리는 부패한 자들을 활용해서 미리 좀 막아봐요."

"잊었나 본데 아프로디테, 우리는 이들이 누군지를 먼저 알아내야 합니다. 그때쯤이면 소식은 이미 퍼져나갔을 테고, 대중은 모르더라도 우리가 몰락하길 바라는 자들은 다 알게 될 테지요."

페르세포네는 무심결에 시빌을 떠올리고 있었다. 오라클인 그녀라면 이런 순간에 어떻게 할까? 사건이 알려지는 것도 악몽이지만, 그보다 더 나쁜 건 그 안에 담긴 메시지였다. 신들이 틀릴 수 있다는 것, 혹여나 패배할 수 있다는 것 말이다. 인간들이 신들을 상대로 싸웠던 직전의 전쟁에서, 온 세상은 인간들의 피로 물들었다.

"하지만 지금으로선 그렇게 둘 수밖에 없습니다." 그가 말했다.

"왜죠? 이런 일이 또 일어나기라도 바란다는 거예요?" 아프로디테가 쏘아붙였다. "벌써 두 번이나 일어났다고요!"

그 말은 그녀를 도우려는 하데스, 그리고 페르세포네를 향한 모욕이었다.

"아프로디테." 페르세포네는 경고하듯 여신의 이름을 불렀다.

"하데스 님께서 무슨 말을 하시는지 이해해요." 하르모니아가 끼어들었다. "누군가는 내가 겪은 시련을 신적 파멸의 징조처럼 해석할 텐데, 그렇게 되었을 때를 대비해 당신은 준비를 하겠죠…… 안 그런가요?"

페르세포네는 하르모니아를 바라보던 시선을 죽은 자들의 신으로 옮겼다.

"그렇습니다." 그는 고개를 끄덕이고 있었다. "우리는 준비되어 있을 겁니다."

11장
악몽의 손길

　페르세포네와 하데스는 렘노스 섬을 떠나 지하 세계로 돌아갔다. 침실에 모습을 드러내자마자 하데스는 그녀의 어깨를 붙잡고 홱 끌어당긴 다음 입술을 거세게 부딪히며 키스를 퍼부었다. 마치 그녀의 영혼까지 갈구하는 듯한 다급하고 거친 움직임이었다. 그녀는 잠시 어안이 벙벙했다. 돌아와선 싸우게 될 거라고 예상했기 때문이었다. 하데스는 그녀가 그에게 화났다는 걸 알고 있었고, 그 감정이 부글부글 끓게 놔두지 않았다. 그의 입술 감촉에, 입을 열어젖히고 파고드는 혀에, 그의 살결에서 풍겨오는 재와 소나무 냄새에 그녀는 몸을 그대로 내맡겼다. 그는 자신의 팔로 그녀의 머리를 감싸곤 다른 한 손으로는 그녀의 얼굴을 부여잡았다. 마지막으로 혀로 입술을 탐한 다음, 그는 물러섰다.

　떨리는 눈꺼풀을 들어보니 하데스가 그윽한 눈길로 그녀를 바라보고 있었다. 마치 그녀를 향한 자신의 사랑을 다시금 새롭게 깨닫고 있는 것처럼.

　"방금 뭐였어요?" 그녀는 가쁜 숨을 몰아쉬며 말했다.

"아프로디테에 맞서 나를 변호해주었습니다." 그가 말했다.

페르세포네는 뭐라도 말하려 입을 열었지만 아무 말도 나오지 않았다. 사랑의 여신이 내뱉은 잔인한 말에 따끔하게 한마디했던 터였다. 하데스는 여신의 비난을 받을 존재가 아니었다. 한때 자신도 똑같이 굴었다는 사실에 마음이 아렸다.

"감사를 표합니다." 그 순간 그의 어두운 눈빛이 굳어지며 눈썹이 일그러졌다. "내가 당신 마음을 상하게 했습니다."

그 말이 화살처럼 가슴에 꽂혀와 그녀의 얼굴에서 미소가 가셨다. 아프로디테의 집 밖에서 있었던 일이 떠올랐기 때문이었다. 여러 생각이 몰려들어 혼란스러워진 그녀는 잠시 시선을 피했지만, 직면하는 게 최선이라고 생각했다.

"날 믿나요?" 그녀가 눈을 맞추며 물었다.

하데스의 눈동자가 휘둥그레졌다. "페르세포네."

"뭘 하시는 거든, 멈춰주시고요." 헤카테가 방 안으로 들어서며 손으로 눈가를 가린 채 말했다.

둘은 고개를 돌려 그녀를 바라보았다. 한밤중에 피어난 장미색 로브에 땋아 내린 머리칼을 보아하니 평소보다 격식을 차린 옷차림이었다.

"헤카테가 눈 뜨기 전에 우리 옷이라도 벗어보겠습니까?" 하데스가 페르세포네를 내려다보며 물었다.

헤카테는 손을 떨구곤 노려보았다. "영혼들이 기다리잖아요. 두 분 늦었어요!"

"뭐에 늦었다는 거예요?" 페르세포네가 물었다.

"두 분의 약혼식요!" 헤카테는 페르세포네의 손을 붙잡아 문 쪽으로 이끌었다. "자, 준비할 시간이 별로 없다고요."

"나는 뭘 입고 가야 합니까?" 하데스가 말했다.

헤카테가 어깨 너머로 그를 바라보았다. "어차피 단벌 신사나 마찬가지잖아요, 하데스. 아무 거나 골라 입어요."

그들은 행사가 있을 때면 채비하는 장소인 여왕의 특별실 쪽으로 걷기 시작했다. 방 안에 들어서자마자 헤카테는 마법을 소환했다. 그 냄새에 페르세포네는 몸이 뻣뻣하게 굳었다. 어쩌면 최근에 그 마법을 썼을 때 헤카테가 저승사자에게 그녀를 공격하라고 명령했던 순간이 기억나서였는지도 모른다. 방아쇠처럼 자극하는 냄새였다. 블랙베리와 인센스 향, 그리고 그 느낌. 오래되고 고대로부터 온, 어딘가 어두운 느낌. 하지만 정작 몸에 닿았을 때, 마법은 살결 위로 펼쳐지는 비단처럼 부드럽게 어루만졌다. 그녀는 긴장을 풀고 눈을 감은 채 몸과 머리칼을 매만지는 마법의 기운을 느꼈다.

얼마나 지났을까, 헤카테가 다시 입을 열었다. "완벽하네요."

페르세포네는 눈을 떴다. 마법의 여신은 흡족하게 웃고 있었다.

"이번엔 램패드들은 오지 않나요?"

"안타깝지만 여흥을 즐길 시간이 없네요." 그녀가 말했다. "자, 오세요. 내 작품 좀 보라고요."

여신은 페르세포네를 돌려세워 거울을 바라보게 했고, 그녀는 자신의 모습에 숨을 내쉬었다. 몸에 꼭 맞는 분홍빛 가운에, 얇은 튈로 만든 치마는 심플하면서도 아름다웠다. 마법을 쓰면서 헤카테가 페르세포네의 글래머를 떨구었기에 이제 그녀는 신적인 형상을 하고 있었다. 가느다란 흰색 뿔 두 개가 머리 위로 솟아 있고 머리 위에는 새하얀 동백꽃 모양의 왕관이 자리했다. 다채로운 빛깔을 내는 황금색 머리카락에는 컬을 넣어 등 뒤로 늘어뜨렸다. 진녹색으로 번득이는 눈동자 덕에 그녀는 거칠고, 길들여지지 않은 위협적인 인상을 주었다.

그녀는 언제나 자신의 내면에 어둠이 자리한다는 걸 알고 있었다. 스스로 감지하지 못하던 때에도 헤카테와 하데스는 그것을 알아보았다. 이제는 그녀도 분명히 알 수 있었다.

당신 안에는 어둠이 있습니다. 분노, 두려움, 원망. 당신이 스스로를 해방시키지 않는다면 누구도 할 수 없습니다.

거울 속으로 헤카테와 시선을 마주하자, 마녀는 부드럽게 웃었다. 머릿속 생각을 읽었을 것이다.

"당신의 어둠은 예전 같지 않아요. 지금의 어둠은 분투와 트라우마, 슬픔과 상실을 닮아 있지요. 바로 이 어둠이 당신을 지하 세계의 여왕으로 만들어줄 거예요." 헤카테는 몸을 앞으로 기울여 페르세포네의 나긋한 어깨를 두 손으로 붙잡고 그 위에 뺨을 댔다. "소중한 이여, 스스로를 오래 들여다보세요. 하지만 변화를 두려워하지는 말고요."

그녀는 거울을 조금 더 들여다보았다. 그러곤 거울 속에서 그녀를 바라보는 저 존재가 더 이상 두렵지 않다는 것을 깨달았다. 사실 모든 고통과 슬픔에도 그녀는 스스로가 마음에 들었다. 여기저기 다치고 망가졌지만 그럼으로써 더 나아지는 존재.

"이리 와요."

헤카테는 페르세포네에게 손깍지를 끼더니 순간 이동했다.

둘은 아스포델 한가운데, 희미한 조명이 은은하게 밝혀진 지붕과 반짝이는 흰 천막 아래 모습을 드러냈다. 흰색과 붉은색 장미, 델피니움, 스톡, 수국이 한가득 담긴 꽃다발과 등이 길 양쪽에 늘어서 있었다. 창가에는 양초가 놓여 있었고, 집집마다 바깥에 내놓은 테이블에는 다채로운 음식들과 그곳에 사는 영혼들만큼이나 다양한 특산물들이 가득했다. 여러 냄새가 뒤섞여 코를 자극했고, 입에는 침이 고였다. 영혼들도 잘 차려입고 밖으로 몰려나와 즐겁게 돌아다녔다.

"페르세포네 여신님이 오셨다!"

헤카테가 외치자 모든 이들이 허리를 굽혀 인사하고 환호하며 다가와 손을 잡거나 드레스 자락을 붙들었다.

"정말 기뻐요, 페르세포네 여신님!"

"축하드려요, 페르세포네 여신님!"

"어서 빨리 여왕님이라고 부르고 싶어요!"

그녀는 미소를 지어 보이고 그들과 함께 웃었다. 어느 순간 유리가 나타나 페르세포네에게 팔을 둘러 꼭 끌어안았다.

"어떠세요?" 이렇게 묻는 그녀는 입이 귀에 걸리도록 환하게 웃고 있었는데, 페르세포네는 그녀를 알게 된 이후로 이렇게까지 행복해 보이는 모습을 처음 본다는 확신이 들었다.

"정말이지 아름다워, 유리." 페르세포네가 말했다. "엄청난 일을 해냈구나."

"이게 아름답다고 생각하시면, 초원 쪽도 가보셔야 해요!"

유리는 페르세포네의 손을 붙들고 집들과 꽃들과 등으로 장식된 길을 따라 아스포델 초원의 에메랄드빛 잔디밭 쪽으로 그녀를 안내했다. 마을의 중심에서 봤을 때는 빛의 둥근 모양이 멀리 보였지만, 이제 가까이 다가가보니 그 정체를 알 수 있었다. 램패드들이 땅에서 몇 미터 떨어진 곳에서 날아다니며 수선화가 가득 핀 초원 전체를 기이한 빛으로 물들이고 있었고, 한구석에는 흰 담요들이 깔려 있었다. 모든 담요 위에는 마을에서 보았던 흰색 델피니움으로 장식된 피크닉 바구니들이 놓여 있었다.

"세상에, 유리. 정말 완벽하다." 페르세포네가 말했다.

"피크닉을 좋아하신다는 게 떠올랐어요."

유리의 말에 헤카테가 콧방귀를 뀌었다.

페르세포네는 여신을 향해 미간을 찌푸렸다. "왜요? 정말 피크닉 좋아한단 말이에요."

"하데스랑 가는 은밀한 피크닉을 좋아하시는 거죠. 당신이 좋아하는 건 하데스예요."

"그래서요? 어차피 이건 내 약혼식인걸요."

헤카테는 고개를 뒤로 젖히곤 웃음을 터뜨렸다.

"마음에 드세요?" 유리가 물었다. 헤카테의 말에 페르세포네가 이 장식을 좋아하지 않는다고 이해한 듯 보였다.

"마음에 쏙 들어, 유리. 정말 고마워."

영혼이 환하게 웃었다. "이리 오세요! 준비한 게 정말 많아요. 춤과 게임, 파티 음식까지!"

그들은 북적이는 마을 중심부로 돌아갔고, 페르세포네는 다양한 영혼들의 모습에 놀라움을 금치 못했다. 각계각층의 사람들이 이곳에 모두 모여 있었고, 한 명 한 명에게 호기심이 일었다. 모두가 다른 옷차림을 하고 있었으며 피부색과 억양도 모두 달랐고, 서로 다른 음식과 차를 내왔으며 문화도, 믿음 체계도 다양했다. 모두의 삶도 달랐다. 어떤 이들은 발전을 이루었고 어떤 이들은 그렇지 못했으며, 어떤 이들은 고작 몇 년을 살았고 어떤 이들은 장수했다. 그리고 그 모든 것을 다 마친 뒤 이곳에 와서 함께 영원을 누리고 있었다. 분노나 적개심 따위는 흔적도 없이.

"누가 오셨나 보세요. 게다가 새로운 로브를 입으셨네요."

헤카테의 말에 페르세포네가 고개를 돌리자 하데스와 눈이 마주쳤다. 방금 막 길 끝에, 아스포델의 입구 쪽에 모습을 드러낸 참이었다. 그를 보자마자 발걸음이 절로 멈추었고 심장이 아플 만큼 쿵쾅댔다.

그는 숨이 막힐 정도로 아름다웠다. 그림자에 가려진 어둠의 왕 그 자체였다. 로브는 칠흑 같은 밤의 색이었고, 은색 장식이 박혀 있었으며 한쪽 어깨에만 걸쳐져 있어 근육질 가슴과 이두박근이 훤히 드러나 있었다. 구릿빛 살결과 온몸의 윤곽들, 팔뚝을 따라 솟은 핏줄이 비단결 같은 긴 머리카락 너머로 사라지는 쪽으로 눈길이 저절로 향했다. 머리카락은 반만 묶어 올렸고, 검은색 뿔 아래에는 뾰족한 강철 왕관이 자리했다.

길의 반대편 끝에 서 있던 페르세포네는 자신과 그가 너무도 닮아서 깜짝 놀랐다. 외모가 아니라 그보다 깊이 자리한, 둘의 내면과 뼛속과 영혼까지 관통하는 무언가가. 둘은 완전히 다른 세계에서 삶을 시작했지만 결국 같은 것을 원했다. 수용되고 사랑하고 위안받는 마음. 그리고 운명처럼 서로의 눈동자 안에서, 품속에서, 그리고 입술 안에서 그것을 발견했다.

이게 바로 힘이었어. 어지러운 감정들이 뒤섞이며 몸이 달아오르고 뒤흔들리는 동안 폐로 들이마시는 모든 공기보다, 밤하늘의 반짝이는 별빛보다 누군가를 더 사랑하게 되었을 때 찾아오는 열정과 고통.

"하데스 님!" 몇몇 아이가 합창하듯 그를 부르며 달려가 다리를 붙들었다. 다른 아이들은 수줍어하며 더 다가오지 못했다. "우리랑 놀아요!"

그는 싱긋 웃었고, 그 미소에 페르세포네는 가슴이 미어질 것 같았다. 뒤이어 그가 소리 내어 웃었을 때는 폐 속까지 떨리며 아려왔다. 그는 몸을 굽혀 릴리라는 소녀를 품에 꼭 안아주었다.

"뭐하고 놀까?" 그가 물었다.

여러 목소리들이 일제히 답했다.

"숨바꼭질요!"

"눈 가리고 술래잡기!"

"오스트라킨다(고대 그리스에서 유래한 숨바꼭질 놀이─옮긴이)!"

아이들의 요청을 듣자 이상하게 가슴이 아팠다. 어떤 놀이를 알고 있는지가 각자 지하 세계에 얼마나 오래 머물렀는지를 일러주었으므로.

"음, 뭐부터 하고 놀지 정하기만 하면 되겠구나." 하데스가 답했다.

그러곤 고개를 들어 페르세포네와 눈을 맞추었다. 너무도 귀하고 동시에 진실해서 마음을 뒤흔들어놓는 미소는 여전했다. 그의 눈길을 보고 다른 아이들도 다가왔다. 쭈뼛쭈뼛하며 하데스에게 차마 다가가지 못했던 아이들 몇몇은 그녀에게 다가와 손을 잡았다.

"페르세포네 님, 같이 놀아요!"

"물론이지." 그녀가 웃었다. "헤카테? 유리?"

"저는 빠질게요." 헤카테가 말했다. "하지만 옆에서 와인을 마시며 지켜보겠어요."

그들은 유리를 비롯한 영혼들이 꾸며둔 피크닉 장소 옆쪽의 공터로 가서 아이들이 제안한 놀이를 했다. 숨바꼭질은 하데스에게 식은 죽 먹기였는데, 마음만 먹으면 언제든 투명하게 변신할 수 있었기 때문이다. 그래서 눈 가리고 술래잡기를 할 때는 페르세포네가 그에게 술래를 하지 말라고 요구하기도 했다. 투명 마법의 힘으로 언제든 모두를 찾아낼 수 있을 테니까. 마지막 순서는 고대 그리스의 놀이인 오스트라킨다였다. 두 팀으로 나누어서 한 팀은 밤이, 다른 한 팀은 낮이 되기로 하고, 공중에 던져지는 조개껍데기 역시 검은색과 흰색으로 나눈다. 위쪽을 향한 색의 팀이 술래가 되어 상대 팀을 쫓게 된다.

페르세포네는 한 번도 그 게임을 해본 적이 없지만 규칙이 무척 간단했다. 제일 어려운 건 하데스에게 잡히지 않는 거였다. 그녀의 상대 팀인 '밤' 팀이 되었을 때, 그가 노리는 건 바로 그녀라는 걸 바로 알아챘으니까.

두 팀 사이에는 엘리아스라는 소년이 거대한 조개껍데기를 들고 서 있었다. 아이는 무릎을 구부렸다가 공중으로 뛰어오르며 껍데기를 힘껏 던졌다. 쿵 소리를 내며 떨어진 껍데기는 하얀 쪽이 위로 향해 있었고, 아이들은 함성을 지르며 흩어졌다. 잠시 동안 페르세포네와 하데스는 서로를 바라보며 자리에 서 있었다. 신의 얼굴에 맹수 같은 미소가 번지자, 봄의 여신은 몸을 홱 돌렸다. 그 찰나에도 하데스의 손가락이 팔에 살짝 스치는 게 느껴졌다. 이미 붙잡히기 직전이었다.

그녀는 내달렸다. 발아래 깔린 잔디는 시원했고, 머리카락은 뒤로 휘날렸다. 자유롭고 무모한 기분을 만끽하며 고개를 돌려 어깨 너머를 바라보자 하데스가 뛰어오고 있었다. 불현듯, 렉사의 사고 직전부터 이런 감각을 느껴본 적이 없었다는 깨달음이 찾아왔다. 그 생각에 걸음이 휘청댔고, 결국 우뚝 멈춰 서고 말았다. 날아갈 듯하던 마음이 죄책감의 무게에 짓눌려버렸다.

어떻게 잊어버릴 수 있었을까? 얼굴이 뜨거워졌고 목구멍에 두꺼운 뭔가가 차올라 왈칵 눈물이 터졌다.

뭔가 잘못되었다는 걸 알아챈 하데스가 옆으로 다가왔다. "괜찮습니까?"

답하기까지는 얼마간 시간이 걸렸다. 막 고이려는 눈물을 삼키고 떨리는 목소리를 잠재우려 애써야 했다.

"렉사가 여기 없다는 게 방금 기억났어요." 그녀는 하데스를 바라보았다. "어떻게 잊어버릴 수 있었을까요?"

"오, 달링." 그가 입술을 그녀의 이마에 대며 말했다.

마음이 평안해졌기에 그것으로 충분했다. 그는 그녀의 손을 잡고 영혼들이 모여 있는 피크닉 장소로 이끌었다. 유리가 그들이 앉을 자리를 알려주었다. 들판의 가장자리, 길가를 장식한 것과 똑같은 꽃다발과 등이 놓인 담요 위였다. 바구니는 음식과 와인으로 가득했다.

모두가 파티를 즐기고 있었다. 초원에는 행복한 수다와 웃음소리, 아이들의 즐거운 비명으로 가득했다. 페르세포네는 뭉클한 마음으로 그 풍경을 바라보았다. 그녀의 백성들이기도 했지만 무엇보다 그녀의 친구들이었다. 그들을 보호하고 뭔가를 내어주고 싶어 하는 충동은 본능에 가까웠다. 바로 그 충동에 내심 놀라기도 했지만, 지하 세계의 여왕이 되기를 스스로 원한다는 방증이기도 했다. 칭호를 갖는다는 건 단순히 왕족이 되는 것 그 이상을 뜻했기 때문이다. 그것은 책임감이자 보살핌, 그리고 이 영토를 더욱 나은 곳, 더욱 아늑한 곳으로 만드는 일이었다.

"무슨 생각을 하고 있습니까?" 하데스가 물었다.

그녀는 그를 바라보다가 손으로 고개를 떨구었다. 손에 든 밀빵 한 덩이가 부스러져 있었고 무릎 위엔 부스러기로 가득했다. 그녀는 빵을 옆으로 치우곤 부스러기를 털어냈다.

"그냥 여왕이 된다는 것에 대해 잠깐 생각하고 있었어요."

하데스는 작은 미소를 띄워 보였다. "그래서 행복합니까?"

"네. 그냥 어떨지를 생각 중이었어요. 우리가 함께 어떤 것들을 해나갈지. 그러니까 만약에 제우스가 승낙을 해준다는 전제하에."

하데스의 입술이 가늘어졌다. "그대로 계속 계획을 세워나가십시오, 달링."

제우스에 관해서 더는 묻지 않았다. 어떤 답이 돌아올지 알고 있었기 때문이다. 누구도 우리를 떼어놓지 못할 겁니다. 운명의 여신들도, 당신 어머니도, 제우스조차도. 그리고 그녀는 그 말을 믿었다.

"아까 일에 대해 이야기하고 싶습니다." 하데스가 말했다. "헤카테가 들어오기 직전에, 내가 당신을 믿느냐고 물었지요."

표정을 보니 그가 그 말에 상처받았다는 걸 알 수 있었다. 그녀는 설명할 말을 찾으려 미적거렸다. "⋯⋯헤르메스가 렘노스로 나를 소환하러 왔을 때 당신은 내가 그 사실을 말하지 않을 거라고 생각했죠. 말해주세요, 솔직하게."

"그렇지 않습니다." 하데스는 이를 악물었고, 이어서 답했다. "하지만 아프로디테가 더 걱정되었습니다. 그녀가 당신에게 뭘 원하는지 나는 알고 있습니다. 당신이라면 아도니스와 하르모니아를 해한 자들을 조사하고 알아내려고 할 겁니다. 당신을 믿지 못해서가 아니라, 당신을 알기 때문에 염려하는 겁니다. 당신은 세상을 다시 안전하게 만들고, 망가진 것들을 고치고 싶어 하는 존재니까."

"어떤 것도 당신 모르게 하진 않을 거라고 말했잖아요. 진심이었어요."

페르세포네는 하데스와 아프로디테만큼이나 아도니스와 하르모니아를 해한 이들을 알아내고 싶었다. 하지만 성급하게 일을 진행하겠다는 뜻은 아니었다. 그녀는 과거의 실수들에서 많은 걸 배웠다. 말할 것도 없이, 하르모니아의 처참한 몰골과 괴로워하는 모습을 보니 더욱더 신중해져야겠다고 다짐한 터였다. 이런 식의 위협은 분명히 뭔가 달랐다. 자신들의 힘을 스스로 통제할 수 있는 신들마저 위협에 대항할 수 없었으므로, 이번에는 더욱더 힘든 시간을 지나게 될 것임을 직감한 것이다.

"사과하겠습니다." 그가 말했다.

"언젠가 당신이 말한 적 있죠. 말에는 아무 의미가 없다고. 다음부터는 우리, 행동으로 증명하기로 해요."

그녀는 스스로 한 말을 하데스에게 행동으로써 보여줄 것이다. 그 역시 그렇게 하리라고 바라는 수밖에 없었다.

밤이 깊었고, 영혼들이 모두 집으로 돌아간 뒤에도 둘은 초원에 머물렀다. 하데스는 등을 대고 누운 채 페르세포네의 무릎에 머리를 기대고 있었다. 그녀는 흘러내린 그의 머리칼을 쓰다듬었다. 그의 눈은 감겨 있었고, 두꺼운 속눈썹은 광대뼈 위로 드리워져 있었다. 그의 눈가에는 웃을 때마다 깊어지는 희미한 잔주름이 패어 있었다. 입가에도 잔주름이 있겠지만 수염 때문에 보이진 않았다.

신들은 일생 동안 특정 시점 이상으로 나이 들지 않는다. 그 시점은 모두에게 달랐고, 그래서 모두가 다른 외양을 띠었다. 아마도 운명의 여신들이 내린 결정이었을 것이다. 하데스는 30대 후반 정도로 보였다.

"하데스." 그녀가 그의 이름을 조용히 불렀다.

"흐음?" 그는 올려다보았고, 둘은 시선을 마주했다.

"아이를 가질 수 있는 능력을 뭐랑 바꿨던 거예요?"

그의 몸이 굳어지며 눈길은 하늘을 향했다. 초원에서 뛰어놀던 때부터 품었던 질문이었다. 언젠가, 지하 세계의 정문에서 새로운 영혼들을 맞이하던 날, 그는 생식 능력을 거래했기에 아이를 가질 수 없다고 고백했었다. 자세한 건 알 수 없었고, 그 순간에는 그의 불안을 가라앉히는 게 더 급선무였다. 그때 그는 그 사실 때문에 둘의 관계가 끝날까 봐 두려워했으니까.

하지만 페르세포네는 스스로 아이를 원하는지 확신이 없었고, 지금 이렇게 묻고 있는 순간에도 어떤 결심을 한 건 아니었다.

"한 인간 여자에게 신성을 주었습니다." 그가 답했다.

그 말을 듣자마자 목구멍이 조여왔고, 그의 머리칼을 쓰다듬는 손길이 뚝 멈췄다.

잠시 후 그녀가 물었다. "그 여자를 사랑했나요?"

"아닙니다. 연민 때문에 그랬다고 하고 싶습니다만." 하데스는 웃음기 없이 미소를 지었다. "하지만…… 신의 호의를 베풀고 싶었습니다. 그래서 운명의 여신들과 거래를 했던 겁니다."

"그들이 당신의…… 우리의…… 자녀를 요구한 거예요?"

그러자 하데스가 몸을 일으켜 앉아 그녀의 얼굴을 들여다보았다. "무슨 생각을 하고 있습니까?"

그녀는 고개를 저었다. "아무것도 아니에요. 그냥…… 운명이란 걸 이해해보려고 노력하고 있어요."

하데스는 쓴웃음을 지었다. "운명의 여신들은 이해의 여지가 없습니다. 그래서 비난하기도 쉬운 거지요."

그녀의 입꼬리가 올라갔지만 그것도 잠시뿐, 그녀는 고개를 돌렸다. 하데스가 감행한 거래에 대해 어떤 느낌이 드는지 알아내려 했지만 머릿속에서 생각이 이리저리 뒤섞였다.

그가 그녀의 뺨을 손가락으로 쓰다듬었다. "내가 알았더라면, 조금의 암시라도 얻을 수 있었다면, 나는 절대로 그런 짓을……."

"괜찮아요, 하데스." 페르세포네가 끼어들었다. "당신을 슬프게 하려고 말한 게 아니에요."

"당신이 나를 슬프게 한 게 아닙니다. 그 순간을 자주 떠올립니다. 이제 와선 간절히 원할 무언가를 그토록 쉽게 포기했던 순간을 말입니다. 하지만 바로 그것이 운명의 여신들과 벌인 거래의 결과입니다. 필연적으로, 그들이 가져간 것을 욕망하게 되는 겁니다. 언젠가 당신이 그때의 내 행동을 원망하게 될 것 같습니다."

"그렇지 않아요. 그러지 않을 거고요." 페르세포네의 가슴속엔 이상한 감정이 똬리를 틀었지만 그래도 그렇게 믿었다. "당신이 나를 수월하게 용서해주는 만큼, 당신 스스로도 그렇게 용서해줄 수 있어요? 우린 모두 실수를 저지르잖아요, 하데스."

그는 그녀를 잠시 바라본 다음 폭신한 땅에 그녀를 눕히고 키스했다. 그의 묵직한 몸 아래서 그녀는 긴장을 풀고, 그가 입술을 천천히, 그리고 뜨겁게 탐닉하도록 내버려두었다. 그러곤 무릎을 세워 허벅지 사이에 그가 자리하도록 했다. 손으로는 로브 아래 단단히 발기한 그의 성기를 찾아 더듬거렸다. 그리고 움켜쥐자마자 하데스는 달아오른 그녀의 몸을 밀고 들어왔다. 강하게 밀어붙이는 움직임에 그녀는 몸을 비틀었다. 안쪽을 깊이 가득 채운 그는 잠시 그 자세로 멈춘 채 한 번 더 키스를 했고, 그런 다음 나른하게 앞뒤로 움직이기 시작했다. 둘의 숨소리는 천천히 거칠어졌고, 신음은 부드럽게 흘러나왔으며, 말소리는 모두 속삭임이 되었다. 별이 총총 뜬 지하 세계의 하늘 아래, 둘은 서로의 품 안에서 해방을, 그리고 피난처를 찾았다.

"페르세포네." 구슬리는 목소리가 피부를 타고 나직한 속삭임으로 들려왔다.

웬 손이 종아리 위를 쓸며 올라오자 숨이 턱 막혔다. 반쯤 혼몽한 상태로, 그녀는 실크 시트를 움켜쥐었다.

"당신도 좋아할 거야." 그가 입술로 아랫배를 핥으며 속삭였다.

그녀는 거친 숨소리와 손길 아래 몸을 꼬고 꿈틀거렸다.

"활짝 열어젖혀봐." 목소리가 유혹했다. 부탁의 어조였지만 무릎을 억지로 벌리는 손길은 명령이었다.

눈을 번쩍 뜨자, 충혈된 눈동자로 그녀를 내려다보는 퀭한 얼굴이 보였다.

"페이리토스." 소리 내어 발음한 그 이름에 몸서리치며 그녀가 웅얼거렸다.

입에 오를 자격조차 없는 끔찍한 저주와도 같은 이름. 그녀가 비명을 지르자 그의 뼈다귀 같은 손이 내려와 입을 틀어막았다. 그는 그녀 위에 걸터앉아 허벅지로 몸을 힘껏 조여왔다.

"쉿, 쉿, 쉿, 쉿, 쉬잇!" 그가 얼굴을 가까이 들이밀며 끈적하게 속삭였다. 그의 짙은 머리카락이 그녀의 뺨을 쓸어낼 만큼 가까운 거리였다. "당신을 해치지 않아. 내가 다 낫게 해줄 거야. 당신도 알게 될걸."

그녀는 그를 할퀴었지만 그는 눈치채지도 못한 듯했다.

그가 손을 치웠음에도 더 이상 비명을 지를 수가 없었다. 그가 그녀의 목소리를 앗아간 것이다. 그녀의 눈이 커졌고, 얼굴 옆으로 눈물이 흘러내렸다. 저 반신의 또 다른 능력 중 하나였다.

"그렇지." 그는 얼굴이 찢어질 것처럼 입꼬리를 들어 올려 끔찍한 미소를 지었다. "이러니까 좀 낫네. 이 상태로도 당신 신음 소리를 들을 순 있거든."

목구멍 안쪽에서 시큼한 맛이 느껴졌고, 페이리토스가 그녀의 허벅지 사이에 눌러앉자 그녀는 발로 차며 저항했다. 무릎을 세워 페이리토스의 얼굴을 친 다음, 그가 뒤로 넘어지자마자 몸을 휘청대며 일으켜 세워 앉았다.

매트리스를 발로 차면서 그녀는 빠르게 뒤로 잰걸음을 쳤고 마침내 머리 판에 닿았다. 온몸이 데일 듯 뜨거웠고 동시에 몹시 차가웠다. 옷은 식은땀으로 흠뻑 젖어 있었다. 거친 숨을 몰아쉬며, 순간적으로 어둠 속을 공허하게 바라보았다. 그때, 검은 그림자가 이쪽으로 움직이는 게 보였고 그녀는 소리를 질렀다.

"안 돼!"

그녀는 홱 뒤로 물러나면서 판에 머리를 세게 부딪혔다. 그와 동시에 덩굴이 피부를 찢으며 뻗어 나왔고, 모든 뼈가 부스러질 것 같은 고통이 온몸을 관통했다. 그녀는 다시 비명을 질렀다. 스스로의 귓가에도 내리꽂힐 만큼 날카로운 소리였다.

"페르세포네." 어둠을 뚫고 하데스의 목소리가 들려왔다.

벽난로 불이 타오르며 방 안을 밝게 비추고 있었다. 환한 빛 아래로 엉망진창이 된 그녀의 몸과 침대가 보였다. 사방에 피가 튀어 있었고, 두꺼운 덩굴이 팔뚝과 어깨에서 튀어나오는 바람에 살갗이 벗겨졌다. 덩굴을 보자마자 그녀는 흐느껴 울기 시작했다.

"나를 보십시오."

하데스의 단호한 어조에 그녀는 움찔했다. 짠맛 나는 눈물로 얼룩진 얼굴로, 그녀는 그와 눈을 맞추었다. 그의 눈동자 속에 뭔가가 비쳤다. 그녀가 한 번도 본 적 없는, 공포의 빛이었다. 순간적으로 어찌할 바를 모르는 듯했다. 그가 가시들을 움켜쥐자 모두 먼지와 재로 스러졌고, 이어서 그의 손이 그녀의 살결 위에 닿자 온기가 퍼지며 온몸이 치유되었다. 마법의 힘으로 여기저기 생채기 난 피부에 분홍빛 잔주름이 잡히며 다시 붙더니 본래 모습을 말끔히 회복했다.

"욕탕에 데려다드리겠습니다." 그가 일어서며 말했다. "내가 당신을…… 안아도 되겠습니까?"

그녀는 침을 꿀꺽 삼키며 고개를 끄덕였다. 그는 그녀를 조심스럽게 안아 올려 피투성이가 된 침대를 나섰다.

하데스가 그녀를 안고 복도를 걸어가는 동안 둘은 아무 말도 하지 않았다. 라벤더 향과 바다소금 향에 마음이 조금씩 누그러졌다. 주 욕탕으로 데려가는 대신 하데스는 반짝이는 벽을 따라 다른 길로 접어들었다. 그가 바닥에 내려주자, 그녀는 둥근 탕이 놓인 더 작은 욕실에 들어섰다는 걸 깨달았다. 이곳의 공기는 더 따스했고 은은한 불빛이 지친 눈을 편안하게 해주었다.

"옷을 벗겨도 되겠습니까?" 그가 물었다.

그녀가 고개를 끄덕였음에도 그는 머뭇거리며 피 묻은 가운의 끈을 늘어뜨렸다. 그런 다음 그 역시 로브를 벗고는 잠시 그녀를 바라보다가 손을 내밀어 머리카락을 어깨 뒤로 넘겨주었다. 그녀는 몸을 떨었다.

"나와 그놈 손길의 차이를 알 수 있겠습니까?" 그가 물었다.

그녀는 침을 꿀꺽 삼키곤 솔직하게 답했다. "깨어 있을 때는요."

오랫동안 가만히 있던 그가 물었다. "지금 만져도 괜찮습니까?"

"묻지 않아도 돼요."

하데스가 어금니를 악물었다. "묻고 싶습니다. 당신이 준비되지 않았을 수 있으니까."

페르세포네가 고개를 끄덕이자, 그는 그녀를 안아 올린 채 탕으로 들어갔다. 피부에 묻은 피가 물속에서 진홍색으로 너울져 퍼져 갔다. 그는 악몽에 대해 묻지 않았고, 그녀 역시 그의 긴장이 풀어질 때까지 아무 말도 하지 않았다.

"왜 자꾸 그놈 꿈을 꾸는 건지 이해가 안 돼요." 그녀가 속삭였다. "가끔은 그날로 돌아가서 내가 얼마나 두려웠는지를 떠올리게 되고, 다른 때는 그렇게까지 영향받지 말아야지 생각해요. 다른 사람들은······."

"트라우마는 비교하는 게 아닙니다, 페르세포네." 하데스의 목소리는 부드러우면서도 확고했다.

"내가 미리 알아차렸어야 했다는 생각을 떨칠 수가 없어요. 내가 절대로······."

"페르세포네." 하데스가 부드러운 목소리로 말했다. 하지만 어딘가 날카로운 구석이, 눈시울을 뜨겁게 만드는 좌절감이 깃들어 있었다. "어떻게 알 수 있었겠습니까? 페이리토스는 친구처럼 다가왔는데 말입니다. 그는 당신의 친절과 동정심을 이용했습니다. 잘못은 전적으로 페이리토스에게 있습니다."

입술이 떨리기 시작해 재빨리 손으로 눈가를 가렸다. 몸이 심하게 덜덜 떨리자 하데스가 얼른 붙잡아 그녀의 얼굴 위에 자신의 턱을 대고 알몸으로 꼭 안아주었다. 그 자세로 얼마나 울었을까. 그녀가 울음을 그칠 때까지 둘은 그렇게 욕조 안에 앉아 있었다. 그 후 침실로 돌아갔고, 하데스는 위스키 두 잔을 따라서 한 잔을 페르세포네에게 건네주었다.

"마셔보십시오." 그가 말했다.

그녀는 잔을 받아들어 마셨다.

"잠을 자고 싶습니까?" 그가 물었다.

그녀는 고개를 저었다.

"그럼 이리 와 함께 앉읍시다."

둘은 벽난로 옆에 가서 앉았다. 그가 무릎 위에 앉혀주자 그녀는 그의 가슴에 고개를 파묻었다. 등 뒤는 따스했고 하데스의 향이 콧속을 파고들자 마음이 놓였다.

얼마나 지났을까, 하데스의 마법이 공기를 휘젓는 게 느껴졌다. 눈을 떴을 때 그녀는 침대에 누워 있었고, 그제야 깜빡 잠들었다는 걸 깨달았다. 몸을 일으켜 앉자마자 하데스가 눈에 들어와 화들짝 놀랐다. 그에게서는 온전히 흉포하다고 할 수 있는 기운이 느껴졌다. 마치 그가 품은 까마득한 어둠 속에 모든 인간성을 익사시킬 수 있을 것처럼, 그리하여 남은 것은 괴물뿐인 상태에 이른 것처럼.

전투하는 신의 모습이다, 그녀는 생각했다.

"타르타로스에 갔다 왔군요." 그녀는 낮은 목소리로 말했다.

하데스는 아무 말이 없었다.

거기서 뭘 했는지는 물을 필요가 없었다. 페이리토스를 고문하러 다녀온 게 분명했다. 온통 피로 얼룩진 얼굴에 그렇게 쓰여 있었다.

다시금 하데스는 아무 말이 없었다.

페르세포네는 침대에서 일어나 그의 뺨에 손을 얹었다. 눈은 야성으로 번득였지만 그는 손길에 순순히 응하며 몸을 기대왔다. 그녀는 손을 아래로 내려 그의 허리를 감았다. 하데스는 잠시 멈칫하더니 몸을 움직여 두 팔로 그녀를 꼭 끌어안았다.

잠시 후 그가 입을 열었다. 목소리는 평소와 다름없었고, 오히려 좀 더 따스했다. "일리아스와 조피가 당신에게 화상을 입힌 여자를 찾아냈다고 합니다."

"조피?" 페르세포네가 뒤로 물러서며 물었다.

"일리아스와 일을 함께하고 있었습니다." 그가 답했다.

페르세포네는 그 말이 정확히 뭘 뜻하는 건지 궁금했지만, 그건 다음에 물어보기로 마음먹었다.

"그 여자는 어디 있어요?"

"죄악에 억류되어 있습니다." 그가 답했다.

"날 거기로 데려가줄래요?"

"잠을 좀 잤으면 좋겠습니다만."

"자고 싶지 않아요."

하데스는 인상을 찌푸렸다. "내가 함께 있더라도 말입니까?"

"여신들을 공격하고 다니는 자들이 활개치고 있잖아요. 그 여자가 뭐라고 말하는지 듣고 싶어요."

하데스는 그녀의 턱을 감싸 쥐더니 찡그린 얼굴로 그녀의 머리카락을 손으로 쓰다듬었다. 그가 염려하고 있다는 것을, 불과 조금 전에 악몽의 공포를 겪었는데 이렇게 빠르게 그 여자와 직면할 수 있는지 묻고 싶어 한다는 것을 느낄 수 있었다.

"나 괜찮아요, 하데스." 그녀가 속삭였다. "당신이 함께해줄 거잖아요."

그 말이 더욱 눈살을 찌푸리게 만든 것 같았다. 그럼에도 그는 마침내 답했다. "그렇다면 원하는 대로 하겠습니다."

12장

깨달음의 손길

처음 그곳에 간 날 이후 페르세포네는 죄악 근처에 얼씬도 하지 않았다. 여기 왔던 당시엔 렉사를 구할 수 있다는 희망을 품고 있었고, 하데스의 제국을 너무도 몰랐다는 깨달음만 안은 채 떠난 것이다.

이곳은 주류 밀매점처럼 운영되는, 암호를 대야만 들어갈 수 있는 회원 전용 클럽이었다. 일종의 중립 지대로, 그 벽 너머에선 균형을 염두에 두고 거래가 이루어지곤 했다. 하데스가 기꺼이 이 세상에 존재하도록 내버려두는 악들의 존재를 알게 된 후로, 페르세포네는 종종 그와 같은 생각을 했다. 결과적으로 평화가 도래할 수 있다면, 예컨대 전쟁을 막을 수 있다면 그녀는 과연 어떤 악의를 허용하게 될까?

그들이 도착한 곳은 그녀가 칼 스타브로스를 마주했던 곳과 유사한 방이었다. 칼은 에픽 커뮤니케이션스의 소유자이자 마기, 그리고 하데스와 페르세포네의 연애사를 공개하는 대가로 렉사의 목숨을 살려주겠다는 제안을 건넸던 인간이었다. 그녀는 그 제안을 거절하지 못했고, 그때 하데스가 나타나 칼의 얼굴에 영구적인 흉터를 남김으로써 거래를 파기했다.

붙들려온 여자는 둥근 빛 아래 앉아 있었다. 길고 검은 생머리는 매끄러웠다. 의자 등받이에 고개를 꼿꼿이 대고 앉아 있는 그녀의 목 주위를 검은 뱀 한 마리가 미끄러지듯 천천히 움직이고 있었으며 두 마리는 팔뚝 위를 꿈틀꿈틀 움직였다. 나머지 여섯 마리는 발밑에서 원을 그리며 돌고 있었다. 입을 굳게 닫은 채 그들을 노려보는 여자의 눈동자에는 증오가 역력했다.

페르세포네는 빛이 닿는 곳까지 한 걸음씩 나아가며 말했다. "네가 여기에 왜 있는지는 설명할 필요가 없겠지."

여자는 그녀를 노려보며 또렷한 목소리로 말했다. "날 죽일 겁니까?"

두려움이나 심지어 분노의 기미도 전혀 보이지 않았다. 너무도 침착해 보여서 오히려 당황스러웠다.

"난 응징의 여신이 아니다." 페르세포네가 말했다.

"내 질문에 답 안 했잖아요."

"질문을 받을 대상은 내가 아니다."

여자는 쏘아보았다.

"이름이 무엇이냐?" 페르세포네가 물었다.

여자는 턱을 꼿꼿이 들고 답했다. "라라."

"라라, 커피하우스에서 왜 나한테 커피를 쏟은 거지?"

"당신이 거기 있었으니까." 여자가 태연하게 답했다. "난 당신이 다치길 바랐고."

놀라울 것 없는 말이었지만 마음이 쓰렸다. "어째서?"

라라는 대답이 없었다. 그때 여자의 목을 휘감은 뱀이 쉭쉭대는 소리를 내며 머리를 들어 독니를 드러냈다. 여자는 흠칫 놀라며 물어뜯길 준비를 하듯 눈을 질끈 감았다.

"아직 아냐." 페르세포네의 말에 뱀은 잠잠해졌다. 라라가 여신을 바라보았다. "내 질문에 대답해."

"당신은 이 세상에 잘못된 모든 걸 대표하는 존재니까." 분노가 끓어오르는 목소리로 여자가 눈물을 흘리며 말했다. "신문에 분개한 말들을 써댔다는 이유로 스스로 정의를 추구한다고 생각하겠지만 그건 아무 의미가 없어! 지금까지 당신이 보인 행동이 더 많은 걸 보여주지. 당신도 다른 많은 이들처럼 똑같은 함정에 빠졌을 뿐이야. 올림포스 신들의 울타리에 갇힌 한 마리의 양일 뿐이라고."

페르세포네는 여자를 바라보았다. 여자의 분노는 점점 자라났을 것이다. 증오가 씨앗을 심고, 역시 증오가 그 씨앗을 기른 것이다.

페르세포네는 물었다. "무슨 일이 있었던 거지?"

그러자 라라의 눈에 형형한 무언가가 어른거렸다. 설명하기 어려운 표정이었지만, 페르세포네는 그 얼굴을 보자마자 무엇인지 알아챘다. 트라우마.

"강간당했어." 그녀는 들릴 듯 말 듯한 목소리로 속삭이듯 중얼거렸다. "제우스한테."

제우스는 이런 일로 이미 악명 높은 존재였지만 그래도 그 고백은 충격적이었다. 사실이어선 안 되는 일이었다. 제우스, 그리고 그와 같은 많은 이들은 자신들이 남성이며 힘을 가진 위치에 있다는 이유만으로 타인들에게 무분별하게 폭력을 저질러왔다.

명백히 잘못된 일이었지만 이 사회에는 그런 일들이 너무나 만연했다. 남신과 대등하며 심지어 어떤 경우엔 더 강력하기도 한 여신들에게도 성폭력이 통제와 억압의 수단으로 사용되었다. 헤라의 경우가 대표적인 예시였다. 제우스에게 속아 강간당한 그녀는 수치스러움에 결국 그와 결혼하기에 이르렀다. 그의 아내가 된 이후엔 결혼의 여신으로서 그녀가 지닌 역할도 제우스의 권력이 되었다.

옆에 서 있던 하데스는 몸이 굳은 채 이를 악물고 있었다. 하데스가 여성과 아이들에게 범죄를 저지른 자들을 유독 가혹하게 처벌한다는 걸 그녀도 알고 있었다. 형제의 행동을 알고 있어서 그러는 걸까? 혹시 그가 제우스를 처벌한 적도 있을까?

"그런 일이 있었다니 정말 마음이 안 좋다." 페르세포네가 말했다.

그녀가 라라에게 한 발짝 더 다가가자 몸을 칭칭 휘감고 조이던 뱀들은 잿더미로 사라졌다.

"필요 없어." 라라가 소리쳤다. "당신 동정 따위 바라지 않아."

"동정이 아니야." 페르세포네는 멈춰 섰다. "그저 널 돕고 싶어."

"당신이 날 어떻게 도와주겠어?" 그녀가 분노에 차서 외쳤다.

그 질문은 마음을 아프게 했다. 네버나이트에서 그녀에게 다가와 비난하던 여자도 비슷한 말을 했었다. 그렇지만 뭐라도 해야 했다. 라라의 악몽 같은 일을 그녀도 겪었던 건 아니었지만 페이리토스 역시 그녀가 상상하지 못했던 방식으로 고통을 주고 있었으니까.

"절대로 당신이 그런 일을 당할 만해서 당했다고 생각하지 않아. 난 그걸 알아." 페르세포네가 말했다.

"당신 말은 아무 의미가 없어. 신들은 여전히 우리를 해치니까." 라라는 고통에 겨워 뇌까렸다.

페르세포네는 아무 말도 할 수 없었다. 할 수 있는 말이 없었기 때문이었다. 모든 신이 다 똑같진 않다고 주장할 수도 있었지만, 이 상황에서 그런 말은 옳지 않았다. 게다가 라라의 말에는 일리가 있었다. 가해한 신들이 처벌받지 않고 있는데, 모든 신이 다 그렇진 않다는 말이 무슨 소용이겠는가?

그제야 어머니가 했던 말이 떠올랐다.

신들에게 결과가 따른다? 아니, 딸아. 그런 것 따위는 없어.

그 말에 속이 부글거렸다. 그녀는 주먹을 쥐곤 언젠가는 상황이 달라질 거라고 다짐했었다.

"제우스가 어떻게 처벌받길 바라나?" 하데스가 물었다.

페르세포네와 라라 모두 놀라서 그를 바라보았다. 이 일에 대해서 뭔가 행동을 취하려고 묻는 걸까? 페르세포네의 시선은 라라 쪽으로 향했다.

"사지를 갈가리 찢어 불태워버렸으면 좋겠어요. 바람에 그의 비명이 메아리칠 때까지 그의 영혼을 수백만 개 조각으로 산산조각 내버리고 싶어요."

"그럼 너는 그렇게 함으로써 네가 말하는 정의를 구현할 수 있다고 생각하는 건가?" 하데스의 목소리는 나직했다.

치명적인 도발의 목소리. 그녀가 여기 온 이유가 공감하기 위해서라면, 그는 다른 것을 얻기 위해 왔다. 신뢰.

"내가 말한 정의가 아니에요. 신들의 것이죠." 라라는 노려보았다. "새로운 신들."

그녀의 눈동자가 반짝거렸다. 마치 새로운 신들이 관장할 새로운 세상이 어떨지 상상하는 듯, 희망에 찬 눈빛이었다.

"환생이 일어날 거예요." 그녀가 속삭였다.

환생. 레밍. 전에도 들었던 말이었다. 하르모니아, 그리고 어쩌면 아도니스를 해한 자들과 라라가 어떻게든 얽혀 있겠다는 생각이 들었다. 수단과 방법을 가리지 않고 어떻게든 새로운 신들의 시대를 열겠다는 필사적인 마음이 읽혔다.

"아니." 하데스가 말했다. 그의 목소리가 그녀가 사로잡혀 있던 기묘한 기운을 몰아내는 듯 꿰뚫고 지나갔다. "학살이 일어날 것이다. 그리고 죽는 건 우리가 아니라 너일 것이다."

페르세포네는 하데스를 바라보며 그의 손을 잡았다.

"너에게 일어난 일은 정말 끔찍했어." 페르세포네가 말했다. "제우스가 처벌되어야 마땅하다는 네 말도 맞아. 우리가 도울 수 있게 해줄래?"

"내게 희망은 없어요."

"언제나 희망은 있어." 페르세포네가 말했다. "희망은 우리가 가진 전부야."

잠시 침묵이 흘렀고, 하데스가 입을 뗐다. "일리아스, 라라를 헴록 그로브로 데려가주게. 거기선 안전할 테니."

여자의 몸이 굳었다. "날 가두겠다는 거예요?"

"아니." 하데스가 말했다. "헴록 그로브는 피난처다. 헤카테 여신이 운영하는, 폭력 피해를 입은 여성들과 아이들이 머물 수 있는 곳이지. 원한다면 그분께 네 이야기를 털어놓아도 좋다. 듣고 싶어 하실 테니. 그 외엔 마음대로 해도 된다."

�֎

페르세포네는 녹초가 되었다. 눈 뒤에 생긴 통증이 관자놀이까지 퍼졌다. 지난 3주 동안 한 번도 깨지 않고 푹 잔 날을 세어보면 한 손에 꼽았다. 그녀는 양손으로 커피 잔을 그러쥐고 홀짝이면서 하데스를 생각했다. 그가 그녀를 깨웠던 순간을 떠올릴 때마다 심장이 아파왔다. 그들의 침대 위에 누운 채 피를 흘리며 엉망진창이 된 모습을 바라보던 그의 눈동자에는 공포와 고통이 가득했다. 위로해주고 싶었지만, 생각해낼 수 있는 유일한 말은 그녀가 제정신인지, 현실감이 있는 게 맞는지 묻는 질문뿐이었다. 그건 그를 더욱 마음 아프게 만드는 것 같았다.

마법의 힘이 갑자기 솟아나 피부를 찢던 순간을, 하데스가 자신의 손길과 페이리토스의 것이 다르다는 걸 알겠느냐고 묻던 순간의 표정을, 잠이 들 때까지 그의 품 안에서 내내 울던 때를, 이후에 잠에서 깨었을 때 막 침실로 들어오던 그의 얼굴이 피범벅이던 순간을 떠올리자 몸서리가 쳐졌다. 얼떨결에 죽은 자들의 신과 카드게임을 하던 페르세포네는 그를 두려워하고 또 질색했지만, 그녀는 더이상 그때의 페르세포네가 아니었다. 여러 번 속고 배신당하고 마음을 다쳤으며, 페이리토스의 최후에 관해선 그놈은 심판받아 마땅하고, 그것이 정의를 실현시키는 일이라고 여겼다. 라라의 이야기를 듣고 난 지금은 더욱 그랬다.

커피 사건을 온전히 그녀 탓이라고 치부하긴 어려웠다. 여자는 자신이 이해할 수 있는 유일한 방식으로 고통을 표현했던 것이다. 자신의 행동이 트라이어드 같은 조직을 더 강화시키고 있다는 걸 제우스도 당연히 알고 있겠지?

바로 그때 사무실 전화가 울리는 바람에 그녀는 소스라치게 놀랐다. 평소보다 더 크게 울리는 듯했다. 어쩌면 수면 부족이라 그렇게 느낀 건지도 모른다. 소리를 잠재우고 싶어 재빨리 수화기를 집어

들었다.

"여보세요?" 그녀의 목소리는 말보다는 쉭쉭거리는 소리에 더 가깝게 흘러나왔고, 조금이라도 더 전문적으로 보이기 위해 멘트를 덧붙였다. "무엇을 도와드릴까요?"

"페르세포네 여신님, 방해해서 죄송해요." 아이비가 수화기 건너편에서 말했다. "하르모니아 여신님께서 오셨어요. 미리 약속을 잡진 않았다고 하시더라고요. 올라가시라고 할까요?"

하르모니아가 여기에 왔다고? 그날 이후 이렇게나 빨리 다시 보게 될 줄은 몰랐다. 더 중요한 건 아프로디테가 그녀를 자기 시야 밖에서 활보하게 둘 줄 예상치 못했던 것이다.

"네, 물론이죠. 올려 보내주세요."

그녀는 자리에서 일어나 옷매무새와 머리카락을 정돈했다. 하데스와 함께 죄악에서 돌아왔을 때 채비할 시간이 없었기에 오늘 옷차림이 더 신경 쓰였다. 가지고 있는 모든 옷 중에서 가장 편안한 작업복을 걸쳐 입었고 머리카락은 땋아 내렸는데 아무렇게나 해서인지 다 풀려 있었다.

그녀는 자신의 스타일로 다시 꾸민 대기실로 들어섰다. 현대적인 감각의 소파가 벽 앞에 놓여 있고, 그 위로는 다채로운 빛깔의 꽃 정물화들이 걸려 있었으며 맞은편에는 널찍한 청옥색 의자가 두 개 놓여 있었다. 유리 테이블이 그 사이를 갈라놓았고, 그 위엔 흰 수선화가 꽂힌 화병이 자리했다.

한 가지 재미있는 사실은 페르세포네가 이렇게 꾸며달라고 부탁하지도, 지시하지도 않았다는 점이었다. 그저 하데스가 공간을 선물해준 이후 어느 날 사무실에 왔더니 모든 게 바뀌어 있었다. 영문을 묻자 그는 아이비를 탓했다.

"빈 공간을 그냥 놔두질 못합니다. 그러니 당신이 아이비에게 공간을 꾸밀 핑계를 준 셈입니다. 영원히 당신에게 신세를 지게 될 겁니다."

"여길 사무실로 쓰라고 공간을 내준 건 당신이잖아요." 페르세포네가 답했다. "아이비는 당신에게 신세를 진 셈이죠."

"이미 내게는 그러고 있습니다."

페르세포네는 더 설명을 요구하지 않았다. 그와 아이비 사이에 어떤 거래가 있었든, 둘 모두 득을 보고 있는 것 같았으니까.

삐걱대며 사무실 층에 멈춘 엘리베이터로 시선이 쏠렸다. 하르모니아에게 말하는 아이비의 목소리가 들려왔다.

"하데스 님께선 우리가 쉬는 꼴을 못 보세요. 최근에는 말 구조와 재활을 위한 목장을 만드실 계획으로 땅을 매입하셨는데……."

페르세포네는 눈썹을 치켜떴다. 처음 듣는 정보다. 나중에 물어보겠다고 머릿속에 메모를 남겨둔 채, 우선 지금은 아이비와 하르모니아를 향해 미소를 짓는 데 집중하기로 했다.

조화의 여신은 마지막으로 봤던 때와는 영 딴판이었고, 그래서 다행이었다. 멍들고 다친 모습이 아니라 어느 정도 회복한 모습이었다. 적어도 겉으로 보기엔 그랬다. 소맷부리가 넓게 퍼진 상의에 스키니 진, 그리고 부츠 차림이었다. 웨이브의 긴 금발 머리는 어깨 밑까지 찰랑거렸다. 한쪽 어깨에 멘 커다란 가방에선 오팔이 작은 얼굴을 빼꼼 내밀고 있었다.

페르세포네를 발견하자 하르모니아가 미소를 지었다.

"좋은 아침이에요, 페르세포네 님." 아이비가 고개를 까닥하며 말했다.

"좋은 아침이에요, 아이비." 그녀가 답했다. "좋은 아침이에요, 하르모니아. 이렇게 오실 줄 몰랐어요."

여신이 얼굴을 붉혔다. "죄송해요. 지금 곤란하시면 나중에 다시 올게요."

"당연히 괜찮죠. 오실 수 있었다니 다행이에요."

"두 분께 뭐라도 좀 드릴까요? 커피나, 아니면 차 괜찮으세요?" 아이비가 안주인처럼 물었다.

"저는 커피요." 페르세포네가 말했다. "당신은요, 하르모니아?"

"저도요."

"좋아요! 금방 돌아오겠습니다."

둘은 아이비가 복도 너머로 사라지는 모습을 지켜보았다. 하르모니아가 부드러운 미소를 머금은 채 페르세포네를 향해 돌아섰다.

"정말 친절한 분이에요." 하르모니아가 말했다.

"그렇죠. 저도 참 좋아해요." 페르세포네가 그녀를 바라보며 말했다. "그나저나 좋아 보이시네요."

"많이 나았어요." 그녀가 답했다.

다만 페르세포네는 그녀의 눈동자에 불안의 빛이 스치는 것을 보았다. 스스로의 내면에도 불안이 도사리고 있었다. 인식의 저변에 똬리를 튼 괴물의 존재. 그 괴물 때문에 그녀는 몇 달을, 몇 년을, 어쩌면 영원히 어깨 너머를 돌아보게 될 것이다.

"이리 오세요. 제 사무실로 들어가시죠." 페르세포네가 그녀를 안으로 안내한 뒤 문을 닫았다.

둘은 소파에 앉았다. 하르모니아는 가방에서 오팔을 들어 올려 무릎 위에 앉혔다.

"이렇게나 빨리 바깥으로 나오실 줄은 몰랐어요." 페르세포네가
말했다.

"안 그러면 뭘 하겠어요? 그들이 다 정체를 드러낼 때까지 숨어
있는 것? 그럴 순 없죠."

"아프로디테라면 절대 동의하지 않을 거예요."

특히나 아도니스가 살해된 이후로는 더더욱.

하르모니아가 희미한 미소를 지었다. "동의할 거라 믿어요. 사실
제가 여기 온 건 아프로디테에 대해 이야기하기 위해서예요."

페르세포네는 눈썹을 치켜떴다. "그런가요?"

눈길이 하르모니아의 손 쪽으로 향했다. 오팔의 긴 털을 신경질적
으로 쓰다듬는 손길.

"아무래도 그 인간들의 타깃은 우리 언니 같아요."

"그렇게 확신하시는 이유가 있나요?"

"그들이 그렇게 말했어요." 그녀가 답했다.

페르세포네의 가슴이 철렁 내려앉았다. "아프로디테가 다칠까 봐
걱정되는 건가요?"

"아뇨." 하르모니아가 말했다. "내가 걱정하는 건, 올림포스 신들
이 얼마나 복수심에 불탈 수 있는지를 증명하는 게 그들의 의도라
는 부분이에요. 그래서 언니를 노리는 게 두려워요."

"그럼 왜 아프로디테를 노리는 걸까요? 훨씬 더 괴팍한 신들이 많
을 텐데."

"그걸 모르겠어요." 하르모니아가 인정했다. "하지만 또 다른 신이,
또 다른 올림포스 신이 나를 해치는 데 가담했다는 생각이 드는 걸

멈출 수가 없어요."

"왜 그런 생각이 드는데요?"

"나를 제지하는 데 사용한 그들의 무기를 알아봤어요. 그냥 직감적으로 알았죠. 헤파이스토스가 만든 것과 비슷하게 생긴 그물이지만 마법만큼은 그의 것이 아니었어요."

"누구의 마법이었나요?"

하르모니아가 막 입을 떼려는 순간 문 두드리는 소리가 났고, 아이비가 들어왔다.

"커피 드리려고요." 그녀가 테이블 위에 쟁반을 올려놓았다.

"고마워요, 아이비." 페르세포네가 답했다.

"여신님께는 다 해드릴 수 있죠. 필요하신 게 있으면 부르세요!"

다시 둘만 남게 되자 페르세포네는 커피를 따른 후 컵받침 위에 올려 하르모니아에게 건네면서 물었다. "누구의 마법이죠?"

"당신 어머니요."

"제…… 엄마요?" 페르세포네는 침묵 속에 그 말을 삼켰다. 어떻게 그녀의 정체를 알아낸 건지 묻지는 않았다. 아프로디테가 말해준 게 분명했으니까. "그 마법, 어떤 냄새였나요?"

"틀릴 수가 없는 냄새였어요." 하르모니아가 답했다. "봄날 오후의 태양처럼 따스하고 황금빛 밀의 향과 잘 익은 과일의 달콤한 향이 섞인 냄새."

페르세포네는 아무 말이 없었다.

"이 사실을 언니 앞에서 말할 순 없었어요." 하르모니아가 설명했다. "내가 틀렸을 수도 있고…… 또 무기들이 유물 마법으로 만들어진 걸 수도 있으니까요."

그것도 하나의 가능성이었다.

"그런데 다른 마법은 느끼지 못한 거죠?"

하르모니아는 잠시 얼굴을 찡그리더니 나직하게 말했다. "네."

"하지만…… 왜일까요?" 페르세포네는 소리 내어 물었다. "엄마가 왜 다른 신들을 해치는 자들과 함께하는 걸까요?"

"어쩌면 그들이 그녀도 해쳤을지 몰라요. 게다가 데메테르가 아프로디테를 타깃으로 삼은 건 당신과 하데스가 만나게 된 계기 중 하나가 언니이기 때문일지도."

충격과 흡사한 무언가가 페르세포네의 어깨 위에 묵직하게 내려앉았다. 그녀와 하데스의 관계를 지지하는 이들을 어머니가 해칠 거라곤 상상도 하지 못했다. 신들을 극도로 미워하는 인간들을 통해서는 더더욱. 말이 되지 않았다. 뭔가를 놓치고 있는 것 같았다.

"그 인간들이 신들을 미워하는 거라면, 신의 도움을 받아들일 이유가 뭐예요?"

"인간들은 여전히 무력하니까요." 하르모니아가 말했다. "그리고 이런 일은 이번이 처음이 아닐 거예요. 신성한 전쟁에서 어떤 신들은 자신의 편에 등을 돌리고 싸웠죠. 헤카테도 그중 한 명이었잖아요. 티탄족이지만 올림포스 신들의 편에 섰죠."

그건 사실이었다. 헤카테만 올림포스 신들을 택한 건 아니었다. 헬리오스도 그랬는데, 전해 듣기로는 자신의 충성심을 명분으로 어떤 일이 있어도 다른 신들을 도와주지 않았다.

"미안해요."

페르세포네는 하르모니아와 눈을 맞추며 눈썹을 찡그렸다. "왜 미안해요? 해를 입은 건 당신이잖아요."

"당신의 고통을 가중시킨 것 같아서요." 그녀가 말했다.

"당신 탓이 아니에요."

"그렇다고 당신 탓도 아니지요." 하르모니아가 그녀의 마음을 읽은 것처럼 말했다. "당신을 둘러싼 아우라가 수치심으로 붉게 물들고 죄책감으로 초록빛을 띠는 게 보여요. 어머니의 행동 때문에 자책하지 마세요. 그녀에게 복수를 요구한 것도 아니잖아요."

"쉽지 않네요. 내가 하데스와 결혼하기로 마음먹었다는 이유로 너무 많은 이들이 고통을 겪고 있어요."

"하데스와 결혼하기로 마음먹었다는 게 이유인가요, 아니면 뭔가 더 심층적인 이유가 있나요?"

페르세포네는 어리둥절하게 바라보았다.

"데메테르의 분노에는 여러 갈래의 두려움이 자리해요. 그녀는 혼자 있는 걸 두려워하고, 누군가 자신을 필요로 하길 원해요."

사실이었다.

데메테르는 구원자가 되길 좋아했다. 정원 가꾸기를 포함해 그녀의 기괴한 행위의 비밀을 밝혀내는 게 그렇게도 어려웠던 이유였다. 세상이 음식과 물을 간청하면 그녀는 자신의 힘과 필요를 느꼈다.

"아프로디테에게도 당신의 추측을 이야기할 건가요? 당신을 다치게 한 자들이 그녀를 목표물로 삼고 있다고?"

"아뇨." 하르모니아가 말했다. "언니가 죄책감을 느낄 테니까요. 게다가 헤파이스토스가 이 사실을 알게 되면 상황은 조용히 끝나지 못할 거예요. 언니를 위해서라면 그는 온 세상을 다 불태워버릴 테니까."

페르세포네는 그 표현에 빙긋 웃었다. 하데스도 똑같은 말을 했었다. 문득, 불의 신이 사랑의 여신에게 품은 사랑을 이해할 수 있을 것 같은 느낌이 들었다.

"아내를 정말 아끼나 보네요."

"맞아요." 하르모니아가 답했다. "매일같이 둘의 아우라가 자아내는 색을 보면 알 수 있지요. 하지만 둘이 서로에게 품은 마음은 어두운 사랑이에요. 둘이 공유하는 고통과 오해들에 가려져 있지만, 언젠가는 서로를 받아들일 수 있게 될 거라고 믿어요."

하르모니아는 시계를 보았다. "언니가 찾으러 오기 전에 렘노스로 돌아가야겠어요."

하르모니아가 오팔을 다시 가방에 넣으려 하자 으르렁거렸다.

페르세포네가 문을 연 순간 맞은편에서 문을 두드리려던 시빌과 딱 마주쳤다. 오라클은 하르모니아와 시선이 마주치자마자 미소가 싹 가시더니 곤혹스러운 표정이 되었다.

이상하네, 페르세포네는 생각했다.

"시빌, 이쪽은 하르모니아야."

어쩌면 여신을 알아보지 못한 건지도 몰랐다. 하지만 시빌은 오라클이기에 그건 말도 안 되는 소리였다.

"만나서…… 반갑습니다." 시빌이 혼란스러움을 감추지 못한 채 말했다.

"만나서 반가워요, 시빌." 하르모니아는 손을 내밀다가 멈칫했다. "당신 오라클이로군요."

"과거에 그랬습니다." 그녀가 거의 숨을 몰아쉬며 말했다.

"신들을 위해 일하지 않더라도 당신은 언제까지나 오라클일 거예요." 하르모니아가 말했다. "예언 능력은 당신이 받은 선물이니까."

셋 사이에 기묘한 긴장감이 감돌았다. 오라클로서 시빌의 경력이 어떻게 끊겼는지를 떠올려서인지도 몰랐다. 그토록 열심히 노력했는데 한순간에 모두 물거품이 되자 시빌은 무척 상처를 받았다.

"점심 먹으러 가도 되나 싶어서 왔어." 시빌이 말했다.

"완벽한 타이밍이네요." 하르모니아가 말했다. "방금 막 가려던 중이었거든요. 페르세포네, 필요한 게 있으면 언제든 연락해요. 시빌, 만나서 반가웠어요."

시빌은 몸을 돌려 떠나는 하르모니아의 뒷모습을 지켜보았다.

그녀가 시야에서 사라지자 페르세포네가 물었다. "방금 뭐였어?"

"뭐?" 오라클이 눈썹을 찡그리며 물었다.

"뭔가 이상했어. 하르모니아를 봤을 때 뭔가가 보였던 거야? 네 표정이 변한 것 같던데."

"아무것도 아니야." 그녀는 재빨리 말했다. "뭐 좀 먹자. 배고파 죽겠어."

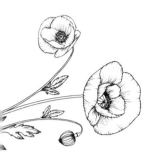

13장
완벽한 폭풍

페르세포네와 시빌, 조피는 점심을 먹으러 길을 걷다 암브로시아 앤 넥타르에 들어갔다. 따뜻한 실내에 들어설 수 있어 다행이었다. 알렉산드리아 타워에선 그리 멀지 않은 곳이었지만 사나운 눈보라가 퍼붓는 거리를 뚫고 걷다 보니 몇 킬로미터쯤 떨어져 있는 것 같았다. 제설차들은 바삐 움직였지만 눈 내리는 속도를 따라잡지 못하고 있었다.

자리를 잡고 앉은 뒤, 페르세포네는 가장 좋아하는 요리를 알려주며 조피의 메뉴 선택을 도왔다.

"뭐든 다 먹어보고 싶습니다." 여전사가 말했다.

다른 사람이 말했다면 농담으로 넘겼겠지만 이 여전사는 말리지 않으면 정말로 그렇게 할 것임을 알고 있었다.

"언젠가 다 먹어볼 수 있을 거예요." 페르세포네가 약속했다.

주문을 마치고 음식을 기다리는 동안, 조피는 시빌에게 침입자를 무장 해제시키는 방법을 알려주었다. 특히 벤이 그녀의 집으로 쳐들어올 때를 대비해서 말이다.

"그놈이 칼로 공격하면 슬쩍 쳐내면서 몸을 돌리는 겁니다." 그녀는 손목을 휘두르며 동작을 시연해 보였고, 페르세포네는 조피가 진짜 칼을 꺼내 들지 않아서 천만다행이라고 생각했다. "그놈이 공격하면 칼날을 이렇게 내리칩니다."

시빌이 말했다. "조피, 사람들이 더는 칼 들고 싸우지 않는다는 거 혹시 알고 있어요?"

여전사는 어리둥절해졌다. "나는 자매들과 항상 칼로 싸웁니다!"

페르세포네는 웃음을 참으려 애썼다. "그럼 만약 칼이 없을 땐 어떡해요? 그냥 몸싸움할 때?"

"코를 노리십시오." 그녀의 눈가가 사악하게 번득이고 있었다.

그런 대화는 음식이 나온 이후로도 계속됐다. 페르세포네는 조용히 자신만의 생각에 잠긴 채 상황을 종합해보려 했다.

한 가지 문제는 아도니스의 죽음에 대해선 많은 정보가 없다는 것이었다. 어쩌면 그들은 그를 죽임으로써 아프로디테를 자극하려 했던 건지도 모른다. 그런데 왜 올림포스 신을 화나게 만들려는 걸까? 데메테르의 눈보라 정도면 충분하지 않은가? 그럼에도 하르모니아의 추측이 맞는다면 데메테르는 다음 타깃을 누구로 정할까? 그녀를 지지해주는 신들과 여신들은 여럿 있었다. 헤카테, 아폴론, 물론 그는 좀 미심쩍긴 하지만, 그리고…….

"헤르메스." 시빌이 말했다. "여기서 뭐하는 거예요?"

페르세포네는 눈을 깜박이며 신의 황금빛 눈동자와 시선을 마주했다. 흰 바지에 하늘색 폴로셔츠를 입은 그는 테니스 연습을 막 마치고 온 듯한 차림새였다. 그는 페르세포네 옆자리로 미끄러지듯 앉아 메뉴판을 훅훅 훑었다.

"내 친구들이랑 점심 먹으러 왔죠." 그가 답했다.

"그렇다기보다는 우리의 점심 식사를 망치고 있는 걸로 보이네요." 페르세포네가 말했다.

"글쎄, 딱히 당신이 수다에 참여하고 있는 것 같지는 않던데." 그러곤 페르세포네의 포크를 가져가 손대지 않은 음식을 쿡 찔러 한 입 먹었다. 음식을 씹으며 그는 페르세포네를 바라보곤 말했다. "무슨 생각하고 있었는지 딱 알겠네요. 하데스와의 지난밤 가슴 벅찬 섹스를 되새기고 있었겠지."

"역겹습니다." 조피가 말했다.

시빌은 깔깔 웃었다.

하지만 페르세포네는 제발 그 생각을 할 수 있길 바랄 뿐이었다. 어머니 생각 대신, 그리고 하데스와의 밤, 피와 눈물로 얼룩진 밤의 기억 대신 그 생각을 떠올리고 싶었다.

그녀는 가까스로 거짓말을 생각해냈다. "사실은, 결혼식 생각 중이었어요."

헤르메스가 환하게 웃었다. "날짜를 정했군요!"

"음, 아뇨." 그녀는 입술을 오므리며 말했다. "사실은…… 도망갈까 싶었어요."

하데스가 프러포즈한 날 이후로 몇 번이고 머릿속을 스쳤던 생각이었다. 약혼을 두고 벌어지는 일련의 드라마틱한 일들을 감안할 때 그게 최선의 선택지 같았다. 둘이 결혼한다는 사실을 정말로 알아야 할 존재가 있을까?

"도망?" 헤르메스가 마치 단어의 쓰임새를 모른다는 듯 반복했다. "왜 도망을 가요?"

"지금으로선 인간들과 신들 사이에 불안감이 많이 감돌고 있잖아요. 이런 상황에서 공개 결혼식은 엄마를 더 화나게만 할 테고⋯⋯."

어머니가 하르모니아의 사건에 연루되어 있다면 결혼식까지 상황은 계속 악화될 거라는 생각이 들었다.

"그럼 비공개 결혼식은 안 그럴까요?" 헤르메스가 눈썹을 치켜뜨며 이의를 제기했다.

"이 결혼식, 이해가 안 됩니다." 조피가 말했다. "왜 결혼을 해야 합니까? 하데스 님을 사랑하시는 걸로 충분한 거 아닙니까?"

하데스를 사랑하는 것만으로도 당연히 충분했다. 하지만 그의 프러포즈는 그 이상을 약속하는 거였다. 함께 나누고 가꿔가는 삶에 대한 헌신. 그녀 역시 그걸 원했다.

"만약 내가 하데스랑 결혼하는 거라면." 헤르메스가 페르세포네의 음식을 한 입 더 떠먹으며 말했다. "모든 이들에게 저놈은 내 거다, 하고 알려주기 위해 결혼식을 생방송으로 송출할 겁니다."

"하데스랑 결혼하는 생각을 꽤나 해봤나 봐요." 시빌이 말했다.

"어쨌든 제우스가 우리 결혼을 승인할 때까지는 어떤 계획도 세울 필요가 없긴 하죠." 페르세포네가 헤르메스를 흘겨보며 말했다.

"왜 그렇게 째려봐요, 그걸 내가 말해줬어야 하는 것처럼?" 헤르메스가 방어적으로 물었다. "모두가 아는 사실이잖아요."

"잊었나 본데, 나는 나르시시즘적인 엄마 밑에서 평생을 유리 온실에 갇혀 자랐다고요." 페르세포네가 쏘아붙였다.

"어떻게 잊겠습니까?" 헤르메스가 물었다. "바깥에 저렇게 맹렬하게 얼음 폭풍이 쉴 새 없이 몰아닥치고 있는데."

시빌이 팔꿈치로 신을 쿡 찔렀다.

"아야!" 그가 노려보았다. "조심해라, 오라클."

페르세포네는 헤르메스에게서 시선을 거두곤 무릎 위에 올린 손으로 고개를 떨구었다.

"이건 네 탓이 아니야, 페르세포네." 시빌이 말했다.

"내 탓처럼 느껴져."

"넌 단지 사랑하는 이와 결혼하고 싶은 거잖아. 거기엔 잘못된 게 하나도 없어."

"단지…… 모두가 못마땅해 보인다는 걸 빼면 말야. 엄마가 아니더라도 온 세상이 그래. 최소한 제우스는……." 그녀는 잠시 말을 멈췄다. "어쩌면 약혼도 좀 미뤘어야 했는지도 몰라. 우리가 평생 함께하지 않을 것도 아닌데."

"그렇게 되면 다른 이들이 네 삶을 좌지우지하게 내버려두는 셈이잖아." 시빌이 말했다. "그건 너무 불공평해."

정말 불공평했다. 하지만 페르세포네는 하데스를 만난 이후로 공평함에 대해 많은 걸 배웠다. 사실, 공평함에 대한 교훈은 시빌에게서 얻었다.

옳고 그름, 공정함과 불공평함. 우린 그렇게 나뉘는 세계에 살고 있지 않아, 페르세포네. 신들은 정말로 벌을 내린다고.

왜 불경한 자의 수가 늘어났는지, 왜 그중 몇몇이 조직적으로 트라이어드를 결성했는지, 왜 신들이 그들의 삶에 영향을 덜 끼치길 바라는지, 문득 이해되기 시작했다.

"어떡해." 시빌이 구석에 놓인 TV에서 나오고 있는 뉴스를 향해 고갯짓하며 말했다.

불경한 자, 겨울 날씨에 항의하며 집결

페르세포네는 혼자 있고 싶었다.

앵커가 하는 말의 일부가 귓가에 들려왔다.

이러한 변덕스러운 날씨로 인해 많은 이들은 신이나 여신이 복수를 꾀하고 있다고 믿게 되었습니다. 불경한 자와 신실한 자 모두전혀 다른 각자의 방식으로 이 사태가 끝나길 요구하고 있습니다.

고개를 돌렸지만 방송에서 흘러나오는 소리는 계속해서 귓가를 때렸다.

"왜 신의 감정 기복에 인간들이 고통을 겪어야 합니까? 왜 그런 신들을 우리가 숭배해야 하는 거죠?"

"불경한 자가 점점 더 이해가 안 되는군." 헤르메스가 말했다.

페르세포네는 그를 바라보았다. "그게 무슨 말이죠?"

"처음에는 우리에게 너무 관심이 없다, 돌보지 않는다고 화를 냈거든요. 마치 우리의 존재감을 바라기라도 하듯이 말이에요. 그런데 이젠 우리 없이도 잘살 수 있다는 식으로 말하네요."

"그럴 수 있는 거예요?" 페르세포네는 정말 몰라서 물었다.

"그럴 수도 있고, 아닐 수도 있죠. 헬리오스가 계속 태양을 쬐어줄까? 셀레네가 달을 비춰줄까? 인간들이 세상을 어떻게 인식하고 있든 간에, 우리는 이 세상의 존재 이유예요. 우리가 만들 수도 있고 없앨 수도 있다고요."

"그렇죠. 하지만…… 만약 신들이 태양과 달과 세상이 돌아가는 모든 힘을 쥐고 있는 거라면, 만약 신들이…… 인간 사회에서 한 발짝 물러나게 되면…… 무슨 일이 일어나게 되는 거죠?"

헤르메스는 눈을 깜박였다. "그건…… 모르겠어요."

그는 여태껏 이 생각을 한 번도 해본 적이 없는 게 분명했다.

사실, 신들은 절대로 세상을 완전히 놓아버리진 않을 것이다. 세상은 끝장나버릴 테니까. 하지만 균형을 잡는 게 가능할까? 그 상태라는 건 정확히 어떻게 보이게 될까?

"저기요." 한 남자가 손에 휴대폰을 들고 테이블로 다가왔다. 회색 슬랙스에 흰 셔츠를 입은 중년 남자였다.

"안 돼." 헤르메스는 세차게 고개를 저었다. 그 말에 인간이 입을 딱 다물었다. "가라."

남자는 멍해진 채 비틀거리며 몸을 돌려 떠났다.

"방금 그건 무례했어요." 페르세포네가 말했다.

"글쎄, 당신은 오늘 홍조 띤 신부랑은 아주 거리가 머니까요. 무슨 이상한 사람이랑 포즈 취하고 사진 찍히는 걸 바라진 않았을 테고요." 그런 다음 그가 표정을 풀었다. "게다가, 슬퍼 보여요."

"그냥 좀…… 생각이 많네요." 그녀가 중얼거렸다.

그러자 놀랍게도 헤르메스가 그녀의 손 위에 자신의 손을 올리며 말했다. "슬퍼해도 괜찮아요, 세피."

그녀는 자신이 느끼는 것들에 대해 거의 생각하지 않았다. 대신 바쁘게 지내는 데 집중했다. 렉사가 더는 여기 있지 않다는 걸 상기시키는 오래된 습관들을 버리고 새로운 습관을 만들면서.

"이제 가야겠어요." 그녀가 말했다. 다시 한번 감정보다 행동을 택하며.

헤르메스는 암브로시아 앤 넥타르 바깥에서 그들과 헤어졌다. 헤어지기 전 그는 모두의 뺨에 키스를 했는데, 조피는 큰 충격을 받았고 잠시 아무 대응을 못 하다가 그의 정강이를 걷어차려 했다. 페르세포네가 서둘러 조피의 손목을 붙잡았지만, 조피를 혼내는 대신 헤르메스를 노려보았다.

"다음부터 누군가한테 키스할 때는 물어보고 하세요." 그녀가 말했다.

그의 눈이 잠시 휘둥그레졌고, 다음 순간엔 진심으로 후회하는 표정이 되었다. "사과할게요, 조피."

여전사는 부루퉁한 채 가슴 위로 팔짱을 꼈다.

"그럼 먼저 갑니다." 그가 말했다. "염소 남자랑 데이트가 있어서. 조만간 놀러 가자고요."

그가 시야에서 사라지자 페르세포네와 시빌, 조피는 시선을 교환했다.

"염소 남자라고?" 셋은 동시에 말했다.

페르세포네와 시빌은 사무실로 돌아갔고, 조피는 바깥에서 순찰을 시작했다. 페르세포네가 외출을 하거나 복귀할 때마다 여전사는 알렉산드리아 타워 외부와 내부를 죽 돌았다. 그 후에 뭘 하러 가는지는 알 수 없었다. 그래도 하데스가 그녀를 일리아스와 함께 일하게 했다는 건 다행스러운 일이었다. 좀 더 과업 중심적인 일이기도 하고 조피가 사회성을 기를 수도 있을 테니까.

신들이여, 조피는 정말 사회성이 필요했다.

건물 안으로 들어서서 엘리베이터 쪽으로 향하자 아이비가 둘을 맞이해주었다.

"헤르메스 말이 맞아." 시빌이 말했다. "조만간 우리 놀러 가자."

페르세포네는 시빌이 무슨 생각을 하고 있는지 알았다. 렉사가 죽은 뒤로 우린 아무 데도 놀러 가지 않았으니까. 그녀는 그 생각에 울적해졌다.

"그래." 그녀가 멍하게 말했다. "그러자."

"안 된다고 말해도 돼." 시빌이 페르세포네와 눈을 맞추며 말했다. "아직 내키지 않으면 말이야. 우린 다 이해하니까. 알지?"

페르세포네는 침을 꿀꺽 삼킨 후 속삭였다. "고마워, 시빌."

둘은 포옹했다. 엘리베이터가 사무실 층에 도착할 때까지 페르세포네는 시빌의 어깨 위에 고개를 얹고 있었다. 그런데 엘리베이터에서 내리자마자 레우케와 헬렌이 나란히 서서 저만치 빨간색과 파란색 불빛이 어지러이 뒤섞인 창밖을 내다보는 모습이 눈에 들어왔다. 짙은 안개와 심한 눈보라에도 고속도로에서 끔찍한 일이 일어났다는 것을 알아차릴 수 있었다.

"오, 신들이여." 페르세포네가 웅얼거리며 레우케와 헬렌 옆에 나란히 섰다.

불현듯 울려 퍼지는 TV 소리에 셋은 몸을 돌렸다. 시빌이 뉴스를 틀었는데, 멀리 보이는 공포가 현실임을 알리는 배너가 화면 하단에 지나갔다.

A2 고속도로에서 다중 추돌 사고 발생

……사고는 미끄러운 도로와 폭설로 인해 발생한 것으로 추정됩니다. 사망자 수는 아직 알려지지 않았으나, 여러 명의 부상자가 발생한 것으로 보도되었습니다.

화면에는 충돌 당시의 사진과 영상이 나오고 있었다. 짙은 안개 때문에, 제때 브레이크를 밟지 못해서, 혹은 얼어붙은 도로에 미끄러져 차들이 연이어 충돌하는 광경을 페르세포네는 경악하며 지켜보았다.

"너무 끔찍해요." 대형 트레일러트럭이 앞의 승용차에 세게 부딪히자 차량이 공중으로 붕 뜨는 모습을 지켜보며 헬렌이 말했다. "저 사람 살아날 수 있을까요?"

그렇지 않을 것이다. 추돌 사고 현장을 안전히 빠져나갈 방법도 없었다. 차에서 내리면 빙판에 미끄러지거나 계속해서 추돌하는 다른 차량에 치일 수도 있으니, 그저 차 안에서 뒤의 차가 너무 세게 부딪히지 않길 바라는 수밖에 없을 것이다.

목구멍에 덩어리가 얹힌 것 같은 기분으로 페르세포네는 멍하니 바라보았다. 그녀가 두려워하던 게 바로 이거였다. 데메테르가 자기 뜻대로 안 되는 뭔가를 두고 인간들을 향해 화를 내뿜을 뿐 아니라, 바로 그 방법을 쓰면 페르세포네를 가장 빨리 자극할 수 있다는 걸 알고 있다는 사실.

왜 인간 행세를 하는 거지? 넌 여신인데.

나는 엄마보다는 저들과 비슷해요.

그렇지 않다. 저들이 네 정체를 알게 되면 자기들의 일원으로 가장했다는 이유로 널 피하게 될 거다.

"어머니가 정신 나갔네요." 레우케가 숨죽여 말했다.

페르세포네는 그 말을 들을 필요가 없었다. 이미 충분히 알고 있는 사실이니까.

그녀는 TV를 끄고 멍하니 사무실로 걸어갔다. 안으로 들어선 다음 휴대폰을 꺼내 일리아스에게 연락했다.

"여신님." 그가 전화를 받았다.

"하데스는 어딨어요?" 그녀가 물었다.

그녀의 목소리에서 고통을 느낀 게 분명했을 그는 주저 없이 답했다. "죄악에 계십니다, 여신님."

"고마워요."

손이 심하게 떨리고 있었다. 휴대폰을 간신히 내려놓고는 그대로 순간 이동해 하데스의 집무실에 모습을 드러냈다. 그는 여기서 저 아래 클럽 바에 앉아 술을 마시고 담배를 피우며 카드 게임을 하는 자들을 살펴보곤 했다. 그런데 오늘 그는 혼자가 아니었다. 그녀가 모르는 낯선 남자가 남색 양복 차림으로 하데스의 책상 앞에 있었는데, 빈 의자가 두 개나 놓여 있었음에도 그는 서 있었다. 추측건대 남자는 초대받지 않은 손님이었다.

그녀가 나타나자마자 둘은 대화를 중단했다. 하데스의 뜨거운 시선이 그녀에게 향했다.

"달링." 하데스가 고개를 한 번 까닥이며 말했다.

목소리에 놀란 기색은 없었지만 표정을 보니 불쑥 나타난 그녀를 걱정하고 있다는 걸 알 수 있었다.

남자가 고개를 돌려 그녀를 보았다. 잘생긴 외모의 그는 반신이 확실했다. 밝은 물빛 눈동자를 통해 누구의 아들인지 단번에 알 수 있었다. 포세이돈. 구릿빛 피부에 짧은 검은색 머리카락, 턱을 덮은 수염이 눈에 들어왔다. 한 번도 본 적 없는 남자였다.

"사랑스러운 페르세포네 여신님이시군요." 그가 눈을 내리깔며 평가하듯 말하자 즉시 염오감이 치밀었다.

"테세우스, 이제 가봐야 할 것 같네." 하데스의 말에 반신의 시선은 마지못해 그녀를 떠났다.

그의 존재감에 당황한 페르세포네는 눈에 띄게 몸을 움츠렸다.

"물론입니다." 그가 말했다. "어차피 회의에 늦었으니까요."

그는 하데스를 향해 고개를 까닥이곤 문 쪽으로 걷다가 페르세포네 앞에 멈춰 섰다.

"만나게 되어 반가웠습니다, 여신님." 그가 손을 내밀며 말했다.

그녀는 손을 바라보다 그와 눈을 맞추었다. 솔직히 그 손을 잡고 싶지 않아서 아무 말도 하지 않았지만, 남자는 당황하지 않고 씩 웃으며 손을 내렸다.

"저와 악수를 나누지 않는 편이 나을지도 모르겠습니다. 좋은 하루 보내십시오, 여신님."

그는 그녀를 스치듯 지나갔다. 페르세포네는 미심쩍은 인물에게 등을 보이고 싶지 않아 그가 집무실을 떠날 때까지 지켜보았다.

남자가 사라지자 하데스가 책상을 빙 둘러 옆으로 다가오며 입을 열었다. "괜찮습니까?"

"저 남자 알아요?" 페르세포네가 물었다.

"나의 다른 모든 적을 알고 있듯이, 잘 알지요." 하데스가 답했다.

"적이라고요?"

그는 반신이 자취를 감춘 문 쪽을 향해 고개를 끄덕였다. "저 남자가 트라이어드의 리더입니다."

질문들이 솟구쳤다. 너무 많은 질문들. 하지만 하데스의 손이 뺨에 닿자 눈물이 주르륵 흘렀다.

"말해주십시오." 그가 말했다.

"뉴스를 봤는데." 그녀가 속삭였다. "끔찍한 사고가 있었어요."

그는 놀라지 않은 것 같았고, 페르세포네는 그가 이미 죽음의 낌새를 감지한 건지 의구심이 들었다.

"이리 오시지요." 그가 말했다. "정문에서 영혼들을 맞이합시다."

14장
상그리의 신전

　페르세포네는 종종 부둣가로 나가 카론의 나룻배를 타고 스틱스 강을 건너오는 새로운 영혼들을 맞이하곤 했지만, 오늘 하데스가 순간 이동한 곳은 강가의 반대편, 지하 세계의 정문이었다. 이곳은 마치 지상 세계의 공기가 땅으로 스미기라도 한 것처럼 추웠지만, 정문을 보곤 숨이 턱 막혀서 추위 따위는 알아채지도 못했다.

　검은색 철문은 그 뒤로 자리한 산만큼이나 거대했다. 아래쪽에는 수선화들이 선을 따라 조각되어 있고, 석류를 비롯한 여러 식물과 군데군데 자리한 나선형 덩굴 장식이 회색 하늘 아래 금빛으로 번쩍이며 솟아나 있었다. 문은 머리 위로 한참을 뻗어가 기묘하고 무시무시한 어둠 속으로 사라졌다. 정문 너머에는 거대한 느릅나무가 서 있었다. 먼 거리에서도 그 나무의 나이를 짐작할 수 있었다. 하데스만큼이나 오래 살았을 나무의 뿌리는 땅속 깊이 뻗어나갔고, 가지에는 푸르스름하게 빛나는 형체들이 주렁주렁 무겁게 달려 있었다.

　"저 나무에 붙어 있는 건 뭐예요?" 그녀는 하데스에게 물었다.

　"꿈들입니다." 그가 그녀를 바라보며 답했다. "지하 세계에 들어서는 자들은 꿈들을 모두 두고 가야 합니다."

그 생각에 왠지 서글퍼졌지만 이해가 되기도 했다. 지하 세계에는 꿈을 위한 자리가 없었다. 이곳에서의 삶이란 마음의 짐 없이, 어떤 도전 과제 없이 존재하는 것이기 때문이다. 이곳에서의 삶은 휴식을 뜻했다.

"모든 영혼이 다 이 문을 통과해야 하는 거예요?" 어쩐지 이 공간이 신성하게 느껴졌기에 그녀는 나직하게 물었다.

"그렇습니다. 스스로의 죽음을 받아들이기 위해 거쳐야 하는 여정입니다. 믿거나 말거나, 한때는 이보다 더 무시무시한 형태였습니다."

페르세포네가 그와 눈을 맞추었다. "무시무시하다곤 말한 적 없는데요."

그는 희미하게 웃더니 손가락을 그녀의 입술 위에 댔다. "그런데 덜덜 떨고 있군요."

"두려워서가 아니라 추워서 떠는 거예요. 여기는 정말 아름답네요. 하지만…… 압도적이기도 해요. 지하 세계의 그 어떤 곳보다 여기서 당신의 힘이 가장 강하게 느껴져요."

"아마 여기가 지하 세계의 가장 오래된 공간이기 때문일 겁니다."

하데스는 망토를 소환했고, 그 망토를 페르세포네의 어깨에 둘러주었다.

"좀 낫습니까?" 그가 물었다.

"네." 그녀가 속삭였다.

그때, 헤르메스와 타나토스가 함께 나타났다. 마치 망토처럼 몸을 감싸고 있던 그들의 날개가 펼쳐지자 그들이 서 있는 곳을 가득 메울 기세로 활짝 젖혀지듯 늘어났고 그 안에서 영혼들이 빠져나왔다. 총 20명 정도 되었는데 연령대가 다양했다. 페르세포네의 추측으로는 5세부터 60세 정도까지 있는 듯했다. 다섯 살배기 소녀는 아빠와 함께 왔고, 예순 살 남자는 아내와 함께 왔다.

"하데스 님, 페르세포네 님." 타나토스가 허리를 굽혀 인사했다. "저희는…… 다시 돌아오겠습니다."

"설마 더 있어요?" 페르세포네가 눈을 크게 뜨며 죽음의 신을 멍하니 바라보았다.

그는 으스스하게 고개를 끄덕였다.

"괜찮아요, 세피." 헤르메스가 말했다. "그냥 저들이 환영받는다고 느끼게 만들어주는 데 집중해요."

두 신은 자취를 감추었고, 그러자마자 다섯 살배기 소녀의 아빠가 무릎을 꿇었다.

"제발 부탁드립니다." 그가 간청했다. "저는 거두어가시되 딸은 데려가지 말아주십시오. 이 아이는 아직 너무도 어립니다!"

"너희는 지하 세계의 정문에 도착했다." 하데스가 답했다. "안타깝게도 네 운명을 바꿔줄 수는 없다."

예전 같았으면 저 말이 냉혹하게 들렸겠지만, 이제는 저게 진실임을 페르세포네는 알고 있었다.

남자의 얼굴은 이미 너무도 창백했다. 그 얼굴로 그는 비명을 질렀다. "당신은 거짓말쟁이야, 당신이 죽음의 신이잖아! 우리 아이의 운명을 바꿔줄 수 있잖아!"

페르세포네는 한 걸음 앞으로 다가섰다. 마치 남자의 분노로부터 그녀가 하데스를 지켜주는 것처럼.

"하데스 님은 죽음의 신이긴 해도 네 운명의 실을 짠 것은 아니다. 인간 아버지여, 두려워하지 말거라. 네 딸을 위해 용감해져라. 이 곳에서 너는 평화를 얻을 것이다."

그녀는 딸에게 시선을 돌린 다음 아이 앞에 무릎을 꿇었다. 곱슬 곱슬한 금발 머리를 땋아 내리고 보조개가 있는 자그마한 아이는 사랑스러웠다.

"반갑구나. 내 이름은 페르세포네야. 네 이름은 뭐니?"

"롤라예요." 소녀가 답했다.

"롤라." 그녀는 미소를 머금으며 말했다. "너랑 아빠가 함께 여기 와서 기쁘구나. 운이 좋았어."

너무나 많은 어린이가 부모 없이 지하 세계로 왔고, 다른 영혼들 에게 입양되어 지내다가 수년이 지난 뒤에야 사랑하는 가족들과 재 회하곤 했다. 두 사람이 그런 상황을 겪어야 한다면, 오히려 함께여 서 다행이었다.

"마법 보여줄까?" 그녀가 물었다.

소녀는 고개를 끄덕였다.

페르세포네는 발치의 검은 흙을 한 줌 퍼내며 부디 마법이 효과 가 있기를 바랐다. 머릿속으로 하얀 아네모네를 떠올렸다. 그리고 손바닥 안을 바라보았다. 너무도 쉽게 손안에서 꽃이 피어나 안도 감에 한숨을 내쉬었다. 페르세포네가 머리카락에 꽃을 꽂아주자 롤 라의 얼굴이 환해졌다.

"넌 정말 용감한 아이구나. 아빠를 위해서라도 계속 용기를 내주 겠니?"

소녀는 고개를 끄덕였고, 페르세포네는 몸을 일으켜 뒤로 물러났 다. 얼마 후, 헤르메스가 인도하고 타나토스가 거둔 다른 많은 영혼들이 합류했다. 작은 공간은 금세 130명의 영혼과 한 마리 강아지로 북적였다. 강아지의 주인도 사후세계로 함께 왔다. 페르세포네는 많은 이에게 인사를 건넸고, 하데스는 그 뒤를 따랐다. 아이들과 청소년들, 청년들과 나이 든 사람들이 있었다. 몇몇은 잔뜩 겁에 질려 있었고 몇몇은 화가 나 있었으며 두려워하지 않는 건 오직 몇 명뿐이었다.

어느 순간, 하데스의 손가락이 그녀의 손을 파고들었다. 그는 정문 쪽을 가리켰다. 어느새 소리 없이 열려 있는 문 너머로 느릅나무가 훤히 드러나 있었다. 실로 아름답고도 오래된, 빛나는 나무였다.

"지하 세계에 오신 것을 환영합니다." 그가 말했다.

그들은 영혼들을 이끌고 정문을 통과해 널리 뻗은 느릅나무 가지 밑으로 걸어갔다. 걷는 동안 50개의 둥그런 빛이 생겨나 반짝이며 영혼들의 머리 위로 솟아올라 나뭇잎 위에 내려앉았다. 저 작은 빛 덩어리들이 각자 평생 쌓아온 희망과 꿈들이라는 걸 모르는 채, 영혼들은 공포가 가신 경이로운 눈빛으로 그 광경을 바라보았다. 페르세포네는 그 광경을 바라보는 것만으로 엄청난 슬픔을 느꼈다.

하데스가 그녀의 손을 꼭 쥐며 말했다. "자유를 얻게 되는 거라고 생각하십시오. 저들은 더 이상 후회의 짐을 짊어지지 않을 테니까."

그 말이 약간의 위안이 되었다. 그들은 나무 그늘을 지나 무성한 녹지대와 검은 스틱스 강을 향해 뻗은 부둣가에 이르렀다. 비애의 강둑은 수선화로 뒤덮여 있었다. 반대편에서 돌아오고 있는 카론은 새하얀 로브를 입고 있었는데, 채도 낮은 어둑한 지하 세계를 환하게 밝히는 횃불 같았다. 미소를 지으며 단단한 팔뚝으로 강둑을 향해 노를 젓고 있었다.

"어서 오세요, 어서 오세요!" 그가 말했다. "자, 다들 집에 갑시다."

여태껏 한 번도 이 과정을 본 적이 없었던 페르세포네는 카론이 배에 탈 사람을 고르는 모습을 가만히 지켜보았다. 배에 자리가 아직 남았음에도 그는 이제 됐다고 했다.

"더는 안 돼요. 다시 돌아오리다."

그가 노 저어가는 모습을 바라보다 페르세포네는 하데스를 향해 고개를 돌렸다. "왜 더 데리고 가지 않는 거예요?"

"스틱스 강을 건너는 건 영혼들이 죽음을 받아들이는 여정이라고 했던 말을 기억합니까?"

그녀는 고개를 끄덕였다.

"카론은 그들이 받아들이기 전까진 데려가지 않는 겁니다."

페르세포네의 눈이 휘둥그레졌다. "받아들이지 않으면 어떻게 되는데요?"

"대부분은 받아들입니다." 그가 말했다.

"그래서요?" 페르세포네가 재촉했다. "안 그러면요?"

"경우에 따라 다릅니다. 어떤 사람들은 영혼들이 아스포델에서 어떻게 살아가는지를 바라볼 권한을 얻습니다. 그래도 받아들이지 못하면 엘리시움으로 보내지지요. 어떤 경우에는 레테 강물을 마셔야 할 수도 있습니다."

"얼마나 자주 그런 일이 벌어지는데요?"

"드뭅니다. 하지만 이런 시대에는 필연적으로 저항하려는 이들이 있습니다."

그녀도 상상할 수 있었다. 저들 중 어느 누구도 아침에 깨어날 때 오늘 죽으리라고 예상하진 못했을 테니까.

카론은 몇 번 더 오고 갔고, 마침내 남은 것은 아까 전의 그 남자와 다섯 살배기 딸, 단둘뿐이었다. 카론이 소녀를 데려가려 하자 아버지는 격하게 저항했고, 페르세포네는 그를 탓할 수 없었다.

"같이 갈 수 없다면 안 갈 겁니다!"

페르세포네는 카론에서 하데스로, 그다음엔 딸을 품에 안은 남자에게로 눈길을 돌렸다. 아이는 아빠에게 꼭 안겨 있었다. 자신의 죽음을 받아들이는 만큼 아빠와 헤어지고 싶지 않은 것이다.

페르세포네는 하데스 곁을 떠나 남자에게 걸어갔다.

"무엇이 두려운가?" 그녀가 물었다.

"아내와 아들을 두고 왔습니다." 그가 말했다.

그렇게 말할 거라고 짐작했던 터였다. 하지만 그녀는 이미 스틱스 강을 건넌 다른 영혼들 역시 사랑하는 이들을 두고 왔다는 것을 알고 있었다. 이 남자와 같은 이들이 더 있을 거라는 사실도 알았다. 모두에게 지킬 수 없는 약속을 그에게만 건넬 순 없었다.

그래서 그녀는 대신 이렇게 물었다. "그럼 여기서 본 모든 것을 감안해도 그들을 다시 볼 수 있으리라는 사실을 믿지 않는가?"

"하지만……."

"네 아내는 안도하고 있을 것이다. 네가 여기 롤라와 함께 있고, 그녀 역시 지하 세계에서, 아스포델에서 당신과 재회할 날을 기다릴 테니까. 그들이 왔을 때 환영해주기 위한 자리를 마련해두고 싶지 않은가?"

남자는 롤라를 바라보곤 꼭 끌어안으며 오래도록 울었다. 다른 모두는 가만히 기다려주었다. 그동안 페르세포네는 이 임무가 막중하다는 걸 절실히 느꼈다. 어떻게 타나토스가, 카론이, 그리고 심판관들이 매일같이 이 일을 할 수 있는지 상상하기가 어려웠다.

얼마 후, 남자는 마음을 가다듬고 숨을 내쉬었다. "알겠습니다. 준비되었습니다."

페르세포네는 카론을 돌아보았고, 그는 미소 짓고 있었다. "지하 세계에 온 걸 환영합니다."

카론이 두 사람을 배에 태운 뒤, 하데스와 페르세포네도 함께 배에 올랐다.

강의 저편으로 향하는 길은 고요했다. 영혼들은 침울한 표정으로 물 위를 바라보았다. 그녀가 짊어진 슬픔과 비탄, 그리고 절망을 알아차린 하데스는 페르세포네의 손을 꼭 잡았다. 하지만 아스포델의 영혼들 한 무리가 맞은편 강둑에서 그들을 맞이하러 기다리고 있는 모습을 보자 이내 마음이 환해졌다.

"저기 봐요!" 롤라가 자그마한 손가락으로 가리키며 외쳤다.

카론이 배를 대자, 유리와 이안은 붐비는 갑판 위로 그들이 올라설 수 있게 도와주었다.

"어서 오세요." 그들이 말했다.

새 영혼들이 무리 속으로 들어서자 떠들썩한 환호성이 일었다. 영혼들은 환영 파티에 만전을 기했고, 음악을 연주하고 음식 바구니들을 들고 와 성대한 축하를 벌였다. 처음에는 새 영혼들이 아직 심판을 받기 전이라 하데스가 허락해주지 않을지도 모른다는 걱정이 들었지만, 그 역시 이렇게 하는 편이 자신의 영토로 들어서는 더 나은 방식이라고 여겼다. 타르타로스로 가게 될 영혼들도 이 기억을 지닐 수 있을 테니 말이다.

그들은 이 순간을 돌아보며 생전에 더 나은 삶을 살지 못했음을 슬퍼

할 겁니다.

하데스와 페르세포네는 카론과 함께 서서 영혼들이 돌길을 따라 애도의 들판으로 향해 가는 모습을 지켜보았다. 그들은 걸어가며 춤을 추고 노래를 부르며 환호했다. 끔찍한 하루를 행복하게 마무리하는 광경처럼 느껴졌다.

그들 곁에서 카론이 껄껄 웃었다. "저들은 확실히 지하 세계에 들어선 순간을 잊지 못하겠군요."

페르세포네는 그를 바라보았다. "이 순간이 갑작스러운 죽음의 기억을 가려줄 수 있을까요?"

나루지기는 그녀를 향해 부드러운 미소를 건넸다. "여신님이 꾸리시는 지하 세계라면 다 가려주고도 남지요."

그 말과 함께 그는 배를 밀어내곤 다시 노를 저어 강을 건너가기 시작했다.

그녀는 하데스를 향해 몸을 돌리며 물었다. "다른 신이 일으킨 일이어도 운명은 여전히 그대로 엮여 있는 건가요?"

정말로 몰라서 한 질문이었다.

"모든 운명은 운명의 여신들에 의해 선택됩니다. 라케시스가 아마 오늘 각자의 삶이 언제 끝날지를 정해두었을 테고, 아트로포스는 죽음의 방식을 사고로 선택했을 겁니다. 당신 어머니의 폭풍우가 촉매제 역할을 했습니다." 페르세포네가 얼굴을 찡그리자 하데스가 다시 손을 잡았다. "이제 여길 떠납시다. 보여줄 것이 있습니다."

하데스에게 몸을 맡기고 순간 이동한 그녀는 그가 어디로 데려왔는지를 깨닫곤 깜짝 놀랐다. 상그리의 신전. 대리석과 흰 돌로 지은 거대한 건물이었다. 굳게 닫힌, 도금된 문을 향해 계단들이 가파르게 뻗어 있었는데 문 바로 앞에는 소용돌이무늬를 그리는 황금 장식을 입힌 고대의 상징적인 기둥이 늘어서 있었다. 기둥에는 장식적인 만큼이나 실용적인 구석이 있었다. 데메테르의 상징인 풍요의 뿔(동물 뿔 모양에 과일과 꽃을 가득 얹은 장식물로 '코르누코피아'라고도 불린다−옮긴이), 그리고 역시나 금으로 도색된 밀알이 그려진 페디먼트(고대 그리스 신전 건축에서 가장 두드러지는 특징 중 하나로, 건물 입구 윗부분의 삼각형 장식을 일컫는다−옮긴이)를 떠받치고 있었으니 말이다.

"하데스…… 우리 왜 엄마의 신전에 와 있는 거예요?"

"방문하러 온 겁니다."

죽은 자들의 신은 그녀와 눈을 계속 맞추며 손에 키스를 한 뒤 팔짱을 끼곤 계단을 오르기 시작했다.

"난 가고 싶지 않아요." 그녀가 말했다.

"당신 어머니가 우리를 가지고 놀려고 하니까, 우리도 그녀를 가지고 놀 겁니다."

"이 신전을 불태워버리려는 거예요?" 그녀가 말했다.

"오, 달링. 그러기에 나는 너무도 타락했습니다."

계단 꼭대기에 이르렀을 때, 하데스의 마법이 솟구치는 힘이 느껴지기 무섭게 문이 활짝 열렸다. 죽은 자들의 신이 안으로 들어서자, 흰옷을 입은 남사제들과 여사제들 몇몇이 공포에 질려 눈을 크게 뜨곤 발걸음을 멈췄다.

"하, 하데스 님." 사제 중 한 명이 몸을 덜덜 떨며 그의 이름을 불렀다.

"나가라." 그가 명령했다.

"데메테르 님의 신전에 들어가실 수 없습니다." 여사제가 감히 말했다. "여기는 신성한 공간입니다."

하데스는 여자의 말을 무시했다.

"나가." 그가 다시 말했다. "아니면 신성 모독의 증인이자 공범이 될 것이다."

데메테르의 남사제들과 여사제들은 황급히 달아났고, 불을 지핀 방 안에 남은 건 이제 둘뿐이었다. 문이 쾅 닫히며 벽에 드리운 둘의 그림자가 흔들렸다.

침묵 속에서 하데스는 그녀에게 몸을 돌렸다. "당신과 사랑을 나누고 싶습니다."

"엄마의 신전에서요? 하데스……."

그가 말을 끊으며 키스를 퍼부었고, 그녀는 이내 신음을 흘렸다. 달콤하고 깊은 키스에 그녀의 욕망이 발톱을 세우며 마음을 파고들었다.

그녀가 말했다. "엄마가 엄청 화낼 거예요."

"나 역시 엄청 화나 있습니다." 그는 나직이 읊조리곤 손으로 그녀의 머리채를 붙잡으며 다시 입술을 맞댔다. 다른 손은 아래로 내려가 엉덩이 위와 허벅지 안쪽을 훑었고, 그녀의 두 다리를 자신의 허리에 걸었다. 단단히 발기한 성기가 은밀한 곳을 자극해 신음이 흘러나왔다. 턱으로, 그다음엔 귓가로 입술을 훑으며 그가 속삭였다. "그리고 당신은 거절하지 않았습니다."

그녀는 거절하고 싶지 않았다. 오늘 벌어진 일들로 인해 긴장하고, 불안하고, 스트레스를 받았다. 분출이, 그가 필요했다.

둘은 서로를 지그시 바라보았다. 잠시 후 페르세포네가 하데스의 가슴 위로 부드럽게 손을 올려 재킷을 벗겼다. 옷가지가 바닥에 떨어졌고, 이어 그녀의 옷도 벗겨졌다. 둘은 서로의 옷을 벗겨주었다. 숱한 키스와 핥고 빠는 행위를 포함한 느릿하고도 나른한 과정이었다. 마침내 둘은 맨몸이 되었다. 하데스는 그녀를 끌어안은채 기둥들이 늘어선 통로를 따라 데메테르의 제단 쪽으로 걸어갔다. 제단 주변에는 다채로운 과일이 가득한 바구니와 밀단이 넘쳐났다. 양옆에는 불이 넘실거리는 두 개의 거대한 황금 그릇이 포효하듯 웅웅거렸고, 피부에서 땀이 뚝뚝 떨어질 만큼 공기는 뜨거웠다.

하데스는 그녀를 타일 바닥에 눕힌 다음 다리 사이로 들어섰다. 불길에 휘감긴 듯한 눈동자로 그녀의 몸 구석구석을 샅샅이 훑었다. 그러고는 몸을 숙여 핥기 시작했다. 중심부에 혀가 따뜻하게 닿았다. 그의 입술은 그녀의 욕망을 잔뜩 묻힌 채 빛났다.

그는 사악하게 미소 지었다. "나 때문에 젖었습니까."

"항상 이래요." 그녀가 속삭였다.

"항상." 그가 반복했다. "날 보기만 해도?"

그녀는 고개를 끄덕였고 하데스는 자신의 입술을 핥았다.

"당신을 볼 때 내가 뭘 느끼는지 알고 싶습니까?" 그가 몸을 구부려 그녀의 무릎 안쪽에 키스하며 물었다.

그녀는 고개를 끄덕였다.

"당신을 보면, 이런 모습을 떠올리지 않을 수 없습니다." 그가 관능적인 목소리로 속삭이며 입술로 그녀의 허벅지 위를 훑어 올라갔다. "알몸의. 아름다운. 흠뻑 젖은."

말 한마디 한마디가 살결에 닿는 혀의 감촉과 맞아떨어졌고, 달아오른 안쪽에 입술이 가까워질수록 숨이 가빠졌다.

"내 성기는 당신을 위해 단단해졌습니다. 당신을 잔뜩 채우고 싶어 안달이 났지요."

그는 그녀를 올려다보았다. 허벅지 사이의 은밀한 곳에서 그의 머리가 맴돌았고, 녹아내린 살결 위에 닿는 그의 끈적한 숨결이 오롯이 느껴졌다. 그녀가 주먹을 꽉 쥐자 손톱이 피부를 깊이 파고들었다.

"그럼 지금 채워주면 안 돼요?"

그의 입꼬리 한쪽이 올라갔다. 그는 몸을 더욱 굽혀 클리토리스를 입술로 감쌌다. 그녀는 등을 들썩였고, 가슴을 그러쥐고는 손가락으로 젖꼭지를 애무하는 그의 손길에 신음을 흘렸다. 그는 그녀의 엉덩이를 꽉 쥐며 안으로 손가락을 쑥 밀어 넣었다. 안쪽으로 깊숙이 말려 들어가는 자극에 그녀는 숨을 몰아쉬었다. 비명을 지를수록 그의 혀는 더욱 빠르게 움직였고, 손가락은 더욱더 그녀를 유혹했다. 그가 물러섰을 때, 그의 입술이며 손가락은 액체로 반짝였다.

그는 그녀가 숨을 가다듬을 수 있도록 기다려주었다. 그런 다음 그녀의 몸을 타고 올라 입술을 부딪혔고, 둘은 서로의 혀를 휘감았다. 그에게서 그녀의 냄새가, 톡 쏘는 짠맛이 났다. 그녀는 아래로 손을 뻗어 단단히 부푼 성기를 손으로 감쌌고, 안달 난 듯 딱딱해진 귀두를 엄지손가락으로 쓰다듬었다.

하데스가 신음했다. "내 것을 당신 입안에 넣고 싶습니까?"

"항상." 그녀가 몸을 일으키며 말했다.

그는 몸을 떨며 눈을 질끈 감았다. "그 단어."

"그 단어에 문제라도 있나요?"

"아무것도 아닙니다." 그녀의 몸이 닿았던 자리에 누운 그가 한 손으로 머리 뒤를 받쳤다. "그 단어는…… 완벽합니다."

페르세포네는 하데스의 성기를 손으로 감싸고 한 번 핥은 다음 입안에 넣었다. 그는 그녀의 머리채를 그러쥔 채 쉭쉭 소리를 내며 무릎 꿇은 그녀의 양옆에 놓인 허벅지를 꽉 조였다. 그녀는 오랫동안 부드러운 윗부분을 핥는 데 집중하며 찔끔찔끔 새어나오는 방울을 마시다가 어느 순간 깊숙하게 머금었다. 그는 긴 숨을 내쉬며 몸을 일으켜 앉고는 그녀를 끌어다 뜨거운 키스를 퍼부었다. 그런 다음 그녀를 엎드리게 한 뒤, 자신의 성기를 붙잡곤 미끌미끌한 안쪽과 클리토리스를 간질이듯 꾹꾹 눌렀다.

참을 수 없어진 페르세포네는 신음을 흘리며 발뒤꿈치로 그의 엉덩이를 쿡 눌렀다.

"지금, 하데스." 그녀가 명령했다. "약속했잖아."

그는 숨소리가 섞인 웃음을 터뜨렸다. "내가 뭘 약속했습니까, 나의 달링?"

그는 몸을 기울여 그녀의 목덜미에 키스를 하곤 귓가를 치아로 간질였다. 그녀는 애가 타서 홱 고개를 돌려 그의 입술을 찾았지만 그가 고개를 돌렸다.

"날 채워주겠다고 했잖아." 그녀가 숨을 몰아쉬었다. "내 안에 들어오겠다고."

"그건 약속이 아니었습니다." 그가 말했다. "맹세였지요."

그런 다음 완전히 그의 것을 밀어 넣었다. 그녀를 꽉 채우며 깊이 집어넣은 다음 잠시 가만히 있었다. 땀으로 미끈대는 두 몸이 하나로 섞였다. 그녀가 진정되길 기다리는 동안 그의 입술이 그녀의 턱을, 그리고 입술을 스쳤다.

"당신과 사랑을 나누게 해주십시오."

그는 다시금 말하곤, 그녀의 몸을 돌려 내내 눈을 맞추며 움직이기 시작했다. 성기의 모든 부분을 하나하나 느낄 수 있을 정도의 속도였다. 그녀의 등이 휘어지면서 바닥에서 솟아올랐다. 하데스의 손이 그녀의 허벅지를 파고들며 엉덩이를 들어올리고는 계속해서 넣고, 또 넣었다. 안정적으로, 그리고 고통스러울 정도로 계속.

그녀는 이 순간이 영원히 지속되길 원했다. 끝까지 가길 원했다. 모든 것이 동시에 이뤄지길.

그때 그가 몸을 떼곤 그녀의 허벅지 사이로 얼굴을 가져가 그녀를 맛본 다음 다시 밀어 넣고 온몸을 격하게 앞뒤로 흔들었다. 단단한 팔로 그녀를 감싸 안은 채였다. 그녀는 그를 바라보았다. 거의 감기다시피 한 눈동자, 단단하게 다문 턱, 벌어진 입술. 그는 이따금 몸을 구부려 키스했다. 한 번, 두 번, 세 번. 그런 다음에는 둘 다 눈을 뜰 수 없었다. 머리를 뒤로 젖힌 채 넣고 넣다가 동시에 절정에 이르렀다.

그 후 둘은 타일 바닥에 몸을 겹친 채 누웠다.

"말 구조 사업에 대해 들었는데, 그게 뭐예요?" 그녀는 나직한 목소리로 물었다.

나른했고, 욕구를 분출한 이후에도 여전히 몸은 조금씩 떨리고 있었다.

하데스는 아무런 반응 없이 손가락으로 그녀의 머리카락을 헝클이다가 입을 열었다. "직접 보여주면서 이야기하려고 했습니다. 누가 말해주었습니까?"

"아무도요." 그녀가 답했다. "내가 엿들은 거예요."

"흐음." 그는 졸린 듯한 소리를 냈다.

잠시 후, 그녀는 자세를 바꾸어 팔을 그의 가슴에 얹고 그 위에 턱을 받쳤다.

"하르모니아가 오늘 왔었어요." 그녀가 말했다.

"음?" 그가 눈은 반쯤만 뜬 채 검은 눈썹을 치켜떴다.

"자신에게 사용한 무기가 그물이었다고 생각하더라고요. 그리고 그게 엄마의 마법으로 만들어졌다고도 했어요."

하데스는 아무 말이 없었다. 얼굴 근육이 단 하나도 움찔하지 않았다.

"엄마가 대체 왜 같은 신들을 공격하는 데 함께하는 걸까요?"

"새로운 신들이 권력을 잡을 때마다 이런 일은 일어났습니다."

하데스는 전혀 놀란 것 같지 않았다.

"새로운 신들이, 아니면 새로운 권력이?" 그녀가 물었다.

"둘 다일 겁니다." 그가 답했다. "조만간 알게 될 것 같군요."

페르세포네는 이 말을 곱씹었다. 그러다가 문득 궁금해져서 물었다. "아까 테세우스는 당신 집무실에서 뭘 하고 있었던 거예요?"

그녀가 도착했을 때 느꼈던 바로는, 둘이 어떤 대화를 나누고 있었든 원활하게 흘러가진 않았다. 방 안에는 긴장감이 감돌고 있었다.

"당신이 겪었던 커피 사건이나 아도니스와 하르모니아에게 일어난 사건은 본인과는 아무런 관련이 없다고 나를 설득하고 있었습니다."

"그게 사실인가요?"

"거짓말을 감지하진 못했습니다." 하데스가 인정했다.

"하지만 여전히 그에게 책임이 있다고 생각하는 거죠?"

그의 입가에 유령 같은 미소가 떠올랐다. 자신의 내면을 이토록 잘 읽어내는 그녀가 자랑스럽다는 듯이.

"아무 조치도 취하지 않는 점이 의심스럽습니다. 평소 같으면 지금쯤 이미 가해자들의 이름을 알고 있어야 하는데, 그 이름들을 밝히길 거부했으니 말입니다."

"그 정보를 알아낼 방법은 없는 건가요?" 그녀가 미간을 찡그리며 물었다.

하데스가 피식 웃었다. "피를 보고 싶습니까, 달링?"

"그냥 그에게 어떤 힘이 있기에 그 정보를 감추는지 이해가 안 돼서 그래요."

"따르는 자들을 거느린 인간이라면 누구나 똑같이 지닌 힘이지요." 하데스가 답했다. "오만."

"그건 신들의 눈에는 벌 받을 죄목 아닌가요?"

"날 믿으십시오, 달링. 테세우스가 지하 세계에 오면 그를 타르타로스로 끌고 갈 존재는 바로 나일 테니까."

남은 한 주는 빠르게 흘렀다. 페르세포네는 자체적으로 트라이어드 관련 조사에 착수했다. 그녀는 이들이 조직 내 리더십이 분산되어 있다고 주장하면서 시작부터 삐걱거렸다는 사실을 알아냈다. 이로 인해 여러 인간들이 각자의 시위를 벌이게 되었는데, 어떤 시위는 평화적이었지만 대부분의 시위들은 폭력적이었다. 제우스가 이들을 테러 조직이라고 선포하자, 신실한 자에 속하는 인간들이 이 조직과 연루된 이들을 찾아내 공격하는 일이 벌어졌다. 그 결과 조직은 일시적으로 해산되었고, 1년 후 새로운 지도부하에서 개혁을 선언하며 다시 출범했다. 그것이 5년 전 일이었다.

이후로도 몇 차례의 시위와 더욱 폭력성을 띤 움직임들이 있었지만, 트라이어드 측에선 불경한 자 일부가 독자적으로 벌인 일이라며 그 사건들에 책임이 있음을 한사코 부정했다. 페르세포네는 하데스가 테세우스를 두고 했던 말을 다시 떠올렸다. 트라이어드의 지도자는 아도니스의 살인과 하르모니아의 사건이 본인들과 무관하다고 주장했다. 그렇다면 불경한 자가 나서서 데메테르에게 도움을 청하고 있다는 뜻은 아닐까? 확신할 수 없었다. 단지 또 한 번의 폭력이 벌어짐으로써 알게 되길 바라지 않을 따름이었다.

어느 토요일, 페르세포네는 하데스에겐 말하지 않고 훈련을 하러 헤카테의 오두막으로 향했다. 그녀가 잠을 잘 못 자는 날이 잦았기에 그는 휴식을 취하라고 강력히 권유했지만, 지상 세계에서 수많은 생명을 앗아간 끔찍한 추돌 사고를 목격한 후 그녀에겐 훈련이 더 우선순위였다. 게다가 고대 여신에게 묻고 싶은 것들도 있었다.

헤카테는 오두막 안에서 백리향, 로즈메리, 세이지, 사철쑥 등 말린 허브를 노끈으로 감싸는 작업을 하고 있었다. 여러 묶음이 놓여 있었고 집 안에는 온통 달콤하면서도 쓴 냄새가 감돌았다.

페르세포네는 그녀를 도와 각 더미에서 줄기를 솎아내어 조심스러운 손길로 노끈을 깔끔히 묶었다.

"이걸로 어떤 주문을 걸 생각이에요?" 페르세포네가 물었다.

헤카테의 입꼬리가 올라갔다. "아무런 주문도 걸지 않아요. 이 허브들은 요리용이랍니다."

"금시초문인데요?" 페르세포네가 물었다.

질문이라기보다는 비난에 가깝게 튀어나왔다. 이 여신이 독극물 외의 요리를 하는 건 한 번도 본 적이 없었다.

"난 모든 종류의 허브를 재배하죠." 헤카테가 말했다. "어떤 건 주문에 쓰고, 어떤 건 밀란에게 주고, 어떤 건 유희용으로 써요."

페르세포네는 미간을 찌푸렸다. "밀란은 이것들이 왜 이렇게 많이 필요한데요?"

"이 허브들은 최소 3년치예요. 하지만 밀란은 지금 결혼 피로연을 준비하고 있을 거예요."

음식에 대해선 생각조차 못 했다. 케이크는 어떡하고? 지난주에 있었던 일들을 두고도 결혼 피로연을 구상해야 하는 걸까? 그녀의 얼굴이 구겨지면서 미간이 긴장감으로 팽팽해졌다.

"스트레스 주려던 건 아니었어요." 헤카테가 말했다.

"그렇다는 거 알아요. ……헤카테, 티타노마키아 때 올림포스 신들의 편에서 싸우셨지요?"

"그건 왜 물으시죠?"

페르세포네는 헤카테의 공격적인 어조에 움찔했다. 차갑고, 화난 것 같은 말투였다. 헤카테는 이 얘기를 꺼내기 싫어하는 걸까? 헤카테는 눈을 떼지 않고 허브 묶는 일을 계속했다.

"그냥…… 왜 티탄족의 편을 들지 않았는지 궁금해서요. 티탄족의 일원이셨잖아요."

"일원이라고 해서 그들에게 동의해야 하는 건 아니죠." 그녀가 빠른 손길로 작업을 계속하며 말했다. "티탄족의 지배하에서 세상은 발전할 수 없었을 거예요. 그리고 나는 올림포스 신들을 믿었어요. 그들이 티탄족보다 훨씬 더 인간적이니까."

페르세포네는 얼굴을 찡그렸다. "엄마의 동기는 그렇게 고귀할 거라는 생각이 들지 않아요."

"그게 무슨 뜻이죠?"

페르세포네는 하르모니아가 말해준 것들을 설명했다. 폭력이 일어났던 공원에서 데메테르의 마법을 느꼈다는 것, 어쩌면 그녀가 트라이어드나, 혹은 독자적으로 움직이는 불경한 자 세력과 함께하고 있을지 모른다는 의심까지도.

하르모니아의 말이 머릿속을 맴돌았다. 봄날 오후의 태양처럼 따스하고 황금빛 밀의 향과 잘 익은 과일의 달콤한 향이 섞인 냄새.

데메테르의 마법이 하르모니아를 포획한 그물이라는 무기 위에 온통 서려 있었다. 그녀가 가해자들을 진정시키려 마법을 소환할 수 없었다는 건 일리가 있었다. 하르모니아는 더 약한 신이었던 것이다. 고대 올림포스 신인 데메테르에 그녀가 맞설 수 있는 가능성은 희박했다.

설명을 다 끝냈을 때, 헤카테의 얼굴엔 놀란 기색이 없었다.

"동족을 타도하려는 신이 데메테르가 최초도 아니고, 마지막도 아니에요."

하데스가 했던 말과 똑같았다.

"걱정이 안 되시나 봐요." 페르세포네가 조심스레 말했다.

"나는 내가 통제할 수 있는 것들에 대해서만 걱정해요." 헤카테가 말했다. "당신 어머니의 행동은 그녀의 것이죠. 그녀가 이런 길을 선택했다는 걸 당신이 막을 순 없어요. 하지만 그 과정에서 맞서 싸울 수는 있지요."

페르세포네는 헤카테와 눈을 맞추었다. "어떻게요?"

여신은 잠시 빤히 바라보다가, 좀 전에 허브를 자르는 데 사용한 조잡한 가위 하나를 집어 들었다. 그러곤 그것을 테이블 위에 놓았다.

"스스로를 치유하는 법을 배워야 해요."

"네? 나에겐 싸워야 한다고 했잖아요. 그럼 마법 쓰는 법을 배워야 하는 거 아니에요?"

"치유는 어떤 신과 맞서게 되든 그전에 숙달해야 할 힘이에요. 모든 신은 스스로를 치유하는 능력을 어느 정도는 가지고 있어요. 오늘은 당신의 힘을 발견해볼 거예요."

모든 신? 페르세포네는 얼떨떨했다. 방금 전까지만 해도 그 힘을 소수만이 가진 능력이라고 여겼는데.

그녀는 헤카테를 멍하니 바라보다 시선을 가위로 떨궜다.

"그럼 이걸 가지고 뭘 해야 하는 거예요?"

"스스로 상처를 내거나, 아니면 내가 해줄게요."

잠시 동안 그녀는 헤카테가 농담하는 거라고 생각했다. 하지만 마법의 여신이 네펠리더러 그녀를 공격하라고 명령했던 얼마 전의 일을 떠올리자 그 생각은 금세 자취를 감추었다. 그날 밤, 그녀는 단순히 마법을 가르치는 일을 넘어섰다. 심각한 사건이었다. 헤카테는 페르세포네의 힘을 발현시키기 위해서라면 무엇이든 다 하겠다는 집념을 그날 증명했던 것이다.

페르세포네는 가위를 집어 들었다. "상처를 낸 다음엔 어떻게 해야 해요?"

"우선 해보세요. 그럼 내가 말해줄게요." 그녀가 답했다.

그럼에도 페르세포네는 망설였다. 여태껏 한 번도 스스로를 일부러 다치게 한 적이 없었고, 그런 생각을 하는 것만으로도 몸서리가 쳐졌다.

그냥 네 마법인 척해, 그녀는 얼마 전 침실에서 페이리토스에 관한 꿈을 꿨을 때 팔다리를 찢으며 두꺼운 나뭇가지가 돋아났던 때를 떠올리며 중얼거렸다. 그에 비하면 이건 아무것도 아니라고.

그녀는 손바닥 위에 가위를 올려놓았다. 바로 그때, 헤카테의 손이 순식간에 가위를 향해 뻗더니 그녀를 향해 내리꽂았다. 가위 날의 끝이 손을 뚫고 테이블에 꽂혔다.

페르세포네는 너무 놀라서 아무런 반응도 보이지 못했다. 다음 순간, 헤카테가 손에 꽂힌 가위를 뽑아들자 피가 솟구쳤고 끔찍한 고통이 찾아왔다. 페르세포네는 다친 손목을 붙잡으며 비명을 질렀고, 그러자 마법이 피부 위로 솟아나 혈관을 가득 메웠다. 페이리토스에 관한 꿈을 꾸던 밤 피부를 꿰뚫었던 마법 같은, 몸에서 터져 나오는 듯한 마법이었다.

"스스로를 치유하는 것도 방어의 일종입니다." 헤카테는 방금 전 그녀를 가위로 찌른 일 따윈 없었다는 듯 차분하게 말했다.

"대체 뭐하는 거예요, 헤카테?" 페르세포네는 거친 목소리로 날카롭게 외쳤다.

눈동자에서 마법이 불길처럼 타올랐다. 스스로도 느낄 정도였다. 잔열 때문에 눈물이 차올랐다.

"작은 상처로는 치유 마법이 깨어나지 않을 거예요."

"그래서 날 찌른 거라고요?" 페르세포네가 따졌다.

여신의 얼굴에 섬뜩한 미소가 번졌다. "고통이나 두려움, 분노 없이도 힘을 불러내는 법을 배워야 해요. 제2의 천성이 되어야 하죠. 그래서 고통과 두려움과 분노를 이용해 훈련하는 거랍니다."

페르세포네는 이를 갈았다. 마법이 피부를 태우고 있었다.

"마법에 온 신경을 집중하세요, 페르세포네. 하데스가 당신을 치유할 때 뭐가 느껴지나요?"

헤카테의 말을 들으면서 분노를 다스리자니 혼란스러웠다. 하지만 이내 손에서 느껴지는 고통에, 그리고 치유해주던 하데스의 손길에 집중했다. 그에겐 너무도 쉬워 보였었다. 마치 온천에 들어서는 것처럼 피부를 따뜻하게 데워주는, 맥박처럼 뛰던 마법의 힘이.

"좋아요." 헤카테의 목소리가 들려왔고, 눈을 뜨자 손은 씻은 듯이 나아 있었다. 그녀가 다쳤다는 유일한 증거는 탁자 위의 흥건한 피뿐이었다.

"다시 한번." 여신이 말하며 가위를 집어 들었다.

페르세포네는 움찔하며 일어섰다. "싫어요."

헤카테는 피가 묻은 가위를 여전히 높이 쳐든 채 빤히 바라보았다. "원하는 게 뭔가요, 페르세포네?"

"그게 스스로를 찌르는 것과 무슨 상관인 거죠?"

"모든 상관이 있죠. 당신의 마법은 반사 작용에 가까워요. 아마 트라우마로 인한 것일 가능성이 높고요. 그게 당신의 잘못은 아니지만, 우리에겐 시간이 없어요. 전장에서 4분 동안 상처를 치유할 수 있을 거라고 생각해요?"

"이건 전쟁이 아니잖아요, 헤카테."

"곧 그렇게 될 거예요. 그리고 어디서 이걸 배우시겠다는 거죠? 그러니 다시 물을게요. 원하는 게 뭔가요?"

그녀가 원하는 건…… 하데스였다. 그녀가 원하는 건 지하 세계, 지상 세계, 그리고…….

"모든 걸 원해요." 그녀가 숨을 헐떡이며 말했다.

"그럼 그걸 위해 싸우세요." 헤카테가 말했다.

페르세포네는 손바닥을 펼쳤다.

그들은 한 시간 넘게 훈련을 했다. 20번째 연습에서, 페르세포네는 가위가 손을 찔러도 더 이상 움찔하지 않았다. 그로부터 얼마 지나지 않아 칼날이 몸을 떠나기도 전에 상처를 치유할 수 있게 되었다. 헤카테의 지도를 받으며 그녀는 자신의 마법이 침투에 반응하는 방식에 익숙해졌고, 살갗을 꿰뚫는 자극에 가장 강력하게 반응

한다는 것도 알게 되었다. 즉시 피부가 달아오르고 목덜미의 머리카락이 쭈뼛 곤두섰다.

"마법은 당신이 써주기를 재촉하는 거예요." 헤카테가 말했다. "당신을 보호하고 싶어 하는 거지요."

페르세포네는 전에도 이 말을 들은 적이 있었지만 이제야 비로소 그 말의 뜻도, 자신의 마법도 이해하기 시작했다. 그녀의 몸에 침투한 것은 낯설고 이질적인 무언가가 아니었다. 그저 그녀의 피와 뼈처럼 자연스러운 것이었다.

"오늘은 이만 하도록 하지요." 헤카테가 말했다.

페르세포네는 몇 번이나 가위에 찔렸는지 세는 걸 관두었다. 피곤했지만 이상하리만치 정신은 또렷했다. 마치 그녀의 몸이 한 마리 독사가 되어 똬리를 틀고 공격할 태세를 갖추는 것 같았다. 이번만은 그녀의 힘이 일깨워졌으니 그 힘이 멀게 느껴지지 않았다.

페르세포네는 여신의 어두운 눈길을 마주했다.

"이제는 느낄 수 있으니 이해하시지요. 힘은 불러일으키는 게 아니에요. 되어가는 거지요." 헤카테가 말했다.

힘이 되어간다는 것.

"얼마나 자주 이렇게 훈련하면 되나요?" 페르세포네가 물었다.

"원하시는 만큼." 헤카테가 말했다.

"제발요, 헤카테."

여신은 손을 뻗어 그녀의 턱을 감싸 쥐었다. 오늘 훈련을 시작한 이래 처음으로 그녀의 눈길이 부드러워졌다.

"내가 당신을 사랑한다는 걸 당신이 기억하는 한 오래오래."

참으로 공포와 약속과 두려움으로 가득한 말이었다. 하지만 그것들은 이 오두막 바깥에도 존재했다. 지상 세계에, 어머니의 마법이 횡포를 부리고 하르모니아가 당했던 바로 그곳에. 적어도 여기서 헤카테와 함께라면…… 안전할 것임을 그녀는 알고 있었다.

"그럼요. 어떻게 잊을 수 있겠어요?"

헤카테는 슬픈 미소를 지어 보였다. "오, 소중한 이여. 난 우리가 친구였다는 사실을 당신이 후회하게 만들지도 모르는걸요."

✳

페르세포네는 렉사를 만나러 엘리시움에 갈까 고민했지만, 헤카테와의 훈련으로 피로감이 더욱 심해졌기에 궁전으로 돌아갔다. 케르베로스와 티폰, 오르트로스가 옆에서 씩씩하게 걸었는데, 마치 지하 세계 안에서 그녀를 호위하라는 명령을 받은 것 같았다. 아마도 그녀가 길을 잃거나 좋지 않은 일에 휘말리곤 했기 때문이리라. 하데스의 궁전 안에 발을 딛는 순간 도베르만 세 마리가 뿔뿔이 흩어지자 추측은 확신이 되었다.

개들의 존재나 그들에게 받는 호위가 속상하진 않았지만, 그게 덜 필요해질 순간을 고대하게 되기는 했다. 그녀는 다시 한번 헤카테의 말을 떠올리며, 얼마나 자주 이렇게 훈련해야 하느냐고 물을 때 정확히 무슨 생각이었던 건지 곰곰이 생각해보았다.

"아 참, 페르세포네." 오두막을 떠나기 직전 헤카테가 말했다. "오늘 일은 하데스에게 말하지 마세요. 그가 이런 훈련에 동의하지 않을 거란 건 얘기 안 해도 아시겠죠."

침실로 향하는 내내 그 말이 마음을 무겁게 짓눌렀다. 그녀는 모든 훈련을 하데스에게 투명하게 공개해왔다. 렉사를 잃고 나서는 더더욱 그랬다. 그런 의사소통에 스스로 전혀 익숙하지 않았기에 많은 노력이 필요했다. 어머니의 감시하에 자라면서 스스로의 의견이나 감정을 표현하는 것이 시선을 끌고 비판을 불러온다는 걸 체감해왔으니까. 벌을 받지 않으려면 최대한 비밀스럽게, 침묵 속에 존재하는 편이 가장 나았다.

수년을 그렇게 살아왔다. 하지만 렉사의 죽음 이후, 더 이상은 그렇게 할 수 없다는 걸 깨달았다. 더 중요한 건, 그럴 필요가 없었다. 하데스는 그녀의 말에 귀 기울이려 했고, 그녀의 관점을 이해하고 싶어 했다. 그리고 그녀 역시 그에게 똑같이 원했다.

침실로 들어설 때까지도 그녀는 헤카테의 훈련 방식에 대해 어떻게 이야기하면 좋을지 고민하고 있었다. 평소처럼 벽난로 앞에 앉아 있는 하데스의 곁에는, 웬일로 그녀가 모르는 신이 앉아 있었다. 그는 잘생긴 외모에 우아해 보였다. 검은 피부에, 흰색의 짧은 곱슬머리는 바투 깎여 있었고, 커다란 암사슴 같은 눈에 도톰한 입술을 가졌다. 흰색에 군데군데 금색으로 포인트를 준 옷차림으로, 허리춤에는 벨트를 두르고, 목걸이는 여러 겹 걸친 모습이었다. 맨발이었는데, 아마도 신발이 필요 없었기에 신지 않은 것일 터였다. 등 뒤로 커다란 흰 날개가 돋아나 있었으니까.

"안녕하세요." 그녀가 문을 닫으며 말했다. "제가…… 방해한 건가요?"

이상한 질문이라는 건 알았지만, 하데스가 사무를 보기에 침실은 영 이상한 장소 아닌가.

낯모를 신이 콧방귀를 뀌었다.

234

"페르세포네." 하데스가 주머니에서 한 손을 꺼내 신을 가리키며 말했다. "이쪽은 힙노스, 잠의 신입니다. 타나토스와 형제이기도 하지요. 둘은 전혀 다릅니다만."

힙노스가 눈을 부라렸다. "그건 저분이 알아서 판단할 일이지, 하데스 님이 왈가왈부할 일이 아니지요."

"자네가 타나토스만큼 친절할 거라는 잘못된 인식을 심어주고 싶지는 않네만."

페르세포네는 둘의 존재감으로 방 안의 공기와 분위기가 순식간에 바뀐 것에 놀란 채 그저 바라보았다.

"나도 친절합니다. 하지만 바보들한테는 그럴 필요가 없을 뿐입니다. 당신은 바보가 아니죠, 페르세포네 여신님?"

그는 확실히 타나토스와 달랐다. 예측 불허의 존재처럼 느껴졌다. 어쩌면 잠의 속성 때문인지도 몰랐다.

"아, 아니에요." 그녀가 머뭇거리며 답했다.

"당신이 잘 잘 수 있게 도와줄 수 있을까 싶어 힙노스를 여기로 불렀습니다." 하데스가 재빨리 말했다.

"저분도 그걸 아셨을 거라니까요." 힙노스가 쏘아붙였다.

"그럼 당신은요? 잠을 아예 안 잔다는 말을 저분께 했나요?"

힙노스가 목구멍 깊은 곳에서 웃음을 터뜨렸다. "죽은 자들의 신이 도움을 요청한다? 그거야말로 헛된 꿈이죠."

"당신을 위해 부른 겁니다." 하데스는 이를 악물었지만 최대한 목소리를 부드럽고 차분하게 만들려 노력하며 말했다. "잠을 잘 못 자고, 잠에 들더라도 악몽 때문에 깨지. 이따금 식은땀에 흠뻑 젖은 채 깨거나, 비명을 지르기도 하고."

"아, 별것 아니에요." 페르세포네는 손사래를 쳤다. 이 얘기는 꺼내고 싶지 않았다. 페이리토스에게 납치당한 날의 경험을 다시 되새기는 일은. "그냥 악몽일 뿐이에요."

"당신은 영예로운 악몽 원예사고요." 힙노스가 답했다.

"힙노스." 하데스가 경고하듯 으르렁댔다.

"지하 세계 정문 밖에 사시는 이유가 있었군요." 페르세포네가 중얼거렸다.

그 말에 힙노스는 처음으로 즐거운 낯빛을 띠었다. "참고로, 정문 밖에 사는 이유는 내가 지상 세계의 신이기 때문입니다. 여기서 선고를 받긴 했지만."

"선고요?"

"제우스를 잠들게 했다는 이유로 지상 세계 밑에 살라는 형벌을 받았죠." 힙노스가 말했다.

"두 번이나." 하데스가 강조했다.

힙노스는 신을 쏘아보았다. 분노로 눈썹이 휘어졌다.

"두 번이나요? 처음 그랬을 때 깨닫지 못한 거예요?" 페르세포네가 물었다.

하데스는 웃음을 참으려 애쓰고 있었다.

"나는 깨달았죠. 하지만 신들의 여왕 요청은 뿌리치기가 힘들었답니다. 헤라의 뜻을 거역하는 건 지옥 같은 여생을 보내는 것과 다름없으니 아무도 그걸 원할 리 없고요. 그렇죠, 하데스 님?"

힙노스의 날카로운 질문에 하데스의 얼굴에 퍼졌던 즐거운 기색이 싹 가셨다. 잠의 신은 한 방 먹인 데 뿌듯해하며 페르세포네를 돌아보았다.

236

"이제 악몽 얘기를 더 해보시죠." 힙노스가 말했다. "정보가 더 필요합니다."

"왜 더 필요하지?" 하데스가 물었다. "잠들기 어려워한다고 말했잖나. 그럼 수면제를 제조하기에 충분한 거 아닌가?"

"충분할 수도 있지만, 수면제가 문제를 해결해주는 건 아니니까요." 그가 하데스를 노려보았다. "난 경보다 더 나이가 들었습니다, 하데스 님. 원시신, 기억하지요? 그러니 내 일 좀 하게 놔두시죠."

"자." 힙노스는 페르세포네에게 고개를 돌렸다. "그런 꿈을 얼마나 자주 꾸십니까?"

그의 목소리는 거칠고 부담스러웠지만 그녀를 도울 마음이 없었다면 진즉에 떠났을 것이다.

"매일 꾸는 건 아니에요." 그녀가 말했다.

"패턴이 있습니까? 특히 스트레스 많이 받은 날 꾸게 된다던지?"

"그렇진 않아요. 그래서 잠들고 싶지 않은 것 같아요. 잠들면 어떻게 될지 예상할 수 없으니까."

"혹시 이 꿈들이…… 당신의 트라우마를 불러일으키나요?"

페르세포네는 고개를 끄덕였다.

"그게 뭐죠?"

"반신에게 납치된 적이 있어요. 나를 스토킹하다가…… 강간까지 하려고 했어요."

"혹시 그놈이 성공했나요?"

힙노스의 노골적인 질문에 페르세포네는 움찔했고, 하데스는 으르렁댔다.

"힙노스."

"하데스 님." 힙노스가 따졌다. "한 번만 더 방해하면 곧장 여길 뜨겠습니다."

페르세포네의 눈길이 하데스에게 향했다. 그의 손에서 무시무시한 검은색 창들이 삐죽삐죽 돋아나 있었다.

"괜찮아요, 하데스. 도와주려고 하신다는 거 알아요."

잠의 신은 쓴웃음을 지었다. "여신님 말씀 잘 들으시죠. 꿈 해석 기술을 높이 평가하는 분이시니."

페르세포네는 말했다. "그는 성공하지 못했어요. 하지만 계속 그 꿈을 꿀수록 그놈은 점점 더…… 성공에 가까워지는 것 같아요."

결국 참지 못하고 말해버렸다. 하데스의 낯빛이 창백해지는 걸 보니 가슴이 답답해졌다. 이 얘기가 그에게 어떤 영향을 끼칠지 미처 생각해보지 못했다. 어쩌면 그에게 자리를 비켜달라고 해야 했던 건지도 몰랐다. 물론 어떻게 해도 그는 들으려 했을 테지만.

"꿈들은, 악몽들은 우리가 생존할 수 있도록 대비를 시켜주지요." 힙노스가 말했다. "우리가 지닌 불안을 생생히 보여줌으로써 싸울 수 있게 해주는 겁니다. 여신님의 경우도 다르지 않지요."

"하지만 저는 살아남았잖아요." 페르세포네가 따졌다.

"그 일이 다시 일어나도 살아남을 수 있을 거라고 보십니까? 같은 상황이 아니라, 다른 상황에서 말입니다. 만약 더 강력한 신이 여신님을 납치한다면요."

그녀는 입을 꾹 다물었다.

"여신님께 수면제가 필요하진 않을 것 같습니다. 다음에 또 꿈을 꾸게 되면 어떻게 싸울지 고민해보시길 바랍니다. 결말을 바꾸면 악몽이 멈출 겁니다." 그 말과 함께 그는 자리에서 일어났다. "그리고 모든 신과 여신의 사랑을 위해 하는 말인데, 빌어먹을 잠 좀 주무십시오.”

그런 다음 힙노스는 사라졌다.

페르세포네는 하데스를 바라보았다. “음, 참 유쾌하신 분이네요.”

하데스의 표정을 보자마자 그가 잠의 신을 어떻게 여기는지 정확히 알 수 있었다. 그때 그의 눈길이 아래쪽을 향하더니 가늘어졌다.

“옷에 왜 피가 묻어 있는 겁니까?” 그가 물었다.

페르세포네는 눈이 휘둥그레졌고, 자세히 살펴보니 진홍색 얼룩이 묻어 있었다. 미처 눈치채지 못했는데, 이 기회에 하데스에게 헤카테와의 훈련 얘기를 하자고 마음먹었다.

“아…… 헤카테랑 훈련했거든요.” 그녀가 말했다.

“뭘 훈련하셨습니까?”

“치유하는 법을 훈련했어요.” 그녀가 말했다.

하데스가 미간을 찡그렸다. “피가 꽤 많이 난 것 같은데.”

“음…… 다치지 않고서는 정확히 치유할 수가 없으니까요.”

그녀는 변명을 해봤지만 하데스의 표정을 보자마자 잘못 말했음을 깨달았다. 그는 고개를 옆으로 기울이며 입을 굳게 다물었다.

“그녀가 당신 몸에 직접 연습을 해보라고 한 겁니까?”

페르세포네는 입을 열어 뭐라도 말하려 했지만 아무 말도 할 수 없었다. 이 말을 빼곤.

“네…… 그게 왜 잘못된 거죠?”

“당연히 빌어먹을…… 꽃 따위에 연습을 해야지요, 당신 몸이 아니라. 당신에게 뭘 하라고 했습니까?”

“그게 중요해요? 난 스스로를 치유했어요. 내가 해냈다니까요.”

그녀는 자랑스러웠다. "게다가 시간이 별로 없어요. 아도니스나 하르모니아에게 무슨 일이 일어났는지 당신도 알잖아요."

"그들이 당한 일을 당신에게도 일어나도록 내가 그냥 내버려둘 것 같습니까?"

"내가 하려는 말은 그게 아니잖아요." 그녀는 조심스럽게 말했다. 이 지점에 있어선 표현을 잘 골라야 했다, 하데스는 페이리토스 사건을 두고 이미 자책하고 있었으니까. "내가 나 자신을 보호할 수 있었으면 좋겠어요."

하데스가 핏자국을 너무 빤히 바라봤기에 그녀는 가슴 위로 팔짱을 꼈다.

"나, 맹세코 괜찮아요. 내가 거짓말한다고 생각하면 키스해봐요."

눈과 눈이 마주쳤다. 그는 가까이 다가와 손으로 그녀의 턱을 감쌌다. "당신을 믿습니다. 하지만 어쨌든 당신에게 키스할 겁니다."

그의 입술이 달콤하게 닿았다. 너무도 찰나의, 부드러운 키스였다.

그가 몸을 떼자 그녀는 그를 올려다보며 물었다. "나한테 치유 능력이 있다고 왜 말 안 해줬어요?"

"그 부분은 언젠 헤카테가 가르쳐줄 거라고 여겼습니다. 그때까지는 내가 당신을 치유해주는 기쁨을 누리고 싶었지요."

그녀의 얼굴이 달아올랐다, 특정한 기억 때문은 아니고 하데스의 목소리 때문이었다. 연인의 목소리, 따스하고 도취시키는 목소리였다. 달콤하고 매혹적인 그의 입술로 눈길이 향했다.

"오늘 저녁에는 무엇을 하겠습니까, 달링?" 하데스가 물었다.

페르세포네의 입가에 미소가 번졌다. "카드 게임이 당기네요."

16장
숨바꼭질

"내 규칙에 따라 플레이할 거예요." 페르세포네가 말했다.

둘은 침실 벽난로 앞, 테이블과 그 위에 놓인 카드 더미를 사이에 둔 채 마주 보고 앉아 있었다.

하데스가 눈썹을 치켜떴다. "당신의 규칙? 그건 기존 규칙과 어떻게 다릅니까?"

"정해진 규칙은 없어요. 그래야 이 게임이 더 재미있어지죠."

하데스는 인상을 찌푸렸고, 그녀는 이것이 그가 싫어하는 종류의 게임임을 알아챘다. 그는 구조를, 지침을, 그리고 **통제**를 좋아한다.

"목표는 여기 쌓인 카드를 전부 모으는 거예요." 페르세포네가 말했다. "우리는 각자 동시에 카드를 한 장씩 내려놓을 거예요. 카드의 합이 10이 되거나, 아니면 10이 적힌 카드를 내려놓으면 카드 팩을 탁 치면 돼요."

"카드 팩을…… 탁 치라는 말입니까?" 하데스가 물었다.

"네."

"어째서입니까?"

"그래야 카드를 가져갈 권한이 생기니까요."

그는 헛기침을 했다. "계속 말씀해보십시오."

"그럼 카드 관련 규칙도 있어요."

그 규칙도 알려줘야 했다. 그는 게임 규칙에 관심을 보이긴 했는데, 아마도 어떤 내기를 하게 될지에 흥미를 느꼈기 때문인 듯했다.

"어떤 그림 카드를 내느냐에 따라 또 다른 그림 카드를 얻거나, 아니면 처음 그림 카드를 내려놓은 플레이어가 모든 카드를 가져가게 돼요." 그녀는 설명을 이어갔다. "마지막으로, 팩을 잘못 치면 카드 두 장을 더미 아래로 가져가야 해요."

"알겠습니다." 그가 매우 신중한 태도로 말했다. "그런데, 이 게임 이름이 뭐라고 했습니까?"

"이집트 쥐 나사예요." 페르세포네가 말했다.

"어째서입니까?"

그녀는 인상을 찌푸렸다. "나, 나도 몰라요. 그냥 그 이름이에요."

하데스는 눈썹을 치켜떴다. "흠, 재미있겠군요. 이제 중요한 이야기를 해보지요. 이…… 카드를 전부 얻으면 뭘 하고 싶습니까?"

페르세포네는 잠시 고민한 뒤 입을 뗐다. "단둘이서 주말을 보내고 싶어요, 당신이랑만."

하데스의 입술이 꿈틀거렸다. "당신은 내가 기꺼이 해줄 수 있는, 그리고 이미 여러 번 주었던 것을 두고 내기를 걸고 있군요."

"침실에 격리된 것 같은 주말 말고요. 섬이나 산이나 오두막 같은 데서 보내는…… 그런 주말 말이에요. 그러니까…… 휴가를 말하는 거예요."

"흠, 내가 꼭 이겨야겠다는 이유를 주고 있지는 않군요."

242

페르세포네는 미소를 지었다. "당신은 뭘 걸 건데요?"

"판타지." 그가 말했다. "내 판타지를 이루고 싶습니다."

"판……타지?"

"성적인 겁니다."

말을 더듬지 않기 위해 극도의 노력이 필요했다.

"물론이에요." 그녀는 얕은 숨을 내쉬며 최대한 부드럽게 말했다. 이제 누가 더 이기고 싶지 않게 만드는 거지? 그녀는 입술을 깨물었다. "그 성적 판타지가 뭔지 구체적으로 말해줄 수 있나요?"

"안 됩니다." 빛나는 눈동자에 재미있어하는 기색이 역력했다. "받아들이겠습니까?"

"그럴게요."

페르세포네는 그 말을 뱉으며 허벅지를 꽉 조였다. 배 아래쪽에 뭉근한 열이 차오르는 게 느껴졌기 때문이었다. 이기기 위해 게임에 충분히 집중할 수 있게 되기만을 바랐다.

그녀는 카드 더미를 나누어 26장씩 배분했다. 그녀가 내려놓은 첫 번째 카드는 스페이드 2였다. 하데스는 퀸 카드를 내려놓았다.

"그건 다른 그림 카드를 가져갈 기회가 세 번 있다는 뜻이에요." 그녀의 다음 카드는 킹이었다. "이제 당신은 그림 카드를 가져갈 기회가 네 번 있는 거예요."

"알겠습니다."

그의 첫 번째 카드는 다이아몬드 5였고 다음은 클로버 3, 세 번째는 하트 잭이었다. 그다음은 페르세포네 차례였다. 다행히 그녀는 다른 그림 카드를 내려놓았다.

"이제 당신은 그림 카드를 가져갈 기회가 한 번 있어요."

그가 내려놓은 것은 스페이드 10이었다.

하데스의 손이 번개처럼 빠르게 움직여 팩을 쾅 내려쳤다. 페르세포네는 흠칫 놀라 휘둥그레진 눈으로 그를 바라보았다. 이렇게까지 빨리 움직일 줄은, 아니 규칙을 잘 기억할 줄은 예상하지 못했다.

"왜 그러시지요?" 그가 그녀를 바라보며 물었다. "내려치라고 하지 않았습니까."

"그건 내려치는 게 아니라 거의 부수는 것에 가까운데요."

그가 씩 웃었다. "그저 이기고 싶었을 뿐입니다."

그녀는 눈썹을 치켜떴다. "당신이 나의 내기에 흥미를 느낀 줄 알았는데요."

"맞습니다. 하지만 당신이 원하는 건 언제든 들어줄 수 있으니까."

"그럼 나도 당신의 판타지를 언제든 실현시켜줄 수 있다고 생각하진 않는 거예요?"

하데스의 입꼬리가 꿈틀거렸다. "할 수 있겠습니까?"

둘은 잠시 동안 서로를 빤히 바라보았다. 지평선 위로 먹구름이 몰려들듯 둘 사이의 공기가 긴장감으로 팽팽해졌다. 마음 한구석에선 게임 따위 집어치우고 당장 그의 것을 머금고 싶었다.

그때 하데스가 입을 열었다. 낮고 허스키한 목소리였다. "계속하겠습니까?"

게임은 끝없이 계속되었다. 그러다 어느 순간, 하데스에겐 한 장의 카드만 남아 있었다. 페르세포네의 승리가 코앞이었다. 승리의 쾌감을 맛보리라는 생각에 신이 났다.

"그렇게 쉽게 생각하지 마십시오, 달링."

하데스는 말과 동시에 카드를 내려놓았는데, 그 카드엔 10이 쓰여 있었다. 그는 팩을 탁 치곤 카드를 쓸어갔다. 그가 승자였다.

페르세포네는 노려보며 말했다. "사기 쳤죠!"

하데스는 호탕하게 웃었다. "패자의 주장이군요."

"조심하세요, 왕이시여. 당신이 이겼을지는 몰라도 경험을 제공하는 건 나예요. 좋은 경험이길 바라잖아요, 안 그래요?"

그가 대체 뭘 요구할지 알 수 없었다. 어떤 판타지일까. 그는 뭘 원하는 걸까? 그가 통유리 사무실에서 그녀와 섹스하고 싶다고 밀어붙였던 때가 떠올랐다. 어쩌면 그에겐 더 어두운 욕망이 있을지도 모른다. 굴종이나 본디지(성적 흥분을 하기 위한 결박 행위나 결박을 위한 도구-옮긴이)나 롤플레잉 같은 무언가. 그가 입을 떼기를, 지시하기를 기다리는 동안 그녀는 거의 숨을 쉴 수 없었다.

그때 그가 자리에서 일어나더니 넥타이와 커프스단추를 느슨하게 풀었다. 페르세포네는 고개를 뒤로 젖히곤 다부진 근육질 몸을 눈으로 훑어보았다.

"10초 주겠습니다." 그가 말했다.

페르세포네의 미간이 찌푸려졌다. 그의 입에서 다른 말이 나오길 예상했는데……. 옷을 벗으라거나, 무릎을 꿇으라거나.

이제 그녀가 미소 지을 차례였다. 아무 말 없이 휙 순간 이동해서 하데스의 정원에 모습을 드러냈다. 형형색색의 꽃들과 짙은 나무들 사이로 검은 돌길이 휘어지는 탁 트인 곳이었다. 그녀는 한껏 드리운 등나무 가지 아래로 후닥닥 뛰어들어 버드나무 가지들을 헤치며 달렸다.

하데스가 나타나는 것이 느껴졌다. 그는 열기 그 자체, 피부를 달구는 불꽃이었으며 그녀는 나방처럼 그에게 이끌렸다. 버드나무 줄기에 몸을 기댄 채, 우아하게 드리운 가지 사이로 그녀는 그를 바라보았다. 그가 그녀를 향해 몸을 돌려 신중하면서도 조심스럽게 발걸음을 내디뎠다.

"하루 종일 당신을 생각했습니다." 그의 말에 온몸에 전율이 흘렀다. 그녀는 나무에서 몸을 떼곤 정원의 가장자리를 따라 걸었다. 하데스는 계속해서 따라오며 말을 이었다. "당신의 맛, 나의 것이 당신 안으로 미끄러지듯 밀고 들어가는 느낌, 당신이 나를 받아들일 때 내는 신음 소리."

페르세포네는 정원 벽으로 다가섰다. 심장이 점점 더 빨리 뛰었다. 등을 돌리자 하데스가 길을 막고 선 채 잔뜩 굶주린 눈길로 그녀를 바라보고 있었다. 그는 한쪽 팔을, 이어서 다른 팔을 내밀어 그녀를 가두었다.

"당신 비명이 살아 있는 자들의 귓가에까지 들리게 하고 싶습니다."

페르세포네의 입술이 말려 올라갔다. 그녀는 몸을 가까이 기울이곤 혀를 내밀어 그의 입술을 맛본 다음 가쁜 숨으로 물었다. "그럼 왜 하지 않는 거죠?"

그러곤 모습을 감춘 후 영혼들로 붐비는 아스포델의 거리에 나타났다. 장이 서는 날이었다. 영혼들이 집에서 만든 물건들을 거래하러 우르르 몰려나왔다는 뜻이었다. 갓 구운 빵의 냄새, 쌉싸름한 차, 달콤한 계피 냄새가 공기 중에 퍼졌다.

"페르세포네 여신님!"

"우리 여신님이다!"

"페르세포네 님!"

영혼들이 여기저기서 외치며 그녀를 둘러싸기 시작했다. 제일 신난 건 아이들이었다. 그들은 나이 든 영혼들을 비집고 나와 그녀의 다리를 끌어안고 손을 꼭 붙잡았다.

"우리랑 같이 놀아요, 페르세포네 님!"

"아, 미안해, 얘들아. 나는…… 지금 하데스 님과 게임을 하고 있는 중이야."

"어떤 게임인데요?" 아이들 중 한 명이 물었다.

"우리도 같이 하면 안 돼요?" 다른 아이가 말했다.

정말이지 입을 다물고 있어야 했는데. 그렇게 생각했지만 하데스가 나타나자 영혼들의 관심은 그쪽으로 쏠렸다.

"하데스 님!" 아이들이 외치며 그를 향해 달려갔다.

지하 세계의 왕은 그중 가장 작은 아이, 테오를 붙잡아 공중에 들어올렸다. 아이는 까르르 웃었고 하데스는 미소를 지었다. 숨 막히게 근사한 미소가 화살처럼 그녀의 가슴에 꽂혔다. 다시 한번, 그녀는 무심결에 아버지로서의 하데스를 떠올려보고 있었다.

"하데스 님, 우리랑 놀아요!" 아이들이 소리쳤다.

"지금은 페르세포네 여신님과의 약속을 지켜야 해서 어렵구나. 하지만 너희에게도 약속을 하지. 여신님과 나는 최대한 빨리 돌아와서 너희와 시간을 보내겠다."

그녀에게 시선이 꽂힌 그의 눈빛을 보니 그가 여전히 자신의 목표에 열중하고 있다는 게 분명했다.

"곧 올게!" 페르세포네는 약속한 후 사라졌다.

하데스도 뒤따랐고, 그의 마법이 그녀의 것과 섞이는 것을 느낄 수 있었다. 둘이 도착한 곳은 아스포델 들판이었다.

그는 그녀에게 키스했다. 순간적으로 페르세포네는 그들이 쫓고

쫓기는 중이라는 사실을 잊어버렸다. 그의 혀가 거칠게 들어오면서 마치 그녀의 정수를 삼키려는 듯 깊이 빨아들였다. 그녀는 그의 근육질 팔을 단단히 붙들고 그의 힘에 정신없이 빠져들었다.

그러다 문득 정신을 차리고 몸을 떼어냈다. 하데스의 눈동자가 어두워지더니 그녀의 드레스 앞부분을 움켜쥐고는 그대로 찢어버렸는데, 그러자 그녀의 가슴이 훤히 드러났다. 그는 두 손으로 가슴을 하나씩 움켜쥔 후, 입으로 젖꼭지가 단단해질 때까지 애무했다. 그런 다음 그녀의 목에 키스했고, 입이 닿았던 자리엔 손이 대신해 팽팽한 젖꼭지를 매만졌다. 페르세포네는 숨을 몰아쉬며 고개를 뒤로 젖혔고 하데스는 목 깊숙한 곳에서 낮은 으르렁 소리를 냈다.

"항복하십시오."

그의 향기가 사방에 가득했기에 머리가 빙글빙글 돌았다. 그는 몸을 떼곤 그녀와 눈을 맞추었다.

그녀는 답했다. "싫어요."

삶에서 해낸 가장 어려운 일 중 하나였다. 그러곤 사라졌다.

이번에는 하데스의 동굴 같은 알현실이었다. 창문은 여러 개였지만 방은 어둑했다. 그녀는 왕좌로 올라가 앉았다. 팔과 등에 닿는 흑요석은 미끈하고 차가웠으며 비록 드레스는 찢어졌지만 그녀는 가슴을 드러낸 채 등을 곧게 폈다.

하데스가 이겼다고 생각한다면 오산이다.

그가 모습을 드러냈고, 왕좌에 앉은 그녀를 발견한 그의 눈동자는 더욱 어두워지는 것 같았다. 입꼬리는 매혹적인 미소를 띠며 휘어졌다. 잔뜩 굶주린 그의 욕망이 공기에 가득 퍼졌다. 향신료와 연기가 섞인 냄새가 났고, 그녀는 그 냄새를 맡고 싶어 그를 향해 몸을 기울였다.

"나의 여왕님." 그가 그녀를 향해 다가왔다.

"멈춰라!" 그녀는 명령했다. 놀랍게도 하데스는 즉시 따랐는데, 그러고 싶지 않아 하는 태도는 눈에 훤했다. 주먹을 꽉 쥐었고 턱은 단단히 조여졌으며 어깨에는 힘이 들어가 있었다. 그러나 그가 저항하기도 전에 그녀는 또 다른 명령을 내렸다. "옷을 벗어라."

그는 잠시 그녀를 바라보았고, 입술은 말려 올라갔다. "칭호는 좋아하지 않는다는 분이 명령은 잘하는군요."

그녀는 노려보았다. "다시 말해야 하나?"

이제 하데스는 미소를 짓고 있었다. 그가 손을 들자 페르세포네는 막아 세웠다.

"마법으로 말고. 인간적인 방식으로. 천천히."

"원하시는 대로 하지요." 그가 말했다.

하데스는 천천히 셔츠와 바지의 단추를 풀었다. 셔츠를 벗자 윤기 흐르는 피부와 근육질 팔뚝, 단단한 배가 드러났다. 이어 그는 바지를 스르륵 벗었는데, 묵직하게 발기한 굵은 성기가 드러났다.

그가 알몸으로 서자 그녀는 왕좌 끄트머리에 앉아 양손으로 팔을 감쌌다. 당장이라도 손을 뻗어 성기를 만지고 싶었지만 애써 참았다.

"머리카락도." 그녀가 말했다. "풀어라."

그는 거대한 근육들을 씰룩이며 손을 뻗어 평소처럼 매끈하게 뒤로 넘겨 묶은 머리를 풀었다. 기나긴 검은색 머리칼이 어깨 너머로 파도처럼 쏟아져 내렸고, 그를 한층 더 치명적이고 야생적으로 만들었다. 그게 그녀를 흥분시켰다. 하지만 원하는 게 하나 더 있었다.

"글래머를 내려놓아라." 그녀가 말했다.

그의 입꼬리가 씰룩이며 올라갔다. "당신도 내려놓으면 내려놓겠습니다."

그녀는 잠시 그를 바라보다 글래머를 지탱하던 마법을 풀었다. 마치 두꺼운 망토를 떨어뜨리거나, 팽팽히 달라붙어 있던 피부를 떼어내는 느낌이었다. 하데스가 눈으로 그녀의 전신을 쓸어내렸다. 제멋대로 뻗친 황금빛 머리칼 사이로 보이는 가느다란 하얀 뿔부터, 정원과 아스포델의 길바닥을 달리느라 더러워진 맨발까지. 그의 시선은 익숙했기에 그렇게까지 은밀하게 느껴지진 않았을 법도 한데, 그의 어두운 눈동자와 마주치자마자 그녀는 강렬한 흥분으로 당장이라도 폭발할 것 같았다.

하데스 역시 글래머를 내려놓았다. 페르세포네는 하데스가 변신하는 모습을 지켜보는 게 좋았다. 그의 마법이 몸에서 벗겨져 나와 연기처럼 허공에 흩어졌고, 그러자 고대의 신이 모습을 드러냈다. 하데스가 신적인 형상을 취하는 순간은 많지 않았다. 그랬기에 지금 페르세포네에게도 신적인 형상을 유지하라고 말한 건 이상한 일이었다. 그의 뿔은 검고도 치명적이며, 동시에 가젤의 것과 같은 가느다란 곡선을 지녀 우아하기도 했다. 그의 눈동자 속 어둠이 타오르며 강청색 홍채가 드러났다.

그제야 그녀는 몸을 일으켜 마치 그가 그녀 자신인 듯 찬찬히 살펴보곤 가까이 다가갔다.

"움직이지 마라." 그녀가 속삭였다.

그가 신음을 흘렸다는 생각이 들었지만 확실하진 않았다.

그녀는 그의 가슴에 손을 얹었다. 손에 닿는 그의 피부는 플레게 톤 강물만큼 뜨거운 불바다 같았다. 살결은 매끄럽고 근육은 단단했다. 그녀는 그를 탐구하듯 훑었다. 복근과 옆구리, 점점 내려가 발기한 성기에 닿을 때까지. 손가락으로 그것을 감싸자 하데스는 숨을 들이쉬었고, 손톱이 살갗을 파고들었다는 확신이 들 정도로 세게 주먹을 쥐었다.

그녀는 그를 올려다보며 성기를 계속 쓰다듬었다. 귀두 끝에서 반짝이는 구슬 같은 액체가 흘러나올 때까지. 그녀는 그것을 쓸어 입안에 넣었다. 하데스는 포식 동물 같았다. 그를 한계까지 밀어붙이고 있는 건 그녀였다. 하지만 그녀가 원했던 게 바로 이거였다.

그녀는 그에게서 한순간도 눈을 떼지 않고 왕좌로 돌아가 앉았다. 입가엔 그의 맛이 났다. "이리 오라."

하데스는 씩 웃었다. "오직 당신만을 위해."

그녀는 다시 사라지려고 했지만, 하데스가 바로 그녀를 덮쳤다. 그는 그녀가 걸친 나머지 옷도 찢어버리고 허리를 붙잡아 왕좌에서 슥 들어올렸다. 그에게 맞설 마음이 없었다. 가슴과 가슴이 맞닿고, 다리를 그의 허리에 감은 채, 부드러운 살결과 강철 같은 근육이 서로에게 녹아들었다. 하데스는 곧장 그녀 안으로 들어갔고, 둘의 목 깊숙한 곳에서 끙 하는 신음이 흘러나왔다.

"당신이 바라보고만 싶어 한다는 생각이 들 지경이었습니다." 그가 그녀의 살결에 닿을락 말락 한 거리에서 말했다.

그녀는 답 대신 신음을 뱉었다. 그가 그녀의 몸을 올렸다 내렸다 하며 한껏 채우고 있었다. 매번 미끄러져 들어갈 때마다 안쪽이 터질 듯 가득 찼다.

"당신을 원했어." 그녀가 간신히 말했다. "우리 둘만 남은 그 순간 바로 하고 싶었다고요."

그녀의 목소리는 이제 허스키한, 욕망으로 끈적한 속삭임이 되었다. 그가 들어올 때마다 그녀는 말을 멈추고 온몸을 뒤흔드는 쾌감에만 열중했다.

"그럼 섹스 대신 게임을 제안한 이유가, 뭡니까?"

"난 전희를 좋아하니까." 그녀가 그의 귀를 깨물며 말했다.

하데스는 클클 웃다가 어느새 으르렁대기 시작했고, 거센 키스를 퍼부으며 절제 없이 계속해서 밀어 넣었다. 페르세포네의 비명이 알현실에 가득 울려 퍼졌고, 그러다 그의 속도가 느려지면서 약간 누그러졌다. 달콤한 고문이었다. 그녀를 실 하나에 대롱대롱 매달아 벼랑 끝으로 끌고 가는 셈이었다.

그는 궁극의 중독적인 존재였다. 빛나는 최고를 상징하는 존재, 그녀가 언제나 원했던 도취적 행복 그 자체.

"당신을 기다리는 게 싫어." 그녀가 말했다.

"그럼 날 찾아." 하데스가 그녀의 목에 키스하며 말했다.

"당신은 바쁘잖아."

"당신에게 들어가는 순간을 상상하느라." 그가 말했다.

그녀는 숨을 몰아쉬면서 간신히 웃음을 터뜨렸다.

"그 웃음이 너무 좋아." 그가 말하며 키스를 퍼부었다.

"사랑해." 그녀가 말했다.

그 말을 내뱉자마자 뭔가 달라졌다.

하데스는 그녀와 계속 눈을 맞추며 왕좌의 끄트머리에 앉았다. 페르세포네는 여전히 다리를 그의 허리에 감은 상태였다.

"다시 말해봐." 그가 말했다.

그녀는 잠시 그를 바라보곤 손가락으로 그의 머리칼을 빙글빙글 꼬았다. 그것이 곧 그녀의 생명줄이었다. 하데스의 목소리에서, 눈길에서 그녀가 곧 삼켜지리라는 걸 알 수 있었으니까.

"당신을 사랑해, 하데스." 그녀가 부드럽게 말했다.

그러자 그가 숨이 멎을 정도로 아름다운 미소를 지었다. 입맞춤이 이어졌고, 그가 그녀의 몸을 붙잡고 위아래로 움직였다.

"사랑해. 당신은 완벽 그 자체야. 당신은 내 사랑이야. 당신은 내 여왕이야."

그는 왕좌에 몸을 기대고 그녀의 벌어진 다리 사이로 손을 밀어 넣었다. 벌어진 곳 사이에 손길이 닿자 새로운 흥분이 일었다. 그녀는 신음을 흘리며 더욱 강하게, 빠르게, 그 어느 때보다 더욱 깊이 그의 위에서 몸을 움직이며 자극을 느꼈다.

하데스는 그녀의 움직임에 화답하듯 움직였다. 둘의 몸은 잔인할 만큼 사납게 서로를 파고들었고, 짐승처럼 헐떡이며 동시에 절정에 이르렀다. 페르세포네는 그의 몸 위에 털썩 쓰러지듯 안겼고, 둘의 몸은 땀으로 매끄럽고 뜨거웠으며 숨을 고르기 위해 안간힘을 써야 했다.

잠시 후, 머리카락에 키스하는 하데스의 입술이 느껴졌다.

"당신의 판타지를 왜 이제야 말했어요?"

그가 즉시 답하지 않자 그녀는 그를 바라보았다.

"어떻게 말로 쉽게 꺼내겠습니까?" 그가 물었다.

"그냥…… 원하는 걸 나한테 말해주면 돼요." 그녀는 어깨를 으쓱했다. "당신도 내가 그렇게 해주기를 바라지 않나요?"

"그렇습니다." 그의 입가에 미소가 걸렸다. "그럼 말해보십시오. 당신의 판타지는 무엇입니까?"

예상하지 못한 질문이었다. 사랑을 나눈 뒤 땀에 흠뻑 젖은 채 알몸으로 연인의 품에 안겨 누워 있음에도 그녀는 얼굴이 발개졌다.

"나한테도…… 그런 게 있는지 모르겠어요." 그녀가 말했다.

"내가 그 말을 믿지 않는다고 해도 당신은 나무라지 않겠지요."

"아뇨, 용서하지 않을 거예요. 당신은 거짓말을 감지해낼 줄 알잖아요."

하데스는 나지막이 웃고는 말했다. "그럼 당신의 판타지를 알아내기 위해선 무엇이 필요하겠습니까?"

페르세포네는 근육이 탄탄한 그의 가슴을 손가락으로 쓸면서 답을 망설였다. "언젠가…… 당신이 나를…… 묶어주길 원해요."

하데스가 침을 꿀꺽 삼켰지만, 웃음을 터뜨리지는 않았고 그 사실이 고마웠다.

"나는 언제나 당신이 요청하는 대로 할 것입니다."

그런 다음 한참 동안 침묵했다.

페르세포네가 먼저 입을 뗐다. "당신은요? 당신 머릿속에는 또 어떤 판타지가 들어 있어요?"

하데스는 그녀의 매끈한 몸을 두 팔로 감싸며 나직하게 웃음을 터뜨렸다. "달링, 당신과의 모든 섹스가 내겐 다 판타지입니다."

월요일 아침, 페르세포네는 일찍 출근했다. 어젯밤 늦은 시간에 헬렌으로부터 급히 회의를 요청하는 이메일을 받은 터였다. 트라이어드와 그 지도부에 관해 더 찾아낸 게 있다고 했기에 그게 무엇일지 얼른 알아내고 싶었다. 사무실로 향하는 길, 그녀는 태블릿을 열어 뉴스를 살펴보았다. 눈길을 사로잡은 첫 번째 헤드라인은 속보 배너 바로 밑에 대문짝만하게 나와 있었다.

자신을 불경한 자들의 종파인 환생 운동의 일원이라고 밝힌 한 개인이 어느 여신의 뿔을 잘라냈다고 주장하다

페르세포네의 마음에 공포와 더불어 희망이 차올랐다. 하데스는 결국 이 뉴스가 나올 거라고 예상했었다. 하르모니아를 다치게 하고 훼손한 자들, 그리고 아도니스를 죽인 범인들이 누구인지 추적해낼 수 있는 기회였다.

하지만 기사에는 정보가 별로 없었고, 심지어 기자 자신도 제보

를 의심하는 것 같았다. 사건을 전하겠다는 누군가의 전화를 받은 듯했는데, 자세한 내용은 하나도 없었다. 그저 어느 집단이 '한 여신을 제압'하고 '그녀의 뿔을 잘랐다'고만 나와 있었다.

사건의 증거를 묻는 질문에 제보자는 "우리가 신들의 뿔을 달고 전장에 나가면 세상은 증거를 보게 될 것"이라고 말했다.

이 제보가 사실인지 여부는 아직 밝혀지지 않았다. 다만 한 가지 분명한 사실은, 환생 운동이 폭력적인 조직이라는 점이다. 더 큰 대의를 위해 실제로 싸우고 있다고 믿는다는 점에서 가장 악질적이라 할 수 있다.

"우리는 더 이상 신들의 지배를 받고 싶지 않은 이들을 위한 방패다. 우리를 운명으로 옭아매는 실을 끊어내고, 신들의 마법에 걸린 이들을 해방시킬 것이다. 우리가 자유 자체다."

약속이자 선전포고였다.

"여신님?" 안토니의 목소리가 부드럽게 울렸다. 그녀는 고개를 들어 룸미러로 그와 눈을 맞추었다. "괜찮으십니까?"

"네." 그녀가 답했다. "그냥 좀…… 불편한 걸 읽고 있었어요."

안토니의 미간이 찌푸려졌다. "제가 할 수 있는 일이 있을까요?"

"아뇨, 안토니. 그래도 고마워요." 페르세포네가 태블릿을 집어넣는 동안 안토니는 차에서 내리려 했다. "그러지 마세요, 안토니. 너무 추워요."

"문까지만 모셔다드리겠습니다. 보도와 계단이 미끄럽거든요."

"그러면 더더욱 차 안에 있는 게 나아요." 그녀가 답했다.

"정 그러시다면." 그가 마침내 수긍했다. "저녁에 다시 모시러 오겠습니다."

"알겠어요. 좋은 하루 보내세요, 안토니."

"여신님도요."

그녀를 태워다주는 일 말고 안토니가 어떤 일이나 심부름을 하는지 페르세포네는 알 수 없었다. 한번은 그녀를 데리러 왔을 때 그 거인은 세탁물을 수거해왔는데, 하데스 것이냐고 묻자 아니라고 했었다. 다른 한 번은 레드 와인 한 상자를 차에 싣고 왔는데 밀란이 주문한 거라고 했다. 하지만 어떤 일이든 그는 항상 기쁜 마음으로 수행하는 듯했다.

그녀는 따스하고 안락한 렉서스 뒷좌석을 떠나 쌀쌀한 대낮의 공기 속으로 들어섰다. 인도는 미끄러웠지만 염화칼슘과 모래가 뿌려져 있어 그나마 균형을 잡을 수 있었다. 건물 안으로 들어선 다음 아이비와 인사를 나눈 뒤 커피를 받아들고는 고마움을 담아 고개를 끄덕였다. 엘리베이터를 타고 사무실로 올라가면서 뺨과 코에 컵을 대어 얼굴을 따스하게 데웠고, 사무실에 들어설 때까지도 외투를 벗지 않았다. 기분 탓인 걸까? 확실히 여기가 더 춥게 느껴졌다. 이런 날씨가 계속된다면 에너지 위기와 정전이 닥칠 수 있다는 걸 페르세포네는 알고 있었고, 데메테르가 그 순간까지 밀어붙이리라는 데는 한 치의 의심도 없었다. 사실, 인간들을 얼려 죽이는 게 엄마의 새로운 살인 방식이라고 해도 놀랍지 않았다.

문을 두드리는 소리에 고개를 들어보니 헬렌이 서 있었다. 검은색 니트에 검은색과 흰색 체크무늬 스커트 차림이었다. 보온을 위해 두꺼운 스타킹에 무릎까지 오는 부츠를 신었고, 금발 머리는 땋아서 위로 올려 묶었다. 진주 귀걸이가 룩을 완성해주었다. 헬렌은 언제나 시크해 보이지만 오늘따라 유난히 더 차려입은 것 같다는 생각이 들었다.

"정말 아름다워요, 헬렌." 페르세포네가 말했다.

"고마워요." 헬렌이 뺨을 붉히며 말했다. "점심 약속이 있어서요."

페르세포네는 눈썹을 치켜떴다. "내가 아는 사람이에요?"

"그렇진 않아요. 적어도 아직은."

헬렌이 그 미지의 누군가를 페르세포네에게 소개해주고 싶다는 투로 들렸지만 캐묻지 않았다. 지금은 회의를 하러 온 것이고, 헬렌과 레우케 모두와 함께 있는 게 즐겁지만 일할 때는 프로답게 하고 싶었다.

잠시 침묵이 흐른 끝에 페르세포네는 책상 앞에 놓인 소파를 가리켰다. "앉아요. 공유할 내용이 있었죠?"

"맞아요." 헬렌은 앉으며 말했다. "기사에 대해 논의하고 싶었어요. 새로운 방향을 찾았거든요."

"계속 얘기해보세요." 페르세포네는 호기심을 품으며 독려했다. 펜을 꺼내 메모할 준비를 마쳤다.

헬렌은 머뭇거리며 입을 열었다. "……일러주신 대로 해봤어요."

그녀가 말을 시작하자 페르세포네의 가슴이 철렁 내려앉았다.

"트라이어드 구성원들에게 연락을 취했고 지도자 중 한 명이랑 인터뷰를 하게 됐어요. 사령 장관이랑."

"사령 장관?"

"서열 구조 같은 게 있더라고요." 그녀가 설명했다. "스스로를 지킬 수 없는 이들을 보호하기 위해서예요."

"힘을 가진 자가 지도부라는 뜻이겠죠." 페르세포네가 말했다.

"진짜 힘이에요." 헬렌은 마치 페르세포네가 진짜 힘을 모른다는 투로 말했다.

"신들 같은 힘을 가졌다는 거예요?"

"그렇기도 하고 아니기도 해요. 신들의 힘을 가지긴 했지만, 그걸 보호하는 데 쓰는 거죠. 그들은 기도에 응답해줘요, 페르세포네. 경청한다니까요."

"헬렌, 지금 뭘 잘못 알고 있는 것 같아요."

"그렇지 않아요. 내가 직접 봤어요."

"봤다고요?" 페르세포네가 단호하게 말했다. "뭘 봤는데요?"

"회의하는 데도 가봤고 간증도 들었어요." 그녀가 말했다.

페르세포네는 방금 전 헬렌이 언급한 것들을 다시 물어야겠다고 생각하며 머릿속에 메모해두었다. 회의? 무슨 회의지?

인간은 계속 말을 이었다. "어떤 남자는 암에 걸렸어요. 아폴론에게 기도하면서 뭐든 내놓겠다고 했고, 심지어 그의 공연장에도 가서 제발 살려달라고 애원도 했죠. 하지만 아무런 답이 없었어요. 말 한마디조차도. 그는 트라이어드로 갔고 사령 장관님들 중 한 분이 그의 병을 낫게 해준 거예요."

페르세포네는 그 일화에 몸이 굳었다. 어디서 많이 들어본 얘기처럼 들렸다.

"왜 신들이 그런 기도들에 응답하지 않는 건지 한 번이라도 곰곰이 생각해본 적 있어요?"

"그럼요! 답은 항상 똑같아요. 왜? 왜 신들은 영원히 건강하고 불사를 누리는데 우리는 병을 앓고 죽어야 하는 거죠?"

페르세포네는 답을 할 수 없었다. 그녀 역시 알 수 없었기 때문이다. 다만 렉사를 잃은 뒤로는 세상의 태피스트리로 짜인 모든 실이 더 큰 목적을 지니는 거라고 믿어야만 했다. 여신이 세상으로 나서기 위해선 그 친구가 죽어야 하는 경우도 있을 것이다.

무엇이 저렇게 빨리 트라이어드에 홀리게 만들었을까 의문스러워하며 그녀는 헬렌을 바라보았다.

"진심으로, 페르세포네. 렉사한테 일어난 일 때문에 당신도 이해할 거라고 생각했어요."

"내 친구 이름 입에 올리지 말아요." 페르세포네는 떨리는 목소리로 말했다.

"기회가 주어지면 그녀를 영원히 살게 하고 싶지 않아요?"

"내가 뭘 원하는지는 중요하지 않아요. 당신은 당신이 전혀 모르는 것들에 대해 언급하고 있어요. 신들이 자신들의 행동에 책임을 져야 한다고 선언하는 거, 그건 맞는 말이죠. 하지만 대놓고 나서서 세계의 균형을 교란하는 건 다른 문제예요."

페르세포네는 그런 행동이 어떤 결과를 초래하는지 온몸으로 어렵게 배운 터였다.

헬렌이 말했다. "당신이 세뇌당한 거예요. 하데스랑 너무 많은 시간을 보냈으니까요."

"그런 말은 적절하지 않군요." 페르세포네는 쏘아붙이곤 자리에서 일어섰다. "당신이 그 방향으로 기사를 쓴다면 발행을 승인하지 않을 겁니다."

헬렌은 턱을 꼿꼿이 치켜들었다. 눈빛에 반항기가 가득했다.

"그러지 않아도 돼요." 그녀가 덤덤하게 말했다. "디미트리한테 가

저갈 테니까."

"맘대로 해요." 그녀가 말했다. "하지만 후회하게 될 거예요."

"지금 협박하는 건가요?" 헬렌이 물었다.

"어떻게 보느냐에 따라 다르겠죠. 두려운가요?"

페르세포네는 헬렌의 눈가에 스치는 의심의 눈초리를 놓치지 않았다. 그녀는 휴대폰을 들고 아이비에게 직통 전화를 걸었다.

"네, 여신님?"

"아이비, 조피를 불러주세요."

전화를 끊자 헬렌이 입을 뗐다. "두려운 건 당신이겠죠. 하데스가 몰락하면 지위를 잃게 될 테니까."

페르세포네는 몸을 앞으로 숙이며 헬렌과 눈을 마주했다. 번득이는 진짜 눈빛을 감춰둔 글래머가 녹아내리는 것이 느껴졌다.

"방금 그게 위협 같네요." 페르세포네가 나직하게 말했다. "날 위협하는 건가요?"

헬렌의 눈이 휘둥그레졌다. 인간이 입을 떼기도 전에 문을 두드리는 소리가 났다. 방 안을 감도는 긴장감에 붙들려 둘 다 움찔도 하지 않았다. 페르세포네는 스스로의 마법을 알아차렸다. 공기가 온통 무겁고 저릿저릿했다.

노크 소리가 한 번 더 나더니 문이 열렸다. 평소처럼 검은 머리를 땋아 내린 채 조피가 문간에 서 있었다. 검은색 튜닉과 바지, 부츠 차림이었다. 날 때부터 전사로 길러진 그녀였지만 겸손해 보였다.

"여신님, 부르셨습니까?"

"조피, 헬렌이 건물을 나설 때까지 호위해줘요. 밖으로 나가기 전까진 아무하고도 말해선 안 됩니다."

"내 짐을 챙겨야 해요." 헬렌이 따졌다.

페르세포네는 그녀 쪽으로 눈길을 주지 않은 채 여전사에게 시선을 고정했다. "조피, 헬렌이 사무실에서 개인 소지품만 가져가는지 확인하세요."

"그렇게 하겠습니다, 여신님." 그녀가 고개를 숙이고는 헬렌에게 고개를 돌렸다. "가라."

헬렌은 문 쪽으로 한 발짝 내디딘 다음 다시 돌아섰다.

"새 시대가 오고 있어요, 페르세포네. 당신이 그 선두에 설 만큼 똑똑하다고 생각했는데. 내가 잘못 생각한 것 같네요."

그 말이 끝나기 무섭게 조피는 헬렌을 문 밖으로 밀었고, 그녀는 비틀거리다가 간신히 발을 딛고 서서 조피를 휙 돌아보았다.

"어떻게 감히!" 헬렌이 으르렁댔다.

조피는 튜닉 아래 숨겨진 칼집에서 단검을 꺼냈다. 형광등 불빛 아래서 칼날이 번득였다.

"페르세포네 여신님께선 당신이 걸어서 건물 밖으로 나가야 한다고는 말씀하지 않으셨다. 가라."

둘이 사라지자 페르세포네는 지쳐서 의자에 주저앉았다. 방금 전 헬렌과 나눈 대화에 정신이 아득했다. 그렇게나 짧은 조사 후에 트라이어드에 대한 관점을 바꾸리라고는 확실히 예상하지 못했다. 그러고 보니 항상 헌신적이고 열정적으로 보이던 직업인으로서의 면모 외에는 헬렌에 대해 아는 게 많지 않았다. 그리고 그녀는 그 자질을 잃진 않았지만 이젠 엄한 데에 쓰고 있었다.

어쩌면 페르세포네가 직장에서 보지 못한 다른 면면도 있을 것이다. 개인적인 삶 속에서 트라이어드 편을 드는 것이 더 나은 선택지가 되게 만든 무언가가.

답답한 마음에 페르세포네는 하데스의 집무실로 향했다. 그곳은 비어 있었고, 모든 것에는 손 닿은 흔적이 없었다. 책상 위는 하얀 수선화 꽃병과 사진 액자 하나를 제외하곤 깨끗했다. 드라이어드이기에 평균치보다 꽃을 오래 유지하는 데 특별한 재능을 지닌 아이비가 매일 수선화 꽃병 물을 갈아놓았다.

그는 여기 없었지만 공간에 맴도는 그의 냄새에 마음이 진정되어 창가로 다가가 겨울 날씨를 내다보았다. 밑을 보니 꽝꽝 언 보도 위에 서 있는 헬렌이 보였다. 팔을 가슴 위로 꼭 붙잡은 채 달달 떨고 있었다. 잠시 후, 검은색 리무진이 도착했다.

누가 보낸 걸까 궁금해하며 페르세포네는 눈을 가늘게 떴다. 헬렌은 보통 대중교통을 이용해 출퇴근하곤 했다. 어쩌면 생각한 것보다 트라이어드에 더 깊이 연루되었을지도 모른다. 운전자를 봐도 도움이 되지 않았다. 특별할 것 없는 평범한 양복 차림이었다. 그가 차 문을 열어주자 헬렌은 그 안으로 미끄러지듯 올라탔고, 차는 출발했다.

그때 갑자기 하데스가 그녀 뒤에 나타나 가까이 붙어 섰다. 그는 두 팔을 뻗어 창문에 대고는 그녀를 가두었다.

"조심해요." 페르세포네가 말했다. "유리가 더러워지면 아이비가 잔소리할 테니까."

"내가 여기서 당신을 가진다고 해도 누가 나에게 찍소리나 하겠습니까?"

페르세포네는 몸을 돌려 그를 마주 보았고, 그러자 하데스의 장난스러운 눈빛이 흩어졌다.

"무슨 일 있습니까?"

그녀는 모든 걸 이야기했다. 헬렌의 위협이라고 여겨진 것, 하데스가 몰락하면이라는 말까지 포함해서. 그는 창문에서 천천히 손을 떼고는 책상 너머 그의 자리로 가서 앉았다. 눈이 가늘어지고 입술은 아래로 휘었다.

"나 때문에 걱정이 됩니까?"

"네, 당연하죠. 저들이 하르모니아한테 한 짓을 봐요!"

"페르세포네."

"하데스." 페르세포네가 말을 끊었다. "당신을 잃을까 봐 걱정하는 내 마음을 내치지 말아요. 당신과 똑같이 정당한 두려움이니까."

그의 표정이 풀어졌다. "사과하겠습니다."

"당신이 강하다는 건 나도 알아요. 하지만…… 트라이어드가 또 다른 티타노마키아를 일으키려 한다는 생각을 떨칠 수가 없어요."

그 말을 꺼내는 게 너무도 싫었다. 하데스를 불안하게 하는 주제를 들추는 꼴이었으니까. 하지만 그 단어를 소리 내어 말해야 했다. 일단 말을 꺼내고 나면 우습게 들릴 거라고, 전혀 있음직하지 않은 일처럼 들릴 거라고 생각했다. 하지만 그렇지 않았다. 고대 신들과 티탄족 역시 건드릴 수 없는 존재들이라고 여겨졌음에도 멸망했다는 것을 그녀는 똑똑히 알고 있었다.

하데스는 페르세포네의 양쪽 뺨에 손을 얹었다. "우리가 일평생 전쟁을 천 번도 하지 않을 거라곤 장담 못 합니다. 하지만 내 의지로 당신을 떠나는 일은 결코 없을 것입니다."

"무슨 일이 있어도 떠나지 않겠다고 약속해줄 수 있어요?"

그는 희미한, 서글픈 미소를 짓곤 그녀에게 키스했다. 그의 손은 그녀의 머리카락을 파고들었고 그런 다음 등으로, 엉덩이로 미끄러지듯 내려가며 구석구석 만졌다. 그가 질문에 답하지 않았다는 사실을 떠올리는 것보다 이걸 더 원했기에 그녀는 바지 밑에 자리한 그의 성기를 문질렀고, 그러자 그의 목구멍 깊은 곳에서 거친 신음이 터져 나왔다. 자극에 반응하듯 그는 으스러뜨릴 기세로 그녀의 엉덩이를 움켜쥐었지만, 페르세포네는 그의 가슴을 밀어내며 눈을 맞추었다.

"내가 하게 해줘요." 그녀가 말했다.

"뭘 원하십니까?" 그가 물었다.

그녀는 그의 손을 붙잡고 책상 뒤로 데려가 의자에 밀어 앉히곤 그 앞에 무릎을 꿇었다. 허벅지 사이에 자리를 잡고 그의 슬랙스 단추를 푼 다음 지퍼를 끌렀다. 바지 천 사이로 두껍고 단단한 성기가 튀어나왔다.

계속 그와 시선을 맞추며 그녀는 성기 밑 부분을 손으로 감싸 쓰다듬었고, 위쪽을 향할 때는 더 세게 조였다. 그의 눈빛이 불이라면 그녀는 그 안에서 행복하게 타오를 것이다. 그가 이를 갈고, 의자 팔걸이를 너무도 세게 쥐는 바람에 손가락이 하얘지는 모습을 보며 그녀는 싱긋 웃었다. 그러곤 몸을 구부려 그곳의 끝부분을 혀로 머금고 빨았다. 쓴맛이 났고 뜨끈했으며 향신료 향이 감돌았다.

"이거야." 부드러운 신음이 그의 입에서 흘러나왔다. "이거, 이걸 꿈꿨어."

그녀는 묻고 싶었다. 그는 정확히 뭘 꿈꾼 걸까? 그녀의 입을? 이렇게 하는 행위를? 뻥 뚫린 사무실에서? 하지만 그녀는 아무것도 묻지 않은 채 행위를 이어나갔다. 들쑥날쑥 불규칙하게 내뱉는 숨소리가 점점 더 빨라졌다.

"하데스 님."

아이비의 목소리가 불쑥 끼어들자 하데스가 단박에 긴장하는 게 느껴졌다. 그는 단단히 굳은 채 허리를 세우며 자세를 고쳐 앉았다. 그녀의 등장과 무관하게 페르세포네는 하던 것을 계속했다. 점점 더 강하게, 모든 액체를 한 방울도 남김없이 빨아들이고 휘어진 성기를 아낌없이 맛보면서.

"왜 앉아계시나요?"

그녀는 당황한 듯했고 페르세포네는 하데스의 성기를 입안에 가득 머금은 채로 웃음을 터뜨렸다. 그의 반응은 즉각적이었다. 한 손으로 그녀의 머리카락을 움켜쥐었다.

"일하고 있다." 그가 말했다.

"책상 위에는 아무것도 없는데요." 그녀가 말했다.

"그게…… 이제 하려던 참이다." 손가락으로 그녀의 머리카락을 깊숙이 파고들며 그가 말했다.

"아, 네. 잠깐 시간 있으시면……."

"나가라, 아이비. 당장."

그녀의 목소리는 더 이상 들리지 않았다. 하데스가 그녀의 얼굴 위에 다른 손을 얹는 걸 느끼곤 아무도 없구나 싶었다. 잠시 둘의 눈이 마주쳤다.

"나를 모두 가지십시오."

그러곤 그녀의 입안으로 그의 것을 밀어 넣었다. 그가 깊이 밀고 들어와 목구멍 끝까지 채우자 눈물이 찔끔 났다. 하지만 그를 위해 이렇게 하고 싶었다.

"좋아." 그가 신음했다. "이렇게."

그는 점점 더 안으로 밀어 넣었다. 목이 막힐 것 같았지만 그는 단단히 부푼 채 계속 움직이다 끝까지 갔다. 목구멍 안에 정액이 가득 찼고, 그녀는 코를 톡 쏘는 시큼한 맛을 느끼며 꿀꺽 삼켰다. 그가 빼내자 그녀는 거친 숨을 몰아쉬며 이마를 그의 무릎에 기댔다. 하데스는 머리카락을 부드럽게 쓰다듬었다.

"괜찮습니까?" 그가 물었다.

그녀는 그를 올려다보았다. "네. 피곤하네요."

그는 손가락 끝으로 그녀의 입술을 닦아주었다. "오늘 밤엔 당신이 꼭 이만큼 절정에 이르게 해주겠습니다."

"입으로요? 아니면 거기로?"

그는 그 질문에 미소를 짓곤 답했다. "둘 다."

옷매무새를 정돈한 그는 페르세포네를 일으켜 세웠다. "힘든 하루 보내고 있다는 거 압니다. 지금 가야 하는 게 내키지 않지만 제우스와 만나기로 했다고 이야기하러 왔습니다."

"왜요?"

두 가지 이유를 떠올릴 수 있었다.

"이미 알고 있을 것 같습니다. 제우스에게 결혼 승인을 받아내고자 합니다."

"라라 얘기도 할 건가요?"

"헤카테가 이미 했습니다." 하데스가 말했다. "잘린 고환이 다시 자라려면 적어도 2년은 걸릴 겁니다."

페르세포네의 눈이 휘둥그레졌다.

"헤카테가…… 제우스를 거세시켰다고요?"

"그렇습니다." 하데스가 말했다. "그리고 내가 아는 헤카테라면,

잔혹하게 피를 튀기며 행했을 겁니다."

"다시 회복될 텐데 그렇게 벌하는 게 무슨 소용이 있어요?"

"유감스럽지만 아예 거둬버릴 순 없는 힘입니다. 하지만 적어도 당분간은…… 문제를 덜 일으킬 테니까."

"우리 결혼을 부정하지 않는 한 말이죠." 페르세포네가 말했다.

"바로 그겁니다." 그가 동의했다.

그런 일은 일어나지 않을 거라고, 제우스가 감히 그럴 순 없을 거라고 그가 다독여주길 바랐다. 하데스는 불안을 감지한 듯 그녀의 목덜미 뒤쪽을 단단히 붙잡고 이마와 이마를 서로 맞댔다.

"믿으십시오, 달링. 나는 그 누구도 당신을 내 아내로 만드는 것을 훼방 놓지 못하게 만들 겁니다."

�֎

자신의 사무실 층으로 돌아간 페르세포네는 헬렌의 책상 앞에 있는 시빌과 레우케, 그리고 조피를 발견했다. 그녀의 책상은 몇 군데 금색의 포인트를 준 대리석으로 심플하게 장식되어 있었다.

"무슨 일이야?"

"조피가 헬렌 얘길 들려줬어요." 레우케가 말했다. "물건들을 좀 살펴봐야 할 것 같아서 왔어요."

"왜 그래야 하는 거야……?"

"왜냐하면 뭔가를 숨기고 있었거든요." 님프가 말했다.

"어떻게 알아?"

"죽 지켜보고 있었어요." 그녀가 말했다. "사무실을 나가서 전화를 받더라고요. 그게 좀 이상해서 하루는 따라가봤죠."

"그랬더니?"

"그랬더니 웬 남자랑 만나고 있더라고요. 계속 트라이어드를 찬양하고⋯⋯ 엄청 허세 부리는 남자였어요. 잠자리를 함께하는 것 같더라고요."

"그 남자 어떻게 생겼어?"

"반신이에요." 역겹다는 듯 입술을 일그러뜨리며 그녀가 말했다. "포세이돈의 아들 같아요. 눈을 보니까 그렇던데."

테세우스구나, 그녀는 생각했다.

"나한테 언제 말해주려고 한 거야?"

"오늘요." 레우케가 말했다. "그래서 헬렌이 오늘 아침에 달려온 거예요. 선수 치려고."

페르세포네는 헬렌의 책상 위를 내려다보았다. 말끔하게 잘 정리되어 있었다. 다양한 취재 자료가 파일에 정리되어 있었고 깔끔한 필기체로 쓴 라벨이 붙어 있었다.

시빌은 작은 검은색 공책을 들춰보고 있었다.

"그건 뭐야?" 페르세포네가 물었다.

"메모들." 오라클이 말했다. "뭐 좀 유용한 걸 남기고 갔을까 해서."

"물건들 다 태워버립시다." 조피가 말했다. "반역자의 흔적을 남겨두지 마시죠."

"그 애를 배신자라고 부르진 않을 거야."

페르세포네는 다른 단어를 생각해보았다. 혼란스러운, 어리석은, 망상에 빠진 등등의 단어가 떠올랐다.

"출세주의자야." 시빌이 말했다. "더 빨리 정상에 오르게 해줄 기회를 찾아다니는 거지. 너와 함께 뉴 아테네 뉴스를 떠난 것도 그래서야. 너와 함께라면 최고가 될 수 있을 거라고 생각한 거지."

"실 색깔에 그런 것도 보였어?"

"빨강, 노랑, 주황, 그리고 질투를 나타내는 초록색."

"그렇게 들여다보면 다 아는데도 우리한테 경고해주지 않은 거예요?" 레우케가 따졌다.

시빌은 검은색 공책에서 눈을 들었다. "그 애를 봤을 때 야심이 보였어. 그건 긍정적인 속성일 수도 있고 부정적인 것일 수도 있지. 그걸 그 애가 어떻게 쓸지는 몰랐어."

"우리 모두 다 몰랐을 거야." 페르세포네가 말했다.

"세피, 점심시간이에요!"

헤르메스가 노래를 부르며 갑자기 나타났다. 이렇게 빨리 올 줄은 몰랐던 터라 그녀는 화들짝 놀랐는데, 시계를 보니 어느새 정오가 가까워져 있었다. 시간이 까마득하게 흐른 것이다.

"잠시만, 헤르메스. 근데 뭘 입은 거예요?"

유아용 운동복 같은 옷인데 색깔은 군용 녹색이었다.

그는 주머니에 손을 찔러 넣곤 몸을 배배 꼬았다. "이상해요? 내가 라운지 수트라고 부르는 옷인데……."

"그럼, 그걸 입고 점심을 먹으러 가겠다는 거예요?"

헤르메스가 눈을 흘겼다. "이상하면 이상하다고 해요, 세피. 그래도 상처 안 받으니까. 그리고 이 라운지 수트 차림으로 점심 먹으러 갈 생각입니다."

"음, 페르세포네." 시빌이 말했다. "이것 좀 봐봐."

"안 된다고!" 헤르메스가 그녀의 팔을 붙잡곤 못 움직이게 했다.

"헤르메스, 놔줘요."

"하지만…… 배고프단 말이에요!" 그녀가 노려보자 그는 투덜대며 놔주었다. "알았어요."

오라클은 공책을 펼친 채로 넘겨주었다. 헬렌은 한 페이지에 삼각형을 그려두곤 그 옆에 날짜와 주소, 그리고 시간을 써놓았다. 날짜는 오늘, 시간은 저녁 8시였다.

"레우케, 이것 좀 봐줄래?"

"잠시만. 내가 볼게요." 헤르메스가 말했다.

"배고프다면서요." 페르세포네가 쏘아붙였다.

"그만 상기시키시죠." 헤르메스는 이를 악문 채 말하곤 검은색 공책을 낚아채갔다. 그러곤 1분 정도 꼼꼼히 들여다보더니 말했다. "이거 아프로디시아 클럽 주소네요."

"거기가…… 아프로디테 소유예요?"

"아니, 인간 겁니다." 그가 말했다. "스스로를 마스터라고 부르는 남자."

시빌과 레우케가 킬킬댔다.

"어떤 클럽이죠?" 페르세포네가 물었다. 얼추 짐작되긴 했지만.

"섹스 클럽." 그가 말했다. "음, 난 가본 적은 없어요."

페르세포네는 눈썹을 치켜떴다.

"헬렌이 섹스 클럽에서 열리는 모임에 간다는 건가요?" 레우케가 물었다.

"특이한 성적 취향을 가졌을 수도 있지." 헤르메스는 어깨를 으쓱하며 말했다. "타인의 성적 취향을 함부로 판단해서야 되겠어?"

페르세포네는 얼굴을 찌푸렸다. "우리도 가서 살펴봐야겠어요."

헤르메스가 웃음을 터뜨렸다. "하데스가 당신을 섹스 클럽에 가도록 놔두겠어요?"

"그도 오라고 해야죠."

"당신이라면 그러겠지, 세피. 하지만 거긴 아니에요."

페르세포네는 날카롭게 쏘아보았다. "도움이 안 될 거라면 점심은 혼자 드세요."

"분위기를 와장창 망쳐놓을 거라니까 그러네. 우리는 가더라도 하데스는 안 돼요."

"그럼 하데스에게 말해줘요." 그녀가 말했다. "난 말 없이 가진 않을 거니까요."

"어, 안 돼요. 목숨 걸고 당신을 지킬 거라는 맹세를 하게 만들걸."

"안 그럴 건가요?" 그녀가 물었다.

헤르메스는 뭔가 말하려다가 입을 다물었다. 눈빛이 한결 부드러워졌다. "당연히 지켜주죠."

페르세포네는 슬쩍 미소 지었다.

"우리도 갈 수 있어요." 레우케가 제안했다. "시빌이랑 저요."

"아냐. 따로 가서도 안 되고 나 없이 가서도 안 돼."

이 모든 일이 사적인 것처럼 느껴졌다. 한때 친구로, 그리고 직원이라고 여겼던 헬렌이 연루된 일일 뿐만 아니라 친구들이 위험에 빠질 수 있다는 점이 두렵기 때문이기도 했다. 이 모임이 트라이어드의 미래와 계획에 관한 거라면 그녀도 가봐야 했다.

그녀는 헤르메스를 바라보았다. "맹세할 준비를 하세요, 헤르메스. 그리고 목숨 걸고 날 지켜줘요."

하데스는 페르세포네가 아프로디시아 클럽에 가는 것을 마지못해 허락했지만 헤르메스가 예상한 대로 그녀를 지키겠다는 맹세를 하도록 했다. 헤르메스가 돌아와 하데스의 허락을 받았다는 소식을 알려주었다.

"걱정 마요, 세피. 그리고 이걸 가져왔어요." 그는 드레스를 건네며 말했다. "섹시한 옷을 입도록 해요!"

신이 허둥지둥 떠나자 페르세포네는 고개를 절레절레 저으며 웃지 않으려 애썼다.

일을 마친 뒤 그녀는 지하 세계로 돌아갔다. 밤에 있을 조사 전 엘리시움으로 순간 이동한 것이다. 렉사를 보러 가는 건 오랜만이었는데, 헬렌과의 일 이후로 제일 원하는 게 바로 가장 친한 친구라는 걸 그녀는 깨달았다.

그녀는 야생의 깊은 뿌리와 경이로울 만큼 무성한 나무들이 알록달록 늘어선 황금빛 들판을 한참 걸었다. 이따금 양귀비가 잔디와 뒤엉켜 솟아나 있었다. 언젠가, 타나토스가 렉사와 만나도 좋다고 허락했을 때, 페르세포네는 군데군데 피어난 양귀비에 대해 죽음의 신에게 물어본 적이 있었다.

"영원한 안식처입니다." 이것이 그의 답이었다.

"그 뜻은……."

"더는 지상 세계에도 지하 세계에도 존재하기를 원하지 않을 때, 영혼들은 땅으로 돌아가게 됩니다." 그 영혼들에게서 나오는 에너지가 때로 마법처럼 작용한다고, 그는 설명을 이어갔다. "거기에서 양귀비들과 석류 열매가 탄생하는 거지요."

묻고 싶은 게 더 많았다. 영혼이 더 이상 존재하고 싶지 않다는 결심을 하는 때는 언제일까? 물론 그 질문을 할 때 떠올린 건 렉사였다. 하지만 타나토스는 예상치 못한 답을 했다.

"선택의 여지가 없을 때도 있어요. 여기 왔을 때 이미 너무 망가져 있어서 계속 존재하는 게 오히려 고문이 되기도 하지요."

그제야 렉사가 운이 좋았던 거구나 싶었다. 적어도 레테 강물만 마시면 되었으니까. 분명 그보다 더 나쁜 운명들이 있을 것이다.

수많은 언덕 중 하나를 오르다 문득 멈춰 서서 아도니스의 익숙한 짙은 색 곱슬머리를 찾아보려 했지만 그는 없었다. 이곳에선 그를 알아보지 못할 가능성도 있었다. 심지어 렉사조차 겉모습은 비슷했지만 어딘가 다르게 보였고, 가장 아끼던 인간인 그녀를 마지막으로 본 지도 어느덧 몇 달이 되었다. 아도니스를 보게 되더라도 다가갈 순 없을 것이다. 엘리시움은 치유를 위한 공간이었으니까. 이곳에 머무는 영혼들은 면회할 수 없었다. 그들끼리조차 사교 활동을 하지 않았다.

렉사만은 예외였다. 하데스가 뭔가 조치를 취해두었나 싶기도 했지만 한 번도 묻지는 않았다. 그녀는 잠시 더 들판을 바라보다 렉사를 만나기 위해 발걸음을 옮겼다.

페르세포네는 내내 천천히 걸었다. 지하 세계 중에서도 여기에서만 누릴 수 있는 평화가 있었다. 여기선 어머니의 위협에 대해서도, 트라이어드에 대해서도, 헬렌의 갑작스러운 행동 변화에 대해서도 쉬이 잊을 수 있었다. 마치 이 환경이 그런 생각들을 저만치 몰아내는 것 같았고, 오래 머물렀다간 여길 떠나는 것마저 잊어버릴 것 같다는 느낌을 늘 가지고 있었다.

또 다른 언덕이 나왔다. 렉사가 자주 머물곤 하는 낮은 계곡 쪽, 나무들이 더 많은 곳으로 내려가던 중 어느 나무 아래 앉아 있는 두 영혼들에 시선이 멈췄다. 둘은 어깨를 맞대고 머리를 서로 기대고 있었다. 그들의 내밀한 순간을 방해하는 것처럼 느껴져 시선을 돌리려던 바로 그 순간, 그녀는 저 둘이 타나토스와 렉사라는 사실을 깨달았다. 나란히 있으니 둘의 차이가 더욱 극명했다. 타나토스의 눈부신 흰색 머리카락과 한밤중의 하늘빛을 닮은 렉사의 머리카락. 다만 눈동자는 둘 다 빛나는 푸른색이었다. 분명히 숨결과 공간도 함께 누렸을 것이다.

어떻게 하면 좋을까. 나중에 다시 올까? 저 멀리서 몰래 지켜볼까? 가까이 다가가 떼어놓을까? 하지만 그녀가 결정을 내릴 새도 없이, 타나토스의 시선이 그녀와 마주쳤고 그 즉시 그는 펄쩍 뛰며 일어나 렉사와 거리를 두었다. 당황해서 얼굴을 찌푸린 채 고개를 돌린 렉사의 눈동자가 페르세포네와 마주했다.

어색하고 불안한 느낌에 그녀는 언덕 아래로 내려가 그들에게 다가갔다. 타나토스가 그녀를 향해 걸어왔다. 렉사는 나무 밑에 그대로 앉은 채 고개를 뒤로 젖히고 눈을 감았는데, 그 모습에 그녀는 멈칫했다.

"평소와 다른 시간에 오셨군요." 타나토스가 조심스럽게 말했다.

"그러게요." 그녀는 동의했지만 사과하진 않았다. 엘리시움은 그의 관할이긴 했지만 하데스가 왕 아니던가. "오늘 밤 가야 할 곳이 있어서요. 렉사를 만나려고 일찍 왔어요."

"그녀는 지쳐 있습니다." 그가 말했다.

"방금 전까지 당신이랑 이야기 중이었잖아요." 페르세포네는 눈을 가늘게 뜨며 지적했다.

"보고 싶어 하신다는 건 이해합니다." 타나토스가 말했다. "하지만 이렇게 오신다고 해서 원하시는 게 이루어지진 않습니다."

그녀는 그가 한 대 때리기라도 한 듯 뒤로 물러섰다. 타나토스의 표정이 바뀌었고, 마치 자신의 말이 어떤 상처를 입힌 건지 깨달은 것처럼 눈을 약간 크게 뜨곤 한 발짝 다가왔다.

"페르세포네."

"오지 마요." 그녀는 한 걸음 물러서며 말했다.

렉사가 결코 이전과 같을 수 없다는 사실을 또 한 번 상기시킬 필요는 없었다. 안 그래도 그 사실을 매일같이 애도하며, 그 모든 게 자신의 탓이라는 죄책감과 싸우고 있는데.

"마음 상하시게 하려는 건 아니었습니다."

"하지만 그렇게 했네요." 그녀는 이렇게 말하곤 사라졌다.

지하 세계의 렉사를 만날 수 없었기에 페르세포네는 이오니아 공동묘지에 있는 그녀의 무덤으로 갔다. 무덤은 거의 새거나 다름없었다. 사랑받던 딸, 너무 일찍 떠나보내다라고 적힌 비석이 놓인 휑한 둔덕. 그 문구가 가슴에 박힌 이유는 두 가지였다. 렉사가 정말 일찍 떠났다는 실감이 나기도 했지만, 다른 한편으로 틀린 표현이었다. 결국 죽음은 렉사가 스스로 선택한 거였으니까.

난 내가 하려 했던 걸 이뤘어, 타나토스와 함께 레테 강물을 마시러 떠나기 직전 친구는 이렇게 말했다. 그리고 모든 게 다시는 예전과 같을 수 없게 되었다.

렉사의 장례식 이후로 여기에 온 건 처음이었다. 페르세포네는 무덤 옆에 무릎을 꿇고 떨리는 숨을 내쉬었다. 무덤 위엔 눈이 덮여 있었고, 손바닥이 차가운 땅에 닿자 흙 속에서 하얀 아네모네 여러 송이가 피어났다. 이 마법은 끌어내기 쉬웠다. 그 이면의 감정이 너무도 날것이고 너무도 고통스러워서 정말이지 피부를 뚫고 쏟아져 나왔으니까. 그녀는 한참 동안 꽃 위와 묘비 위에 쌓이는 눈을 털어냈다.

"내가 널 얼마나 그리워하는지 넌 모를 거야."

그녀는 무덤과 묘비, 그리고 땅속 2미터 밑에 묻혀 있을 시체를 향해 말했다. 지하 세계에 있는 영혼에게는 말할 수 없는 것들이었다. 영혼으로선 이해하지 못할 테니까. 그래서 여기 온 거였다, 가장 친했던 친구와 이야기하려고.

바닥에 주저앉자 추위가 옷을 뚫고 피부 속으로 스며들었다. 그녀는 한숨을 내쉬곤 묘비에 머리를 뒤로 기댄 채 하늘을 올려다보았다. 살결에 눈송이가 닿아 녹았다.

"나 결혼해, 렉사." 그녀가 말했다. "그러겠다고 했어."

그녀는 살짝 웃음 지었다. 공중으로 방방 뛰며 그녀의 목에 두 팔을 휘감곤 환호성을 질러댈 렉사가 눈에 선했다. 그 생각에 기쁨이 차올랐지만 동시에 마음이 미어졌다.

"이렇게 행복했던 적이 없어. 동시에 이렇게나 슬펐던 적이……"

그녀는 한참 동안 아무 말 없이 숨죽여 울었다. 눈물이 뺨을 타고 흘러내렸다.

"세피?"

고개를 들자 몇 미터 떨어진 곳에 마치 눈 속의 황금 불빛처럼 서 있는 헤르메스가 보였다.

"헤르메스, 여기서 뭐해요?"

"당신도 알 수 있을 것 같은데요."

그가 황금빛 머리칼을 손으로 쓸어 넘기며 말하곤 그녀 옆에 앉았다. 긴팔 셔츠에 짙은 청바지로 캐주얼한 옷차림이었다.

"오늘은 점퍼 안 입었네요?"

"그건 특별한 날에만 입는 옷이라서요."

둘은 서로를 향해 빙긋 미소 지었고, 페르세포네는 눈가를 훔쳤다. 울고 난 다음이라 속눈썹이 아직 촉촉했다.

"내가 아들을 잃었다는 걸 알고 있나요?" 그가 한참 후에 말했다.

페르세포네는 그를 바라보았다. 아름다운 옆얼굴이 보였다. 하지만 깊은 황금빛 눈동자와 턱선만으로도 그 일을 말로 꺼내기 어려워한다는 걸 단박에 알아차릴 수 있었다.

"아뇨." 그녀가 속삭였다. "너무 마음이 아프네요."

"당신도 알 거예요." 헤르메스가 말했다. "이름은 판이었어요. 야생의 신, 그리고 양치기와 양들의 신. 아주 오래전에 죽었는데 아직도 슬프네요……. 어떤 때는 마치 어제 일어난 일처럼 느껴져요."

보통은 어떻게 죽었느냐고 물어보겠지만 그 질문을 하고 싶진 않았다. 그녀 역시 그 질문을 받았을 때 답하고 싶지 않았으니까.

그래서 대신 이렇게 말했다. "아들 얘기 좀 더 해줘요."

"당신도 좋아했을 거예요. 나 같았거든요. 잘생기고 유쾌하고. 음악을 사랑했죠. 판이 파이프를 발명했다는 거 알고 있어요? 아폴론한테 도전한 적도 있어요." 헤르메스는 잠시 말을 멈추곤 웃음을 터뜨렸다. "당연히 졌지만. 그냥…… 재미있는 애였어요."

그는 판에 대한 이야기를 이어갔다. 그의 위대하거나 볼품없는 연인들, 모험들, 그리고 죽음까지.

"갑작스러웠어요, 분명 존재하고 있었는데 한순간에 사라졌죠. 그가 죽었다는 소식이 바람결에 실려왔는데, 인간들과 애도하는 자들의 외침들 속에서 말이에요. 믿을 수가 없어서, 하데스에게 갔더니 진실을 말해주더라고요. 운명의 여신들이 그의 실을 잘라버린 거예요."

"마음이 정말 아프네요, 헤르메스."

"죽음이 그렇죠. 신들에게조차도." 그는 서글픈 미소를 지어 보였다.

그 말에 등골이 서늘해졌다. 무시할 수 없을 만큼 모골이 송연해지는 느낌이었다.

"우리 이제 가야 돼요." 그는 자리를 털고 일어나 손을 내밀었다. "아프로디시아 클럽에 가야 하는데 설마 그걸 입을 생각은 아니겠죠."

그녀는 그의 손을 붙잡고 일어나며 웃음을 터뜨렸고, 서로 다른 방향으로 순간 이동하기 전 헤르메스가 눈을 맞추었다.

"아무도 당신에게 모든 게 다 괜찮은 척해야 한다고 말한 적 없어요." 헤르메스가 말했다. "슬픔은 우리가 치열하게 사랑했다는 뜻이죠……. 누군가 우리한테 그 말밖에 해줄 게 없다면, 그걸로 우리는 최고의 삶을 산 거라고 생각해요."

18장
아프로디시아 클럽

　하데스의 리무진 뒷좌석에서 내리며 페르세포네는 가진 것 중 가장 따뜻한 외투 안에서 몸을 웅크리고 오들오들 떨었다. 코트 안에는 이런 날씨에는 그다지 적합하지 않을 만큼 노출이 많은 검은색 가운을 걸치고 있었다. 깊게 파인 브이넥으로 풍만한 가슴이 드러났고, 치마의 아랫단은 길게 트여 있어 허벅지가 보였다. 하데스가 허락해줄지 고민하느라 애를 먹었지만 그녀를 보게 되면 그 역시 내적 갈등을 겪을 게 뻔했다. 속상한 마음과 섹스하고 싶다는 깊은 욕망 사이에서 말이다.

　시빌 역시 검은색 드레스를 입었는데 너무 짧아서 란제리처럼 보였다. 아프로디테가 입을 법한 옷 같기도 했다. 레우케는 빨간색 시스루 톱에 타이트한 청바지 차림인 한편, 조피는 레우케의 옷장에서 구한 듯한, 우아한 몸의 윤곽을 드러내는 강철 코르셋에 검은색 바지를 빼입었다. 놀랍게도 헤르메스는 흰색 브이넥 셔츠에 회색 재킷, 그리고 짙은 색 청바지를 매치한 다소 얌전한 의상을 선보였다. 페르세포네는 내심 그가 점퍼를 입고 나타나길 바랐던 터였다.

"좋은 저녁 보내십시오." 운전석에 앉으며 안토니가 말했다.

"준비되면 연락할게요." 페르세포네가 약속했다.

"클럽이 안 보이는데요." 레우케가 보도에 줄지어 늘어선 건물들을 바라보며 말했다.

맞는 말이었다. 아프로디시아 클럽이라고 쓰인 간판은 없었다. 레스토랑과 바, 그리고 텅 빈 건물이 있을 뿐이었다.

"뒤쪽으로 가면 돼." 헤르메스가 말했다.

그들은 그를 따라 어두운 골목길을 걸었다. 삽으로 눈을 퍼낸 데다 모래가 깔려 있어 예상보다 한결 걷기가 쉬웠다.

클럽은 눈에 띄지 않았고 간판도 없었다. 그저 두 명의 보안관이 서 있는 에메랄드색 문 위에 노란 불빛이 쏟아지는 입구만 있을 뿐이었다. 그들은 한 명씩 신분증을 확인한 다음 문을 열어주었다. 안으로 들어가자마자 흠잡을 데 없이 멀끔한 검은 양복을 입은 남자가 그들을 맞이했다.

"아, 헤르메스 님." 수행원이 말했다. "어서 오십시오."

"서배스천." 속임수의 신이 마주 인사했다.

남자의 눈길이 페르세포네, 시빌, 레우케, 그리고 조피를 차례로 향했다.

"손님들을 모셔오셨군요. 여자분들을요." 서배스천은 놀란 듯 눈썹을 치켜떴다.

헤르메스가 목을 가다듬었다. "그렇다. 내 친구들일세. 페르세포네 님에 대해선 들은 바가 있겠지. 하데스와 곧 결혼하실 분이다."

"물론이지요." 그가 말했다. "너무나 아름다우셔서 눈이 멀 것 같습니다. 하데스 님께서 애인을 공유하시는지는 몰랐네요."

"공유 안 하거든요." 페르세포네가 말했다.

헤르메스가 헛기침을 했다. "그리고 이쪽은 그녀의 친구들. 시빌, 레우케, 그리고 조피."

"정말 영광입니다. 여기서 즐거운 시간을 보내시길 바랍니다. 따라오시지요."

서배스천은 그들을 위층으로 안내했고, 페르세포네는 헤르메스 옆에서 걸으며 그를 팔꿈치로 쿡 찔렀다.

"참도 안 와봤겠네요?"

"두어 번 와봤습니다." 그가 말했다.

"두 번뿐인데 이렇게나 유명하다고요?"

그는 씩 웃었다. "내가 할 말이 뭐 있겠어요? 내 기술이 워낙 전설적인 것을."

그 말에 페르세포네는 팔꿈치로 더 세게 쿡 찔렀다.

"아야!" 그는 옆구리를 문질렀다. "왜? 나 연습 많이 했다고요!"

그녀는 고개를 절레절레 저었다. 마음 한편에선 웃음을 터뜨리고 싶었지만, 다른 한편으론 진실게임 이후 하데스와의 대화를 떠올리고 있었다. 그녀는 아직 배우는 중이었다. 때론 하데스가 원하는 것을 정확하게 해주면 어떨까 싶었다. 특히나 아까 사무실에서 그가 주도권을 쥐었던 시간을 떠올리면 더 그랬다. 그녀의 입안으로 그의 것을 밀어 넣는 태도는 거칠고 거침없었다. 거친 섹스를 처음 해본 것도 아니었고, 보통의 경험 이상의 무언가를 그가 필요로 한다고 느꼈던 것도 처음이 아니었다. 어쩌면 이 클럽에서 몇 가지 아이디어를 얻어갈 수 있을지도 모른다.

계단 끄트머리에 다다랐을 때 그들은 어두운 복도로 들어섰다.

몸을 지탱하려 벽으로 손을 뻗은 페르세포네는 그 벽이 부드러운 벨벳 재질이라는 걸 깨달았다. 그들은 육욕, 열정, 정욕 같은 이름의 문들을 지나 갈망이라는 문 앞에 섰다.

특별실 내부에는 채도 낮은 푸른색 조명이 자리했는데, 그 때문에 방의 다른 구석들은 어둑했다. 침대처럼 보이는 커다란 검은색 가죽 소파 두 개와 몸을 결박하는 장치들이 올려진 벤치가 있었고, 맨 위에는 주걱이 놓여 있었다. 페르세포네는 코트를 벗지 않은 채 발코니 쪽으로 다가갔다.

그 밑에는 여러 개의 침대와 커다란 소파 및 벤치들, 그리고 두 개의 새장이 있었다. 천장에 달린 붉은색 조명은 온 바닥을 진홍색으로 물들이고 있었다. 모든 곳에 사람들이 있었는데, 어떤 이들은 가면을 쓰고 있었다. 몇몇은 오럴을 비롯한 온갖 종류의 섹스를 하고 있었고, 몇몇은 소파나 의자에 앉아 수다를 떨며 그 광경을 지켜보고 있었다. 다소 작은 규모의 댄스 플로어 위에서는 몇 사람만 몸을 흔들고 있었으며 다른 이들은 서로를 만지며 탐하고 있었다. 페르세포네가 상상했던 것과는 딴판으로 모든 것이 어딘가 고요하게 진행되고 있었다.

그녀가 상상했던 건 하데스와의 섹스와 비슷한 어떤 것이었지만, 둘의 섹스가 훨씬 더 강렬했다. 그건 공유될 수 있는 것이 아니었다, 이곳의 광경과는 달리.

그래도 저들은 천천히, 사려 깊고도 존중하는 자세로 임하고 있었다. 한 여자는 한 남자에게 엉덩이를 맞으면서 동시에 다른 남자에게 오럴을 해주고 있었고, 몇몇 커플은 쾌감에 얼굴을 일그러뜨리며 섹스하고 있었다. 다른 여자는 몸이 묶인 채 남자에게 애무를 받고 있었다. 페르세포네는 꽤 오랫동안 그 커플의 행위를 홀린 듯 바라보았다. 왜 끌리는지 알 수는 없었지만 어쩌면 여태껏 결박되는 걸 통제력의 상실로만 받아들였을지도 모른다는 생각이 들었다. 그런데 저 광경은 좀 달랐다. 관능적이고 짓궂은 괴롭힘이 가미된 사랑, 신뢰가 바탕이 된 행위 같았다.

온몸이 달아오르기 시작해 그녀는 목을 가다듬었다. 마음 깊이 한구석이 아려왔다. 아까 전에 그녀는 하데스에게 가장 원하는 것을 해주었다. 섹스는 뜨겁고 묵직했으며 그녀의 욕구는 절실했다. 그녀는 발코니 난간을 움켜쥐었다.

"자, 어떻게 생각해요?" 헤르메스가 그녀와 나란히 서며 물었다.

"좀…… 달라요." 적절한 단어를 찾아 머뭇거리며 그녀가 말했다.

"생각한 것보다 지저분하진 않죠?" 그는 눈썹을 씰룩이며 물었다.

"네." 그녀가 말했다. "뭐랄까…… 오히려…… 얌전해 보이는데."

집단적인 바이브레이터가 곳곳에 난무한데도 말이다.

"저 중에 해보고 싶은 거 있어요?"

페르세포네는 빤히 바라보았다.

그가 덧붙였다. "그러니까, 하데스랑 말이에요."

그녀는 화제를 바꾸기 위해 질문을 던졌다. "그 모임이라는 거, 어디서 열리는 것 같아요?"

"헬렌이 어떤 모임에 가느냐에 따라 좀 다를 것 같은데." 헤르메스가 말했다.

시빌과 레우케, 조피도 발코니로 나왔다.

레우케는 나직하게 웃었다. "세월이 가도 어떤 것들은 참 변하질 않네요."

페르세포네는 님프의 말이 아마도 섹스가 난무하던 고대 그리스 사회를 두고 하는 말일 거라고 짐작했다. 사실, 섹스에 관한 사람들의 생각은 그다지 변하지 않았다. 현대 사회에서도 성매매는 비일비재하게 일어나지 않은가.

"얼른 눈 감아, 조피." 레우케가 농을 쳤다.

"어째서인가?" 여전사가 물었다. "난 섹스에 익숙하다."

모두가 놀라서 바라보았다.

"왜 그럽니까? 난 현대 사회는 잘 모르지만 섹스는 현대의 것이 아니지 않습니까." 조피가 말했다.

헤르메스가 킬킬 웃었고 시빌은 픽 웃음을 터뜨렸다.

"너도 섹스해본 적 있는 거야?" 레우케가 물었다.

조피는 아무렇지 않은 듯 말했다. "당연하지."

"하지만…… 진실게임 했을 때." 레우케가 말했다. "넌 한 번도 술 안 마셨잖아! 단 한 번도!"

조피는 한참 말이 없더니 마침내 입을 뗐다. "내가 그 게임을 잘못 이해했나 보다."

모두가 웃음을 터뜨렸다. 그들은 잠시 동안 다채로운 행위와 자세에 대해 말을 없었다. 아래쪽의 커플들은 몸을 섞으며 여러 가지 체위를 시도했다. 그런데 시간이 지날수록 몇 명이 그곳을 떠나고 있다는 걸 알아차렸다. 한 명 한 명 어둠 속으로 사라졌다.

페르세포네는 몸이 굳었다.

"다들 어디로 가는 것 같아?" 시빌이 물었다.

"모르겠어." 페르세포네가 답했다.

"한번 조사하러 가볼까." 헤르메스가 물었다.

"누군가는 여기 남아서 헬렌을 주시해야 해." 페르세포네가 말했다. "시빌, 레우케. 헬렌이 오는지 보고 나한테 문자해줄래?"

"물론이지." 시빌이 말했다.

"조피, 여기에 이 둘과 함께 있어줘요."

"저는 여신님을 보호하라는 명령을 받았습니다."

"사실 말이지, 오늘 밤엔 내가 이분을 보호하겠다고 서약을 했거든." 헤르메스가 말했다. "다른 누군가의 도움은 정중히 거절하려 해. 양해해주렴."

여전사는 헤르메스를 노려보며 뭐라고 항변하려 했지만 페르세포네가 끼어들었다.

"조피, 이거 중요한 일이에요. 그러니 내 친구들을 보호해달라고 명령할게. 헬렌이 트라이어드 패거리와 함께 여기 있다면, 그리고 우리 중 누구라도 발견되면 위험해지니까요."

"잘 알겠습니다, 여신님." 여전히 헤르메스를 노려보며 그녀가 말했다.

페르세포네는 외투를 벗었고, 둘은 특별실을 나와 가면으로 얼굴을 가리곤 클럽 플로어로 향했다. 어둠 속, 계단참에서 헤르메스가 문득 멈춰 섰다.

"내가 하라는 대로 해요."

그는 이 말과 함께 그녀의 팔을 끌어당겨 붙잡고는 플로어로 들어섰다. 둘은 뒤엉킨 팔다리들, 남자들과 여자들이 열정의 고통 속에 허우적대고 있는 소파 사이를 한참 걸었다. 음악 소리와 신음 소리로 가득한데도 이곳이 너무도 조용해 그녀는 놀랐다.

한 커플이 그들을 향해 미소 지었다. 그 남자는 파트너의 다리 사이에서 자세를 취하고 있었다.

"같이 하실래요?" 그가 물었다.

"그냥 보는 게 더 즐거울 것 같네요." 헤르메스가 말했다.

남자는 개의치 않고 여자 위로 깔리듯 무너져 내렸다. 페르세포네는 눈을 피하며 방 한가운데에서 기이한 감정에 휩싸였다. 사람들이 이렇게 공개적으로 섹스를 하다니. 그녀는 스스로도 이럴 수 있을지 확신이 없었다. 그녀든 하데스든 사람들이 지켜보는 게 편안하지 않을 것 같았다. 그녀는 소유욕이 많았다. 그 역시 그러했고. 그러니 좋게 끝나진 않을 것이다.

곧이어 그들은 어둠 속 복도로 들어섰고, 거기엔 한 남자가 서 있었다.

"여신님." 그가 말했다.

그 칭호에 몸이 굳었지만, 헤르메스가 팔을 놓은 순간 그 남자가 계단 내려가는 걸 도와주러 온 것임을 깨달았다. 그녀는 남자의 손을 잡고 헤르메스를 앞장서서 사람들로 가득한 원형의 방 안으로 들어갔다. 오목한 아치형 통로가 있고 기둥들이 사방에 늘어서 있었다. 계단식 원형 극장처럼 지어진 곳이었다. 무대는 방의 가장 낮은 지점에 자리했고 그 중앙에는 웬 여신이 있었다.

그녀의 팔다리는 검은 벤치 위로 꽉 묶여 있었다. 의식이 없었고, 머리에 난 상처에선 피가 뚝뚝 떨어지고 있었다.

페르세포네는 얼어붙었다. 서늘한 공포가 등줄기를 타고 흘러내렸다. 여신이 누군지는 알아볼 수 없었지만 아직 살아 있다는 건 직감할 수 있었다. 구경꾼들은 그녀를 향해 야유를 퍼부으며 물건을 던져댔고, 다른 이들은 뿔을 자르라고 반복해서 외쳤다.

"티케예요." 헤르메스가 말했다.

페르세포네는 화들짝 놀랐다. 신이 다가오는 걸 못 느꼈던 터였다. 그래도 그가 가까이 있으니 불안이 조금은 누그러졌다.

"티케." 페르세포네가 속삭였다. "행운과 번영의 여신 맞죠?"

"네." 그가 암울하게 답했다.

그녀는 그를 바라보았다. 눈빛이 굳은 채 이를 단단히 악물고 있었다.

"뭘 하면 될까요?" 페르세포네가 물었다.

그녀를 도와야 했다.

"기다려야 해요." 헤르메스가 말했다. "누가, 아니면 무엇이 저들의 편인지 아직 모르니까요."

그 말에 두려움이 왈칵 솟았다. 급류에라도 휘말린 것처럼 그녀를 압도하는 힘이었다. 하르모니아를 쓰러뜨렸던 무기를, 그리고 그 무기에 힘을 실어준 어머니의 마법을 떠올렸다. 여기서 무엇을 맞닥뜨리게 될까?

그녀는 군중을 살펴보았지만 헬렌은 찾을 수 없었다.

점점 더 많은 사람이 모여들어 방은 어느새 가득 찼고 더워졌다. 가면이 피부에 들러붙어 축축하고 불편했다. 사람이 더 많아질수록 분노와 조롱의 기운도 더욱 거세어졌다. 공기 중에 폭력의 낌새가 감돌았고, 그녀는 점점 더 불편함을 느끼며 헤르메스에게 꼭 붙었다. 신은 그녀를 꽉 붙들었는데, 그 역시도 긴장한 기색이 역력했기에 생각보다 위안이 되지 않았다.

돌연 박수 소리가 울려 퍼졌고, 모두의 시선이 무대 위 한 남자에게 향했다. 그는 거대한 몸에 꼭 맞춘 남색 양복을 입고 있었다. 구불대는 금발 머리에 눈동자는 너무도 밝은 푸른색이라 멀리서도 반짝이는 게 보일 정도였다.

반신이다, 그녀는 생각했다.

"오케아노스예요." 헤르메스가 말했다.

"오케아노스가 누구예요?"

"제우스의 아들." 헤르메스가 말했다. "산드로스라는 쌍둥이 형제가 있어요. 보통 서로 멀지 않은 곳에 있지만."

페르세포네는 오케아노스가 역겨워하는 얼굴로 티케 주위를 포식자처럼 빙빙 도는 모습을 지켜보았다. 그는 여신의 머리 주변에서 멈추더니 그녀의 뿔 하나를 붙들곤 손쉽게 부러뜨렸다. 그 소리에 페르세포네의 목구멍에선 신맛이 왈칵 치솟았지만 군중은 환호했다. 두 번째 뿔마저 부러뜨린 뒤, 그는 트로피처럼 공중에 두 뿔을 쳐들었고 군중은 그가 고대의 영웅이라도 되는 양 환호성을 질렀다.

그런 다음 그는 아무렇지도 않게, 테이블 위에 꽁꽁 묶인 여신을 심각하게 다치게 한 게 아니라는 듯 그것들을 옆으로 던져버렸다.

"올림포스 신들은 힘을 조롱한다!" 그는 외쳤다. "잘난 체하고 돌아다니는, 이미지와 부에만 집착하는 저 유명 인사들은 여러분의 절실한 기도를 들어주진 않고 오히려 인간들을 해치고 있다."

군중은 동의의 함성을 질렀다.

"아주 오래전부터 그래왔다. 신들이 세상에 쓸모가 없어질 만큼 오래 살고 나면 새로운 신들로 대체되어야 한다. 그 기도를 이해하고 그 잠재력을 바라보는 신들 말이다. 바로 우리가 그런 신들이다. 지금이 바로 우리의 세상을 되찾아야 할 때다."

더 많은 함성.

페르세포네는 구역질이 났다. 그녀가 예상했던 서사, 헬렌이 재차 얘기한 서사였다. 저 반신들은 정말로 올림포스 신들을 전복시키고 싶어 하고 있었다. 그런데 문제는 아도니스와 하르모니아, 그리고 티케마저도 올림포스 신들이 아니었다. 그들에겐 죄가 없다. 그들을 해치는 게 대체 무슨 소용이란 말인가?

티케가 움직이자 오케아노스가 고개를 돌렸다.

반신은 여신에게 다가가며 계속 말을 이었다. "우리는 환생할 것이다! 너희의 기도들이 다 응답받는 세상, 그리고 오직 요청받은 경우에만 신들이 개입해 치유하고 절대 상처 입히지 않으며, 그렇지 않을 시 참담한 대가를 치르게 될 새로운 세상에서 말이다."

그는 티케의 머리 위에 올려 있었을 게 분명한 칼날을 집어 들었다. 번득이는 칼날은 날카롭고도 위협적이었다.

"그 대가를 지불할 용의가 있는가?"

그의 질문에 군중은 예, 하고 소리 질렀다.

바로 그때, 어머니의 마법 냄새가 났다. 정신이 퍼뜩 들며 심장이 쿵쿵 뛰었다. 잠시 공황이 와서 숨이 가빠지고 시야가 흐려졌지만, 그 마법을 감지하자마자 증세는 즉시 사라졌다. 무대로 눈을 돌린 순간 암피온이 공중에 칼을 들어 올리고 있었다.

"안 돼!" 페르세포네가 외치며 손을 뻗었다.

몇몇 사람이 그녀 쪽으로 고개를 돌리자마자 그들은 얼어붙었다. 그녀에게 시선을 고정한 오케아노스의 눈이 가늘어졌다.

제기랄.

반신들은 신들만큼 강력하진 않을지 몰라도 어떤 마법을 가지고 태어나는지는 아무도 알 수 없었는데, 오케아노스의 경우 시간을 통제하는 힘을 지닌 것 같았다. 한마디 말도 없이 그는 손을 뻗어 그녀를 향해 번개를 쏘았다.

눈이 휘둥그레진 페르세포네는 번개를 맞지 않으려 몸을 홱 움츠렸지만, 그 순간 누군가 눈앞에 모습을 드러냈다. 여신이었다.

"아프로디테."

여신이 팔을 뻗자 오케아노스의 몸이 휘청대더니 그의 심장이 가슴속에서 튀어나와 아프로디테의 손 위로 날아왔다. 경악의 표정과 함께 그가 쓰러졌고, 페르세포네는 그녀의 마법으로 무슨 일이 일어난 건지 이해하지 못했다. 얼어붙었던 군중은 다시 움직이기 시작했다. 무슨 일이 일어난 건지 그들이 깨닫기까지 무거운 침묵이 흘렀다.

"신이다! 우리 중에 신이 있다!" 누군가 외쳤다.

그러자 혼란이 덮쳤다. 몇몇은 비명을 지르며 달아났고 다른 이들은 가면을 벗고 안에서 무기를 찾았다.

"헤르메스!" 페르세포네가 외쳤다. "티케를 데려와줘요!"

속임수의 신은 순식간에 사라지더니 무대 위, 꼼짝도 하지 않는 여신 옆에 나타났다. 헤르메스를 공격하기 위해 앞으로 다가온 일부 무리는 신의 눈동자가 번득이자 주춤했다.

페르세포네는 몸을 일으켰다. "아프로디테!"

여신은 그녀의 목소리를 듣지 못하는 것 같았다. 손에 든 심장은 여전히 뛰고 있었고 그녀의 손가락 사이로 피가 뚝뚝 떨어졌다. 그때 페르세포네의 눈길은 여신을 향해 달려드는 인간에게 향했다. 기다란 촛대를 들고 내려치려는 찰나였다.

"아프로디테!"

여전히 여신은 침착했다. 거의 수동적이다시피 한 태도로 인간을 향해 고개를 돌리더니 손을 뻗어 그를 저만치 군중 뒤로 날려 보냈고, 맞은편 벽에 커다란 균열을 내며 부딪히자마자 인간의 몸이 산산이 부서졌다.

다른 인간들이 덤벼들 거라고 예상했지만 다들 다친 이들을 향해 몰려갔다.

그때 갑자기 웬 손이 그녀의 머리채를 잡아당기더니 가면을 잡아채 찢었다. 그 움직임이 너무도 폭력적이어서 어안이 벙벙했고, 익숙한 두 눈동자를 마주하기까지는 잠시 시간이 걸렸다.

"제이슨?"

렉사의 장례식 이후로 그를 본 적이 없었다. 그는 모든 연락을 다 끊어버렸는데, 그 이유를 알 것 같았다. 검은색 곱슬머리는 많이 자란 상태였고 얼굴은 면도하지 않은 채였다. 거칠고, 화가 난 것처럼 보였다.

"자, 자, 자, 호의 받아 처먹은 년이 우리 회동에 잠입했네."

"제이슨." 그녀는 그의 이름을 부르며 손을 뻗어 머리 뒤에 가해지는 힘을 줄여보려 했다.

그 순간 그가 손을 놓았고, 페르세포네는 뒤쪽으로 비틀대다 다른 누군가에게 거세게 밀쳐졌고, 앞으로 휘청대던 그녀는 다시 밀쳐졌다. 주변을 둘러보니 그녀는 포위되어 있었다.

그녀는 제이슨과 눈을 마주쳤다. "왜 이러는 거야?"

"뻔하지 않겠어? 하데스는 렉사를 구할 수 있었어. 네가 그 애를 구할 수 있었다고."

"감히 그딴 말 지껄이지 마." 페르세포네는 눈시울이 뜨거워지며 눈물이 왈칵 차올랐다.

"애초에 네가 제대로 했다면 그녀는 떠나지 않았을 거야. 돌아왔을 때는 예전 같지 않았으니까."

"왜냐하면 렉사가 죽고 싶어 했으니까!" 페르세포네가 외쳤다. "넌 너무 이기적이라 여자친구가 지친 것도 알아채지 못했지. 나도 너무 이기적이었어."

"신경 쓰는 척하지 마." 그가 말했다. "신경 썼다면 하데스랑 결혼해선 안 되지."

그녀를 둘러싼 원이 조여오자 점점 몸이 굳어졌다. "이러지 마. 너 후회할 거야."

"우린 하데스 따위 두렵지 않아." 제이슨이 말했다.

"너희가 두려워해야 할 대상은 하데스가 아니야. 나지."

그는 웃음을 터뜨렸다. 다른 이들도 웃어젖히기 시작했다. 하지만 페르세포네의 분노는 들끓고 있었다. 누군가 손을 뻗자마자 그녀는 폭발했다. 말 그대로 폭발이었다. 팔다리와 손바닥에서 가시들이 뻗쳐 나왔다. 마치 칼날처럼 솟아난 가시들은 그녀를 둘러싼 인간들을 찔렀고 제이슨을 포함한 많은 이들의 몸을 뚫고 지나갔다. 그들의 머리, 목, 가슴, 배를. 그녀는 스스로의 분노에, 이 아수라장에, 고통에 몸부림치며 비명을 질렀다. 마법의 힘이 꺼지자 가시들은 물러나 마치 그녀의 일부인 양 몸 안으로 휘감겨 들어갔지만 피부는 온통 찢어지고 갈라져 피투성이가 되었다.

그녀는 시체들 한가운데에 무릎을 꿇고 주저앉아 가쁜 숨을 몰아쉬었다. 혀에서 피 맛이 났다. 치유해. 치유해야 해.

그때 결코 헷갈릴 수 없는 하데스의 존재감이 느껴졌다. 구두가 먼저 눈에 들어왔고, 천천히 고개를 들자 그가, 분노와 어둠과 죽음으로 형형한 고대의 신이 서 있었다.

방이 왜 이렇게 조용해졌는지 깨닫는 데는 잠시 시간이 걸렸다. 모두가 죽었기 때문이었다. 그녀가 한 짓일까? 하데스의 악의가 벌인 일일까?

하데스. 그녀는 그의 이름을 부르려 했지만 입안에 고인 피가 너무도 끈적거려서 목구멍에 턱 걸렸다. 머리가 빙빙 돌았고, 그녀는 진홍색 피를 뱉어내며 그대로 바닥에 쓰러졌다.

하데스는 몸을 구부려 그녀를 품에 꼭 안았다. 이런 모습은 한 번도 본 적이 없었다. 겁에 질리고, 강력한 자극을 받은 모습이었다. 그가 끔찍하고 어두운 무언가와 싸우고 있다는 것을 그녀는 알 수 있었다. 그를 위로하고 싶었고, 그녀가 얼마나 사랑하는지 그가 알았으면 좋겠다는 마음만 들었다.

그러곤 모든 게 어두워졌다.

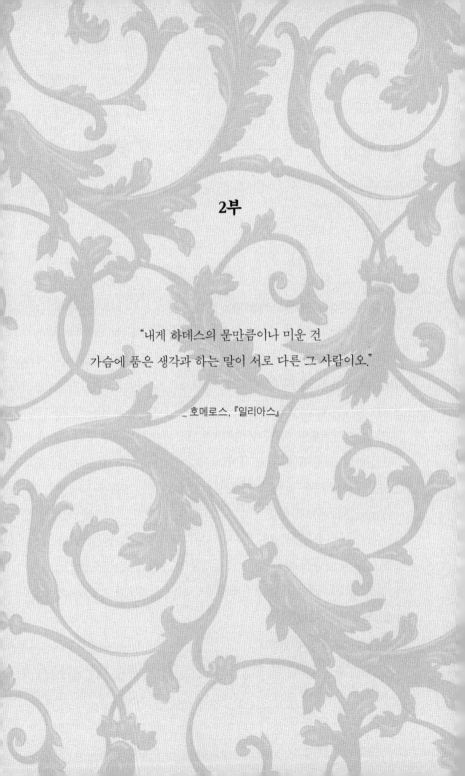

2부

"내게 하데스의 문만큼이나 미운 건
가슴에 품은 생각과 하는 말이 서로 다른 그 사람이오."

_ 호메로스, 『일리아스』

19장
람프리 섬

　잠에서 깨었을 때 페르세포네는 낯선 침대에 누워 있었다. 혀가 부은 듯했지만 숨은 쉴 수 있었고 목은 더 이상 핏물로 울렁대지 않았다. 그녀는 팔을 들어 올려 흠집 없이 매끄러워진 피부를 들여다보았다. 치유된 게 분명했다. 그럼에도 스스로 해낼 수 없었기에 실패한 것 같다는 느낌을 지울 수는 없었다. 그녀는 몸을 일으켜 밝은 방 안을 둘러보며 하데스를 찾았다. 그를 발견하기까지 오래 걸리진 않았다. 열린 발코니 문 사이로 짠맛이 감도는 신선한 공기가 실려왔다. 하데스는 그 바깥에 앉아 있었다. 그녀는 침대에서 미끄러지듯 내려와 시트를 몸에 두르고 그의 곁으로 갔다.

　검은 가운 차림을 한 그의 손가락 사이에는 위스키 잔이 끼워져 있었다. 턱은 단단히 악물려 있고 눈썹은 찡그린 엄중한 표정이었다. 깊은 생각에 잠긴 듯했기에 방해해도 되나 싶었지만 그의 눈동자를 들여다보고 싶었다.

　"하데스." 그녀가 속삭였다.

　그는 그녀를 바라보았다. 험악한 눈길이었다. 궁금했다. 마음속에서 어떤 싸움을 하고 있는 걸까?

"괜찮아요?" 그녀가 물었다.

"괜찮지 않습니다."

그의 답에 그녀는 흠칫했다. 그는 술을 한 모금 마시곤 다시 시선을 떨구었다. 그녀는 머뭇거리며 다가가 그의 머리카락을 쓰다듬었다. 머리칼은 촉촉했고 향신료 냄새를 강하게 풍겼다. 그녀는 마음이 진정되어 깊이 심호흡을 했다.

"하데스." 그녀는 다시 그의 이름을 말했다. 그는 이번에는 좀 더 느리게 그녀와 눈을 맞추었다. "사랑해요."

그가 그 말을 하나씩, 마음 깊은 곳까지 전부 받아들이고 있다는 걸 알아차린 그녀는 눈길을 피했다. 하데스는 한숨을 쉬곤 손을 뻗어 옆 테이블에 술잔을 내려놓았다. 그녀는 그의 무릎에 걸터앉아 두 손으로 그의 얼굴을 붙들곤 뺨을 엄지손가락으로 가만히 쓸었다. 너무도 아름답고, 너무도 상처 입은 얼굴.

"기분이 어떤지 말해줄 수 있어요?"

"할 말이 있는지 모르겠습니다." 그가 답했다.

그녀는 오래도록 그를 빤히 바라보았다. "나한테 화났어요?"

"당신을 거기 가도록 놔둔 나 자신에게 화가 납니다. 나 아닌 다른 누군가가 당신을 지켜줄 거라고 믿었던 것에도."

"헤르메스에게 부탁했으니까요."

"그는 맹세를 했습니다." 그는 으르렁거리며 말을 끊었다.

거센 분노에 깜짝 놀라 페르세포네는 잠시 얼어붙었다. 아직 비몽사몽한 상태라 생각이 정리되지 않았다. 이제 막 그를 본 참이고 그를 원하고 있었다. 그가 자신 탓을 하리라는 걸 그녀는 알았어야 했다. 페이리토스 사건을 두고도 그는 스스로를 비난했고, 이 일에 대해서도 마찬가지일 것이다. 그럼에도 그녀는 설득해보기로 마음먹었다.

"하데스." 그녀는 그의 가슴에 손을 얹었다. "나를 다치게 한 건 나예요. 내가 실패한 거예요. 스스로 치유를 할 수가 없었어요. 나 괜찮아요. 여기 이렇게 있잖아요."

"간신히 괜찮아진 겁니다." 그가 악문 이 사이로 말했다.

그러고 보니 하데스는 처음으로 그녀에게 손을 대지 않고 있었다. 대신 의자 팔걸이를 꽉 붙들고 있었다. 그 모습에 그녀는 그의 무릎에서 내려와 뒷걸음질 쳤다.

"어떻게 해야 할지 모르겠어요." 그녀가 무력하게 말했다.

"멈추면 됩니다." 분노가 넘실대는 시선으로 그가 말했다. "그만 관여하겠다고 결정할 수 있단 말입니다. 인간들의 마음을 돌리고 세상을 구하려는 노력을 그만두면 됩니다. 사람들에게 알아서 결정을 내리게 하고 그 결과를 직면하게 하십시오. 당신이 오기 전 세상은 그렇게 돌아갔고, 앞으로도 그럴 겁니다."

그녀는 성난 말들에 허리를 꼿꼿이 세웠다. "이건 달라요, 하데스. 당신도 알잖아요. 다름 아닌 신들을 납치하고 제압하는 인간들이라고요."

"그게 뭔지 정확히 알고 있습니다." 그가 으르렁댔다. "나는 전에도 이걸 겪었으니, 내가 당신을 보호할 수 있습니다."

"당신에게 나를 보호해달라고 하는 게 아니라고요." 페르세포네가 언성을 높였다.

"당신을 잃을 순 없습니다." 그가 자리에서 일어나 그녀를 가두듯 거리를 좁혀오며 이를 드러내고 으르렁댔다. "거의 잃을 뻔했습니다.

아십니까? 당신을 치유해야 하는데 내가 빌어먹을 정신을 제대로 차릴 수가 없었기 때문입니다. 오만 남자들과 여자들과 아이들이 당신처럼 피를 흘리며 내게 왔었습니다. 그들의 피를 뒤집어쓴 날이 수없이 많단 말입니다. 난 그들이 내게 생명을 갈구하도록 만들었습니다. 운명의 여신들과 싸울 수 없기에 내가 연장해줄 수도, 치유해줄 수도, 선물할 수도 없는 삶을. 그런데 당신은, 당신은 생명을 갈구하지 않았습니다. 살려고 절박해지지도 않았단 말입니다. 당신은 평화 안에 있었습니다."

"왜냐하면 당신 생각을 하고 있었으니까요." 그녀가 쏘아붙였다. 그가 칼로 그녀의 가슴을 찌르기라도 한 듯했다. 심장이 훤히 드러난 채 모든 고통을, 그녀의 것과 그의 것 모두를 안고 뛰는 것 같았다. 하데스는 얼어붙었다. "죽음이든 삶이든 아무것도 생각 안 했어요. 다만 내가 당신을 얼마나 사랑하는지만 떠올렸고 그걸 말하고 싶었는데, 그럴 수가 없었어……."

그녀는 말을 멈췄다. 더는 설명할 필요가 없었다. 하데스는 그녀가 왜 말할 수 없는지를 이미 알고 있었고, 그녀가 의식을 잃고 피를 흘리며 누워 있는 동안 그가 겪었을 공포를 상기시키고 싶지도 않았다. 그의 시선이 그녀의 얼굴 위에 잠시 머물렀고, 그는 그녀의 목덜미에 얼굴을 묻었다. 밀착한 그의 몸이 덜덜 떨렸다. 뜨거운 눈물이 살결 위에 떨어져 번지는 것을 느끼며 그녀는 아무 말도 하지 않았다. 얼마나 오래 지났을까, 마음을 가다듬은 그의 검은 눈동자는 붉어져 있었다. 이런 모습을 그녀는 한 번도 본 적이 없었다. 그는 지금 고통을 겪고 있다. 아주 실재하는, 날것의 고통.

그녀는 그의 뺨에 손을 가져다 댔다. "침대로 데려가줄래요?"

"여기는 어떤지요." 그가 몸을 굽혀 키스했다. 소금기와 위스키 맛이 났다. 입술이 닿을 듯 말 듯한 채 그가 말했다. "그런 다음 침대에서, 그다음엔 샤워하면서, 그리고 해변 위에서 취할 겁니다. 이 집의 모든 구석구석에서, 이 섬의 모든 곳에서 빠짐없이 당신을 삼키겠습니다."

그의 손이 엉덩이로 옮겨갔다. 그녀를 끌어안은 채 그는 다시 의자에 앉았다. 그녀는 몸에 둘렀던 시트를 늘어뜨린 채 그의 무릎에 올라탔다. 하데스의 손이 그녀의 가슴을 감싸 쥐었고, 그런 다음 젖꼭지를 입으로 가져갔다. 그가 애무하는 동안 페르세포네는 손가락으로 그의 머리칼을 움켜쥐었다. 숨소리는 얕아졌고, 로브 밑에서 잔뜩 발기한 성기에 바싹 붙어 몸을 움직이기 시작했다. 살과 살이 맞닿고 싶어서 애가 탄 그녀는 로브를 홱 벗겨 가슴팍과 부풀어 오른 성기를 드러냈다. 그의 뜨끈한 몸에 밀착한 채 움직이면서, 마찰 때문에 그녀의 그곳이 점점 젖어들기 시작했다.

그녀가 앞뒤로 몸을 흔드는 동안 하데스의 손은 내려와 엉덩이를 움켜쥐었다. 그런 다음 그의 손가락이 그녀의 안으로 미끄러지듯 들어왔고 그녀는 몸을 파르르 떨었다. 그 상태로 그의 손길을 느끼며 몇 분 더 쾌감을 누렸지만 어느새 더 많은 걸 원하고 있었다. 그녀는 그를 밀어내곤 성기를 쥐어 안쪽으로 밀어 넣었다. 광란의 감각으로 절실해진 채 그녀는 미끄러지듯 몸을 움직였다. 그의 배에서 사타구니까지 이어지는 짧은 털들이 클리토리스를 괴롭히듯 자극했다. 그녀가 주도권을 잡는 동안 하데스는 몸을 뒤로 기대고 머리 위로 팔을 든 채 의자 등받이 위쪽을 붙들고 있었다. 여전히 그늘진 눈을 반짝이며 그는 그녀의 얼굴을 바라보았다.

이윽고 그는 손을 그녀의 허리에 두른 채 미끄러지듯 부딪히며 움직임을 도왔다. 그가 선사하는 느낌은 그녀가 일평생 복용할 강장제 같은 것, 활력소였다. 팔다리에는 생명력을, 영혼에는 불꽃을 일으키는 감각. 그가 입술을 옮겨 그녀의 어깨를 깨물듯 스쳤다. 둘의 숨결이 뒤섞였고, 신음은 연이어 빠르게 터져 나왔다. 페르세포네는 아랫배가 조여지는 것을 느꼈다. 하데스의 성기를 자신의 근육으로 꼭 쥐고 있음을. 바로 다음 순간, 뜨거운 정액이 그녀의 안으로 왈칵 쏟아졌다. 그녀는 가쁜 숨을 몰아쉬며 그의 몸 위로 쓰러졌다. 잠시 후 몸을 움직여 그의 가슴에 키스한 뒤, 여전히 그의 것을 넣은 채로 허리를 세워 그를 바라보았다. 그러곤 씩 웃었다.

"지쳤어요?"

"이보다 더 살아 있음을 느낀 적은 없습니다."

그의 눈동자 속 어둠이 조금은 흐려진 것 같았다. 그녀는 다시 입을 맞추었다. 길고도 천천히, 그가 다시 단단해질 때까지 혀와 혀가 뒤얽혔다. 그녀는 입술을 떼곤 그의 가슴에 머리를 기댔다. 영원히 이렇게만 있을 수 있으면 좋겠다고 생각하면서.

"여기가 어디예요?" 그녀가 나직하게 물었다.

"람프리 섬입니다." 그가 답했다. "우리의 섬."

"우리?"

"내 소유입니다. 하지만 여기 오는 일은 거의 없지요. 클럽에서 당신을 처음 만났을 때, 난 지하 세계로 가고 싶지 않았습니다. 정말이지 아무도 없는 곳에 혼자 있고 싶어서, 그래서 여기로 왔었습니다."

또다시 긴 침묵이 흘렀다.

"티케는 살아 있어요?"

그러자 그녀를 끌어안은 하데스의 손길이 더 단단해졌다. "그녀는 살아나지 못했습니다."

✻

얼마 후, 하데스는 시빌과 레우케, 조피와 소식을 주고받을 수 있도록 페르세포네의 휴대폰을 돌려주었다. 그들은 그룹 문자 메시지 창을 만들어 사랑한다는 말을 전해왔다. 다정한 문자들에 눈물이 차올랐다. 그녀는 괜찮다고, 너희는 괜찮으냐고 문자를 보냈다.

우린 괜찮아. 조피가 우리를 안전하게 집까지 데려다줬어. 시빌이 말하며 위층에선 무슨 일이 있었던 건지 설명해주었다. 사람들이 어둠 속에서 달려나오며 신이 인간들을 공격하고 있다고 소리 질렀을 때 뭔가 잘못되었구나 싶었어. 그게 헤르메스인지…… 아니면 하데스인지 우린 몰랐어.

하지만 둘 중 누구도 아니었다.

공격한 건 아프로디테였다. 그리고 불현듯 스스로가 벌인 학살이 떠올랐다. 내가 얼마나 많은 사람을 죽인 거지?

하데스가 침실로 들어오자 그녀는 휴대폰을 옆으로 치워두었다.

그는 흠칫하며 물었다. "무슨 일 있습니까?"

"내가 몇 명이나 죽인 거예요?" 그녀가 속삭였다.

하데스는 머뭇거리다 되물었다. "뭐가 기억납니까?"

"하데스."

"알아야 마음이 더 편하겠습니까?" 그가 물었다.

그녀는 입을 열었지만 뭐라고 답해야 할지 알 수 없었다.

"생각해보십시오. 답을 아는 신으로서 말하는 겁니다."

이후에 그들은 해변을 따라 걸었다. 아무것도 걸쳐 입지 않은 채 허리춤에만 천을 두른 그가 이렇게 밝은 장소에 있다니, 그 모습을 보는 게 이상했다. 그의 피부는 태양빛 아래 윤이 흘렀고 황금빛을 띤 구릿빛으로 변해가고 있었다. 도무지 눈을 뗄 수가 없었다.

"무엇을 보십니까?"

"불편했어요?" 그녀가 물었다.

"그럴 리가, 자꾸 그러면 덮치고 싶어집니다."

해안가에 도착했을 때, 그녀는 바다로 달려가 까르르 웃으며 철썩이는 파도에 발을 담갔다. 흰 드레스의 밑단이 젖어들었다. 몸을 돌리자 하데스가 그녀를 향해 걸어오고 있었다.

"얼마나 됐어요?" 그녀가 물었다. "이 바다를 보러 온 지?"

"그냥 즐기러 온 건 까마득하게 오래된 듯합니다."

"그럼 이 시간이 기억에 남을 수 있게 만들어봐요."

페르세포네는 몸을 일으켜 세워 그의 허리에 다리를 감고 손으론 드넓은 근육질 어깨를 붙잡았다. 발기한 성기가 몸에 닿았다. 그녀는 그의 아랫입술을 앙 깨물었다.

"사랑해요." 그녀가 속삭였다.

두 입술, 두 몸이 하나가 되었다. 혈관의 피가 용솟음치며 생각들을 흩뜨렸다. 두 쌍의 손이 살결을 미끄러지듯 더듬으며 서로의 감촉을 느꼈다. 하데스의 손가락이 그녀의 아래쪽에 단단히 닿은 순간, 그곳을 문지르며 너무도 애타게 합일을 원하게 만든 순간, 둘은 욱신대는 입술을 뒤로하고 물러섰다.

"보여주고 싶은 게 있습니다." 그가 말했다.

그녀는 눈썹을 치켜뜨며 하데스의 성기를 바라보았다. 욕망이 다른 모든 생각을 다 집어삼킨 참이었다.

그는 나직이 웃음을 터뜨렸다. "걱정 마십시오, 달링. 원하는 걸 드리겠습니다. 여기선 말고."

하데스는 해변을 따라 열대 식물들과 나무들이 있는 숲으로 그녀를 이끌었다. 그 너머에는 뻥 뚫린 동굴로 향하는 바윗길이 있었다. 동굴 안으로 들어서자마자 나선형 계단이 놓여 있었다. 고여 있는 물은 수백 개의 사파이어처럼 반짝였다. 천장이 무너져 내린 위쪽에선 따스한 햇볕이 스며들어 웅덩이까지 닿았다. 무성한 덩굴이 동굴 벽 안에서부터 자라나 거친 바닥 위로 퍼져 있었다.

페르세포네는 아름다운 광경에 경탄하며 그저 바라보기만 했다.

"맘에 듭니까?" 그가 물었다.

"아름다워요."

하데스는 빙긋 웃더니 또 한 번 나선형 계단을 따라 물 쪽으로 내려갔다. 허리에 둘렀던 천을 끌러 알몸이 된 채로 물속에 첨벙 뛰어들더니 깊이 잠수했다. 그가 물가에서 약간 떨어진 곳에서 모습을 드러낼 때까지 그녀는 바라보았다.

그의 눈동자가 빛나고 있었다. 어둡고도 경건한 눈빛.

"함께하겠습니까?"

그녀는 얇은 드레스를 벗어 옆에 던져두고 물속으로 뛰어들었다. 하데스는 그녀의 허리를 감싸 안았고, 물 위에 뜬 채로 그녀의 입술을 탐했다. 그녀는 손을 뻗었다. 그의 것이 다리 사이에 오도록, 그 감촉을 느낄 수 있도록. 그의 입술이 턱 아래로 향하자마자 숨이 가빠졌다.

"난 우리 사랑을 기리는 성전을 지을 겁니다. 이 세상이 끝날 때까지 당신을 숭배할 겁니다. 당신을 위해 내가 희생하지 못할 것은 아무것도 없습니다." 그는 별처럼 빛나는 눈동자로 그녀를 바라보았다. "아시겠습니까?"

"네." 그녀는 그를 더욱 단단히 붙들며 말했다. "당신이 여태껏 원해온 모든 것, 심지어 당신이 없으면 못 살거라 여겼던 것들까지 모든 것을 내가 주겠어."

둘의 입술이 다시 부딪쳤다. 하데스는 그녀를 암벽 뒤쪽, 더 큰 동굴이 자리하고 폭포가 떨어지는 곳으로 이끌었다. 그러곤 물속에서 그녀를 들어 올려 동굴 벽에 바싹 기대어 앉힌 다음 다리 사이에 섰다. 그녀는 이글이글 타오르는 그의 눈동자를 바라보았다.

"내 안에는 어두운 것이 있습니다." 그가 말했다. "당신도 그것을 보았습니다. 이제 그것을 알겠습니까?"

그녀는 고개를 끄덕였다.

"바로 그것이 당신을 원합니다. 당신을 겁주는 방식으로."

이 말은 그녀를 두렵게 하기 위한 걸까? 만약 그런 거라면, 정반대의 효과를 낳은 셈이었다. 등줄기에 짜릿한 전율이 흘렀으니까.

"말해줘요."

"내 안의 일면은 당신이 내 성기를 숭배해주길 원합니다. 당신에게 들어갈 때 저 아래쪽에서 부르르 떨면서. 당신 안에서 절정에 이르고 싶어 안달하면서."

페르세포네는 손으로 벽을 꾹 누르고 있었다. 손톱이 뒤쪽에 자리한 바위를 파고들 지경이었다. 그녀는 속눈썹 사이로 그를 올려다보았다. 부끄러움과 대담함을 동시에 느끼면서.

"내 기도를 어떻게 받고 싶은가요, 나의 신이여?"

"당신이 무릎 꿇고." 그가 말했다.

그녀는 그의 성기와 같은 높이로 무릎을 꿇으며 줄곧 그와 눈을 맞췄다. 하데스는 한 손으로 그녀의 머리채를 그러쥐곤 두피가 아려 올 때까지 주먹으로 휘감았다.

"날 빨아줘." 그가 명령했고 그녀는 그에 따랐다.

그의 것을 입에 넣고, 윗부분을 아낌없이 맛보고 끝부분을 빨았다. 정액이 흘러나오기 시작할 때까지. 하데스가 신음을 흘리며 머리채를 더욱 꽉 잡았기에 눈가에 눈물이 고였지만 멈추지 않았다. 이렇게 그를 입안에 문 채 그의 어둠을 가지고 놀고 싶었다. 그가 입안에 쿵쿵 밀어 넣기 시작하자 그녀가 할 수 있는 것은 받아들이는 것뿐이었다. 그에게 기쁨을 안겨주기 위한 그릇이 되는 것. 그는 두 손으로 그녀의 얼굴을 감싼 뒤 부풀어 오른 근육과 거친 숨소리와 함께 앞뒤로 움직여댔다. 끝까지 가겠구나 싶었는데 그가 갑자기 몸을 떼더니 그녀를 거칠게 당겨 일으켜 세우곤 입을 맞추었다. 그녀는 점점 더 다리를 벌렸고, 그는 성기를 그녀의 다리 사이로 가져가 매끄럽게 젖은 채 애타는 입구를 놀리듯 탐했다.

"하데스." 속삭이는 그녀의 목소리가 다 쉬어 있었다.

그 애원에 대한 응답으로 그는 그녀의 엉덩이를 움켜쥐고 안으로 들어갔다. 그녀를 벽에 밀어붙이는 동안 다른 손은 그녀의 목 위로 올라왔다. 움직이는 동안 둘의 얼굴은 꼭 닿아 있었다. 밀어 넣을 때마다 그녀의 목에서 필사적인 신음이 흘러나왔고, 손가락은 그의 어깨를 꼬집고 파고들며 피부를 긁었다. 하데스의 입술이 다시 그녀 위에 포개졌고, 혀와 치아가 어지러이 뒤얽히며 서로를 맛보았다. 그녀가 한 번도 느껴보지 못했던 맹렬함으로 그는 움직여댔고 그러는 동안 그녀의 입에선 한 번도 입 밖에 꺼내보지 않았던, 스스로 듣게 되리라 생각지도 못했던 추잡한 말들과 소리들이 마구 흘러나왔다.

"당신이 싸는 걸 느끼고 싶어." 등이 뒤쪽으로 휘어진 채, 어깨뼈가 돌에 으스러질 듯 밀착한 채 그녀가 말했다. "내 안에 싸줘."

숨이 멎을 것처럼 가빠왔다.

"내 허벅지 위로 질질 흐르는 걸 느끼고 싶어." 그녀의 발뒤꿈치가 그의 엉덩이를 꾹 밀었다. "당신으로 온몸이 가득 차고 싶어. 며칠 동안 나한테서 당신 냄새만 나게." 이렇게 속삭인 다음 그녀는 그의 귓불을 강하게 빨았다.

그녀의 말에 하데스는 계속 쿵쿵 밀어붙였다. 목덜미로 향한 그의 입술은 그녀를 한껏 빨다가 세게 깨물었다. 그녀는 달콤한 통증에 겨워 비명을 질렀고, 첫 오르가슴의 진동이 몸을 전율시켰다. 오르가슴은 절정이랄 것도 없이 계속되었다. 계속, 끝없이 계속되다 어느새 온몸이 덜덜 떨리고 있었고 하데스가 야성적인 괴음을 뱉으며 신음을 흘리자 뜨거운 것이 그녀 안에 훅 퍼졌다.

둘은 한참 동안 서로 포개진 채 누워 있었다. 그러다 하데스가 조심스레 몸을 떼곤 그녀를 품 안에 안고 침실로 순간 이동한 다음 침대 위에 눕혀주었다. 그가 옆에 누워주길 바랐는데 그녀의 다리 사이에 무릎을 꿇곤 허벅지 위에 키스를 퍼붓기 시작하더니 어느 순간 입술로 클리토리스를 감쌌다. 부어오른 살결을 그의 혀가 달콤하게 집어삼켰다.

"하데스." 그녀는 그의 이름을 계속해서 속삭였다.

두 손이 그의 머리카락을 파고들다가 아래쪽의 시트를 붙잡았고,

온몸을 찢듯 찾아온 두 번째 절정에 몸 전체를 비틀었다. 흥분이 조금씩 가라앉자 마침내 하데스는 옆에 나란히 누웠다. 완전히 나른해진 채 그녀는 깊은 잠에 빠졌다.

얼마 후 깨어났을 때, 하데스는 그녀 옆에 누워 잠들어 있었다. 엎드린 자세로, 손가락은 그녀와 깍지를 낀 채였다. 평화로워 보였다. 몇 시간 전 그에게 달라붙어 있던 어둠의 덩굴줄기는 잠 속으로 자취를 감추었다. 그녀는 잠시 그를 바라보다 손을 풀고 가운을 입은 다음 밖으로 나왔다. 발코니 난간에 기대어 밤을 바라보았다. 어머니가 뻗치는 파멸의 손길이 닿지 않은 이곳은 평화로웠다. 문득 여기 있는 게 옳지 않은 것처럼 느껴졌다. 엄청난 혼란이 세상을 짓누르고 있는데 이렇게 행복을 느끼고 있다는 게.

"왜 울적해하고 있습니까?" 하데스가 물었다.

그녀는 화들짝 놀라 돌아 보았다. 문간에 서 있는 그의 벗은 몸 주변에는 침실 불빛이 만든 후광이 비쳤다. 단단히 발기한 성기에 눈길이 닿자 아랫배 쪽에서 묵직한 열기가 피어올랐다. 그 동굴 속에서 그녀를 어떻게 바라보았는지, 어떤 에로틱한 말들을 건넸는지, 어떤 결박들을 깨뜨렸는지 하나하나 떠올랐다. 그녀는 침을 꿀꺽 삼키곤 머리를 절레절레 흔들어 그 생각을 떨쳐냈다.

"여기 있으면 안 된다는 거 알죠. 우리가 남기고 온 것들이 있는데."

"하룻밤만 더." 하데스가 말했다.

말보다는 간청에 가까웠다.

"너무 늦게 되면 어떡해요?"

하데스는 말이 없었다. 그는 문간에서 발을 떼곤 이쪽으로 걸어왔다. 그러곤 그녀의 얼굴을 두 손으로 감싸며 무언가를 찾는 듯한 눈길을 보냈다.

"여기 있어달라고 부탁하면 들어주지 않을 겁니까? 여기선 안전할 겁니다. 난 틈날 때마다 당신에게 돌아올 거고."

"산 자들도 결국엔 우리 세계로 오게 돼요, 하데스. 아직 살아 있는 그들을 우리가 버리면 어떻게 되겠어요?"

하데스는 한숨을 푹 내쉬곤 그녀와 이마를 맞댔다. "당신이 나처럼 이기적이었으면 좋겠습니다."

"당신은 이기적이지 않아요." 그녀가 말했다. "날 여기 남겨두고 그들을 도우러 가고 싶은 거잖아요."

그의 눈길이 그녀의 입술로 향하는가 싶더니 키스가 시작되었다. 손은 그녀의 허리에 미끄러지듯 둘렸다가 로브 밑으로 향해 뜨끈한 그곳을 만졌다.

"하데스." 그녀는 그의 입술에 대고 날숨과 함께 속삭였다.

"하룻밤이 아니라면, 적어도 한 시간만 더 있어주십시오."

어떻게 안 된다고 할 수 있을까?

그는 발코니 가장자리로 그녀를 번쩍 들어 올려 손가락을 미끌미끌한 그곳으로 쑥 집어넣었고, 그녀는 신음을 흘렸다. 두 팔을 그의 목에 두른 채 손톱으로 그의 살결을 파고들었다.

"당신이 틀렸습니다." 하데스는 나직하게 웃으며 손가락을 자신의 입안으로 가져갔다. "난 이기적입니다."

깊은 안쪽에서 터져 나오는 야생의 굶주림을 느끼며 그녀는 그를 바라보았다. 그가 손가락을 빨아대는 동안 그녀는 다리를 점점 더 넓게 벌렸다. 저 손길이 돌아오길 바라며 애가 탔다.

"딱 한 시간만이에요." 그녀는 한 번 더 말했다.

그의 얼굴에 미소가 반짝 스쳤다 사라졌고, 다시 그녀를 맛보러 다리 사이로 막 얼굴을 들이밀려던 그는 불현듯 으르렁대며 페르세포네를 난간에서 내려주었다.

"제길." 그가 내뱉었다. "헤르메스."

"나도 함께하고 싶지만." 불과 몇 걸음 떨어진 발코니 저편에서 그가 모습을 드러내며 말했다. "다른 때에 하도록 하지. 가능하면."

페르세포네가 로브를 걸치려 몸을 돌리자 신의 조각 같은 얼굴에 눈 밑부터 입술까지 이어지는 커다란 상처가 건넸다.

그녀는 눈이 휘둥그레졌다. "헤르메스, 얼굴이 왜 그래요?"

그는 답과는 상반되는 부드러운 미소와 눈길을 건넸다. "내가 맹세를 어겼잖아요."

페르세포네는 입이 떡 벌어졌다. 하데스를 향해 고개를 돌렸지만 그는 그녀를 마주 보지 않았다. 오로지 분노에 가득 차 속임수의 신을 맹렬히 노려보고 있을 뿐.

"뭘 원하나, 헤르메스? 우린 곧 돌아가려던 참이다."

"그러던 참이라는 게 얼마나 긴 건데?" 그의 미소에는 장난기가 없었고, 페르세포네는 그에게 달라붙어 있는 울적함이 마음에 걸렸다. 티케를 잃은 슬픔 때문일까, 아니면 다른 것 때문일까?

"헤르메스." 하데스가 입을 뗐다.

"제우스가 둘을 올림포스로 소환했어." 헤르메스가 말을 끊었다. "위원회를 소집했어. 둘의 이별에 대해 논의하자는군."

"우리의 이별이라고요?" 페르세포네가 하데스를 돌아보며 말을 반복했다. "더 시급한 문제들이 있잖아요? 트라이어드가 여신들을 살해하고 해치고 있는데?"

"제우스가 위원회를 소집한 이유 중 하나를 얘기한 것뿐이에요." 헤르메스가 말했다. "다른 문제를 논의하지 않는다는 뜻은 아니죠."

"곧 따라가겠다, 헤르메스." 몸을 가릴 생각 따위는 전혀 없어 보이는 하데스가 말했다.

헤르메스는 고개를 끄덕이곤 페르세포네를 바라보았다. "이따 봐요, 세피."

그가 윙크를 한 뒤 사라졌다. 얼굴의 상흔을 보고 그녀가 느낀 죄책감을, 어쩌면 그가 누그러뜨려주려고 노력하는 걸까.

페르세포네는 하데스에게 고개를 돌렸다. "당신이 헤르메스의 얼굴을 저렇게 만든 거예요?"

그가 이를 악물었다. "알면서 물어보는군요."

"당신은 없었……"

"내가 그랬습니다." 그가 말을 잘랐다. "더 강한 처벌을 받았을 수도 있습니다. 우리의 법도 중 어떤 것들은 신성합니다, 페르세포네. 헤르메스의 얼굴에 가해진 일에 죄책감을 느끼기 전에, 당신은 몰랐을지 몰라도 그는 그 대가를 알고 있었다는 걸 기억하십시오."

책망처럼 들리는 말이었다.

그녀는 시선을 피하며 조용히 말했다. "난 몰랐어요."

하데스는 속상한 듯 한숨을 내쉬며 그녀의 손을 잡았다.

"미안합니다." 그가 그녀의 뺨 위에 손바닥을 대며 말했다. "위로해주려고 한 말이었습니다."

"알아요." 그녀가 말했다. "나를 끝없이 가르쳐줘야 하는…… 그런 노력이겠죠."

"가르쳐주는 건 결코 지치지 않습니다. 내 좌절감은 다른 데서 옵니다." 하데스는 그녀와 지그시 눈을 맞추곤 잠시 생각하더니 말을 이었다. "내 말이 잘못 튀어 나와서 당신이 행여 내가 야만적인 동기를 갖고 있다고 여길까 봐 걱정됩니다."

그녀는 인상을 찌푸렸다. 그가 그렇게 느끼는 게 놀랍진 않았다. 그녀는 그를 최악의 신이라고 지적했던 적이 있었으니까. 그가 인간들과 벌이는 거래들이 그저 유희를 위한 거라고, 영혼들을 구하려는 진정한 시도가 아니라고 그녀는 생각했었다.

"미안해요." 그녀가 말했다. "우리가 처음 만났을 때 내가 한 행동 때문에 당신이 두려움을 갖게 된 것 같아요."

"아닙니다." 그가 말했다. "당신 이전에도 두려움은 있었습니다만, 당신을 만난 뒤 비로소 중요해졌습니다."

"헤르메스를 처벌한 건 이해해요. 위로가 되었어요."

그녀의 말에도 그의 얼굴에는 여전히 불안함과 방어적인 기색이 남아 있다는 걸 느낄 수 있었다. 그래도 그는 몸을 앞으로 기울여 그녀의 이마에 입을 맞추었다. 그녀는 눈을 감고 가만히 그 입맞춤을, 온몸에 전해지는 온기를 느꼈다. 그가 몸을 떼자 그녀는 그와 시선을 마주했다.

"위원회에 함께 가겠습니까?" 그가 물었다.

그녀는 눈을 동그랗게 떴다. "정말요?"

"조건이 있습니다." 그는 희미하게 미소를 지었다. "올림포스 신들이 우리 문제를 논의하겠다면 당신도 참석해야 공정합니다."

그녀는 빙긋 웃었다.

"오십시오. 준비해야 합니다."

이 말과 함께 그는 둘 주변에 마법을 휘감고 순간 이동했다. 옷을 입기 위해 침실로 가는 줄 알았는데 그녀를 데려간 곳은 무기가 가득한 방이었다.

"여기는……."

"무기고입니다." 하데스가 말했다.

성의 다른 곳들과 마찬가지로 검은 대리석 바닥으로 된 원형의 방이었다. 벽의 대부분은 책장처럼 보이는 가구로 채워져 있었는데, 책 대신 놓인 건 다채로운 무기들이었다. 칼과 검, 투창과 투석기들, 활과 화살 외에도 총과 수류탄, 대포 같은 현대식 무기도 있었다. 방패, 투구, 사슬 갑옷, 가죽 흉갑도 전시되어 있었는데, 그녀의 눈길을 사로잡은 건 방 중앙에 놓인 하데스의 철갑옷이었다. 위협적이면서 동시에 치명적으로 보였다. 날카로운 금속 스파이크가 어깨와 팔, 다리를 덮고 있었다. 왼쪽 어깨에는 검은색 망토가 늘어뜨려져 있었고, 발치에는 검은 투구가 놓여 있었다.

　페르세포네는 가까이 다가가 투구의 차가운 금속 결을 따라 손가락을 쓸었다. 이걸 입은 하데스를 상상해보았다. 이미 거대하고 위풍당당한 풍채인데 이것까지 입으면…… 무시무시하게 크겠지.

　"얼마나 오래됐어요?" 그녀는 조용히 물었다. "이걸 마지막으로 입은 지?"

　"꽤 됐습니다. 신들과 싸우지 않는 한 필요 없으니."

　"당신을 죽일 수 있는 무기에 대항하는 경우에도 필요하죠."

　하데스는 대답 없이 곁으로 다가와 투구를 집어들었다.

　"이건 어둠의 투구입니다. 착용하는 이에게 투명해지는 능력을 선사하지요. 아, 당시 키클로페스들이 나를 위해 만들어준 것입니다."

　그녀는 3대 무기를 알고 있었다. 하데스의 어둠의 투구, 제우스의 번개, 그리고 포세이돈의 삼지창. 전투에는 언제나 전환점이 있었다. 양측 모두에게 흐름이 좋게든 나쁘게든 바뀌는 때. 3대 무기 덕에 올림포스 신들의 운명은 바뀌었고, 티탄족을 물리칠 수 있었다.

　투구를 보고 있자니 두려움이 왈칵 치솟았다. 트라이어드가 전쟁을 바라는 거라고 내심 의심하고 있었던 터였다. 이 갑옷을 입은 하데스를 조만간 보게 되는 걸까?

　"이 투구가 왜 필요해요?" 그녀가 물었다. "이미 투명해지는 능력을 갖고 있잖아요."

　"투명 마법은 시간이 지나며 내가 점점 강해짐에 따라 얻게 된 능력입니다." 그러더니 씁쓸한 미소를 지어 보였다. "그게 아니더라도 전투 중에는 아무래도 머리를 보호하는 게 나을 테니 말입니다."

　그는 스스로 그 말을 웃기다고 여겼겠지만 투구를 받아 든 페르세포네의 얼굴은 일그러졌다. 두 손으로 투구를 들고 표면에 긁힌 자국들과 작은 흠집들을 가만히 살펴보았다. 전투 중엔 그 누구도 하데스에게 타격을 입히러 가까이 다가오지 못할 거라고 늘 상상해 왔는데, 이 투구를 보니 생각이 달라졌다.

"위원회에 갈 때 이걸 써주었으면 합니다." 그가 말했다.

페르세포네가 고개를 들었다. "왜요?"

"위원회는 올림포스 신들의 것입니다." 그가 말했다. "그리고 특히나 이런 상황에선 내 형제들에게 당신을 소개하고 싶은 마음이 들지 않습니다. 그들이 뱉는 말을 그다지 좋아하지 않을 테고요."

"내가 입을 잘못 놀려서 우리의 약혼이 깨지기라도 할까 봐 걱정돼서 그래요?" 그녀가 눈썹을 치켜뜨며 물었다.

하데스는 씩 웃었다. 아프로디시아 클럽에서 부상당한 이후 며칠 동안 그가 심각하게 굴었던 걸 떠올리면 저 미소는 다행스러웠다.

"오 달링, 당신의 입은 우리의 약혼을 더욱 단단히 만들어줄 것이라 믿고 있습니다."

둘은 오랫동안 서로를 바라보았고, 마침내 그녀가 시선을 떨구곤 근육이 울긋불긋한 몸을 따라 단단히 일어선 성기를 매만졌다.

"위원회에 알몸으로 가실 건가요, 나의 신이여? 만약 그러실 거라면 몹시도 참관하고 싶네요."

"계속 그렇게 바라보면 위원회에 아예 못 가게 될지도 모릅니다." 이 말과 함께 그가 손목을 한 번 튕기자 둘은 검은색 옷을 입고 있었다. 하데스는 양복을, 페르세포네는 체형이 드러나는 시스루 드레스를. 다른 신들은 위원회에 참석할 때 어떤 옷을 입고 올지 문득 궁금해졌다. 고대 신들이 입던 것처럼 입으려나?

하데스가 손을 내밀었다. "준비되었습니까?"

사실 확신은 없었지만 하데스와 그의 투구가 있으니 마음이 놓였다. 이 순간은 그녀가 스스로 준비되었는지 고민할 시간을 누린 몇 안 되는 마지막 순간이 될 것이다. 전혀 시간이 없는 때, 모든 것이 신속한 판단과 행동에 달려 있는 때가 오게 될 것이다.

투구를 꼭 끌어안은 채 그녀가 그의 손바닥 위에 손을 올려놓자마자 그들은 순간 이동했다.

그들은 그림자가 드리워진 곳에 도착했는데, 등 뒤에는 커다란 기둥이 자리했다. 옆을 바라보니 곡선을 이루고 있음을 알 수 있었다. 그때 뎅뎅 울리는 신경질적인 목소리들이 들려왔다.

"이 폭풍우는 끝나야 해요, 제우스! 나의 추종자들은 사태가 누그러지기만을 빌고 있다고요."

누가 말하고 있는 건지 알 수 없었지만 부드럽고 나긋한 어조로 보아 헤스티아 같았다.

"난 폭풍우가 사라지지 않았으면 한다." 제우스가 말했다. "인간들은 지나치게 뻔뻔스러워졌으니 쓴맛을 봐야 해. 얼어 죽다 보면 누가 이 세상을 지배하는지 톡톡히 알겠지."

페르세포네는 하데스와 눈을 마주쳤다. 제우스의 말 자체가 문제였다. 저러니 하르모니아가 다친 것이고, 티케가 죽은 것이다. 인간들을 점점 더 지치게 만들고 반항하게 만드는 말이었다.

하데스는 입술에 손가락을 가져다 대곤 그녀의 손에 들린 투구를 가져가 머리에 씌워주었다. 무겁고 머리에 꼭 맞지는 않았지만 착용 전후의 차이를 딱히 느낄 순 없었다. 그는 손가락 마디에 입을 맞추더니 그녀에게서 떨어졌다. 그러곤 누구의 눈에도 띄지 않고 어둠 속을 걸어갔다. 그가 올림포스 신들 앞에 모습을 드러냈음을 알아챈 건 그의 목소리가 들려왔을 때였다. 어둡고, 염오감이 뚝뚝 떨어지는 목소리였다.

제우스의 이전 언급을 두고 하데스가 말했다. "그렇게 굴면 너, 그리고 우리 모두를 향한 증오 외엔 아무것도 남지 않을 것이다."

"하데스." 제우스가 이를 악물고 그의 이름을 뇌까렸다.

페르세포네는 기둥 바깥쪽을 따라 살금살금 걸었다. 기둥 너머로는 왕좌들의 뒷면이 보였다. 앞면까지 보이는 세 개의 왕좌에는 포세이돈과 아프로디테, 그리고 헤르메스가 앉아 있었다. 모든 왕좌는 신의 일면을 드러내주었다. 포세이돈은 삼지창, 아프로디테는 분홍색 조개껍데기, 헤르메스의 것에는 전령의 지팡이가 새겨져 있었다.

그녀의 시선은 아프로디테에게 가장 오래 머물렀다. 오케아노스의 펄떡이는 심장을 손아귀에 든 채, 야만적인 마법을 쓰고도 눈 하나 꿈쩍 않고 서 있던 그녀의 모습이 떠올랐다. 그녀는 제우스의 아들을 죽인 대가를 치르게 될까? 페르세포네는 올림포스 신들의 규칙들은 몰랐지만 아마 저 여신이라면 천둥의 신에게 정당방위였다고 합리화했을 거라는 생각이 들었다. 마치 아무 일도 없었다는 듯 열두 명 중 한 자리를 차지하고 앉아 있었으니까.

페르세포네는 왕좌 중 하나에 닿을 만큼 더욱 가까이 다가갔다. 아폴론의 것으로 추정되는 왕좌였다. 맨 꼭대기에서 황금빛 광선이 뿜어져 나오고 있었으니까.

"내가 이해한 바에 따르면, 하데스, 폭풍은 자네 탓이야. 데메테르의 딸과 자지 않고는 못 배기니."

"입 닥쳐라, 아레스." 헤르메스가 말했다.

페르세포네는 신의 눈동자에 드리우는 어둠을, 그리고 이를 악무는 바람에 광대뼈가 더욱 도드라지는 모습을 바라보았다.

"왜 닥쳐야 하지? 진실을 말하고 있는데." 오른쪽에서 목소리가 들려왔다. 페르세포네는 아르테미스 같다고 생각했다.

아레스가 말을 이었다. "수두룩한 다른 여자들과 잘 수도 있는데 자네는 단 한 명만을 골라 눌러앉았지. 하필이면 인류애보다 자네를 향한 미움이 더 큰 여신의 딸을 말이야."

"그 여자애가 아주 굉장한가 본데." 포세이돈이 혼잣말하듯 뇌까렸다.

페르세포네는 목구멍 안쪽에서 시큼한 게 울컥 올라오는 걸 느끼다 불현듯 하데스의 마법이 활활 타오르듯 강하고 생생해지자 공포감에 휩싸였다.

"감히 페르세포네를 향해 한마디라도 더 하면 내가 직접 운명의 실을 끊어버리겠다."

"당신이야말로 감히 그럴 순 없지." 페르세포네는 헤라의 목소리를 알아챘다. "운명의 여신들과 무관하게 신을 죽인 대가는 참혹할 거야. 당신의 사랑하는 여신을 잃을 수도 있다고."

페르세포네가 하데스의 표정을 상상하려 애쓰는 동안 긴장감 어린 침묵이 흘렀다. 아마도 이런 얼굴일 테지. 덤빌 테면 덤벼라.

"눈보라가 엄청난 피해를 주고 있는 건 사실이야." 차분하고 명령조인 아테나의 매끄러운 목소리가 언쟁에 동참했다.

"그렇다면 데메테르의 분노를 끝내기 위한 해결책을 논의해야 맞겠지." 하데스가 말했다.

"당신과 그 딸을 떼어놓는 것 외엔 그 분노를 멈추라고 설득할 도리가 없어." 헤라가 말했다.

　그건 사실이지만, 데메테르의 노여움을 끝낼 다른 방도가 없다는 함의를 품은 말이기도 했다.

　"그건 말이 안 된다."

　"그 여자애가 당신과 함께하고 싶어 하긴 해?" 헤라가 도발하듯 말했다. "거래를 명분으로 당신과 시간을 보내도록 강요한 게 사실 아니던가?"

　페르세포네가 주먹을 불끈 쥐었다.

　"그녀는 여자애가 아니라 성인 여성이야." 헤르메스가 말했다. "그리고 하데스를 사랑하지. 내가 봤어."

　"그럼 두 신의 참된 사랑을 위해 수천 명의 목숨을 희생해야 한다는 말인가?" 아레스가 말했다. "같잖은 소리."

　"내 연애를 논하러 위원회에 온 게 아니다." 하데스가 말했다.

　"아니겠지. 하지만 자네에겐 불행하게도 말이야." 제우스가 입을 뗐다. "자네의 연애가 세상을 온통 혼란에 빠뜨리고 있어."

　"네 좆도 마찬가지지." 하데스가 말했다. "그런데도 그것 때문에 위원회가 열린 적은 한 번도 없지 않은가."

　"마침 그 문제들 얘기가 나왔으니 말인데." 헤르메스가 끼어들었다. "자네의 자손들이 겪는 문제에 대해선 얘기 안 할 셈이야? 티케는 죽었다고. 누군가 우리에게 화살을 겨누고 있고…… 성공을 거두고 있지……. 그런데 하데스의 연애를 두고 왈가왈부하고 싶나?"

　페르세포네는 헤르메스의 말에 웃음이 삐져 나왔다. 하지만 다른 신들이 금세 말을 얹어 그 뿌듯함도 오래가지 못했다.

　"데메테르의 폭풍우가 계속된다면 걱정할 게 없지 않나." 아르테미스가 말했다. "인간들은 얼어 죽을 거야. 폼페이 같은 일이 또 벌어질 거라고."

"데메테르의 분노가 지금 벌어질 수 있는 최악의 상황 같나?" 하데스가 위협적인 어조로 물었다. "내 분노는 아직 모를 텐데."

명백한 위협이었다. 이러면 대화는 어디로도 가지 않을 것이다. 하데스는 그녀의 존재를 드러내지 말라고 요청했지만, 사실 이 신들은 다름 아닌 그녀 얘기를 하고 있다. 그녀의 생각들, 그녀의 감정들, 그녀의 선택. 그러면서도 진정 중요한 문제에 대해선 논의의 진전을 이루지 못했다. 데메테르가 트라이어드와 함께 계획하고 있는 것들 말이다. 그녀는 아폴론의 왕좌 옆을 떠나 빙 둘러진 왕좌들 사이로 나아갔다. 아레스가 앉아 있는 가장자리에 이르렀을 때 그녀는 투구를 벗어 옆에 내려놓았다. 그러고는 글래머를 떨쳐낸 다음 원의 가장자리로 들어서서 올림포스 신들에게 둘러싸였다.

시선이 하데스와 마주쳤고 잠시 머물렀다. 그는 손을 왕좌의 끄트머리에 둥그렇게 만 채 단호한 자세로 앉아 있었다. 그의 시선을 받자 그녀는 어깨를 꼿꼿이 펴고 턱을 들 수 있었다. 자신이 고대 신들에게 어떻게 보일지는 전혀 알 수 없었다. 아마 어리고 미숙하게 보일 것이다. 하지만 적어도 이제 그들은 그녀를 볼 수 있고, 인지할 것이며, 이 모든 게 다 끝나면 그녀를 존중하게 될 것이다.

"하데스." 그녀가 그의 이름을 부르자 그의 마음이 안정되는 듯 보였다.

그 순간 발바닥 밑에서 둥둥 진동하는 듯한 목소리로 제우스가 입을 열었다. "이게 누구야, 데메테르의 딸이군."

"맞아요." 그녀는 말했다.

그녀를 훑어보는 천둥의 신의 번득이는 눈초리가 싫었다. 그를 본 적은 여러 번이었다. 대단한 풍채를 자랑하는 거구가 왕좌를 가득 채우고 있었다. 형제 중 가장 막내인데도 그의 은빛 머리카락 때문인지 더 나이 들어 보였다. 이유는 알 수 없었다. 더 권위 있어 보이려고 물들인 것일 수도 있고 더 큰 힘을 얻기 위해 청춘의 면면을 거래한 건지도 몰랐다. 그 옆에는 심판하려는 눈초리로 그녀를 바라보는 헤라가 앉아 있었다. 아름답고 우아한 그녀의 얼굴은 깎아지른 듯 날카롭고 냉소적인 기색을 띠었다.

왼쪽으로 시선을 돌리자 아테나의 수동적인 금빛 얼굴이, 그다음으로는 어머니의 빈 왕좌, 그리고 아폴론과 아르테미스가 보였다. 아폴론은 고개를 살짝 기울이고 있었다. 그녀가 알아차린 건 단 하나였다. 그의 눈동자에도, 휘어진 입꼬리에도 생동하는 빛이 없었다.

그녀는 그의 마음 상태에 방해받지 않으려 오른쪽으로 시선을 돌렸는데, 포세이돈이 노골적으로 굶주린 눈길을 흘리고 있었다. 그 옆에는 차례로 헤르메스, 헤스티아, 그리고 아레스가 자리했다. 헤르메스가 부드러운 눈길로 빙긋 웃어 보였다.

그녀의 머뭇거리는 시선을 끌며 제우스가 말했다. "당신은 많은 문제를 일으켰다."

"제 생각엔 우리 엄마가 많은 문제를 일으켰다는 말 같군요." 페르세포네는 그의 흐리멍덩한 눈동자를 마주 보았다. "그런데도 하데스를 벌하려는 것 같고요."

"단지 가장 간단한 방법으로 문제를 해결하려 할 뿐이다."

"데메테르가 폭풍에만 책임이 있는 거면 그 말은 사실일 수도 있겠죠." 페르세포네가 말했다. "하지만 그녀는 반신들과 모의하고 있고, 내겐 그렇다고 믿을 만한 근거가 있어요."

잠시 침묵이 흘렀다. "무슨 이유인가?"

"나는 티케가 죽은 날 밤 현장에 있었어요." 페르세포네가 말했다. "그곳에서 엄마의 마법을 느꼈어요."

"당신을 거둬가려고 거기 왔던 건지도 모르지." 헤라가 입을 열었다. "그건 신성한 법도에 따른 그녀의 권리고. 당신의 어머니잖아."

"고대의 법도에 기반을 두고 결정을 내리는 거라면 난 동의할 수 없어요." 페르세포네가 말했다.

헤라의 눈빛이 굳었다. 자신의 말에 반기 드는 걸 좋아하지 않는 것이다. "그럼 무엇에 기반을 두어야 하지?"

"하데스와 나는 잠자리를 함께해요." 페르세포네가 말했다. "신성한 법도에 따라, 우린 결혼한 셈이죠."

헤르메스는 간신히 웃음을 참았지만 다른 이들은 전부 조용했다. 그녀는 제우스를 바라보았다. 너무나 싫었지만 그래도 설득해야 할 존재는 그였다.

"티케를 묶어두고 제지한 건 엄마의 마법이었어요."

신은 그녀를 잠시 쳐다보더니 헤르메스에게 확인을 구했다.

"정말인가, 헤르메스?"

그녀는 주먹을 꽉 쥐었다.

"페르세포네는 결코 거짓말하지 않아." 그가 답했다.

"진정한 적은 트라이어드예요. 두려워해야 마땅한 상대라고요."

몇몇이 웃음을 터뜨렸고, 페르세포네는 주변을 노려보았다.

"내가 한 말 못 들었나요?"

"하르모니아와 티케는 여신이지, 맞아. 하지만 그들은 올림포스 신이 아니다." 포세이돈이 말했다.

"티탄족도 당신들을 똑같이 생각했죠." 그녀가 맞받아쳤다. "게다가 데메테르는 올림포스 신이 맞고요."

"나를 쓰러뜨리려 시도하고 또 실패한 존재는 그녀가 처음이 아니다." 제우스는 좌우로 고개를 돌리며 말했다.

올림포스 신들은 이렇게 원을 그리고 앉아 있었지만 실상 분열되어 있었다. 여기에도 증오가, 마치 스모그처럼 공기 중에 단단히 스며들어 있었다.

"이 경우는 달라요." 페르세포네가 말했다. "신보다는 인간에 가까운 집단에 힘을 몰아주려는 세상이라고요. 엄마의 폭풍은 그 결정을 하도록 밀어붙일 거고요."

"그럼 다시 진짜 문제 얘기로 돌아오게 되는군." 헤라가 말했다. "바로 너."

"날 엄마에게 돌려보내면 내가 진짜 문제가 될 거예요." 페르세포네는 이를 악물며 그녀를 노려보았다. "당신들의 불행, 절망, 그리고 파멸의 원인이 바로 내가 될 겁니다. 내가 품은 원한의 맛을 톡톡히 보게 될 거예요."

아무도 웃지 않았다. 아무도 말하지 않았다. 오직 침묵만이 감돌았다. 하데스를 흘끗 보았을 때, 그의 눈길은 그녀를 향해 활활 타오르고 있었다. 속상한 건지 어떤지는 알 수 없었지만 신경이 잔뜩 곤두선 건 확실했다. 태세를 갖춘 모습. 필요한 경우 행동에 나설 준비가 되어 있는 상태.

"당신이 말한 건 우리가 하지 않을 일이다." 제우스가 말했다. "하지만 당신은 우리가 무엇을 하도록 할 텐가? 온 세상이 당신 어머니가 만들어낸 폭풍 속에 고통받고 있는데?"

"불과 몇 분 전까지만 해도 세상이 고통받게 놔두자고 했잖아요?"페르세포네는 반박했다.

물론 그건 그녀가 결코 원하지 않는 일이었다. 그 무엇보다도 원치 않았다. 하지만 이 신들은 그녀를 당장이라도 어머니에게 보내버릴 수 있었고, 페르세포네는 가지 않을 것이다. 하데스와 함께 있을 것이다. 세상을 가질 것이다, 어떻게든.

"계속 이렇게 두자는 건가요?"헤스티아가 물었다.

"폭풍을 만든 자를 처벌하자고 제안하는 거예요."그녀가 말했다.

"잊었나 보군. 데메테르가 어딨는지는 누구도 몰라."

"모든 걸 볼 수 있는 신은 여기 없는 건가요?"

어디선가 웃음이 터졌다.

"헬리오스를 말하는가 본데."아르테미스가 말했다. "그는 우릴 도와주지 않을 거야. 당신도 도와주지 않을 거고. 당신이 사랑하는 하데스가 그의 가축을 훔쳤거든."

여러 말이 쏟아졌지만 그녀는 끈질기게 제우스를 바라보았다.

"당신은 신들의 왕 아닌가요? 헬리오스는 당신의 은혜를 입어 여기에 없는 건가요?"

"헬리오스는 태양의 신이야."헤라가 말했다. "그의 역할은 중요해. 무슨 하찮은 여신의 집착 같은 사랑보다는 훨씬."

"그가 그렇게 위대하다면 이 지구를 파괴하는 눈보라를 왜 녹이지 못하는 거죠?"

"그만!"제우스의 목소리가 온 방에 메아리쳤다.

그녀에게 향하는 그의 눈동자는 번득이고 있었다. 페르세포네는 속이 온통 뒤틀리는 것 같았다. 제우스의 눈길도, 그의 머릿속에서 부글대는 생각이 뭐든 모든 게 싫었다. 그러나 그의 입에서 흘러나온 말은 흡족했다.

"우리에게 생각할 거리를 많이 주었다, 여신이여. 우리 모두는 데메테르를 찾는 데 주력할 것이다. 트라이어드와 동맹을 맺고 있다면, 그녀에게 그것을 인정하고 합당한 처벌을 받도록 하지. 그때까지는 하데스와의 결혼에 관한 판단을 잠시 미뤄두도록 하겠다."

헤라는 남편을 쏘아보았다. 그 결정이 불만스러운 티가 역력했다.

"고맙습니다, 제우스 님." 그녀는 고개를 숙이며 말했다.

그 말을 입 밖에 내거나 그가 왜 그런 결정을 내렸는지를 두고 오래 골몰하고 싶지 않았다. 어쩐지 그가 그녀에게서 호의를 얻기를 바라는 것 같다는 직감이 들었다.

페르세포네는 하데스에게 시선을 옮겼고, 제우스는 말을 이었다.

"오늘 밤, 우린 티케에게 작별 인사를 할 것이다."

신들이 한 명씩 방에서 사라졌다.

"또 봐요, 세피!" 헤르메스가 말했다.

하데스가 왕좌에서 일어섰고, 그가 다가오는 동안 페르세포네는 입을 뗐다. "미안해요. 당신이 숨어 있으라고 했는데, 그럴 수가 없었어요. 저들이 바라는 게……."

그가 입을 맞추자 말은 자연히 멎었다. 입술과 입안을 온통 후끈하게 만드는 키스였고, 몸을 뗀 다음 그는 그녀의 얼굴을 붙들었다.

"당신은 멋졌습니다." 그가 말했다. "진심으로."

그녀의 눈에 눈물이 차올랐다. "저들이 날 당신에게서 떼어놓을 줄 알았어요."

"절대로 그럴 수 없습니다." 그는 속삭였다.

그 말을 계속해서, 마치 기도처럼 반복해 읊었다. 절대로 그럴 수 없다. 너무도 절박한 간청이었다. 그래서 그녀는 그 말을 거의 믿을 뻔했다.

21장

공포의 손길

티케가 누운 장작더미는 아름다웠다. 에메랄드와 루비로 장식하고 금가루를 뿌린 화장용 대리석이라니. 쌓여 있는 나뭇가지들 맨 위에 티케가 누워 있었다. 얼굴과 팔다리는 달빛을 한껏 받아 창백한 흰색을 띠었다. 몸은 검은색 실크로 덮여 있었다. 한밤중처럼 짙은 색의 머리카락이 장작더미 위로 흘러내려 있었다.

올림포스 신들은 둥글게 호를 그리며 몇 미터 떨어진 곳에 서 있었고, 올림포스의 다른 주민들이 그들 뒤에 모여 있었다. 헤파이스토스가 마법으로 장작더미에 불을 붙일 때 아무도 말이 없었다. 불꽃은 처음엔 미약했지만 빠르게 타올랐고, 페르세포네는 눈을 뗄 수가 없었다.

엄마가 이렇게 만들었어.

연기가 사방을 가득 채웠고, 눈가가 시큰해졌다. 냄새를 없애는 데 도움을 준다는 라벤더와 로즈메리 가지들조차 살갗 타는 냄새를 덮지 못했다. 그녀의 허리에 감은 하데스의 손에 힘이 단단히 들어갔다.

"티케의 죽음은 당신의 탓이 아닙니다." 그가 말했다.

등 뒤로 진동처럼 전해지는 그의 목소리를 가만히 느꼈다. 그녀 탓이라고 생각한 건 아니었지만, 그런 질문은 생겼다. 다음은 누가 될까? 어머니와 트라이어드가 다시 힘을 합치는 데까진 시간이 얼마나 걸릴까?

"신들은 죽으면 어디로 가요?" 페르세포네가 물었다.

"힘은 다 사라진 채 내게로 오지요." 그가 말했다. "그럼 나는 그들에게 지하 세계에서 역할을 부여합니다."

"어떤 역할이죠?"

그가 인간들과 맺는 거래를 떠올리자 궁금증이 일었다.

"신으로서의 삶에서 어떤 어려움이 있었는지에 따라 다릅니다. 티케는 언제나 엄마가 되고 싶어 했습니다. 그래서 어린이 정원을 선물하려 합니다."

목구멍 안쪽에서 뭔가가 울컥 올라와 다시 꿀꺽 삼켜내기까지 시간이 걸렸다.

"그녀와 이야기를 나눌 수 있을까요? 어떻게 죽었는지에 관해서?"

페르세포네는 이 질문을 끔찍이도 하기 싫었지만, 하르모니아의 이야기만큼 티케의 이야기도 꼭 듣고 싶었다.

"당장은 아닐 겁니다. 하지만 일주일 안에는 가능하겠지요."

페르세포네는 특히나 지하 세계에 온 티케에게 자신의 죽음을 되새기게 만드는 게 결코 기쁘지 않았다. 지하 세계는 회복과 치유의 공간이어야 마땅하니까. 하지만 어떤 일이 있었는지를 알지 않으면 적과 싸울 수 없었다.

여신의 몸을 집어삼키듯 태우는 불꽃이 잦아들 때까지, 그리하여 환하고도 흐릿한 마지막 잉걸불만 남을 때까지, 그녀는 내내 바라보았다.

✲

눈을 떴을 때는 늦은 시각이었다. 지하 세계의 희뿌연 빛이 창문으로 스며들었다. 옆으로 돌아누웠더니 놀랍게도 하데스가 나란히 누워 있었다.

"깼습니까." 그가 웅얼거렸다.

그는 머리를 풀고 옆으로 누운 채 눈을 감고 있었다.

"네." 그녀가 속삭였다. "잠 좀 잤어요?"

"잠시 좀 깨어 있었습니다."

자지 않았다고 말하는 그의 방식이었다.

하데스가 손가락으로 그녀의 입술을 쓸었다. "당신이 자는 모습을 지켜보는 게 축복입니다."

너무 많은 일이 있었기에 페르세포네는 악몽에 대해선 별로 신경을 쓰지 못했다. 하데스가 힙노스를 불러 진단하게 한 뒤로는 악몽을 꾸지 않았는데, 아무래도 잠의 신이 손을 써두었기 때문이라기보다는 심각한 부상에서 낫는 중이기 때문인 듯했다.

둘은 서로를 한참 바라보았다. 페르세포네는 하데스의 가슴에 얼굴을 묻었다. 그의 몸은 따스했고, 귓가에는 그의 심장 소리가 오롯이 느껴졌다. 그녀와 보조를 맞추는 안정적인 리듬.

"티케가 강을 건넜나요?" 페르세포네가 물었다.

"네. 헤카테가 그녀를 맞이했습니다. 좋은 친구 사이거든요."

그 사실이 위안이 되었다. 하데스의 엄지손가락이 그녀의 허리를 위아래로 쓸어주었다. 그의 손은 따스했고, 그 손길에 진정되어 다시 눈꺼풀이 무거워졌다.

잠시 후 하데스가 말했다. "오늘 당신을 훈련시켜주고 싶습니다."

"좋아요." 그녀가 말했다.

전에도 그에게 훈련을 받은 적이 있었고 그때마다 늘 뭔가를 배웠다. 그는 부드러우면서도 인내심 있게 지도했고, 결국 그 시간은 섹스로 이어지곤 했다.

"좋지는 않을 겁니다." 하데스가 말했다.

페르세포네는 몸을 슬쩍 떼곤 그와 눈을 맞추었다. "왜 그런 말을 하는 거예요?"

그의 시선이 그녀를 꿰뚫어 보았다. 마법만큼이나 깊고 유구한 어둠이 눈동자 속에 담겨 있었다.

"내가 당신을 사랑한다는 것만 기억해주십시오."

숲의 공터 한가운데에 하데스와 마주 보고 섰을 때 페르세포네는 까마득한 공포를 느꼈다. 그녀를 바라보는 그의 시선 때문이었다. 마치 모든 온기를 다 덮어버린 것 같은 눈길이었다. 그는 탄탄한 팔과 허벅지를 드러내는 짧은 검은색 정장 바지를 입고 있었다. 시선은 그의 피부, 울룩불룩한 근육들 위를 맴돌았고 다시 그와 눈을 마주쳤을 때 가슴이 덜컹 내려앉는 듯 아팠다. 평소라면 욕망으로 이글거릴 눈동자가 지금은 아무런 감정 없이 공허했다.

그때 그가 입을 열었다. 낮고 걸걸한 목소리에 등줄기가 오싹해졌다. "다시는 당신이 피 흘리는 모습을 보지 않을 겁니다."

"가르쳐주세요." 그녀가 속삭이듯 말했다.

처음 만났던 밤에도, 그를 그녀의 테이블로 불러 카드 게임을 할 때도 그녀는 똑같이 말했다. 그때는 스스로가 묻고 있는 게 무엇인지 정확히 이해하지 못했다. 지금도 이해하고 있다고는 할 수 없었지만, 차이점이 있다면 저 신은 그녀를 사랑한다는 것이다.

"당신은 나를 사랑해요." 그녀가 속삭였다.

"그렇습니다."

그러나 그의 얼굴에는 그 진실이 쓰여 있지 않았다. 그는 엄중해 보였다. 움푹 파인 뺨에 그림자가 드리워 있었다. 그때 주위의 공기가 달라졌다. 점점 무거워지고 무언가로 가득 찬 것처럼 느껴졌다. 그녀는 이전에도 이 공기를 느꼈던 적이 있었다. 절망의 숲에서, 하데스의 마법이 그녀의 마법에 저항하려 뿜어져 나오던 순간에 말이다. 팔뚝에 소름이 오소소 돋았고 심장 박동이 둔해지는 것 같았다.

그러더니 일순간, 모든 것이 고요해졌다.

좀 전까지 소음이 있었다는 걸 알아차리지도 못했다. 지금, 모든 소음이 사라진 순간에야 깨달은 것이다. 페르세포네는 주변을 둘러싼 은빛 나무들과 머리 위에 우거진 나뭇가지들을 바라보았다. 그때 몸 양쪽에서 뭔가 움직이는 것을 알아차렸다. 미처 반응할 틈도 없이 그림자 같은 무언가가 모든 뼈를 뒤흔들고 영혼을 거세게 강타하며 그녀를 꿰뚫고 지나갔다. 엄밀히 말해 고통스럽지는 않지만 숨이 멎을 뻔했다. 그녀는 뒤틀리는 배를 안고 무릎을 꿇었다. 토할 것 같았다.

젠장, 이게 뭐야.

"그림자 망령이란 죽음과 그림자의 마법입니다." 하데스는 덤덤히 말했다. "당신의 영혼을 앗아가려 하고 있습니다."

페르세포네는 간신히 고개를 들어 하데스와 눈을 마주치며 숨을 고르려 애썼다. 그의 표정을 보자 기이한 공포의 기운이 끼쳐왔는데, 이전까지는 그가 두렵진 않았다는 사실이 그녀를 가장 불안하게 만들었다.

"당신 나를…… 죽이려는 거예요?"

하데스의 차가운 웃음에 뼛속까지 냉기가 스몄다.

"운명의 실이 끊어지지 않는 한 그림자 망령은 누구의 영혼도 앗아갈 수 없습니다. 그러나 심한 고통을 가할 순 있지요."

페르세포네는 덜덜 떨리는 다리로 애써 일어섰다. 목구멍 깊은 데서 시큼한 맛이 느껴졌다.

"다른 올림포스 신, 아니 그 누구와 싸우고 있든, 그들은 당신이 일어설 때까지 기다려주지 않을 겁니다."

"당신이 나한테 어떤 힘을 사용할지 모르는데 내가 어떻게 맞서 싸울 수가 있어요?"

"절대로 알 수 없을 겁니다." 그가 말했다.

그녀는 잠시 그를 빤히 바라보았다. 바로 그때, 발밑 땅속에서 뭔가가 나타났다. 손톱을 세운 검은 손이었다. 손이 그녀의 발목을 붙잡고 홱 움직였다. 그녀가 앞으로 풀썩 쓰러지자 손은 그녀를 질질 끌고 방금 나타난 구덩이 속으로 들어가려 했다. 그녀는 땅 밑으로 꺼지지 않으려 손을 앞으로 쭉 뻗었고, 땅에 쿵 떨어질 때 손목에 날카로운 통증을 느꼈다.

"하데스!"

두려움과 아드레날린으로 심장이 요동치는 와중에 뭐라도 붙잡으려 흙더미를 손톱으로 긁으며, 페르세포네는 울부짖었다. 몸을 굴려 최대한 빠르게 일으킨 다음, 악의 근원처럼 그녀를 붙잡고 있는 기이한 손톱으로 손을 뻗었지만 몸을 빼내려 하자 날카로운 가시가 튀어나와 피부를 찔렀다.

페르세포네는 통증에 신음하며 몸을 홱 움츠렸다. 그 순간 그녀의 몸에서 거대한 가시가 뻗쳐 나오더니 그녀를 붙든 기이한 생물을 푹 찔렀다. 그 생물은 검은 피를 흘리며 그녀를 놔주고 땅속으로 사라졌다. 미처 고개를 돌리기도 전에 또 다른 그림자가 몸을 꿰뚫었다. 그녀는 비명을 지르며 땅으로 쓰러졌다. 공터 흙바닥에 몸을 댄 채 숨을 쉬려 애쓰는 사이 시야는 점점 흐려졌다.

"나아졌습니다." 하데스가 말하는 소리가 들려왔다. "하지만 나에게 등을 보였지요."

그가 다가오는 모습이 흐릿하게 보였다. 진정한 죽은 자들의 신, 그 그림자에 눈앞의 시야가 어두워졌다. 그가 적처럼 느껴지는 이 느낌이 싫었다. 그가 눈물을 볼 수 없도록 재빨리 고개를 돌린 다음, 그녀는 주먹을 꽉 쥐었다. 땅속에서 가시들이 솟구치듯 돋아났으나, 하데스는 그 가시들이 그를 얽매기 전에 자취를 감췄다. 손과 무릎으로 땅을 짚고 일어났을 때, 공터 맞은편에 그가 서 있는 게 보였다.

"당신의 손이 의도를 훤히 보여주었다는 걸 알아야 합니다. 움직임 없이, 마음속으로 마법을 불러내십시오."

"가르쳐주겠다고 했잖아요." 그녀가 떨리는 목소리로 말했다.

"가르쳐주고 있습니다. 신과의 실제 전투에서는 이런 상황이 벌어질 겁니다. 무엇에든, 어떤 것에든 다 대비해야 합니다."

페르세포네는 손을 내려다보았다. 피투성이에 더러웠다. 훈련을 시작한 지 고작 5분밖에 지나지 않았지만, 그 짧은 시간 내에도 하데스는 어떤 전투에든 그녀가 얼마나 대비되어 있지 않은지를 여실히 드러내 보였다.

헤카테의 말이 문득 떠올랐다. 내 말을 주의 깊게 들어주세요, 페르세포네. 당신은 우리 시대에 가장 강력한 여신이 될 겁니다. 그녀는 쓴웃음을 지었다. 평생을, 엄청난 세월 동안 힘을 갈고 닦아온 신들과 대면해야 하는데 그녀가 어떻게 그토록 강력해질 수 있단 말인가?

다만 그녀에겐 그만큼의 힘이 있었다. 절망의 숲에서였다. 그녀는 하데스를 향해 그의 힘을 되쏘았고, 그 일은 잔혹하고 고통스러웠다. 쓰고 매캐한 슬픔의 맛이 느껴졌다.

"일어서십시오, 다른 신이라면 기다려주지 않을 겁니다."

당신에게서 그 어둠을 어루만지게 해주십시오. 내가 그 모양을 빛도록 도울 테니. 처음 그녀의 몸을 탐하던 날 그는 이렇게 속삭였고 바로 지금, 그 말들이 그녀 안으로 파고들어 어둠의 실타래를 하나씩 풀어내고 있었다. 그녀는 덜덜 떨면서 서 있었다. 두드려 맞은 몸 때문이 아니라 좌절감 때문에, 분노로 인한 떨림이었다.

그때 땅이 흔들리면서 바윗덩어리들이 튀어 오르기 시작했다. 그에 대응하듯 하데스의 마법이 휘감아왔다. 연기와 그림자의 무리가 자욱해졌다. 잘못된 것처럼 느껴져야 했다. 그의 마법에 대항하다니. 하데스는 한 번도 적이었던 적이 없는데.

지금은 예외야. 바로 지금만큼은, 그는 적이야.

바윗덩어리들과 흙덩이들이 솟구쳐 오르는 동시에 하데스의 그림자가 돌진해왔다. 그녀는 그것들을 똑바로 바라보았다. 집중하면서 속도를 늦추라는 요구를 담아 손을 내뻗었다. 멈추기 위해서가 아니라 활용하기 위해서였다. 그림자 마법이 그녀의 피부 속으로 스며들었다. 마법이 혈관 속 피와 뒤섞이는 느낌은 하나하나 만져질 듯 기묘했다. 손을 다시 펴자 손가락 끝에서 검은 손톱들이 튀어나왔다.

하데스는 미소를 지었다. "좋습니다."

그 순간 페르세포네는 무릎을 꿇고 쓰러졌다. 심장이 안쪽으로 터져버린 듯했다. 무엇이 그녀를 강타했는지는 몰라도 숨이 멎을 것 같았다. 땅에 털썩 쓰러졌을 때, 짧은 삶에서 품어왔던 모든 두려움이 갑자기 목구멍에 발톱을 들이대고 있었다.

데메테르가 앞에 서 있었다.

"엄마."

그녀가 페르세포네의 손목을 홱 낚아챘다. 방금 전에 넘어지면서 삐었던 터라 여전히 얼얼한 손목이 홱 움직여지자 더욱더 날카로운 통증이 전해졌다. 그녀의 비명 너머 데메테르가 소리 내어 웃었다.

"코레, 이런 날이 올 줄 알았단다."

페르세포네는 몸을 빼내려고, 힘을 붙잡으려고 안간힘을 썼지만 마법은 응답이 없었다.

"넌 내 것이 될 거야, 영원히."

"하지만 운명의 여신들은."

"네 운명의 매듭을 풀어주었지."

그 말과 함께 그녀는 순간 이동했다. 데메테르의 마법 냄새가 끼쳐오자 구역질이 날 것 같았다. 그녀가 내던져진 곳은 유리 온실 벽 안쪽이었다. 바깥에는 데메테르가 있었다. 페르세포네는 유리창을 쾅쾅 발로 차며 최대한 크게 소리를 질렀다.

"당신이 싫어! 당신이 싫다고!"

"지금은 그럴지도 모르지." 그녀가 말했다. "하지만 1,000년쯤 지나면 나밖에 없을 거다. 네 세상이 죽어가는 걸 즐겁게 지켜보렴."

갑자기 사위가 어두워지며 그녀는 이미지들에 둘러싸였다. 그녀가 감옥 안에 갇혀 있는 동안 주마등처럼 스쳐 지나는 친구들과 적들의 삶이 펼쳐진 스크린들이 사방에 놓여 있었다. 심지어는 렉사의 것도 있었다. 비바람에 닳고 닳은 묘비 비석의 정지된 화면이었다. 시빌, 헤르메스, 레우케, 아폴론 등등의 삶이 그녀 없이 계속되는 모습을 지켜보았다. 시빌은 잘 살다 죽음을 맞이했고, 헤르메스와 아폴론은 여러 일들이 휘몰아치는 삶을 살았으며, 레우케는 하데스에게 돌아갔다. 하데스, 그녀의 연인이자 진정한 소울메이트. 그가 님프를 침대로 불러들였다. 그녀는 그가 다른 이에게서, 레우케의 몸에서 위안을 얻는 모습을 지켜보았다. 레우케 다음에는 그녀도 모르는 다른 여자들이 왔다. 회전문으로 드나들듯 끝없이 여자들이 왔고 하데스는 그들 안에서 사정했다. 다 쏟아냈는데도 여전히 허전할 때까지, 여자들의 목덜미에 가쁜 숨을 몰아쉬었다.

주먹에 너무도 힘을 준 나머지 페르세포네의 손가락이 손바닥을 파고들었다. 목에서 피가 날 때까지 비명을 지르고 그를 저주했다.

날 위해서라면 온 세상을 다 불태우겠다고 했잖아. 그런데도 세상은 이렇게 멀쩡히 돌아가고, 번창하고, 당신은 그 세상 속에 존재하고 있어. 나 없이.

그녀는 벽에 대고 분노를 쏟아냈지만 그 분노조차 그녀 안의 힘을 불러일으킬 만큼 강하지 않았다. 하데스의 세계가 그녀 없이 계속되는 모습을 지켜보는 동안 그녀는 속으로 맹세했다. 저 세계를 끝장내겠다고. 그를 끝장내버리겠다고.

"페르세포네."

그녀의 이름을 부르는 어조는 부드럽고, 숨 가쁜 속삭임에 가까웠다. 그 목소리에 퍼뜩 정신이 들었고, 하데스와 눈이 마주쳤다. 갑자기 온 세상이 달라져 있었다. 마치 감옥에서 막 탈출해 불타는 전장의 한가운데에 서 있는 듯했다. 발치에는 하데스가 누워 있었고, 눈가는 반짝이고 있었으며 입 주변에는 피가 흥건하게 얼굴로 흘러내리고 있었다.

페르세포네는 주저앉고는 긴장한 채 그를 불렀다. "하데스."

페르세포네는 그의 얼굴에서 머리카락을 쓸어넘겨주었고, 피를 흘리고 있음에도 그는 그녀를 향해 미소 지었다.

"당신을…… 다시는 못 볼 줄 알았는데."

"나 여기 있어요." 그녀가 속삭였다.

그는 한 손을 들어 그녀의 뺨을 따라 손가락으로 쓸었다. 그의 손길이 떠날 때까지 그녀는 눈을 감고 심호흡을 했다. 눈을 다시 뜨자 눈을 감은 그의 모습이 보였다.

"하데스!"

그녀가 그의 얼굴 위에 손을 얹자 그가 눈을 가느다랗게 떴다.

"으음?"

"나랑 함께 있어줘요." 그녀가 애원했다.

"그럴 수 없습니다." 그가 말했다.

"그럴 수 없다니 무슨 소리예요?" 그녀가 말했다. "당신 스스로 치유할 수 있잖아요. 치유해요!"

그러자 그가 눈을 더욱 크게 떴다. 표정은 슬퍼 보였다. "페르세포네, 다 끝났습니다."

"아니야." 그녀가 고개를 절레절레 저으며 말했다.

그녀는 그의 헝클어진 머리카락 사이를 손가락으로 쓸고는 그의 가슴 위에 두 손을 부드럽게 댔다. 하데스의 손이 그녀의 손을 꽉 쥐었다.

"페르세포네, 날 보십시오." 여기 누워 있는 그를 발견한 이후로 가장 강력한 목소리였다. "당신은 나의 유일한 사랑이었습니다. 나의 마음, 나의 영혼을 다해 사랑한 유일한 사랑. 내 세계는 당신과 함께 시작되고 끝났습니다. 나의 태양, 나의 별들, 나의 하늘까지도. 난 당신을 절대 잊지 않을 겁니다. 그러나 당신을 용서하겠습니다."

그녀의 눈가가 눈물로 뜨거워졌다. 목구멍에서 숨이 턱 막혔다.

"나를 용서한다고요?"

그 말에 지금 이 주변 환경과 그 공포가 더 선명해지는 것 같았다. 불현듯 여기가 어딘지, 방금 전까지 어떤 일들이 있었는지 다 기억이 났다. 그녀는 지하 세계에 있었고, 그곳은 불타버렸다. 남은 것은 아무것도 없었다. 하데스가 만들어낸 풍성하고 우아한 아름다운 것들. 정원들이며 아스포델 마을이며, 심지어는 지평선 너머 어렴풋이 보이는 궁전도 모두 사라졌다. 그 자리에는 가시들뿐이었다. 두꺼운 가시들이 나선을 그리며 솟아나 마치 실로 꿰매는 바늘처럼 잔해들을 모으고 있었다. 하데스의 복부 한복판을 관통한 것도 그 가시들 중 하나였다.

"안 돼!"

가시를 사라지게 하려고 애써봤지만 말을 듣지 않았고, 부러뜨리려고도 해봤지만 그의 피에 손이 계속 미끄러졌다.

"안 돼, 제발. 하데스, 이러려던 게 아니야."

"압니다." 그가 나직하게 말했다. "당신을 사랑합니다."

"그러지 마요." 그녀는 애원했다. 눈물이 얼굴을 타고 흘러내렸다. 목이, 그리고 가슴이 아파왔다. "날 떠나지 않겠다고 했잖아요. 약속했잖아."

그러나 하데스는 더는 움직이지 않았다. 페르세포네의 비명이 공기를 가득 메웠다. 아픔이 어둠을 몰고 올 때까지.

조금 뒤, 그녀는 익숙한 향신료와 재의 향기에 둘러싸인 채 일어났다. 단단한 가슴팍에 부드럽게 안긴 채였다. 눈을 뜨자 하데스가 그녀를 안고 있었다. 이렇게 온전하고 무사한 그를 보자 피부가 온통 팽팽하게 당겨지며 따끔거리는 듯했다.

"잘하셨습니다." 그가 말했다.

그의 말은 다시금 새로운 감정의 파고를 몰고 왔을 뿐이었다. 그녀의 입술이 덜덜 떨렸다. 울음을 터뜨리며 그녀는 두 손으로 얼굴을 가렸다.

"괜찮습니다." 하데스가 단단한 팔로 감싼 채 그녀의 머리카락에 입을 맞추며 말했다. "나는 여기 있습니다."

그녀는 더욱더 세게 흐느꼈다. 마음을 가다듬고 감정을 다스리기 위해 노력했다. 끔찍한 공포를 목격한 그 공간이 지나치게 생생했기 때문에 그와의 거리가 필요했다. 그녀는 애써 그의 품 안에서 빠져나와 두 발을 딛고 일어선 후, 그를 향해 돌아섰다.

그는 처음 훈련을 시작했을 때와 전혀 다를 바 없이 땅 위에 앉아 있었다. 방금 전 일어났던 일과는 너무도 무관한, 한 치의 변화도 없는 모습에 그녀는 더욱더 화가 났다.

"잔인했어요." 그 말을 뱉을 때는 목이 쓰라렸다. 무언가에 긁히고 망가진 듯한 목소리가 흘러나왔다. "그게 뭐였든지 간에, 잔인했다고요."

"필요한 일이었습니다." 하데스가 말했다. "당신은 배워야……."

"경고라도 해줄 수 있었잖아요." 그녀가 말했다. "내가 뭘 봤는지 알기나 해요?"

그가 이를 악물었기에 그녀는 그가 알고 있음을 알아차렸다.

"역할이 서로 바뀌었다면 어땠겠습니까?" 그의 눈길은 단호했다. "역할이 바뀌었던 적이 있지 않습니까."

그녀는 움찔했다. "그럼 이게 일종의 처벌이었다는 거예요?"

"페르세포네."

그는 그녀를 향해 손을 뻗었지만 그녀는 뒤로 물러섰다.

"오지 마요." 그녀는 손을 들어 그를 막았다. "혼자 있을 시간이 필요해요."

"떠나지 않았으면 좋겠습니다." 그가 말했다.

그녀는 뭐라고 말해야 할지 알 수 없어서 그저 어깨를 으쓱했다. "그건 당신이 선택할 사항은 아닌 것 같네요."

그러곤 사라졌다. 그러나 모습을 감추기 직전, 하데스가 내는 낮고 으르렁대는 소리를 듣지 못한 것은 아니었다.

페르세포네가 모습을 드러낸 곳은 화장실이었다. 착지하자마자 무릎을 꿇고 변기에 구토를 했다. 얼마나 오래 있었을까, 그녀의 이름을 부르는 소리가 들려왔다.

"페르세포네?" 시빌의 당황한 목소리가 근처에서 들려왔고, 여신이 고개를 들었을 때 오라클은 화장실 문간에 칼을 든 채로 서 있었다. "오, 신들이여, 무슨 일이야?"

그녀가 좀 더 가까이 다가오자 페르세포네는 한 손을 들어 막아 세웠다. "난 괜찮아."

한참 동안 말을 잇지 못하는 그녀에게 시빌은 가까이 다가와 얼굴에 붙은 헝클어진 머리카락을 쓸어넘겨주곤 이마 위에 서늘한 천을 대주었다. 메스꺼움이 가시자 페르세포네는 욕조 안에 몸을 기대고 앉았다. 너무 지쳐서 몸이 축축 늘어졌다. 자신의 꼴이 어떨지 전혀 알 수 없었지만 두 손이 암시를 주는 거라면 상태는 나쁠 게 뻔했다. 더러워지고 멍이 들었으며 손톱은 다 갈라져 피로 얼룩졌고 손목에는 시큰한 통증이 있었는데, 아까 전에 넘겨졌던 일 때문인 듯했다.

"무슨 일이 있었던 건지 말해줄래?" 시빌이 물었다.

"얘기가 좀 길어."

답을 하긴 했지만 사실 지금 당장은 그걸 생각하고 싶지도 않았다. 다시 속이 메스꺼워질 게 뻔했는데 이제는 게워낼 것도 없었다. 그 디테일들을 떠올리는 것만으로도 속이 울렁거렸다.

"천천히 얘기해." 시빌이 말했다.

문가에 인기척이 나자 페르세포네는 하데스가 시빌의 집으로 따라온 거겠구나 싶었지만 눈앞에 있는 건 친숙한 얼굴이었다.

"하르모니아?" 페르세포네가 의외라는 듯 눈썹을 찡그리며 물었다. "여기서 뭐해요?"

"놀고 있었어요." 그녀는 오팔을 안으며 미소를 지었다. "그런데 괜찮아요?"

"괜찮아질 거예요." 그녀는 시빌을 바라보았다. "나…… 목욕해도 될까?"

"당연하지." 시빌이 말했다. "나는…… 입을 옷 좀 가져올게."

페르세포네는 세면대 옆 선반 위에 옷가지와 수건을 놓아두고 시빌이 돌아올 때까지 가만히 기다렸다.

"고마워, 시빌." 페르세포네가 속삭였다.

오라클은 어두운 표정으로 문간에서 잠시 서성였다. "정말 괜찮은 거 맞아, 페르세포네?"

"괜찮아질 거야." 그녀는 희미한 미소를 지어 보였다. "약속할게."

"차 좀 끓여둘게." 그녀는 이 말과 함께 문을 닫았다.

페르세포네는 일어나서 수도꼭지를 틀고 온수를 세게 틀었다. 달귀진 물 때문에 수증기가 생겨 거울에 뿌옇게 김이 서릴 때까지. 그녀는 옷을 벗고 물이 채워진 욕조 안으로 들어섰다. 몸을 푹 담근 뒤에는 눈을 감고 모든 아픈 부위를 치유하는 데 집중했다. 긁힌 목, 여기저기 멍든 몸, 삔 손목까지. 상태가 조금 나아졌다는 느낌이 들었을 때, 그녀는 무릎을 가슴 쪽으로 끌어당겨 안고는 팔 안쪽에 얼굴을 묻고서 물이 미지근해질 때까지 엉엉 울었다. 그런 다음 몸을 일으켜 물기를 닦고는 옷을 입었다.

거실에는 차 한 잔을 앞에 둔 채 시빌이 혼자 앉아 있었다. 오라클은 소파에 다리를 꼬고 앉아 TV를 켠 채로 있었지만, 어떤 프로그램이 나오는 건지는 알 수 없었고 시빌 역시 거기엔 관심이 없는 듯했다. 그녀는 오라클 카드 한 벌을 섞고 있었다.

"하르모니아는 어디 갔어?" 그녀가 물었다.

"갔어." 시빌이 말했다.

"아." 페르세포네가 시빌 옆에 앉으며 말했다. "나 때문에 간 게 아니었으면 좋겠는데."

자신이 뭔가를 방해한 것 같다는 느낌을 지울 수가 없었다. 그럼에도 정말 방해한 건 아닐 거라는 생각도 들었다. 시빌에게 온 건 여기가 갈 수 있는 유일한 곳이기 때문이었다. 그리고 여기라면 안전하다는 것을 알고 있었다.

"당연히 아니지." 시빌이 답했다. "아프로디테가 찾으러 올 테니까 간 거야."

"정말이지 여동생을 과잉보호하네." 페르세포네가 말했다. "그나저나 난…… 둘이 친구인 줄 몰랐어."

"네 사무실 앞에서 만난 이후로 얼마 안 돼서 친해졌어." 시빌이 말했다.

긴 침묵이 이어졌다. 시빌이 카드 섞는 소리만 공중을 감돌다, 어느새 동작을 멈춘 그녀가 페르세포네를 바라보았다.

"무슨 일이 있었던 건지 말해줄 수 있어?"

페르세포네는 말없이 차를 한 모금 마시곤 잔을 내려놓았다.

"모든 게 다 무너지고 있어." 그녀가 속삭였다.

"오, 페르세포네. 모든 게 다 함께 오고 있는걸."

그 말에 그녀는 시빌의 무릎에 머리를 기대고 울음을 터뜨렸다.

✵

얼마 후, 페르세포네는 시빌의 알람 소리에 잠을 깼다. 지하 세계로 돌아가지 않은 채 소파에서 그대로 잠든 터였다. 그녀는 몸을 일으켜 시빌의 옷, 두꺼운 스타킹에 스커트와 버튼업 셔츠를 빌려 입으며 채비를 했다.

"오늘은 할시온 프로젝트 공사 현장을 방문할 예정이었는데 날씨 때문에 일정을 조정하게 됐어." 시빌이 커피를 따라주며 말했다.

페르세포네는 인상을 찌푸렸다. 제우스가 스스로의 말을 번복하지 않고 데메테르를 꼭 찾아내길 바랐다. 그에 더해, 올림포스 신들이 공격을 멈추라고 그녀를 설득할 수 있기를.

"네 잘못 아니야. 알지?" 시빌이 말했다.

"내 잘못이야." 페르세포네가 말했다. "이 모든 일이 일어나기 전에 넌 다 예상했겠지."

오라클은 고개를 저었다. "아냐. 난 나를 점지한 신이 보고 싶어

하는 것들만 볼 수 있어. 그래도 네가 네 어머니의 행동을 통제할 수 없다는 건 알아."

"그런데 왜 이렇게 죄책감이 드는 걸까?"

"사람들을 해치면서 너를 탓하고 있으니까." 시빌이 말했다. "그리고 그건 그녀의 잘못이지."

데메테르가 잘못하고 있는 것일지라도 어깨는 여전히 무거웠다. 고속도로에서 발생한 끔찍한 사고로 죽은 사람들이 떠올랐다. 그토록 많은 영혼이 한꺼번에 지하 세계로 들어서던 모습을, 느릅나무 아래를 지날 때 그들의 꿈이 하나씩 떠나가던 광경을, 정문을 통과한 이후에도 여전히 영혼들에 들러붙어 있을지도 모를 죄책감을 그녀는 결코 잊을 수 없을 것이다. 이런 일이 또 벌어지리란 건 알고 있었지만, 그때는 어머니가 원인이 되지 않기를 바랐다.

페르세포네는 커피를 한 모금 마신 뒤 잔을 옆에 내려두곤 시빌의 집을 떠났다. 둘은 추운 날씨 속을 걸어 알렉산드리아 타워까지 가기로 했다. 순간 이동을 할까 싶기도 했지만 마음 한구석에선 어머니의 마법이 얼마나 강하게 뻗치고 있는지 직접 겪고 싶었다. 분노와 좌절감을 부채질하고 싶었는데, 효과가 있었다. 걷는 일은 비참했다. 눈과 얼음이 매섭게 얼굴을 때렸고, 발은 보도 위의 눈 때문에 계속해서 미끄러졌다. 우뚝 솟은 고층 주택들과 빌딩들에서 엄청난 부상과 피해를 입힐 수 있을 만큼 거대한 얼음이 떨어져 내렸다.

얼음이 꽝꽝 언 계단을 올라 타워로 들어설 때쯤엔 둘의 몸도 얼어붙었다.

"좋은 아침이에요, 여신님!" 아이비가 양손에 커피를 들고 안내데스크에서 돌아 나오며 말했다. "좋은 아침이에요, 카이로스 씨."

그녀가 그들에게 커피를 한 잔씩 건네주었다.

"아이비, 당신 마법사예요?" 페르세포네는 이렇게 물으며 뜨끈한 김이 나는 커피에 코를 박고 한 모금 마셨다.

"언제나 준비되어 있지요, 여신님." 그녀가 답했다.

계단을 오르는 시빌을 따라 막 올라가려는 찰나, 아이비가 입을 열었다. "여신님, 오늘 아침 신문을 아직 못 보셨을 것 같은데요. 뉴 아테네 뉴스부터 읽어보시면 좋을 것 같아요."

등줄기가 서늘해졌다.

"안 좋은 소식이에요." 그녀는 이끼색 눈동자를 페르세포네와 마주하며 말했다.

"그럴 것 같았어요."

페르세포네는 위층 사무실로 향한 뒤 자리를 잡고 앉아서 신문을 펼쳤다. 굵은 헤드라인에 이렇게 쓰여 있었다.

트라이어드의 지도자, 테세우스를 만나다

기사는 헬렌이 작성한 것으로, 테세우스에 관한 간략한 소개로 서두를 열었다. 그가 포세이돈의 아들이며, 매력적이고 고학력자라는 언급이 있었다. 그 설명에 구역질이 났다. 그가 싸한 기운을 가진 자라는 사실을 알기 때문이었다.

기사는 이렇게 이어졌다.

테세우스가 트라이어드에 합류한 것은 인간과 신들이 범죄를 저지르고 목격자들이 있음에도 아무런 처벌을 받지 않는다는 걸 알게 된 때였다.

"아직도 그 이름들이 다 기억납니다." 테세우스가 말했다. "에피다우로스, 시니스, 스키론. 죄다 도적에 살인자들이었으며, 지역 주민들이 애원했음에도 범죄 행각을 멈추지 않았습니다. 나는 신들이 그들의 행동이 아니라 아름다움과 힘으로 계속 찬양받는 걸 지켜보는 일에 신물이 났습니다."

테세우스는 이렇게 덧붙였다.

"신들은 선과 악, 혹은 정당함과 부당함에 관해서는 생각하지 않습니다. 예를 하나 들어보겠습니다. 지하 세계의 신 하데스는 범죄자들이 계속해서 법도를 어기도록 놔둡니다. 그를 섬긴다는 이유로 말이죠."

페르세포네는 이를 악물었다. 손가락은 태블릿 화면을 파고들 것처럼 힘이 들어갔다. 완전히 틀린 말은 아니었지만 테세우스의 언술은 오해의 여지가 다분했다. 페르세포네는 죄악에 처음 방문한 날 하데스가 뉴 그리스의 범죄자 소굴, 암흑가와 긴밀한 관련을 맺고 있다는 사실을 알게 되었다. 그가 배후에 둔 범죄자 무리는 죄다 자선 사업의 형태로 각자의 사업체를 계속 운영하면서 그에게 빚을 갚았다. 하데스의 손길이 어디까지 뻗치는지는 페르세포네도 몰랐지만, 적게나마 그녀가 아는 바로는 그곳의 지배자는 그였다. 페르세포네는 계속해서 읽어 내려갔다.

올림포스 신의 아들인 테세우스는 머지않아 트라이어드를 새로운 길, 평화 노선으로 이끌게 될 것이다.

"트라이어드의 초창기 역사를 듣고 경악했습니다. 그 모든 폭탄들과 총격 사건들이라니, 야만적인 행각입니다. 게다가 신들이 직접 스스로를 변호하게 해야 하지 않겠습니까? 한 신이든, 여러 신이든 조만간 세상을 향한 노여움을 표출할 날이 머지않았다는 걸 저는 알고 있었습니다. 제 생각이 맞았지요."

페르세포네는 분노가 치밀어 홧김에 태블릿을 던져버렸다. 벽에 부딪힌 태블릿은 산산조각 나며 바닥으로 떨어졌다. 잠시 침묵이 흐르더니 문이 열렸다. 레우케가 고개를 빼꼼 내밀었다.

"괜찮으세요?"

님프는 들어오면서 문으로 부서진 태블릿을 쳤다. 레우케는 흠칫 놀라 내려다보더니 그것을 주워 들었다.

"헬렌이 화나게 했군요?" 그녀가 물었다.

"의도적인 짓이야." 페르세포네가 말했다. "트라이어드가 신들에게 하듯이 아주 공공연하게 나한테 대적하고 있어."

"일리 있는 말씀이에요." 레우케는 페르세포네의 책상 위에 부서진 태블릿을 올려놓았다. "헬렌은 자신이 믿는 게 뭔지도 몰라요. 그저 한 명의 추종자일 뿐이죠. 모르긴 몰라도 테세우스의 길이 옳다고 생각한 거예요. 이 결정을 언젠가 후회하게 되리라고 확신해요."

그렇게 될 것이다. 페르세포네가 반드시 그렇게 만들 것이다.

"새 태블릿을 주문해둘까요?"

"고마워." 페르세포네가 말했다.

레우케는 자리를 떴고, 문이 닫히자마자 하데스가 문 앞에 나타났다. 뭉게뭉게 피어오르는 검은색 연기와 함께 모습을 드러낸 그는 지쳐 보였다. 그늘진 얼굴을 보아하니 지난밤 한숨도 자지 못했다는 걸 단박에 알 수 있었다. 죄책감이 가슴속을 강타하듯 밀려들었다. 자신의 행동과 그녀의 말을 두고 괴로워하면서 뜬눈으로 밤을 지새웠을 게 분명했다.

"무슨 일이죠?" 그녀가 물었다.

하데스는 손을 뒤로 뻗어 문을 잠갔다. "얘기 좀 합시다."

페르세포네는 책상에서 약간 몸을 뗐지만 자리에는 붙박여 앉아 있었다. "얘기해요."

방을 가득 채운 거대한 몸이 뻣뻣하게 움직이는 걸로 보아 그녀에게 화가 난 듯했는데 그 모습에 마음이 상했다. 훈련을 도가 지나치게 이끈 건 바로 그가 아니던가. 그럼에도, 하데스가 가르쳐주려고 했던 것의 가치를 그녀는 깨달을 수 있었다. 그 어떤 신도 자비를 베풀지 않을 것이다.

"사과하겠습니다." 하데스는 무릎을 꿇고 그녀의 무릎 위에 두 손을 올렸다. "내가 도를 넘었습니다."

페르세포네는 침을 꿀꺽 삼키며 시선을 피했다. 이제는 죽어가던 그의 모습밖에는 떠오르지 않는데도 눈을 마주하는 게 어려웠다.

"두려움을 소환해내는 힘을 갖고 있다고는 한 번도 말해준 적 없었잖아요." 그녀는 조용히 말했다.

"얘기할 만한 시간이 없지 않았습니까?"

그게 사실이었다. 그녀도 알고 있었다. 그래도 그의 모든 것을 알고 싶다는 욕망은 여전했다. 그가 어떤 힘을 지니고 있는지, 운영하는 자선 사업들은 어떤 건지, 그가 맺는 거래들은 무엇인지 등등.

그녀가 답이 없자 하데스가 입을 뗐다. "허락해준다면, 다른 훈련을 진행하고 싶습니다. 마법에 관해서는 헤카테에게 훈련을 맡기고, 대신 저는 신들이 가진 힘들을 알려드리겠습니다."

페르세포네가 눈을 동그랗게 떴다. "그렇게 해줄 수 있어요?"

"당신을 지킬 수만 있다면 무엇이든 할 겁니다. 당신이 지하 세계에 갇혀 있는 느낌을 좋아하지 않으니 이게 대안이 될 수 있겠지요."

그녀는 싱긋 웃었다. "떠나버려서 미안해요."

"당신을 탓하지 않습니다." 그가 말했다. "람프리 섬에 당신을 데려갔을 때의 내 행동도 크게 다르지는 않으니까요. 때로는 공포를 겪은 장소에 계속 머무는 것이 힘든 법입니다."

페르세포네는 침을 꿀꺽 삼켰다. 그녀가 느낀 것도 바로 그거였다. 모든 것이 너무도 생생했었다.

"나에게 화가 났습니까?" 하데스가 속삭였다.

페르세포네는 그를 다시 바라보았다. "아뇨, 당신이 뭘 하려고 했는지 알고 있으니까요."

"나는 당신을 모두에게서, 모든 것으로부터 지킬 것이라는 점을 꼭 말해두고 싶습니다." 그가 말했다. "그리고 그럴 겁니다. 내 세계의 울타리 안에서 평생토록 당신을 안전하게 지킬 겁니다. 그러나 당신은 당신 스스로를 지키고 싶어 한다는 것을 압니다."

그녀는 고개를 끄덕였다. 그의 눈길에서 영혼의 갈등이 느껴졌다. 그녀가 강력해질 수 있도록 그는 그녀를 다치게 해야 한다.

"고마워요." 그녀는 나지막이 속삭였다.

그는 희미한 미소를 지어 보였다. 그때 그녀의 눈동자는 책상 위에 놓인 뉴 아테네 뉴스 신문으로 향했고, 눈가가 어두워졌다.

"이건 이미 읽어봤겠죠." 그녀가 말했다.

"일리아스가 아침에 보내줬습니다." 하데스가 말했다. "테세우스는 불장난을 치고 있고, 스스로도 그걸 알고 있습니다."

"제우스가 조치를 취하려나요?"

마지막으로 제우스가 트라이어드에 맞서자는 발표를 했을 때, 수많은 신실한 자 무리는 조직적으로 트라이어드 회원들을 색출했다. 문제는, 불경한 자라고 알려진 모든 이들이 다 트라이어드 회원은 아니었다는 점이었다. 그럼에도 그들은 살해당했다.

"모르겠습니다." 그가 인정했다. "내 형제가 트라이어드를 위협으로 간주한다고 여겨지진 않습니다. 그러나 당신의 어머니가 그들과 함께하고 있다는 점은 위험하다고 보고 있습니다. 그러니 그녀를 찾아내는 데 집중하자고 방향을 튼 거지요."

"제우스가 엄마를 찾아내면 무슨 일이 일어나게 될까요?"

"지상 세계를 향한 그녀의 분노가 멈추는 순간을 묻는 거라면, 아무 일도 없을 겁니다."

다시금 데메테르의 목소리가 떠올랐다. 신들에게 결과가 따른다? 아니, 딸아. 그런 것 따위는 없어.

"티케를 죽인 일로도 아무런 벌을 받지 않을 거란 말이에요?"

하데스는 말이 없었다.

"엄마는 처벌받아야 마땅해요, 하데스."

"받을 겁니다." 그가 답했다. "결국에는."

"타르타로스에서만이 아니라요, 하데스."

"때가 도래하면 그럴 겁니다, 페르세포네." 하데스가 부드럽게 말했다. 그녀의 무릎 위에 놓여 있던 그의 손이 주먹을 쥔 그녀의 손 쪽으로 옮겨갔다. "그 누구도 당신의 심판을 피할 수 없을 겁니다."

잠시 침묵이 흐른 후 하데스가 몸을 일으켰다.

"이리 오십시오." 그가 그녀의 손을 잡고 일으켜 세웠다.

그녀가 눈썹을 찌푸렸다. "어디 가려고요?"

"그저 당신에게 키스하고 싶었습니다."

그러곤 입술을 가까이 가져다 댔다. 그의 마법이 휘감으며 순간 이동의 친숙한 힘이 그녀를 끌어당겼다. 그들이 서 있는 곳은 지상 세계의 어느 빈터 한가운데였다. 눈이 덮여 있었고 주변에는 굵은 나무들이 눈을 뒤집어쓴 채 둘러서 있었다. 그럼에도 여전히 아름다웠다. 몸을 돌리자 웬 건물이 보였다. 할시온이었다. 아직 짓는 중이어서 건물 뼈대만 있었지만, 근사할 것이라는 건 분명해 보였다.

"세상에." 페르세포네가 탄식을 내뱉었다.

"얼른 봄이 와서 당신에게 보여주고 싶군요. 정원이 마음에 들 겁니다."

"다 맘에 들어요. 벌써부터 좋은 걸요."

그녀는 하데스를, 그의 머리카락과 속눈썹 위에 쌓인 눈송이를 바라보았다.

"사랑해요."

하데스는 그녀에게 키스를 한 다음 할시온이 될 미로 같은 공간으로 이끌었다. 벽들이 세워져 있었고 석고 보드가 설치되어 있었다. 그는 마치 배치도를 머릿속으로도 선명히 그릴 수 있다는 듯 모든 방을 일러주었다. 리셉션, 식당, 커뮤니티 및 입주자들을 위한 방들, 다양한 세러피를 받을 수 있는 공간들까지. 여러 층의 계단을 올라 마침내 그들은 꼭대기에 다다랐다. 렉사에게 헌정될 정원이 훤히 내려다보이는 커다란 방이었다. 방의 어느 구석에서도 저 멀리 안개 낀 뉴 아테네의 지평선이 바라다보였다. 숨 막힐 정도로 아름다운 광경이었다.

"이 방은 뭔가요?" 그녀가 물었다.

"당신의 사무실입니다." 하데스가 말했다.

"내 거요? 하지만 난……."

"난 내가 소유한 모든 사업체에 집무실을 두고 있습니다. 당신도 그러지 않을 이유가 없습니다. 그리고 설령 당신이 여기서 자주 일하진 않더라도 우린 어떻게든 활용할 수 있을 겁니다."

페르세포네는 웃음을 터뜨렸고, 하데스는 화답하듯 미소를 지어 보였다. 둘은 잠시 말없이 서로를 바라보았다. 그녀는 둘 사이에 감도는 긴장감을 해소하고 싶었다. 분노에서 비롯되지도, 둘 사이의 거리 때문도 아닌 뭔가 훨씬 더 본능적인 기운을 몸속에서 생생히 느꼈다. 너무도 깊은 곳에서부터 끌어당겨지는 힘에 뼛속까지 아릴 듯해서 그녀는 몸을 떨었다.

"이제 돌아가야겠지요." 하데스가 말했다.

하지만 둘 다 움직이지 않았다.

"하데스." 페르세포네는 그의 이름을 속삭여 불렀다.

일종의 초대였다. 바로 다음 순간 두 입술이 맞부딪쳤다. 하데스가 그녀에게 강하게 밀착해왔고, 벽에 부딪히자 등 뒤, 엉덩이 사이로 그의 발기한 성기가 느껴졌다. 그는 손으로 그녀의 손목을 감싼 다음 그녀의 머리 위로 들어올려 단단히 고정했다.

"당신이 필요해."

그가 숨을 몰아쉬며 턱과 목덜미에 키스를 퍼붓는 동시에 그녀의 엉덩이를 세게 움켜쥐었다. 페르세포네의 숨은 가빠졌고, 손가락은 그의 셔츠 단추를 더듬거렸다. 달아오른 살결을 직접 느끼고 싶었다.

"멈춰!"

아폴론이 몇 미터 떨어진 곳에 나타났다. 그는 마치 방해받은 게 자신이라는 듯 짜증 나 보였다. 청바지에 레이스 달린 흰색 브이넥 튜닉 스타일 셔츠를 입은 캐주얼한 옷차림이었다. 제멋대로 곱슬거리는 머리칼은 장난스럽게 이마 위로 내려와 있었다.

"저리 가라, 아폴론." 페르세포네의 목에서 쇄골까지 입술로 쓸어내리기를 멈추지 않은 채 하데스가 으르렁댔다.

"하데스." 그녀의 손가락이 그의 재킷 옷깃을 더욱 꽉 붙잡았다.

"지금은 어쩔 수 없겠어, 지하 세계의 왕이여." 아폴론이 말했다. "일이 있으니까."

하데스는 으르렁거리는 소리에 가까운 한숨을 내쉬고는 조심스레 몸을 뗐다. 그녀는 가빠진 숨을 애써 고르며 스커트와 블라우스 매무새를 정돈했다.

"일이 있다는 게 무슨 말이야?" 그녀가 물었다.

"오늘은 범그리스 대회 첫날이라고." 그가 말했다.

완전히 잊어버리고 있었다. 마차 경주가 오늘 밤 열릴 것이다.

"밤에야 시작되잖아." 그녀가 따졌다.

"그래서? 난 지금 네가 필요해."

"뭐 때문에?"

"그게 중요해?" 그가 물었다. "우리는 해야 할 게."

"그만." 하데스가 말을 잘랐고, 아폴론은 입을 꾹 다물었다. "그녀

354

가 질문을 하지 않았는가, 아폴론. 답하라."

페르세포네는 하데스의 말에 놀라 그를 바라보았다. 신은 보랏빛 눈동자를 가늘게 뜨며 가슴팍 위로 팔짱을 꼈다.

"실은 네 도움이 필요해." 그는 수긍하듯 말하며 날 선 눈길을 다른 데로 피했다.

"도움이 필요한 건데도 명령조로 말하는 건가?"

"하데스."

"저놈은 당신의 관심을 요구하고 있습니다, 페르세포네. 한낱 거래 때문에 우정을 볼모로 삼고 있으면서 정작 올림포스 신들 앞에서 당신이 그의 도움을 필요로 했을 땐 침묵하지 않았습니까."

"거기까지만 해요, 하데스." 페르세포네가 말했다.

위원회에서 아폴론이 목소리를 내주지 않았다는 것에 대해 그녀는 아폴론을 탓하지 않았다. 뭐든 말을 꺼내기 쉽지 않았을 테니까.

"아폴론은 내 친구예요. 거래 때문이든 아니든. 내 마음을 괴롭히는 것에 대해선 내가 직접 얘기하겠어요."

하데스는 잠시 그녀를 빤히 바라보더니 다시 키스했다. 누군가 지켜보고 있는 상황치고는 깊이, 그리고 훨씬 길게 이어진 키스였다.

"이따가 경기장에서 다시 봅시다." 그는 몸을 떼고서 말한 뒤 사라졌다.

그녀는 아폴론을 향해 몸을 돌리며 말했다. "하데스가 진짜 너싫어하나 봐."

아폴론이 답했다. "뭘 새삼스럽게. 가자, 나 술 좀 마셔야겠어."

23장
사랑싸움

"보드카 줘?" 아폴론이 잔에 술을 따르며 물었다.

그는 먼지 한 톨 없이 깨끗한 주방의 아일랜드 식탁 맞은편에 서 있었다. 페르세포네가 아폴론의 펜트하우스에 와본 건 시빌의 이사를 도와주던 날뿐이었다. 커다란 창문과 무채색으로만 구성된 현대적인 공간이었다. 아폴론이 얼마나 엄격한지 몰랐다면 이곳에 아무도 살지 않는다고 여겼을지도 모른다. 하지만 이 신은 강박적인 규율을 지닌 것으로 유명했고 자신의 공간에 있어서도 마찬가지였다. 그는 모든 것을 완벽하게 정리하고 깔끔하게 유지했다. 심지어는 스테인리스 스틸 재질의 가전제품들도 흠집 하나 없이 깨끗했다. 가히 상을 받아도 될 만한 수준이었다.

"지금 아침 10시야, 아폴론." 페르세포네는 바의 맞은편에 앉은 채 지적했다.

"무슨 말이 하고 싶은 건데?"

그녀는 한숨을 내쉬었다. "아무것도 아냐, 난 안 마실래."

"맘대로 해." 그는 어깨를 으쓱하더니 술을 단숨에 들이켰다.

"너 알코올중독이구나."

"하데스가 알코올중독이지." 아폴론이 말했다.

틀린 말은 아니네.

"내 도움이 필요하다고?" 페르세포네는 화제를 바꾸기 위해 물었다.

아폴론은 한 잔 더 따르고는 또 한번에 쭉 들이켰다. 그녀는 그 모습을 지켜보며 기다렸다. 이런 순간에 그가 헤르메스와 얼마나 닮았는지를 문득 생각했다. 턱선, 그리고 눈썹이 일그러진 모양을 보면 둘이 피를 나누었다는 걸 부정할 순 없었다.

"나 망했어." 그는 마침내 털어놓았다.

"그런 것 같았어." 그녀는 짜증에 못 이겨 가늘게 뜬 그의 보랏빛 눈동자와 어떻게든 마주 보며 부드럽게 말했다.

"무례하네." 그가 쏘아붙였다.

페르세포네는 한숨을 내쉬었다. "아폴론, 그냥 무슨 일이 있었던 건지 얘기를 해봐."

그는 말하기를 꺼려하고 있었고, 저 보드카 한 병을 통째로 비우기 전에 뱉어내길 바랐다. 그가 심하게 당황하지 않는다면야. 그녀 자신이 술 한잔해야겠다고 결심하기 전에 얼른 서둘러주길 바랄 따름이었다.

"나 헥토르한테 키스했어."

그의 고백에 약간 놀란 페르세포네는 눈을 깜박였다. "네가 좋아하는 건 아이아스인 줄 알았는데."

"아이아스에 대해선 어떻게 알아?"

"팔레스트라에서 네가 계속 그를 쳐다보더라고." 그녀가 말했다.

아프로디테의 집에 왔을 때 그에게서 낯선 냄새가 났다고는 말하지 않았다. 그의 마법에 다른 향이 섞인 듯했는데 들판에서 아이아스가 그녀를 도와주었기에 그 향이 아이아스의 것임을 알아챘었다.

아폴론은 얼굴을 찡그렸다.

"왜 헥토르한테 키스한 거야?"

"모르겠어." 그는 마른세수를 했다. "난 아이아스한테 화가 나 있었고 헥토르가 마침 거기 있었는데 그냥…… 이게 무슨 일인지를 그냥 보여줘야겠다 싶어서…… 근데 하필 그때 아이아스가 들어온 거야."

"아이고, 아폴론."

그의 비참한 마음이 그대로 다 보였다. 감정이 눈동자에 너무도 선연히 드러나서 마음이 아팠다.

"내가 이걸 왜 신경 쓰는 건지 나도 모르겠어. 다시는 이 짓거리 안 하겠다고 맹세했는데."

"어떤 짓거리?"

"이거! 사랑!"

갑자기 많은 것이 이해되었다. 아폴론은 지금 히아킨토스, 그가 너무나 사랑했던 고대 스파르타의 왕자 일을 두고 이야기하고 있는 것이다. 그는 정말 끔찍한 사고로 목숨을 잃었다. 그 이후 아폴론은 죽은 자들의 신인 하데스에게 가서 스스로를 타르타로스에 빠뜨려 달라고, 사랑을 잃고 더는 지상 세계에서 살지 않도록 해달라고 빌었지만 하데스는 그 간청을 거절했고 그래서 아폴론은 복수하기 위해 레우케와 잠자리를 가졌다.

"아폴론……."

"나를…… 불쌍하게 보지는 마."

"안 그래. 하지만 히아킨토스의 죽음은 네 탓이 아니야."

"내 탓이지. 히아킨토스를 사랑한 신은 나만이 아니었는데, 그가 나를 선택하자 서풍의 신 제피로스가 질투를 했어. 내가 던진 원반의 궤적을 바꾼 건 바로 그의 바람이었지. 그 바람 때문에 히아킨토스가 죽은 거야."

"그럼 그 죽음은 제피로스 탓이네." 페르세포네가 말했다.

아폴론은 고개를 저었다. "넌 이해 못 해. 지금도 아이아스를 두고 똑같은 일이 벌어진다는 게 나한테는 보여. 헥토르는 날이 갈수록 독하게 질투하고 있어. 팔레스트라에서 아이아스한테 시비를 걸었던 게 그날이 처음이 아니라고."

"아이아스가 널 좋아하는 거라면?" 페르세포네가 물었다. "널 위해 싸우고 싶은 거라면? 그런데도 두려워서 그를 피할 거야?"

"두려운 게 아니야……." 아폴론이 말을 하려다 화가 나서 시선을 피했다.

"그럼 뭔데?"

"망치고 싶지 않아. 난 지금…… 좋은 존재가 아니라고. 내가 또다시 그를 잃게 되면 어떡해? 그럼 난 정말…… 악마가 될지도 몰라."

"아폴론." 페르세포네는 최대한 부드럽게 말했다. "스스로 악마가 될까 봐 두려운 거라면 그건 네가 네 생각보다 더 인간적이라는 증거야."

그는 정말이지 달라지고 싶다는 눈빛을 그녀에게 보냈다.

"아이아스랑 얘기를 나눠봐." 그녀가 말했다.

조언을 하긴 했지만 소통이란 게 얼마나 어려운지는 그녀도 잘 알고 있었다. 하데스와의 관계에서 가장 어려운 건 제대로 대화를 나누는 일이었다. 한편으로는 어머니가 원망스러웠다. 지난 수년 동안 페르세포네는 의견이나 욕망이 있을 때마저도 결과를 두려워하며, 아니, 어머니의 경멸을 두려워하며 침묵하는 데 익숙해져 있었다. 처음으로 그녀의 통찰력에 귀 기울여준 존재가 바로 하데스였다. 솔직히 말하자면 그가 정말로 그녀의 생각을 알고 싶어 한다는 사실이 여전히 믿기지 않았다.

"그는 나를 원하지 않아."

"그건 모르는 일이지."

"알아. 왜냐면 그가 그렇게 말했으니까!"

페르세포네는 신을 가만히 바라보았다. 입가는 잔뜩 일그러졌고 그녀가 절망의 숲에서 겪었던 감정과 비견될 만한 깊은 고통이 눈동자 속에 담겨 있었다.

"그가 정확히 뭐라고 말한 거야?" 그녀가 물었다.

그는 좌절감이 역력히 배어 있는 한숨을 뱉었다. "우린 키스하고 있었고 모든 게 다 좋았는데 갑자기 날 밀쳐내더니 이렇게 말하는 거야…… 난 못하겠습니다, 그러곤 떠났어."

페르세포네는 눈썹을 치켜떴다. 확실히 뭔가 얘기하지 않은 게 있었다. "그가 그렇게 말했다고 확신할 수 있어?"

"그럼." 아폴론이 씩씩댔다. "농인이어도 말은 할 수 있다고, 페르세포네."

"그 말을 했다고 해서 널 원하지 않는 건 아니잖아."

"그럼 그게 대체 무슨 뜻이란 거야?"

"그때 그냥…… 그러니까…… 쫓아갔어야지!"

"마지막으로 내가 누군가를 쫓아갔을 때 그녀는 나무로 변하게 해달라고 간청했는걸."

"이건 다르지!" 속상해진 페르세포네가 말했다. 잠시 말을 멈춘 다음 한숨을 내쉬었다. "아이아스도 키스를 받아준 거야?"

아폴론의 볼이 분홍빛으로 물들었다. 페르세포네는 입술을 깨물며 웃음을 참아야 했다. 자기중심적인 음악의 신이 부끄러워하는 모습을 보는 게 묘했다.

"응, 그도 다시 키스해줬어. 그래서 더 이해가 안 되는 거야……. 어떻게…… 어떻게 날 원하지 않을 수 있어?"

"널 원하지 않는다고 말한 게 아니잖아. 못하겠다고 얘기한 건 많은 걸 뜻할 수 있어. 지금은 이렇게 못하겠다고 한 걸지도 모르지. 물어보기 전까진 모르는 일이야."

"글쎄, 내가 헥토르한테 키스한 마당에 이젠 물어볼 수 없겠네."

"그러니까 더더욱 얘길 해야지!" 페르세포네가 언성을 높였다. "네가 마음 쓰지 않는다고 아이아스가 여기길 바라는 거야?"

"그의 생각을 내가 왜 신경 써야 해?"

저 반응이 방어 기제라는 걸 그녀는 눈치챘다. 뭔가가 뜻대로 되지 않을 때마다 아폴론은 시간이든 에너지든 쓸 가치가 없다고 곧장 단정 짓곤 했다.

"아폴론, 넌 바보야."

그는 노려보았다. "너 내 친구 아니야?"

"네 모든 결정에 칭찬만 건넬 누군가를 찾고 있는 거라면 숭배자들한테 가봐. 친구니까 진실을 말해주는 거야." 그는 벽만 뚫어져라 노려보았고, 그녀는 말을 이었다. "아이아스한테 가서 말해, 아폴론.

그리고 헥토르한테도."

"헥토르? 대체 왜?"

"그에게도 설명을 해줘야 하니까. 네가 그에게 키스했으니 이제 너랑 더 긴밀해졌다고 생각할 거 아냐."

신은 인상을 찌푸리더니 잠시 후 웅얼거렸다. "내가 이 짓거리 더는 안 하겠다고 했잖아."

"네 감정이 그렇지 않은데 어쩌겠어."

"난 이것보단 나았어. 난 더는 괜찮은 존재가 아냐, 세프."

그녀는 고개를 절레절레 저었다. 자포자기하는 기분이었다.

"히아킨토스는 그렇게 생각하지 않았어." 그녀는 나지막하게 말했다. "아이아스도 그렇게 생각하지 않을 거라고 확신해."

음악의 신은 코웃음을 쳤다. "네가 뭘 알아? 네가 이 자리에 있는 건 단지 거래 때문이고 이 거래에 엮인 건 네가 하데스와 대화를 거부했기 때문이잖아."

페르세포네는 이를 악물었다. 아폴론의 말에 가슴이 아파왔다. 그녀도 잘 알고 있었다. 종종 떠올리곤 했다. 렉사에게 전화를 걸거나 말을 건네고 싶을 때마다, 제일 친한 친구와 함께 점심을 먹으러 가고 싶을 때마다, 엘리시움에 들어설 때마다 그랬다. 눈물이 흐르지 않도록 간신히 눈을 깜박이며 그녀는 목을 가다듬었다.

"그건 내가 평생 후회할 결단이었어."

더는 덧붙이지 않고 그녀는 아폴론의 시야에서 사라져버렸다.

페르세포네는 시빌, 레우케, 조피와 함께 탈라리아 스타디움에 도착했다. 밖에서 보면 경기장은 빛을 반사하는 창문들이 끼워진 아치형 입구와 기둥들이 늘어선 대리석 건물처럼 보였다. 평범한 7월의 어느 날이었다면 석양의 아름다운 빛을 반사했을 것이다. 하지만 지금은 전부 눈으로 덮여 있었다. 이런 날씨에도 사람들이 빼곡하게 늘어서서 눈을 뚫고 경기장을 둘러싼 수많은 입구로 들어서려 아우성이었다.

"여기 보니까 여덟 명의 영웅들이 경주를 펼칠 거라고 하네요." 레우케가 휴대폰을 들여다보며 말했다. 액정 화면 불빛에 새하얀 눈동자가 반짝였다. "여자 셋이랑 남자 다섯."

"여자가 더 많아져야 합니다." 레우케 옆자리에 앉은, 그럼에도 앉은키가 훌쩍 큰 조피가 말했다. "우리 여자들이 고통을 훨씬 더 잘 견디는데."

모두가 웃음을 터뜨렸다.

"하데스도 이 경기에 영웅을 찍어두었니, 페르세포네?" 시빌이 물었다.

페르세포네는 머리를 구불구불하게 한 갈래로 땋아 내렸고, 퇴근 후라 약간은 격식 없는 옷으로 갈아입고 온 참이었다. 핑크색 뉴아테네대학 후드티에 스포츠 청바지 차림이었다.

"내가 알기론 아닐걸." 페르세포네가 말했다.

하데스는 한 번도 영웅을 선택한 적이 없었다. 이런 경기에서도, 전투에서도. 그럼에도 그는 영웅들을 부활시켜주었다.

"마차 경주는 한 번도 좋았던 적이 없어요." 레우케가 코를 찡그리며 말했다. 고대 세계의 삶에서 뭔가를 떠올린 것이리라.

"왜?" 페르세포네가 물었다.

"피투성이니까요. 범그리스 대회가 왜 하필 이 경기부터 시작되겠어요?"

"경쟁자들을 제거하려고." 조피가 위협적으로 눈을 번득이며 말했다.

페르세포네의 등골이 서늘해졌다. 경기에 참여할 이들, 특히 아이아스가 걱정되기 시작했다. 그의 실력이 뛰어나다는 건 알고 있었지만 그에게 무슨 일이라도 생기면 아폴론은 엄청난 비탄에 빠질 것이다.

"걱정 마." 시빌이 말했다. "이걸 위해 훈련해온 이들이잖아."

"일단 짐승이 되고 나면 훈련 따위는 아무 소용이 없습니다." 조피가 말했다.

안토니는 경기장 뒤쪽으로 차를 몰아 한적한 프라이빗 입구 앞에 주차했다. 그들은 아늑한 리무진에서 내려 쌀쌀한 저녁 공기 속으로 들어섰다. 페르세포네는 흰색 드레스에 검은색 블레이저, 그리고 두꺼운 검은색 스타킹을 신었다. 그럼에도 살을 에일 듯한 바람이 뚫고 들어왔다. 안으로 들어선 그들은 엘리베이터로 안내되었고, 꼭대기 층에서 내려 프라이빗 특별실로 들어섰다. 무채색으로만 이루어진 모던한 공간으로, 바와 검은 가죽 소파들이 놓여 있었고 이전 경기 장면들과 영웅들의 인터뷰가 나오는 대형 TV들이 모서리마다 자리했다. 천장부터 바닥까지 내려오는 커다란 통창 앞에 일렬로 좌석이 배치되어 있었는데, 거기 앉으면 델피의 팔레스트라 연습장과 똑같이 생긴 경기장이 훤히 내려다보였다.

"멋지다." 레우케가 창문에 가까이 다가가며 말했다.

"좀 더 가까이 앉으면 안 되겠습니까?" 조피가 물었다.

"난 흙먼지 마시고 싶지 않아, 조피." 레우케가 말했다. "죽기도 싫고. 마차들이 부서지는 모습 못 봤어?"

페르세포네의 눈길은 시빌에게 향했다. 아폴론을 연상시키는 이 공간에서 그녀가 불편해할까 걱정되는 마음이었는데, 오라클은 싱긋 미소를 지어 보였다.

"나 괜찮아, 페르세포네." 그녀가 말했다.

넷은 바에서 술을 주문했다.

"위스키 주세요." 페르세포네가 말했다. "스트레이트로요."

"위스키요?" 레우케가 눈썹을 치켜뜨며 물었다. "와인 애호가가 아니셨어요?"

그녀는 어깨를 으쓱했다. "얼마 전에 하데스의 위스키를 몇 모금 마셔봤는데 맘에 들더라고."

주문한 술이 나왔다. 페르세포네는 위스키를 홀짝이며 그 맛과 향을 음미했다. 하데스가 이미 여기에 와 있길 바라는 마음이 굴뚝

같았다.

"세피!"

몸을 돌리자 흰색 블레이저에 슬랙스, 그리고 하늘색 셔츠 차림의 헤르메스가 다가오고 있었다. 그는 편안해 보였고 잘생긴 건 여전했다.

"헤르메스! 이 특별실에 올 줄은 몰랐네요!"

"알고 보니 당신이랑 나, 몇몇 올림포스 신들이랑 그들이 끼고 올 동행들까지 여길 쓰는 것 같더라고요." 그의 말에 페르세포네의 눈이 휘둥그레졌다. "나눠 쓰는 거죠, 세피!"

그녀는 끙, 하고 앓는 소리를 했다. 세상에서 제일 하기 싫은 게 제우스, 포세이돈, 헤라, 그리고 아레스와 같은 방 안에 있는 거였는데. 갑자기 위험을 무릅쓰고 앞쪽 자리에 앉자는 조피의 제안이 더 나은 선택지처럼 느껴졌다.

페르세포네는 위스키를 한 모금 더 마셨다.

머지않아 신들이 제일 아끼는 누군가들과 함께 속속 도착하기 시작했고, 방 안은 다채로운 마법으로 훈훈해지고 향기로워졌다. 제일 먼저 도착한 것은 아르테미스였다. 아름답고 탄탄한 몸을 지닌 그녀는 짧은 드레스를 입었고, 매끈한 생머리는 뒤로 바짝 한 갈래로 묶어 내렸다. 방으로 들어서려던 그녀는 문득 멈춰 서더니 헤르메스를 향해 인상을 찌푸리곤 페르세포네에게 눈길을 돌렸다.

"당신이군요." 그녀가 말했다.

"이 친구도 이름이 있어, 아르테미스." 헤르메스가 말했다. "똑바로 행동해."

"똑바로 행동하고 있는데." 조금씩 다가서는 그녀의 움직임엔 어딘가 포식자 같은 구석이 있었다. "흥미롭네요, 여신님."

"이 친구 이름은 페르세포네야." 헤르메스가 말했다.

"하데스랑 결혼해서 세상이 다 망하도록 내버려두겠다는 다짐은 여전한가요?"

"당신 사냥의 여신 맞죠?"

아르테미스가 턱을 들었다. "그게 당신과 무슨 상관이죠?"

"당신에게 특출한 추적 능력이 있다면 날 모욕하는 데 쓰지 말고 내 엄마를 찾아내는 데 쓰시면 좋겠네요."

그녀가 입술을 깨물었다. "참아줄 수 없는 입을 지녔군요."

페르세포네의 입꼬리가 휘어졌다. "그 점에 있어서만큼은 당신과 하데스 생각이 같겠네요."

아르테미스는 시선을 돌리더니 성큼성큼 걸어가버렸다.

"무시해요." 헤르메스가 말했다. "엿같이 군다니까."

페르세포네는 신을 바라보았다. "엿같이예요, 헤르메스. 엿같이 군다."

그는 어깨를 으쓱했다. "어쨌든 뭐 비슷하잖아요."

그녀는 간신히 웃음을 참았다.

이윽고 더 많은 이가 도착했다. 제우스는 헤라와 함께 왔고, 포세이돈은 한껏 멋낸 푸른빛 머리칼을 지닌 아름다운 바다 님프를 데리고 왔다. 하데스의 형제들은 그녀를 향해 미소를 지어 보였지만 입을 연 건 제우스뿐이었다. 그의 존재감은 그녀를 늘 불편하게 만들었고, 이번에도 그가 다가오자 몸이 잔뜩 긴장했다.

"좋아 보이는군, 페르세포네 여신이여."

"감사해요." 그녀가 말했다. 스스로도 말이 어색하고 가식적으로 느껴졌다.

"하데스도 곧 올 거라 기대하지." 그가 말했다.

"네. 내 어머니를 찾아 폭풍을 끝내겠다는 당신의 발표 이후 진행 상황에 대한 업데이트도 기대하고 있어요." 그녀가 말했다.

제우스의 얼굴이 굳더니 곧이어 퉁명스럽게 고개를 끄덕였다. "물론이다."

그가 떠나자 문득 이런 생각이 들었다. 올림포스 왕좌에 앉은 이후로 그는 지구의 인간들에 대해선 한 번도 고민한 적이 없다고.

잠시 후 아프로디테와 하르모니아가 도착했다. 하르모니아가 그녀의 무리 쪽으로 곧장 걸어왔기에 그녀부터 알아보았다. 그들 곁으로 온 그녀는 시빌 가까이에 서서 미소를 지었다.

"다시 보니까 반가워요, 하르모니아. 잘 지내고 있어요?"

"잘 지내요." 그녀는 이 말과 함께 미소를 지었다. "그날 그렇게 떠나서 미안했어요……."

아프로디테가 다가오자 그녀는 말끝을 흐렸다.

"페르세포네." 그녀가 함께 있는 이들을 향해 고개를 까딱하며 말했다. "그리고…… 다른 분들."

그녀가 합류하자 짧은 침묵이 흘렀다. 평소라면 페르세포네는 재빨리 대화를 시작했겠지만, 지금 떠오르는 유일한 장면은 클럽 아프로디시아에서의 아프로디테였다. 피투성이가 된 채, 반신의 심장을 손에 쥔 모습. 여신이 그 회동을 어떻게 알게 됐는지 페르세포네는 궁금했다. 그날의 유혈 사태가 정말 흡족했을까? 그런 질문을 지금 건넬 순 없을 것이다. 쩌렁쩌렁한 음악 소리와 환호성 소리가 울려 퍼졌기 때문이다.

"와, 경기가 시작되려나 봅니다!" 조피가 외쳤다.

모두가 자리에 앉았다. 헤르메스가 그녀의 오른쪽에 앉는 걸 보고 페르세포네는 내심 마음이 놓였다. 왼쪽엔 시빌이 앉았다. 그들은 개막식이 시작되는 광경을 내려다보았다. 이 대회의 총장인 아폴론이 어수선하게 장식된 의자에 올라탄 채 등장해 연설을 하는 게 첫 순서였는데, 몹시 건장한 네 명의 남자들이 상의를 탈의하고 가슴에 기름칠을 한 채 의자를 들고 걸었다. 그들은 흰색 튜닉을 입고 머리엔 월계수 잎사귀를 두른 아폴론과 같은 차림새였다. 그는 씩 웃으며 군중을 향해 손을 흔들었는데, 얼굴 어디에도 괴로움의 흔적은 보이지 않았다. 춤을 추며 꽃잎을 땅에 흩뿌리는 여성들 무리가 뒤를 따랐다.

그들은 함께 경기장을 한 바퀴 돈 다음 경기장으로 돌아갔다.

"아폴론도 우리랑 같이 앉는 거예요?" 페르세포네가 물었다.

"아니, 자기 자리가 있어요." 헤르메스가 말했다.

이후엔 신들의 영웅들이 경기장 한가운데로 행진해 들어왔고, 소개와 더불어 어느 신이 후원하고 있는지가 발표되었다. 헥토르와 아이아스를 비롯해 팔레스트라에서 훈련하던 이들 몇몇을 그녀도 알아보았다.

"당신도 이 경기에서 후원하는 영웅이 있어요?" 그녀가 헤르메스에게 물었다.

"네." 그가 말했다. "왼쪽에서 세 번째, 이름은 이솝입니다."

페르세포네는 늘어선 이들 가운데 그를 발견했다. 강건하면서도 마른 금발의 남자였다.

"별로 즐거워 보이지 않는 것 같네요."

그는 어깨를 으쓱해 보였다. "재능은 있지만, 아이아스만큼 강인하거나 헥토르만큼 강압적이진 않아요. 그 둘이 이 경기의 진짜 승부사들이죠."

다른 선수들도 있었다. 아프로디테에게 속한 다몬, 헤라에게 속한 카스토르가 있었다. 아나스타시아는 아레스의, 데미는 아르테미스의, 시니스카는 아테나의 후원을 받았다. 모두가 경기장에 입장해서 각자 포즈를 취하며 근육을 자랑하자 관중석에선 더 큰 환호가 터져 나왔다.

"신사 숙녀 여러분, 신들과 여신들이여, 우리 가운데 자리한 고귀한 신성이여. 우리 뉴 그리스 영웅들을 향해 다시 한번 큰 박수 부탁드립니다!"

페르세포네는 헤르메스에게 몸을 기울이더니 격렬한 환호성 너머로 말을 걸었다. "헥토르가 강압적이라고 했잖아요. 그게 무슨 뜻이에요?"

"이제 보게 될 겁니다."

나팔 소리에 그녀는 고개를 앞으로 돌렸다. 튼튼한 말 네 마리가 이끄는 마차 여덟 대가 경기장의 그늘진 곳에서 나타났다. 모두 힘센 승마용 말들로, 비단결처럼 매끄러운 털을 지녔고 색깔도 다양했다. 트랙 안으로 모여드는 내내 말들은 발굽을 땅에 쿵쿵 굴렸고, 그 바람에 먼지와 흙더미가 피어올라 영웅들이 제지해야 했다.

"어떻게 진행되는 거죠?" 쿵쿵 뛰는 심장을 부여잡으며 그녀가 헤르메스에게 물었다.

"모든 참가자는 경기장을 열두 바퀴 돌아야 하는데, 저기서 횟수를 셀 겁니다."

그가 경기장 중앙에 놓인 기계를 손가락으로 가리켰다. 한 바퀴를 돌고 나면 다이빙하는 자세로 바뀌는 돌고래 모양의 동상이었다.

"저런 고대의 점수 기록 방식을 왜 아직도 사용하는 거죠?" 그녀가 물었다.

그는 어깨를 으쓱했다. "고대로부터 지키고 싶은 것들을 선택하는 거죠, 세피. 눈치 못 챘어요?"

대화를 나누는 동안 그녀의 시선은 경주가 벌어지고 있는 경기장에 고정되어 있었다. 가장 먼저 전환점을 돌려는 짐승들과 인간들의 사투였다. 흙먼지가 자욱하게 날렸고 속도는 너무 빨랐으며 힘이 어마무시해서 위험할 수밖에 없었다.

그 생각이 페르세포네의 머릿속을 스치자마자 마차 한 대가 뒤집어졌다. 그녀는 충격을 받아 숨을 들이쉬었다. 마차는 땅에 그대로 부딪혀 산산조각 났고 그 밑에 카스토르의 몸이 완전히 깔렸다. 하지만 피가 더욱 차게 식은 건 제우스와 포세이돈이 즉사한 인간을 향해 보내는 웃음소리를 들었을 때였다.

"당신의 승리는 없겠군. 안 그래, 헤라?" 제우스가 말했다.

그녀가 헤르메스를 바라보자 그는 얼른 손을 꽉 잡았다.

"이건 저들에게 놀이일 뿐이에요, 세피."

트라이어드가 이 대회를 반대한 이유를 떠올리며 그녀는 입술을 깨물었다. 이래서 항의했던 거구나.

몇몇 사람들이 트랙으로 뛰쳐나와 부서진 마차의 잔해를 치우고 말들과 실랑이를 벌이며 시신을 치우느라 경기장은 더 아수라장이 되었다.

"어째서 경주를 멈추지 않는 거죠?" 페르세포네가 물었다. "저 남자, 카스토르가…… 죽었잖아요."

"그게 이 경기의 본질이에요." 헤르메스가 말했다.

첫 번째 사고가 있은 지 얼마 지나지 않아 또 다른 사고가 발생했다. 마차 두 대가 충돌하며 말들의 경로가 서로 얽혀버린 것이다. 이숍은 마차에서 내던져지듯 떨어졌고 데미의 다리는 짓눌렸다. 이렇게 높이 있는데도 그녀의 비명이 다 들릴 지경이었다. 그래도 둘은 살아 있었다.

계속해서 이걸 봐야 하는지, 아니면 여길 떠나야 하는지 페르세포네는 갈팡질팡했다. 그러나 남아 있자고 결심한 이유는 아이아스가 여전히 경주를 하고 있기 때문이었다. 그가 선두였고, 헥토르가 바짝 따라붙어 있었다. 두 대의 마차는 거의 붙어 있다시피 했고, 말들은 맹렬히 달렸다. 둘 중에선 헥토르가 더욱 절박해 보였다. 시종일관 말들에게 채찍질을 하던 그는 돌연 아이아스를 향해 채찍을 휘둘렀다.

"저러면 안 되는 거잖아요." 페르세포네가 몸을 앞으로 기울이며 헤르메스를 바라보았다. "저래도 돼요?"

속임수의 신은 어깨를 으쓱했다. "사실 딱히 규정은 없어요. 저게 정당하느냐고 묻는다면, 아니죠."

문득 헤르메스가 왜 아까 헥토르에게 강압적이라고 했는지 이해가 되었다.

그녀는 다시 트랙으로 고개를 돌렸다.

헥토르는 아이아스에게 계속해서 채찍을 휘둘렀다. 그러다 어느 순간 아이아스가 채찍을 붙잡아 헥토르의 손아귀에서 낚아챘다. 헥토르의 부정 행각은 대가를 치렀다. 지나치게 벽에 가까이 붙어 달리고 있던 탓에 그의 마차는 벽에 세게 부딪히며 그대로 산산조각이 났고, 그는 그대로 나가떨어졌던 것이다. 아이아스가 마지막 턴을 돌아 경주의 승리자가 되는 순간을 지켜보느라 페르세포네는 헥토르가 어디에 떨어졌는지조차 보지 못했다.

아이아스는 마차를 멈추곤 군중을 향해 환한 미소를 날렸다. 그가 내리는 동안 아폴론이 다가가 머뭇거리며 손을 내밀어 채찍질로 여기저기 찢기고 피투성이가 된 인간의 얼굴을 매만졌다. 그리고 그 순간, 둘은 키스했다. 아이아스는 두 손으로 아폴론의 얼굴을 감싸안고 거대한 몸으로 입술을 탐했다. 관중들은 애정 행각에 환호를 보냈다, 심지어는 헤르메스조차도.

"그래! 가는 거야, 형!"

관중들이 환호하기 시작하자 아폴론은 먼지 더미 속에서 몸을 일으키는 헥토르를 향해 돌아섰다. 가슴에 한쪽 팔을 얹은 그는 입에서 피를 토했다. 코와 입에서 진홍색 피가 뿜어져 나왔고, 눈동자는 증오로 번득였다.

그때 페르세포네는 뭔가 이상한 광경을 발견했다. 관중석에서 한 무리의 관중들이 다른 사람들을 뚫고 경기장 계단을 내려가고 있었다.

"헤르메스…… 저 사람들은 누구죠?"

그녀가 그 질문을 건네자마자 아이아스는 어떤 낌새를 알아차린 듯 곧바로 아폴론을 등 뒤로 세웠고, 그와 거의 동시에 총성이 울리며 비명이 공중을 메웠다.

"엎드려!" 시빌이 소리쳤지만, 페르세포네는 아이아스가 아폴론을 땅으로 엎드리게 한 다음 총알을 다 맞고 있는 모습을 공포에 질린 채 바라볼 수밖에 없었다.

"안 돼!" 페르세포네는 목구멍을 찢을 듯 고통에 겨운 비명을 지르며 자리에서 일어나 창문을 쾅쾅 두드렸다.

"페르세포네." 헤르메스가 손을 뻗었다. "우리 가야 해요!"

경련하는 아이아스의 몸 아래 웅크린 아폴론이 비명을 질렀다. 마침내 그는 몸을 굴려 빠져나왔고 그러자 그를 향해 날아들던 총알들이 일제히 공중에 멈춰 그대로 땅에 떨어졌다.

"여기 있는 다른 이들이 싸울 거예요." 헤르메스가 외쳤다. "하지만 당신은 아니야."

헤르메스는 그녀의 팔을 붙잡아 창가에서 끌어내려 했다. 바로 그때, 끔찍한 굉음이 울려 퍼졌다. 제우스의 마법이 구름 사이에서 뿜어져 나올 때처럼 천지가 갈라지는 소리였다. 하지만 그의 마법이 아니었다. 그것은 경기장 일부가 폭발하는 소리였다.

"인간들을 내보내!"

누군가 명령했고, 즉시 마법의 소용돌이가 일었다. 페르세포네는 하르모니아가 시빌과 레우케를 데리고 사라지는 모습을 보았다. 조피는 페르세포네를 향해 손을 뻗고 있었다.

"어서 가요!" 헤르메스는 여전사를 향해 그녀를 떠밀었다.

그때 귀청이 터질 듯한 또 한 번의 폭발이 있었고, 페르세포네는 그대로 공중에 붕 떴다가 트랙 한가운데에, 날아다니는 파편들과 먼지 더미 속으로 세게 떨어졌다.

땅에 부딪히자마자 갈비뼈에 찌르는 듯한 통증이 일었고, 마치 몸에서 숨이 다 빠져나간 것처럼 느껴졌다. 간신히 등을 대고 숨을 헐떡이고 있을 때 머리 위로 누군가의 그림자가 드리웠다. 돌덩어리를 높이 쳐든 인간 남자였다.

페르세포네는 비명을 질렀다. 그 순간 마법이 휘몰아쳤고, 땅속에서 거대한 가시들이 솟아나 남자의 몸을 관통했다. 가시에 찔린 남자는 돌을 떨어뜨렸고, 입에서 피가 뚝뚝 떨어졌다.

그녀는 반대 방향으로 간신히 기어가서 몸을 일으켰다. 비명과 죽음의 소리들로 온 사방이 난장판이었다. 이미 숨이 끊겨 꿈쩍도 않는 사람들 사이로 아직 목숨이 붙어 있는 이들은 시체 위로 기어올라 아수라장이 된 경기장을 빠져나가려 몸부림쳤다. 가면을 쓴 자들은 수백 명에 달했고 신들이 밑으로 내려왔는데도 총격을 멈추지 않았다. 그녀는 도무지 이해할 수 없었다. 하지만 무엇인지는 알았다. 이건 증오였다.

마법이 공중에 솟아나며 밝은 빛을 그렸다. 번개가 내려치고 힘들이 펄펄 끓으며 뭉쳤다. 아르테미스는 죽음의 화살을 쏘았고 아테나는 창으로, 아레스는 칼로 공격을 시작했다. 조피도 전투에 가담했다. 정수리 쪽에서 얼굴을 따라 한 줄기 피가 흘렀지만 그녀는 검을 뽑아 든 자세로 민첩하고도 빠르게, 위협적으로 움직였다.

유혈 참사였다. 이건 전투였다.

"페르세포네!" 아폴론이 그녀의 이름을 절규하듯 불렀다.

그 순간 몸을 홱 돌렸지만 이미 너무 늦었다. 총알이 그녀의 어깨를 관통했다.

"안 돼!" 그녀에게 달려오는 아폴론의 눈이 눈물로 반짝였다.

왼쪽 몸이 마비된 채 그녀는 비틀거리며 충격 속에 몇 걸음을 걸었다. 겨우 아래를 내려다보니 흰색 드레스 천을 뚫고 피가 스며 나오고 있었다. 그대로 쓰러졌으나 몸이 미처 땅에 닿기 전에 강건한 팔이 그녀를 붙들었다. 그 손길에 그녀는 화들짝 놀라 비명을 내질렀다.

"내가 왔습니다." 하데스가 말했다.

찰나의 순간, 그녀는 그의 사나운 검은 눈동자를 바라보았고 그대로 순간 이동했다.

25장

괴물들

지하 세계에 있는 하데스의 침실에 도착하자 어깨뼈 깊은 곳에서 뿜어져 나오는 격렬한 통증이 느껴졌다. 하데스가 침대에 눕혀주는 동안 그녀는 고통을 꾹 참으며 신음했다. 그는 그녀의 블레이저에서 팔을 조심스레 빼주곤 드레스를 찢어 상처를 찾아냈다. 그의 손가락이 상처 부위를 쓸고 지나가자 그녀는 날카롭게 숨을 들이쉬었다.

"뭐, 뭐하는 거예요?" 그녀는 이를 악물고 말했다.

"총알이 아직 몸에 남아 있는지 살펴보고 있습니다."

"내가 치료해볼게요."

"페르세포네."

"시도해봐야 해요, 하데스." 그녀가 단호하게 말했다.

그는 주먹을 쥐더니 한 걸음 물러나며 피 묻은 손가락으로 자신의 이마를 문질렀다. "그렇게 하십시오."

좌절한 그의 모습을, 아니 겁에 질린 모습을 바라보며 그녀는 눈을 감았다. 다시는 그녀가 피 흘리는 모습을 보고 싶지 않다고 했는데 또 그런 상황이 되고야 말았다. 그녀는 숨을 깊이 들이쉬고 내쉬면서 조금씩 마음을 가라앉히곤, 다친 어깨에서 느껴지는 불타는 듯한 고통에 집중했다. 이번에는 열기만이라도 사라지게 하고 싶었기에 서늘하고 맑은 것, 초봄 서리 아래의 키스 같은 치유의 마법을 상상했다.

"지금 당장." 하데스가 낮게 으르렁대는 소리가 들려왔다.

하지만 페르세포네는 마법이 듣고 있다는 걸 알아차렸다. 상처가 아물면서 욱신거렸다.

마침내 하데스가 낮은 숨을 내쉬자 눈을 떠서 내려다보니 맨 어깨의 살결에 약간의 분홍빛이 돌고 오므라든 부분이 있었지만 상처는 사라져 있었다.

"내가 해냈어요." 그녀는 하데스를 향해 싱긋 웃어 보였다.

"해냈군요." 그가 상처에서 눈을 떼고 그녀의 눈동자를 바라보았다. 아직 충분히 믿음직스러워하는 것 같지는 않아 보였다.

"무슨 생각해요?" 그녀는 나직하게 물었다.

"아마 알고 싶지 않을 겁니다." 그가 가까이 다가와 말했다. "몸을 씻겨주겠습니다."

다시 한번 하데스는 그녀를 번쩍 안아 욕실로 데려갔다. 발이 욕실 바닥에 닿자 그녀는 하데스의 얼굴에 드리운 머리카락을 넘겨주려 손을 뻗었다. 그의 얼굴에 여전히 그녀의 피가 묻어 있었다.

"괜찮아요?"

그는 답 대신 물을 틀어두곤 온도가 뜨거워질 때까지 잠자코 있었다. 그런 다음 그녀의 손을 잡고 손바닥에 입을 맞춘 다음 뒤로 가서 망가진 드레스의 지퍼를 풀어 가슴과 엉덩이가 드러날 때까

지, 이윽고 바닥에 툭 떨어질 때까지 천천히 끌어내렸다. 다음은 브
래지어였다. 그의 손길은 그녀의 가슴에 잠시, 그다음 허리에, 그리
고 허벅지에 머물렀고 팬티를 다리 밑으로 내린 다음 잠시 동작을
멈추더니 바닥에 무릎을 꿇고 앉아 올려다보았다.

"하데스." 그녀가 그의 이름을 속삭이자 그의 입술이 그녀의 살결
에 닿더니 천천히, 불꽃과도 같은 뜨거운 입김을 뿜으며 몸을 타고
올라왔다. 그가 입술로 젖꼭지를 하나씩 애무하는 동안 그녀는 손
으로 그의 머리카락을 움켜잡았고, 곧이어 두 입술이 격하게 맞부
딪쳤다.

페르세포네는 하데스의 가슴에 손을 얹으려다 말고 물었다. "내
가 벗겨줘도 돼요?"

당장이라도 그의 살결에 몸을 비비고 싶었다.

"원한다면." 그가 말했다.

그의 셔츠 단추를 하나씩 끄르려 했지만 어깨에 날카로운 통증
이 느껴져 움찔하면서 팔을 툭 떨궜다. 하데스는 인상을 찌푸렸다.

"내가 하겠습니다." 그는 단추를 빠르게 풀며 말했다.

알몸이 된 그는 그녀의 허리를 끌어당기고 팔을 단단히 둘렀다.
다시 키스를 건네는 그에게 그녀는 입술을 열었다. 어디든 몸 안에
그를 품고 있다는 느낌이 마치 혈관에 마법을 불어넣는 것 같았다.
매번 그녀는 거칠고 열정적으로 변화했다. 그런데 지금 하데스의 손
바닥이 그녀에게 닿자 진짜 마법, 치유의 마법이 느껴졌다.

그녀는 입술을 떼고 어깨를 내려다보았다. 흉이 졌던 곳에 이제
는 매끄러운 피부가 자리했다.

"내가 잘못했던 거예요?"

하려던 질문은 아니었지만 그녀가 떠올릴 수 있는 말은 그게 전부였다. 이런 마법은 그녀에게 중요했고, 정말 잘해내고 싶었으니까.

"물론, 당신은 충분히 잘했습니다, 페르세포네." 하데스는 그녀의 턱을 손으로 그러쥐고 손가락으로 머리카락 안쪽을 파고들었다. "난 당신을 지나치게 보호하니, 혹시라도 당신이 다칠까 봐 두렵습니다. 그리고 이기적이겠지만, 내가 당신을 보호하지 못했던 실패의 순간들을 떠올리게 하는 모든 것을 없애버리고 싶습니다."

"하데스, 당신은 실패하지 않았어요."

"그 점에 우리가 동의하지 못할 수도 있다는 걸 압니다."

"나는 괜찮으니까 당신도 괜찮으면 좋겠어요."

그는 아무 말이 없었다. 그녀는 그의 가슴 위로 손을 올려 목을 끌어안았다.

"미안해요. 티케가 죽은 날 이후로 다시는 당신이 고통받는 모습을 보고 싶지 않았어요."

"당신이 미안해할 일은 없습니다." 그러곤 그녀에게 키스했다.

그는 그녀를 샤워기 밑으로 데려가 비누를 집어 들곤 타월을 적신 후 그녀의 어깨에서 시작해 온몸의 피를 부드럽게 씻어내기 시작했다. 그의 손길이 가슴으로 옮겨갔다. 매끄러운 손으로 더듬고 쥐기도 하며 하나씩 애무한 다음 배와 허리로, 허벅지로, 종아리로 내려갔다. 그녀 앞에 무릎 꿇은 채 그는 명령했다.

"돌아서십시오."

그녀는 명령에 복종했다. 벽에 손을 바짝 붙인 채 등 뒤에서 온몸을 타고 오르는 그의 손길을 느꼈다. 그녀의 허벅지 사이를 씻어주며 그의 손가락이 은밀한 곳을 애무했다. 그가 다시 몸을 일으켰을 때 그녀는 이미 혼미했고, 성기가 잔뜩 발기해 있는데도 그는 그녀를 탐하러 다가오지 않았다.

대신 그녀를 빤히 바라보더니 말했다. "사랑합니다."

"나도 당신을 사랑해요." 이 순간에 깃든 무언가가 있었다. 그 말을 서로 주고받은 순간, 눈가에 눈물이 왈칵 차올랐다. "세상 그 무엇보다도."

그 표현만으로는 부족했지만 적절한 단어를, 원하는 말을 찾을 수 없었다. 피와 뼈와 온 마음과 영혼을 다해 그를 아낀다고 전하기 위한 말을.

"페르세포네." 얼굴에 흐르는 눈물을 닦아주며 하데스가 그녀의 이름을 속삭였다.

그녀를 품 안에 꼭 안고서 그는 샤워실 밖으로 나섰다. 벽난로 불 곁에 몸을 뉘였을 때 몸에선 물기가 뚝뚝 떨어지고 있었다. 그의 가슴에 폭 기댄 채 둘은 아무 말 없이 앉아 있었다. 저녁에 벌어진 모든 사건이 현실 속으로 휘몰아치듯 돌아왔다.

탈라리아 경기장은 공격하기에 안성맞춤의 공간이었다. 마차 경주가 벌어지는 동안 사람들의 주의를 돌릴 수 있었을 테고, 거기에 아폴론과 아이아스, 헥토르가 선보인 드라마틱한 장면까지 더해졌으니 더할 나위 없었다. 아무도, 그 무엇도 의심하지 않았다.

"그 모든 사람들이." 그녀가 속삭였다. "다 사라졌어요."

얼마나 많은 사람이 목숨을 잃은 건지 헤아리기가 까마득했다. 그러자 죄책감이 울컥 차올랐다. 지하 세계의 정문에서 죽은 자들을 맞이해야 한다는, 그들의 마음을 진정시켜주어야 한다는 죄책감.

하데스가 그녀를 더욱 꼭 끌어안으며 말했다. "예기치 못하게 정문 앞에 이르는 자들을 전부 다 위로해줄 수는 없습니다, 페르세포네. 그런 죽음들은 너무나 많이 일어납니다. 마음을 편히 가지십시오. 아스포델의 영혼들이 당신을 잘 대변해줄 것입니다."

"그들은 당신도 대변해주잖아요. 하데스." 그녀가 말했다.

그러자 머릿속에 문득 다른 생각이 솟았다. 오늘 밤 죽은 자들 중엔 무고한 이만 있는 게 아니다. 폭력 사태를 일으킨 이들도 있다.

"오늘 공격을 자행한 이들 중에 죽은 자들은 어떻게 되나요?"

그녀는 하데스와 눈을 마주쳤다. 무슨 생각을 하고 있는지는 알 수 없었지만 그는 지체 없이 답했다.

"타르타로스에서 처벌을 기다리고 있습니다." 그가 잠시 말을 멈췄다가 물었다. "가보겠습니까?"

그녀의 입꼬리가 올라갔다. 그 시간이 기다려져서는 아니었고 그의 질문에 대한 답이었다. 몇 주 전만 해도 영혼들을 벌하기 위해 고문의 방에 방문하자는 제안을 그가 할 일은 결코 없었다. 그런데 지금, 그는 주저하지 않고 말을 건네고 있는 것이다.

"네." 그녀가 답했다. "가고 싶어요."

페르세포네는 그동안 한 번도 와보지 않았던 타르타로스에 도착했다. 거대한 흑요석 기둥들이 양쪽에 버티고 서 있는, 동굴 같은 방이었다. 기둥 하나하나가 문으로 막혀 있다는 것을 깨닫는 데는 시간이 좀 걸렸다. 여기는 지하 감옥이었다. 고대의 마법이 휘감은 공기는 텁텁하고 무거웠다. 그녀는 마법이 어디에서 뿜어져 나오는 건지 알아보려 고개를 뒤로 젖혔다.

"여기엔 괴물들이 있습니다." 하데스가 마치 설명을 하려는 듯 말했다.

"어떤…… 괴물들이죠?" 그녀가 물었다.

"다양한 괴물들." 그가 약간 재미있다는 표정을 지으며 말했다. "몇몇은 죽임을 당해서 여기 왔고, 몇몇은 포로로 와 있습니다. 이리 오시지요."

그는 그녀의 손을 잡고 어두운 감방 앞을 하나씩 지나쳤다. 걷는 동안 쉭쉭거리는 소리, 으르렁대는 소리, 끔찍하게 울부짖는 소리들이 들려왔다. 페르세포네는 뭐라도 말해달라는 뜻으로 하데스를 바라보았다.

"하피들입니다." 하데스가 말했다. "아엘로, 오키페테, 켈라이노. 세상이 혼란할 때 저들은 유독 동요합니다."

"왜요?"

"저들은 악을 감지할 수 있고, 처벌하고 싶어 하니까."

둘은 더 많은 감방을 지나쳤다. 반은 여자, 반은 뱀인 괴물도 있었는데, 그녀는 우아한 손가락으로 감방의 철창을 단단히 그러쥐고 있었다. 아름다운 여자였다. 붉은색으로 곱슬거리는 머리카락은 어깨 밑으로 길게 늘어져 맨 가슴을 가렸다.

"하데스." 그녀가 쉿쉿 소리를 내며 반짝이는 눈을 가늘게 떴다.

"라미아." 그가 인사하듯 말했다.

"라미아요?" 페르세포네가 물었다. "아이를 잡아먹는?"

괴물은 그녀의 말에 쉿쉿 소리를 냈지만 하데스는 무시하고 답을 건넸다. "그렇습니다."

라미아는 포세이돈의 딸이자 여왕이었다. 하지만 제우스와 불륜을 저지르는 바람에 헤라의 저주를 받아 낳은 아이를 전부 잃게 되었다. 결국 그녀는 미쳐버렸고, 모든 어머니들에게서 아기를 훔쳐 먹어 치웠다. 끔찍한 이야기였다. 그 누구보다 아이를 낳고 싶어 했으나 결국 아이를 족족 집어삼키는 존재가 되었다니.

계속 걷다 보니 어느새 통로 끝, 거대한 용을 닮은 괴물이 가둬진 곳에 이르렀다. 비늘로 뒤덮인 일곱 개의 머리는 뱀 같았고, 목을 따라 물갈퀴와 더불어 지느러미가 돋아나 있었다. 커다랗고 둥글납작한 배까지 물이 차오른 웅덩이 속에서 송곳니에 묻은 검은 액체를 뚝뚝 떨어뜨리며 쉿쉿 소리를 냈다. 그 물속에는 누군지 알아볼 수 없을 만큼 그을린 영혼들이 바글바글했다.

"이건 뭐예요?" 그녀가 물었다.

"히드라입니다. 피와 숨결에 독성이 있습니다."

페르세포네는 빤히 바라보았다. "그럼 저 물속의 인간들은 무슨 짓을 저지른 거예요?"

"저들이 바로 경기장에서 공격을 자행한 테러리스트들입니다."

"이게 저들이 받는 벌이에요?"

"아닙니다." 하데스가 말했다. "일종의 임시 수용소 정도로 생각하면 됩니다."

페르세포네는 천천히 그 말을 곱씹었다. 그렇다면 심판관들은 집행유예 없이 저들에게 타르타로스에서의 운명을 선고했다는 뜻이다. 처벌이 즉각 집행된 것이다. 저렇게 화상을 입고, 피부부터 뼛속까지 파고드는 독은 그 시작일 뿐이었다.

"그럼 당신은 저들을 어떻게 벌할 거예요?" 그녀는 고개를 살짝 들어 그와 시선을 마주하며 물었다.

하데스는 그녀를 가만히 내려다보았다. "어쩌면…… 당신이 결정해줄 수도 있을 듯합니다."

다시금, 무척이나 무시무시한 대화를 나누고 있음에도 그녀는 슬며시 웃고 있는 자신을 발견했다. 하데스가 그녀에게 영혼의 영원한 형벌을 결정해달라고 요청하다니, 그 점이 마음에 들었다. 강력한 존재, 신뢰받는 존재가 된 것 같았다. 찰나의 순간, 왜 그런 느낌을 받게 되었는지 생각해보았다. 하지만 이미 알고 있었다. 그녀는 지하 세계의 여왕이 된 것이다.

그녀의 시선이 다시 맹독 호수에 빠진 영혼들을 향했다. "저들이 끝도 없는 두려움과 공포 속에 존재하길 원해요. 다른 사람들에게 가한 걸 똑같이 겪도록. 영원히, 절망의 숲에서 고통받을 거예요."

"그 말대로 될 것입니다."

하데스는 그녀에게 손을 뻗었다. 그녀가 맞잡자 히드라 밑에 우글대던 영혼들이 싹 사라졌다.

"보여줄 게 있습니다."

그가 데려간 곳은 도서관으로, 그녀가 처음 궁전을 방문했던 당시 어쩌다 발견한 대야 앞이었다. 처음 봤을 때는 테이블이라고 여겼는데, 가까이 다가가자 어두운 수면 위로 지하 세계의 지도 일부가 펼쳐지는 게 보였었다. 그때는 궁전과 아스포델, 스틱스 강과 레테 강만 볼 수 있었다. 왜 지도가 온전하지 않느냐고 물었을 때, 하데스는 어떤 자격을 얻게 되면 나머지도 펼쳐질 거라고 답했다.

그때 당시 지하 세계의 모든 구석구석을 다 볼 수 있는 건 헤카테와 헤르메스뿐이었다.

지금, 물속을 들여다보자 눈앞에 모든 강과 초원, 산들이 펼쳐졌다. 지도의 지역들이 그대로 있는 경우는 거의 없다는 걸 그녀는 알고 있었다. 추가하기도 하고 이동시키기도 하고 장소를 지우기도 하면서, 하데스는 자신의 세계를 자주 변화시켰으니까.

"절망의 숲을 보여주거라."

하데스의 명령에 물이 일렁이더니 눈앞에 끔찍한 광경이 펼쳐졌다. 그녀가 혼자 저곳의 나무 사이를 헤매던 날 주변은 온통 고요했는데, 지금 이렇게 살펴보니 진짜 모습이 보였다. 수많은 영혼이 각자만의 지옥에 빠진 채 우글거리고 있었다. 어떤 영혼들은 나무 밑동에 앉아 무릎을 꿇고 몸을 덜덜 떨었다. 다른 이들은 서로를 사냥했다. 채찍을 갈기고 살인을 저질렀다. 그러나 계속해서 다시 살아났고 또다시 사냥당했다.

그녀가 물었다. "사냥을 하는 자들의 두려움은 뭔가요?"

"통제력을 잃는 일." 하데스가 말했다.

"그럼 살해당하는 자들은요?" 그녀가 나지막이 물었다.

"생전에 살인자들이었습니다."

시냇물을 마시곤 천천히 고통스럽게 죽어가는 영혼들, 영원히 불타는 숲의 어느 구역에 갇힌 영혼들, 나무 사이에 꽁꽁 묶여 몸을 찔리고 또 찔려 결국 최후에 이르는 영혼들도 있었다. 각 형벌의 주기가 끝나면 모든 것이 다시 시작되었다. 고문과 죽음의 끝없는 순환이었다.

잠시 후 페르세포네는 대야에서 고개를 돌렸다. "충분히 봤어요."

하데스가 곁으로 다가와 손을 잡고 손가락 마디마디에 입을 맞추었다. "괜찮습니까?"

"만족……스러워요." 그녀는 그의 눈을 바라보며 말했다. "침대로 가요."

둘은 함께 침실로 돌아갔다. 그녀는 복수에도 맛이 있다는 것을 깨달았다. 쌉쌀하고 금속 같은, 그러면서도 어딘가 단맛이 나는. 그녀는 그 맛을 갈망했다.

"페르세포네." 하데스의 목소리에는 걱정이 섞여 있었다.

절망의 숲의 처참한 광경을 보여주는 게 과한 일이었나 생각하고 있다는 걸 그녀는 알고 있었다. 약간의 긴장을 느끼며 로브를 벗은 후 그에게 고개를 돌렸다.

"하데스." 그녀가 답했다.

그가 그녀 안으로 깊이 들어와주길, 혼몽함과 해방감을 선사해주길 원했다.

"피곤할 듯합니다." 말과는 달리 눈동자는 강렬한 욕망으로 불타오르고 있어서 그녀의 다리가 후들거릴 지경이었다. "오늘 밤에도 원하십니까?"

"그게 내가 원하는 전부예요." 그녀가 말했다.

둘은 몸을 밀착한 채 입술을 부딪치곤 혀를 섞었다. 그의 손길 아래 그녀는 몸을 떨며 그를 향해 기울어졌다. 그와 같은 리듬으로 엉덩이를 움직이고 싶어 미칠 것 같았다. 그녀는 그의 로브를 벗기곤 가슴부터 단단히 부푼 성기에 닿을 때까지 입을 맞추며 내려갔다. 입술이 귀두에 닿자 그는 신음을 흘렸다. 무겁고 거친, 목구멍을 긁는 한숨과도 같은 신음.

그녀는 그의 표정을 보고 싶어서 흘끗 고개를 들었다. 진한 열정으로 가득한 얼굴이었다. 아랫배 깊은 곳에 화르르 불이 붙는 듯했다. 허벅지 사이가 촉촉해졌다. 그를 품을 준비가 된 것이다.

"괜찮아요?" 그녀 스스로 왜 그 질문을 한 건지 알 수 없었다. 어쩌면 모든 걸 다 집어삼킬 듯한 욕망으로 타오르는 눈동자로 그에게서 그렇다는 답을 듣고 싶었는지도 모른다.

"괜찮음을 몹시 뛰어넘습니다."

그의 대답을 듣고 그녀는 다시 애무를 시작했다. 귀두 끝부터 뿌리까지 혀로 맛보고 내려가며 보드라운 피부의 구석구석을 간질이고 핥았다. 그는 이를 악문 채 숨을 헐떡였고 그녀가 목구멍 뒤쪽으로 그의 것을 삼켰을 때는 그녀의 머리카락을 강하게 그러쥐었다. 그녀는 고개를 들어 올려다보았다. 부드럽고 사랑으로 가득한 그의 눈길은 그녀의 영혼을 활활 불태웠다. 온통 다 녹아내릴 때까지 온몸을 뜨겁게 달구는 눈빛이었다.

"내가 당신에게 무엇을 해주고 싶은지 당신은 모를 겁니다."

그녀는 그를 바라보며 한 번 더 성기의 윗부분을 강하게 빨고는 입을 뗐다. 몸을 일으켜 그와 시선을, 입술을 나란히 한 다음 속삭였다.

"그럼 보여줘요."

그건 도발이었다. 그리고 하데스는 도전을 받아들였다. 그는 그녀의 목덜미를 붙잡곤 격하게 키스했다. 혀와 혀가 뒤얽힌 다음 깃털처럼 가볍다는 듯 그녀를 그대로 안아 들곤 침대 한가운데에 눕혔다. 다시금 그가 입술을 맞대와 격하게 빨고 애무했다. 그녀의 몸은 그에게 휘어지며 근육질 팔을 붙잡았다. 어느 순간 그는 그녀의 팔을 들어 머리 위쪽에 단단히 고정해두었다. 곧이어 부드러우면서도 단단한 무언가가 손목을 묶는 게 느껴져서 그녀는 고개를 들었다.

손목이 그림자 마법으로 묶여 있었다. 갑자기 불안감으로 등줄기가 서늘해졌다.

"이렇게 해도 괜찮겠습니까?" 그는 뒤로 물러앉아 물었다.

탄탄한 허벅지로 그녀의 몸을 붙들고 성기는 묵직하게 발기한 채였다. 그녀는 침을 꿀꺽 삼켰다. 기묘한 불안감이 머릿속을 파고들었다. 정말 괜찮을지 확신할 수 없었다.

하데스잖아. 그녀는 스스로에게 상기시켰다. 넌 안전해.

고개를 끄덕이자 그는 뜨거운 시선으로 그녀를 탐하기 시작했다. 불안감은 어느새 사라졌다. 하데스가 씩 웃자 심장이 더욱 세차게 뛰었다. 몸속이 기대감으로 팽팽하게 조여졌다.

"당신이 몸부림치게 만들 겁니다." 그는 포식 동물 같은 우아한 몸짓으로 그녀 위로 몸을 낮추며 약속하듯 말했다. "비명을 지르게 만들 겁니다. 절정의 쾌감이 강렬해서 얼얼함이 며칠이고 이어지도록 만들 겁니다."

그가 입술을 맞대오며 그녀의 다리 사이에 자세를 잡은 다음 점점 더 아래쪽으로 키스하며 내려갔다. 마침내 은밀한 곳에 닿으며 그의 입술이 클리토리스에 미끄러지듯 닿아 그녀를 맛보자 가슴속은 낯설게 조여들었다.

뭔가 뭉친 듯한 느낌을 털어내려 했지만 점점 더 숨을 깊이 쉬기가 어려웠다. 그녀는 고개를 들어 하데스가 아래로 내려가며 허벅지 안쪽의 예민한 살결에 키스하고 핥는 모습을 바라보았다.

안전해, 그녀는 계속해서 생각하고 또 생각했다. 아랫배에 뭉근하게 감기는 열기와 가슴속의 기묘한 불안이 서로 맞섰다. 안전해. 안전해. 안전해.

그때 그가 그녀의 다리를 넓게 벌리곤 아래로 지그시 누르자, 갑자기 숨을 쉴 수 없었다. 검은 물이 넘실거리는 수면 아래 깊은 곳으로 끌려가 죽은 자들의 손아귀에 붙들리던, 스틱스 강에 빠졌던 그 순간으로 되돌아간 것 같았다. 몸부림칠수록 그녀를 붙드는 힘은 더욱더 거세지고, 모든 것이 점점 더 암흑 속으로 빨려 들어갔다. 손목을 묶은 것의 감촉은 거칠었다. 밧줄이구나, 그녀는 깨달았다. 허벅지 위에 올려둔 두 손은 축축했다.

"페르세포네."

그녀는 웅얼거리는 그 목소리를 향해 몸을 움직였다.

"하데스." 그의 이름을 부르는 그녀는 목이 메었다.

물속 깊은 곳에서 붙잡는 손길이 사라졌고 그녀는 밖으로 헤엄쳐 나왔다. 얼굴을 들어 공기를 들이마시려는 순간, 페이리토스와 정면으로 마주했다. 수척한 얼굴, 창백한 입술, 피가 뚝뚝 떨어지는 눈동자. 그리고 갑자기, 그녀는 그날의 그 나무 의자에 묶여 있었다. 까슬까슬한 이음새 부분에 피부가 다 쓸렸다. 페이리토스가 그녀 앞에 무릎을 꿇은 자세로 모습을 드러냈다.

"고마움을 모르는군." 놈의 목소리는 버석거렸다.

"안 돼, 안 돼, 안 돼!"

종아리에서 허벅지까지 훑고 올라오는 페이리토스의 손길에 맞서 그녀는 다리를 조였다.

"난 널 보호해줬는데." 그가 부글부글 끓는 목소리로 말했다. 그의 얼굴에서 피가 뚝뚝 떨어져 내려 그녀의 피부 위로 흘러내렸다. "그런데 이렇게 갚겠다는 거야?"

"나한테 손끝 하나 대지 마." 그녀가 외쳤지만 페이리토스의 손길은 더욱 단단해졌다. 손가락으로 피부를 파고들더니 그녀의 다리를 억지로 벌렸고, 그 사이로 몸을 밀어 넣었다. 그녀는 그를 밀쳐내려 앞으로 쓰러지듯 몸을 움직였다. 목구멍 안쪽에서 신맛이 울컥 느껴지면서 구역질이 날 것 같았다.

"안 돼." 그녀가 신음했다. "안 돼, 제발."

하데스는 어디 간 거지? 왜 이런 일이 벌어지도록 내버려둔 거야? 페이리토스가 더는 접근할 수 없도록 조치했다고 말했잖아. 더는 다치지 못하게 할 거라고 했잖아.

내 마법은 어디 간 거지? 마법을 소환하려 했지만 그 힘마저도 그녀의 몸만큼이나 마비된 것 같았다.

"페르세포네." 그녀의 중심부로 손을 조금씩 뻗으며 페이리토스가 말했다. 몸이 굳으며 뼛속까지 부들부들 떨렸다. "괜찮아."

그런 다음 페이리토스는 그녀의 허벅지 위에 입술을 댔다. 그녀는 폭발했다.

"안 돼!"

손목을 묶은 끈이 끊어지며 탁 풀렸고 그녀는 페이리토스의 뺨을 세게 후려쳤다. 살결에서 가시들이 돋아났다는 걸 느낀 것은 그때였다. 마치 그녀의 손이 장미 줄기가 된 듯했다. 눈앞에 피가 보이자마자 어둠에서 깨어난 것 같은 느낌이 들었다.

이제 그녀가 있는 곳은 더 이상 그 나무 의자가 아니라 검은색 실크 이불이 넘실대는 침대 한가운데였다. 그리고 그녀 앞에 있는 건 페이리토스가 아닌, 하데스였다. 그의 뺨에서 피가 흐르고 있었다.

그녀의 얼굴에 핏기가 싹 가셨다. 그저 눈이 휘둥그레진 채 그를 바라보며, 머릿속이 온통 뒤얽힌 상태로 대체 지금 무슨 일이 일어난 건지 이해해보려 애썼다. 하지만 이해가 되지 않았다.

안전해, 그녀는 생각했다.

그녀는 그에게 손을 뻗으려 했다. 흐르는 피를 닦아내고, 그녀가 가한 공격의 증거를 지우기 위해서였다. 하지만 피 묻은 가시가 잔뜩 돋아 있는 손을 내려다보곤 멈칫했다. 입술은 물론이고 손도 부들부들 떨렸다. 눈물이 왈칵 터졌다.

하데스는 가만히 있었다. 그녀를 품에 안기까지는 시간이 걸렸다. 그의 몸은 여전히 차갑게 굳어 있었다.

"나는 몰랐습니다." 하데스가 가라앉은 목소리로 말했다. 화가 났으나 드러내지 않으려 애쓰는 것 같았다.

미안해요, 그녀는 말하고 싶었지만 아무 말도 나오지 않았다.

"나는 몰랐습니다. 미안합니다. 사랑합니다."

그는 그 말을 계속해서 반복했다. 목이 멜 때까지.

26장

유적들

잠에서 깨어났을 때, 하데스는 자리에 없었다.

그의 부재에 마음속 괴로움이 새로이 솟아나 가슴이 아팠다. 페이리토스가 이런 소중한 공간에 침입했다는 데 대해 공포가 느껴졌다. 더 나쁜 건, 그녀가 수치심을 느꼈다는 사실이었다. 하데스와 함께라면 뭐든 다 대응할 수 있을 거라고 여겨왔는데, 몸을 제지당하자마자 현실 감각을 잃어버리고 말았다.

대체 어떻게 나아가야 하는 걸까?

하데스는 언제나 무엇을 해야 하는지 알고 있었지만, 그녀는 지난밤 그가 얼어붙는 것을 보게 되었다. 그리고 그녀는 그가 물러설 거라고 짐작할 만큼 그를 잘 알았다.

그녀는 한숨을 내쉬었다. 온몸이 슬픔으로 무거웠다. 몸을 일으켜 오늘을 위한 흰색 페플로스를 갖춰 입고 시빌과 레우케, 조피에게 안부를 물었다. 그들은 다들 괜찮았으며 그녀를 걱정하고 있었다. 그녀는 괜찮다고, 다 치유되었다고 안심시키는 짧은 메시지를 보냈다. 레우케는 기사 링크 여러 개를 보내주었고, 페르세포네는 오전 내내 그것들을 읽고 탈라리아 경기장 사건 관련 영상들을 보았다. 마음 한구석에서는 누군가 그녀의 마법이 동하는 순간을 찍은 건 아닐까 싶었지만, 공유된 영상들은 전부 경기장 바깥에서 촬영된 것이었다.

사망자는 충격적일 정도로 많았다. 총 130명이 목숨을 잃었다. 그 중에는 영웅 세 명도 있었다. 다몬, 이솝, 그리고 데미. 하지만 몇몇 기사에서는 경주를 관람하던 신들이 불필요하게 사용한 마법 때문에 그토록 많은 사망자가 발생한 거라고 주장하고 있었다.

트라이어드의 테러를 정당화하는 잘못된 발상이다.

페르세포네는 태블릿을 옆으로 치웠다. 무거운 마음에 잠시나마 휴식이 필요했다. 그녀는 궁전을 나와 정원으로 걸어 들어갔다. 이곳에 뿌려진 다채로운 마법의 향기를 늘 맡을 수 있었지만, 지하 세계에 머무는 시간이 길어질수록 모든 꽃봉오리에서 하데스의 냄새가 난다는 걸 깨달아가고 있었다. 희미하지만 확실한 특징을 가진 향이 깔려 있었다. 예컨대 장미에선 달콤한 향과 더불어 재의 냄새가 배어 있었다. 이 길을 따라 걸으며 꽃들을 느끼는 게 실로 오랜만이었다. 산책로의 끝 쪽, 그녀의 몫으로 주어졌던 땅 앞에 이르자 발걸음이 멈췄다. 지하 세계에서 삶을 창조하라던 거래 요구에 응했을 때 하데스가 내어준 땅이었다.

휑한 검은 모래로 이뤄진 땅이었다. 당시에 그녀가 심어둔 모든 씨앗들이 여전히 그 밑에 그대로 묻혀 있겠지만, 지금 이 순간에 여기에 생명을 불어넣는 일은 옳지 않다는 생각이 들었다. 어쩌면 이곳을 변화시키는 건 이후로 미뤄두고 나중에 결혼 선물로 줄 수도 있을 것이다. 결혼을 할 수 있게 된다는 전제하에 말이다. 데메테르의 폭풍으로 인해 제우스가 결혼 승인을 미루면서 모든 계획은 거의 중단되다시피 했다. 하지만 페르세포네는 인정해야만 했다. 결혼은 지금 이런 상황, 신들이 죽어가고 사람들이 살해당하는 이런 상황에선 중요하게 느껴지지 않는다는 것을.

그녀는 정원을 나선 다음 아스포델 들판 쪽으로 걸어가기 시작했다. 케르베로스와 티폰, 오르트로스가 그녀에게 뛰어왔고, 그들은 함께 아스포델 골짜기 시장 안을 거닐었다. 영혼들은 여느 때와 다름없이 일상을 보내고 있었다. 몇몇은 음식과 옷을 사고 팔고, 정원에 물을 주거나, 초원에서 젖소의 젖을 짜고 있었다. 빵 굽는 냄새와 달콤한 계피 냄새가 공중을 가득 채웠다. 그 순간 어디선가 희미하게 흐느끼는 소리가 들려왔다. 그 소리를 따라 가보았더니 어느 영혼을 위로하는 유리의 모습이 눈에 들어왔다.

"괜찮아요?" 페르세포네가 물었다.

여태껏 아스포델에서 울적해하는 영혼을 본 적은 없었는데 지금은 한 번도 느껴보지 못한, 공기 중을 감도는 우울의 기운 같은 것을 페르세포네조차 알아차릴 수 있었다.

영혼은 재빨리 유리에게서 몸을 떼곤 눈가를 닦았다. 그녀는 20대 초반이나 될까 말까 한 나이였다. 두꺼운 검은 머리카락이 창백한 얼굴을 덮고 있었다.

"페르세포네 여신님." 유리가 무릎을 굽혀 인사를 했고 그 옆의 영혼도 재빨리 따라했다. "이쪽은 안젤리키예요. 아스포델에 막 도착했답니다."

더 이상의 설명은 필요 없었다. 이 여자는 탈라리아 경기장의 희생자 중 한 명이었다.

"안젤리키." 페르세포네가 말했다. "만나서 반가워요."

"저도요." 여자가 기어 들어가는 목소리로 말했다.

"페르세포네 여신님은 우리의 여왕이 되실 거야." 유리가 말했다.

안젤리키의 눈이 휘둥그레졌다.

"내가 당신을 위해 할 수 있는 게 있을까요, 안젤리키? 새로운 보금자리에 적응하는 데 도움이 될 만한 거요."

그 말에 여자는 더욱더 크게 울음을 터뜨리고 말았다. 유리는 다시금 그녀를 끌어안고선 팔을 부드럽게 쓸어내렸다.

"엄마가 걱정된대요." 유리가 설명했다. "안젤리키가 유일한 보호자였거든요. 그녀가 여기 온 이후론 어머니를 돌봐줄 사람이 아무도 없다고 하네요."

저 여자가 자신의 처지를 비관해서가 아니라 다른 이를 위해 눈물을 흘린다는 걸 알게 되자 깊은 슬픔이 밀려왔고, 뭐라도 해야겠다는 생각이 들었다.

"어머니 이름이 뭐예요, 안젤리키?"

"네사예요." 그녀가 말했다. "네사 레비디스."

"그분을 보살필 수 있도록 조치할게요." 페르세포네가 말했다.

안젤리키의 눈이 커졌다. "그래 주실 거예요? 정말로요?"

"그럼요." 그녀가 말했다. "약속할게요."

그리고 신들은 약속을 하면 절대 어길 수 없었다.

"감사해요." 젊은 여자가 페르세포네를 와락 끌어안았다. 그러곤 흐느낌에 몸을 떨며 말했다. "정말 감사합니다."

"물론이에요. 모든 게 다 괜찮을 거예요."

여자는 깊이 심호흡을 한 다음 살짝 미소를 지었다. "청소를 해야겠어요."

페르세포네와 유리는 영혼이 집 안으로 들어가는 뒷모습을 바라보았다.

"정말 사려 깊으시군요." 유리가 말했다.

"내가 할 수 있는 유일한 일인걸." 그녀가 말했다.

하데스가 허락해줄지 확신할 순 없었지만 탈라리아 경기장 사태로 많은 이들이 목숨을 잃었고, 남녀노소 불문하고 그들은 전부 사랑하는 이들을 남겨두고 떠나야 했다. 개인적으로 말을 전해주겠다고 제안한 것도 아니니까.

희생자들의 가족을 위한 기금 마련과 관련해 카트리나와 이야기를 나눠야겠다고 그녀는 마음속으로 메모를 남겨두었다. 그거라면 하데스도 허락해줄 것이다.

"여신님을 보니 좋아요." 유리가 말했다.

"나도 그래." 페르세포네가 말했다. "요즘 못 찾아와서 미안해."

"괜찮아요. 지상 세계 상황이 좋지 않다는 걸 우리도 알고 있어요."

페르세포네는 울적해했다. "맞아. 좋지 않아."

그녀는 주변을 둘러보며 문득 어린아이들이 여느 때처럼 뛰어오지 않는다는 걸 깨달았다.

"아이들은 다 어디 갔어?"

"티케 님과 함께 정원에 있어요." 유리가 빙긋 웃었다. "매일 아침 아이들에게 책을 읽어주신답니다. 한번 가보세요. 아이들이 정말 좋아할 거예요."

아이들이 보고 싶기도 했지만 무엇보다 티케를 만나고 싶었다. 걱정이 되기는 했다. 스스로의 죽음에 대해 말해줄 마음의 준비가 되었을까?

"이리 오세요, 과수원까지는 함께 가드릴게요." 유리가 말했다. "석류 따러 가다가 안젤리키를 맞닥뜨린 거거든요."

둘은 함께 마을 중심가를 떠나 유리가 과일을 수확하는 과수원 쪽을 향해 길을 걸었다. 어린이들의 정원은 과수원 너머에 있었다. 사실 정원이라기보다 주변을 둘러싼 숲 안에 지어진 공원에 가까웠다. 페르세포네가 처음 지하 세계에 방문한 뒤로 이곳은 그네 두어 개와 시소 하나가 덩그러니 놓인 공터에서 점점 더 마법과 모험이 가득한 공간으로 변화해왔다. 이제는 2만 제곱미터의 땅에 미끄럼틀과 작은 야구장, 기어오를 수 있는 놀이기구들과 그물다리들이 자리했고 아이들은 주로 그곳에서 놀곤 했는데, 오늘은 모두 공터에 둘러앉아 커다란 바위 위에 앉은 티케의 이야기를 듣고 있었다. 그녀는 인물에 따라 표정과 목소리를 바꿔가며 최대한 생동감 넘치게 이야기를 들려주고 있었다.

"프로메테우스는 더 나은 세상을 만들고 싶었어요. 모든 아름다움을 물리치고 올림포스 산에서 시간을 보내기보다는 세상을 탐험하며 고군분투하는 인간들 사이에서 살아갔지요. 어느 날, 프로메테우스는 인간에게 불이 있다면 몸을 따뜻하게 데우고 요리도 하고 도구 만드는 법도 배울 수 있을 거라는 사실을 깨달았어요. 할 수 있는 게 무궁무진했지요! 그런데 프로메테우스가 인간들과 불을 나누게 해달라고 간청했을 때, 천둥의 신 제우스는 거부했어요. 인간들의 힘을 두려워했기 때문이지요. 제우스는 말했어요. 인간들이 필요로 하는 모든 것을 계속 신들에게 의존하는 쪽이 낫다. 필요한 걸 기도하면 우리가 주면 되니까. 하지만 프로메테우스는 동의하지 않앞어요. 그래서 제우스의 말을 어기고 인간에게 불을 선물해주었지요. 제우스가 거대한 올림포스 산에서 그들을 내려다보기까진 여러 달이 걸렸는데, 마침내 그는 인간들이 불가에서 몸을 녹이는 모습을 보게 되었어요. 이제 우리는 집 안에 난로를 둘 수 있게 되었지요. 프로메테우스가 인간들에게 불을 주었기 때문이에요. 제우스는 머리끝까지 화가 나선 반역죄에 대한 벌로 프로메테우스를 산 귀퉁이에 사슬로 묶어두었지만 프로메테우스는 그 선고를 받아도 슬퍼하지 않았어요. 오히려 다행스럽게, 기쁘게 여겼지요. 이제는 지구 상의 인간들이 걱정 없이 평안하게 살 수 있게 되었으니까요."

티케의 목소리는 담담하면서도 풍성하고 듣기 좋은 어조를 띠었다. 페르세포네는 프로메테우스 이야기를 이렇게 끝맺는 방식이 마음에 들었다. 진실은 그보다 훨씬 더 암울했으니까. 프로메테우스의 사건 이후 제우스는 판도라의 상자를 인간 세상에 내려보냈고, 인간들은 두려움과 희망 모두를 가지게 되었다. 희망은 어쩌면 가장 위험한 무기인지도 몰랐다.

제우스가 인간을 바라보는 관점은 지금까지도 별 차이가 없다는 걸 페르세포네는 알 수 있었다. 그 신은 인간을 복종하는 위치에 두고 싶어 했다. 그가 지구로 내려온 이유는 바로 그거였다. 누가 전능한지를 인간들에게 보여주려고.

트라이어드가 보복하려는 이유도 바로 그거였다.

"다른 얘기도 들려주세요, 티케 여신님!" 한 아이가 말했다.

"내일 들려줄게, 꼬마야." 그녀는 싱긋 웃으며 말했다. "손님이 오셨어."

행운의 여신은 페르세포네와 눈을 마주쳤고, 아이들은 고개를 돌렸다.

"페르세포네 여신님이다!"

아이들은 와르르 달려와 그녀의 다리에 팔을 두르고 치마를 잡아당겼다. 페르세포네는 소리 내어 웃으며 고개를 숙여 아이들을 안아주었다.

"우리랑 놀려고 오신 거예요?" 한 아이가 물었다.

"와서 우리랑 같이 놀아요!"

"티케 여신님이랑 이야기를 하러 온 거야." 페르세포네가 답했다. "여기서 너희가 노는 모습을 지켜볼게. 새로운 놀이를 다 보여주렴."

그 말에 만족했는지 아이들은 놀이기구로 총총 뛰어가 기어오르고 뛰어다니며 그네와 미끄럼틀을 신나게 탔다.

키가 크고 늘씬한 아름다운 외모의 티케가 이쪽으로 다가왔다. 기다란 검은 머리카락은 정수리 위로 틀어 올렸고 검은색 로브를 두르고 있었다.

그녀가 무릎을 굽혀 인사했다. "페르세포네 여신님, 만나서 반가워요."

"티케 여신님." 그녀가 응했다. "정말 유감이에요."

"슬퍼할 필요 없어요." 그녀가 희미한 미소를 지어 보이며 말했다. "이리 오세요. 함께 걸어요."

그녀는 팔을 내밀었고 페르세포네는 팔짱을 꼈다. 둘은 그늘을 따라 함께 걸었다. 지하 세계 중에서도 이곳의 공기는 언제나 따스했고 나무들은 환하게 빛나고 있었다. 봄이 연상되는 곳이었다.

"내가 어떻게 죽음을 맞았는지 알고 싶어 하는 것 같군요."

티케의 말이 페르세포네의 가슴에 칼처럼 꽂혔다.

"알고 싶은 건 아니에요." 페르세포네가 말했다. "하지만…… 계속 이런 일들이 일어날까 봐 두려워요."

"이해해요." 티케가 말했다. "뭔가 그물 같은 무거운 것에 붙잡혀 넘어졌어요. 그런 다음 여러 명의 인간들에게 집단 폭행을 당했죠. 뭔가에 찔린 듯한 고통을 느꼈던 거랑, 그들이 나에게 폭력을 휘두르고 있다는 사실을 깨닫곤 충격을 받았던 게 기억나요. 그런 다음 또 한 번, 또 한 번, 계속 찔렸어요. 나는 포위되어 있었지요."

"아, 티케." 페르세포네가 중얼거렸다.

"나 자신을 치유할 수가 없더라고요. 내 생각엔 아마, 운명의 여신들이 내 실을 끊어버렸던 것 같아요."

걸음을 멈춘 티케는 페르세포네를 향해 고개를 돌렸다. 눈동자에 깃들어 있던 격한 감정은 사라지고 눈가가 부드러워졌다.

"뭘 묻고 싶은지 알아요." 여신이 말했다.

페르세포네는 침을 꿀꺽 삼켰다. 말이 혀끝에 걸려 있었다. 우리 엄마가 관여한 건가요? 당신도 엄마의 마법을 느꼈어요?

"당신 어머니의 마법을 느낀 게 맞아요. 그녀가…… 나를 도와주러 온 거길 바랐지요. 그저 마법의 기운뿐이었다는 것만 알아챌 수 있을 정도로 의식이 혼미했어요."

죄책감이 물밀듯 밀어닥쳐 가슴속이 막히는 듯했다.

"엄마가 왜 이런 길을 택한 건지 이해가 안 돼요." 페르세포네가 말했다. 그 말이 고통스럽게 온몸을 때리며 관통하는 듯했다.

잠시 아무 말이 없던 티케가 입을 열었다. "당신의 어머니와 나는 가까운 사이였어요."

페르세포네가 눈썹을 찌푸렸다. 데메테르와 티케가 친구였다는 걸 전혀 모르고 있었다. 온실에 갇혀 있던 시절 내내 한 번도 행운의 여신에 대해 들어본 적도, 만난 적도 없었다.

"난 당신이…… 기억나지 않는걸요." 페르세포네가 말했다.

티케는 싱긋 웃었다. 슬픈 미소였다. "그녀가 운명의 여신들에게 딸을 달라고 애원하기 전, 아주 오래전에 친구였거든요. 그토록 화가 나고 상처받기 전에 말이에요."

"더 얘기해주세요."

티케는 깊이 숨을 내쉬었다. "당신 어머니가 당신을 숨긴 이유는 여러 가지였어요. 하나는 알겠죠. 하데스와 결국 결혼하게 될 거라는 운명요. 하지만 데메테르는 당신이 이 세상에 태어나기 전부터 숨겼어요. 강간을 당했거든요."

페르세포네는 얼떨떨해진 채 목이 따끔거리는 것을 느꼈다. "뭐라고요?"

"포세이돈이 그녀를 속였어요. 말로 변신해 그녀를 유인한 다음 달려든 거예요. 다른 올림포스 신들을 향한 그녀의 증오는 그때 시작됐어요. 제우스에게 가서 그의 형제를 벌해달라고 애원했을 때 그는 거절했고, 그 이후로도 증오는 계속 이어졌어요. 당신을 향한 행동이나 이 세상에 대고 그녀가 벌이는 짓들을 변호하기 위해 이런 이야기를 하는 게 아니에요. 그녀의 행동에 나름대로 이유가 있다는 걸 알려주려고 하는 이야기랍니다."

"저는…… 몰랐어요."

"그녀는 살아남았지만 스스로 힘이 있다고 느끼지 못했어요."

한 번도 어머니가 겪었던, 혹은 극복해야 했던 폭력이 있으리라곤 생각해본 적이 없었다.

하지만 이건 데메테르의 트라우마였다. 세상을 향한 두려움, 딸에 대한 두려움이라는 씨앗을 심고 무성히 자라나게 한 사건이었던 것이다. 포세이돈과 제우스는 가장 강력한 삼신들이었고, 하데스에 관해선 애초에 아무런 기대도 하지 않았을 것이다.

"그 이후로 그녀는 완전히 달라졌어요." 티케가 말을 이었다. "생존하기 위해 마음의 어떤 부분은 묻어둔 거라는 생각이 들어요. 그런데 그렇게 함으로써 그녀를 생생히 살게 하던 면면도 잃고 말았어요."

페르세포네는 숨을 들이쉬려고 했지만 실패했다.

"이런 이야기를 하게 되어서 미안해요, 페르세포네."

새로 알게 된 사실들 때문에 머릿속이 온통 빙빙 돌고 어지러웠지만 그녀는 겨우 말을 꺼냈다. "아뇨, 오히려 감사해요."

데메테르가 벌이는 짓은 명백히 잘못되었지만, 이런 길을 택한 운명의 실들을 엿볼 수 있었다. 결국, 이건 페르세포네에 관한 게 아니라 데메테르 자신의 트라우마에 관한 거였다. 포세이돈이 그녀를 망가뜨렸고, 제우스는 그녀를 짓밟았다. 그 둘이 여전히 강력하고 만물의 통제권을 쥔 세계에서 그녀는 삶을 이어가야 했다.

"하데스도 알고 있나요?" 페르세포네가 물었다.

"데메테르는 나를 제외한 누구에게도 이야기하지 않았어요."

이유는 알 수 없었지만 숨쉬기가 조금 더 수월해졌다.

"내가 뭘 하면 좋을까요?"

티케는 어깨를 으쓱했다. "어려운 질문이네요. 데메테르는 주어진 상황에서 최선을 다했지만, 당신의 트라우마가 합당하다는 걸 알아야 해요. 우린 모두 망가졌어요, 페르세포네. 그 망가진 조각들로 무엇을 하느냐가 중요한 거랍니다."

데메테르는 그 조각들로 해를 입히고 있었다. 결국, 끝에 가면 어머니는 저 몸부림을 멈춰야 할 것이다.

"고마워요, 티케."

"쉽진 않을 거예요, 페르세포네. 구조가 망가졌으니까요. 새로운 무언가가 그 자리에 들어서야 할 텐데 전쟁에선 아무것도 약속할 수 없지요. 우리가 맞서 싸운다고 승리할 거라는 보장도 없고요."

"그래도 시도해볼 만한 가치는 있잖아요…… 그렇죠?"

티케는 다시금 옅은 슬픔의 미소를 지어 보이곤 말했다. "바로 그게 희망이에요. 모든 존재의 가장 강력한 적."

�֍

어린이들의 정원을 떠난 뒤 페르세포네는 도서관으로 향한 다음 서가를 헤매며 티타노마키아 관련 자료를 뒤졌다. 티탄족의 패배, 그리고 올림포스 신들의 통치로 이어진 사건들이 무엇인지 알고 싶어서였다. 책 몇 권을 찾아낸 다음 벽난로 앞에 웅크리고 앉아 읽기 시작했다.

대부분의 책에 전투의 비참함과 갈등에 관해 구체적으로 쓰여 있었고, 동시에 제우스의 마법과 전략을 짜는 능력도 상술되어 있었다. 그는 신들과 괴물들의 충성심을 얻기 위해 모두를 조종하고 협상하려 한 내력이 있었는데, 신들에게는 힘을, 괴물들에게는 암브로시아와 넥타르를 주겠다고 약속했다. 천둥의 신에게 이런 면이 있다는 건 몰랐다. 혹시 아직도 그럴까? 자신의 위치와 힘을 믿은 나머지 우위를 빼앗길 걱정은 하지 않는 걸까? 아니면 해맑은 무지와 방종한 태도가 오히려 속임수인 걸까?

그 순간 하데스가 느껴졌다. 눈에 보이기 전에 기운으로 알아챌수 있었다. 존재감만으로 목덜미부터 척추를 타고 내려가는 감각이, 마치 그의 입술이 살결을 따라 훑어가는 감각이 끼쳐왔다. 그녀는몸이 뻣뻣해졌다. 함께 밤을 보낸 뒤로 오늘 그를 보게 될 거라곤 예상치 못했는데 지금 그는 그녀의 곁에 존재를 드러내고 있었다. 죽은 자들의 신은 언제나 그림자 속에서 나타났는데, 지금 그의 피부아래와 눈 뒤에선 그보다 더 어두운 무언가가 꿈틀거리고 있었고, 그녀는 뼛속까지 차가워지는 것만 같았다.

페르세포네는 책을 내려놓았고, 둘은 거리를 유지한 채 한참을서로 바라보았다. 뭔가 이상한 기류가 느껴졌다. 피부를 꾹 누르며가슴까지 텅 비게 만드는 듯한 긴장감. 어젯밤의 일에 대해 뭐라도말하고 싶었다. 미안하다고, 그런 일이 왜 일어난 건지 모르겠다고. 하지만 입 밖으로 꺼내기가 어려웠다.

"아까 티케를 만났어요." 결국 그녀는 다른 이야기를 꺼냈다. "스스로를 치유할 수 없었던 이유가 운명의 여신들이 실을 끊어버려서인 것 같다고 하더라고요."

하데스는 잠시 표정 없이 그녀를 바라보았다. 이건 다른 하데스였다. 다르다고 느낄 수밖에 없게 만드는 얼굴이었다.

"운명의 여신들이 그녀의 실을 끊은 게 아닙니다." 그가 말했다.

페르세포네는 그가 말을 이어가길 기다리다가 더는 말이 없자 추궁하듯 물었다. "그게 무슨 말이에요?"

"트라이어드가 신들을 죽일 수 있는 무기를 찾아낸 거라는 뜻입니다." 하데스는 사무적인 투로 말했다. 그 어조에는 염려도, 불안도 들어 있지 않았다.

"그게 뭔지 당신은 아는 거죠, 그렇죠?"

"확실하진 않습니다." 그가 답했다.

"말해주세요."

하데스는 잠시 말을 멈췄다. 어디서부터 말을 꺼내야 할지 모르는 듯했다. 아니면 말해주고 싶지 않은 건지도.

"……일전에 히드라를 만났지요. 과거 많은 전투에 히드라도 참여했고, 그때마다 숱하게 머리를 잘렸으나 아무렇지 않게 재생되었습니다. 독액이 실제 독약으로 쓰이기에 그들의 머리는 값을 매길 수 없을 만큼 귀합니다. 내 생각에 티케는 헤파이스토스의 그물을 변형시킨 함정에 걸려들었고, 히드라의 독화살로 찔린 것 같습니다. 확실히 말하자면 유물입니다."

"독화살요?"

"고대 그리스의 생화학 무기였습니다." 하데스가 말했다. "수년 동안 나는 그런 유물이 유통되지 않게 하려고 애썼지만, 어떻게든 부속품을 구하고 판매하려는 자들의 네트워크는 매우 광범위합니다. 트라이어드가 그중 몇 개를 손에 넣었다고 해도 놀랍지 않을 겁니다."

페르세포네는 방금 들은 것들을 머릿속으로 곱씹다가 입을 열었다. "타르타로스에 내던져져서 티탄족에게 갈가리 찢기지 않는 한 신들은 죽을 수 없다고 말했잖아요."

"보통은 그렇습니다." 하데스가 말했다. "하지만 히드라의 독은 신들에게조차 치명적입니다. 치유를 더디게 만들고, 혹여 여러 차례

406

찔렸다면…….”

“죽는 거군요.”

어째서 티케가 스스로를 치유할 수 없었는지 얼추 이해가 되었다. 잠시 후, 하데스가 입을 뗐다. 그리고 그의 입에서 나온 말은 그녀를 충격으로 몰아넣었다. 말의 내용 때문만이 아니라 그가 정보를 건네주고 있었다는 사실 때문이기도 했다. 그는 결코 그러는 법이 없었다.

“아도니스도 유물 때문에 죽음에 이른 거라고 생각합니다. 내 아버지의 낫으로.”

“뭐 때문에 그렇게 확신하는 거예요?”

잠시 침묵이 흘렀다. “영혼이 산산조각 났으니까.”

페르세포네는 곧바로 이해했다. 아도니스에게는 엘리시움에서 영원히 휴식을 취하라는 지시가 내려졌던 것이다. 그의 영혼은 양귀비나 석류를 움 틔우는 마법과 유사한 상태였다.

“왜 이제야 나한테 말해주는 거예요?”

또다시 말이 없었다. 그녀는 그가 입을 열기까지 가만히 기다렸다.

“당신에게 말할 수 있는 장소가 필요했습니다. 산산조각 나버린 영혼을 마주하는 일은 결코 쉽지 않고, 엘리시움으로 데려가는 일은 더더욱 쉽지 않으니 말입니다.”

겁에 질린 듯한 그의 눈길을 마주하자, 하데스가 본 것을 그녀로선 결코 이해할 수 없을 거라는 직감이 들었다.

페르세포네는 책을 옆으로 치워두곤 그의 이름을 속삭였다. 복잡한 마음을 누그러뜨리기 위해서였다. 하지만 그녀가 몸을 움직이자마자 그의 몸이 굳었고, 눈길은 책으로 옮겨갔다.

"무엇을 읽고 있었습니까?"

그가 화제를 바꾸려 하자 페르세포네는 가슴이 욱신거리듯 아팠다.

"티타노마키아에 대한 정보를 찾고 있었어요."

그녀의 말에 하데스가 이를 악물었다. "어째서입니까?"

"왜냐하면…… 엄마에겐 우리를 떼어놓으려는 것보다 더 큰 목표가 있는 것 같거든요."

27장

고대 그리스 박물관

눈을 떴을 때는 이미 늦은 시간이었다. 침대 옆자리는 텅 비어 있었다. 하데스는 침대로 오지 않았다. 페르세포네는 몸을 일으켜 그를 찾으러 나섰고, 밤의 어둠에 몸을 숨긴 채 발코니 바깥에 서 있는 그를 발견했다. 그녀는 곁으로 다가가 그의 허리에 두 팔을 둘렀다. 그는 움찔하더니 그녀의 팔을 움켜쥐곤 포옹을 풀었다.

"페르세포네."

그가 너무 홱 돌아서는 바람에 그녀는 약간 당황했다.

"침대로 오지 않을래요?" 그녀의 목소리는 나직한 속삭임에 가까웠다.

"곧 가겠습니다." 그러곤 손을 놓았다.

"당신 말 안 믿어요."

그는 잠시 빤히 바라보았다. 얼굴에는 표정이 없었다.

"잠을 잘 수가 없습니다. 당신을 방해하고 싶지 않습니다."

"당신은 날 방해하지 않을 거예요. 내가 잠을 못 이루는 건 당신이 곁에 없어서라고요."

그 말을 소리 내어 말하려니 부끄러웠지만, 그가 곁에 있어야 마음이 놓이는 게 사실이었다.

"우리 둘 다 그게 사실이 아니라는 걸 알지 않습니까."

그의 말에 그녀는 흠칫 놀랐다. 페이리토스를 두고 하는 말이라는 걸 알았기 때문이었다. 그녀는 입술이 떨리지 않도록 뺨 안쪽을 악물었다. 하데스를 만난 이후로 그는 단 한 번도 그녀를 거부한 적이 없었는데, 지금 이 순간 그는 그녀를 밀어내고 있다. 마음이 아팠고, 마치 그녀 탓처럼 느껴졌다.

"당신 말이 맞아요. 그건 사실이 아니죠."

그녀는 그를 내버려두곤, 침대로 돌아가는 대신 여왕의 특별실로 발걸음을 옮겼다. 그리고 차가운 이불 아래 몸을 웅크리곤 흐느껴 울었다.

�֎

커피 한 잔을 손에 든 채 페르세포네는 책상 앞에 앉았다. 초점 없이 멍하게, 커피에서 모락모락 피어나는 뜨거운 김을 바라보았다. 잠을 못 자서 정신이 혼미했다. 지금 당장 원하는 건 조용한 곳을 찾아 낮잠을 한숨 자는 거였지만 온갖 생각이 혼란스럽게 휘몰아치며 머릿속을 맴돌고 있었다.

거리를 두려는 하데스의 모습에 자책을 해야 할지, 아니면 화를 내야 할지 갈팡질팡하는 마음이 들어 괴로웠다. 그녀가 그날 밤 보였던 반응에 대해 더 대화를 하는 게 맞았을지도 모르지만, 그가 잠자리에 들길 거부한 이후 그녀는 평정심을 잃어버렸고 그 주제를 꺼내길 주저했다. 예기치 못하게 그녀는 힘을 폭발시켰고, 하데스를 심하게 다치게 하고 말았다. 그 역시 상처받았다는 걸 알고 있었지만 지금 그녀가 얼마나 수치스러운지, 얼마나 충격에 빠졌는지, 얼마나 모욕적인지에 비하면 그의 마음은 아무것도 아닌 것 같았다.

또 다른 생각이 고개를 들었다. 그가 더 이상 나와 함께 성적 판타지들을 탐구해가길 바라지 않는 거면 어떡하지? 내 판타지들은 어떡하고?

노크 소리에 생각들이 흩어졌다. 레우케가 두 팔 가득 신문들을 안고 들어섰다. 그녀 역시 페르세포네만큼이나 지쳐 보였다.

"괜찮은 거야?" 페르세포네가 물었다.

님프는 종이 더미를 책상 위에 내려놓더니 어깨를 으쓱했다. "그 날부터 잠을 통 못 자서……."

그녀는 말꼬리를 흐렸지만 문장을 끝맺을 필요는 없었다. 탈라리아 경기장에서의 사건 이후 그녀 역시 고통을 겪고 있음을 페르세포네는 알고 있었기 때문이다.

"고대로부터 변하지 않은 것들이 있어요." 레우케가 말했다. "여전히 우린 서로를 죽고 죽이죠. 무기만 바뀌었을 뿐."

틀린 말이 아니었다. 사회는 평화로운 만큼이나 폭력적이었다.

페르세포네의 시선은 레우케가 가져온 종이 더미로 향했다. 제일 위에 놓인 것이 뉴 아테네 뉴스였는데, 헤드라인을 살펴보니 탈라리아 경기장에서 일어난 사건에 관한 것이었다.

죽음과 폭력 : 신들을 따른 결과

헬렌이 쓴 기사로, 그날 벌어진 사건은 변화를 요구하기 위해 트라이어드가 계획한 것이라는 주장을 펼치고 있었다. 또한 이런 충돌이 없다면 인간들은 계속해서 신들의 손아귀에서 놀아날 거라고도. 그 경기장이 선택된 까닭은 이 대회가 신들이 여전히 지니는 권력을 상징하기 때문이었고 그 인식이 바뀌기 위해선 그곳을 파괴해야 했다고 쓰여 있었다. 문제는 이거였다. 그날 그곳에서 죽은 130명 중 과연 몇 명이나 트라이어드를 위한 순교자가 되고 싶어 했을까?

헬렌의 답은 잔인했다. 당신들의 신은 그동안 어디 있었는가?

"디미트리가 저 기사를 승인해줬다는 게 믿기지가 않아요." 레우케가 말했다. 페르세포네는 그 역시 이 점에 있어서 별로 할 말이 없을 거라는 직감이 들었다. "헬렌은 진짜 제정신이 아니네요."

"자기가 쓰는 걸 진짜로 믿는 것 같진 않아. 자기 생각이란 게 있긴 한지조차 모르겠고."

사실, 페르세포네는 후자일 거라고 확신했다.

"걔를 다시 만나면 나무로 만들어버리세요." 레우케가 말했다.

그 말과 함께 자리에서 일어나 문을 닫고 나가는 레우케를 향해 페르세포네는 희미한 미소를 지어 보였다. 잠시 동안 그녀는 의자에 푹 기댔다. 좀 전보다 더 지치는 느낌이었다. 헬렌의 배신은 충격적이었지만 이건 또 달랐다. 무언가 훨씬 더 나빴다. 전쟁 선포 수준이었다.

그녀는 몸을 일으켜 몇 개의 기사를 더 읽어보았다. 헤드라인을 하나씩 읽을 때마다 마음이 점점 더 무겁게 내려앉았다.

겨울 날씨로 인해 지난 일주일 동안 최소 56명 사망

위험한 겨울 날씨 탓에 전기와 수도 끊긴 이재민 수백만 명 발생

겨울 폭풍 속, 수많은 이들이 식량 위기 우려

그런데 특히 눈길을 끈 것은 페이지 하단에 적힌 헤드라인이었다.

박물관에서 각종 유물 도난 사건 발생

이상하다는 생각이 들면서, 하데스가 암시장에서 거래되는 유물들에 대해 말해주었던 게 떠올랐다. 그런데 그것들이 혹시 박물관에서 가져간 거라면?

엄마라면 눈에 띄지 않게 숨겠지.

페르세포네는 안내 데스크의 아이비에게 전화를 걸었다.

"네, 여신님?"

"아이비, 안토니에게 이리로 와달라고 해주세요. 몇 분 뒤에 바로 나가려고요."

"알겠습니다." 잠시 말을 멈췄다가 그녀가 덧붙였다. "그리고······ 하데스 님께서 물어보시면 뭐라고 말씀드릴까요?"

그 질문에 몸이 굳었다. 하데스에게 속상한 건 사실이었지만 그가 걱정하길 바라는 건 아니었다.

"고대 그리스 박물관으로 갔다고 얘기해주세요."

페르세포네는 대답과 함께 전화를 끊었다. 그리고 재킷을 걸친 다음 로비로 내려가 아이비의 데스크를 지나쳤다.

아이비가 말했다. "즐거운 시간 보내고 오세요, 여신님."

페르세포네는 꽝꽝 얼어붙은 계단을 내려갔다. 안토니는 추위 속에서도 미소를 잃지 않은 채 기다리고 있었다.

"여신님." 그는 렉서스 문을 열어주며 말했다.

"안토니." 따스한 뒷좌석으로 들어서며 그녀가 미소 띤 채 말했다.

운전석에 앉은 키클로페스가 물었다. "어디로 모실까요, 여신님?"

"고대 그리스 박물관으로요."

안토니의 미간에 주름이 잡혔다. 놀랐다는 표시였다.

"조사하러 가시는지요?"

"네. 그렇게 볼 수도 있겠네요."

고대 그리스 박물관은 뉴 아테네 도심 한가운데 있었다. 안토니는 그녀가 내리는 걸 도와주었고, 그녀는 안뜰을 지나 대리석 계단을 오른 후 건물 입구로 향했다. 박물관엔 여러 번 와봤는데, 특히 광장이 사람들로 북적대는 맑은 날에 들르곤 했다. 그런데 오늘은 주변 풍광이 황량하고 곳곳이 미끄러웠으며 햇살 아래서 눈부시던 대리석 조각상들은 죄다 눈더미 아래 파묻혀 있었다.

박물관에 들어가 보안검색대를 통과한 다음 잠시 숨을 고르며 어머니의 마법 향기를 맡으려 했지만 오직 커피 냄새, 바닥 세제 냄새, 그리고 먼지 냄새만 날 뿐이었다. 그녀는 고대 그리스의 여러 시대를 다룬 전시실을 천천히 걸었다. 우아하게 배치된 유물들은 아름다웠다. 그러나 그녀의 시선이 머문 것은 매력적인 유물들이 아니라 사람들이었다. 표정이나 몸짓에서 뭔가 익숙한 것을 알아채기 위해 그녀는 면밀히 살펴보았다. 글래머를 많이 씌운 신은 알아보기가 어려웠다.

박물관을 꽤 오래 돌아다녔는데, 이젠 어린이 체험관을 빼면 모든 전시장을 둘러본 상태였다. 밝은색으로 칠해진 과장된 글자체와 만화 같은 기둥들이 세워진 어린이 체험관 입구를 바라보고 있을 때, 문득 익숙한 냄새가 끼쳐왔다. 사향 냄새와 시트러스 냄새가 섞인 향. 피가 차갑게 식는 듯했다.

데메테르.

다채로운 색으로 꾸려진 체험관에 들어서서 밀랍 조각상들과 고대 건물 모형들을 지나치며 데메테르의 마법 냄새를 따라 걷는 동안 심장은 점점 더 거세게 뛰었고, 마침내 어린이들에 둘러싸인 여신을 발견했다. 실제보다 더 늙어 보이게 머리카락을 회색으로 물들이고 주름을 부여한 상태였다. 하지만 어머니를 연상시키는 특유의 오만한 분위기는 그대로였다. 아이들에게 투어를 시켜주고 있는 듯했는데, 지금은 범그리스 대회의 역사와 그 문화적 중요성을 일러주는 중이었다. 그녀가 상상했던 것과는 너무도 달랐다. 데메테르가 이렇게까지 대놓고 모습을 드러낼 줄이야.

아이들과 함께 있는 모습은 마치 다른 신을 보는 듯했다. 기존의 가혹한 면모는 전혀 보이지 않았고 눈동자에는 페르세포네가 아주 어렸을 때 이후로는 보지 못했던 반짝이는 빛이 깃들어 있었다. 둘의 눈이 마주치자 데메테르의 얼굴에서 친절한 표정이 싹 가셨다. 실망과 분노와 역겨움이 뒤섞인 표정이 눈 깜짝할 새에 스친 뒤 그녀는 다시 아이들에게 고개를 돌려 얼굴에 너울대는 미소를 띄웠다. 너무도 활짝 웃은 나머지 눈가에 주름이 질 지경이었다.

"그럼 잠깐 탐험하며 놀아볼까? 질문이 있으면 언제든 여기 있을 테니 물어보렴. 자, 가보자!"

"감사합니다, 도소 아주머니!" 아이들이 합창하듯 말했다.

페르세포네는 아이들이 와르르 뛰어갈 동안 꿈쩍도 하지 않았다.

데메테르는 그녀를 향해 몸을 돌리곤 눈을 가늘게 뜬 채 턱을 꼿꼿이 들었다. "날 죽이러 왔니?"

페르세포네는 움찔했다. "아니에요."

"그럼 날 원망하러 왔겠지."

페르세포네는 대답하지 않았다.

"어쩌란 말이니?" 데메테르의 음색은 날카로웠다.

"엄마한테 무슨 일이 있었는지 알아요…… 내가 태어나기 전에 말이에요."

페르세포네의 말에 데메테르의 눈길에는 놀라운 기색이 스쳤다. 그러나 유약한 기색, 흘끗 들여다볼 수 있었던 어머니의 진실한 고통과 괴로움의 흔적은 곧장 스러졌다. 그녀는 그 감정을 묻어버리곤 얼굴을 찡그렸다.

"이제 와서 나를 이해하는 척하려는 거야?"

"엄마가 겪은 일을 결코 이해한다고 할 순 없어요." 페르세포네가 말했다. "다만 나도 알았더라면 좋았을 거예요."

"그런다고 해서 뭐가 달라진단 말이니?"

"아무것도요. 그래도 내가 엄마한테 화나 있는 시간은 줄어들었을지 모르죠."

데메테르는 잔혹한 미소를 지었다. "왜 분노를 후회하지? 분노로 너무도 많은 걸 해낼 수 있는데."

"엄마의 복수처럼요?"

"그래." 그녀는 쉭쉭대듯 나직이 말했다.

"멈출 수 있다는 걸 아시죠. 운명의 여신들을 거역해선 안 돼요."

"넌 그걸 믿는 거니? 티케가 어떻게 되었는지를 보고도?"

페르세포네가 입술을 앙다물었다. 데메테르 자신이 벌인 일임을 시인한 순간이었다.

"티케는 엄마를 아꼈어요." 페르세포네가 말했다.

"그랬을지도 모르지. 하지만 그녀 역시 나더러 운명의 여신들에 맞서지 말라고 했지. 그런데 지금 날 보렴, 내가 직접 그녀의 운명의 실을 잘라냈잖니."

"누구나 살인할 수는 있어요, 엄마."

"누구나 신을 죽일 수 있는 건 아니지."

"그럼 이게 엄마가 택한 길인 거네요. 단지 내가 하데스와 사랑에 빠졌다는 이유 때문인가요?"

데메테르의 입술이 일그러졌다. "오, 정의로운 내 딸아. 이건 네 문제를 넘어서는 일이란다. 난 운명의 여신들 편에 선 모든 올림포스 신을 다 쓰러뜨릴 거야. 그들을 높이 사는 모든 숭배자들도. 궁극에는 전부 죽일 거고, 다 끝내고 나면 널 둘러싼 이 세상을 산산조각 내버릴 거다."

페르세포네의 분노가 온몸을 뒤흔들듯 끓어올랐다. "내가 그걸 그냥 지켜보고 있을 거라고 생각해요?"

"오, 나의 꽃. 너에겐 선택지가 없을 거야."

그때, 페르세포네는 데메테르의 마음을 돌이킬 수 없다는 사실을 깨달았다. 이 여신은 오래전에 사라졌다. 이렇게 종종 맞닥뜨리더라도, 아이들을 향해 미소를 짓고 자신의 트라우마를 떠올린다고 하더라도, 그녀는 결코 예전의 여신일 수 없었다. 살아남기 위해 데메테르는 이런 존재가 되고 말았다. 그녀는 이미 아주 오래전 어머니를 잃었고, 이제는…… 이제는 작별을 고해야 했다.

"올림포스 신들이 엄마를 찾고 있어요."

그러자 데메테르는 끔찍한 미소를 지었다. 뭔가 말을 꺼내려던 찰나 누군가의 외침이 들려왔다.

"도소 아주머니!"

한 아이가 부르자 뒤틀린 입가와 노려보는 눈길은 사라지고 미소와 반짝거리는 눈동자가 그 자리를 대신했다.

"그래, 우리 아가?" 그녀의 목소리는 고요하고 서늘했다. 달콤한 자장가와 어울리는 어조였다.

"헤라클레스 이야기 들려주세요!"

"물론이지." 그녀는 은빛으로 반짝이는 듯한 웃음소리를 냈다. 페르세포네에게 눈길을 돌리자 다시금 거짓된 얼굴이 녹아내렸다. "그들이 날 찾아내려는 걸 넌 두려워해야 한다, 딸아."

그런 다음 수확의 여신은 몸을 돌리곤 페르세포네에게서 완전히 시선을 거두었다.

데메테르의 마지막 말은 경고였다. 마음에 무시무시한 그림자가 드리웠다. 목구멍에 가득 들어찬 듯한 어머니의 마법 향에 끔찍함을 느끼며 페르세포네는 깊이 심호흡을 한 뒤 박물관을 나섰다.

28장
공포의 손길

페르세포네는 사무실로 돌아가는 대신 지하 세계로 순간 이동해 헤카테에게 갔다. 여신은 초원 위에서 그녀를 기다리고 있었다. 오늘은 검은색 로브를 입고 있었는데, 그녀 뒤에 불길하게 앉아 있는 네펠리의 털색과 어울렸다. 둘을 보자마자 가슴속에서 불안감이 솟아난 나머지 발걸음을 늦춰야 했다. 헤카테는 한 번도 그녀를 기다리고 있었던 적이 없었다, 언제나 뭔가를 하고 있었으니까. 약초나 버섯을 채취하거나 독약을 만들거나 인간들에게 저주를 내리면서.

초원 끝에 다다른 그녀는 멈춰 서서 여신을 빤히 바라보았다.

"당신이 지하 세계에 들어서는 순간 분노가 느껴졌답니다." 헤카테가 말했다.

"나 변화하고 있나 봐요, 헤카테." 페르세포네가 쩍쩍 갈라지는 목소리로 말했다.

"점점 더 강력한 여신이 되어가고 있는 거지요. 스스로도 느끼지 않으시나요? 어둠이 솟아나고 있다는 걸."

"난 엄마처럼 되고 싶지 않아요."

그녀는 그게 가장 두려웠다. 페이리토스를 고문하기 위해 하데스와 함께 타르타로스에 가겠다고 했던 그날 밤부터 늘 떠올렸던 생각이었다.

"고문이 눈앞에서 벌어져도 난 눈 하나 꿈쩍하지 않아요." 페르세포네가 말했다. "나에게 잘못을 저지른 자들에게 복수를 하고 싶어요. 내 영혼을 보호할 수만 있다면 살인이라도 할 거라고요. 이런 내가 더 이상 누군지 모르겠어요."

"당신은 페르세포네지요. 운명으로 맺어진 하데스의 여왕."

깊이 몰아쉬는 숨에 그녀의 가슴이 오르락내리락했다.

"당신을 해한 자들을 다치게 하는 걸 부끄러워해선 안 돼요." 헤카테가 말했다. "그게 전쟁의 본질인걸요."

둘은 전투와 전쟁에 대해 이야기를 나눈 적이 있었다. 몇 달간 대화에 오르내렸던 주제였다. 데메테르와의 전투, 신들의 전쟁 말이다.

"그러면 날 다치게 한 자들과 똑같아지는 거 아니에요?"

헤카테는 빈정대듯 소리 내어 웃었다. "그 말을 한 사람은 한 번도 당신처럼, 그리고 나처럼 다쳐본 적이 없을 거예요."

페르세포네는 더 많은 질문을 하고 싶었다. 헤카테는 얼마나 다쳤던 걸까? 하지만 한편으론 그런 질문들이 슬픔을 불러일으킬 것 또한 알고 있었고, 여신이 그 기억을 떠올리는 것을 바라지 않았다.

"당신의 어머니는 지상 세계에서 전쟁을 일으키고 있어요." 헤카테가 말했다. "그녀를 막고 싶나요?"

"네." 페르세포네가 읊조렸다.

"그럼 내가 가르쳐줄게요." 말이 끝나기가 무섭게 검은 불의 형상을 띤 무시무시한 힘이 헤카테의 손안에서 솟구쳐 오르며 얼굴에 그림자를 드리웠다. 잿빛 얼굴에 핏기가 싹 빠져나가 공포스러운 모습이었다. "당신이 어머니와 싸울 때처럼 싸워보겠어요. 내가 한 번도 당신을 애정한 적이 없다고 느낄 만큼."

페르세포네가 그 말을 곱씹어볼 새도 없이, 헤카테가 쏜 그림자 마법으로 그녀의 몸은 뒤쪽의 나무 둥치로 날아가 쾅 부딪혔다. 척추가 산산조각 나버린 것만 같은 날카로운 통증이 찾아왔다. 그녀는 마법으로 스스로를 치유하려 했지만, 네펠리가 갑작스럽게 왈왈 짖는 소리에 피가 차갑게 식었다. 그녀를 향해 달음질쳐오는 저승사자의 존재를 잊고 있었던 것이다.

그녀는 몸을 굴려 일어선 다음 손을 뻗어 그 생물체를 지하 세계의 다른 곳으로 순간 이동시켜버렸다. 그러느라 상처는 충분히 치유되지 못했다. 헤카테는 초원 건너편에 가만히 서 있었고, 마법의 여신을 만난 이후 처음으로 페르세포네는 지금까지 한 번도 헤카테의 마법을 진정으로 느껴본 적이 없다는 것을 깨달았다. 지금 이 순간에는 폭발적으로 뻗쳐 나오는 힘이 느껴졌다. 어둠을 밝히는 으스스한 빛이 퍼져나가며 그녀의 모습이 흐려졌고, 세이지 향과 흙냄새가 피어올랐다. 그녀가 지금 소환한 이 마법은 뭔가 달랐다. 고대의 마법. 와인처럼 쌉싸름하고 신맛을 풍기면서도 목구멍 끝에 피 같은 금속 맛을 남기는 마법이었다. 그 내음에 가슴속에 공포가 내려앉으면서 불규칙한 심장 소리와 저만치서 빠르게 다가오는 헤카테에게 집중하게 되었다.

그녀는 치유에 집중하면서 마법의 힘을 끌어모았다. 숲의 공터에서 하데스가 그녀와 대결할 때 해주었던 말들을 떠올리면서.

다른 올림포스 신, 아니 그 누구와 싸우고 있든, 그들은 당신이 일어설 때까지 기다려주지 않을 겁니다.

헤카테는 바로 이 규칙에 따라 움직이며 점점 더 많은 그림자 마법을 퍼부었다. 페르세포네가 한 손을 들자 찰나의 순간 모든 것이 느려졌다. 하지만 시간을 얼어붙게 만들었던 다른 때와는 달리 헤카테의 마법은 여전히 고동쳤다. 지금까지는 마법의 일부만 사용했다는 듯이, 헤카테의 마법이 그녀의 주술을 파괴하고 있었다. 그림자들이 다시 그녀를 향해 달려들었고, 그녀는 뒤쪽으로 나가떨어졌다. 땅에 떨어졌을 때 허파에서 모든 바람이 빠져나간 것 같았고 쭉 미끄러지면서 흙덩어리가 몸 위에 엉겨 붙었다.

잠시 후, 땅이 부르르 떨리며 삐걱거리는 소리가 들리기 시작했다. 대지가 하품하듯 으르렁대는 게 느껴졌고, 방금 막 생겨난 발밑의 거대한 구멍 사이로 떨어지지 않기 위해 그녀는 손톱이 흙 사이로 파고들 때까지 손으로, 그리고 무릎으로 땅을 짚으며 몸을 일으켰다. 고개를 들어보니 헤카테는 겨우 몇 미터 떨어진 곳에 있었다. 눈동자는 온통 새까맸다. 방금 여신은 손가락 하나 까딱하지 않고 땅을 갈랐다. 강력한 마법을 썼음에도 힘이 남아 있었다. 자신이 가진 힘의 극히 일부만 사용하고도 페르세포네를 무너뜨린 것이다. 페르세포네는 몸을 일으키려 했지만 그럴수록 몸이 더 휘청거렸다.

"헤카테."

여신의 이름이 입 밖으로 흘러 나왔지만 그녀는 꿈쩍도 하지 않고 더 많은 불꽃을 쏘았다. 페르세포네는 비명을 지르며 땅 사이 벌어진 틈으로 떨어져 내렸다. 몇 초 동안 사방이 깜깜하더니 그녀는 몇 미터를 추락해 땅속 맨 밑바닥에 쿵 부딪혔다.

잠시 그렇게 누워 그녀는 지하 세계의 하늘을 올려다보았다. 흐릿하고도 밝은 하늘이었다. 다시금 하데스의 가르침을 떠올렸다.

당신이 나한테 어떤 힘을 사용할지 모르는데 내가 어떻게 맞서 싸울 수가 있어요?

절대로 알 수 없을 겁니다.

그녀는 순간 이동해 헤카테 등 뒤에 모습을 드러냈다. 마법이 혈관 속에 들끓고 있었다. 그녀가 착지하자마자 이번에는 그림자들이 던져지는 대신 새까만 가시덩굴이 땅에서 솟아났다. 페르세포네의 눈이 휘둥그레지며 다시 몸을 감췄다. 몇 미터 떨어진 곳에 모습을 드러낸 다음 아주 깊은 곳에서부터 마법을 불러일으켰다. 좀 전과 비슷하게 생긴 가시덩굴이 땅을 뚫고 솟아났다. 더 두껍고, 더 날카로우며, 끝이 붉은 가시들이 헤카테의 몸을 휘감으며 두 여신 사이에 장벽을 만들었다.

"드디어." 이 말과 함께 헤카테의 얼굴에 사악한 미소가 번졌다.

헤카테의 마법이 솟구치는 게 느껴졌다. 맹렬하고 치명적인 에너지의 분출에 심장이 벌렁거릴 지경이었다. 헤카테의 몸에 감긴 가시들이 폭발하면서 뾰족한 조각들이 공터 여기저기로 튀자 페르세포네는 머리를 감싼 채 땅 위에 엎드렸다. 온몸에 가시가 박힌 것처럼 날카로운 통증이 느껴졌다. 고통에 겨운 그녀가 포효하듯 비명을 지르자 마법이 몸을 휩쓸고 지나가며 뾰족한 조각들을 전부 뽑아내고 벌어진 상처를 봉합했다.

"당신의 어머니를 막을 수 있는 건 당신밖에 없어요." 헤카테가 말했다. "그런데도 당신은 올림포스 신들이 나서기만을 기다리고 있는 것 같군요."

페르세포네는 움찔했다. 헤카테의 말은 틀린 게 없었다. 하지만 올림포스 신들이 그녀보다 훨씬 더 강력하지 않은가.

"더 강력할 순 있겠죠, 하지만 지금은?" 헤카테가 물었다.

"내 머릿속에서 나가요." 페르세포네가 이를 악물고 말했다.

마법의 여신은 가뿐히 무시했다. "만약 그들이 당신 편에 서주지 않는다면? 당신과 하데스를 떼어놓으려고 한다면?"

페르세포네의 손이 덜덜 떨렸다. 몸 안에, 자신의 마법에 불현듯 변화가 생긴 것 같았다. 지금껏 단 한 번만 닿았던 우물에 그녀는 다시금 손을 뻗고 있었다.

어두운 우물.

지금껏 스스로 모든 분노와 의심과 두려움, 부정적인 생각들, 여태껏 겪은 모든 나쁜 경험들을 꾹꾹 담아두었던 곳. 그 에너지가 몸에서 새어나와 땅으로 스며들었다. 그러자 주변의 모든 풀과 나뭇잎이 시들고 말라 죽어갔으며, 나뭇가지들은 마치 녹은 듯 밑으로 처졌다. 지금 그녀는 지하 세계에 불어넣은 하데스의 마법을 빨아들이고 있다. 그 생명력을 훔쳐 그녀의 마법을 키워내고 있다. 헤카테가 이것을 눈치챘더라면 이 말을 주저 없이 뱉지는 않았을 것이다.

"제우스는 가장 반발이 적은 길을 택할 거예요. 그 선택지는 바로 당신이에요. 당신은 약하니까."

"난 약하지 않아."

"그럼 증명해."

그들의 발아래 놓인 땅은 이제 황량했다. 한때 에메랄드빛으로 무성했던 나무들은 잿더미로 변했고, 그 잔해들이 그녀를 휘감았다.

"나는 생명의 여신이다. 그리고 죽음의 여왕이다." 그림자들이 소용돌이치는 가운데, 페르세포네는 스스로가 어둠이 되어가는 것 같다고 느꼈다. "나는 세계의 시작과 끝이다."

이 말과 함께 그녀는 헤카테를 향해 그 어느 때보다 빠르게 돌진했다. 손안에서 고동치던 어둠의 에너지가 어느 순간 확 뿜어져 나가 여신의 가슴을 강타했고, 그녀는 뒤로 날아가듯 떠밀리며 흙먼지를 일으켰다. 페르세포네가 소환한 가시들은 그녀의 손목과 발목을 꽁꽁 묶어 결박했다.

먼지가 가라앉을 때쯤 되었을 때 페르세포네는 숨을 몰아쉬고 있었는데, 지하 세계에서 빨아들인 에너지 때문에 몸이 휘청거렸다.

"잘했어요." 헤카테가 씩 웃었다. "차 좀 마실까요?"

코 밑에 뭔가 축축한 게 흐르는 것이 느껴져 입술 위에 손을 대보니 피가 묻어나왔다.

"하아." 그녀가 눈썹을 찌푸리며 웅얼거렸다. "네, 차 한잔 마시면 참 좋겠네요."

둘은 마법이 온통 휘감은 초원을 뒤로한 채 헤카테의 오두막으로 돌아갔다.

"저걸…… 원 상태로 되돌려놓아야 할까요?" 발걸음을 옮기며 페르세포네가 물었다.

"아뇨." 헤카테가 무심히 말했다. "당신의 작품을 하데스가 직접 보게 하자고요."

페르세포네는 딴지를 걸지 않았다. 그녀는 지쳐 있었지만, 과거에 마법을 사용했던 순간들만큼은 지치지 않았다. 다만 이렇게 피가 나는 건 새로운 경험이었다. 식탁 앞에 앉자 헤카테는 검은 천을 건네주었다.

"아주 많은 힘을 사용했어요. 몸이 점점 더 익숙해질 거예요."

헤카테가 차를 준비하는 동안 흙 내음과 쌉싸름한 냄새가 오두막을 가득 채웠다.

"결혼식에 대해선 더 생각하신 게 있나요?" 헤카테가 물었다. "영혼들은 언제 날짜가 정해질까 고대하고 있거든요."

"아뇨." 페르세포네가 자신의 손을 내려다보며 답했다.

손톱은 죄다 깨졌고 손가락은 더러웠다. 결혼식 얘기를 들으니 다른 감정들이 솟아났다. 탓하고 싶은 마음 같은 것. 갑자기 그녀는 다시 결투를 벌이고 싶었다. 오직 이 감정들을 마주하지 않을 수 있도록. 그때 헤카테가 꿀단지와 함께 김이 모락모락 나는 찻잔을 그녀 앞에 내려놓았다.

"꿀을 넣어서 마셔야 해요. 버드나무 껍질이라 쓰거든요."

페르세포네는 헤카테의 눈길을 피하면서 차 마시는 일에만 집중했다. 그래도 그녀가 자신을 바라보고 있다는 건 알고 있었다.

"괜찮아요?" 맞은편에 앉은 헤카테가 물었다.

그녀는 어떻게 대답해야 할지 몰라 잠자코 있었다. 하지만 눈가는 금세 눈물로 흐려졌다.

"소중한 이여?" 헤카테의 목소리는 나직했다.

"아니요." 그녀가 갈라진 목소리로 속삭였다. "괜찮지 않아요."

헤카테는 손을 뻗어 페르세포네의 손 위에 얹었다. "나한테 말하고 싶은 게 있어요?"

"정말 긴 하루였어요." 눈물이 소리 없이 얼굴을 타고 흘러내렸다. 페르세포네는 침을 꿀꺽 삼켰다. "하데스가 나한테서 멀어질까 봐 두려워요."

"거리를 둔 채로 오래 버티진 못할 거예요." 헤카테가 답했다.

"내가 무슨 짓을 했는지 모르시잖아요."

"무슨 짓을 했는데요?"

페르세포네는 전날 밤 그 둘 사이에 벌어진 일을 이야기했다. 그저 그 일을 회상할 뿐인데도 몸이 격렬하게 반응해서 스스로도 놀랐고, 중간중간 멈춰서 숨을 골라야 했다. 하지만 그 일이 어떻게 시작되었는지, 치유의 키스에서 시작해 점점 더 열정적인 행위로 이어지고 어떻게 끝났는지, 그러니까 페이리토스의 납치 사건이 재현되는 공포로 끝났는지를 떠올리는 것만으로도 심장 박동이 빨라지고 가슴이 아파왔다.

"사랑하는 이여, 당신은 아무 잘못도 하지 않았어요."

하지만 침대에서 혼자 눈을 떴을 때는 그렇게 느껴지지 않았다.

"하데스가 거리를 두는 걸 수도 있는데, 그건 그가 당신을 다치게 했다고 여기기 때문일 거예요."

그 사실 또한 이미 알고 있었다. 무슨 일이 벌어진 건지 깨달은 순간 그가 얼마나 겁에 질려 있었는지를 그녀는 결코 잊을 수 없을 것이다.

"내가 그를 다치게 한 거예요." 그녀가 답했다.

"그를 겁먹게 한 거죠." 헤카테가 정정했다. "그건 다른 거예요."

"페이리토스가 정말 끔찍하게 싫어요. 처음엔 내 꿈에 함부로 들어오더니 이제는 나와 하데스 사이의 가장 신성한 시간까지도 침범하고 있어요."

"그를 증오하는 게 도움이 된다면 계속 그렇게 하세요." 헤카테가 말했다. "하지만 당신이 겪은 일을 직면하지 않는 한 페이리토스는 사라지지 않을 거예요."

페르세포네는 침을 꿀꺽 삼켰다. "난 정말, 나 자신이 싫어요. 너무나 많은 사람들이 이것보다 더 나쁜 일을 겪었는데……"

제우스에게 강간당한 라라가 떠올랐다.

"트라우마는 비교하는 게 아니에요. 아무 의미가 없답니다. 당신은 스스로의 힘을 되찾을 방법을 찾게 될 거예요."

"난 하데스와 함께 있을 때 강력하다고 느껴요. 우리가 하나가 될 때 가장 강력함을 느끼고요. 왜인지는 모르겠지만, 하데스라는 신이 내 발 아래서 날 숭배한다는 사실에 스스로 감탄하는 것 같아요."

"그럼 그 힘을 되찾으셔야죠. 섹스는 대화이기도 하지만 쾌감이기도 하니까. 하데스와 대화를 나누세요. 당신이 필요로 하는 걸 말하세요."

페르세포네는 헤카테와 눈을 마주했다. "난 그를 사랑해요, 헤카테. 세상이 그를 내게서 빼앗아가려 하는데, 그를 놔주지 않으면 전쟁이 일어날까 봐 두려워요."

"오, 소중한 이여." 헤카테는 어쩐지 서글픔이 담긴 목소리로 말했다. "당신이 어떤 선택을 하든 전쟁은 벌어질 거예요."

29장
치유

페르세포네는 아스포델에서 영혼들과 함께 저녁 식사를 했다. 궁전으로 돌아가서는 목욕을 하고 촉촉한 피부에 달라붙는 흰 나이트가운으로 갈아입었다. 텅 비어 있는 침실을 보고도 놀라지 않았지만, 지하 세계 어딘가에 하데스가 있다는 걸 느낄 수는 있었다. 헤카테와의 대화를 떠올리자 이런 상태가 더 지속되기 전에 멈춰야 한다는 생각이 들었다.

그녀는 발코니를 통해 하데스의 풍성한 정원 쪽으로 향한 계단을 내려가 그를 찾기 시작했다. 맨발에 닿는 돌길의 감촉은 서늘했고 막 비가 온 것처럼 공기는 축축했다. 하지만 페르세포네가 알기론 지하 세계에 비가 내리는 일은 없었다.

정원의 나무 그늘을 통과해 나오자 분홍빛, 주황빛, 푸른빛이 감도는 차분한 색으로 황혼이 내려앉고 있었다. 창백한 달빛은 점점 더 밝아졌고, 아름다운 하늘 아래에 하데스가 있었다. 케르베로스, 티폰, 오르트로스가 그의 주변을 빙빙 돌며 빨간 공을 쫓느라 주변 잔디가 납작해졌다. 그녀를 제일 먼저 발견한 것은 케르베로스였다.

그런 다음 티폰과 오르트로스가, 마지막으로는 하데스가 몸을 돌려 다가오는 그녀를 바라보았다. 검은 눈동자가 그녀의 살결 구석구석을 달구었다. 아랫배는 욕구로 터질 듯했고 얇은 가운 아래 자리한 젖꼭지는 단단해졌다. 그녀는 그에게서 몇 걸음 떨어진 곳에 멈춰 섰다.

"하루 종일 당신을 못 봤어요."

"바쁜 하루였습니다, 당신의 하루가 그러했듯이. 공터를 보고 온 참입니다."

"인상적이지 않았나 보네요."

"인상적이었습니다. 하지만 놀랐다고 하면 거짓말일 겁니다. 난 당신의 능력을 알고 있으니까."

하데스는 항상 그녀의 잠재력을 알고 있었지만, 그녀가 귀한 존재인 이유는 엄청난 힘을 가졌기 때문만은 아님을 처음으로 알려준 것도 그였다. 신들의 가치란 그들의 능력으로 결정되었기에 받아들이기 쉽지 않은 교훈이었다.

침묵이 흘렀다. 페르세포네는 하고 싶은 말이 목 끝까지 차올랐다. 자신이 만든 아름다운 하늘 아래서 하데스는 저리도 괴로워하는구나. 그녀는 그를 너무도 열렬히 원했다. 그의 온기, 그의 향기를. 그냥 말을 해, 그녀는 말을 꺼낼 준비를 하며 깊이 심호흡을 했다. 하지만 느린 공기의 흐름 속으로 숨소리만 빠져나왔다.

"잘 자라고 인사하러 온 겁니까?" 하데스가 물었다.

페르세포네는 깜짝 놀라 그를 바라보았다. 여태껏 잘 자라는 인사를 할 필요가 없었기에 한 번도 그 생각을 해보지 않았다. 비록 오래 머물진 않더라도 그는 늘 그녀와 함께 침대에 들었으니까.

"나랑 같이 잠자리에 들지 않을 거예요?" 그녀는 하데스의 목울대가 움찔하는 것을 바라보았다.

"금방 가겠습니다." 그가 답했다.

하지만 그는 말하면서도 그녀를 바라보지 않았다. 대신 흐릿해지는 수평선을 바라보았다. 그의 거짓말을 들은 것도 이틀째였다.

목구멍이 조이는 듯했다. 이대로 떠나버릴까 싶었다. 실상은 도망치는 거였다. 하데스가 쳐둔 철벽을 무너뜨리기보다는 도망가는 게 더 쉬울 것 같았다. 하지만 그래선 안 된다는 걸 그녀는 알고 있었다.

"어젯밤 얘기를 하고 싶어요." 그녀는 최대한 자신 있는 목소리로 말했다.

그 요청에 하데스가 반응했다. 사나운 시선, 앙 다문 턱, 긴장한 몸이 그걸 말해주었다. 그는 입을 벌렸다가 다시 다물고는 눈길을 피했다.

"당신을 다치게 할 생각이 아니었습니다."

그의 말은 그녀의 가슴에 깊이 생채기를 남겼다.

"알아요." 페르세포네의 눈가가 눈물로 뜨거워졌다.

그제야 꾹꾹 가둬두었던 감정의 댐이 무너지듯 하데스의 숨이 가빠졌다.

"당신과 함께하고 싶다는 욕망에 깊이 빠진 나머지 무슨 일이 일어나는 건지 보지 못했습니다. 내가 당신을 몰아세우고 말았습니다. 다시는 그런 일 없을 겁니다."

아니야, 그녀는 그렇게 외치고 싶었다. 그녀가 두려운 게 바로 그거였다. 두려움 때문에 하데스가 더는 그녀와 함께 탐구하지 않게 되는 것.

"그게 내가 원하는 거라면요?"

하데스가 그녀의 눈길을 살피며 바라보았다.

그녀는 말을 이었다. "난 당신과 함께 많은 걸 시도하고 싶어요. 하지만 당신이 더는 날 원하지 않을까 봐 두려워요."

"페르세포네." 그는 조심스럽게 한 발짝 앞으로 다가섰다. 그리고 또 한 발짝.

"사실이 아니란 걸 알지만, 그 생각이 드는 걸 어떻게 할 수가 없어요. 혼자 마음속에 담아두느니 말로 꺼내는 게 낫겠다고 생각했어요. 당신과 함께 배워나가는 걸 멈추고 싶지 않아요."

그의 손이 얼굴에 닿았다. 마치 그녀를 도자기처럼 여기는 듯한 부드러운 손길이었다. 그녀의 얼굴을 들게 해 시선을 맞추며 그는 입을 열었다.

"나는 언제나 당신을 원할 겁니다."

그러곤 그녀의 이마에 키스를 했다. 그가 몸을 떼자 페르세포네는 그를 와락 껴안았다.

"당신이 나 때문에 상처받았다는 걸 알아요. 하지만 난 당신이 필요해요."

"나는 여기 있습니다."

그녀는 그와 눈을 맞추며 얼굴에 댄 그의 손을 자신의 가슴으로 옮겨갔다.

"날 만져줘요." 그녀가 속삭였다. "천천히 하는 거예요."

그가 부드럽게 가슴을 움켜쥐고, 엄지와 검지로 유두를 매만지는 내내 그녀는 그의 손을 붙들고 있었다.

"그다음엔?" 그의 목소리는 나직하고 허스키했다.

"키스해줘요."

그는 지시에 따랐다. 그의 입술이 부드럽게 닿았고, 이어서 혀가 입술선 위로 미끄러지듯 움직였다. 그녀는 입술을 열고 그를 맞아들였다. 느리게 취하는 리듬을 이루는 동작이었다. 하데스의 손은 그녀의 가슴을 계속해서 주무르고 애무했다. 잠시 후 그는 더 가까이 다가와 한 손으로 그녀의 머리카락을 쓰다듬다가 갑자기 동작을 멈추곤 물러섰다.

"아, 먼저 이렇게 해도 되는지 물어봤어야 했는데."

"괜찮아요." 그녀가 속삭였다. "나 괜찮아요."

그녀는 몸을 맞대곤 그와 입을 맞추었다. 이번에는 그녀가 리드하며 그의 입안으로 혀를 넣었다. 비단결 같은 그의 머리카락을 손가락으로 헤집어 풀어 내렸다. 그러곤 더욱 끌어당겨 더욱더 강하게 키스하면서 손을 움직여 내렸다. 가슴에서부터, 분출할 준비를 마치고 단단히 부푼 성기까지.

그는 강한 힘으로 그녀의 손을 잡으며 말했다. "만져주십시오."

그녀는 처음에는 옷 위로 만지다가 바지 단추를 끌러 성기가 드러나게 했다. 따스하고 부드러우면서도 단단했다. 그녀의 손이 뿌리부터 끝까지 오가며 움직이는 동안 키스는 계속되었다. 하데스의 얼굴은 땀으로 반질거렸다.

"무릎 꿇어요."

그녀가 속삭였고, 둘은 함께 무릎을 땅에 대고 앉아 미친 듯이 키스했다. 페르세포네는 하데스를 눕힌 뒤 가운을 벗은 다음 그의 몸 위에 걸터앉아 성기와 성기를 맞대어 문질렀다. 마찰은 달콤했고, 그녀는 바로 그의 것을 안으로 받아들였다. 너무도 깊은숨을 몰아쉬느라 영혼이 몸을 떠나는 것만 같았다. 하데스는 손가락으로 그녀의 허벅지를 꽉 쥐며 신음을 흘렸다. 그녀가 몸을 움직이며 엉덩이를 더욱 깊이 밀어 넣자 그는 탄식하듯 말을 내뱉었다.

"좋아."

눈길은 서로에게 단단히 고정한 채, 둘의 숨소리는 점점 빨라졌다. 페르세포네는 그의 손을 잡아 자신의 몸 위로 이끌었다. 가슴으로, 허리로, 그리고 엉덩이 위로.

"제길." 하데스가 나직하게, 가쁜 숨으로 읊조렸다.

그녀는 몸을 앞으로 기울여 그의 입술을 전부 삼켜버릴 듯, 그 안에 빨려 들어갈 듯 키스를 퍼부었다. 창백한 달과 별들이 빛나는 하늘 아래 그를 제외하면 아무것도 없었다. 그녀가 지치자 하데스는 상체를 일으켜 그녀의 목덜미와 등을 붙잡곤 움직임을 도왔다. 미끄러지듯 움직이다 사정할 때까지.

둘은 숨결이 잦아들 때까지 함께 들판 한가운데에 누워 있었다. 잠시 후 페르세포네는 후들거리는 다리로 일어섰다. 하데스가 손을 잡아주었다.

"괜찮습니까?"

그녀는 누워 있는 그를 향해 싱긋 웃었다.

"네, 너무나도."

하데스는 그녀를 따라 일어선 다음 옷매무새를 가다듬었다. 잠시 후 그가 손을 내밀었다.

"침대로 갈 준비가 되었습니까, 달링?"

"당신도 함께 온다면요."

"물론입니다." 그가 답했다.

정원을 지나갈 때 하데스가 발걸음을 늦추더니 멈춰 섰다. 페르세포네는 조심스러운 눈길로 그를 바라보았다.

"나와 함께 시도……해보고 싶다고 한 것들 말입니다. 정확히 어떤 것들입니까?"

페르세포네의 얼굴이 발그레해졌다. 좀 전에 궁전 밖 들판에서 섹스를 한 뒤였기에 아이러니하게 느껴졌다.

"나한테 뭘 가르쳐주고 싶어요?" 그녀가 물었다.

"무엇이든." 그가 말했다. "모든 것을."

"우리가 하려다 못한 것부터 시작해보면 어떨까요." 그녀가 답했다. "결박……부터."

하데스는 한참 동안 그녀를 바라보더니 얼굴에 드리운 머리카락 한 올을 넘겨주었다.

"확실합니까?"

그녀는 고개를 끄덕였다. "무서워지면 말해줄게요."

하데스는 그녀와 이마를 맞댔다. 그가 입을 열자 입술 위에 그의 온기가 전해져왔다.

"당신은 내 영혼의 주인입니다, 페르세포네."

"그리고 자네 거시기도." 헤르메스가 말했다.

둘이 고개를 돌리자 속임수의 신이 몇 걸음 떨어진 곳에 몹시 즐거워하는 표정으로 서 있었다. 어둠 속 빛나는 황금색 로브에 종아리까지 조이는 샌들 차림은 마치 고대로부터 막 튀어나온 것 같았다.

"헤르메스." 하데스가 끙 소리를 냈다.

"몇 분 전보다는 지금 나타나는 게 나을 것 같아서."

"다 지켜보고 있었던 거예요?" 페르세포네가 물었다. 화도 나고 창피하기도 했다.

"공평하게 말하자면…… 여러분은 지하 세계 한가운데에서 섹스를 하고 있었다고요." 헤르메스가 지적했다.

"난 꼭 그만큼 먼 거리까지 널 던져버렸고." 하데스가 말했다. "다시 상기시켜줘야 하나?"

"아, 아니지. 화를 낼 거면 제우스한테 내. 그가 날 보낸 거니까."

페르세포네의 가슴이 철렁 내려앉았다. "왜요?"

"둘을 연회에 초대했습니다."

"연회라고? 오늘 밤에?"

"네." 헤르메스는 시계도 없는 손목을 흘끔 바라보았다. "정확히 한 시간 뒤에 시작해요."

"우리도 참석해야 하는 건가요?" 그녀가 물었다.

"글쎄, 내가 둘의 섹스를 이유 없이 지켜본 건 아니겠죠." 헤르메스는 가볍게 말했다.

페르세포네가 물었다. "왜 우리가 가야 하는 거예요? 그리고 왜 이렇게 급작스럽게 알리는 거죠?"

"말은 안 했지만 어쩌면 드디어 둘의 결합을 축복해주기로 결심했을지도 모르죠." 헤르메스는 말을 멈추고 킬킬 웃었다. "내 말은, 안 된다고 말할 거면 왜 연회를 열겠어요?"

"내 형제를 만나보긴 한 건가?" 하데스가 즐거움이라곤 눈 씻고 찾아볼 수 없는 투로 물었다.

"안타깝게도 그래. 내 아버지니까." 헤르메스는 대답과 함께 두 손으로 박수를 쳤다. "자, 그럼 곧 봐요."

헤르메스는 사라졌다.

페르세포네는 하데스를 바라보았다. "사실일까요? 우리 결혼을 축복해주기 위해 우릴 소환한다는 게?"

하데스의 눈빛이 부드러워졌다. "감히 추측하지 않겠습니다."

페르세포네에게 그 말은 이렇게 들렸다. 그걸 바라지 않겠다고. 그 말에 더욱더 불안감이 들었다는 걸 인정하지 않으면 거짓말이었다.

"뭘 입으면 좋을까요?" 페르세포네가 물었다.

하데스는 그녀를 내려다보았다. "내가 입혀드리지요."

그녀는 빙긋 웃음을 흘렸다. "그게 정말 현명한 선택일 거라고 생각해요?"

"그렇습니다." 그가 한 팔을 그녀의 허리에 둘러 끌어당겼다. "첫째, 오래 걸리지 않을 겁니다. 즉, 당신이 원하는 무엇이든 59분 동안 할 시간이 주어진다는 겁니다."

"무엇이든요?" 그녀가 몸을 기대며 물었다.

"그렇습니다." 하데스가 속삭였다.

"그럼…… 목욕할래요."

아까 목욕을 하긴 했지만 잔디밭에서 하데스와 함께 뒹군 터였다. 말할 것도 없이 약간은 더러워졌을 것이다.

하데스가 나직하게 웃음을 터뜨리며 말했다. "올라오시지요, 나의 여왕님."

30장
올림포스 연회

하데스는 페르세포네의 주변을 천천히 돌았다.

그녀는 그가 마법으로 구현해낸 가운을 입은 채 가만히 서 있었다. 보드라운 재질의 검은색 가운은 몸의 곡선을 강조해주었다. 우아하게 하트 모양으로 파인 네크라인에 기다란 망토형 소매는 장엄한 실루엣을 만들어냈다. 몸을 따라 흐르는 전율에 그녀는 어깨를 곧게 펴고 등을 살짝 뒤로 젖혔다. 하데스도 그녀의 낌새를 눈치챈 것 같았다. 그의 목소리는 낮고도 관능적인 웅얼거림에 가까웠다.

"글래머를 내려놓으십시오." 그가 말했다.

망설임 없이 글래머를 떨구자 신적인 형상이 드러났다. 하데스와 마찬가지로 그녀 역시 지하 세계의 행사들을 제외하면 이런 모습으로 있는 적은 거의 없었다. 여신으로서의 그녀를 숭배하는 이들이 있는 이곳에선 이 모습이 가장 자연스럽게 느껴졌다.

하데스가 그녀 앞에 서자 그의 존재감에 압도되어 숨이 멎을 듯했다. 검은색 로브를 입고 철제 왕관을 쓴 그는 놀라울 만큼 아름다웠다. 밝은 푸른색을 띤 그의 눈동자가 그녀의 뿔에서부터 발끝까지 훑어 내려가면서 가슴과 엉덩이의 곡선을 움켜쥘 듯한 기세로 뚫어져라 바라보았다.

"하나만 더."

그가 두 손을 위로 들자 왕관이 나타났다. 그의 것과 짝을 이루는, 뾰족뾰족하게 날이 선 검은색 왕관이었다. 그가 머리 위에 왕관을 얹어주자 그녀의 입꼬리가 올라갔다. 무게는 의외로 가벼웠다.

"선언하시는 건가요, 나의 왕이시여?"

"당연하다고 생각했습니다만."

"내가 당신 것이라는 사실이?"

하데스는 그녀의 턱 아래에 손가락을 가져다 대곤 입을 열었다. "아니, 우리가 서로의 것이라는 사실이." 그는 입을 맞춘 다음 몸을 떼고 부드럽게 시선을 마주했다. "아름답습니다, 나의 달링."

그녀는 그의 얼굴 곳곳을 훑었다. 코의 곡선, 입술이 휘어진 모양까지. 어디가 어떻게 들어가 있고 패어 있고 곡선을 그리는지 다 기억하고 있다고 확신했지만, 문득 그를 다시 볼 수 없을지도 모른다는 두려움에 그의 모든 면면을 다 마음속에 담아둬야겠다는 생각이 들었던 것이다.

하데스가 눈썹을 찡그리더니 그녀의 얼굴을 부드럽게 쓸었다. "괜찮습니까?"

"네, 완벽해요." 하지만 둘 다 그녀가 완전히 솔직하지 않다는 걸 알고 있었다. 그녀는 두려웠다. "준비됐어요?"

"올림포스에 가는 일엔 언제나 준비가 되지 않습니다." 하데스가 말했다. "내 곁을 떠나지 마십시오."

그 부분에 대해선 염려할 게 없었다. 물론, 헤르메스가 그녀를 딴

데로 데려가지 않는다는 전제하에. 순간 이동하는 동안 그녀는 그를 꼭 붙들었다. 고대 신들의 고향으로 돌아간다는 두려움에 심장이 빠르게 쿵쾅댔다. 그중 몇몇은 친한 사이였음에도 그랬다.

그들은 올림포스 산 중턱에 놓인 대리석 안뜰에 도착했다. 올림포스 신들의 모습을 본뜬 열두 개의 조각상이 둥글게 호를 그리며 놓여 있었다. 페르세포네는 이곳을 기억했다. 티케의 몸이 화장되었던 곳이 바로 여기니까. 이곳은 올림포스의 가장 낮은 층이기도 했다. 도시의 나머지 부분은 산비탈을 따라 지어졌는데 그리로 가려면 여러 개의 가파른 통로를 지나야 했다. 몇 층 위에선 떠들썩한 목소리들과 음악 소리가 들려왔다. 산 정상에는 신전이 자리했는데, 활짝 열린 현관의 아치형 기둥 사이로 따스한 빛이 내리쬐었다.

"저기가 우리 목적지 같죠?" 페르세포네가 물었다.

"유감스럽게도 그렇습니다." 하데스가 답했다.

신전으로 걸어가는 길은 아름다웠다. 구불구불한 계단을 따라 오르는 사이사이 어여쁜 문들과 근사한 풍광이 나타났다. 구름이 가까이 떠 있었고 별들은 빛났으며 푸른 잉크색 하늘이 보였다. 여기서 보는 일출과 일몰은 어떨까, 페르세포네는 상상해보았다. 불타는 청동의 색을 띤 태양은 대리석을 황금색으로 물들일 테고, 주위에는 온통 같은 색으로 물든 구름들이 자리하겠지. 하늘에 떠 있다시피 한 궁전은 금박을 입힌 것 같으리라. 그곳을 다스리는 자들에게는 걸맞지 않은 아름다움을 뽐내며.

신전으로 오르는 마지막 길목에는 탁 트인 현관으로 이어지는 널따란 계단이, 그리고 양쪽엔 타오르는 불이 담긴 대야가 자리했다. 마지막 계단을 올랐을 때 페르세포네는 신들과 반신들, 불멸의 존재들, 호의를 받은 인간들로 북적대는 방을 발견했다. 모든 신을 알아볼 수 있었고 호의를 받은 인간도 몇몇 알아차렸다. 특히 아이아스와 헥토르는 짧은 흰색 키톤을 입고 머리엔 금관을 쓰고 있었다. 다른 손님들은 좀 더 화려하고 현대적인 옷차림으로, 스팽글과 비즈가 반짝거리는 가운, 혹은 벨벳 재질이나 매끄러운 광택이 나는 수트 등을 차려입었다.

웃음소리, 흥에 겨운 목소리들이 들려왔고 공기 중에는 마법과 전혀 무관하게 짜릿한 기운이 감돌았다. 그들이 도착하기 전까지는.

문득 하나둘씩 고개를 돌렸고, 한데 모인 이들 사이에 침묵이 내려앉기 시작했다. 둘을 바라보는 표정은 다양했다. 호기심, 두려움, 꼴 보기 싫다는 듯한 찡그림까지. 심장이 계속해서 뛰었기에 하데스의 손을 더욱 꽉 잡아야 했지만 그녀는 고개를 꼿꼿이 들고 그를 바라보며 생긋 미소 지었다.

"당신을 바라보지 않고는 못 배기는 게 나만은 아닌가 봐요, 내 사랑. 방에 있는 모두가 당신에게 잔뜩 매료된 것 같네요."

하데스가 나직하게 웃음을 터뜨렸다. "오, 나의 달링. 저들은 당신을 보고 있는 겁니다."

앞으로 나아가며 주고받는 둘의 대화에 여기저기서 속삭이는 소리가 물결처럼 퍼져 나갔다. 군중은 그들 옆으로 비켜서며 길을 내주었는데, 마치 두 신 중 한 명이라도 손가락을 까닥하면 잿더미로 변할까 봐 두려워하는 듯했다. 그 모습에 문득, 온 세상이 잔인한 신이라고 여기도록 내버려두는 하데스에게 속상한 마음이 들었던 때가 떠올랐다. 이제는 생각이 달라졌다. 어쩌면 그 두려움의 힘은 그가 가진 최고의 무기일지도 모른다.

"세피!"

뒤를 돌자 타이밍을 맞춘 듯 헤르메스가 군중을 가르며 달려오는 모습이 눈에 들어왔다. 그녀가 본 이래로 가장 밝은 옷차림이었다. 레몬 껍질을 닮은 노란빛 정장이었다. 옷깃은 검정색에, 재킷에는 청록색과 빨간색, 녹색 꽃들이 한가득 수놓여 있었다.

"엄청 멋있네요!" 헤르메스는 그녀의 손을 붙잡곤 마치 가운을 살펴보려는 듯 위로 쭉 들어 올리고선 말했다.

그녀는 씩 웃었다. "고마워요, 헤르메스. 그런데 그거 알아요? 당신 지금 하데스의 작품을 칭찬해주고 있는 거예요. 그가 만들어준 드레스거든요."

여기저기서 헉 소리가 들려왔다. 둘의 등장 이후로 내내 조용하던 군중들이 대화를 듣고 있었던 것이다.

"물론 그랬겠죠. 하데스가 제일 좋아하는 색이잖아요." 헤르메스가 눈썹을 치켜뜨고 관찰하듯 바라보았다.

"사실, 검은색은 내가 가장 좋아하는 색이 아니다."

하데스가 고요하지만 울려 퍼지는 듯한 목소리로 말했고, 페르세포네는 이 방의 모두가 다 함께 숨을 참고 있는 것 같다고 느꼈다.

"그럼 무슨 색을 좋아하는데요?" 페르세포네가 모르는 어느 님프가 질문했다. 머리카락이 잿빛인 것으로 보아 물푸레나무 님프인 멜리아데스라는 추측이 들었다.

하데스의 입꼬리가 슬쩍 올라갔다. "빨강."

"빨강이라고?" 다른 누군가 되물었다. "왜 빨간색이죠?"

하데스가 더 환하게 미소를 지으며 여전히 페르세포네의 허리에 손을 얹은 채 그녀를 내려다보았다. 하데스가 이런 관심을 받는 걸 좋아하지 않을 거라는 생각이 들었지만, 청문회 같은 분위기에도 그는 잘 대응하고 있었다.

"페르세포네가 올림피아 갈라에서 빨간 드레스를 입은 뒤로 그 색을 좋아하게 된 것 같군."

그녀의 얼굴이 빨개졌다. 어쩔 도리가 없었다. 그날 밤은 그녀가 그를 향한 욕망에 굴복한 날이었고, 그 이후 처음으로 삶이란 것을 생생히 느끼게 되었다. 그녀를 둘러싼 세상 안에서 희미한 심장 박동 같은 걸 느끼게 된 것이다.

몇몇은 뭔가를 갈망하듯 한숨을 내쉬었고 몇몇은 코웃음을 쳤다.

"내 형제가 이렇게 감상적일 거라곤 꿈에도 생각 못했네그려?" 방 건너편에 서 있던 포세이돈의 목소리가 들려왔다.

연한 파란색 정장 차림에, 물결치는 금발 머리카락은 뒤로 당겨 묶었고 머리 위론 코르크 따개 모양의 뿔 두 개가 솟아 있었다. 그와 팔짱을 낀 건 페르세포네가 알기론 암피트리테였다. 밝은 붉은색 머리카락에 우아한 이목구비를 가진 아름답고 위풍당당한 여자였다. 그녀는 포세이돈에게 꼭 붙어 있었는데, 페르세포네는 그게 헌신적인 애정 때문인지, 아니면 연애 대상을 물색하려는 그를 향한 두려움 때문인지 알 수 없었다. 포세이돈은 그 말을 뱉은 다음 웃음기 없는 웃음을 터뜨리곤 들고 있던 잔을 입으로 가져갔다.

"무시해." 헤르메스가 말했다. "암브로시아를 너무 많이 마셨어."

"저놈한테 핑곗거리를 주지 마라." 하데스가 말했다. "포세이돈은 항상 비열한 놈이니까."

"형제여!" 또 다른 목소리가 쩌렁쩌렁 울려 퍼졌다.

제우스의 거대한 몸뚱이가 군중을 헤치며 걸어오는 모습에 페르세포네는 몸을 움츠렸다. 한쪽 어깨에 걸치는 하늘색 키톤 차림이라 가슴이 드러나 있었다. 어깨까지 오는 머리카락과 두텁게 기른 수염은 짙은 색이었는데 군데군데 흰머리가 있었다. 페르세포네는 저 활기찬 태도가 모두 속임수에서 나온 행동 같다는 생각을 떨칠 수 없었다. 저 겉모습 뒤엔 뭔가 어두운 것이 도사리고 있다고.

"그리고 아름다운 페르세포네까지. 이렇게 와줘서 기쁘군."

"우리한테 딱히 선택의 여지는 없었던 것 같은데요." 페르세포네가 말했다.

"아주 잘 구워삶았구먼, 형제여." 제우스가 큰 소리로 웃으며 하데스의 옆구리를 쿡 찔렀다. 그러자 그의 눈동자가 분노로 이글거렸다. "안 올 이유가 있겠나? 어차피 당신들 약혼 파티인 것을!"

좀 전에 침묵으로 대신한 그들의 환영 인사를 떠올려보면 모순적인 발언이었다.

"그럼 우리가 당신의 축복을 받을 수 있다는 뜻인가요." 페르세포네가 말했다. "우리 결혼을 위해서요."

또 한 번 제우스가 웃음을 터뜨렸다. "그건 내가 정할 일이 아니라네, 아가씨. 결정을 내리는 건 내 오라클이니까."

"아가씨라고 부르지 마세요." 페르세포네가 말했다.

"그냥 말일 뿐인 것을. 기분 상하라고 한 건 아니야."

"당신 의도는 상관 안 해요. 저는 그 말에 불쾌했다고요."

모든 신들 사이에 팽팽한 침묵이 흘렀다.

잠시 후 제우스가 웃음을 뱉었다. "하데스, 네 노리개가 좀 심하게 예민하군."

순간적으로 시야가 흐릿해지더니 어느새 하데스의 손이 제우스의 목을 붙잡고 있었다. 방 전체가 쥐 죽은 듯 조용해졌다. 헤르메스는 두 신이 싸움을 벌일 때를 대비해 페르세포네의 팔을 잡고 끌어당길 준비를 했다.

"내 약혼자를 지금 뭐라고 부른 건가?" 하데스가 물었다.

그때 페르세포네는 보았다. 보게 되길 바랐던 바로 그 눈빛. 제우스의 얼굴 이면에 숨겨진 진짜 본성. 그의 눈동자는 어두워졌고 너무도 맹렬한 고대의 빛으로 활활 타오른 나머지 그녀의 영혼 저 깊은 곳까지 두려움이 퍼지는 듯했다. 평상시에 띠우는 쾌활한 표정은 사악한 얼굴로 녹아내렸다. 그 기운과 더불어 뺨의 움푹 팬 곳과 눈 아래가 어둑해졌다.

"조심해라, 하데스. 네 운명은 아직 내 손아귀에 있어."

"틀렸다, 형제여. 사과해라."

아슬아슬하게 몇 초가 지났고, 페르세포네는 제우스가 굴복할 거라는 생각이 들지 않았다. 정말로 중요한 것, 그러니까 그녀의 어머니가 저 밑의 세상에서 일으키고 있는 파괴와 죽음들 때문이 아니라 사소한 말 몇 마디로 전쟁을 일으킬 수 있는 신처럼 보였다.

하지만 잠시 후 천둥의 신은 헛기침을 하며 말했다. "페르세포네, 용서하게."

그녀는 용서하지 않았지만 하데스는 그의 목을 붙잡던 손을 뗐다. 제우스는 곧바로 평정심을 되찾았다. 적개심은 씻은 듯 사라지고 평소의 쾌활한 표정이 자리를 잡았다. 심지어는 활기찬 웃음을 크게 터뜨리기까지 했다.

"파티를 시작하자고!"

�֎

만찬은 현관 옆에 자리한 연회장에서 열렸다. 올림포스 신들이 이미 대부분 착석한 방 저편에 커다란 테이블이 둥둥 떠 있었다.

페르세포네는 하데스를 바라보았다. "함께 앉긴 어렵겠네요."

"어째서입니까?"

그녀는 방 앞쪽을 고갯짓했다. "난 올림포스 신이 아니잖아요."

"올림포스 신이라는 건 과대평가되었습니다. 당신과 함께 앉겠습니다. 원하는 곳 어디든."

"제우스가 화내지 않을까요?"

"그러겠지요."

"나랑 결혼하고 싶은 거 맞아요?" 페르세포네가 물었다.

제우스를 화나게 만드는 건 그의 축복을 받는 최선의 방법이 아닐 테니까.

"달링, 제우스가 뭐라 하든 난 당신과 결혼할 겁니다."

페르세포네도 그걸 의심하진 않았다. 하지만 질문할 게 있었다.

"결혼을 축복하지 않는 경우엔 어떻게 하나요?"

"여성 쪽에 다른 결혼을 주선해줍니다." 하데스가 말했다.

페르세포네는 이를 악물었다. 하데스는 그녀를 플로어에 놓인 둥근 테이블 앞 의자로 이끌었다. 그 테이블에는 앳된 남녀 한 쌍이 앉아 있었는데, 서로 닮은 것으로 보아 남매 같았다. 같은 스타일의 구불구불한 머리카락은 금색을 띠었으며 커다란 눈동자는 녹색이었다. 둘 다 그들의 등장에 겁을 먹었지만, 또 한편 경탄하는 듯했다.

페르세포네는 그들에게 미소를 지었다. "안녕하세요. 나는……."

"페르세포네." 남자가 말했다. "우린 당신이 누군지 알아요."

"그렇군요." 그녀가 약간 높은 톤으로 말했다. 남자의 말이며 어조가 무슨 의미인지 아리송했다. "여러분은 누구신가요?"

둘은 머뭇거렸다.

"저쪽이 탈레스고 이쪽은 칼리스타." 하데스가 말했다. "에우로스의 자녀들입니다."

"에우로스?" 페르세포네는 모르는 이름이었다.

"동풍의 신입니다." 하데스가 부드럽게 알려주었다.

남매의 눈동자가 다시금 커졌다.

"저…… 저희를 아세요?" 칼리스타가 물었다.

하데스는 지루해 보였다. "당연하지."

둘은 시선을 교환했지만 미처 말을 꺼내기도 전에 누군가 불쑥 끼어들었다.

"하데스, 뭐하는 거예요?"

이 질문을 건넨 건 그들의 테이블 앞에서 걸음을 멈춘 아프로디테였다. 허리 쪽에 벨트가 있는 아름다운 주름 가운 차림이었다. 천은 황금색이었는데 그녀가 움직일 때마다 빛을 받아 반짝거렸다. 그녀 옆에는 헤파이스토스가 냉정하고도 고요한 모습으로 서 있었는데, 심플한 회색 튜닉에 검은색 바지 차림이었다.

"앉아 있습니다." 하데스가 답했다.

"테이블을 잘못 잡았잖아요."

"페르세포네와 함께 있는 한 나는 항상 옳습니다." 그가 답했다.

아프로디테는 얼굴을 찌푸렸다.

"하르모니아는 어떻게 지내요, 아프로디테?" 페르세포네가 물었다.

여신의 바다색 눈동자가 그녀에게로 옮겨왔다. "괜찮아요, 내가 보기엔. 당신 친구 시빌과 많은 시간을 보내고 있더군요."

페르세포네는 머뭇거렸다. "둘이 무척 친한 친구 사이가 된 것 같더라고요."

아프로디테는 희미한 미소를 지어 보였다. "친구라, 내가 사랑의 여신이란 걸 잊었나요?"

그 말과 함께 둘은 떠났다. 헤파이스토스가 올림포스 신들의 테이블로 아프로디테를 안내해 자리에 앉혀주곤 자기 자리에 가서 앉는 모습을 페르세포네는 지켜보았다.

그녀는 하데스에게 시선을 돌렸다. "아프로디테가…… 하르모니아의 애인을 탐탁지 않게 여기는 것 같아요?"

"시빌이 여자라서 반대한다고 여기는 겁니까? 아닙니다. 아프로디테는 사랑을 사랑이라 믿습니다. 만약 탐탁지 않아 한다면 하르모니아가 연애를 하면서 자신과 보낼 시간이 줄어들어서일 겁니다."

페르세포네는 인상을 찌푸렸고, 잠시나마 아프로디테의 마음을 헤아릴 수 있을 것 같다는 생각이 들었다. 하르모니아가 다친 사건 이후 그들은 가까이 지내게 되었고, 아프로디테가 아무리 스스로의 고독을 개의치 않는 척한다곤 하지만 페르세포네를 포함한 모두가 알고 있었다. 여신은 관심을, 특히 헤파이스토스의 관심을 갈망한다는 걸.

"아프로디테와 헤파이스토스가 잘 지낼 수 있을 것 같아요?"

"그러길 바랄 뿐입니다. 둘 다 도저히 못 봐주겠는 존재들이라."

페르세포네는 눈을 동그랗게 뜨고는 팔꿈치로 그를 쿡 찔렀지만 죽은 자들의 신은 그저 나직이 웃기만 했다.

저녁 식사가 눈앞에 나타났다. 양고기, 레몬을 곁들인 감자, 구운 당근, 그리고 엘리옵소모, 그러니까 블랙 올리브와 함께 구운 빵까지. 근사한 냄새가 풍겨와 페르세포네는 여태껏 얼마나 배고팠는지 새삼 깨달았다.

하데스는 탁자 위에 놓인 은색 주전자로 손을 뻗었다. "암브로시아를 들겠습니까?"

그녀는 눈썹을 치켜떴다. "스트레이트로요?"

암브로시아는 단순한 와인이 아니었다. 인간들의 알코올보다 도수가 더 높았다. 페르세포네는 과거에 몇 모금 마셔본 적만 있었다. 렉사가 신성한 액체를 한 방울 떨어뜨린 디오니소스의 유명한 와인 한 병을 사온 적이 있었던 것이다.

"조금만 드십시오."

그는 그녀의 잔에 살짝 부어주고 나서 자신의 잔은 가득 채웠다.

페르세포네가 흘겨보는 걸 눈치챈 그가 물었다. "왜 그러십니까?"

"알코올중독이네요." 그녀가 말했다.

"그래도 잘 작동하지 않습니까."

페르세포네는 고개를 절레절레 흔들곤 암브로시아를 홀짝였다. 즉시 입안에 시원하고 꿀 같은 맛이 가득 퍼졌다.

"맘에 듭니까?"

하데스의 목소리가 낮고 관능적으로 느껴져 그녀는 흠칫 놀랐다.

"네." 그녀가 속삭이듯 말했다.

"그럼, 두 분은 어떻게 만나신 거예요?" 칼리스타가 목을 가다듬으며 물었다.

헤르메스가 코웃음을 치며 페르세포네 옆자리에 나타났다. 접시와 은스푼을 손에 든 채였다. "신들한테 물을 게 고작 그거야?"

"헤르메스, 뭐하는 거예요?" 페르세포네가 물었다.

"당신이 보고 싶어서요." 그가 어깨를 으쓱하며 말했다.

속임수의 신이 옆자리에 앉기가 무섭게 아폴론이 올림포스 신들의 테이블에서 일어나더니 아이아스 옆으로 가서 앉았다.

"당신이 촉발시킨 것 같은데요, 하데스." 페르세포네가 말했다.

제우스의 입술이 일그러진 것으로 보아 못마땅한 듯했다.

하데스는 그녀를 바라보더니 빙긋 웃었다.

"질문이 있어요." 탈레스가 반짝이는 눈으로 하데스를 바라보며 씩 웃었다. "저는 어떻게 죽게 될까요?"

"끔찍하게." 하데스가 답했다.

청년의 얼굴이 사색이 되었다.

"하데스!" 페르세포네가 팔꿈치로 그를 푹 찔렀다.

"그, 그게 사실인가요?" 청년이 물었다.

"그냥 농담하는 거예요." 페르세포네가 말했다. "그렇죠, 하데스?"

"아닙니다." 하데스가 지나치게 진지한 목소리로 답했다.

얼마간 어색한 침묵 속에 식사가 이어졌고, 어느 순간 제우스가 일어나 암브로시아 술잔에 대고 은스푼을 쨍쨍 부딪혔다. 그 소리가 너무 커서 페르세포네는 저 유리잔이 깨지는 게 아닐까 싶었다.

"아, 안 돼." 헤르메스가 중얼거렸다.

"왜요?" 페르세포네가 물었다.

"제우스가 연설할 건가 봐요. 매번 끔찍하다니까."

장내가 조용해지면서 모든 눈길이 천둥의 신을 향했다.

"오늘 우리가 모인 건 내 형제인 하데스를 축하하기 위해서이다.

아리따운 처녀, 페르세포네와 결혼한다고 하는구먼. 봄의 여신이자, 무시무시한 데메테르의 딸 말이지."

무시무시한 데메테르, 그 말이 맞았다. 어머니 이름이 들리자마자 페르세포네는 속이 울렁거렸다.

헤르메스가 몸을 기울여왔다. "방금 처녀라고 한 거 맞죠? 성 경험 없는 여성을 일컫는 그 단어 말이에요. 그게 사실이 아니라는 걸 제우스도 알아야 할 텐데, 안 그래요?"

"헤르메스!" 페르세포네는 면박을 주었다.

제우스가 말을 이었다. "오늘 밤, 우리는 사랑을, 그리고 사랑을 찾은 이들에게 축하를 건넬 것이다. 우리 모두에게, 그리고 하데스에게 행운이 따르길."

제우스는 잔을 들어 올리곤 둘을 똑바로 쳐다보았다. "오라클이 당신들의 결합을 축복하길."

식사가 끝난 뒤 모두가 열린 현관 쪽으로 돌아갔다. 음악이 다시 시작되었고, 감미로운 소리가 공기를 휘감았다. 어디서 들려오는 걸까 살펴보니 아폴론이 눈을 감은 채 평온한 표정으로 리라를 연주하는 모습이 눈에 들어왔다. 그가 긴장하지 않은 모습을 처음 본다는 걸 그녀는 깨달았다. 한참 후 눈을 뜬 그의 보랏빛 눈동자 색은 질투 때문에 곧장 짙어졌다. 아이아스가 방 건너편에 서서 신원 미상의 한 남자와 친근하게 수어로 대화를 나누고 있었던 것이다. 아이아스가 상대방의 입술을 읽지 않고도 소통할 수 있으니 기쁠 거라는 확신이 들었지만, 아폴론이 그와, 또는 헥토르와 나눈 대화를 어떻게 끝맺었는지 그녀는 아직 알지 못했다. 아니면, 그 대화란 애초에 없었을지도 몰랐다.

"춤추겠습니까?" 하데스가 손을 내밀며 물었다.

"그보다 더 좋은 건 없죠."

죽은 자들의 신은 그녀를 군중 속으로 이끌었다. 그가 가까이 끌어당기자 단단해진 그곳이 그녀의 배에 닿았다. 욕망으로 잔뜩 짙어진 그의 시선을 마주하며 그녀는 눈썹을 치켜떴다.

"흥분했어요, 내 사랑?"

하데스는 씩 웃었다. 그녀의 솔직한 질문 때문인지, 아니면 애정이 담긴 호칭 때문인지는 알 수 없었다.

"언제나, 나의 달링." 그가 답했다.

페르세포네는 로브 사이에 손을 숨긴 채 밀착한 몸 사이로 집어넣어 그의 성기를 움켜쥐었다.

"뭐하는 겁니까?" 그가 섹시한 목소리로 물었다.

"내 행동을 구태여 설명할 필요는 없을 것 같은데요."

"저 올림포스 신들 앞에서 날 자극하려는 겁니까?"

"자극한다고요?" 그녀는 그를 어루만지며 숨을 내뱉듯 속삭였다. 둘 사이에 가로놓인 천 쪼가리를 없애고 그의 온기를 느끼고 싶은 마음이 가득했다. "그럴 리가요."

하데스의 턱이 움찔거렸고 이는 악물렸다. 그녀를 더욱 꽉 끌어안는 바람에 손을 움직이기가 쉽지 않았다. 그녀는 그와 눈을 맞추며 입을 열었다.

"단지 당신을 기쁘게 해주려고 할 뿐이에요."

"당신은 나를 기쁘게 합니다." 그가 말했다.

둘의 얼굴은 거의 닿아 있다시피 했고, 페르세포네의 눈길이 하데스의 입술에 닿자마자 그는 입을 맞추었다. 키스는 야성적이고 더 많은 걸 원하는 듯 강렬했으며 이런 자리엔 어울리지 않았다.

그는 문득 몸을 떼더니 말했다. "그만!"

방 전체가 조용해졌고, 페르세포네의 눈은 휘둥그레졌다.

하지만 그는 다시 그녀에게 키스하기 시작했다. 손은 아래로 내려가 그녀의 엉덩이를 움켜쥐었고 그 상태로 그녀의 다리를 그의 허리에 두른 다음 몸을 격렬히 밀착하는 바람에 그녀는 숨을 헐떡였다.

"하데스! 다들 보고 있잖아요!"

"연기와 거울."

그는 입술을 뗀 다음 이렇게 중얼거리곤 그녀의 목과 어깨를 따라 키스를 퍼부었다. 그리고 바로 다음 순간, 둘은 어둑한 방으로 순간 이동해 있었다. 하데스는 그녀를 벽에 밀어 세웠다.

"노출증과는 거리가 먼가 보죠?" 그녀가 물었다.

"환각을 유지하면서 동시에 내가 원하는 만큼 당신에게 집중할수 없으니까."

그는 그녀의 살결을 손가락으로 벌렸다. 페르세포네는 신음을 흘렸다.

"너무 젖었군." 하데스가 속삭였다. "당장이라도 당신 것을 마시고 싶지만 지금으로선 맛만 보겠습니다."

그는 손가락을 빼낸 다음 자신의 입으로 가져가 빨았다. 그러곤 그 손을 벽에 대고 그녀에게 키스하기 시작했다.

"하데스, 안에 들어와줘요." 그녀가 아래로 손을 뻗으며 말했다. 그의 로브가 한없이 길어서 벌리는 게 훨씬 어려웠다. "언제는 나에게 섹스를 고려해 옷을 입으라더니, 당신은 왜 안 그러는 거예요?"

하데스가 너털웃음을 지었다. "이렇게나 애타 하지만 않으면 내

속살을 찾아내는 게 훨씬 더 쉬울 텐데요."

그는 그 말과 함께 손쉽게 로브를 풀어헤쳤고, 근육질 가슴과 단단히 부푼 성기가 드러났다. 그녀의 손가락이 그의 것을 탐하듯 감쌌고, 그는 바로 그녀 안으로 밀고 들어왔다. 둘은 함께 신음을 흘렸고, 순간적으로 둘 다 움직이지 않았다.

"사랑합니다." 하데스가 말했다.

그녀는 그의 얼굴에 붙은 머리카락을 쓸어주며 미소 지었다. "나도 사랑해요."

그런 다음 그는 손가락으로 그녀의 살결을 깊숙이 파고들었다.

"당신 느낌이 너무 좋아." 그가 말했다.

안으로 파고드는 그의 손가락을 느끼면서 그녀는 이 말만 내뱉을 수 있었다. "더 해줘요."

하데스는 신음했다.

"끝까지 가줘요. 당신 온기에 내가 파묻힐 수 있게."

그 명령과 함께 그는 엄지손가락으로 그녀의 클리토리스를 문질러댔고, 몇 번의 애무만으로도 그녀는 오르가슴에 이르렀다. 다리가 후들거려 하데스가 붙잡아주지 않았더라면 넘어질 뻔했다. 하데스는 손가락으로 그녀의 엉덩이를 파고들듯 힘을 주었고, 점점 더 세게, 점점 더 빠르게 그녀의 안으로 밀고 들어왔다. 그 온기가, 몸 안에서 움직이는 두껍고 단단한 것의 감촉이 오롯이 느껴지는 듯했다. 절정의 순간 이후, 하데스는 자신의 허리 위에 그녀의 팔을 둘렀다. 그녀의 얼굴에 쏟아진 머리카락을 쓸어 넘겨주곤 헝클어진 모양새를 부드럽게 다듬었다.

"괜찮습니까?" 그가 여전히 숨을 몰아쉬며 물었다.

"네, 당연하죠." 그녀는 웃음을 터뜨렸다. "당신은요?"

"나는 너무 좋습니다." 그 말과 함께 그는 그녀의 이마에 키스를 한 다음 몸을 뗐다.

하데스는 로브를 조여 매곤 페르세포네의 매무새 정돈을 도와주었다. 그녀는 그때야 방 안을 둘러보았다. 어둑하긴 했지만 사방에 놓인 창문을 통해 달빛이 스며들어 입구를 비추었다. 여태껏 본 어떤 장소와도 달랐다. 하늘을 향해 반쯤 열린 집이었고, 검은색과 흰색 대리석으로 만들어진 바닥에는 위층 방들로 이어지는 계단이 자리했다.

"여기가 어디예요?" 그녀가 물었다.

"내 숙소 중 하나입니다." 그가 말했다.

그녀는 그를 빤히 바라보았다. "올림포스에도 집이 있어요?"

"그렇습니다." 그가 말했다. "거의 오는 법은 없지만."

"집이 대체 몇 채인 거예요?"

그가 골똘히 세어보고 있다는 걸 알 수 있었다. 그녀가 이미 아는 세 군데, 즉 지하 세계의 궁전, 람프리 섬에 있는 집, 그리고 여기 올림포스의 숙소보다 더 많다는 뜻이었다.

"여섯 채." 그가 말했다. "아마도."

"아마……도?"

그는 어깨를 으쓱했다. "다 사용하는 건 아닙니다."

그녀는 가슴 위로 팔짱을 꼈다. "더 말해줄 게 있나요?"

"지금 이 순간 말입니까? 아니, 없습니다."

"그 모든 부동산은 누가 관리해요?"

"일리아스입니다." 하데스가 답했다.

"당신이 일군 제국에 대해선 그에게 물어봐야겠군요."

"그래도 되지만, 그는 당신에게 아무 말도 하지 않을 겁니다."

"내가 설득할 수 있다고 확신해요." 그녀가 말했다.

하데스는 인상을 찌푸렸다. "조심하시지요, 달링, 당신이 놀리려고 작정한 사람을 거세하는 건 식은 죽 먹기입니다."

"질투 나요?"

"아주 많이."

그녀는 고개를 저었다. 그때 그들 뒤에서 문 두드리는 소리가 났다. 하데스는 끙 소리를 내더니 문을 열었다. 속임수의 신이 씩 웃으며 맞은편에 서 있었다.

"저녁 식사가 만족스럽지 않았나 보지?"

"닥쳐라, 헤르메스." 하데스가 쏘아붙였다.

"여러분을 데려오라는 명을 받았어." 그가 말했다.

"막 돌아가는 길이었다."

"그러시겠지. 그렇게 따지면 나는 준법 시민이겠어."

셋은 하데스의 숙소를 함께 떠났다. 건물 밖으로 나서자 좁은 골목길이 나왔다. 양쪽에 늘어선 돌담은 꽃이 핀 담쟁이덩굴로 덮여 있었다. 축하를 알리는 음악 소리와 웃음소리, 군중의 웅성거림을 들을 수 있었다. 그들은 신전에서 멀지 않은 곳에 있었던 것이다.

"어째서 제우스가 우리 둘의 결혼을 원치 않는다는 느낌을 받게 되는 걸까요?"

"그가 개자식이라서일지도?" 헤르메스가 답했다. "당신을 갖고 싶어 하는 걸 수도."

"나는 신도 충분히 죽일 수 있다." 하데스가 말했다. "운명 따윈 개나 주라지."

"진정해, 크로노스. 난 당연한 얘기를 하고 있는 것뿐이야."

페르세포네는 점점 더 인상을 찌푸렸다.

"걱정 마요, 세피. 오라클이 뭐라고 얘기하는지 들어나 보죠."

"두 신이 다시 합류하러 왔으니." 연회장으로 돌아왔을 때 제우스의 반응은 즉각적이었다. "오라클이 둘의 결혼에 대해 뭐라고 말할지 들을 준비가 되었겠군."

"매우 준비가 되었어요." 페르세포네가 그를 노려보며 말했다.

신의 눈동자가 번득였다. "따라오게, 페르세포네 여신이여."

그들은 신전을 나서 아름다운 꽃들과 레몬 나무들, 그리고 풍요를 상징하는 신들(아프로디테, 아파이아, 아르테미스, 데메테르, 그리고 디오니소스)을 둘러싼 천사들의 동상이 놓인 안뜰을 가로질러 걸었다.

그곳을 빠져나온 그들은 황량한 대리석 안뜰로 이어지는 좁은 길에 다다랐다. 한가운데에는 둥근 신전이 있었다. 스무 개의 기둥이 빙 둘러싸고 늘어서 있었고, 건물은 연단 위에 높이 세워져 있었다. 널찍한 계단들은 참나무 재질의 문으로 이어졌다. 왼쪽에는 독수리가, 오른쪽에는 황소가 새겨져 있었다. 안으로 들어서니 신전 중앙에 기름이 담긴 대야가 놓여 있고, 그 주변으로는 타오르는 횃불 열개가 방을 따라 둘려 있었다. 머리 위 천장에는 구멍이 뚫려 있어 어둑한 하늘이 언뜻 비쳤다.

헤라와 포세이돈이 따라온 걸 보고 페르세포네는 놀랐다. 둘 다 기분이 좋아 보이진 않았다. 헤라는 냉정한 태도로 고개를 모로 기울인 채였고 포세이돈은 두꺼운 팔로 팔짱을 끼고 있었다.

페르세포네가 머뭇거리는 걸 보고 제우스가 말했다. "우리 위원회이다."

"오라클이 당신의 위원회인 줄 알았는데요." 그녀가 말했다.

"맞다, 오라클은 물론 미래를 얘기해주지." 제우스가 말했다. "하지만 오래 살다 보니 그 미래의 실이라는 게 끊임없이 변한다는 걸 깨닫게 되더군. 내 아내와 형제도 그걸 알고 있고."

예상한 것보다 현명한 처사였다. 이럴 때일수록 더욱 제우스를 경계해야 한다고 페르세포네는 다짐했다.

천둥의 신이 벽의 횃대에서 횃불을 꺼내들고는 말했다. "둘 다 피 한 방울을 떨어뜨려라."

둘이 함께 대야에 가까이 다가가자 대야 가장자리에서 바늘 같은 뾰족한 것이 튀어나왔다. 하데스는 그 위에 손가락을 댔고 반짝이는 금속 대야 안으로 피가 흘러내릴 때까지 꾹 눌렀다. 그의 핏방울이 기름 속으로 떨어져 내렸다. 그녀도 똑같이 했는데, 바늘이 피부를 꿰뚫자 몸이 움찔했다. 대야 안으로 피가 떨어지자 하데스는 그녀의 손을 가져가 자신의 입술 위에 댔다.

"하데스!" 그녀는 그의 이름을 속삭였지만 그가 손을 놓아주자 어느새 상처는 아물어 있었다.

"당신이 피 흘리는 걸 보고 싶지 않습니다."

"그냥 한 방울이었어요." 그녀는 속삭였다.

신은 더는 말이 없었지만, 아무리 작은 상처라도 그녀가 다치는 걸 보는 그의 마음을 온전히 헤아릴 도리는 없었다.

그들이 대야에서 물러서자 제우스가 기름에 불을 붙였다. 불은 순식간에 화르륵 타오르며 기이한 녹색을 띠었다. 짙은 연기가 뭉게

뭉게 피어올랐다. 화염이 서서히 가라앉으면서 불길에 휩싸인 여자의 형상이 만들어졌다.

"피라." 제우스가 말했다. "하데스와 페르세포네에 관한 예언을 우리에게 들려주거라."

"하데스와 페르세포네." 오라클의 목소리는 또렷하고도 차가웠고 고대로부터 온 것처럼 들렸다. "강력한 결합입니다. 제우스보다 더 강한 신을 탄생시킬 결혼이 될 것입니다."

그게 끝이었다. 예언을 전하자마자 불길은 사그라들었다.

기나긴 침묵이 흘렀고, 페르세포네는 대야 외의 다른 곳을 바라볼 수 없었다.

제우스보다 더 강한 신을 탄생시킬 결혼.

불행한 운명이었다. 그 문구를 듣자마자 알 수 있었다. 심지어 하데스도 움찔하며 몸이 굳었다.

"제우스." 하데스의 목소리는 그녀가 평생 한 번도 들어본 적 없는 무시무시하고 어두운 어조를 띠었다.

"하데스." 제우스가 부름에 응했다.

"넌 내게서 페르세포네를 빼앗아갈 수 없다." 그가 말했다.

"신들의 왕은 나일세. 잊었을까 봐 하는 말이지만."

"그게 소원이라면, 나는 기쁜 마음으로 자네의 통치 기간을 끝장내겠다."

팽팽한 침묵이 이어졌다.

"임신했나?" 헤라가 물었다.

페르세포네의 눈이 휘둥그레졌다. "네?"

"같은 말을 반복해야 하나?" 헤라가 짜증 난 듯 물었다.

"그 질문은 적절하지 않네요." 페르세포네가 말했다.

"예언을 고려해보면 중요한 질문이지." 그녀가 답했다.

페르세포네는 여신을 노려보았다. "어째서죠?"

"예언에 따르면 당신들의 결혼이 제우스보다 강한 신을 탄생시킬 거라잖아. 둘 사이에 태어난 아이는 매우 강력한 신이 될 거야. 삶과 죽음을 관장하는 신." 헤라가 말했다.

페르세포네는 하데스를 바라보았다.

"아이는 없습니다." 하데스가 말했다. "앞으로도 없을 거고."

포세이돈이 너털웃음을 터뜨렸다. "아무리 조심스러운 남자더라도 아이를 낳는다네, 하데스. 춤추다가도 몸이 달아 섹스하러 자리를 떠야 하는 자네가 어떻게 확신할 수 있겠나?"

"난 조심할 필요가 없네." 하데스가 말했다. "아이를 가질 수 있는 능력을 앗아간 건 운명의 여신들이니까. 페르세포네를 내 세계 안으로 엮어준 것도 운명의 여신들이고."

"평생 자식 없이 살고 싶나?" 이 질문을 던진 건 헤라였다.

페르세포네는 그 어조에서 호기심을 읽었다.

"난 하데스와 결혼하고 싶어요." 페르세포네가 말했다. "자녀 없이 살아야 한다면 그렇게 할 거예요."

하지만 그 말을 뱉는 순간 가슴이 아려왔다. 그녀 자신 때문이 아니라 하데스 때문이었다. 자신이 행했던 거래에 대해 이야기해주었을 때 *그*는 괴로워 보였고, 그때 그녀는 아이를 원하는 건 다름 아닌 하데스라는 사실을 깨달았다.

"아이를 가질 수 없는 게 확실한 건가, 형제여?" 제우스가 물었다.

"매우 확실하다." 그가 이를 악문 채 말했다.

"둘이 결혼하게 해, 제우스." 포세이돈이 말했다. "남편과 아내로서 섹스하고 싶은 게 뻔히 보이는구먼."

페르세포네는 포세이돈이 끔찍하게 싫었다.

"만약 이 결혼으로 아이가 생긴다면?" 제우스가 물었다. "나는 운명의 여신들을 믿지 않아. 실들은 끝없이 움직이고, 끝없이 변화하니까."

"그럼 우리가 아이를 데려가겠어." 헤라가 말했다.

페르세포네는 손가락이 부러질 정도로 하데스의 손을 잡았다. 단한 가지 생각만 머릿속으로 되뇌었다. 말하지 마, 맞서지 마.

"아이는 없을 것이다." 하데스는 단호하게 반복했다.

하데스와 제우스가 마주 보고 서서 서로를 노려보는 동안 시간이 흘렀다. 방은 찌는 듯이 더웠고 페르세포네는 숨을 한 번 들이쉴 때마다 공기가 목구멍을 긁으며 빠져나가는 것 같다고 느꼈다. 여기서 빠져나가야 했다.

"이 결혼에 축복을 내리겠다." 제우스가 마침내 말했다. "하지만 여신이 임신을 하게 되면 아기는 없애야 할 것이다."

제우스의 말이 끝나기가 무섭게 하데스는 자리를 떴다. 1초 만에 그들은 지하 세계로 와 있었다.

현기증이 난 페르세포네는 땅에 발을 딛자마자 속엣것을 게워냈다.

31장
영원의 손길

"괜찮습니다." 하데스가 말했다.

그는 곁에 무릎을 꿇고선 흐느껴 우는 그녀를 꼭 끌어 안아주며 땀에 흠뻑 젖은 얼굴에서 머리카락을 떼어내주었다.

"아니에요." 그녀가 말했다. "괜찮지 않아요."

그들이 그녀의 아이를 빼앗겠다고 했다. 자신이 임신할 수 있을지 조차 알지 못했지만 제우스가 아이를 데려갈 거라는 생각만으로도 마음이 온통 무너져 내렸다.

"그를 파괴해버리겠어요." 그녀가 말했다. "내가 끝장낼 거예요."

"나의 달링, 꼭 그럴 겁니다. 자, 일어서볼까요."

하데스는 두 손으로 그녀의 얼굴을 부여잡았다. "페르세포네, 나는 절대로 앞으로도 결코 그들이 당신에게 털끝 하나 건드릴 수 없도록 할 겁니다. 알겠습니까?"

그가 어떻게 그들을 막겠다는 건지 알 수 없었지만 그녀는 고개를 끄덕였다. 제우스는 문제가 될 만한 것들을 제외하고는 위협이 될 모든 요소들을 다 제거할 터였다. 마음 한구석에선 그의 축복마

저도 신뢰가 가지 않았다.

하데스는 평소에 사용하던 곳보다 더 작은 욕탕으로 그녀를 데려 갔다. 둥근 모양에 위쪽으로 솟아 있는 곳이었다.

"내가 하게 해주십시오."

하데스는 그녀의 가운을 벗겨주곤 욕탕 안으로 이끌었다. 물은 따뜻했고 그녀의 가슴께까지 왔다. 하데스는 무릎을 꿇더니 타월 사이에 비누를 놓고 거품을 냈다. 그가 몸을 닦아주기 시작하자 몸 이 떨렸다. 등에서부터 시작해 어깨, 두 팔, 그리고 가슴에 이르렀고 그의 느린 움직임에, 천으로 부드럽게 쓸어주는 손길에 어느새 젖꼭 지가 구슬처럼 볼록하게 솟았다. 더 이상 참을 수 없어지자 그녀는 그의 손목을 붙잡았다.

"하데스." 그녀가 신음했다.

그녀를 향해 타오르는 눈길을 보내며 그는 앞으로 몸을 기울여 그녀에게 키스했다. 페르세포네는 두 팔을 그의 목에 두르곤 그를 가까이 끌어당겨 비누를 묻혔다.

"당신을 원해요." 그녀가 말했다.

"나와 결혼해주십시오."

그녀는 웃음을 터뜨렸다. "이미 그러겠다고 말했잖아요."

"그랬지요. 그러니 나와 결혼해주십시오. 오늘 밤."

그녀는 그의 눈길을 살피며 그가 얼마나 진지한지 가늠해보았다.

"나는 제우스도, 포세이돈도, 헤라도 모두 믿지 않지만 우리 둘은 믿습니다. 오늘 밤 나와 결혼해주십시오. 그럼 그들은 우리를 갈라 놓을 수 없을 겁니다."

마음속에 다른 감정이 고개를 들었다. 마침내 하데스의 아내가 될 수 있다는 사실이 주는 설렘이었다. 더는 계획을 세울 필요도 없고, 꽃이든 예식 장소든 승인이든 걱정하지 않아도 된다.

"그래요."

하데스의 얼굴에 번지는 환한 미소에 다시금 새롭게 그에게 반할 것만 같았다. 그는 다시 한번 그녀에게 키스했다.

얼마나 흘렀을까, 하데스가 물러나며 말했다. "오늘 밤 나는 당신을 나의 아내로 삼을 겁니다. 자, 헤카테를 소환하겠습니다."

그녀는 몸을 씻고 하데스가 건네준 로브로 갈아입었다. 욕탕을 나오니 마법의 여신은 이미 그들을 기다리고 있었다. 그녀는 두 팔 벌려 페르세포네를 끌어안았다.

"어머나, 세상에! 믿어지세요? 오늘 밤 결혼하신다니! 당장 준비하러 가보죠." 그녀는 페르세포네에게 팔짱을 끼며 말했다. 그러곤 하데스를 노려보았다. "만약 당신이 여왕의 특별실 근처에서 어슬렁거리는 모습을 내가 보든 느끼든 하기만 하면 바로 아라크네의 구덩이로 보내버리겠어요."

"얼씬도 하지 않겠습니다." 하데스는 페르세포네를 향해 싱긋 웃어 보였다. 그런 다음 눈동자를 내리깔고 나직하게 읊조렸다. "곧 봅시다."

페르세포네는 이제는 친숙한 여왕의 특별실로 향했다. 연인이 생길지 알지도 못하던 때에, 페르세포네의 존재를 알기도 전에 하데스가 만들어둔 곳이었다. 이 공간은 그의 희망이었다.

희망, 그녀는 생각했다. 가장 위험한 무기지.

그 생각이 왜 불쑥 들었는지는 모를 노릇이었지만 등골이 서늘해졌고, 헤카테 역시 눈치챈 듯했다.

"긴장되나요, 소중한 이여?"

"아뇨, 그 어느 때보다 마음의 준비가 되어 있는걸요."

헤카테가 씩 웃었다. "앉아보세요, 램패드들도 준비 완료랍니다."

그녀는 공중을 맴도는 자그마한 흰색 물체들을 가리켰다. 보이지도 않을 만큼 투명한 날개에 은빛 피부를 가진 님프들이었다. 그들의 검은 머리카락에 활짝 핀 하얀 꽃들이 점점이 꽂혀 있었다. 그녀가 앉자 그들은 작업을 시작했다. 마법이 그녀의 피부에 따끔거리듯 달라붙으며 머리카락이 손질되었다. 그들은 아주 빠르고 효율적으로 움직였는데, 그녀의 머리 뒤쪽에 날아다닐 때쯤 되자 감탄할 수밖에 없었다. 휘어진 눈가와 입술, 솟아난 광대뼈, 그리고 부드럽게 물결치는 머리카락을 강조해주는 심플한 메이크업이 완성되어 있었다. 머리 위 뿔이 솟아난 곳에는 아지랑이 꽃으로 만든 왕관이 얹혀 있었다.

"아름다워요." 페르세포네는 그녀의 팔에 걸쳐진 흰색 가운을 보고 몸을 홱 돌렸다. "헤카테, 언제 그렇게……."

"알마와 함께 만들었답니다. 잘 맞나 어디 봅시다."

헤카테는 가운을 입혀주었다. 실크 소재라 피부에 닿는 감촉이 시원하고 보드라웠다. 거울을 향해 돌아선 그녀는 조용히 숨을 들이쉬었다. 드레스는 심플하면서 아름다웠으며, 마치 가슴 곡선과 엉덩이를 드러내기 위해 만들어진 것처럼 예쁜 실루엣을 자랑했다. 네크라인은 우아한 V자 모양이었고 끈은 가늘었으며 살짝 바닥에 끌리는 길이였다.

"마지막 순서로는요."

헤카테는 그 말과 함께 초록색 덩굴과 빨강, 분홍, 하얀색 꽃들이 수놓인 반짝이는 베일을 가져왔다. 베일까지 쓰고 보니 꿈결 같았다. 여태껏 상상해온 것을 훌쩍 뛰어넘는 순간이었다. 그녀는 여신이자 왕비, 그리고 여왕이며, 무엇보다 중요하게도, 페르세포네였다.

"아, 헤카테. 정말 아름다워요." 그녀는 거울을 바라보며 말했다.

오늘이 결혼식 날이라는 게 믿어지지 않았다.

그녀는 하얀 수선화와 장미, 그리고 초록 풀로 장식된 부케를 들고 있는 헤카테를 향해 돌아섰다.

"유리가 아이들에게 수선화를 따게 했어요." 그녀가 말했다.

페르세포네는 미소를 지었고, 꽃다발을 받아 들 때는 어쩐지 눈물이 왈칵 차올랐다.

"울지 말아요." 헤카테가 말했다. "행복한 순간이잖아요."

"하지만 행복해서 눈물이 나는걸요."

헤카테는 빙긋 웃더니 두 손으로 그녀의 뺨을 어루만졌다. "하데스가 처음 당신 얘기를 꺼냈을 때부터 당신을 애정하게 될 줄 알았어요. 이런 날이 올 거라는 믿음을 한 번도 의심한 적이 없답니다."

페르세포네는 입술이 떨렸지만 울지 않으려 최선을 다하며 크게 심호흡을 했다. "고마워요, 헤카테. 전부 다요."

"이제 시간이 되었어요. 이리 오세요."

"헤카테." 페르세포네가 머뭇거리며 말했다. 뭔가 원하는 것이, 필요한 것이 있었지만 말로 꺼내기가 두려웠다.

"왜 그러시죠, 소중한 이여?"

"저…… 렉사가 와줬으면 좋겠어요. 그녀가 엘리시움 밖으로 나서는 걸 타나토스가 허락해줄까요?"

"당신은 지하 세계의 여왕이에요. 결정권은 당신에게 있답니다."

"그럼 잠시 들를 곳이 있어요."

✳

　페르세포네는 자신이 쓴 베일과 비슷해 보이지만 색깔은 검정인 드레스를 입은 렉사와 함께 길게 늘어선 나무들 뒤에 서 있었다. 하데스와의 결혼식이 있을 숲의 공터를 아직 들여다봐선 안 되는 거였지만 렉사는 고개를 빼꼼 내밀어 둘러보았다.

　렉사는 숨을 들이쉬더니 그녀를 향해 고개를 휙 돌렸다.

　"오, 신들이여, 페르세포네." 그녀가 감탄사를 내뱉었다. "진짜 멋져요. 그리고 사람들이…… 엄청 많네요."

　페르세포네는 그녀가 저들을 사람이라고 불러야 할지 영혼이라고 불러야 할지 망설인 거라 생각했다. 그녀는 다시 고개를 빼꼼 내밀었다.

　"정말 결혼을 한다니 믿기지가 않아." 페르세포네가 말했다.

　부케를 너무 힘껏 붙들고 있어서 손바닥에 땀이 나기 시작했다. 그녀의 어린 시절을 떠올리면 지금 이 순간은 더더욱 비현실적이었다. 지금껏 결혼에 대해 생각해본 적도, 이런 날을 꿈꿔본 적도 없었던 그녀였지만 하데스를 만나고 나선 모든 게 바뀌었다.

　"긴장돼요?" 렉사가 어깨 너머로 그녀를 바라보며 물었다.

　"응."

　"그러지 마요." 그러곤 페르세포네 곁으로 바싹 다가왔다. "저 나무들 너머로 걸어나가선 하데스를 찾기만 하면 돼요. 다른 건 아무것도 생각하지 말아요. 하데스 말고는 아무것도 생각나지도 않고 원하지도 않을 거예요."

　예전 렉사가 할 법한 말이었기에 페르세포네는 마음이 놓였다. 그녀는 계속해서 옛 친구를 호기심 어린 눈으로 바라보았다.

"왜요?" 시선을 눈치챈 렉사가 물었다.

"아무것도 아니야. 그냥 경험자의 말처럼 들려서 말이야."

기묘하고 두터운 침묵이 뒤따랐다.

"딱 한 명 말고는 아무도 원하지 않게 되는 느낌이 뭔지 알 것 같아요." 옛 친구가 나직이 말했다.

"타나토스?" 렉사를 유심히 바라보며 페르세포네가 물었다.

그녀는 고개를 끄덕였다. 지난 한 달 동안 서로 대화를 나누어왔기에 그걸 짐작하는 건 그리 어렵지 않았다. 페르세포네는 뭔가 말하고 싶었다. 더 많은 질문을 하고 싶었다. 타나토스에게 네 감정을 이야기한 거야? 키스도 했어? 하지만 그 순간 감미롭고 아름다운 선율이 공기를 가득 채웠고, 온몸에 소름이 돋았다.

"입장을 알리는 신호예요." 렉사가 페르세포네의 팔을 끌어당기며 말했다.

그녀는 부케를 붙들고 힘껏 심호흡을 한 다음 모퉁이를 돌았다. 그리고 눈앞에 펼쳐진 광경에 완전히 압도되었다. 그들이 있는 곳은 활짝 핀 라벤더와 분홍빛 꽃들로 장식된 커다란 나무들이 둘러싼 공터였다. 머리 위로는 램패드들이 조명처럼 반짝반짝 빛을 내며 날아다녔다. 그리고 하데스가 정말이지 근사한 모습으로 다양한 풀과 식물로 만든 화관을 쓴 채 서 있었고, 발치에는 케르베로스와 티폰, 오르트로스가 얌전히 앉아 있었다.

그와 시선이 마주치자마자 그녀는 오직 그만을 열렬히 원하게 되었다.

그의 입가에는 환하게 빛나는 미소가 가득 걸렸다. 더욱 밝아진 눈동자는 가까이 다가가는 내내 그녀를 열렬히 바라보았다. 오늘 예식을 위해 그가 택한 검은색 양복 재킷 주머니에는 폴리안서스 한 송이가 꽃혀 있었다. 매끄러운 머리카락은 매끈하게 묶은 상태였다. 머리 위로는 아름답고도 치명적인 뿔 두 개가 솟아나 있었다.

이 행렬의 모든 것이 격렬하고 야성적이며 또 완벽하게 느껴졌다.

그녀는 손에 닿는 이들을 안아주려 발걸음을 멈췄다. 유리와 알마, 아이작과 릴리, 그리고 지하 세계의 다른 아이들, 카론과 티케. 뒤이어 아폴론까지 눈에 들어왔다. 보랏빛 눈동자엔 온기와 진실함이 담겨 있었다.

"축하해, 세프."

"고마워, 아폴론."

다음 차례는 헤르메스였다. 그녀는 그와 오랫동안 포옹했다.

"정말 아름답네요, 세피." 그가 말하며 물러섰다. 여전히 노란색 양복을 입고 있었다.

"헤르메스, 당신은 최고의 친구예요. 정말로."

그는 싱긋 웃고는 손가락으로 그녀의 뺨을 쓸어주었다. "나도 알아요."

둘은 함께 웃음을 터뜨렸고, 뒤를 돌았을 때 하데스와 정면으로 마주하게 되었다. 그녀가 그를 향해 나아가려 하자 렉사가 뒤쪽으로 끌어당기며 부케를 받았다.

"얼른 이리 오고 싶습니까, 달링?"

하데스의 질문에 하객들이 모두 웃었다.

"언제나요." 그녀가 말했다.

그가 손을 잡았고, 그녀의 시선은 그의 얼굴을 떠나지 않았다. 저 미소, 세상에, 그의 미소는 눈부셨다. 좀처럼 볼 수 없는 환한 미소이기도 했다. 머리부터 발끝까지 그녀를 찬찬히 바라보는 사파이어 같은 그의 눈동자는 바다의 가장 밑바닥처럼 그윽했고, 그녀는 그가 영원히 그녀의 것임을 깨달았다.

그가 눈썹을 치켜뜨며 말했다. "아름답습니다."

"당신도요."

하데스는 오롯이 행복해 보였다.

둘만의 순간에 헤카테가 비집고 들어섰다. 따스하고도 기쁨에 찬 미소를 띤 채로.

"결국 이 순간이 올 줄 알았어요." 헤카테가 말했다.

마법의 여신은 하데스 쪽으로 시선을 옮겼다.

"나는 모든 형태와 모든 강도의 사랑을 보았지만, 둘의 사랑에는 소중한 무언가가 있어요. 절실하고 강렬하며 열정적인 사랑이죠." 그녀는 잠시 말을 멈추고 웃음을 터뜨렸고, 뒤에 서 있는 모든 이도 마찬가지였다. 페르세포네는 얼굴이 발그레해졌지만 하데스는 덤덤해 보였다. "또 이건 아마 내가 둘을 알기 때문일지도 모르지만, 가장 지켜보고 싶은 사랑이기도 합니다. 꽃을 피우고 불타오르며, 도발하고 괴롭히고 상처를 입히고 또 치유하지요. 이보다 더 어울리는 한 쌍의 영혼은 없을 겁니다. 따로 떨어져 있을 때 둘은 빛과 어둠, 삶과 죽음, 시작과 끝을 상징하지요. 그러나 둘이 함께라면 제국을 이루고, 사람들을 하나로 통합하고, 온 세계를 한데 모으는 기반이 됩니다. 영원하고도 무한한 끝없는 순환을 이룹니다."

헤카테가 손을 내밀자 손바닥 가운데 일전에 하데스가 만들어주었던 반지가 놓여 있었다. 그는 반지를 집어 들었다.

페르세포네의 눈길이 그와 마주쳤다. 반지라니! 슬쩍 올라간 그의 입꼬리는 모든 게 괜찮을 거라고 일러주었다.

"페르세포네를 아내로 맞이하겠습니까?" 헤카테가 물었다.

"그렇습니다." 그가 말했다.

깊은 목소리가 그녀의 살결에 닿는 듯했고, 그가 손가락에 반지를 끼워줄 때는 몸이 떨렸다.

"페르세포네." 헤카테가 그 말과 함께 다른 손을 내밀었다. 그녀의 손바닥 위에는 검은 반지가 놓여 있었다. "하데스를 남편으로 맞이하겠습니까?"

"네."

그녀는 그 반지를 그의 손가락에 끼워주고는 오랫동안 바라보면서, 깊은 뿌듯함을 느꼈다. 그가 그녀의 것이라는 표식이다.

"신부에게 키스해도 좋습니다, 하데스."

페르세포네의 눈길은 하데스에게 단단히 붙박였다. 그의 표정은 신중하게, 또 엄숙하게 변했는데 그건 그가 이 순간을 그만큼 진중하게 받아들이고 있기 때문임을 알고 있었다. 그가 얼마나 오래 기다렸을지 깨닫고 나자 가슴이 무겁게 내려앉았다. 광활한 생애 안에서 그는 벌써 그녀에게 두 번째로 구애하는 거였지만, 그 숱한 세월 동안 그는 대부분의 시간을 혼자 보내며 동반자를, 화답받는 사랑을 갈구해왔던 것이다. 두 입술이 맞닿은 순간, 그 막막한 공허도 끝날 것이다.

그가 얼굴을 감싸자 그녀는 그의 손목을 붙잡고 마주 보며 미소를 지었다.

"사랑합니다." 그는 이 말과 함께 그녀에게 입을 맞췄다.

처음에는 거기서 키스를 끝낼 거라고 생각했다. 지하 세계의 모든 이들이 지켜보는 가운데 이뤄지는 간단하고 달콤한 키스로 말이다. 하지만 그의 손이 그녀의 얼굴에서 머리 뒤쪽으로 옮겨갔고, 다른 한 손으로는 허리를 감쌌다. 그의 혀가 입술 위로 미끄러졌고 그녀는 싱긋 웃으며 그를 받아들여 더욱 깊은 키스를 이어갔다.

그들을 둘러싼 영혼들은 박수를 쳤다.

"방 잡아!" 헤르메스가 외쳤다.

몸을 떼었을 때 하데스의 얼굴엔 능글맞은 미소가 걸려 있었다. 그는 몸을 기울여 그녀의 이마에 키스한 다음 손을 잡았다. 둘은 빼곡하게 들어찬 하객들을 향해 몸을 돌렸다.

"하데스와 페르세포네, 지하 세계의 왕과 여왕이 되었음을 알립니다."

귀가 먹먹할 정도의 환호성이 터져 나왔다. 하데스는 페르세포네와 함께 다시 꽃길을 걸었다. 아까 들어섰던 때보다 훨씬 짧게 느껴졌다. 늘어선 나무들 뒤쪽에 도착했을 때 그는 그녀를 홱 끌어당겨 다시 키스했다.

"당신보다 더 아름다운 존재를 본 적이 없습니다."

그녀의 미소가 귓가에 걸렸다. "사랑해요, 너무나도."

"이리 오시죠." 헤카테가 모퉁이를 돌아 나오며 말했다.

그녀는 마법을 써서 둘을 함께 순간 이동시킨 다음 도서관으로 이끌었다.

"피로연에 모시기 전까지 잠깐 둘만의 시간을 드릴게요." 헤카테가 문가에 서서 말했다. "내가 만약 여러분이라면 옷을 벗지는 않겠어요. 두 발은 땅에 붙이고 있을 거고요."

문이 닫히자 하데스는 페르세포네를 바라보았다. "저건 도전해보라는 소리처럼 들리는군요."

페르세포네는 눈썹을 치켜떴다. "할 수 있겠어요, 남편님?"

그 단어에 그는 눈을 꼭 감고 소리내어 숨을 내쉬었다.

"괜찮아요?"

입을 뗄 때까지도 그의 눈은 감겨 있었다. "다시 말해주십시오. 다시 나를 남편이라고 불러주십시오."

그녀는 빙긋 웃었다. "방금 뭐라고 말했냐면…… 도전할 준비가 되었나요, 남편님?"

하데스가 눈을 떴다. 눈동자는 푸른색에서 검은색으로 짙어져 있었고 욕망으로 이글거렸다. 그는 그녀의 엉덩이로 손을 뻗어 실크 드레스를 움켜쥐었다.

"지금 이 순간 당신을 원하는 만큼. 오늘 밤에는 좀 다른 걸 준비해두었습니다."

페르세포네는 그의 가슴을, 그리고 목덜미를 손으로 쓸었다. "뭔가…… 새로운 걸 하게 되나요?"

하데스는 눈썹을 치켜떴다. "새로운 걸…… 하고 싶은 겁니까?"

"네." 그녀가 속삭였다.

하데스는 그녀의 손을 가져가 손목 안쪽에 키스했다. "시도하고 싶은 게 있습니까?"

그녀는 침을 꿀꺽 삼켰다. "결박당하고 싶어요."

32장
별들의 바다에서

헤카테는 둘을 도서관에서 데리고 나와 1층 연회장 입구로 안내했다. 문 저편에선 헤르메스의 목소리가 들려왔다.

"지하 세계 여러분의 신과 여신, 하데스 왕과 페르세포네 여왕을 소개합니다."

하데스와 나란히 이름을 불리는 일엔 평생 싫증 나지 않겠다는 확신이 들었다. 문이 활짝 열리자 그녀는 백성들과 마주했다. 지하 세계의 영혼들, 그녀가 찬찬히 사랑하게 된 이들이 모두 와 있었다. 둘이 군중 속으로 걸어 나가자 모두가 박수를 치고 환호성을 지르며 마당으로 쏟아져 나왔다. 그들 앞에 멈춰 선 뒤 하데스는 페르세포네를 가까이 끌어당겼다.

음악 소리는 부드러웠다. 둘을 하나로 엮어주는 듯한 아름다운 선율이었다.

"무슨 생각해요?" 페르세포네가 물었다.

"많은 생각을 하는 중입니다, 아내여." 그가 말했다.

"예를 들면?"

그의 입꼬리가 슬쩍 올라갔다. "내가 얼마나 행복한지."

그녀의 가슴속에 온기가 뭉근하게 퍼졌다. 그래도 그녀는 눈썹을 치켜떴다. "그게 다예요?"

"말 안 끝났습니다." 그는 그 말과 함께 손을 더욱 꼭 잡고는 그녀와 뺨이 맞닿을 정도로 몸을 구부렸다. 그의 숨결이 귓가에 스쳤다. "나 때문에 거기가 젖었는지 궁금합니다. 아랫배 밑이 욕망으로 조여졌는지, 나만큼이나 오늘 밤에 대해 갖은 상상을 하는지, 당신 머릿속에도 야한 생각이 가득한지."

그녀는 얼굴이 붉어지면서 배 아래쪽이 뜨겁게 달아올랐다. 음악이 끝나자 그들은 안뜰 한가운데에 멈춰 섰다.

페르세포네는 목을 쭉 빼곤 그의 귓가에 입술이 닿을 듯 말 듯 답을 속삭였다. "네."

그러자 그의 눈동자가 짙어졌고, 페르세포네는 싱긋 웃었다. 바로 그때 한 무리의 아이들이 춤추자고 조르는 바람에 주의가 흐트러졌다. 그녀는 하데스에게서 몸을 떼곤 아이들과 손을 잡고서 리듬이나 발놀림을 모두 무시한 채 안뜰을 자유로이 돌아다녔다. 그래도 신경 쓰이지 않았다. 소리 내어 웃고 미소를 지으며 지난 몇 달의 시간을 통틀어 가장 큰 기쁨을 만끽했다.

다음 곡이 시작되자 아이들은 자기들끼리 놀기 위해 춤추는 이들의 무리에서 떨어져 나갔다.

"춤을 청해도 괜찮을까요, 페르세포네 여왕님?"

고개를 돌리자 헤르메스가 고개를 푹 숙이고 있었다.

"당연하죠, 헤르메스 님." 그의 손을 맞잡으며 그녀가 답했다.

"당신이 자랑스러워요, 세피." 그가 말했다.

"자랑스럽다고? 왜요?"

"아까 올림포스 신들 앞에서 정말 잘했으니까요." 그가 말했다.

"적을 만들어버린 것 같은데."

그는 어깨를 으쓱하더니 그녀의 몸을 한 번 뱅그르르 돌렸다. "적이란 건 누구에게나 있는 법이죠. 당신이 뭔가를 위해 싸우고 있다는 뜻이니까요."

"헤르메스, 당신은 정말 엄청 웃기면서도 지혜롭군요."

신은 씩 웃어 보였다. "그것 또한 진리인 법이죠."

헤르메스와의 춤이 끝나고 자리를 옮긴 페르세포네는 타나토스와 마주치게 되었고, 그 순간 그녀의 얼굴에서 미소가 싹 가셨다. 그는 여느 때처럼 핏기 없이 잘생겼지만 조금은 슬퍼 보였다.

신은 고개를 숙여 인사했다. "페르세포네 여신님, 저와 함께 춤을 춰주시겠습니까?"

렉사를 만날 수 없다고 말한 날 이후로 타나토스는 그녀에게 다가오지 않았기에, 이렇게 마주하니 기분이 이상했다.

그녀가 머뭇거리는 것을 알아차린 듯 타나토스는 덧붙였다. "거절하시더라도 이해합니다."

"내가 당신의 여왕이라는 이유로 나에게 친절하게 대할 필요는 없어요." 그녀가 말했다.

"여왕이시라서 춤을 추자고 여쭤본 게 아닙니다. 사과 말씀을 올리고 싶어 춤을 제안드린 거였습니다."

"그럼 사과하세요. 그런 다음에 춤추도록 하죠."

그는 푸른 눈동자에 진심을 담아 말했다. "저의 언행에 사과드립니다. 렉사를 과하게 보호하려 했습니다. 상처를 드려 죄송합니다."

"사과를 받아들이겠어요."

그녀의 말에 타나토스는 쓸쓸한 미소를 지었다.

"사과를 받아들였는데도 마음이 나아지지 않은 것 같아 보이네요." 춤을 추다가 페르세포네가 말했다.

"제 행동에 스스로 충격을 받은 것 같습니다." 신이 말했다.

"사랑은 우리 모두가 그런 행동을 하게 만들죠." 타나토스의 눈이 휘둥그레지는 바람에 페르세포네는 작게 웃음을 터뜨렸다. "렉사를 아낀다는 걸 알아요."

죽음의 신은 아무 말이 없었고, 그래서 페르세포네는 자신이 잘 아는 이야기를 꺼냈다. "때론 우리 마음이 이끄는 대로 한 행동을 스스로 설명하기가 참 어렵지요."

"언젠가 그녀는 환생할 겁니다." 타나토스가 말했다.

"그래서요?"

"그럼 날 기억하지 못하겠지요."

"무슨 말을 하고 싶은 건지 모르겠어요."

"제가 하려는 말은 그녀와 저는 운명이 아니라는 것입니다."

페르세포네가 인상을 찌푸렸다. "그래서 행복한 순간들을 누리지 않겠다고요?"

"평생 계속될 고통에서 벗어나기 위해서 말씀이십니까? 맞습니다."

페르세포네는 한참 동안 아무 말도 하지 않다가 겨우 입을 열었다. "렉사도 당신이 그런 결단을 내렸다는 걸 아나요?"

타나토스는 그 질문이 마음에 걸리는 듯했다. 입을 꾹 다문 걸 보면 알 수 있었다.

"최소한 말은 해줘야죠." 페르세포네가 말했다. "당신이 고통을 피하려 하는 동안에도 그녀는 그 고통 속에 살고 있는 셈이잖아요."

타나토스와의 춤이 끝나자 그녀는 휴식을 취하고 싶어 안뜰 너머의 정원으로 들어섰다. 커다란 장미들이 만발해 있었고 달콤한 향기가 풍겨왔다. 케르베로스와 티폰, 그리고 오르트로스가 땅에 코를 박은 채 돌아다니고 있었다. 이어서 남편의 친숙한 실루엣이 눈에 들어왔는데 그는 주머니에 손을 찔러 넣은 채 하늘을 올려다보고 있었다.

잠시 후 그가 눈을 반짝이며 돌아섰다. "괜찮습니까?"

"네." 그녀가 답했다.

"준비되었습니까?"

"네."

그가 내민 손 위에 그녀가 손가락을 살포시 올려놓자마자 둘은 사라졌다.

✲

순간 이동한 곳이 어디인지 페르세포네는 알 수 없었다. 벽난로가 따뜻하게 밝힌 방이었는데 어쩌면 람프리 섬으로 돌아온 건지도 몰랐다. 그런데 자세히 살펴보니 하늘을 향해 천장이 뻥 뚫린 곳에 놓인 침대 옆이었다. 머리 위로는 주황색과 파란색, 흰색으로 빛나는 별들이 가득 떠 있었다. 별빛은 둘을 둘러싼 어둑한 물 위로도 어른거렸다. 마치 하늘에 떠 있는 것 같았다.

"우리…… 호수 한가운데에 있는 거예요?" 페르세포네가 물었다.

"그렇습니다." 하데스가 답했다.

페르세포네는 빤히 바라보았다. "이것도 마법인가요?"

"맞습니다. 맘에 듭니까?"

"정말 아름다워요. 우리 정확히 어디 있는 거예요?"

"지하 세계입니다. 내가 만든 공간에."

"얼마나 오랫동안 준비한 거예요?"

"좀 되었습니다."

페르세포네는 침대로 다가가 보드라운 실크 시트에 손을 대본 다음 어깨 너머로 하데스를 바라보았다. "드레스를 벗겨주세요."

하데스는 가까이 다가와 지퍼를 끌러 등까지 끌어내렸다. 그의 손이 그녀의 척추를 따라 올라와 어깨를 스친 다음 얇은 끈을 붙잡아 벗겼다. 피부를 부드럽게 스치며 내려간 옷은 바닥에 고이듯 떨어졌다.

드레스 밑에 아무것도 입고 있지 않았기에 하데스의 손은 바로 가슴으로 향했고, 입술이 서로 맞닿았다. 애태우듯 느리게 이어지는 키스에 아랫배 밑쪽으로 욕망이 고여 들었다. 몸을 떼었을 때 그는 주머니에서 뭔가를 꺼냈다. 작은 검은색 상자였다.

"이건 진실의 사슬입니다." 하데스가 말했다. "암호가 없으면 어떤 신도 이 강력한 무기를 사용할 수 없습니다. 암호를 알려줄 테니 두려움이 느껴지면 즉각 결박을 풀면 됩니다. 엘레프테로즈 톤, 따라 해보십시오."

"엘레프테로즈 톤." 그녀가 반복했다.

"완벽합니다."

"왜 진실의 사슬인 거예요?"

답이 짐작은 됐지만, 하데스의 미소가 추측을 확인시켜주었다.

"이것이 당신의 입술에서 끌어낼 유일한 진실은 당신의 쾌감입니다. 누우십시오."

페르세포네는 시키는 대로 했다. 하데스는 그녀의 다리를 벌린 다음 그 위에 자리를 잡았다. 그의 옷이 잔뜩 민감해진 그녀의 살결에 스쳤다.

"팔을 벌리십시오." 그가 말했다.

그가 그녀의 머리 위에 상자를 올려두기가 무섭게 손목이 무거운 사슬로 묶였다.

"용서해주십시오, 나의 달링." 하데스는 수갑을 하나씩 매만져 부드럽게 묶으며 말했다.

"준비되었습니까?" 그가 물었다.

"당신을 위해서요?" 그녀가 물었다. "언제나."

"언제나." 하데스가 반복했다.

그는 넥타이를 느슨하게 끄르고 커프스단추를 푼 다음 셔츠 단추로 손을 뻗었다.

"무슨 생각을 하고 있습니까?" 그가 물었다.

"더 빨리 움직여줘요."

미처 생각하기도 전에 입에서 그 말이 튀어나왔다. 페르세포네는 눈이 휘둥그레졌고, 그러자마자 깨달았다. 손목에 감겨 있는 수갑이 입술에 진실을 이끌어낸다는 것을.

그녀는 눈을 가늘게 떴다. "당신이 이걸 찰 일도 있을까요?"

"당신이 원한다면." 하데스가 웃음을 터뜨리며 셔츠를 벗어 옆으로 던졌다. "하지만 내게서 진실을 끌어내기 위해 수갑이 필요할 일은 없을 겁니다, 특히나 내가 지금 하려는 일에 관해서라면."

"당신 계획은 안 들을래요." 페르세포네가 그의 근육질 가슴을 굶주린 눈길로 바라보며 말했다.

"무엇을 원합니까, 아내여?"

"행동." 그녀가 그의 밑에서 몸을 배배 꼬며 말했다. 할 수만 있다면 그를 덮쳤을 텐데 손목이 수갑에 단단히 묶여 있었다.

하데스는 씩 웃고는 그녀의 가슴골에 키스했다. 그녀는 그 손길에 몸을 들썩이며 다리로는 그의 몸을 힘껏 조였다. 몸과 몸의 마찰을 원했다. 하지만 하데스는 계속해서 키스를 이어가며 그녀의 손아귀에서 벗어나 점점 배 쪽으로 내려갔다. 그녀는 그를 놓아주곤 다리를 활짝 벌렸다. 뻔뻔스럽게, 만반의 준비가 된 채, 그리고 절실하게. 하데스는 굶주린 눈길로 그녀를 바라보다가 엉덩이 밑으로 팔을 넣어 들어 올리곤 매끈하게 주름진 살결을 핥기 시작했다.

그의 가슴 깊은 곳에서 낮은 신음이 흘러나왔다. "이거, 난 이게 좋아."

그는 밑으로 내려가며 그녀의 그곳을, 클리토리스를 애무했다. 더 깊이 들어갈 수 있도록 그녀를 더 넓게 벌려둔 다음 그의 손가락은 어느새 그녀의 안에 들어가 안쪽으로 휘어졌다. 페르세포네의 발뒤꿈치는 침대를 파고들었다. 손가락은 사슬에 묶인 채, 머리로는 아래 놓인 베개를 세게 눌렀다. 너무 흥분했다고, 너무 조인다고, 너무 달아올랐다고 느끼기가 무섭게 하데스의 뜨끈한 입술이 클리토리스를 덮은 채 빨았다. 부드러운 움직임은 천천히 원을 그렸다. 커다란 신음에 그녀의 숨이 가빠졌고, 하데스는 몸을 뗀 채 손가락으로는 여전히 안쪽을 애무했다.

"그거야, 달링. 어떤 느낌인지 말해봐."

"좋아. 너무 좋아요."

그의 이마에 송골송골 땀이 맺히는 모습을 그녀는 가까스로 바라보았다. 눈동자는 욕망으로 번득였다. 다음 순간 그의 입이 그녀의 클리토리스를 다시 덮었고, 안쪽에선 혀가 진동하듯 움직였다. 그녀는 신음을 흘리며 고개를 뒤로 젖혔다. 그는 일정한 속도를 유지했고, 안쪽에선 점차 압력이 높아지다 마침내 그녀의 팔다리에 힘이 풀려 후들거렸다.

하데스는 그녀의 허벅지 안쪽에 키스를 퍼붓다가 허벅지 위로, 가슴으로, 목으로 타고 올라온 다음 입술을 다시 맞댔다. 그는 키스를 끝낸 뒤 일어섰다.

"어디 가요?"

"아내여, 멀리 가지 않습니다."

하데스는 약속하곤 슬랙스를 마저 벗었다. 그녀는 눈으로 그의 몸 모든 부분을 다 스캔했다. 거대하고 위풍당당한 체구에 팔과 복근, 다리의 근육은 깎아지른 듯 아름다웠다. 그의 몸 자체가 도구이자 무기였다. 그녀의 시선은 단단히 부푼 성기에 꽂혔다.

"무슨 생각을 하는지 말해주십시오." 그가 말했다.

페르세포네는 자신의 입에서 이 말이 나오자 몸을 떨었다. "당신이 내 안에 얼마나 자주 들어오든 난 항상…… 부족해요."

하데스는 빙긋 웃고는 그녀 위에 다시 올라타 다리 사이에 앉아선 몸을 바싹 밀착했다.

"사랑합니다." 그가 말했다.

"사랑해요."

그 말을 자주 해왔고 언제나 진심이었지만 이번에는 그 말을 뱉자마자 눈물이 차올랐다. 오늘 밤, 그 말의 의미는 다르게 다가왔다. 오늘 밤, 그녀는 이전까진 한 번도 경험하지 못한 방식으로 사랑을 이해할 것만 같았다. 거칠고 자유로우며, 열정적이고 절실한 마음이었다. 그에 도전하려는 세상을 이해하기 위해 모든 감정을 다 포용하는 마음.

"괜찮습니까?" 하데스는 거칠게 속삭이는 목소리로 물었다.

페르세포네는 고개를 끄덕였다. "네. 그냥 내가 당신을 얼마나 진심으로 사랑하는지를 생각하고 있었어요."

하데스의 표정이 한결 강렬해졌다. 그녀의 영혼 구석구석까지 꿰뚫어 볼 것 같은 시선으로 그는 입을 맞추었고 그다음 몸을 들어 머리를 그녀의 입구로 가져갔다. 그녀는 그에게 얼른 넣어달라는 뜻으로 뒤꿈치를 그의 엉덩이에 찰싹 붙였지만 그는 나직하게 웃음을 터뜨린 후, 그녀의 다리를 들어 올려 그의 어깨 위에 받쳐둔 다음 눈을 맞춘 채, 굶주리고 욕망으로 터질 듯한 눈길로 그녀 안으로 그의 것을 밀어 넣었다.

페르세포네는 숨을 들이마셨다. 목구멍 안쪽을 긁으며 새어나오는 신음이었다. 사슬이 손목 안쪽을 파고들듯 조여와 주먹을 꽉 쥐었다. 찌르는 듯한 그의 움직임은 깊고도 풍성한 쾌감으로 다가왔다. 한 번 움직일 때마다 신음과 한숨, 쾌감의 파도가 솟구쳤다.

"당신 느낌이 너무 좋아." 하데스는 이를 악문 채 말했다. 얼굴은 땀으로 빛나고 있었고 그가 움직일 때마다 묶여 있던 긴 머리카락이 조금씩 풀어졌다. "너무 조여, 너무 젖었어. 엘레프테로즈 톤!"

그가 외치자 사슬이 갑자기 사라졌다. 그는 그녀의 다리를 놓아주고 몸 옆으로 툭 떨구었다. 두 입술이 격렬히 부딪쳤고, 페르세포네의 손은 그의 머리카락이 어깨 아래로 떨어질 때까지 뜨겁게 쓰다듬었다.

"제기랄!"

그의 읊조림에 그녀의 온몸에 전율이 흘렀다. 그가 앉으며 그녀를 안아 올리자 그녀는 손을 뻗음과 동시에 두 다리를 그의 허리에 감았다. 그 자세로 그는 다시 그녀 안으로 밀고 들어왔고, 둘은 몸을 밀착한 채 움직였다. 모든 감각이 달콤했다. 그녀가 그를 조이고, 그녀의 젖꼭지가 그의 가슴을 스치고, 그의 털이 클리토리스에 가볍게 스치는 느낌까지 모든 게. 입술을 맞부딪친 채 하데스는 위아래로 움직이는 그녀를 도와 점점 더 빠르게 움직이다 마침내 절정에 다다라 그녀 안에 사정했다.

둘의 호흡은 거칠고 몸은 온통 미끈거렸다. 하데스는 페르세포네를 품에 안고 침대에 등을 기댔다. 그녀는 나른하고 온몸의 힘이 다 빠졌지만 무엇보다 행복해서 웃음이 나왔다.

"내 행위가 탐탁지 않아 비웃는 거라곤 생각하지 않겠습니다, 아내여." 하데스가 말했다.

그 말이 그녀를 더욱더 웃게 만들었다.

"아니에요." 그녀가 몸을 일으켜 그와 눈을 마주했다.

그의 얼굴에는 긴장이 풀어져 있었고 오직 그녀만을 위해 짓는 나긋한 입꼬리의 미소는 편안해 보였다. 그녀는 손을 뻗어 그의 눈썹과 뺨을 찬찬히 쓰다듬었다. 그런 다음 그의 가슴에 머리를 대고 말했다.

"당신이 전부였어요."

하데스는 몸을 돌려 그녀와 얼굴을 마주 보았다. 다리는 여전히 뒤얽힌 채였다.

"당신은 나의 전부입니다. 나의 첫사랑, 나의 아내, 지하 세계의 처음이자 마지막 여왕."

단어들이 그녀 안으로 밀려 들어왔다. 그 모든 정체성 하나하나가, 과거의 잿더미로부터 그녀가 창조해낸 것들이었다. 아름답고도 아찔했다.

눈꺼풀이 점점 무거워졌고 그녀는 그 단어들을 끝없이 되뇌며 눈을 감았다. 여신. 아내. 여왕.

33장
납치, 그리고 가면 벗기기

눈을 떴을 때 하데스의 몸은 페르세포네에게 꼭 붙어 있었다.

그녀는 행복감에 미소를 짓고는 몸을 쭉 뻗어 하데스의 성기에 엉덩이를 문질렀다. 그러자 신은 팔로 그녀의 허리를 붙들었다.

"원합니까?" 그가 몽롱한 목소리로 웅얼거렸다.

그녀는 그의 품 안에서 몸을 비틀어 그의 엉덩이 위로 다리를 올리곤 손은 그의 성기로 가져갔다. 전희를 기다리지 않고 뛰어들었다. 무모하게, 달아오른 채, 준비를 마친 채로. 하데스는 신음을 흘렸다. 자세 때문에 삽입이 어려웠지만 그들은 서로에게 꼭 달라붙어 나른한 키스를 나누며 거친 숨을 몰아쉬었다. 밀착한 채 시간이 흐를수록 움직임은 점점 더 격렬해졌고 페르세포네는 눈을 꼭 감았다.

"당신이 가는 걸 보고 싶어."

하데스의 말에 그녀는 눈을 떴다. 둘은 눈을 맞춘 채 그녀가 먼저, 그 직후에 그가 차례로 절정에 이르렀다.

그런 다음 둘은 일어나 하루를 위한 채비를 시작했다. 마치 아무

486

것도 변한 게 없는 것처럼, 그녀가 하데스의 아내이며 지하 세계의 여왕이 아닌 것처럼 말이다. 여느 날과 비슷하면서도 다르다는 느낌이 드는 게 묘했다.

"말이 없습니다." 하데스가 말했다.

그는 옷을 다 차려입은 채 벽난로 앞에 서서 위스키 한 잔을 손에 들고는 그녀가 두꺼운 스타킹을 허벅지까지 올려 신는 모습을 바라보고 있었다. 그녀는 고개를 들어 그와 눈을 마주했다.

"비현실적이라는 생각을 하고 있었어요. 내가 당신의 아내라니."

하데스는 술을 한 모금 마신 다음 옆에 내려놓고 다가와 두 손으로 얼굴을 감쌌다. "나도 믿기지 않습니다."

"당신은 무슨 생각해요?" 그녀가 같은 질문을 던졌다.

잠시 동안 하데스는 아무 말이 없더니 이윽고 입을 뗐다. "당신을 지키기 위해서라면 난 무엇이든 다 할 거라는 생각."

그 말에 차디찬 현실이 가슴속에 내리꽂혔다.

"제우스가 우릴 떼어놓을 거라고 생각하는 거예요?"

"그렇습니다." 그는 망설임 없이 말한 다음 눈을 맞출 수 있도록 그녀의 고개를 들어올렸다. "하지만 당신은 내 겁니다. 난 영원히 당신을 지킬 겁니다."

하데스가 그럴 거라는 데는 의심의 여지가 없었지만, 그의 말을 듣자 마음속에 어둠이 내려앉는 것 같았다. 오라클의 예언이 떠올랐다. 짧고도 단순했던 그 표현. 강력한 결합, 제우스보다 더 강한 신을 탄생시킬 결혼. 제우스가 자신의 몰락을 예견한 말에 어떻게 대응해왔는지 페르세포네는 알고 있었다. 그는 위협으로 지목된 대상들을 제거해왔다.

"우리가 떠나는 걸 왜 내버려두었을까요?" 페르세포네가 물었다.

"내가 누군지 알고 있으니까." 하데스가 말했다. "내게 도발하는 건 다른 신에게 도전하는 것과 다릅니다. 나는 삼신 중 한 명이니까. 우리 셋의 힘은 대등하니, 날 어떻게 처벌할지 결정하는 데 시간이 걸릴 겁니다."

다시금 페르세포네는 덜컥 두려워졌다.

하데스는 그녀의 이마에 입을 맞추었다. "걱정하지 마십시오, 달링. 모든 게 괜찮을 겁니다."

"결국에는요." 그녀는 씁쓸한 미소를 지으며 말했다.

어머니의 폭풍은 여전히 위세를 떨치고 있었고, 지금에 와선 이런 생각까지 들었다. 하데스와 그녀가 결혼했다는 소식이 새어나가 데메테르의 귀에 들어가기라도 하면 상황은 얼마나 더 나빠질까.

"사무실까지 함께 가겠습니까?" 하데스가 물었다.

"아니에요. 시빌이랑 아침 식사하기로 했어요."

하데스는 눈썹을 치켜떴다. "우리가 결혼했다고 말할 겁니까?"

"그래도 돼요?"

페르세포네는 결혼식에 와주었던 이들을 제외한 다른 사람들에게 말을 꺼내야 할지, 말하게 되면 어떻게 말해야 할지 확신이 서지 않았다. 그래도 둘의 첫 만남부터 운명이라는 걸 알고 있던 시빌에게는 말하지 않는 게 잘못일 것 같았다.

"시빌은 믿음직스러운 사람입니다. 그녀의 가장 큰 장점이지요."

"엄청 기뻐할 게 분명해요." 페르세포네가 싱긋 웃으며 말했다.

둘은 네버나이트 외부로 순간 이동했다. 안토니는 차의 뒷좌석 문을 열어둔 채 두 손을 맞잡고 서 있었다. 차에는 따뜻하게 히터가 틀어져 있었고 배기구에서 나오는 가스가 얼어붙을 듯한 아침 공기 속으로 짙은 연기를 만들어냈다.

"좋은 아침입니다, 주인님, 여신님." 안토니가 빙긋 웃으며 말했다. 사려 깊은 눈동자 주변에 잔주름이 생겼다.

"좋은 아침이에요!" 페르세포네가 환하게 웃으며 인사했다.

"오늘 밤에 봅시다, 아내여." 하데스는 그녀를 끌어당겨 키스하고는 차 문으로 손을 뻗어 그녀를 태워주었다.

"사랑해요." 그녀가 속삭였다.

"사랑합니다." 그의 말과 함께 문이 닫혔다.

안토니가 운전석에 몸을 구겨 앉았다. 그가 룸미러로 바라보며 물었다. "어디로 모실까요, 여신님?"

"암브로시아 카페요."

"제가 가장 좋아하는 장소 중 하나입니다." 그의 말과 함께 차가 출발했다. "축하드립니다. 결혼식은 정말로 근사했답니다."

그녀는 얼굴을 붉힐 수밖에 없었다. "고마워요, 안토니. 아직도 꿈 같아요."

"저희 모두 정말 기뻐하고 있습니다. 이런 날이 오길 얼마나 오래 기다렸는지 모른답니다."

처음 만났을 때부터, 하데스를 존경하는 이들은 그의 행복을 진심으로 바랐다. 이제는 그녀가 그 행복의 일부라니, 마음 가득 뿌듯함이 피어났다.

그는 그녀를 택했고, 앞으로도 그녀를 택할 것이다.

운명의 여신들이 우리를 떼어놓는다고 해도 나는 당신에게 돌아갈 방법을 찾아낼 겁니다.

그 말이 그녀의 가슴속을 가득 채웠다. 그녀를 살아가게 하는 힘이자 그 누구도 부정할 수 없는 진실이었다.

암브로시아 카페까지는 금방이었다. 대리석 벽돌로 지은 작은 현대식 레스토랑이었다. 안토니는 그녀가 차에서 내리는 걸 도와주었고 몇 걸음 걸어가 문을 열어주기까지 했다.

"고마워요, 안토니."

"물론입니다…… 여왕님."

둘은 서로를 향해 빙긋 웃었고, 그녀는 카페로 들어섰다. 내부는 우드 톤에 따뜻한 조명과 푹신한 좌석들로 아늑한 분위기를 풍겼다. 그녀는 자리를 잡고 앉아 커피 한 잔을 주문한 다음 휴대폰을 꺼내 시빌에게 도착했다는 문자 메시지를 보냈다.

기다리는 동안 태블릿을 꺼내 뉴 아테네 뉴스부터 시작해 아침 뉴스를 훑어보기로 했다. 헬렌이 최근에 쓴 두 편의 기사를 떠올려 볼 때 1면에 무슨 내용이 실려 있을지 벌써부터 마음이 불안했다. 하지만 오늘 이런 기사를 읽게 될 줄은 꿈에도 몰랐다.

인간인 척한 여신, 페르세포네 로지의 진실

헤드라인을 읽자마자 숨이 가빠지고 심장이 아프게 쿵쾅거렸다.

지난 4년 동안 페르세포네 로지는 대학생, 기자, 그리고 창업가 행세를 해왔다. 신들의 불의를 폭로하며 진실을 추구한다고, 우리와 마찬가지로 고통받는 인간이라고 주장해왔으나 사실 그녀는 그 무엇도 아니다, 심지어는 인간도 아니다.

490

페르세포네는 수확의 여신 데메테르의 딸로, 여신이다.

기사는 다음과 같은 질문에서 조사가 시작되었다고 주장했다. 하데스가 정말 인간과 결혼을 할까? 그 외에도 기사는 그녀가 했던 일들을 공격했다.

그녀는 하데스의 사기 혐의를 고발했지만 후속 기사를 쓰는 과정에서 죽은 자들의 신과 사랑에 빠졌다. 아폴론의 여성 성추행 문제에 대해서도 썼지만 대중의 분노가 극에 달하자 오히려 침묵했다. 이제는 음악의 신과 함께 다니는 모습이 종종 포착되고 있다. 신들을 폭로하겠다는 페르세포네의 시도는 그저 마이너한 신에서 벗어나 올림포스 신급에 오르려는 수단에 불과했던 것으로 보인다.

마지막 문장에 치가 떨리고 분노가 일었다. 그게 헬렌의 본심임을 알아서였다. 성공을 위해 발버둥치는 건 바로 헬렌이었고, 그러다 잘못된 편을 택하고 말았다.

고개를 들었을 때 몇몇 사람이 그녀를 쳐다보고 있었다. 덜컥 불편해진 그녀는 시간을 확인했다. 시빌은 15분이나 늦고 있었고 페르세포네의 문자에 답도 없었다. 둘 다 그녀답지 않은 일이었다.

그녀는 다시 문자를 보냈다. 괜찮은 거야?

그런 다음 전화를 걸었지만, 음성사서함으로 연결되었다.

이상하네.

페르세포네는 전화를 끊고 알렉산드리아 타워의 아이비에게 전화를 걸었다.

"좋은 아침이에요, 페르세포네 여신님." 그녀가 살갑게 말했다.

"아이비, 혹시 시빌 왔나요?"

"아직요. 하지만 다시 한번 확인해보겠습니다."

님프와의 통화는 연결 대기 상태가 되었고, 기다리는 동안 마음속은 공포로 울렁거렸다. 시빌이 출근하지 않았다는 건 이미 알고있었다. 누구도 아이비 모르게 데스크를 지나칠 순 없으니까. 다시전화를 받는 그녀의 목소리에서 진실이 드러났다.

"아직 안 왔는데요, 여신님. 출근하면 전화 드릴까요?"

"아뇨, 괜찮아요. 내가 곧 갈게요."

페르세포네는 전화를 끊은 다음 얼굴을 찌푸렸다. 뱃속에 무겁게들어앉는 기분이 싫었다. 그 기분 때문에 폐가 조여들며 숨쉬기도,침을 삼키기도 힘겨워지고 있었다.

하르모니아와 밤을 보내느라 시간 가는 줄도 몰라서 늦는 거야.

"조피."

페르세포네가 이름을 부르자 여전사는 바로 나타났다. 쳐다보던사람들이 깜짝 놀랐지만 페르세포네는 무시했다.

"네, 여신님?"

"하르모니아 어딨는지 알아봐줄 수 있어요?"

"최선을 다하겠습니다. 타워까지 모셔다드릴까요?"

"아뇨, 최대한 빨리 하르모니아를 찾아줬으면 좋겠어요."

"분부대로 하겠습니다." 이 말과 함께 여전사는 사라졌다.

조피라면 둘을 찾을 수 있을 거야. 커피 값을 지불하면서 그녀는 마음을 가라앉히려 애썼고, 매서운 추위를 뚫고 근처에 자리한 알렉산드리아 타워까지 걸어갔다. 입구 문을 열자마자 온기가 훅 끼쳐와 꽁꽁 얼어붙은 피부를 녹여주었다.

"페르세포네 여신님." 아이비가 말했다. "카이로스 씨에게 전화를 걸어봤는데 휴대폰이 꺼져 있는 것 같더라고요."

시빌이 하르모니아와 함께 있다고 완전히 믿을 수 없게 만드는 하나의 단서였다. 시빌의 휴대폰은 꺼져 있던 적이 없었다.

충전기를 깜빡했을지도 몰라. 그래도 두려움은 점점 커져만 갔다.

"몇 분 있다 다시 걸어볼게요. 책상 위에 커피 올려뒀습니다."

"고마워요, 아이비."

페르세포네는 위층 사무실로 향했다. 외투를 벗으려다가 책상 위에 놓인 작은 검은색 상자를 발견하곤 동작을 멈췄다. 빨간 리본으로 묶인 상자는 커피 옆에 놓여 있었다. 아이비가 선물을 두곤 아무 말도 하지 않은 걸까? 상자를 집어 든 그녀는 밑에 뭔가 끈적한 것이 묻어 있는 걸 보고는 더욱 혼란스러워졌다. 그러다 공포에 질렸다. 그 물질이 뭔지 알게 되었으니까.

피.

"좋은 아침." 사무실로 들어오던 레우케의 목소리가 뚝 끊기며 눈길은 책상 위에 놓인 진홍색 얼룩으로 향했다. "그거…… 피예요?"

갑자기 페르세포네는 숨쉬기가 어려워졌다. 귓가에선 이명이 들려왔고 통증이 일었다.

"레우케, 아이비 좀 데려와줘."

"알겠어요."

페르세포네는 덜덜 떨리는 손으로 조심스럽게 상자의 리본을 풀고 뚜껑을 열었다. 핏자국이 흥건한 종이 더미를 헤집자 잘린 손가락이 나왔다. 목구멍 뒤에서 뭔가 울컥 올라왔고 그녀는 상자를 떨어뜨리며 책상 뒤로 물러났다.

그때 아이비와 레우케가 들어왔다.

"무슨 일이신가요, 여신님?"

페르세포네는 눈가에 굵은 눈물이 고이는 걸 느낄 수 있었다.

"오늘 아침에 커피 가져왔을 때 이 상자가 있었나요?"

"음…… 네. 하데스 님께서 보내신 건 줄 알았어요."

"사무실에 누가 들어온 적 있어요?" 그녀는 두 님프를 번갈아 바라보았다.

둘은 동시에 아니라고 답했다.

"제가 왔을 때 문은 잠겨 있었어요." 레우케가 말했다.

페르세포네는 현기증이 일었고 정신이 멍해졌다. 눈길은 상자로, 종이 더미 사이에 빼꼼 보이는 잿빛 손가락으로 향했다.

"시빌을 확인하러 가야겠어."

"페르세포네 님, 잠깐."

그녀는 기다리지 않고 시빌의 집 거실 한가운데로 순간 이동했다. 사방이 엉망진창이었다. 커피 테이블은 산산조각 나 있고, TV는 깨져 있었다. 그 밑을 떠받치던 콘솔 테이블은 경첩부터 뜯긴 상태였다. 커튼은 위에서부터 찢겨 있었다. 깨진 유리 조각들이 바닥에 어지러이 흩어져 있었다. 이 난장 속에서 그녀는 소파 밑에서 뭔가 떨고 있는 것을 보았다. 하르모니아의 개, 오팔이었다.

"괜찮아." 페르세포네는 개를 끌어안으며 달랬지만 스스로도 그 말을 믿지 않았다.

그녀는 집 안의 나머지 공간들도 살펴보기 시작했다.

"시빌!" 페르세포네는 복도를 걸어가며 외쳤다.

신발에 잔해가 밟혀 버스럭거렸고 손바닥 안에는 마법의 힘이, 지금 그녀의 상태와 일치하는 부산스러운 힘이 모이고 있었다. 화장실 안을 들여다보니 거울은 부서져 있고, 수납장에는 피가 잔뜩 튀어 있었다. 눈길을 돌리자 샤워 커튼으로 가려진 욕조가 보였다. 한 발자국씩 가까이 다가가는 동안 시간이 느려진 것 같았고, 손은 마법으로 뜨거웠다.

커튼을 젖혔을 때 욕조는 텅 비어 있었다, 흠집 하나 없이.

화장실을 나와 복도를 따라 시빌의 침실 쪽으로 향하는 내내 불안은 가시지 않았다. 그녀는 살짝 열려 있는 문을 발로 차서 활짝 열었다. 가구가 전부 파손되어 있었지만 시빌은 보이지 않았다.

시빌이 없다.

그때 문득 가짜 오라클의 말이 퍼뜩 떠올랐다.

한 명의 친구를 잃고 나선 더욱 많은 친구를 잃게 될 것이다. 그리고 너, 너는 빛을 잃을 것이며 밤중에 깡그리 타버린 불씨가 될 것이다.

페르세포네는 조피를 소환해 오팔을 건네준 다음 포 올리브로 순간 이동했다. 벤이 일하는 레스토랑이자 그가 시빌을 만났다고 했던 곳이었다. 그녀가 허공에서 모습을 드러낸 다음 손님들을 살피는 동안 여기저기서 놀라는 소리가 들려왔고, 인간들은 휴대폰을 꺼내 사진을 찍어대기 시작했다.

"안 돼."

그녀가 명령하자 식당 전체에 마법의 힘이 파도처럼 퍼져나갔다. 갑자기 휴대폰 기기 안쪽에서 작은 묘목들이 자라났다. 몇몇 인간은 충격에 휩싸여 휴대폰을 떨어뜨렸고, 몇몇은 소리를 질렀다.

"여신이다!"

"기사가 사실이었어!"

그녀는 그 말을 무시하고 벤을 찾아 헤맸다. 그는 음식이 가득 담긴 쟁반을 들고 주방을 막 나서고 있었다. 그녀를 보자마자 그는 걸음을 멈추곤 파란 눈을 커다랗게 떴다. 쟁반을 떨어뜨리며 허둥지둥 주방으로 되돌아가려고 했지만 바닥에 몸을 찧으며 넘어졌다. 발밑에서 자라난 얇은 뿌리에 발목이 단단히 붙잡힌 것이다.

페르세포네는 그를 향해 성큼성큼 걸어갔다. 발걸음을 뗄 때마다 분노가, 그리고 힘이 자라는 게 느껴졌다.

"내 친구 어딨어?" 페르세포네는 가까이 다가가서 말했다. 그는 몸을 빼내려 애쓰느라 부러진 나무에 손가락이 찔려 피가 흘렀다. "시빌 어딨냐고?"

"나…… 나도 몰라요!"

"그녀가 사라졌어. 집은 엉망이고, 넌 그녀를 스토킹해왔지. 무슨 짓을 한 거야?"

"아무 짓도 안 했어요, 맹세코!"

마법이 부풀어 오르며 그의 발목을 옥죄던 덩굴들은 이제 손목까지 휘감았고 점점 더 자라나 그의 목까지 옭아맸다.

"사실대로 말해! 네 예언을 증명하려고 그녀를 납치한 거야?"

"절대로 아닙니다! 저는 들은 대로 말씀드린 거예요. 목숨 걸고 맹세해요."

"그럼 네 목숨은 내 손에 쥐고 있는 편이 좋겠네."

덩굴은 그의 목을 더 세게 휘감았다. 벤의 눈동자는 터질 듯 커졌고 이마의 혈관들이 튀어나왔다.

"네게 말을 한 자가 누구지? 네 신은 누구야?"

"데, 데메테르." 얼굴이 보랏빛으로 질린 채 그는 간신히 이름을 뱉었다.

"데메테르?" 페르세포네는 되물으며 인간의 목을 놓아주었다.

벤은 숨을 헐떡이며 옆으로 뒹굴었다. 손발이 여전히 묶인 그의 얼굴에 눈물이 흘러내렸다.

"넌 내가 누군지 알고 있었구나." 페르세포네가 말했다.

벤이 시빌에게 집착한 이유가 있었다. 시빌이 그녀와 친한 사이였으니까.

내게 앙심을 품은 누군가 당신을 해치려 하는 건 시간문제입니다.

그 말을 한 건 하데스였다. 둘의 관계가 알려질수록 그가 품게 된 두려움이었다. 페르세포네는 그 말이 이렇게까지 절박하게 와닿을 거라고는 한 번도 생각하지 못했다.

"다 말해!" 페르세포네가 명령했다.

벤은 도망치려 했지만 덩굴에 단단히 묶여 있었다.

"말할 게 없어요! 예언을 드렸잖아요!"

"나한테 예언을 준 게 아니지. 엄마의 위협을 전한 것일 뿐." 그녀가 분노에 차서 말했다.

"난 주어진 말을 했을 뿐이라고요." 그가 외쳤다. "시빌을 위협한 건 당신 어머니예요! 내가 아니라고요!"

그녀는 남자를 내려다보며 바닥에 축축한 무언가가 고이고 있다는 걸 알아차렸다. 저 인간이 바지에 오줌을 지리고 만 것이다. 하지만 그가 진실을 말하고 있다고 생각한 이유는 그가 두려워하고 있기 때문이 아니었다. 그가 스스로 진짜 오라클이라고 믿고 있다는 걸 그녀는 알고 있었다. 그는 자신이 그녀의 어머니에게 도구로 이용당했다는 것을 모르고 있다.

"잘 들어라, 인간이여. 만약 시빌에게 무슨 일이라도 생기면 내가 직접 지하 세계의 문 앞에서 널 맞이할 것이고 타르타로스로 직접 인도할 것이다."

그는 잔혹한 처벌을 받게 될 것이며, 팔다리도 절단될 것이다.

그녀는 몸을 일으켰다. 분노는 이제 슬픔을 닮은 무언가로 바뀌어 마음에 내려앉고 있었다. 만약 시빌을 찾지 못하면 어쩌지? 벤이 유일한 단서였는데. 그녀는 카페 안의 다른 인간들에게 눈을 돌렸다. 몇몇은 그녀를 노려보고 있었고 다른 이들은 속보가 나오고 있는 TV에 시선을 고정하고 있었다.

살인적 눈사태로 수천 명 사망 추정

안 돼.

안 돼, 안 돼, 안 돼.

심각한 폭설이 스파르타와 테베의 도시를 수백 미터의 눈에 파묻히게 만든 치명적인 눈사태의 원인으로 보입니다. 현재 구조대원들이 출동한 상황입니다.

분노와 마법이 한껏 차올라 페르세포네의 온몸이 뜨거워졌다.

그때 뭔가가 세게 머리를 쳤다. 고개를 돌리자 땅에 떨어져 굴러가는 오렌지가 보였다.

날아왔던 방향으로 고개를 돌리자 한 남자가 소리쳤다. "신한테 몸이나 파는 년!"

"이건 당신 탓이야!" 한 여자가 소리를 지르더니 접시를 들어 페르세포네에게 던졌다. 접시는 그녀의 팔에 맞더니 바닥에 떨어져 산산조각 났다.

더 많은 음식물과 물건들과 말들이 날아들었다.

"레밍!" 또 다른 목소리가 소리를 지르며 그녀에게 커피를 부었다.

땅이 흔들리기 시작했다. 페르세포네는 지금 여길 뜨지 않으면 이 빌딩을 완전히 무너뜨려버릴 거라는 직감이 들었다. 그녀에게 공격을 퍼붓고 있어도 저들의 결과가 죽음이어선 안 되었다. 그녀는 마지막으로 한 번 더 TV 화면을 바라본 다음 순간 이동했다.

34장
신들의 전투

 몇 킬로미터에 걸쳐 펼쳐진 눈사태 위에 그녀는 모습을 드러냈다. 사방이 온통 밝은 흰색으로 뒤덮인 그곳이 원래 도시였음을 나타내는 흔적들이 곳곳에 보였다. 무너진 건물, 부러진 나무, 그리고 눈 속에서 툭 튀어나와 있는 뒤틀린 금속들이 보였지만 그중 최악은 침묵이었다. 죽음의 소리, 종말의 소리였다.

 황폐한 광경 한가운데 서 있는 그녀의 머리카락과 옷에서 들러붙어 있던 음식물들이 땅으로 떨어졌고 그 순간 마음속에 뭔가가 화르르 일었다. 어머니의 지배를 영원히 끝장내고 싶다는 욕망이었다. 그녀는 마법을 소환해냈다. 주변에 남아 있는 생명의 에너지를, 스스로의 분노를, 그리고 복수를 갈망하는 내면의 어둠을 이끌어낸 다음 분출해내면서 그녀는 자신이 만들어내고 싶었던 모든 아름다운 것들을 떠올렸다. 어머니에게서 지켜주고 싶었던 님프, 키워내고 싶었던 꽃, 살리고 싶었던 목숨들.

 마법은 댐 안에 가득 차오른 감정들 너머로 몸을 불렸고, 마침내 터져 나왔을 때 그녀의 몸에선 밝은 빛이 파도처럼 흘러나와 눈가에 저절로 눈물이 고이면서 피부는 온통 뜨거워졌다. 발아래 쌓인 눈이 녹기 시작하면서 눈사태의 끔찍한 여파로 흩어진 잔해와 돌무더기 사이에서 풀이 자라고 꽃이 피고 나무들이 곧게 펴지며 잎을 틔우기 시작했다. 심지어는 하늘마저 갈라져 구름들이 흩어지고 푸른 창공이 드러났다.

그러곤 땅에서 덩굴들이 솟아올라 건물들과 집들을 통째로 들어올려 바로 세운 뒤 뚝딱뚝딱 고쳐냈고, 이윽고 도시는 녹색 잔디와 만발한 꽃들로 둘러싸였다. 더는 새하얀 사막이나 금속으로 만들어진 도시가 아닌, 형형색색의 향기로운 꽃들, 에메랄드빛 초목, 그리고 순수하고 밝은 햇볕이 내리쬐는 풍경이 태어났다.

그럼에도 사방에 침묵이 가득했다. 여기에 가득 움 틔운 생명과 매우 닮은 새로운 감각이 마음을 채웠다. 하지만 그건 어두운 것, 연기처럼 피어오르는 성질의 것, 희롱하고 조롱하는 무언가였다.

죽음.

그녀는 이 세계의 일면에 생명을 불어넣을 수 있을지는 몰라도 온 세상에 그럴 순 없었다.

슬픔이 차올라 넋을 놓고 있던 그녀는 문득 하늘에서 무시무시한 힘이 내려오는 것을 느꼈다. 사악한 동시에 순수한 힘이 영혼을 가득 채우자 팔뚝과 목덜미에 소름이 오소소 돋았다. 바로 그때 올림포스 신들이 하늘에서 내려와 그녀를 빙 둘러쌌다. 다만 헤르메스와 아폴론은 그녀 양옆에, 마치 방어해주려는 듯 살짝 앞쪽에 착지했다.

헤르메스는 황금색 갑옷에 리노토락스(금속 가슴받이와 등판, 팔 보호대를 연결하고 나머지 부분은 가죽으로 처리한 갑옷-옮긴이)를 착용하고 있었다. 투구에 달린 날개는 등 뒤에 돋아난 날개와 세트를 이루었다. 그 옆에 선 아폴론도 비슷한 차림이었는데, 위쪽에 햇살처럼 후광을 그리듯 솟아난 뾰족한 뿔들만 달랐다.

헤르메스는 어깨 너머로 그녀를 바라보며 씩 웃었다. "안녕, 세피."

"안녕, 헤르메스." 그녀는 나직하게 답했다.

신들이 나타난 이유를 어떻게 해석해야 할지 몰랐지만 적어도 좋은 의미는 아니라는 건 알고 있었다. 바로 맞은편에는 제우스가 있었다. 맨 가슴을 드러낸 채 생가죽 모피를 망토처럼 두르고 가죽 재질의 스트랩이 있는 스커트, 즉 프테루게스를 착용하고 있었다. 그 옆에는 헤라가 은과 금, 가죽이 섞인 복합적인 재질의 갑옷을 입은 채 서 있었다. 제우스가 두렵기도 했지만 결혼의 여신인 헤라가 가장 전투에 굶주린 것처럼 느껴졌다. 그 곁에는 포식자의 눈빛을 한 포세이돈이 서 있었다. 그 역시 맨 가슴을 드러냈으며 황금색과 청록색이 섞인 벨트로 단단히 고정한 흰색 튜닉을 입고 있었다. 손에는 적의로 번쩍거리는 삼지창을 쥔 모습이었다. 아레스도 보였다. 그의 밝은 붉은색 망토와 깃털 달린 투구가 바람에 나부꼈다. 황금색과 진홍색 갑옷을 차려입은 아프로디테, 그리고 등에 활을 멘 아르테미스도 있었다. 페르세포네는 그녀가 긴장했음을, 신호만 받으면 무기에 손을 뻗을 준비가 되어 있음을 단박에 알아보았다. 아테나는 엄중해 보였다. 그녀 곁에 서 있는 헤스티아는 유일하게 갑옷을 입지 않고 있었다.

올림포스 신 중에 없는 건 그녀의 어머니와 하데스뿐이었다.

바로 그때, 확실하게 그의 존재감이 느껴졌다. 허리를 휘감는 어둠이 너무도 달콤해서 마치 집에 온 것 같다고 느끼던 바로 그때, 그녀는 뒤쪽에 자리한 그의 단단한 가슴 쪽으로 휙 끌어당겨졌다. 고개를 뒤로 젖히자 하데스의 턱이 뺨을 스치며 그의 입술이 그녀의 귓가에 닿을 것처럼 가까워졌다.

"화가 났습니까, 달링?"

"조금요." 그녀는 숨을 몰아쉬며 답했다.

짓궂게 놀리는 듯한 말을 건넸지만 그 역시 긴장하고 있다는 게 몸에서 느껴졌다.

"꽤나 힘을 뽐내셨군, 꼬마 여신님." 제우스가 말했다.

"한 번만 더 나를 꼬마라고 불러봐요." 페르세포네는 분노에 차서, 낄낄대는 천둥의 신을 노려보았다. "왜 웃는지 모르겠네요. 존중을 표해달라고 요청드렸는데요. 한 번 더 묻진 않겠어요."

"지금 왕을 위협하는 건가?" 헤라가 물었다.

"나의 왕은 아니니까요." 그녀가 말했다.

제우스의 눈빛이 짙어졌다. "신전을 떠나도록 놔두지 말았어야 했는데. 그 예언은 당신들의 자녀에 대한 게 아니었어. 당신에 대한 거였지."

"놔둬라, 제우스." 하데스가 말했다. "좋게 끝나지 않을 거야."

"자네의 여신은 올림포스 신 모두에게 위협이야." 그가 받아쳤다.

"자네한테 위협인 거겠지." 하데스가 말했다.

"물러서라, 하데스." 제우스가 말했다. "자네마저 끝장낼 수도 있으니까."

"저 둘을 상대로 전쟁을 하려는 거면 나와도 싸워야 할걸." 그 말을 꺼낸 건 아폴론이었다. 황금색 활이 그의 손바닥 위에 나타났다.

"나와도." 헤르메스가 칼을 뽑아들며 말했다.

엄청난 침묵이 흐른 후 제우스가 입을 열었다. "지금 반역을 하겠다는 건가?"

"처음도 아닐 텐데 뭐." 아폴론이 혼잣말하듯 중얼거렸다.

"당신들을 파괴할 힘을 지닌 여신을 보호하겠다는 건가?" 헤라가 물었다.

"내 목숨을 걸고." 헤르메스가 말했다. "세피는 내 친구야."

"내 친구이기도 하고." 아폴론이 말했다.

"내 친구이기도 해요." 아프로디테가 말했다.

열을 지어 늘어선 신들 사이로 빠져나온 사랑의 여신이 페르세포네 쪽으로 넘어왔다. 아폴론 옆에 선 다음 그녀가 헤파이스토스의 이름을 부르자, 불의 신도 그녀 옆에 자리를 채웠다.

"난 싸우지 않겠어요." 헤스티아가 말했다.

"나도." 아테나가 말했다.

"겁쟁이들 같으니라고." 아레스가 쏘아붙였다.

"전투란 단순히 유혈 사태를 넘어서는 목적을 위한 것이어야 해." 아테나가 말했다.

"오라클이 말하지 않았나. 저 여신을 위협으로 똑똑히 규정했다고. 전쟁은 위협을 제거하기 위해 필요한 거다." 제우스가 말했다.

"평화 역시 마찬가지죠." 헤스티아가 말했다.

두 여신은 공중에서 사라졌고 이제 그들을 마주한 건 제우스, 헤라, 포세이돈, 아르테미스, 그리고 아레스였다.

"정말 그러고 싶니, 아폴론?" 아르테미스가 물었다.

"세프는 내가 자격이 없을 때도 내게 기회를 줬어. 난 이 친구한테 빚진 게 있다고."

"그 기회라는 게 네 목숨만큼의 가치가 있다는 거야?"

"내 경우에 말인가? 그래."

"후회하게 될 것이다, 꼬마 여신이여." 제우스가 경고했다.

페르세포네는 눈을 가늘게 떴다. "꼬마라고 부르지 말랬지."

그녀의 힘이 움직이며 제우스와 다른 올림포스 신들의 발밑 땅을 쩍 갈라놓았다. 뻥 뚫린 틈 아래로 빠지지 않기 위해 모두가 공중으로 붕 떠오르면서 전투가 시작되었다. 제우스는 어떻게든 페르세포네를 해하려는 듯, 첫 번째 공격으로 강력한 보랏빛 번개를 내리쳤다. 그녀의 발 근처에 번개가 쾅 떨어지며 땅을 뒤흔들었다.

"제 어미만큼이나 끈덕지군." 제우스가 으르렁거렸다.

"의지가 강하다는 표현이라 받아들이지." 페르세포네가 말했다.

제우스는 몸을 뒤로 젖혔지만 다시 공격하지 못하고 벽을 이룬 날카로운 가시들에 부딪혔다. 가시들은 산산조각 나며 부서졌지만 페르세포네로서는 공격을 피하기에 충분했다. 몸을 피하자마자 하데스가 둘 사이를 가르며 들어섰다. 어느새 글래머는 검은 흔적을 남기며 녹아내렸지만 그림자는 흩어져 제우스를 향해 드리워졌다. 그림자 중 하나가 가까스로 그의 몸을 관통했고, 그 바람에 그는 뒤로 비틀거렸지만 잠시 후 자세를 바로잡곤 자신의 팔을 감싼 수갑으로 나머지 그림자를 떨쳐냈다.

"여자를 대할 때 원칙은 말이야, 하데스. 절대 마음을 주면 안 된다는 것이다."

페르세포네는 하데스가 뭐라고 답할지 들을 새가 없었다. 비틀거리며 둘에게서 멀어지다 삼지창을 휘두르는 포세이돈과 정면으로 마주하게 되었으니까. 창은 그녀의 팔뚝 위쪽을 찔렀고, 숨을 헐떡이면서도 어떻게든 몸을 움직이려 애썼다. 고통의 방향을 틀어 상처를 치유하면서 동시에 땅속에서 덩굴을 불러들였고, 순식간에 삼지창은 덩굴로 뒤얽혀 포세이돈의 손아귀에서 튀어 나갔다.

신은 불같이 화를 내며 주먹으로 덩굴을 내리찍고는 무기를 뽑아내 땅 위에 내리쳤다. 그러자 땅이 온통 흔들리며 갈라졌고, 페르세포네가 치유한 곳곳이 망가지기 시작했다. 그녀와 바다의 신 사이에 거대한 균열이 생겨났다. 그가 한 발짝씩 다가오자 구멍 아래 깊은 곳에서 불길이 솟아올랐고, 불길에 휩싸인 채찍이 허공을 가르며 날아가 포세이돈의 목을 휘감곤 그를 저만치 뒤로 날려 보냈다. 그는 페르세포네가 아까 원상 복구한, 덩굴로 뒤덮인 건물 하나에 날아가 쾅 부딪혔다.

누가 구하러 온 건지 보기 위해 주위를 둘러보던 그녀는 헤파이스토스와 눈이 마주쳤다. 그의 눈길은 날것의 힘과 불길로 활활 불타고 있었다. 그는 그녀에게서 등을 돌리곤 잔해 더미 사이에서 번득이는 삼지창을 든 채 몸을 일으키는 포세이돈을 마주했다.

그때 갑자기 그녀의 머리채가 뒤로 홱 붙잡혔고, 헤라의 잔인한 눈동자와 마주한 것도 잠시, 페르세포네의 목을 향해 칼날이 내리꽂혔다. 그녀는 헤라의 손을 붙잡고 손끝에서 가시들을 소환했다. 여신의 피부 깊숙이 가시들이 파고들자 여신은 비명을 질렀고, 비틀거리면서 물러나는 사이 칼은 저만치 날아갔다. 헤라의 눈에 분노가 번득이며 페르세포네의 팔을 붙잡아 벌어진 땅 안쪽으로 내던졌다. 그녀는 피부에 날카로운 바람이 느껴질 만큼 빠르게 공중을 날아갔지만 무사히 발로 착지해 그곳을 빠져나왔다. 페르세포네가 마법을 그러모으자 땅에서 검게 변한 팔다리들이 잔뜩 튀어나와 뒤따라온 헤라의 팔과 발목을 휘감곤 하늘 높이 들어올렸다. 여신이 짐 승 같은 비명을 지르며 몸부림치자 덩굴이 입을 틀어막아 소리를 덮었다.

아주 잠시 동안 페르세포네는 자신이 만들어낸 깊은 구렁 끄트머리에 서서 신들이 불러일으킨 파괴의 현장을 바라보았다. 맹렬하게 치솟은 불길들이 불꽃의 강을 이루며 온통 황폐해진 땅을 갈라놓았다. 하늘은 매캐한 연기로 덮여 있었다. 공중에 무겁게 떠다니는 신들의 마법은 실로 파멸이라 느껴지는 에너지였고 천둥 같은 소리가 가득했다.

벌판 곳곳에서 올림포스 신들은 정신없이 싸우고 있었다. 칼날과 창이 쨍쨍 부딪치는 한편 강력한 마법이 휘몰아치며 서로에게 반격을 가했다. 아폴론이 아레스를 향해 화살을 쏘자 아레스는 창으로 막아냈다. 헤파이스토스는 불채찍으로 포세이돈의 삼지창을 연달아 막아냈고, 아르테미스와 아프로디테는 칼을 휘두르며 싸우고 있었다. 그리고 하데스는 여전히 제우스와 치열한 전투를 벌이고 있었다. 둘은 각자의 무기를, 그러니까 하데스는 두 갈래 창을, 제우스는 번개를 들고 겨루었다. 충돌할 때마다 엄청난 힘이 폭발했고, 그게 둘의 분노를 더욱 돋우는 것 같았다.

페르세포네는 둘에게 시선을 집중하며 마법을 그러모아 제우스의 발목과 팔을 붙들었다. 그는 손쉽게 결박을 끊어냈지만 분노로 포효했다. 하데스는 그 틈을 타 그림자들을 관통시켰고, 전율하던 그는 마침내 뒤쪽으로 비틀거렸다. 그가 넘어지는 순간 페르세포네의 마법에 의해 땅이 쩍 갈라지며 신을 구렁으로 집어삼켰다. 그 위로 흙과 잔해 더미가 순식간에 쌓여 그는 산 채로 파묻혔다.

하데스가 페르세포네를 향해 돌아서는 순간 땅이 흔들리기 시작했고, 땅이 폭발하듯 튕겨 오르며 제우스가 구덩이를 뚫고 나왔다. 모든 신은 흙과 돌더미를 몽땅 뒤집어썼다. 신들의 왕 주변으론 번개가 번쩍거렸고, 그의 눈동자는 이글거렸다. 막강한 힘이 느껴지자 페르세포네는 끔찍한 두려움에 몸이 떨렸다. 독처럼 퍼지는 그 힘에 위에서 시큼한 게 올라올 것 같았다.

"페르세포네!" 하데스가 소리쳤다.

그 말과 동시에 번개가 내리쳤다. 그녀의 몸이 주체할 수 없을 정도로 떨려왔다. 크게 뜬 눈은 잔뜩 겁에 질린 채, 입은 멍하니 벌어진 상태였고, 온몸이 얼어붙었다. 보랏빛 불빛이 번쩍거리는 모습을 그저 바라보기만 할 수 있을 뿐이었다. 머리카락과 살갗이 타들어가는 냄새가 났다. 그 충격에 휩싸인 채 얼마나 오래 버텼는지 알 수 없었지만, 어느 순간 뭔가가 달라졌다. 최초에 온몸을 덮쳤던 마법의 감각에 적응하면서 몸속의 무언가 변화했고, 불현듯 그녀는 그 힘을 거머쥘 수 있게 되었다. 제우스의 공격이 끝나자 페르세포네는 환한 빛 속에 놓인 채 온몸을 도는 전기를 저릿하게 느꼈다. 하늘에 떠 있는 제우스를 향해 그녀의 눈동자가 가늘어졌다. 그러곤 그의 마법을 마치 그녀의 것인 양 그러모은 다음 그에게 고스란히 반사했다.

번개가 그의 몸을 세게 때리자 그의 눈이 휘둥그레지면서 경련을 일으켰다. 제우스가 땅으로 떨어지면서 온 대지가 흔들렸다. 페르세포네는 눈앞이 빙글빙글 돌았고 폐 속까지 덜덜 떨렸다. 하데스를 찾으려 몸을 돌린 순간 황금 창을 던지는 아레스가 눈에 들어왔다. 말도 안 되는 속도로 허공을 뚫고 날아오는 창에 미처 움직일 수도 없었다.

그 순간 그녀는 땅으로 밀쳐졌다. 몸을 돌리자 눈앞에서 아프로디테의 몸이 꺾여 있었다. 창은 여신의 몸 중앙을 관통해 땅에 박혀 있었다. 팔은 축 늘어진 채 입에선 피가 뚝뚝 떨어졌다.

"안 돼!" 헤파이스토스의 울부짖는 소리가 귀를 먹먹하게 만들 정도로 쩌렁쩌렁 울려 퍼졌다.

일순간 모두가 싸움을 멈췄다. 불길에 휩싸인 채 그녀를 향해 필사적으로 달려가는 모습을 모두가 바라보았다. 그는 아내의 몸에서 창을 뽑아냈다. 한 손으로는 그녀의 어깨를 감싸고, 다른 한 손으로는 배를 지그시 덮었다.

"아프로디테." 아레스가 땅에 두 발을 디딘 다음 외쳤다. "그러려던 게 아니라……."

"한 발자국만 더 다가오면 네 목을 베어버릴 것이다." 헤파이스토스가 경고했다.

"아프로디테." 목구멍에 울음이 가득 차오른 채 페르세포네는 속삭였다. "안 돼요."

"페르세포네." 하데스가 갑자기 옆에 모습을 드러내더니 그녀를 일으켜 세웠다. "이리 오십시오."

"아프로디테!" 그녀가 소리를 질렀다.

"우린 가야 합니다." 하데스가 말했다.

"아폴론, 그녀를 치유해줘!" 페르세포네는 외쳤다.

하데스는 그녀를 품에 안았다.

"안 돼!" 모습을 감추기 직전까지 그녀는 울부짖었다.

35장
호의

침실에 도착할 때까지도 그녀는 내내 비명을 지르고 있었다.

"괜찮을 겁니다." 하데스가 두 팔로 그녀를 끌어안은 채 말했다.

"날 위해 그 창을 대신 맞은 거예요." 페르세포네가 그의 가슴에 얼굴을 파묻으며 외쳤다.

"아프로디테는 괜찮을 겁니다. 아직 생을 다할 때가 되지 않았습니다."

그 말을 듣고 나서도 진정하는 데 오랜 시간이 걸렸다. 오늘 하루의 시작은 무척 아름다웠는데, 한 번도 느껴본 적 없던 행복감으로 충만했는데 너무나 빠르게 소용돌이치며 추락했다. 시빌은 여전히 행방불명이었고 눈사태 밑에는 수천 명의 시체가 묻혀 있으며 올림포스 신들은 분열되고 말았다.

"앉으십시오." 하데스가 그녀를 침대 가장자리로 이끌었다.

"하데스, 우리 여기 있으면 안 돼요. 시빌을 찾아야 한다고요."

"압니다. 단지 당신이 괜찮은지만 확인하게 해주십시오."

페르세포네가 미간을 찡그렸다. 괜찮다고 생각했는데 고개를 떨

510

군 순간 셔츠가 피로 물들어 있다는 걸 깨달았다.

"난 괜찮아요. 스스로 치유했어요."

"제발 부탁입니다."

그 말은 나직했으나 너무나 절박해서 그녀는 고개를 끄덕이곤 그가 셔츠 단추를 풀게 했다. 상처 없는 피부를 보고 나서야 그는 안심하는 듯했다. 그녀가 그의 얼굴 쪽으로 손을 뻗었으나 그는 벌떡 일어서더니 소리를 질렀다.

"빌어먹을, 난 당신이 이런 일을 겪게 만들고 싶지 않았습니다."

"하데스, 이건 당신 잘못이 아니에요."

"이런 일로부터 당신을 보호하고 싶었단 말입니다."

"오늘 신들이 보인 행동을 통제할 수는 없었을 거예요, 하데스." 그는 시선을 피한 채 눈을 번득이며 이를 갈았다. "나는 내 힘을 사용하기로 결정했고, 제우스는 나를 끝장내겠다고 결정한 거죠."

"내가 그를 끝장낼 겁니다."

"믿어 의심치 않아요." 그녀는 자리에서 일어섰다. "그리고 당신이 그렇게 할 때 난 당신 옆에 있을 거예요."

안 된다고 할 거라고 예상하긴 했지만 하데스는 손을 뻗어 그녀의 뺨을 쓰다듬었다.

"내 옆에……." 그가 반복해 말하더니 손을 떨궜다. "시빌 얘기를 들려주십시오."

페르세포네는 오늘 아침 책상에서 발견한 것에 대해 설명했다. 빨간 리본으로 말끔히 묶인 검은색 상자 안에 시빌의 손가락이 들어 있었다고.

"시빌의 것이라고 확신합니까?"

"네." 시빌의 기운을 느끼기도 했거니와, 피 묻은 손톱에 바른 매니큐어도 알아볼 수 있었다.

"손가락은 지금 어디 있습니까?"

"아직 내 사무실에 있어요." 너무 황망하게 시빌의 집 안을 확인하러 가는 바람에 들고 나오는 걸 잊어버린 터였다.

"그걸 가져와야겠습니다. 헤카테가 추적 주문을 걸어 최소한 그 손가락이 어디서 잘린 건지 알아낼 수 있을 겁니다."

시빌이 납치되었고, 그 손가락은 명백히 고문의 결과였는데도 이렇게 덤덤하게 대화를 나누고 있다는 사실이 믿기지 않았다. 그 현실이 온몸에 분노의 전율을 일으켰다.

"시빌이 거기 없으면 어떡해요?" 페르세포네가 물었다.

"확답은 못 합니다. 추적할 때 우리가 뭘 찾게 되느냐에 달려 있습니다."

페르세포네는 시빌이 납치된 이유를 알고 있었다. 그녀를 유인하려는 것이다. 하지만 어디로? 마음 한구석에선 벤에게 일러준 예언에 기반을 둔 데메테르의 속셈일지도 모른다는 의심이 들었다. 하지만 누가 납치했을까? 아도니스와 하르모니아와 티케를 무자비하게 공격했던 바로 그들일까?

"어서, 서둘러야 합니다. 올림포스를 그렇게 떠나왔으니 지하 세계 바깥에서 많은 시간을 보낼 순 없습니다." 하데스가 말했다.

사무실로 순간 이동하자마자 페르세포네는 뭔가 잘못됐다는 걸 깨달았다. 그녀 옆에 선 하데스의 몸이 굳는 게 느껴졌고, 허리에 올린 손에 힘이 들어갔다. 책상 위에는 상자가 있던 자리의 흔적만이 남아 있을 뿐이었다. 소파 쪽으로 고개를 돌리자 테세우스가 앉아 있었다. 처음 만났던 날과 그다지 다를 바 없는 모습이었고, 오히려 좀 더 편안해 보였다. 다리를 꼰 채 등은 뒤쪽으로 기댄 모습이었다.

페르세포네는 무시무시하게 노려보았다. "당신."

반신은 신이 난 듯했다. 검은색 눈썹이 청록색 눈동자 위에서 씰룩이며 올라갔다. "나?"

"시빌 어딨어?" 페르세포네가 외쳤다.

"바로 여기 있지." 테세우스가 손가락을 들어올렸다.

페르세포네의 눈동자가 짙어졌다. "바라는 게 뭐야?"

"당신의 협조. 내 호의를 거두어들인 다음 필요해질 거야."

"호의라고?"

피가 차게 식었다. 반신의 눈길은 하데스에게 옮겨갔고, 끔찍한 침묵이 흘렀다. 테세우스가 여기까지 와서 거두려는 게 무엇인지는 알 수 없었지만 그녀를 붙잡은 하데스의 손에 힘이 더욱 세게 들어갔다. 그의 손가락이 파고든 옆구리가 아파올 지경이었다. 하데스는 반신을 매섭게 바라보고 있었다.

"무슨 호의지?" 그녀가 물었다.

"하데스가 내게 빚진 호의." 테세우스가 아무렇지도 않은 듯 말했다. "둘의 관계를 구해주는 데 내가 도움을 좀 드렸거든."

"저놈이 무슨 말을 하는 거예요?" 페르세포네는 하데스를 다시 바라보았다. 그가 아무 말이 없자 그녀는 그의 이름을 속삭이듯 불렀다. "하데스?"

"잘못된 자들의 손에 넘어간 유물을 내게 돌려주었습니다." 하데스가 악문 이 사이로 말했다. 그런 다음, 그토록 엄청난 선물을 주어야 할 필요성을 설명하기라도 하듯 덧붙였다. "그런 유물 조각이 얼마나 큰 피해를 초래할 수 있는지는 이미 알고 있겠지요."

그녀는 알고 있었다. 유물 때문에 하르모니아가 다쳤고 티케가 죽었다는 사실을.

페르세포네는 사악한 미소를 머금은 테세우스에게 눈길을 돌렸다. 이 짓거리가 재미있나 보구나, 그녀는 역겨움 속에 깨달았다.

"그래서 바라는 게 뭔데?"

"당신." 반신은 뻔하다는 듯 답했다.

"나?" 페르세포네가 반문했다.

"불가하다." 하데스의 마법이 스멀스멀 올라오는 기운이 느껴졌다.

"호의에는 힘이 있지요, 하데스." 테세우스가 말했다. "당신은 내 부탁을 들어줄 의무가 있답니다."

"나도 호의의 본질은 알고 있다, 테세우스."

"신성한 죽음을 마주하시겠다?" 테세우스가 소파에서 일어나며 말했다.

"하데스, 안 돼요!"

페르세포네는 그의 로브를 움켜쥐었지만 싸울 태세를 갖춘 그의 몸은 단단히 굳어지며 테세우스에게 시선을 집중했다. 끔찍한 기억들이 마음을 마구 헤집었다. 공터에서 하데스와 전투하던 날 가장 깊은 두려움만 끄집어낸 가짜 기억들이었지만 너무도 진짜처럼 느껴졌었다. 지금도 그녀의 무릎에 느껴지던 하데스의 머리 무게, 피가 말라가며 색이 짙어지던 모습이 똑똑히 기억났다.

"페르세포네를 위해서라면." 하데스가 말했다. "그렇다."

"잠시 빌려가겠다는 겁니다. 끝나고 다시 데려가시면 돼요."

페르세포네의 뱃속이 혐오감으로 뒤틀렸다. "왜 나지?"

"그건 다음에 얘기하도록 하고. 지금은 나와 함께 여길 떠나야 하고 하데스는 따라와선 안 됩니다. 내가 하라는 대로 하지 않으면 당신이 보는 앞에서 당신 친구를 죽일 겁니다."

페르세포네의 눈이 분노로 활활 타올랐다. 그녀는 하데스를 돌아보며 그의 팔을 붙들었다. 마침내 그가 그녀를 내려다보았다.

"페르세포네." 그녀의 이름을 부르는 그의 목소리는 절박하고 고통스럽게 들렸다.

"다 괜찮을 거예요."

"아닙니다, 페르세포네."

"너무 많은 이들을 잃었어요. 이렇게 하면…… 우리 모두를 지킬 수 있어요."

그의 손가락이 그녀의 팔을 파고들며 붙들었다. 그가 무슨 생각을 하는지 알고 있었다. 이건 그가 그녀를 볼 수 있는 마지막 순간일 것이다. 그녀는 그와 입을 맞추었다. 부드러운 키스를 끝내고 그녀는 물러서며 속삭였다.

"날 믿어줘요."

"당신을 믿습니다." 그가 말했다.

"그럼 다녀오게 해줘요."

그리고 놀랍게도, 그는 그렇게 했다.

뒤에서 테세우스는 씩 웃더니 문을 열어 그녀가 나갈 때까지 기다렸다. "올바른 결정을 내리셨습니다."

그녀는 하데스를 스쳐 지나갔다. 보내달라고 간청했던 만큼, 그의 부재가 무겁게 내려앉았다. 그녀가 지금 원하는 건 단 하나, 그에게 돌아가는 거였다. 테세우스 옆에 섰을 때 그녀는 발걸음을 멈췄다.

그러자 하데스는 더욱 긴장하는 것 같았다.

"페르세포네." 하데스가 그녀의 이름을 불렀다.

그러자 이전에 한 번도 느껴보지 못했던 통증이 가슴속을 파고들었다. 마치 심장이 겨우 뛸 수 있을 정도로 팽팽한 실에 감긴 것 같았다.

"사랑해요." 그녀가 말했다. "그리고 난 당신을 알아요."

이 문이 닫히는 순간, 그는 그녀에게 달려올 텐데 그 위험을 감수할 수 없었다. 시빌은 죽을 것이고, 하데스는 복수의 여신 네메시스에게 영원히 쫓기게 될 것이다. 그런 일이 일어나도록 내버려둘 수는 없었다.

그녀의 말에 그의 눈동자가 휘둥그레졌고, 바로 다음 순간 바닥에서 거대한 검은 덩굴이 돋아나 하데스의 발과 손목을 휘감았다. 그 무게에 눌려 절로 바닥에 눕혀졌고, 그 바람에 몸 밑의 땅이 쩍쩍 갈라졌다. 그는 혈관이 터져나갈 듯, 근육을 움찔거리며 몸부림을 쳤지만 결박을 풀 수 없었다.

"페르세포네!"

하데스가 외치는 소리와 함께 문이 닫혔고 그의 모습도 시야에서 사라졌다. 죄책감이 파도처럼 덮쳐왔고 눈가에 눈물이 가득 고였다. 그녀는 즐거움에 눈을 번득이고 입꼬리를 씰룩이는 테세우스와 둘이 남게 되었다.

"이 일로 하데스는 영원히 당신을 용서하지 않을 겁니다."

3부

"인간은 걸핏하면 신들을 탓한다네.
재앙이 우리에게서 비롯된다고 말하지.
그러나 사실은 그들 스스로 타락함으로써
운명이 점지한 것 이상의 비참을 맛보게 되는 것이오."

_ 호메로스, 『오디세이』

36장
페르세포네

테세우스는 알렉산드리아 타워를 나선 다음 페르세포네를 대기 중인 SUV에 태웠다. 창문은 선팅이 너무 짙게 되어 있어 바깥이 도통 보이지 않았다. 테세우스는 뒷자리에 타더니 손을 내밀었다.

"당신 반지." 그가 요구했다.

"내, 뭐라고?"

"당신 반지, 내놓지 않으면 당신 손가락도 잘라버리겠어." 페르세포네는 그를 노려보았다. 눈앞의 반신을 향해 당장이라도 마법을 쏘고 싶은 심정이 굴뚝같았지만 그럴 수 없었다. 시빌이 괜찮은지 알게 되기 전까진 참아야 했다.

그녀는 손가락에서 반지를 비틀어 뺀 다음, 마치 심장을 한 조각 떼어내는 것 같다고 느끼며 건넸다. 그러곤 테세우스가 그것을 재킷 안주머니에 넣는 모습을 바라보았다.

"날 어디로 데려가는 거지?" 그녀가 따져 물었다.

"디아뎀 호텔로 갈 거다. 내 계획을 실행할 때까지."

"그 계획이란 게 뭐지?" 자신도 모르게 목소리가 떨리고 있었다.

그는 킬킬 웃었다. "아직 내 패를 내보일 순 없지, 페르세포네 여왕님."

그녀는 그가 사용한 호칭을 무시했다. 심각한 의도가 있어서는 아닐 것이다. 그저 그녀를 괴롭히려는 수단일 뿐.

"시빌이 그 호텔에 있는 거야?"

"그렇다. 얼굴을 보게 될 거야. 당신의 임무를 따라야 할 이유를 되새길 수 있도록 그녀를 보여주겠어."

페르세포네는 잠시 동안 침묵이 퍼지도록 내버려두다가 다시 입을 열었다. "내 엄마랑 일을 도모하는 거야?"

"우린 공동의 목표가 있지." 그가 말했다.

"신들을 타도하는 건가." 그녀가 말했다.

"타도라니, 파괴하는 거지."

"신들한테 대체 무슨 원한이 있는 건데? 당신도 반은 신이잖아."

테세우스는 그러고 싶어도 혈통을 부정할 순 없을 것이다.

"모든 신을 다 미워하진 않아. 완강한 몇몇만 싫어하지."

"당신이 멋대로 사는 걸 내버려두지 않는 신들을 말하는 건가?"

"그렇게 말하면 내가 이기적인 것처럼 들리잖아. 내가 항상 더 큰 선을 위해 돕는다고 말해오지 않았던가?"

"당신이 권력을 쥐고 싶어 하는 건 당신도 알고 나도 알아, 테세우스. 당신은 그저 다른 신들이 주지 않는 걸 주겠다고 인간들을 꾀어내고 있을 뿐이지."

테세우스가 씩 웃었다. "아주 회의적이시군, 페르세포네 여신님."

얼마나 오래 달렸는지는 알 수 없었으나, 어느 순간 차가 멈췄다. 테세우스는 그녀를 향해 몸을 기울이곤 손가락 사이로 그녀의 턱을 세게 거머쥐어 억지로 눈을 맞추게 했다.

"여기서 산책을 좀 할 거야. 당신이 뭘 잘못할 때마다 나는 숫자를 셀 거고, 그 숫자 하나당 당신 친구 손가락을 잘라버릴 거라는 점만 알아두도록 해. 더는 자를 손가락이 없어지면 발가락으로 옮겨갈 거고."

그가 손을 떼자 그녀는 숨을 몰아쉬며 노려보았다.

"순순히 따라줄 거라 믿겠어."

그가 그 말을 뱉자마자 누군가 차 문을 벌컥 열었다. 그 바람에 그녀는 밖으로 굴러떨어질 뻔했지만 간신히 중심을 잡곤 몸을 틀어 우아하게 차에서 내렸다. 테세우스의 위협이 머릿속에서 계속 울리고 있었다.

디아뎀 호텔은 수킬로미터에 걸친 궁전 같은 장엄한 건물이었다. 페르세포네는 한 번도 그 안에 들어가본 적이 없었지만, 여러 고급 레스토랑을 자랑하는 곳이라는 점, 그리고 관광객과 지역 주민 모두를 위한 도피처라는 점은 알고 있었다.

테세우스는 차를 빙 돌아오더니 그녀와 팔짱을 꼈다.

"당신이 이렇게 자기 시설을 반역 행위에 쓰고 있다는 걸 헤라가 알아?"

테세우스는 웃음을 터뜨렸다. 배 속 깊은 데서부터 울려 퍼지는 뜨끈한 웃음소리에 소름이 쫙 끼쳤다.

"저 모든 신들 중에서 헤라는 제일 오랫동안 우리 편에 있었어."

그들은 호화찬란한 호텔 로비로 들어섰다. 스테인드글라스로 장식된 7층 높이의 천장 한가운데에 거대한 크리스털 샹들리에가 매달려 있었다. 여기저기 앉을 수 있는 공간들이 마련되어 있었고, 꽤 많은 이들이 담소를 나누고 술을 마시고 있었다. 근사한 공간이다. 그리고 이곳 어딘가에 시빌이 있다, 피를 흘리면서.

눈이 휘둥그레진 채 여기저기 둘러보는 동안 페르세포네는 자신을 향한 사람들의 시선을 느꼈다. 이미 여기에 들어설 때부터, 손에 끼웠던 반지 없이 반신 테세우스와 팔짱을 끼고 있는 모습을 누군가 사진으로 찍었다고 해도 그녀는 놀라지 않을 것이다. 파파라치들은 늘 그런 것들을 찾아 헤매게 마련이었다. 그녀는 테세우스 쪽으로 고개를 돌렸다.

"당신이 이것보단 더 신중할 거라고 생각했는데." 그녀는 이를 악문 채 뇌까렸다. "법을 어기고 있잖아."

그는 씩 웃더니 몸을 기울여 뜨거운 입김을 그녀의 귓가에 뿜었다. 구경꾼들은 그가 달콤한 소리를 속삭이고 있다고 여기겠지만 그가 뱉은 말은 그녀를 머리끝까지 화나게 했다.

"법을 어긴 건 당신이지. 신들과 전투를 벌였잖아."

"당신은 내 친구를 납치했어."

"아무도 모른다면 그게 범죄인가?" 그가 물었다.

그녀는 그가 끔찍하게 싫었다.

"내가 죽을 때 날 어떻게 고문할지 궁리하느라 시간 낭비하지 마. 하데스가 이미 자신이 그 영예를 누리겠다고 했으니까."

마침내 페르세포네에게 웃을 거리가 생겼다. "아, 난 네가 죽을 때 고문하진 않을 거야. 살아 있을 때 고문할 거니까."

테세우스는 아무 말이 없었다. 그녀의 말에 영향을 받은 것 같지는 않았다. 그는 두려움이 없었다. 그가 두려워할 이유가 무엇이 있겠는가? 지금으로선 이기고 있는데.

그들은 로비의 구석을 따라 계속 걷다가 양쪽으로 쭉 갈라진 거대한 계단 앞에 이르렀다. 4층 높이까지 이르는 계단이라 페르세포네는 다리가 후들거렸지만 뱃속을 뒤흔드는 깊은 공포감에 비하면 그 감각쯤은 아무것도 아니었다. 그들은 계단 끝 복도를 따라 늘어선 문들을 지나쳐 505호 앞에 멈췄다. 먼저 문을 열고 들어선 그가 그녀에게 들어오라며 문을 붙잡고 서 있었다.

페르세포네는 테세우스에게 눈을 떼지 않은 채 문지방을 지나쳐 들어갔다. 비좁은 복도 너머에 자리한 큰 방 안에 웬 남자가 벽에 기대어 서 있었다. 장대한 덩치를 지닌 그가 누군지 알 순 없었지만 마치 경비병처럼 꼼짝도 안 하고 서 있었다. 방으로 들어서자마자 시빌이 눈에 들어왔다. 시빌의 이름을 울부짖는 그녀의 목소리가 쩍쩍 갈라졌다. 그녀는 친구에게 달려든 후 무릎을 꿇었다.

오라클은 다리와 팔이 묶인 채 앉아 있었다. 고개는 옆으로 기울어 어깨에 기대다시피 했다. 헝클어진 금발 머리에는 엉겨 붙은 피가 덕지덕지 붙어 있었고 얼굴 위로 쏟아져 한쪽을 가리고 있었다. 페르세포네가 머리카락을 쓸어 넘기자 멍든 눈, 터진 입술, 피가 말라붙은 코가 드러났다. 목구멍 안쪽에서부터 뭔가 울컥 올라오고 눈물로 눈가가 뜨거워졌다.

"시빌."

페르세포네의 목소리는 울먹임에 가까웠지만, 오라클은 게슴츠레 눈을 뜨곤 애써 웃어 보이려 했다. 하지만 그 대신 얼굴을 찡그리더니 신음했다. 페르세포네는 몸을 일으켜 테세우스 쪽으로 고개를 홱 돌렸다. 날카로운 분노가 들끓었다. 그때 방 안의 다른 누군가가 눈에 들어왔다.

"하르모니아!"

조화의 여신이 반대쪽 벽 앞에 마찬가지로 묶여 있었다. 여기저기 구타당한 흔적이 역력했다. 아프로디테의 집에서 만났던 그날 밤보다 상태가 더 심각했다. 옆구리에 난 상처에서 피가 흐르고 있었다.

"아, 그래." 테세우스가 비웃었다. "우리가 갔을 때 저 여자도 함께 있더라고. 꽤나 난리를 치기에 나도 난리를 쳐줬지."

페르세포네는 이를 갈며 주먹에 힘을 주었다. "다치게 할 필요는 없었잖아."

"하지만 난 그렇게 했지. 언젠가 당신도 전쟁에서 이기려면 뭘 해야 하는지 알게 될 거다." 그러곤 벽에 기대어 선 덩치 크고 과묵한 남자를 가리켰다. "여기 테오는 당신을 경호할 것이다. 테오."

그가 명령하듯 남자의 이름을 부르자 남자는 칼을 빼들더니 시빌에게 다가가서 손목을 홱 낚아챘다. 남자가 약지에 칼날을 가져다 대자 그녀가 흐느꼈다. 가운뎃손가락은 이미 자리에 없었다.

"안 돼!" 페르세포네가 그들을 향해 움직이려 하자 테세우스의 목소리가 멈춰 세웠다.

"아, 아, 아." 그가 혼내듯 말했다. "테오는 정육점 아들이야. 뭐든 아주 잘 잘라내지. 당신이 만약 뭐라도 잘못하면 당신 친구를 절단 내버리도록 명령을 받은 상태야. 물론, 한번에 다는 아니고. 금방 돌아오겠다." 반신은 경고를 남기고 떠났다.

그 뒤로 이어지는 침묵 속에서 페르세포네는 벽에 등을 기대고 남자를 바라보았다. 그는 아직도 시빌의 손을 붙들고 있었다. 테세우스가 사라진 뒤에도 그 자세로 계속 있을 건가 싶었다.

"스스로를 부끄러워해라." 그녀가 내뱉었다. "당신이 반감을 품는 게 신들이라면, 그들의 행동을 경멸하는 거라면, 지금 당신은 딱 그 수준이 된 거니까."

테오는 아무 말이 없었다.

"이성적으로 말해도 소용없어, 세프." 시빌이 초췌함이 묻어나는 목소리로 간신히 말했다. "다들 세뇌당했으니까."

그 말에 테오가 시빌의 손목을 쥐어짰다.

"안 돼!" 페르세포네가 애원했다. 시빌의 비명이 심장을 찌를 듯했다. "하지 마, 제발! 제발!"

그가 손을 놓아주자 시빌은 흐느꼈다.

그 후로는 아무도 입을 열지 않았다.

페르세포네는 호텔 침대 끄트머리로 가서 앉았다. 편안한 무게감을 안겨주던 반지가 사라진 맨 손가락을 내려다보자 하데스를 향한 걱정이 고개를 들었다. 그가 그 결박을 떨쳐냈을지 궁금했다. 눈을 감고 그 순간 그의 표정을 떠올려보았다. 충격과 절망감에 사로잡힌 얼굴. 그는 그녀가 떠나길 바라지 않았다. 그걸 알면서도 그녀는 한 걸음씩 걸어갔고 결국 등 뒤로 문이 닫혔다. 오래 걸리지 않을 거라고 그녀는 스스로에게 되뇌었다. 우린 오랫동안 헤어져 있지 않을 거야. 그는 결박을 풀었을 테고 여기로 올 것이다.

그러나 몇 분이 몇 시간으로 바뀔 때까지도 하데스는 올 기미가 없었다. 페르세포네는 친구들이 적들의 시선 아래 고통을 당하고 있는데 혼자만 쉴 수 없다는 생각으로 잠을 이기려 애썼다. 꾸벅꾸벅 졸다가 깰 때마다 어디론가 떨어지고 있는 것 같았고 졸음에서 깨어나면 다시 처음으로 돌아갔다. 앉아 있는 걸 더는 견딜 수 없어지자 그녀는 일어섰다. 그리고 더 이상 일어서 있을 수만은 없게 되자 방 안을 걸어 다니기 시작했다.

방 안을 몇 번이나 빙빙 돌았는지, 이 호텔 방 안에 몇 시간이나 갇혀 있었는지 알 수는 없었지만 마침내 방문이 열렸고, 테세우스와 또 다른 덩치 큰 남자, 마치 테세우스의 쌍둥이 형제처럼 보이는 남자가 들어왔다. 그는 페르세포네를 지나쳐 곧장 시빌에게 갔다.

"뭐하는 거야?"

"내가 왜 당신이 필요했는지 이제 곧 알게 될 거야." 테세우스가 말했다.

페르세포네는 이를 악물며 반신을 노려보았다. 그가 너무나도, 진저리쳐지게 싫었다.

그때 공기의 흐름이 변화했다. 뭔지 감을 잡을 순 없었지만 테세우스에게서 끼쳐오는 기류란 건 알 수 있었다. 그는 갑자기 뻣뻣하게 굳더니 문이 벌컥 열리자 몸을 뒤틀기 시작했다. 모든 게 너무 빠르게 일어난 일이라 페르세포네가 할 수 있는 일이라곤 반신이 손을 내미는 모습을 공포에 질려 바라보는 것뿐이었다. 그의 마법은 마치 번개가 물을 만났을 때처럼 허공을 지직거리며 가르더니 조피를, 발로 쾅 차서 문을 열고 검을 휘두르려는 그녀를 얼려버렸다.

눈은 크게 뜨고 입을 벌린 조피의 표정으로 보건대 페르세포네를 구하러 온 그녀가 그런 마법을 맞닥뜨리리라곤 예상하지 못했음을 알 수 있었다. 그때, 테세우스는 허공에서 검을 소환해낸 다음 창처럼 쥐곤 조피를 향해 던졌다. 검은 그녀의 가슴에 꽂혀 들었고, 여전사는 호텔 방 문간에 그대로 쓰러졌다.

페르세포네의 비명은 입을 틀어막는 손에 의해 멎었다. 테오를 뿌리치려 몸부림치는 그녀의 얼굴에 눈물이 흘러내렸다.

"닥쳐!" 테세우스가 그녀의 팔을 붙잡으며 식식거렸다. "다른 친구들도 저런 꼴 당하지 않게 하려면 닥치라고!"

페르세포네는 몸이 덜덜 떨렸다.

"치워라." 테세우스가 역겹다는 표정으로 조피를 내려다보며 명했다.

페르세포네는 그녀를 안고 싶었다. 얼굴 위로 쏟아진 머리카락을 쓸어 넘겨주고, 얼마나 탁월한 전사인지 말해주고 싶었다. 하지만 테세우스는 계속 그녀의 팔을 붙들고 있었다.

"가자."

그는 그녀를 질질 끌고 방을 나섰다. 쓰러진 조피를 지나, 계단을 내려가 주차장으로 간 다음 대기 중인 리무진에 올라탔다. 테세우스가 차 문을 열자마자 그 안에 탄 어머니와 곧장 얼굴을 마주했다. 눈을 마주치자마자 온몸에 끼얹히는 것 같은 차디찬 공기에 그녀는 몸을 움츠렸다. 어머니에겐 약함의 표상처럼 여겨질 행동일 것이다. 두려움 때문에 뒤로 물러나는 거라고. 하지만 그건 착각이었다. 역겨워서였다. 이 여신, 수확하는 자이자 돌보는 자는 자신의 손에 수천 명의 피를 묻혔다.

"앉아." 테세우스가 어머니 옆에 그녀를 구겨 넣으며 명령했다.

반신은 데메테르 옆자리에 앉았고, 시빌과 하르모니아는 리무진에 태워지자마자 각자 맞은편 좌석으로 버려지듯 던져졌다. 페르세포네는 그들이 왜 둘을 따로 떼어두는지 알고 있었다. 하르모니아가 시빌과 함께 순간 이동을 할까 봐 두려운 것이다. 하지만 조화의 여신에게 마법을 사용할 에너지가 충분히 있다는 생각은 들지 않았다.

문이 닫히고 차가 미끄러지듯 출발하자 테세우스가 입을 열었다.

"레르나 호수로 간다." 그가 말했다.

"거긴 지하 세계 입구잖아." 페르세포네가 말했다.

그곳을 직접 본 적은 없었지만 하데스의 세계로 들어서는 고대의 방법 중 하나라는 것은 알고 있었다. 그녀가 아는 하데스라면 멋대로 들어서는 이들을 막기 위해 여러 덫들을 놓아두었을 테고 하나하나 치명상을 입히는 함정들일 거라는 사실은 짐작할 수 있었다.

"그렇지." 그가 말했다.

"네버나이트를 통해서 가는 방법도 있잖아?" 그녀가 물었다.

"거긴 당신을 보호하려는 종자들이 너무 많아서 말이야. 어쨌든 당신이 그들의 여왕이니까."

데메테르가 위압적인 눈길을 쏘았다. "그런 말 좀 하지 마라. 역하니까."

페르세포네는 노려보았다. "왜 지하 세계로 들어가고 싶은 건데? 영혼을 되찾아오려는 건가?"

"나는 그렇게 예측 가능한 존재가 아니지. 당신은 날 하데스의 무기고로 인도해야 해. 안전하게 도착할 수 있도록 보장해야 하고."

"무기를 원하는 건가?"

"무기 하나를 원한다고 봐야지. 어둠의 투구."

그녀는 침을 꿀꺽 삼켰다. "하데스의 투구를 노리고 있었군. 그리고 또 뭐? 다른 무기도 훔치게?"

"훔칠 필요는 없을 거야. 알아서 내게 올 테니까." 그가 말했다.

짐작했어야 했다. 삼지창의 수호자, 포세이돈이 그의 아버지인 데다 헤라는 그가 제우스의 번개를 지닐 수 있도록 도울 것이다. 그 세 무기가 바로 올림포스 신들이 티탄족을 물리치는 데 공을 세운 것들이었다. 테세우스가 그것들을 사용해 올림포스 신들을 몰아낼 마음을 먹을 법도 했다.

"그 무기들을 지닌다고 해서 올림포스 신들과의 전쟁에서 이길 순 없을 거야. 신들은 이제 훨씬 더 강하니까."

"나는 적을 물리치는 데 절대로 한 가지 방법만 쓰지 않는데 어쩌나." 테세우스가 말했다.

그가 더는 설명을 이어가지 않았지만 그녀는 개의치 않았다. 테세우스는 자신의 계획을 유려한 말로 포장하는 유형이 아니었다.

아무도 입을 열지 않았다. 뭐라도 말했다가는 테세우스가 차를 세우고 시빌이나 하르모니아를 죽여버릴 것 같아 페르세포네는 두려웠다. 둘 다 숨을 쉬고 있는지 확인하기 위해 그녀는 주의 깊게 바라보았다. 하르모니아는 차창에 머리를 기대고 있었고 시빌은 가죽 좌석에 파묻혀 축 늘어져 있었다.

차가 멈추고 양쪽 문이 동시에 열렸다. 페르세포네는 끌려 나오듯 차에서 내렸다. 그들은 레르나 호수 기슭 가까이에 당도해 있었다. 어깨 위에 묵직한 손이 올려진 채, 금방이라도 무너질 듯한 부두를 따라 노 젓는 배가 기다리고 있는 데까지 걸어갔다. 뱃머리에 달린 등이 온통 검은 호수에 희미한 빛을 밝히고 있었다.

"타." 테오가 다시금 페르세포네를 밀며 명령했다.

그녀는 노려보았지만 순순히 따랐다. 이어서 배에 오른 테세우스는 데메테르가 타는 것을 도왔다. 다음은 시빌과 하르모니아의 차례였다. 배 안으로 내려설 때 시빌은 몸을 떨었지만 별일은 없었다. 그런 다음 몸을 돌려 하르모니아에게 손을 뻗었는데, 여신은 여전히 창백했고 옆구리에 가해진 알 수 없는 공격 때문에 피를 흘리고 있었다.

"손대지 마라." 테세우스가 명령했다. "데메테르."

수확의 여신은 하르모니아의 팔을 세게 붙잡더니 배 안으로 홱 끌어내렸다. 페르세포네는 얼른 몸을 앞으로 기울여 그녀가 배 바닥에 부딪히기 직전에 간신히 붙들었다.

"손대지 말라고 했다." 테세우스는 그 말과 함께 팔을 휘둘렀다. 페르세포네는 그의 손에 들린 노가 공중을 휙 가르자 머리를 얼른 숙였다. 그가 다시 내려치려 하자 그녀는 팔을 뻗어 노를 붙잡곤 눈을 번득였다.

"투구를 원한다면 이만 노를 저으시지. 하데스가 내 결박을 끊어낼 시간이 얼마 남지 않았거든."

그 말이 테세우스의 흥미를 돋운 것 같았다. 그는 노를 홱 낚아채며 말했다. "분부대로 합지요, 지하 세계의 여왕님."

테세우스는 부두에서 배를 밀어냈다. 호수는 마치 물이 아니라 기름으로 이루어진 듯 검고 찐득했다. 페르세포네는 수면을 가만히 바라보면서 저 아래 무언가가 있다는 것을, 저 깊은 곳에 살고 있는 괴물의 존재감을 느꼈다. 호수를 거의 다 건너 동굴 입구가 어렴풋이 모습을 드러냈을 때 물속에 사는 그 이름 모를 괴물이 배를 세게 흔들었고, 사방에서 물이 튀었다.

테세우스의 눈길이 페르세포네에게 꽂혔다. "내가 뭐랬나?"

그녀가 미처 반응하기도 전에 주변을 둘러싼 어둠 속에서 끔찍한 비명이 들려왔고 배가 뒤집혔다.

페르세포네는 물에 빠졌지만 재빨리 수면 위로 올라왔고, 하르모니아를 물 밖으로 끌어내려 애쓰는 시빌이 때마침 시야에 들어왔다.

"시빌!"

페르세포네는 둘을 향해 헤엄쳐가려고 했지만 갑자기 엄청난 힘이 덮쳐와 저만치 멀리 나가 떨어지고 말았다. 괴물이 포효하며 물속에서 난장을 피우는 가운데 페르세포네는 파도를 헤치며 허우적댔다. 데메테르는 물기둥을 만들어 그 위에 서 있었다. 물 밖으로 모습을 드러낸 생물이 무엇인지 알 수는 없었지만 머리 양쪽에 튀어나온 거대한 뿔을 지닌 여신처럼 보였다. 머리카락은 맨 가슴 아래까지 길게 늘어뜨렸고 비늘로 뒤덮인 촉수가 발 대신 자리했다. 거기에 테세우스가 꽁꽁 묶인 채 붙들려 있었다.

"케토." 데메테르가 말했다. "난 당신 몸에서 당장이라도 촉수를 잘라버릴 수 있어."

"해볼 테면 해봐, 데메테르. 하지만 당신은 여기서 환영받지 못해."

그녀의 어머니는 허공에서 검을 소환해내더니 물기둥에서 휙 뛰어내렸다. 움직임이 흐릿해서 잘 보이지 않았지만 바로 다음 순간, 테세우스를 붙잡아두던 촉수가 잘려나가 검은 호수 밑으로 사라졌다. 케토는 울부짖으며 데메테르에게 돌진해 그녀를 저 멀리로 날려 보냈다. 여신의 분노에 파도가 높고 세차게 일어 페르세포네와 시빌, 그리고 하르모니아는 수면 밑으로 다시 가라앉았다.

"그만해!"

입속으로 물이 밀려들었지만 페르세포네는 계속 소리를 질렀다. 하지만 두 여신은 싸움을 멈추지 않았다. 호수가 온통 난장이 되고 있었다. 케토의 촉수들이 튀어나와 페르세포네의 허리를 붙잡아 호수 위로 휙 들어올렸다.

"케토!" 폐에서 타는 듯한 통증을 느끼며 물을 뱉어내던 그녀가 소리를 질렀다. "그만하라고 명령한다!"

여신은 동작을 우뚝 멈춘 채 페르세포네를 돌아보았다. 그러곤 눈이 휘둥그레졌다.

"여왕님." 그녀는 가슴에 손을 대고 고개를 숙였다. "용서해주십시오. 여왕님을 감지하지 못했습니다."

페르세포네가 뭐라도 말하려 입을 떼는 찰나 데메테르의 힘이 무섭게 끼쳐왔다. 어머니의 방향으로 고개가 홱 꺾이자마자 공중에 검을 휘두르는 모습이 보였다.

"안 돼." 그녀가 소리를 지르자 어머니가 얼어붙었다. 부릅뜬 사나운 눈에, 분노로 일그러진 얼굴 그대로.

페르세포네는 케토에게 돌아섰다. "내 친구들이 이 호수에 빠졌는데, 찾아줄 수 있겠나?"

"물론이지요, 여왕님." 그녀는 이렇게 말하면서도 여전히 공중에 떠 있는 데메테르를 흘긋 바라보았다.

"다신 당신을 귀찮게 하지 않을 거야." 그녀는 약속했다.

케토는 지하 세계로 들어서는 동굴 같은 입구 앞 물가에 페르세포네를 옮겨준 다음 물속으로 사라졌다. 얼마 지나지 않아 여신 괴물은 시빌과 하르모니아를 데리고 돌아왔다. 둘은 모래톱에 닿자마자 그대로 쓰러졌다. 미친 듯한 물의 흐름에 맞서다 지친 것이다. 시빌은 가까스로 무릎과 손을 땅에 대고선 핏기 하나 없이 푸르뎅뎅한 얼굴의 하르모니아에게 다가갔다. 페르세포네는 얼른 달려가 그들 옆에 무릎을 꿇고 주저앉았다.

"하르모니아! 눈을 떠요!" 그녀는 애원했다. "하르모니아!"

하지만 여신은 응답이 없었다. 페르세포네는 얼굴부터 가슴까지 샅샅이 살펴보며 희미한 맥박을 느꼈다. 하지만 빠르게 흐려져가고 있었다.

"시빌! 비켜봐!" 페르세포네는 오라클을 옆으로 밀어내며 단호히 외쳤다. 그녀는 여신의 가슴에 손을 얹고 눈을 감았다. 그 안에 남아 있는 생명력을 찾아낸 다음 마법의 힘으로 단단히 붙잡았다. 그러자 몸이 조금씩 데워지는 것 같았다. 상처를 치유할 때와 같은 방법이었다. 그녀는 온기를 모아 하르모니아의 몸속으로 가져갔다. 잠시 후 여신의 배가 울렁거리는 듯하더니 그대로 모래에 구토를 했다. 입과 코에서 물이 흘러나오는 동안 하르모니아는 심호흡을 했다.

간신히 몸을 추스르고 있을 때 테세우스가 나타나 시빌의 머리채를 붙잡아 들어 올리곤 목에 칼을 댔다.

"안 돼, 제발! 제발!" 페르세포네는 반신 앞에서 무릎을 꿇고 애원했다.

"안전한 길을 알려달라고 했지." 테세우스는 이를 갈며 말했다.

"난 몰랐어!" 그녀는 갈라지는 목소리로 비명을 질렀다.

"당신이 알든 몰랐든 상관없어." 그가 쏘아붙였다. "이 여자는 당신의 무지 때문에 고통받을 거다!"

그는 시빌의 머리채를 놓은 다음 손을 붙들고 검지를 잘라 페르세포네의 발치에 떨어뜨렸다. 시빌은 고통에 비명을 질렀고, 하르모니아는 흐느껴 울었으며, 페르세포네는 격렬한 분노를 느꼈다. 눈가가 눈물로 타들어갈 듯했다.

모든 게 끝난 뒤에야 테세우스는 진정하는 듯했다.

"일어나." 그가 명령했다. 그런 다음 여전히 허공에 붙들려 있는 데메테르를 향해 몸을 돌렸다. "마법 풀어."

페르세포네는 시키는 대로 했고, 여신은 호수 속으로 곤두박질쳤다. 데메테르가 다시 물 밖으로 나와 그들과 합류한 건 몇 분 뒤였다. 페르세포네만큼이나 환하게 타오르는 분노의 눈동자로.

"지하 세계로 우리를 인도해라." 테세우스가 명령했다.

37장

하데스

빌어먹을 테세우스.

타르타로스에서 맞이할 영원한 불행도 다 필요 없었다. 하데스는 조카가 존재하길 그칠 때까지 절대로 쉬지 않을 테니까. 그의 영혼을 산산조각 내고, 운명의 실을 100만 개로 잘라 다 삼켜버릴 것이다. 지금껏 먹은 것 중 가장 맛있는 식사가 될 것이다.

빌어먹을 호의.

빌어먹을 운명의 여신들.

팔다리가 덜덜 떨리고 근육이 부풀 때까지 페르세포네가 묶어둔 몸을 빼내려 안간힘을 썼지만 소용이 없었다.

빌어먹을. 빌어먹을. 빌어먹을.

그녀는 강력했다. 그 반신 새끼와 함께 떠나지만 않았더라면 이 강력한 결과물이 더욱 뿌듯했을 텐데. 그는 그녀가 왜 그랬는지 알고 있었다. 그를 보호해주려던 것이다. 그 생각이 차오르자 격렬한 내적 갈등으로 가슴이 아릴 듯했다. 그는 그녀를 너무도 사랑했고, 그녀가 스스로를 위험에 몰아넣게 된 상황에 머리끝까지 분노가 치밀었다. 다 이해함에도.

테세우스는 그녀에게 대체 무슨 짓을 할까?

그 생각에 또 한 번 분노의 파도가 몸을 훑고 지나갔다. 그는 한 번 더 그녀가 묶어둔 몸을 뒤흔들어보았다. 이번에는 독특한 툭 소리가 들려왔고, 발 쪽의 결박이 풀어졌다. 혈관이 피부 표면에 튀어나올 정도로, 덩굴이 손목 안쪽까지 파고들 정도로 팔을 비틀었더니 마침내 팔 쪽도 풀렸다. 남은 덩굴도 모두 풀러낸 다음 몸이 완전히 자유로워지자 그는 순간 이동했다.

페르세포네는 자신만의 독특한 에너지를 숨기는 재주가 있었다. 그것이 그녀가 지닌 힘의 일부인지, 아니면 오랫동안 힘을 억누르고 있었기 때문이었는지는 아직 알아내지 못했다. 어느 쪽이든 그녀를 찾아내는 건 불가능했다. 반지를 끼고 있을 때를 제외하고는 말이다. 그는 반지에 끼워진 돌들의 독특한 에너지, 토르말린의 순수성과 디옵테이스의 감미로운 재질에 정신을 집중했다. 반지를 건넸을 때는 그녀를 추적해볼 생각을 하지 않았다. 익숙해지기만 하면 그 어떤 귀금속이나 보석의 위치를 다 알아낼 수 있었으니까.

그는 폐허 사이에 모습을 드러냈다.

도착한 곳이 어딘지는 바로 알아차릴 수 있었다. 다 무너져가는 크노소스 궁전. 밤이면 고대 성벽의 남은 부분들을 덮는 섬세한 형형색색의 벽화들, 그리고 이곳이 얼마나 멀리까지 뻗어 있는지는 결코 알 수 없었지만, 하데스는 이곳이 전성기를 비롯해 필연적이었던 파괴의 순간까지도 어떠했는지를 속속들이 알고 있었다.

페르세포네의 반지 위치를 감지한 곳은 여기였다. 하지만 신호는 미약했다. 그는 이 유적이 땅속 깊은 데까지 이른다는 것을 알고 있었다. 방문자들을 혼란스럽게 만드는 배배 꼬인 미로와도 같은 곳이었다. 페르세포네가 이곳 아래 어딘가에 있을 거라는 추측이 들었고, 분노에 가득 찬 그는 그대로 궁전 외벽 안쪽으로 향했다.

안쪽은 어둑했지만 눈은 곧 적응했다. 부서진 푸른색 타일 바닥을 가로지른 그는 캄캄한 구덩이 앞에 이르렀다. 예전에는 바닥의 일부였던 곳 같았다. 그는 그림자들을 불러 아래로 내려가보라고 명령했다. 벌어진 틈들이 궁전의 아래층, 더 아래층으로 바뀌는 모습을 바라보았다.

그런 다음 하데스는 그 안으로 뛰어내려 타일 바닥 위에 조용히 착지했다. 궁전의 이 부분은 덜 손상되어 있었다. 기둥들이 늘어선 벽과 방들이 온전히 보전된 축에 속했다. 페르세포네의 반지가 뿜어내는 기운을 따라 조심스럽게 걸음을 옮기던 그에게 불현듯 불안감이 엄습했다. 고대의 생명과 엄청난 죽음의 기운을 감지하게 되어서였다. 이 공간 자체의 기원이 까마득한 고대로 거슬러 올라간다는 점을 미루어보면 이상한 일은 아니었다. 최소한 수백 명이 여기서 죽었으니 말이다. 하지만 이 죽음 중 일부는 최근의 것이다. 가혹하고, 날카로우며, 시큼한 냄새를 풍기는.

하데스는 계속 걸어 내려가 마침내 또 다른 깊은 구덩이 앞에 이르렀다. 여기선 죽음의 냄새가 더 강하게 났고, 페르세포네의 반지 역시 더 강하게 감지되었다. 분노와 두려움이 온몸을 뒤덮는 것만 같았다. 목구멍 뒤에 두텁게, 악취를 풍기는 공포감이 똬리를 틀었다. 아프로디시아 클럽 맨 아래층에서 그녀를 발견했던 날 밤의 기억이 파도처럼 밀려와 그를 덮쳤고, 잠시 동안 그곳에 다시 있는 듯했다. 만신창이가 된 페르세포네가 그의 앞에 무릎을 꿇고 있는 그 순간에. 그녀의 피 냄새를 맡을 수 있었고 마음은 점점 더 어둡고 폭력적인 곳으로 소용돌이치듯 향했다. 그가 필요로 하는 분노였다. 그녀가 다치기라도 하면 온 세상을 다 불태워버리는 데 쓸, 울컥 치밀어 오르는 힘.

어둠 속으로 한 발 더 내딛자 온 땅이 흔들렸다. 몸을 일으켜 세운 그의 앞에는 여러 갈래로 난 좁은 복도가 있었다.

미로.

이곳에 대해서도 그는 익히 알고 있었다. 고대의 발명가이자 건축가였던 다이달로스의 혁신적인 작업이었다. 결국 그의 아들을 죽음에 이르게 했던 작품.

제기랄, 하데스는 각각의 행로를 면밀히 살펴보았다. 여기는 위쪽보다 추웠고 공기 중에는 먼지가 가득했기에 더럽고 숨이 막힐 것 같은 느낌이 들었다. 그래도 그는 페르세포네의 반지를 감지할 수 있었고, 그 에너지는 오른쪽으로 뻗은 길 쪽에서 강하게 느껴졌다. 더 깊은 어둠 속으로 들어서자 터널이 여기저기 부서져 있는 게 보였다. 마치 커다란 물체와 부딪친 것 같았다.

여기 괴물 같은 무언가가 살았다.

지금도 있을지 모른다.

하데스는 그림자들을 불러 모아 복도로 내보냈지만, 머지않아 방향을 잃고 어둠 속으로 흐릿하게 사라져버렸다. 그림자들의 모습에 하데스의 목덜미 털이 쭈뼛 일어섰다. 뭔가 잘못된 것이 여기 있다. 결코 유쾌한 일이 아니었다.

그때 갑자기 왼쪽 벽이 쾅 하고 폭발하면서 그는 반대쪽 벽을 뚫고 날아갔다. 바닥에 떨어졌을 때 그는 황소 한 마리, 혹은 최소한 그것의 머리와 정면으로 마주했다. 나머지 몸은 인간의 것이었다.

미노타우로스.

괴물은 발굽이 있는 한쪽 발로 땅을 쿵쿵 구르며 여기저기 날이 부서지고 피가 덕지덕지 묻은 쌍도끼를 휘둘렀다. 하데스는 그 괴물이 여기 갇힌 이래로 저 도끼를 살상 무기로 삼아왔을 거라고, 그리고 엉겨 붙은 머리털, 더러운 피부, 광기 어린 눈…… 상태를 보건대 그렇게 된 지 상당히 오랜 시간이 지났을 거라고 직감했다.

괴물은 큰 소리로 울부짖으며 도끼를 휘둘렀다. 하데스는 벽을 밀치며 몸을 웅크리는 한편 그림자 망령들을 소환해 괴물을 향해 돌진하게 했다. 만약 다른 생물체였다면 그 마법이 영혼을 혼란에 빠뜨렸을 것이다. 모든 감각을 상실하는 게 일반적인 반응인데, 이 괴물은 그림자들이 몸을 통과하자 순간적으로 균형을 잃고 난 뒤 어쩐지 분노가 더욱 강해지는 듯했다.

하데스는 앞으로 돌진해 미노타우로스를 세게 강타했다. 둘은 여러 겹의 벽을 부수며 뒤쪽으로 거세게 나가떨어졌다. 돌무더기 위에 떨어진 하데스는 몸을 굴려 괴물과 멀리 떨어졌다.

미노타우로스도 재빨리 몸을 일으켜 발굽을 딛고 섰다. 이 괴물은 마법을 지니진 않았지만 동작이 빨랐고, 끝도 없이 솟아나는 힘을 가지고 있었다. 괴물은 머리를 숙여 그에게로 뿔을 겨눈 채 큰 소리로 포효하며 다시 돌진했다. 하데스는 가슴 위로 팔짱을 낀 다음 힘의 파장을 만들어 괴물을 다시 한번 높이 들어올렸다.

미노타우로스는 한 번 더 바닥에 쿵 찧으며 부딪혔지만 바로 다시 일어났다. 그것이 뿜어내는 으르렁대는 소리는 분노가 역력했고, 너무 커서 귀가 먹먹할 지경이었다. 괴물이 던진 도끼는 획획 소리를 내며 허공을 갈랐다. 하데스는 돌진해오는 괴물의 충격에 단단히 대비할 태세를 갖췄다. 괴물이 쾅 부딪히자 하데스는 마법의 힘으로 날카로운 손가락 끝을 미노타우로스의 목에 찔러 넣었다. 손가락을 뽑아내자마자 얼굴에 피가 튀겼다. 괴물은 계속해서 울부짖으며 하데스를 매단 채 미로 속의 벽을 따라 계속해서 달렸다. 벽에 부딪히는 날카로운 충격이 척추를 타고 올라왔다. 그는 이를 악물고 계속해서 미노타우로스의 목에 뾰족한 가시를 밀어 넣었다.

하데스는 괴물이 힘을 잃어가는 것을 알아차렸다. 속도가 느려지면서 내쉬는 숨은 거칠어졌고, 힝힝대는 듯한 소리가 콧구멍 밖으로 새어 나왔으며, 입에서는 피가 뚝뚝 떨어졌다. 하데스가 손을 놓으려는 순간 미노타우로스가 비틀거렸고, 어느새 괴물과 엉겨 다른 구덩이 밑으로 까마득하게 떨어지고 있었다. 구덩이의 너비는 빠르게 좁아져 그들은 핀볼처럼 옆벽에 쿵쿵 부딪혔고, 폐 속의 공기가 턱턱 빠져나왔다. 둘은 몸을 비틀며 휙휙 돌리다 마침내 좀 더 커다란 방으로 떨어졌다. 미노타우로스가 먼저 떨어지며 벽에 세게 부딪혔고, 하데스는 그 소리를 듣자마자 둘이 떨어진 바닥은 콘크리트나 돌바닥이 아님을 알아챘다.

아다만트군. 그는 깨달았다.

아다만트는 여러 고대 무기를 만드는 데 사용되는 재료였다. 신들을 한데 묶어줄 수 있는 유일한 금속이기도 했다.

하데스는 재빨리 몸을 일으켜 미노타우로스와 싸움을 계속할 태세를 갖추었다. 그러나 괴물은 고개를 들지 않았다.

죽었다.

그의 눈은 새로운 어둠에 적응했다. 이곳은 왠지 더 짙게 느껴졌다. 땅속 아주 깊은 곳이어서 그렇게 느껴지는 건지도 몰랐고, 어쩌면 아다만트 때문인지도 몰랐다. 어느 쪽이든 감옥은 단순했다. 작은 정사각형 꼴에 모래 바닥으로 된 공간. 언뜻 보기엔 빠져나갈 방법이 없었다. 하지만 더 오랫동안 보아야 한다. 그 순간, 페르세포네의 존재감에 정신이 퍼뜩 차려졌다. 마치 그녀의 심장이 이 감방의 벽 안에서 뛰는 것처럼 그녀가 강하게 감지되었다. 바로 다음 순간 그것이 보였다. 반지에 끼워진 보석 중 하나가 빛나고 있었다.

반지가 여기에 있다면, 그녀는 어디에 있는 거야?

테세우스가 무슨 짓을 한 거지?

반지를 향해 발걸음을 떼자마자 희미한 기계음과 더불어 천장에서 그물이 떨어져 하데스를 덮쳤다. 바닥에 세게 부딪히며 넘어진 그는 마법을 소환하려 했지만 몸은 경련을 일으킬 뿐이었다. 그물이 그를 완전히 마비시킨 것이다.

이렇게까지 무력감을 느낀 적이 없었다. 그 사실에 그는 화가 났다. 허우적거리며 욕을 내뱉었지만 아무 소용이 없었다. 마침내 그는 가만히 누웠다. 맞서고 싶지 않아서가 아니라, 움직이는 데 너무 지쳤기 때문이었다. 그는 잠시 눈을 감았다. 잠깐 잠이 들었던 듯했다. 다시 눈을 떴을 때, 어둠 속에서 시야가 일렁였기에 적응하느라 시간이 잠시 걸렸다. 거기 그렇게 누워 얕은 숨을 쉬던 그는 저만치 멀지 않은 곳에서 희미하게 깜박이는 무언가를 발견했다.

페르세포네의 반지.

그것을 향해 손을 뻗어보았지만 그물 때문에 팔을 움직일 수 없었다. 이마 위로 땀이 흘러내렸고, 몸에 점점 힘이 빠졌다. 다시 한번 그는 눈을 감았고, 숨을 고르기 위해 애쓰는 동안 바닥의 모래가 입술과 혀까지 뒤덮었다.

"페르세포네." 그는 그녀의 이름을 속삭여 불렀다.

그의 아내, 그의 여왕.

그녀를 아끼게 된 영혼들과 신들에 둘러싸인 채 꽃길을 따라 그에게 걸어오던 흰 가운 차림의 그녀가 얼마나 아름다웠는지를 생각했다. 그녀의 미소가 그의 심장을 얼마나 뛰게 만들었는지, 그녀의 진녹색 눈동자가 얼마나 빛나고 또 기쁨에 차 보였는지, 그래서 그의 가슴속이 자긍심으로 얼마나 부풀었는지를 기억했다. 그들이 함께 통과해온, 그리고 싸워온 모든 것을 떠올렸다. 세상을 불태우고 평생 사랑하기로 한 약속. 그런데 지금 그는 그녀가 안전한지 여부도 알지 못한 채 외따로 여기 이렇게 있다.

그는 이를 악물었다. 혈관을 타고 새로운 분노의 물결이 일었다. 그는 눈을 부릅뜨고 다시금 반지로 손을 뻗었다. 손이 덜덜 떨리긴 했지만 이번에는 한 움큼의 모래를 가까스로 움켜쥘 수 있었고, 손가락 사이로 모래를 걸러내자 보석이 박힌 반지가 나왔다.

가쁜 숨을 몰아쉬며 떨리는 손으로 그는 반지를 입술에 가져다 댄 다음, 손바닥 안쪽에 안전하게 그러쥐곤 다시금 어둠 속으로 빠져들었다.

38장
페르세포네

　페르세포네는 쩍 벌어진 동굴 속 어둠으로 들어섰고 다른 이들도 뒤따랐다. 테세우스는 시빌의 팔을 단단히 붙든 채 나란히 걸었다. 페르세포네가 일을 그르치면 친구가 그 대가를 치를 것임을 상기시키는 행동이었다.

　커다란 동굴이었다. 누군가 코를 킁킁거리는 소리, 훌쩍이는 소리, 흐느끼는 소리 하나하나가 페르세포네의 귓가에 울려 퍼졌고 분노를 부채질했다. 얼른 계획을 세워야 했다. 지하 세계로 들어서는 저 입구가 네버나이트와 같을지 궁리해보았다. 저곳 역시 그녀가 상상하는 곳 어디든 데려갈 수 있는 관문일까?

　한참 걷다 보니 어느새 그들의 발길을 막아 세우는 듯한 암벽과 마주하게 되었다.

　"이건 뭐냐?" 테세우스가 따졌다.

　"여기가 지하 세계의 입구다." 페르세포네는 재빨리 설명했다.

　그녀는 앞으로 손을 뻗어 벽에 가져다 댔다. 관문은 차가웠고, 손바닥에서 소용돌이치는 마법은 마치 날갯짓처럼 느껴졌다. 하데스의 마법이었기에 마음이 안정되면서도 가슴이 아파왔다.

하데스는 어디 있는 거지? 테세우스의 호의를 수락한 것이라는 사실을 증명하기 위해 그를 지상 세계에 묶어두었던 건데. 알렉산드리아 타워를 나서자마자 그 증명은 끝났다.

어쩌면 지하 세계에서 우리를 기다리고 있을지도 몰라, 그녀는 스스로에게 되뇌었다.

"내가 먼저 가겠다." 그녀가 말했다.

"안 돼." 테세우스가 명령했다. "데메테르가 갈 거다."

"그건 현명한 판단이 아니야." 페르세포네가 주장했다. "이 관문은 괴물들이 지킨다고."

"내가 걱정되는 거니, 나의 꽃?" 데메테르가 더없이 비꼬는 투로 물었다.

"아뇨." 페르세포네가 말했다. "내 아이들이 걱정돼서요."

구체적으로 말하자면 케르베로스, 티폰, 그리고 오르트로스가 걱정되었다.

"시빌이 고통을 감수하게 두진 않을 거야." 페르세포네가 말했다. "난 두려울 게 없어."

"좋다." 그 말이 그의 이 사이로 저주처럼 미끄러져 나왔다. "이것만 알아둬, 손가락 자르는 건 이제 좀 지루하군."

페르세포네는 문으로 들어섰다. 마치 물속을 가르며 건너가는 느낌이었고 하데스의 마법을 가득 누리기 위해 자연히 움직임이 느려졌다. 끝에 다다르자 헤카테의 초원이 나타났다. 지상 세계에서의 밤과 동굴의 어둠을 겪고 난 뒤라 바깥은 지나치게 밝게 느껴졌다.

"페르세포네." 헤카테가 말했다. "무슨 일인가요?"

그녀는 네펠리를 곁에 앉혀두고 검은색 로브 차림으로 서 있는 마법의 여신을 향해 눈을 깜박였다.

"헤카테."

페르세포네는 운을 뗐지만 테세우스, 시빌, 데메테르, 그리고 하르모니아가 차례로 모습을 드러내자 재빨리 입을 다물었다. 그들이 나타나자 주변에서 오싹하게 으르렁대는 소리가 터져 나왔다. 네펠리가 짖는 소리에 케르베로스, 티폰, 그리고 오르트로스가 나무 사이에서 슬금슬금 기어 나왔다.

"안 돼, 케르베로스!" 페르세포네가 명령했다.

개들은 멈춰 섰다. 여전히 긴장한 채 공격 태세를 갖추고 있었지만 으르렁거리지는 않았다.

"이게 뭐야?" 테세우스가 물었다. "함정인가?"

"아니야!" 페르세포네가 말했다. "아니라고. 함정 아니야!"

그녀는 커다란 눈에 절박함을 담아 헤카테를 바라보았다. 할 수 있는 한 상황을 전달하려 애쓰면서, 이 여신이라면 마음을 읽어줄 것임을 알기에. 지난 몇 시간 동안 벌어진 일을 말없이 전했다. 시빌이 사라진 순간부터 사무실에서 잘린 손가락을 발견한 일, 눈사태, 올림포스 신들과의 전투, 그리고 테세우스의 호의 요구까지.

그런 다음 반신을 향해 돌아섰다. "헤카테는 내 동료야. 내가 괜찮은지 확인하기 위해 여기 온 것뿐이라고."

"그럼요, 당연하지요." 헤카테는 긴장한 미소를 내보이며 말한 다음 데메테르에게 눈길을 옮겼다. "난리가 났네요. 수확의 여신께서 죽은 자들의 왕국에 친히 행차하시다니. 당신이 지난달 죽인 수백 명의 영혼들에게 경의를 표하러 온 건가요?"

데메테르는 차가운 미소를 지었다. "이미 지난 일에 시간을 쓸 생각은 추호도 없군요."

"그랬다면 좋았을 텐데." 헤카테가 답하듯 입을 열었다. "여기에 오신 건 과거 때문이 아니라는 거지요?"

데메테르는 인상을 찌푸리더니 테세우스에게 말했다. "저 여자는 강력한 여신이야. 인간의 팔다리 하나 정도 자르는 게 어때, 페르세포네가 좀 순순히 행동하도록."

"아니." 페르세포네가 어두운 목소리로 말했다. "헤카테는 우리를 방해하지 않을 거예요, 그렇죠? 우리가 궁전까지 가는 동안 여기 초원에 머물 거라고요."

"물론입니다, 여왕님의 분부를 따르겠습니다." 헤카테가 답했다. "하지만 그곳까지 직접 순간 이동하시는 편이 빠르실 텐데요."

"순간 이동은 안 돼." 테세우스가 말했다. "예상치 못한 곳에 도착할 수도 있으니 못 믿겠다."

"여왕님께서 명령만 하신다면, 당신들이 가고자 하는 곳에 정확히 도착할 수 있게 해드릴 겁니다." 헤카테가 유쾌한 목소리로 말했지만 페르세포네는 그 어조에서 어둠의 기운을 감지해낼 수 있었다.

페르세포네는 테세우스를 바라보았다. 그는 확신이 서지 않는지 머뭇거렸다.

"저 여신의 마법은 믿지 마. 사악해." 데메테르가 말했다.

"닥쳐!" 테세우스가 소리 질렀다.

데메테르의 눈이 가늘어졌다.

"명령해라. 하지만 명심해, 당신 친구들의 목숨은 내 손아귀 안에 있다는 걸."

"헤카테, 우리를 하데스의 무기고로 데려가줘요."

헤카테의 마법이 그들을 감싸자 페르세포네는 몸을 떨었다. 바로 이 초원에서 마법의 여신과 싸우던 때를, 그녀의 힘이 얼마나 강한지, 그리고 얼마나 오래되었는지를 느꼈던 순간을 기억하고 있었다. 그날의 경험은 가슴속에 쉽게 지워지지 않는 어둠의 기운을 남겼지만, 지금 이 순간 그 기운은 위안이 되었다. 헤카테가 저들에 맞서 싸워줄 것임을 알고 있었기에, 그리고 그 결과가 참혹할 것이기에 찾아드는 위안이었다.

그들은 무기고 앞에 나타났다. 무기고로 통하는 황금색 문은 둥글었고, 모든 자물쇠와 톱니바퀴를 드러내는 투명하고도 두꺼운 유리가 끼워져 있었다.

테세우스는 시빌의 팔을 붙든 채 페르세포네와 헤카테 사이를 빙빙 돌았다.

"무기고로 데려가주겠다고 말한 줄 알았는데."

"그랬죠." 헤카테가 차분하게 말했다. "하지만 저에게도 이곳 내부로 순간 이동하는 것은 금지되어 있답니다. 직접 금고를 열 수 있는 건 오직 여왕과 왕 두 분뿐이지요."

페르세포네는 뭐라고 따지려 입을 열었지만 테세우스가 다시금 시빌을 위협했다.

"당장 열어!" 그가 광기 어린 비명을 질렀다. 이제는 그가 얻고자 하는 것을 얻기 직전이니 스스로를 억제하기 어려우리라.

페르세포네는 절박한 얼굴로 헤카테를 바라보았다.

어떻게 여는지 몰라요.

알 필요 없어요. 그녀가 눈빛으로 말했다.

페르세포네는 문 옆에 자리한 패드에 손을 댔다. 지문 스캔이 완료되자 톱니바퀴들이 드르륵 소리를 내며 문이 열렸고, 하데스의 무기고가 눈앞에 드러났다. 페르세포네는 검은 대리석 바닥과 무기가 가득 내걸린 벽이 있는 친숙한 둥근 방에 들어섰다. 하지만 눈길은 테세우스와 마찬가지로 방 한가운데에 놓인 하데스의 갑옷으로 향했다. 갑옷 발치에 어둠의 투구가 놓여 있었다.

테세우스는 시빌을 데메테르에게 밀쳐두곤 방으로 들어왔다.

"꽉 잡고 있어!" 그가 으르렁댔다.

헤카테는 하르모니아 근처를 맴돌았다.

"내가 상상했던 것보다 더 장대해." 테세우스가 중앙으로 발을 내디디며 말했다.

페르세포네의 시선은 헤카테에게 향했다. 여신의 눈길은 흔들림 없이 꼿꼿했다.

저들을 여기서 내보내줘요. 그녀가 애원했다.

물론이지요. 여신이 다시금 눈빛으로 말했다.

테세우스가 하데스의 투구를 만지자마자 헤카테의 마법이 용솟음치듯 돌진해 하르모니아와 시빌을 무기고 밖으로 몰아냈다. 안전을 위해서였다. 투구를 붙잡은 테세우스의 손이 미끄러지자 투구는 받침대 위의 본래 자리에서 떨어져 큰 소리와 함께 바닥에 굴렀다.

"안 돼!" 테세우스가 소리 질렀다.

페르세포네의 마법이 폭발하듯 터져나왔다. 대리석의 갈라진 틈마다 가시들이 솟구쳐 나와 출구를 봉쇄했다. 데메테르의 입꼬리가 벌어지며 치아를 드러냈다. 사악한 미소였다.

"마지막 교훈을 가르쳐주마, 딸아. 이렇게 하면 네가 좀 잠잠해지겠지."

마법이 일종의 언어라면, 데메테르의 마법은 증오라고 할 수 있을 것이다. 말이 끝나기가 무섭게 그녀의 마법이 맹렬한 에너지의 파동을 일으키며 페르세포네를 반대쪽 벽으로 밀쳐냈다. 그 충격으로 벽이 무너져 내렸다. 그녀는 두 발로 착지했지만 하데스의 검을 든 테세우스와 맞닥뜨리고 말았다.

"재수 없는 년!" 그는 검을 휘두르며 으르렁댔다.

페르세포네는 악에 받쳐 달려들었다. 손가락 끝에 돋아난 검은 가시들이 반신의 가슴에 총알처럼 박혔다. 그는 뒤쪽으로 비틀거렸다. 셔츠는 피로 검게 변했고 눈은 기묘한 빛을 띠며 번득였다. 그가 주먹으로 바닥을 내리치자 땅이 흔들리면서 벽에 걸려 있던 무기들이 서로 부딪치고 떨어졌다. 그 바람에 페르세포네도 발을 헛디뎠다.

그와 동시에 데메테르는 또 다른 에너지를 폭발하듯 불러일으켰다. 마법을 정면으로 맞은 페르세포네는 한 번 더 뒤로 나가떨어졌다. 테세우스는 머리 위로 무기를 들어 올려 그녀를 내리치려 했지만 페르세포네는 그의 칼날에 맞서 손을 뻗었고, 그녀의 손안에 모인 에너지의 힘에 떠밀려 그는 뒤로 휙 날아가 하데스의 갑옷에 부딪혔다. 페르세포네는 덩굴을 불러내 쓰러진 그를 친친 휘감았다. 그런 다음 모든 힘을 데메테르에게 집중했다. 둘의 마법이 공중에서 맞부딪쳤다. 양쪽의 에너지가 폭발하며 모든 덩굴과 가시가 서로 뒤엉키고 부서졌다. 수확의 여신은 한 번 더 폭발을 가했고, 이번에는 공기를 온통 휘저으며 돌풍을 일으켜 페르세포네의 머리카락과 옷이 한데 엉키게 만들었다. 데메테르는 테세우스가 사용했던 칼을 집어 들곤 페르세포네를 향해 휘둘렀다. 그녀는 얼른 마법으로 그에 맞섰다. 최대한 빠르게 불러낼 수 있는 모든 것을 다 동원했다.

"신들이 널 파괴할 거야." 데메테르가 말했다. "나라면 널 안전하게 지켜줬을 텐데!"

"온 세상이 위협받고 있는데 나만 안전한 게 무슨 소용이에요?"

"세상 따위는 중요하지 않아!" 그녀가 으르렁댔다.

그때 페르세포네는 처음으로 데메테르의 진정한 두려움을 보았다. 찰나의 순간 둘은 싸움을 멈추고 신경이 곤두선 채 서로를 바라보았다. 다음 순간 데메테르의 입에서 나온 말은 페르세포네를 무너뜨렸다.

"네가 중요해. 넌 내 딸이잖아. 난 너에게 애원했어."

날것의 진실이 담겨 있는 말이었다. 페르세포네는 어머니의 행동을 어느 정도는 이해했지만 결코 동의할 수는 없었다. 하데스 역시 그녀에게 애원했고, 그녀를 보호하고 싶어 했다. 하지만 그는 시련이 그녀를 강하게 일으켜 세울 수 있다면 그녀가 싸우도록, 고통을 받도록 놔두었다.

"엄마." 그녀가 고개를 저으며 말했다.

"나와 함께 떠나자." 데메테르가 절박하게 말했다. "지금 나랑 여길 떠나면 이 모든 일을 다 잊을 수 있어."

"그럴 수 없어요."

어머니가 이런 제안을 한다는 것 자체가 미친 짓이었지만, 페르세포네는 시간이 지나며 저 여신을 어느 정도 이해하게 되었다. 얼마나 오래 살았든, 그녀는 이제 망가졌고, 다시는 온전해질 수 없을 것이다.

데메테르의 얼굴이 딱딱하게 굳어지더니 손을 뻗어 번개와도 같은 마법을 쐈았고, 그와 동시에 칼을 집어 들었다. 페르세포네는 그 마법을 막은 다음 자신의 힘을 그러모았다. 그녀가 소환한 어둠은 그림자의 모습으로 나타났다. 망령들이 데메테르를 향해 돌진했고, 몸을 통과하자 그녀는 비틀거리며 무릎을 꿇었다.

페르세포네와 눈이 마주친 데메테르의 눈길이 번득였다. 그녀는 몸을 일으켜 분노의 비명을 지르며 마법을 빠르게 그러모았다. 마치 날카롭게 소리 지르는 바람처럼.

"엄마 말 중에 하나는 맞았어요." 페르세포네가 말했다.

"그게 뭔데?"

"복수는 달콤하다는 것."

그 말과 함께 페르세포네는 가장 날카로운 무기들, 창과 칼과 검들을 불러들였고, 그것들은 일제히 데메테르를 향해 내리꽂혔다.

데메테르는 바닥으로 쓰러졌다.

모든 소용돌이가 한순간 사라지자 끔찍한 침묵이 뒤따랐다. 페르세포네는 가쁜 숨을 몰아쉬며 무릎을 꿇었다.

"엄마." 그녀는 여신을 향해 기어가며 외쳤다.

데메테르는 미동도, 아무 말도 없었다. 그저 두 팔을 활짝 벌린 채, 손에는 여전히 칼을 쥔 채로 누워 있을 뿐이었다. 충격을 받은 듯 눈은 여전히 부릅뜨고 있었고, 입에서는 피가 흘러나오고 있었다.

페르세포네는 숨을 몰아쉬었다. 가까스로 몸을 일으켜 무기를 하나씩 뽑아내기 시작했다. 차가운 대리석 바닥에 누워 있는 여신 곁에 앉아 그녀가 스스로 치유하기를 기다렸다. 하지만 그녀는 꿈쩍도 하지 않았다.

"엄마."

페르세포네는 점점 더 미친 듯이 절박해져서는 무릎을 꿇은 다음 여신을 붙들고 흔들었다. 데메테르에게 바라는 게 많았다. 변화하기를, 어머니가 되기를, 딸인 그녀가 자신의 삶을 살게 내버려두기를. 하지만 죽음은 결코 아니었다.

그때 하데스가 이곳의 무기들에 관해 해줬던 말이 떠올랐다. 몇몇은 유물이라 신의 자기 치유를 막아버릴 수 있다고.

"엄마, 일어나요!"

"이리 와요, 페르세포네." 헤카테가 등 뒤에 나타나 말했다. 여신이 다가오고 있다는 걸 느끼지도 못했다.

"엄마 좀 깨워봐요!" 페르세포네가 외쳤다.

그녀는 점점 더 차가워지는 어머니의 몸 위에 손을 얹었다. 어떻게든 마법을 쓰기 위해서, 어머니가 다시 숨을 쉬게 하기 위해서였다. 하지만 아무것도 소용이 없었다.

"실이 끊겼어요, 페르세포네. 데메테르를 되돌아오게 할 수 있는 방법은 없어요."

"내가 바란 건 이런 게 아니라고요!" 페르세포네가 울부짖었다.

그러자 헤카테는 페르세포네의 얼굴 위에 두 손을 얹고 눈을 마주하게 했다.

"데메테르를 다시 보게 될 거예요. 죽은 자들은 모두 지하 세계로 오잖아요, 페르세포네. 하지만 지금으로선 시빌과 하르모니아가 당신을 필요로 해요."

페르세포네는 시큰대는 눈가를 견디며 심호흡을 몇 번 했다. 마침내 그녀는 고개를 끄덕이곤 헤카테의 손을 잡고 몸을 일으켰다. 문을 향해 걷기 시작하던 그녀는 문득 멈춰 섰다.

"테세우스!"

좀 전에 그를 묶어두었던 자리로 몸을 획 돌렸지만 그는 없었다.

"그 투구!"

두 여신은 무기고를 뒤지기 시작했다. 그때, 지하 세계가 무시무시하게 흔들리더니 무언가 갈라지는 끔찍한 소리가 울려 퍼졌다.

페르세포네의 심장이 쿵쾅거렸다. 헤카테의 얼굴은 창백했다.

"방금 그거 뭐였어요?" 페르세포네가 속삭였다.

"그건." 헤카테가 말했다. "테세우스가 티탄족을 풀어주는 소리였어요."

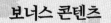

보너스 콘텐츠

지금부터 제시될 장면들은 책에 들어가지 못했거나,

재구성되어 수록된 장면들입니다.

집들이

"이게 뭐라고 불린다고 하셨습니까?" 기다리는 동안 하데스가 물었다.

"집들이 파티요." 그녀는 손에 든 상자를 눈짓해 보였다.

"나무가 아니라 컵케이크를 가져오셨습니까?"

페르세포네는 웃지 않으려 애썼다. 더욱이 이런 질문을 받는 게 벌써 두 번째였다.

"왜 나무를 가져간다는 거예요, 하데스?"

"집을 데워야 하니까 말입니다."

이제 페르세포네는 키득거릴 수밖에 없었다. "진짜 오래 살았네요, 하데스!"

하데스가 눈썹을 치켜뜨자, 그녀는 나중에 그 말에 대한 대가를 치르게 될 것임을 직감했다.

"사람들은 더 이상 집들이 파티에 나무를 가져오지 않아요, 하데스. 선물과 술을 들고 오죠. 술에 취해서 게임을 하고 그래요."

"그럼 우리는 어떡합니까? 우리도 술에 취해 게임을 하게 되는 겁니까?"

해가 뜰 때부터 하데스는 술을 마시고 있었지만 그는 전혀 취하지 않았다. 그녀가 보기에 그는 더 이상 술에 취할 수 없다는 게 확실했다. 그리고 아마 알코올중독일 거라는 것도.

그녀는 그를 흘긋 바라보았다. "누굴 속여서 거래에 끌어들이면 안 돼요, 알겠죠?"

그는 장난기 가득한 얼굴로 눈을 가늘게 떴다. "난 아무것도 약속하지 않습니다."

"하데스." 페르세포네는 경고하듯 그의 이름을 부른 다음 그를 향해 돌아섰다. 그때 그가 두 손으로 얼굴을 부여잡고 키스하는 바람에 그녀는 깜짝 놀랐다.

그는 입술을 뗀 다음 말했다. "최선을 다해 잘 처신하겠습니다."

그녀는 유쾌하게 콧방귀를 뀌었다. "음, 아주 안심되네요."

샤워 장면

물줄기가 몸 위로 쏟아지자 그녀는 열기에 신음을 흘렸고, 그 틈을 타 하데스는 더욱 깊은 키스로 나아갔다. 손으로는 그녀의 가슴을 움켜쥐고, 손가락으로 딱딱해진 젖꼭지를 애무하면서. 그녀는 그 사이로 손을 뻗어 구슬 같은 액체가 비어져 나올 때까지 그의 단단한 성기를 쓰다듬었다. 그의 것을 입에 가득 머금고 싶었지만 하데스의 손은 그녀의 목으로 향해 턱을 쥐더니 혀를 포개어오며 입을 맞추었다.

그가 갑자기 물러나자 페르세포네는 끙끙대며 그의 성기를 붙잡으려 손을 뻗었다.

그는 나지막이 웃으며 그녀의 손을 자신의 손으로 감쌌다. "잠시만, 달링. 당신 지금 피범벅입니다."

"그런 거 신경 안 썼잖아요." 그녀가 지적했다.

"개의치는 않지만 당신을 씻겨드리면서 모든 곳을 다 만질 기회를 얻고 싶습니다."

그는 비누를 집어 타월을 적시더니 그녀의 어깨에서부터 부드럽게 피를 씻어내기 시작했다. 그런 다음 가슴 쪽으로 이동해 매끄러운 손으로 하나씩 더듬고 애무한 다음 배와 허리, 허벅지, 그리고 종아리까지 손길을 이어갔다. 그녀 앞에 무릎 꿇은 채, 그는 명령을 내렸다.

"돌아서십시오."

그녀는 명령에 따라 벽에 손을 대고 섰고 그는 아래에서부터 위로 훑어 올라왔다. 그는 꽤 오랜 시간 허벅지 사이를 씻겨주었는데, 손가락으로 피부를 벌려 클리토리스 위에 원을 그린 다음 단단한 성기를 볼록한 그녀의 엉덩이 사이에 밀어 넣고선 손은 다시 그녀의 가슴으로 가져갔다.

"얼마나 애타게 날 원합니까?" 그는 입술을 그녀의 귓가에 가까이 대고 말했다.

그녀는 뺨에 닿는 그의 까끌까끌한 수염 자국을 느끼며 고개를 뒤로 돌렸고 등을 구부려 그의 성기와 더욱 강하게 밀착했다.

"그 무엇보다도." 그녀가 말했다.

하데스는 그녀의 얼굴을 돌려 거칠게 키스하고는, 그녀의 다리를 더욱 벌린 다음 안쪽으로 그의 것을 밀어 넣었다. 그가 미끄러지듯 들어와 안쪽을 꽉 채우며 달콤한 쾌감을 일깨우는 동안 페르세포네는 벽을 짚은 손 위에 이마를 단단히 대고 있었다.

"할 수만 있다면 내 것을 당신의 달콤한 안쪽에 영원히 넣고 있고 싶습니다." 그러곤 그녀의 엉덩이를 세게 거머쥐었는데, 움직임이 너무 세서 그녀는 자신의 엉덩이에 고환이 찰싹 닿는 힘까지 고스란히 느꼈다. "이렇게 내가 들어갈 때 느낌이 어떤지 말해주십시오."

수없이 많은 표현이 가능했다. 너무도 다채로운 쾌감이 있었다. 하지만 그녀가 간신히 내뱉을 수 있는 말은 이거였다.

"좋아요."

하데스의 손가락이 그녀의 머리카락을 파고 들어왔다.

"당신이 가는 걸 느끼고 싶습니다." 그가 그녀의 귓가에 대고 말했다. "그래줄 수 있습니까? 나를 위해 끝까지 가줄 수 있습니까?"

그가 한 번도 한 적 없던 말들이었다. 하데스는 언제나 매우 섹슈얼한 존재였지만 이 말들은 날것의, 원초적이고도 어두운 뭔가를 건드렸고, 그녀는 더 많은 걸 원했다.

그녀는 그의 어둠을 원했다.

"당신을 위해 갈게요." 그녀가 신음하듯 말했다.

이번에는 그가 신음을 흘렸다. 아랫배의 아래쪽까지 느껴지는 으르렁대는 소리. 그의 손은 그녀의 클리토리스로 미끄러지듯 향했고, 엄지손가락으로 그 민감한 신경을 쓰다듬자 그녀는 하데스의 움직임을 더욱 깊이 느끼려 등을 강하게 구부렸다. 그의 입이 그녀의 귀와 목, 어깨, 모든 곳에 닿았다.

"당신 정말 미친 듯이 아름다워." 그가 말했다. "당신은 내 거야."

페르세포네는 강렬한 오르가슴을 느꼈다. 다리가 심하게 떨려 넘어질 뻔했지만 하데스가 그녀를 일으켜 세웠다.

"내 안에 들어와요." 페르세포네가 명령했다. "내가 당신의 것이라면. 이리 와요."

하데스는 숨 가쁜 웃음소리를 냈다. "무엇이든 하겠습니다, 나의 여왕이여."

마지막 움직임은 거칠고 깊고 빨랐다. 그러나 그가 그녀 안에서 고동치듯 움직이는 힘, 마침내 사정한 다음 어느 순간 그녀의 몸에 기대듯 나른해진 그의 몸을 그녀는 전부 다 느낄 수 있었다.

그들은 잠시 그렇게 밀착한 채, 타일 벽에 기댄 채 가만히 있었다. 어느덧 물줄기의 온도는 미지근해졌다. 하데스가 몸을 떼자 페르세포네는 그대로 돌아서서 타일 벽에 죽 미끄러져 바닥에 주저앉았다. 모든 힘이 다 빠져나가 계속 서 있을 수 없었다.

하데스가 그녀 앞에 무릎을 꿇었다. "괜찮습니까?"

"네." 그녀는 나른한 미소를 지어 보였다. "잠시만 이러고 있을게요."

리라

"끔찍한데." 아폴론이 말했다.

페르세포네는 음악의 신이 건네준 리라를 퉁기던 손을 멈추고 그를 노려보았다. "정확히 네가 가르쳐준 대로 하고 있는 거란 말이야.

선생 탓이야."

"정확히 내가 가르쳐준 대로 하고 있었다면 이런 소리가 났겠지."
그는 반박하더니 아름답고 깔끔한 선율을 연주했다.

"우리가 모두 음악의 신인 건 아니잖아, 아폴론."

"물론 그렇지." 그가 짙은 눈썹을 치켜뜨며 퉁명스럽게 말했다.

"오늘 어떤 분이 평소보다 울적해 보이시는데요." 페르세포네가
대응했다.

이제는 아폴론이 노려볼 차례였다.

페르세포네는 리라를 옆으로 세워두었다. "무슨 일 있어? 아이아
스에 대한 건 아니지?"

아폴론은 입술을 꾹 다물었다. "내가 왜 고작 인간 따위에 속상
하겠어?"

"헥토르가 그를 공격했을 때 꽤나 속상해 보였는데."

"내 영웅이니까 걱정돼서 그랬지." 아폴론이 딱 잘라 말했다.

"그럼 이번 대회에서 헥토르가 아이아스를 이길 가능성은 없다고
생각하는 거야?"

아폴론은 잠깐 입을 열었다가 다시 꾹 다물었다.

페르세포네가 말했다. "팔레스트라에 날 데려갔을 때 너에게선
그의 냄새가 났어."

아폴론은 어금니를 악물 뿐 아무 말도 하지 않았다.

"대화를 안 할 거라면." 그녀는 리라를 다시 집어 들고는 연주하
기 시작했다, 끔찍하게.

"그만해! 지금 이게 나한테서 답을 끌어내려는 수법이야?"

"효과가 있는 것 같아?"

그는 노려보더니 한숨을 내쉬었다. 갑자기 무척 피곤해 보였다.

"내가 마지막으로 사랑에 빠졌던 때 끝에는 피를 봤어. 항상 그렇게 끝나버려."

"히아킨토스의 죽음은 네 탓이 아니야, 아폴론."

"내 탓이지. 히아킨토스를 사랑한 신은 나만이 아니었는데, 그가 나를 선택하자 서풍의 신 제피로스가 질투를 했어. 내가 던진 원반의 궤적을 바꾼 건 바로 그의 바람이었지. 그 바람 때문에 히아킨토스는 죽은 거야."

"그럼 그 죽음은 제피로스 탓이네." 페르세포네가 말했다.

아폴론은 고개를 저었다. "넌 이해 못해. 지금도 아이아스를 두고 똑같은 일이 벌어진다는 게 나한테는 보여. 헥토르는 날이 갈수록 독하게 질투하고 있어. 팔레스트라에서 아이아스한테 시비를 걸었던 게 그날이 처음이 아니라고."

"아이아스가 널 좋아한다면?" 페르세포네가 물었다. "그런데도 두려워서 그를 피할 거야?"

"두려운 게 아니야……." 아폴론은 말을 하려다 화가 나서 시선을 피했다.

"그럼 뭔데?"

"망치고 싶지 않아. 난 지금…… 좋은 존재가 아니라고. 내가 또다시 그를 잃게 되면 어떡해? 그럼 난 정말…… 악마가 될지도 몰라."

"아폴론." 페르세포네는 최대한 부드럽게 말했다. "스스로 악마가 될까 봐 두려운 거라면 그건 네가 네 생각보다 더 인간적이라는 증거야."

그는 정말이지 달라지고 싶다는 눈빛을 그녀에게 보냈다.

560

"아이아스랑 얘기를 나눠봐."

"뭐에 대해서? 우린 관계를 맺고 있는 것도 아니라고."

"너에게서 그의 냄새가 났다니까." 페르세포네가 지적했다.

"그래서?"

"음, 그건 네가 적어도…… 신체적 접촉을 했다는 뜻이지."

아폴론이 눈을 내리깔며 말했다. "그와 잤냐고 물어보는 거면 안 잤어."

"질문한 게 아니야."

"어쨌든 그걸 암시했잖아." 그가 쏘아붙였다. "하지만…… 키스는 했어."

"그리고? 키스했을 때 기분이 어땠어?"

"마치…… 숨을 쉬면서도 동시에 익사하는 것 같은 기분이었어." 아폴론은 한숨을 쉬면서 마른세수를 했다. "너무…… 바보같이 들리지?"

"아니." 페르세포네는 나직하게 말했다. "전혀 안 그래. 둘 사이에 탐구할 만한 가치가 있는 무언가가 있는 것처럼 들려."

"그게 결국 재앙으로 끝나더라도?"

"그렇더라도. 내가 하데스와 결혼하기로 한 이후에 우리 엄마가 지상 세계에 벌이는 짓거리를 봐."

"후회되겠네. 네가 인류를 얼마나 애도하는지 나도 알아."

"엄마가 그런 길을 택한 게 후회스럽지. 이렇게 된 이상 내가 엄마를 무너뜨릴 수밖에 없게 되었으니까."

신들이여. 이번 책은 무엇부터 얘기해야 할까?

우선, 독자 여러분께 감사의 인사를 전한다. 정말 많은 분이 읽어 주셨는데, 모든 분들께 감사드린다. 덕분에 나는 계속 글을 쓴다. 전업 작가가 될 수 있었던 것도, 내가 사랑하는 일을 지속할 수 있었던 것도 모두 독자분들 덕분이다. 또한 스트리트 팀에도 깊이 감사드린다. 여러분 모두는 내가 꿈꾸던 최고의 광고 팀이다. 나에게, 그리고 내 책에 투자해주신 모든 시간들에 감사드린다. 여러분이 최고다.

책에 대해

이 책을 쓰는 내내 흐릿했다. 나의 내면에는 피로와 고뇌와 슬픔과 모든 게 나아지길 바라는 희망 등이 뒤죽박죽 섞여 있었다. 그 과정을 돌이켜보면 어떻게 여기까지 왔는지 알 수 없지만 여기까지 와서 다행이다. 나는 이 책이 무척 자랑스럽다, 아니 자랑스러움 그 이상이다.『파멸의 손길』에 대해선 우리의 의견이 분분하다는 걸 알고 있다. 다만 우리가 왜 괴로웠는지, 왜 그 여정이 그렇게 중요했는지 말할 수 있기를 바란다. 다 여기까지 오기 위한 과정이었던 것이다. 악의의 힘으로 말이다. 『어둠의 손길』에서 페르세포네가 어땠는지, 『파멸의 손길』에서 어떻게 고군분투했는지, 그리고 『악의의 손길』의 말미에 그녀가 어떤 존재가 되었는지를 돌이켜보면 나는 뿌듯해진다. 그녀의 여정이 나에게 희망을 준다. 고난과 트라우마와 슬픔은 우리를 더욱 강하게 만들어준다는 점을 그녀가 일러주었다.

여러분 모두 아시다시피, 나는 이런저런 신화들을 들춰보면서 내 책에 어떻게 적용하고 또 변경했는지를 알아보는 것을 좋아한다. 티타노마키아부터 시작해보겠다.

티타노마키아, 10년간의 전쟁

내가 『악의의 손길』을 준비하며 스스로에게 던진 핵심 질문은 이것이었다. 무엇이 또 다른 티타노마키아로 이어질 것인가? 우리 모두는 신들이 이런 주기를 거친다는 걸 알고 있다. 원시 신들은 티탄족에 의해 축출되었고, 티탄족은 올림포스 신들에 의해 무너지지 않았던가.

티타노마키아에 관한 문헌 중에서도 특히 제우스의 역할을 다룬 부분을 읽어보면 그가 얼마나 카리스마 있는 존재인지 알 수 있는데, 도무지 좋아하기 힘든 부분이다. 왜냐하면 그는 매력적으로 그려지기보다는 티탄족을 제압하는 데 무엇이 필요한지를 깨우쳤으며, 자신과 올림포스 신들을 지지하는 이들을 향해 그들의 지위와 권력을 유지할 수 있도록 보장하겠다고 약속했기 때문이다. 헤카테와 헬리오스는 이들 편에 합류한 티탄족이었다. 또한 문헌에서는 제우스가 헤카테를 높이 평가했다는 것이 구체적으로 드러난다. 그녀가 유일하게 그의 코를 납작하게 하는 존재인 건 바로 그 때문이다. 그렇기에 나는 그를 거세시킬 인물로 그녀를 택했다. 제우스를 처벌하기 위해 헤카테가 행하는 거세를 선택한 것은 크로노스 역시 자신의 아버지인 우라노스를 거세시켰기 때문이다(아도니스를 죽이는 데 사용된 낫으로).

또한 나는 데메테르의 눈보라가 또 다른 티타노마키아를 불러일으킬 만한 불안한 환경을 조성할 거라고 여겼다. 신화에 따르면, 페르세포네가 하데스에 의해 지하 세계로 불려갔을 때 수확의 여신은 실제로 세상을 방치했고, 지상 세계는 극심한 가뭄을 겪게 된다. 가뭄 역시 해롭겠지만 기술의 발전으로 눈보라보다는 가뭄을 퇴치하는 게 더 수월할 거라고 느꼈다. 이렇게 생각한 까닭은 내가 살고 있는 오클라호마는 제반 구조가 부실해 눈보라로 인한 피해가 많기 때문이다. 수확의 여신으로서 데메테르에겐 날씨를 통제하는 권한이 확실히 있다고 여겨지니, 뉴 아테네에 맹렬한 겨울 눈폭풍을 일으키지 않을 이유도 없지 않은가? 그렇게 하면 인간들 사이에 이미 트라이어드가 부추긴 불안을 더욱 부채질하게 될 것이다.

데메테르에 대한 이야기가 나왔으니 말인데, 신화에서 페르세포네가 실종되었을 때, 사실 그녀는 약간의 우울을 느끼며 목적 없이 세상을 배회하고 있었다. 그녀는 도소라는 이름의 노파로 변장한 다음 켈레오스에게 간다(그렇게 해서 『악의의 손길』 속 데메테르의 변장 이름이 도소가 된 것이다). 그곳에서 그녀는 왕의 두 아이를 돌보게 되는데, 아이들 중 한 명을 불구덩이 속에 넣어 불멸로 만들려다 발각되어 그때 스스로가 여신임을 공표하게 된다. 그녀는 이 일로 몹시 화가 나서 왕과 그 백성들에게 그녀를 기리는 사원을 지으라고 요구하게 된다.

나는 데메테르의 난동에 신들이 어떤 반응을 보일지 고심했다. 하지만 신화 속에서 펼쳐진 이야기에 대한 내 해석을 최대한 유지하고자 했다. 인류가 멸종에 이를 때까지, 그리하여 숭배자들이 사라질 때까지 신들이 오랫동안 사태를 방치했다는 이야기 말이다. 제우스는 처음엔 데메테르를 말로써 진정시키려 한다. 다른 신들을 보내 올림포스로 돌아오라고 설득하기도 하지만, 그녀는 거절한다. 최후의 수단으로 제우스는 헤르메스를 보내 지하 세계에서 페르세포네를 데려오도록 한다. 나는 제우스의 이러한 게으른 의사 결정을 내 책 속에도 넣어보았다. 숭배자들을 필요로 하면서도 자신의 권력을 잃을까 봐 두려워하기에 빠르게 대응하지 않는 제우스의 면모 말이다.

데메테르에 대한 추가적인 이야기

이 책에서 내가 주요하게 다룬 것 중에는 데메테르가 겪은 강간이 있다. 페르세포네를 찾아 나선 여정에서 데메테르는 실제로 포세이돈에게 강간을 당하지만, 이 일이 만약 페르세포네가 태어나기 전에 일어났다면 데메테르가 세상으로부터 은둔해 삼신으로부터 딸을 보호하려는 이유가 생길 거라고 느꼈다.

헤르메스와 판

이 작품에서 야생의 신 판을 헤르메스의 아들로 언급했다는 사실을 간단히 짚고 넘어가고 싶다. 모든 신화에서 그러하듯 이는 실제일 수도 있고 아닐 수도 있다. 그럼에도 잠시 시간을 들여 판이 모든 그리스 신 중에서 유일하게 죽음을 맞이한 존재로 알려져 있다는 사실을 말하고 싶다. 그의 죽음은 상세하게 서술되지는 않았다. 사실, 그가 어떻게 죽었는지는 아무도 모른다. 대중들에게는 그저 장난 전화처럼 알려지게 된 사건이었던 것이다. 하지만 중요한 것은 예수의 탄생이 있기 위해선 판이 죽어야 했다는 사실이다.

나에게 더 묻진 마시라. 난 그저 신화를 읽었을 뿐이다.

아폴론과 아이아스, 그리고 헥토르

아폴론을 아이아스와 결합시킨 이유는 스스로도 잘 모르겠다. 하지만 신화 속에서 아이아스와 헥토르가 트로이 전쟁 당시 결투를 벌였다는 건 알고 있었기에 흥미로운 지점이 될 거라고 생각했다. 또한 신화에서 헥토르는 아폴론의 눈에 드는데, 그건 아폴론이 트로이인들을 지지했던 반면 아이아스는 그리스인들을 위해 싸웠기 때문이었다. 한편 나는 거대하고 강건하게 묘사되는 아이아스를 농인으로 설정했는데, 청각 장애가 무능을 뜻하지 않는다는 점을 보여주고 싶었기 때문이다. 그렇긴 해도 아이아스에게 기존 신화에서 주어진 것을 넘어서는 '영웅적인' 힘을 부여하고 싶진 않았다. 엄청난 힘과 거대한 덩치, 그리고 뛰어난 반사 신경 외에는 말이다. 그가 청각 장애를 지녔다고 해서 청인인 다른 전사들과 같은 훈련을 받는다는 사실이 달라지진 않는다고 보았다.

아프로디테와 하르모니아

신화 속에서 하르모니아는 아프로디테와 아레스 사이에 난 딸, 혹은 제우스와 엘렉트라 사이에서 태어난 딸로 알려져 있다. 나로선 작품에서 아레스와 아프로디테 사이의 내밀한 관계를 명시하진 않기에 후자의 선택지를 고려해 아프로디테의 여동생으로 만들어보았다. 또한 하르모니아는 카드모스와 결혼했는데, 진심으로 그를 사랑했구나 싶었다. 그가 뱀으로 변했을 때 그녀 역시 미쳐버렸고 똑같이 뱀으로 변했기 때문이다. 내 작품 어디에서도 이 특정한 신화를 다루진 않지만 여기선 언급하는 게 중요하다고 여겨졌다.

내가 다시 쓴 이야기에선 하르모니아가 진심으로 범성애자처럼 여겨졌다. 또한 시빌이 한 번도 여성과 사랑에 빠질 생각을 해본 적 없었던 인물인데 하르모니아를 만났을 때는 자신을 주체하지 못하는 장면이 정말, 정말이지 귀엽다고 생각했다.

크노소스 궁전과 미노타우로스

우선 여기에 크노소스 궁전의 역사와 더불어 왜 그곳이 원래 '미로(labyrinth)'였는지를 일러주는 훌륭한 기사가 있다. https://www.livescience.com/27955-knossos-palace-of-the-minoans.html. 이 기사를 여기에 추가하는 까닭은 이곳이 애초에 다이달로스가 지은 미로 같은 궁전이라고 여겨졌기 때문이다. 미노타우로스의 이야기를 가져온 건 테세우스 때문이었다. 주지하다시피 테세우스는 미노타우로스를 죽이기 위해 파견된 적이 있다. 그는 아리아드네의 도움으로 이에 성공한다. 괴물을 물리쳤을 때 그가 미로에서 탈출할 수 있도록 실타래를 건네준 게 그녀였던 것이다.

테세우스와 헬렌

헬렌의 태세 전환에 놀란 분도 계실 텐데 여기서 짚고 넘어가려

한다. 신화 중에는 테세우스와 페이리토스가 제우스의 딸들을 납치하는 이야기가 있다. 테세우스는 트로이의 헬레네를 선택하고, 우리가 알다시피 페이리토스는 페르세포네를 선택한다. 또 다른 유명한 신화로는 파리스가 헬레네와 사랑에 빠져 그녀를 스파르타에서 트로이로 데려가는 바람에 트로이 전쟁이 시작되었다는 이야기도 있다.

신화에 대한 독해와 해석에 따라 나는 헬레네가 최정상에 이르는 가장 좋은 방법을 찾는 인물일지도 모른다는 생각을 했다. 어쨌든 그녀는 스파르타의 여성이기에 강하고 유능하고 지적이다. 자신의 아름다움을 수단으로, 지성을 무기로 활용할 줄 아는 존재인 셈이다. 그녀에 대한 내 인상을 토대로 읽어보시면 『악의의 손길』 속 헬렌의 행보를 이해할 수 있을 것이다.

괴물들

이 책에선 미노타우로스 외에도 많은 괴물들이 등장한다. 히드라, 라미아, 케토, 그리고 아라크네까지. 잠시 시간을 들여 각각 간략히 소개하고자 한다.

히드라는 지하 세계의 관문 중 하나로 제시되는 레르나 호수에 살았다. 나는 이 괴물이 그곳 대신 지하 세계에 살도록 변경했는데, 매우 강력한 독을 가지고 있기 때문이다. 어차피 이 괴물은 헤라클레스가 영웅이 되는 과정에서 죽임을 당하게 되기도 한다.

라미아는 원래 리비아의 여왕이었다. 이 책에 썼다시피 그녀는 제우스와 불륜 관계를 맺었고 결국 헤라에게 저주를 받아 모든 아이를 다 잃게 된다. 신화에선 아이들이 살해되었는지, 아니면 납치되었는지, 그리고 그녀가 결국 아이들을 집어삼키게 되었는지 여부에 대해선 이야기가 다양하다. 과정이 어떠했든 그녀는 미쳐버렸고 아이들을 납치해 잡아먹기 시작했다. 제우스는 그녀에게 눈을 떼어버릴 수 있는 힘을 주었다. 불면을 누그러뜨리기 위한 조치였을 것이다(헤라는 그녀에게 불면증의 저주를 내리기도 했으니). 또한 제우스는 그녀에게 예언의 능력도 선물했는데, 나로선 아이들을 잡아먹는 괴물이 받을 만한 선물인가 의구심이 든다.

케토는 원시 여신이자 바다 괴물들의 여왕이기도 하다. 그녀는 고르곤과 그라이아이를 비롯해 많은 괴물을 낳았는데, 그 세 자매는 눈과 이빨 하나를 공유한다.

마지막으로는 아라크네를 언급하고 싶다. 그녀는 이 책의 서두에 인용한 오비디우스의 『변신 이야기』에 등장하는 인물이기도 하다. 그녀는 베 짜기 대회에서 아테나에게 도전했던 여성이다. 그녀를 언급하고 싶은 이유는 내가 이 책에서 여러 번 드러낸 것처럼 신들의 악행을 묘사하는 장면들을 베로 짜 넣었기 때문이었다. 어쨌든 이 이야기에선 아라크네의 베 짜기가 흠잡을 데 없다는 사실에 아테나는 노여워했다. 어쩌다 아라크네가 거미가 되었는지를 서술하는 방법은 다양하지만, 거미로 변했다는 사실만은 변함이 없다. 이 책에서 나는 아라크네의 구덩이를 언급했는데, 타르타로스에서 받게 되는 형벌처럼 여겨졌기 때문이다.

그 외

오케아노스와 그의 쌍둥이 형제 산드로스는 '현대적인 반신'으로 꾸며낸 가상의 인물들이지만 제우스의 쌍둥이 아들 암피온과 제투스의 신화에 기반을 두고 있다. 암피온과 제투스를 현대적인 반신으로 활용하진 않았는데, 그들에 대해선 고대에 있었던 관련 신화, 즉 암피온의 죽음과 더불어 니오베의 자녀들이 아폴론과 아르테미스의 손아귀에 넘어갔다는 이야기를 이미 언급했기 때문이다.

에우로스는 실제로 동풍의 신이다. 그가 청량한 비를 불러온다고 알려져 있다는 사실이 다소 웃기다. 나는 그의 가상의 두 자녀인 탈레스와 칼리스타를 이 책에서 등장시켰다.

프리아모스 왕의 아내인 헤카베도 간단히 언급해야겠다. 그녀에 관해선 몇 가지 신화가 있는데 모두 끝에 가면 그녀가 개로 변하게 되고, 이는 헤카테의 상징 중 하나이기도 하다. 이 책에선 헤카베가 지하 세계의 영혼으로서 안식을 취할 준비가 되어 있고, 그래서 헤카테는 네펠리를 발견하게 된다고 설정했다. 헤카테의 묘사에 따르면 네펠리는 사랑하는 이를 잃은 후 고통을 덜어달라고 애원하는 여성이었다. 이 부분은 아들이 죽어가는 것을 보고 미쳐버린다는 헤카베 관련 신화 중 하나를 참고했다. 이 사건 이후로 그녀는 개로 변했다.

페르세포네 x 하데스 시리즈 3
악의 손길

초판 1쇄 2022년 9월 28일

지은이 | 스칼릿 세인트클레어
옮긴이 | 최현지
펴낸이 | 송영석

주간 | 이혜진
기획편집 | 박신애 · 최미혜 · 최예은 · 조아혜
외서기획편집 | 정혜경 · 송하린
디자인 | 박윤정 · 유보람
마케팅 | 이종우 · 김유종 · 한승민
관리 | 송우석 · 전지연 · 채경민

펴낸곳 | (株)해냄출판사
등록번호 | 제10-229호
등록일자 | 1988년 5월 11일(설립일자 | 1983년 6월 24일)

04042 서울시 마포구 잔다리로 30 해냄빌딩 5 · 6층
대표전화 | 326-1600 **팩스** | 326-1624
홈페이지 | www.hainaim.com

ISBN 979-11-6714-044-9
         979-11-6714-045-6(세트)

A Touch of Malice